Pinceladas Literarias Hispanoamericanas

Pinceladas Literarias Hispanoamericanas

Gloria Bautista Gutiérrez
Clemson University

Norma Corrales-Martin
Clemson University

John Wiley & Sons, Inc.

Vice President/Publisher	*Anne Smith*
Acquisitions Editor	*Helene Greenwood*
Program Assistant	*Kristen Babroski*
Marketing Manager	*Gitti Lindner*
Senior Production Editor	*Christine Cervoni*
Cover Designer	*Maddy Lesure*
Text Designer	*Judy Allen*
Cover Art	Painting by Raquel Forner, *Austronauta y Testigos Televisados,* 1971. Jack S. Blanton Museum of Art, University of Texas at Austin. Gift of Barbara Duncan, 1973. Photo credit: George Holmes.

This book is printed on acid free paper. ∞

Library of Congress Cataloguing-in-Publication Data

Pinceladas literarias hispanoamericanas : antología/Gloria Bautista Gutiérrez.

p. cm.

Includes bibliographical references and index.

ISBN 978-0-471-29747-5

1. Spanish American literature. I. Bautistista Gutiérrez, Gloria.

PQ7083.P52 2000

860.8′098—dc21

99-16659

CIP

To friendship

Contenido

Preface

The goal of *Pinceladas Literarias* is to provide a representative look at the extensive Hispano-American literary world and its contribution to the evolution of human thought. This region's literary production is extensive and rich, making selecting 58 of the most outstanding and representative authors a daunting task.

Despite the extensive publication of Hispano-American literary anthologies, the omission of writers marginalized because of gender, race, and religious or political beliefs is still widespread. This anthology compensates for such deficiencies, representing significant writers from 20 countries, including Puerto Rico, and spanning more than 600 years of literary activity, from the pre-Colombian era to the 20th Century. Unfortunately, it is impossible to include all the authors who deserve to be read. As Dr. Florinda F. Goldberg has pointed out, "Every anthology suffers from its original curse of incompleteness." However, it is hoped that these selections will heighten the curiosity of serious students of Hispanic culture, awakening an appreciation and love of this literature.

This anthology can be used in either survey or two-semester courses, or with advanced students. Beginning and ending with indigenous writers, *Pinceladas* combines biographical information and literary critiques with individual selections and questions for reading comprehension and analysis. This combination connects the personal history of the writers with their artistic production, which in many cases is inseparable. Additional background information is included when the authors' lives are reflected in their works; however, because of a lack of space, biographical details that are easily accessible electronically are not included. These brief introductions are not the only tools to help understand the material. Most selections are also followed by questions that should assist the reader in unraveling the ideas presented, and critiques of certain selections are given as models for analyzing other sample writings. Instructors will want to add more questions and exercises based on their judgment, knowledge and perspectives. *Pinceladas Literarias,* thus, should not be classified as an instructor's "recipe book" but instead as a "buffet" from which one can select the most enticing pieces. Rooted historically and organized chronologically, *Pinceladas* also serves as a reference book. It contains a description of literary movements, themes and genres such as poetry, short stories, essays, plays, and novels. Of specific interest is the treatment of Magical Realism, the literary technique profoundly rooted in Hispano-American literature and used in many of the selections. The anthology includes a summary of its characteristics and a discussion of its use as a literary device for understanding contemporary works. The end of *Pinceladas* includes a reference diagram to facilitate further literary analysis. English footnotes are reserved for regional, archaic, or mythological information not found in bilingual dictionaries.

Literature, as the quintessential expression of culture, must be internalized to discern a work's essence. One of the values of Hispano-American literature is its capacity to unfold, penetrate, and analyze multifaceted realities, what Carlos Fuentes refers to as uncovering the mirror. This will be the readers' task. To accomplish it successfully, they will need, in addition to sufficient linguistic preparation, a dedication to the world of ideas.

Acknowledgements

The authors would like to thank copyeditor Dr. Luz Galante for her accurate and insightful corrections to the manuscript.

The authors and the publisher are grateful for the time and insightful comments of the reviewers, who so kindly committed to the task of reviewing this work: Stephen Clark, *Northern Arizona University,* Doralina Martinez-Conde, *Georgia Southern University,* Marveta M. Ryan-Sams, *Indiana University of Pennsylvania.*

Dr. Corrales-Martin would like to thank her husband and children, Joseph, Emanuela, Joshua, and Josiah, for their support and understanding throughout the long hours dedicated to completing this book.

About the Authors

Gloria Bautista-Gutierrez received a degree in Journalism and her Ph.D. from SUNY at Albany. After teaching at Colgate University, she went to Clemson University where she is currently a Full Professor. Dr. Bautista has published a book on magic realism and one on Hispanic women writers. She has also published much on Latin American literature and culture.

Norma Corrales-Martin received her M.A. at the prestigious Instituto Caro y Cuervo, Bogotá, and her Ph.D. from Ohio University. She teaches Spanish at Clemson University. Her research interests include Afro-Hispanic literature, Spanish grammar, and pedagogy of Spanish. She has published articles on these topics, as well as on teaching Hispanic grammar and culture using Carribean music. She currently works in *Gramática Viva,* an approach for the teaching of grammar with a Semantic-Communicative methodology, using realia texts.

Capítulo 1

LITERATURA PRECOLOMBINA

No se podrían entender en su totalidad las letras hispanoamericanas sin incluir una parte muy importante de sus raíces: los escritos anónimos de nuestros antepasados, los indígenas. Su cultura nos legó impresionantes muestras de escultura y arquitectura. Además nos dejó un conjunto de poemas, ricos en elementos mitológicos e ideas que aún hoy en día se están descifrando. La literatura precolombina no es, como la han considerado algunos críticos, folklórica o pintoresca. Es literatura abarcadora de una rica experiencia humana, expresión colectiva, como individual, escrita con estructura rigurosa y valores estéticos notables. Su actual revalorización y estudio revelan cosmogonías y teogonías que sirven de base para apreciar y decodificar significados esenciales de la herencia americana. Desafortunadamente este conocimiento será siempre incompleto pues gran parte se perdió durante los siglos de la conquista y la colonia españolas.

La temática de la literatura precolombina es principalmente religiosa, aunque es también lírica y política, reflejando lo que Carl Jung llama *el inconsciente colectivo*, o sea, la expresión mitológica de pueblos primigenios. Sin excepción, los pueblos precolombinos contaban con su religión para explicar su metafísica. Su dogma estaba colmado de una mitología poética e iba acompañado de canto, música y danza, así como de trajes que también denotaban diferentes símbolos y significados.

Sus expresiones artísticas eran variadas, según los géneros. Esta literatura produjo poesía, cuento, leyenda y drama dotados de una base esencialmente mitológica, como correspondía a las ideas de estas culturas. La relevancia de las ideas religiosas condujo a los indígenas a crear una mitología que se expresaba en prácticas rituales. El rito empezaba invocando a los dioses, e iba seguido de salmos acompañados de música y danza, con vestidos apropiados. En las representaciones religiosas participaban, tanto el público como los sacerdotes, y a veces, el espectáculo culminaba en sacrificio a los dioses. En dichas representaciones se encuentra el germen del teatro hispanoamericano.

Además del tema religioso, la poesía más lírica estaba dedicada a sentimientos personales y a veces trataba de asuntos políticos o militares, tales como la elección de un emperador, o una expedición importante.

Las artes y las ciencias florecieron bajo una organización política y social estructurada, que facilitó transmitir su metafísica por medio de cuentos, leyendas, poesía y teatro. La literatura precolombina ha sido comparada con la griega por los elementos que comparten: monólogos, intervenciones de animales, heraldos y coro.

La literatura precolombina se desarrolló principalmente en las regiones donde florecieron las mayores civilizaciones: Yucatán, Guatemala, Honduras, el altiplano mexicano, Perú, Ecuador y Bolivia. Las lenguas principales eran el maya-quiché, el náhuatl y el quechua. A pesar de que estas culturas sobresalieron más en la arquitectura que en las letras, su literatura ha sido una revelación para la cultura europea la cual por siglos, había considerado a los indígenas como simples salvajes.

Los mayas fueron una de las dos culturas más avanzadas del Nuevo Mundo; tenían un ministerio dedicado a la música y a las ciencias; un ala del palacio del emperador llamada *cuicacalli* estaba exclusivamente dedicada a los cantores. En la tercera de las *Cartas de relación*, Cortés menciona que había un teatro en la plaza de Tlaltelolco, otro en Tenochtitlán. También tenían escuelas de danzas dirigidas por sacerdotes donde se enseñaba el arte de la mímica. La lengua náhuatl era la más hablada en México y produjo la literatura más extensa. Los mayas dejaron himnos, cantos, elegías y relatos, pero desdichadamente, sólo fragmentos han llegado hasta nuestros días. A pesar de ello, se puede apreciar su fuerza poética y la expresión de pensamientos y sentimientos sutiles y delicados.

A la llegada de los españoles, la mayoría de las culturas indígenas, a pesar de su avanzado progreso, no habían desarrollado una escritura fonética; los mayas empleaban jeroglíficos, y parece que escribieron libros que desaparecieron, o con el pasar de los años, o debido al fanatismo de los españoles, quienes, en su afán de conquistar y cristianizar a los indígenas, los quemaban. Los aztecas registraban su historia en *Códices* o tiras largas hechas de piel de ciervo o de tela de algodón, cubiertas con un barniz blanco, plegadas en acordeón y pintadas por ambos lados. En ellas, por medio de jeroglíficos, podían registrar los hechos o personajes más importantes. Los incas tenían el sistema de *quipos*[1] en los cuales mantenían sus historias, tradiciones y su contabilidad; por medio de figuras, dibujos estilizados o de colores expresaban contenidos fonéticos y metafóricos.

Los aztecas fueron grandes astrónomos; desarrollaron un calendario con el que fecharon exactamente los eventos más sobresalientes de su historia. Desdichadamente, sólo se conservan tres *Códices* en las bibliotecas de Madrid, Dresden y París.

De la literatura precolombina no se conservan textos originales, sino transcripciones, hechas en caracteres latinos, basadas en testimonios o en tradiciones orales que los indígenas sabían de memoria.

Los poetas indígenas, con lenguaje sencillo, directo y metafórico, expresaron la dualidad del mundo y de la naturaleza; desarrollaron la imaginación y nos legaron fantásticas expresiones literarias que explican su visión cósmica. Entre las obras más destacadas está el *Popol Vuh*, libro sagrado de los mayas quichés de Guatemala. Esta obra es uno de los documentos más antiguos de la época precolombina. En el siglo XV, *Popol Vuh*, fue trascrito en quiché pero con caracteres latinos; más tarde el misionero español Francisco Ximénez lo tradujo al español. *Popol Vuh* permaneció ignorado por más de un siglo hasta que fue redescubierto por un viajero austriaco que lo llevó a Viena, donde lo hizo publicar. Los libros de *Chilam Balam* ofrecen gran variedad de materias: historia, religión, astronomía, medicina y otros asuntos. Estos libros fueron transcritos por un indígena, y a través de ellos se vislumbra la angustia, la desesperación y el dolor de un pueblo ante su destrucción.

En Cuzco, el Inca Garcilaso de la Vega describió a los *amautas*, o filósofos poetas que compusieron comedias y tragedias, entre ellas el famoso drama *Ollantay*, trascrito después de la conquista y adaptado a la estructura dramática del teatro español. El drama incaico incluía cantores o juglares que hacían sus presentaciones durante festividades públicas; este tipo de poesía se distinguía por su temática melancólica y tono elegíaco. A veces la literatura precolombina presentaba fábulas humorísticas[2].

Entre los libros precolombinos, producto de transcripciones, se encuentran la *Historia quiché* (1580) y *El memorial de Solola*. Gracias a ellos se conocen las memorias de la tribu maya cakchiquel. Estos y otros escritos repercutieron y continúan repercutiendo en las obras de escritores hispanohablantes, tales como, Clorinda Matto de Turner, Rubén Darío, Elena Garro, Ciro Alegría y Miguel Ángel Asturias. Tampoco se puede negar que las raíces del realismo mágico están hondamente arraigadas en la literatura hispanoamericana de la época precolombina.

■ POESÍA NAHUATL[3]

Cuando llegaron los españoles a México (1519), el imperio azteca estaba en su apogeo y contaba con la civilización más brillante de Centro y Norte América. La lengua náhuatl era la más extendida en México, lo cual les permitió a los aztecas dejar libros o anales sobre acontecimientos históricos, mitológicos y astronómicos. Además de ser magníficos arquitectos, también dominaban otras artes, tales como la escultura, la orfebrería, la cerámica y la producción de textiles. Al principio, cuando se inventó el papel, sólo los sacerdotes y los poetas tenían acceso a él; por esta razón, la mayoría de la literatura indígena nos llegó por medio de la tradición oral. En esta

[1]Colored ribbons knotted to record information

[2]Gómez Gil, *Historia crítica de la literatura hispanoamericana.* (New York: Holt, Rinehart, and Winston, 1968). *La poesía quechua,* México, Fondo de Cultura Económica, 1947. *Poesía indígena,* México, Biblioteca del estudiante universitario, 1940.

[3]The Quichés were direct descendants of the Mayans. The word *quiché* means forest and it comes from the Mayan *qui*, many, and *che*, tree. This was the most powerful nation of Guatemala in the XVI century. The word *náhuatl* is the translation of *quiché* and it also describes a huge and fertile country south of Mexico.

literatura se vislumbra profunda emoción y soltura como si en ella perdurara el espíritu de una raza vencida, pero no olvidada. El tono general es melancólico, profundamente filosófico y metafísico al explorar los misterios de la creación.

Nos han llegado de los *Veinte himnos sacros* sólo fragmentos recogidos por fray Bernardino Sahagún (1500?–1590); los *Cantares mexicanos*, manuscrito náhuatl existente en la Biblioteca Nacional de México, y el *Manuscrito de los romances de los señores de la Nueva España*, que se encuentra en la Biblioteca de la Universidad de Texas en Austin.

La poesía náhuatl refleja el ambiente mexicano de la altiplanicie. Los temas predominantes son el religioso, el guerrero y las quejas amorosas; el tema amoroso es casi siempre de tono triste. También se han encontrado escritos proféticos de tono melancólico, donde se presagia la destrucción de la raza indígena y de su cultura.

CANTO DE LA MADRE DE LOS DIOSES

Amarillas flores abrieron la corola:
es nuestra Madre, la del rostro con máscara.
¡Tu punto de partida es Tamoanchan[4]!
amarillas flores son tus flores:
es nuestra Madre, la del rostro con máscara.
¡Tu punto de partida es Tamoanchan!
Blancas flores abrieron la corola:
es nuestra Madre, la del rostro con máscara.
¡Tu punto de partida es Tamoanchan!
blancas flores son tus flores:
es nuestra Madre, la del rostro con máscara.
¡Tu punto de partida es Tamoanchan!
La Diosa está sobre el redondo cacto:
¡es nuestra Madre, Mariposa de Obsidiana!
Oh, veámosla: en las Nueve Llanuras[5]
se nutrió con corazones de ciervos.
¡es nuestra Madre, la Reina de la Tierra!
Oh, con greda[6] nueva, con pluma nueva
está embadurnada.
¡Por los cuatro rumbos se rompieron dardos!
¡Oh, en cierva estás convertida:

[4]Place where souls or people come from; like the Christian *heaven*

[5]Wide plains

[6]Clay

sobre sierra de pedregal vienen a verte
Xiuhnelli y Mimich[7]!

CANTO DEL ATAMALCUALOYÁN

Mi corazón está brotando en la mitad de la noche.
Llegó nuestra madre, llegó la diosa Tlazoltéotl.
Nació el Dios del Maíz[8] en Tamoanchan[9].
en la región de las flores, Una-Flor.

Nació el Dios del Maíz en la región de la lluvia y la niebla,
donde se hacen los hijos de los hombres,
donde se adquieren los peces preciosos.

Ya va a relucir el día, ya va a levantarse el alba:
libando[10] están las variadas preciosas aves,
en la región de las flores.

En la tierra te has puesto en pie en la plaza,
¡oh, el príncipe Quetzalcóatl!

Haya alegría junto al árbol florido, variadas aves preciosas:
alégrense las variadas aves preciosas.
Oye la palabra de nuestro Dios:
oye la palabra del Ave preciosa:
no hay que disparar contra nuestro muerto:
no hay que lanzar el tiro de la cerbatana[11].
¡Ah, yo he de traer mis flores!,
la flor roja como nuestra carne,
la flor blanca y bien oliente,
de allá donde se yerguen las flores.
Juega a la pelota,
juega a la pelota
del viejo Xólotl[12],
en el encantado campo de pelota juega Xólotl,
en hueco hecho de jade.

Mira, empero, si se coloca el Dios-Niño
en la mansión de la noche, en la mansión de la noche.

[7]Characters related with the Mother goddess

[8]Goddess Centeotl

[9]Indigenous town in the Anáuco plateau named after their mythological *heaven*

[10]Sipping delicately

[11]Long tube to blow projectiles

[12]Leader of the Chichimeca Indians that conquered the Tolstecs (1332?)

¡Oh Niño, oh Niño!, con amarillas plumas tú te atavías[13];
te colocas en el campo de juego de pelota:
en la mansión de la noche, en la mansión de la noche.

El de Oztoman, a quien Xochiquétzal[14] rige,
el que manda en Cholula[15].

Teme mi corazón, teme mi corazón que aún no venga el Dios del Maíz
El de Oztoman, que tiene cangrejos,
cuya mercancía son orejeras de turquesa,
cuya mercancía son pulseras de turquesa.

Dormido, dormido, duerme.
Con la mano he enrollado aquí a la mujer, yo el dormido.

VIDA DE ILUSIÓN

¿Acaso es verdad que se vive en la tierra?
¿Acaso para siempre en la tierra? ¡Sólo un breve instante aquí!

Hasta las piedras finas se resquebrajan,
hasta el oro se destroza, hasta las plumas preciosas se desgarran.
¿Acaso para siempre en la tierra? ¡Sólo un breve instante aquí!

DESDICHADO EN LA TIERRA[16]

Lloro y sufro desamparo,
no hago más que recordar
que habremos de abandonar
las bellas flores y los bellos cánticos.

¡Gocemos, cantemos;
todos nos vamos, desaparecemos!

¿No lo saben así mis amigos?
Se duele mi corazón y se llena de ira:
¡no segunda vez naceremos, no otra vez volveremos a ser niños,
no reverdeceremos en la tierra una vez más!

Un brevísimo instante aquí;
junto a ellos, a su lado;
después nunca más estarán aquí;
nunca más gozaré de ellos,
nunca los volveré a ver.

¿Dónde habrá de vivir mi corazón?
¡Ah!, ¿Dónde será mi morada definitiva?,
¿dónde mi casa duradera?
¡Ah!, ¡soy desdichado en la tierra!

¿Te atormentas corazón mío?
¡Ah!, vive sufriendo en la tierra;
así es tu destino: difícilmente lo reconoces.
Sufro, puesto que he nacido en la tierra.

Sí, sí, vive inquieto,
que todo lo bello habrá de perecer del todo,
y en ninguna parte se vive.

Esto y no más dice mi corazón.
Así está decretado:
No tenemos verdadera vida,
no hemos venido a vivir verdaderamente en la tierra.

¡Ah!, tengo que dejar las bellas flores.
¡Ah!, tengo que ir en busca del lugar donde todos se reúnen;
así se afana uno por un solo instante:
sólo tenemos prestados los bellos cantos.

¡Gocemos, cantemos:
todos nos vamos, desaparecemos!

MISIÓN DEL POETA

Sólo venimos a llenar un oficio en la tierra, oh amigos:
tenemos que abandonar los bellos cantos,
tenemos que abandonar también las flores.
¡Ay!
Por esto estoy triste en tu canto, oh tú por quien se vive:
tenemos que abandonar los bellos cantos,
tenemos que abandonar también las flores.

Brotan las flores, medran, germinan,
abren sus corolas:
de tu interior brota el canto florido que tú, poeta,
haces llover y difundes sobre otros.

---

[13]Dress up

[14]Kings

[15]Capital of the Tolstecs, near Puebla

[16]Lyrical poem of desolation and elegiac tone; expresses the anguish that the poet feels about death

■ POPOL VUH

Contexto de *Popol Vuh*[17]

Bernal Díaz del Castillo escribió que los aztecas tenían «unos librillos de un papel de corteza de árbol que llamaban amate, y en ellos hechas sus señales del tiempo e de las cosas pasadas». Las guerras de la conquista fueron devastadoras y por ellas se perdieron la mayoría de los «librillos». La opulenta Tenochtitlán, capital azteca, y Utatlán, capital quiché, fueron casi totalmente arrasadas, sus reyes asesinados, el pueblo esclavizado y sus documentos quemados para obligar a la población a abrazar la fe de los conquistadores: el cristianismo. Afortunadamente, unos pocos sacerdotes visionarios como Sahagún, y el padre Bartolomé de las Casas, recogieron muestras de la tradición oral y la transcribieron a signos latinos. Así se salvó el *Popol Vuh* de la cultura quiché. El Padre Fray Francisco Ximénez, en 1688, logró suficiente confianza de los indígenas para que le dieran a conocer su libro sagrado. El fraile lo tradujo al castellano y, para probar su veracidad, lo transcribió al texto quiché también. A pesar del esfuerzo del padre Ximénez, el manuscrito y la traducción permanecieron en el convento de Santo Domingo y más tarde en la Biblioteca de la Universidad de Guatemala donde, en 1854, lo encontró el austriaco Carl Scherzer, quien lo hizo publicar en Viena en 1857. El francés Charles E. Brasseur lo tradujo al francés y lo publicó en 1861. Fue luego traducido de nuevo al castellano, y es ésta la versión incluida en el presente texto con cambios para facilitar la lectura. Este manuscrito se conserva hoy en la Biblioteca Newberry de Chicago.

En el *Popol Vuh* se pueden apreciar cuatro partes: La primera es el *Génesis* o creación del mundo; la segunda es un drama mitológico donde se narran las aventuras de dos semidioses, Hunahpú e Ixbalanqué; ésta contiene una lección moral, el castigo de los malos y la humillación de los soberbios; la tercera parte contiene la creación del hombre, la historia de los quichés y una lista de sus reyes hasta poco antes de la conquista española; la cuarta parte trata de las diferentes tribus después de abandonar la ciudad de Tulán, su centro cultural.

La génesis o creación presenta una prodigiosa y original versión. Según el *Popol Vuh*, en el comienzo existía el mar. En una compleja teocracia, los creadores, que no eran omniscientes ni omnipotentes, Tepeu, El Corazón del Cielo, y Gucumatz, El Corazón de la Tierra, primero deliberaron largamente y luego crearon. Comenzaron creando la claridad, el huracán y luego los animales pequeños. Entre los más importantes estaban el venado, el murciélago y la serpiente, la cual se convirtió en guardiana. Como los creadores no eran infalibles, cometieron errores, y por eso les tomó tres intentos antes de crear al hombre y a la mujer perfectos. El prototipo fue creado de barro, como el Adán bíblico, pero cuando llegaron las lluvias y el diluvio derritieron el barro. Entonces los creadores deliberaron, razonaron y crearon al hombre de madera y a la mujer de bejuco, presagiando la galantería y la cortesía. El hombre de madera, tieso e inflexible, se enfermó de las muelas. Los creadores ensayaron la primera operación dental y le implantaron un grano de maíz, pero al final decidieron convertir al hombre de madera en mono y crear un tercer hombre de maíz. Este fue el verdadero y permanente hombre del cual desciende el resto de los humanos.

En el Capítulo V del *Popol Vuh* aparece el rebelde Vacub Caquix, descrito a cabalidad; podría identificársele con el Lucifer bíblico. Los otros capítulos se refieren a leyendas, hazañas, mitos, y consejos.

POPOL VUH (EL BUEN PAPEL)

PREÁMBULO

Este libro es el primer libro de las antiguas historias de este lugar llamado Quiché, pero su faz está oculta. Aquí escribiremos y comenzaremos las antiguas

[17] *Popol Vuh* or the Good Book or sacred book of the Mayans, literally means "Book of the community." *Popol* is the Mayan word for gathering or commune. *Popol nah* is the house where the community gathers to discuss matters of the society. *Vuh* is book or paper and the name of the tree, which the Quichés used for paper (Motul Dictionary). A Mayan priest passed on this sacred book orally from generation to generation until the sixteenth century when it was transcribed into Latin characters. Father Ximénez translated it into Spanish, parallel with the Quiché text. Today it has been translated into the major languages and enjoys an international reputation. The excerpts in this book also come from the edition by Adrian Recinos, Mexico, Fondo de Cultura Económica, 1947.

historias[18], el principio y origen de todo lo que se hizo en la ciudad de Quiché, por las tribus de la nación quiché...

Existía el libro original, escrito antiguamente, pero su vista está oculta al investigador y al pensador. Grande era la exposición, la historia de cuando se acabaron de medir todos los ángulos del cielo, de la tierra, su medida, la medida de las líneas, en el cielo, en la tierra, en los cuatro ángulos[19], de los cuatro rincones, tal como había sido dicho por los Constructores, los Formadores, las Madres, los Padres de la vida, de la existencia, los de la Respiración, los de las Palpitaciones, los que engendran, los que piensan, Luz de las tribus, Luz de los hijos, Luz de la prole, Pensadores y Sabios, todo lo que está en el cielo, en la tierra, en los lagos, en el mar.

PRIMERA PARTE

Capítulo I

He aquí el relato de cómo todo estaba en suspenso, todo tranquilo, todo inmóvil, todo apacible, todo silencioso, toda vacía la extensión del cielo[20].

He aquí la primera historia, la primera descripción. No había un solo hombre, un solo animal, pájaro, pez, cangrejo, madera, piedra, caverna, barranca, hierba, selva. Sólo el cielo existía. La faz de la tierra no se manifestaba; sólo existían la mar[21] limitada y el cielo en toda su extensión.

No había nada junto. Todo era invisible, todo estaba inmóvil en el cielo. No existía nada edificado. Solamente el agua limitada, solamente la mar tranquila y sola. Nada existía. Solamente la inmovilidad, el silencio, en las tinieblas, en la noche.

Sólo los Poderosos del Cielo[22], estaban sobre el agua, rodeados de claridad. Estaban envueltos en plumas verdes y azules[23]; sus nombres eran, pues, Serpientes Emplumadas[24]. Son grandes Sabios. Así es el cielo y los Espíritus del Cielo; tales son, cuéntase, los nombres de los dioses[25].

Entonces vino la Palabra[26]; vino aquí de Poderosos del Cielo, en las tinieblas, en la noche; fue dicha por los Poderosos del Cielo; entonces celebraron consejo, entonces pensaron, se comprendieron, unieron sus palabras, sus sabidurías.

Entonces se mostraron, meditaron en el momento del alba; decidieron construir al hombre, mientras celebraban consejo sobre la producción, la existencia, de los árboles, de los bejucos, la producción de la vida, de la existencia, en las tinieblas, en la noche, por los Espíritus del Cielo llamados Maestros Gigantes. El Relámpago es el primero, Huella del Relámpago es el segundo, Esplendor del Relámpago es el tercero; estos tres son los Espíritus del Cielo[27]. Entonces se reunieron con ellos los Poderosos del Cielo. Entonces celebraron consejo sobre el alba de la vida, cómo se haría la germinación, cómo se haría el alba, quién sostendría, nutriría[28]. —Que eso sea. Fecundaos. Que esta agua

[18]To write the ancient stories, the transcriber probably used not only the oral tradition but also ancient paintings. Sahagún (one of the transcribers) tells of the Oltec priests taking with them the paintings, which contained their ancient history. In Part Four of *Popul Vuh* one can read that Quetzalcóatl gave the Tulán paintings to a Quiché princess.

[19]They conceived the world as being divided into three squares: heaven, earth, and underworld. The human was the central figure. This hieroglyphic resulted in thirteen points with four angles, symbolizing the four cardinal points.

[20]Before the creation of the solar system, everything was dark. Before humans, the pre-existing matter was in water.

[21]Gucumatz, the feathered serpent, was associated with water.

[22]The Quichés had the concept of duality, hence, Hunahpú-Vuch the female creator and Hunahpú-Utiúthe the male creator. Gallantly they always name the female first: Alom the Mother Goddess, Tzacol a male divinity. Hunab Ku is the one divinity that could not be represented because it was incorporal. The Mayans understood the abstract and pantheistic concept of God as Unity.

[23]They were on water because Gucumatz was associated with the elemental liquid. It is also said that he was the feathered serpent that walked on water. In some parts of Guatemala it is believed that life and salvation are in water.

[24]Gucumatz as Quetzalcóatl the feathered serpent

[25]The Quichés' pantheon of gods and goddesses included wise ones who, according to legend, invented astronomy and the calendar. Other gods and goddesses represented different natural and agricultural functions. Consequently, the Hunter, the Artist, and Jewelry maker represented very important occupations. They were taught by Quetzalcóatl.

[26]The original idea of creation was a revelation to the gods who meditated on it first. Then the gods spoke and the world was instantly formed.

[27]The Quichés had the concept of Trinity, equivalent to the heart of Heaven.

[28]Humans invoke the gods to be nurtured and supported. A mutual relationship develops between spirit and matter, between human and God.

parta, se vacíe. Que la tierra nazca, se afirme, dijeron. —Que la germinación se haga, que el alba se haga en el cielo, en la tierra. No tendremos ni adoración ni manifestación por nuestros construidos, nuestros formados, hasta que nazca el hombre construido, el hombre formado; así hablaron, por lo cual nació la tierra. Tal fue en verdad el nacimiento de la tierra existente. —Tierra, dijeron, y en seguida nació. Solamente una niebla, solamente una nube; así fue el nacimiento de la materia. Entonces salieron del agua las montañas; al instante salieron las grandes montañas[29]. Solamente por Ciencia Mágica, por el Poder Mágico, fue hecho lo que había sido decidido concerniente a los montes y las llanuras: en seguida nacieron simultáneamente en la superficie de la tierra los cipresales, los pinares.

Y los Poderosos del Cielo se regocijaron...

Al principio nacieron la tierra, las montañas y los valles; y se pusieron en camino las aguas; los arroyos caminaron entre los montes; así tuvo lugar la puesta en marcha de las aguas cuando aparecieron las grandes montañas. Así fue el nacimiento de la tierra cuando nació por orden de los Espíritus del Cielo, de los Espíritus de la Tierra.

Capítulo II

Luego designaron también su morada a los pájaros pequeños y a las aves mayores: —Vosotros, pájaros, habitaréis sobre los árboles y los bejucos, allí haréis vuestros nidos, allí os multiplicaréis, allí os sacudiréis en las ramas de los árboles y de los bejucos. Así les fue dicho a los venados y a los pájaros para que hicieran lo que debían hacer, y todos tomaron sus habitaciones y sus nidos. De esta manera los Progenitores les dieron sus habitaciones a los animales de la tierra. Y estando terminada la creación de todos los cuadrúpedos y las aves, les fue dicho a los cuadrúpedos y pájaros por el Creador: —Hablad, gritad, llamad cada uno según vuestra especie. Así les fue dicho a los venados, los pájaros, leones, tigres y serpientes.

—Decid, pues, nuestros nombres, alabadnos a nosotros, vuestra madre, vuestro padre... ¡hablad, invocadnos, adoradnos! les dijeron. Pero no se pudo conseguir que hablaran como los hombres; sólo chillaban, cacareaban y graznaban; no se manifestó la forma de su lenguaje, y cada uno gritaba de manera diferente.

Cuando los Creadores vieron que no era posible que hablaran, se dijeron entre sí: —No ha sido posible que ellos digan nuestro nombre, el de nosotros, sus Creadores. Esto no está bien. Así, pues, hubo que hacer una nueva tentativa de crear y formar al hombre.

—¡A probar otra vez! Ya se acercan el amanecer y la aurora;... Probemos ahora a hacer unos seres obedientes, respetuosos, que nos sustenten y alimenten. Así dijeron.

Entonces fue la creación y la formación. De tierra, de lodo hicieron la carne del hombre. Pero vieron que no estaba bien, porque se deshacía, estaba blando, no tenía movimiento, no tenía fuerza, se caía, estaba aguado, no movía la cabeza, la cara se le iba para un lado, tenía velada la vista, no podía ver hacia atrás. Al principio hablaba, pero no tenía entendimiento. Rápidamente se humedeció dentro del agua y no se pudo sostener.

Y dijeron los Creadores: —Bien se ve que no puede andar ni multiplicarse. Que se haga una consulta acerca de esto, dijeron.

Entonces desbarataron y deshicieron su obra y su creación. Y en seguida dijeron: —¿Cómo haremos para perfeccionar, para que salgan bien nuestros adoradores, nuestros invocadores?

A continuación vino la adivinación, la echada de la suerte con el maíz y el tzité[30]. —¡Suerte! ¡Criatura!

—Tú, maíz, tú, tzité; tú, suerte; tú, criatura: ¡uníos, ayuntáos! les dijeron al maíz, al tzité, a la suerte, a la criatura. —Ven a sacrificar aquí, Corazón del Cielo; no castigues a Tepeu y Gucumatz[31]!

Entonces hablaron y dijeron la verdad: —Buenos saldrán vuestros muñecos hechos de madera; hablarán y conversarán sobre la faz de la tierra.

—¡Así sea!, contestaron.

Y al instante fueron hechos los muñecos labrados en madera. Se parecían al hombre, hablaban como el hombre y poblaron la superficie de la tierra.

[29]They believed that gnomes lived in the mountains and guarded the earth.

[30]This is the *pito* tree used in the countryside to make fences. Its fruit is a kind of red bean that comes in a sheath. For millennia, the indigenous people have used the beans, along with corn kernels, in their practice of magic.

[31]One of the creation couples: Tepeu or king and Gucumatz, a feathered serpent; it becomes Quetzalcóatl in the Mayan version.

Existieron y se multiplicaron; tuvieron hijas, tuvieron hijos los muñecos de palo; pero no tenían alma, ni entendimiento, no se acordaban de sus Creadores; caminaban sin rumbo y andaban a gatas.

Ya no se acordaban del Corazón del Cielo y por eso cayeron en desgracia. Fue solamente un ensayo, un intento de hacer hombres. Hablaban al principio, pero su cara estaba enjuta; sus pies y sus manos no tenían consistencia; no tenían sangre, ni sustancia, ni humedad, ni gordura; sus mejillas estaban secas, secos sus pies y sus manos, y amarillas sus carnes.

Por esta razón ya no pensaban en los Creadores, en los que les daban el ser y cuidaban de ellos.

Estos fueron los primeros hombres que en gran número existieron sobre la faz de la tierra.

Capítulo III

En seguida fueron aniquilados, destruidos y deshechos los muñecos de palo, y recibieron la muerte.

Una inundación fue producida por el Corazón del Cielo; un gran diluvio se formó, que cayó sobre las cabezas de los muñecos de palo.

De tzité se hizo la carne del hombre, pero cuando la mujer fue labrada por los Creadores, se hizo de espadaña[32] la carne de la mujer.

Pero no pensaban, no hablaban con sus Creadores, que los habían hecho, que los habían creado. Y por esta razón fueron muertos, fueron anegados. Una resina abundante vino del cielo. El llamado Xecotcovach llegó y les vació los ojos; Camalotz vino a cortarles la cabeza; y vino Cotzbalam y les devoró las carnes. El Tucumbalam llegó también y les quebró y magulló los huesos y los nervios, les molió y desmoronó los huesos.

Desesperados corrían de un lado para otro; querían subirse sobre las casas y las casas se caían y los arrojaban al suelo; querían subirse sobre los árboles y los árboles los lanzaban a lo lejos; querían entrar en las cavernas y las cavernas se cerraban ante ellos[33].... a todos les fueron destrozadas las bocas y las caras. Y dicen que la descendencia de aquéllos son los monos que existen ahora en los bosques; estos son la muestra de aquéllos, porque sólo de palo fue hecha su carne.

Y por esta razón el mono se parece al hombre, es la muestra de una generación de hombres creados, de hombres formados que eran solamente muñecos y hechos solamente de madera.

TERCERA PARTE

Capítulo I

... A continuación entraron en pláticas acerca de la creación y la formación de nuestra primera madre y padre. De maíz amarillo y de maíz blanco se hizo su carne; de masa de maíz se hicieron los brazos y las piernas del hombre. Únicamente masa de maíz entró en la carne de nuestros padres, los cuatro hombres que fueron creados.

Capítulo II

Estos son los nombres de los primeros hombres que fueron creados y formados: el primer hombre fue Balam-Quitzé, el segundo Balam-Acab, el tercero Mahucutah y el cuarto Iqui-Balam. Estos son los nombres de nuestras primeras madres y padres[34].

Se dice que ellos sólo fueron hechos y formados, no tuvieron madre, no tuvieron padre. No nacieron de mujer, ni fueron engendrados por los Creadores. Sólo por un prodigio, por obra de encantamiento fueron creados y formados. Y como tenían la apariencia de hombres, hombres fueron; hablaron, conversaron, vieron y oyeron, anduvieron, agarraban las cosas; eran hombres buenos y hermosos y su figura era figura de varón.

Fueron dotados de inteligencia; vieron y al punto se extendió su vista, alcanzaron a ver, alcanzaron a conocer todo lo que hay en el mundo. Cuando miraban, al instante veían a su alrededor contemplaban en torno a ellos la bóveda del cielo y la faz redonda de la tierra.

Las cosas ocultas las veían todas, sin tener primero que moverse; en seguida veían el mundo y asimismo desde el lugar donde estaban lo veían.

Grande era su sabiduría; su vista llegaba hasta los bosques, las rocas, los lagos, los mares, las montañas y los valles.

Entonces les preguntaron: —¿Qué pensáis de vuestro estado? ¿No miráis? ¿No oís? ¿No son buenos vuestro lenguaje y vuestra manera de andar? ¡Mirad, pues! ¡Contemplad el mundo, ved si aparecen las

[32]A bamboo-like plant used to make matting

[33]A theological concept similar to the concept of hell in Christianity.

[34]The generic gender labels imply both male and female.

montañas y los valles! ¡Probad, pues, a ver! les dijeron...

Acabaron de conocerlo todo y examinaron los cuatro rincones y los cuatro puntos de la bóveda del cielo y de la faz de la tierra.

Pero los Creadores no oyeron esto con gusto.

—No está bien lo que dicen nuestras criaturas, nuestras obras; todo lo saben, lo grande y lo pequeño, dijeron. Y así celebraron consejo nuevamente los Progenitores: —¿Qué haremos ahora con ellos? ¡Qué su vista sólo alcance a lo que está cerca, qué sólo vean un poco de la faz de la tierra! No está bien lo que dicen. ¿Acaso no son por su naturaleza simples criaturas? ¿Han de ser ellos también dioses? ¿Y si no procrean y se multiplican cuando amanezca, cuando salga el sol? ¿Y si no se propagan? Así dijeron.

—Refrenemos un poco sus deseos, pues no está bien lo que vemos. ¿Por ventura se han de igualar ellos a nosotros, sus autores, que podemos abarcar grandes distancias, que lo sabemos y vemos todo?

Esto dijeron el Corazón del Cielo y los progenitores. Así hablaron y en seguida cambiaron la naturaleza de sus obras, de sus criaturas.

Entonces el Corazón del Cielo les echó un vaho sobre los ojos, los cuales se empañaron como cuando se sopla sobre la luna de un espejo. Sus ojos se velaron y sólo pudieron ver lo que estaba cerca, sólo esto era claro para ellos.

Así fue destruida su sabiduría y todos los conocimientos de los cuatro hombres, origen y principio. Así fueron creados y formados nuestros abuelos, nuestros padres, por el Corazón del Cielo, el Corazón de la Tierra.

Capítulo III

Entonces existieron también sus esposas y fueron hechas sus mujeres. Dios mismo las hizo cuidadosamente. Y así, durante el sueño, llegaron, verdaderamente hermosas sus mujeres.

Allí estaban sus mujeres, cuando despertaron, y al instante se llenaron de alegría sus corazones a causa de sus esposas.

Ellos engendraron a los hombres, a las tribus pequeñas y a las tribus grandes, y fueron el origen de nosotros, la gente del Quiché. Muchos eran los sacerdotes y sacrificadores; no eran solamente cuatro, pero estos cuatro fueron los progenitores de nosotros la gente del Quiché.

COMPRENSIÓN Y ANÁLISIS

Ubique el libro sagrado *Popol Vuh* dentro del marco de la época en que fue concebido. Explique cuándo y cómo se les descubrió este libro a los occidentales. Comente sobre lo siguiente:

Forma

Orden de la narración: Orden cronológico de los acontecimientos de la historia.

La estructura del libro: Introducción, desarrollo, momento climático y conclusión.

El narrador: Analice el sujeto de los verbos en el párrafo introductorio. ¿Quién es la persona del narrador? ¿Es externo (habla en tercera persona) o interno (habla en primera persona) con respecto a los hechos narrados? ¿Es un dios o es un hombre?

Contenido

El tema: Comente sobre el tema de la creación en la religión quiché y en la cristiana.

Los personajes: ¿Quiénes y cómo son los personajes centrales? ¿Cuál es la relación entre ellos? ¿Cómo se distinguen los dioses de los mortales? ¿Cómo se distingue el hombre del resto de las creaturas? ¿De qué materia estaban hechos los hombres en los diferentes intentos de su creación, inclusive el hombre que deseaban crear? ¿Por qué cree que eligieron estos materiales, cuando podrían haber elegido otros? ¿Qué personajes aparecen y cuál es su papel en la historia?

El espacio: ¿Dónde se desarrolla el libro, principalmente la creación del hombre? ¿Por qué? ¿Qué sitios se mencionan en el libro? ¿Cómo son estos lugares? ¿Son siempre así, o varían durante el relato?

El tiempo: ¿Hay un tiempo determinado en el libro? Estudie los verbos en la historia y diga qué tiempos usa el autor para narrar la historia.

La cultura: ¿Mantiene la historia estereotipos sociales, incluso entre los dioses, o se descontinúan? ¿Cuál es el papel de las primeras mujeres en el libro *Popol Vuh*? Compárelo con el de la primera mujer en la Biblia.

¿Cómo castigan los dioses del *Popol Vuh* el exceso de conocimiento de los hombres? ¿Cuál es su analogía con la Biblia? Si los dioses les negaron el conocimiento del principio y del fin a los hombres, ¿por qué y cómo fue revelado en el *Popol Vuh*? ¿No parece un acto de arrogancia que los dioses quichés y el Dios cristiano tuvieran que crear seres sólo para que los adoraran?

Lenguaje

Vocabulario del libro: ¿Qué palabras contribuyen a dar al libro su carácter sagrado?
Descripciones: ¿Qué palabras se utilizan para describir la omnipotencia de los dioses, los espacios, el tiempo? ¿Cómo describen los dioses al hombre perfecto?
La narración: Resuma en pocas palabras la historia narrada.

Comunicación

Qué se usa más en el libro, ¿la narración, o el diálogo?
Analice los diálogos entre los dioses y, a su vez, de éstos con los diferentes seres que aparecen en el libro.
¿Cómo se usan los pronombres de tratamiento (tú, usted, vos, ustedes) en las relaciones entre los personajes?

Ejercicios de creación literaria

Busque y explique similitudes y diferencias entre el libro sagrado de *Popol Vuh* y la Biblia, considerando la creación, los animales simbólicos, los materiales empleados en la creación, los seres que rodean a los dioses quichés y al Dios judeocristiano.
Según su opinión, ¿cuál de los dos libros relata mejor la creación? ¿Cuál libro sagrado está más de acuerdo con el conocimiento científico actual sobre el origen?

■ LITERATURA INCA

El imperio inca alcanzó el mayor nivel de desarrollo en la América del Sur precolombina. Los incas desarrollaron una red de caminos, puentes, correos y un sistema político y económico comunitario. También sobresalieron en escultura, cerámica y tejidos. Fueron brillantes en arquitectura ciclópea, parecida a la de los romanos, empleando inmensas piedras puestas juntas sin usar cemento; también sabían de medicina y aún ejecutaron operaciones de cerebro.

La literatura del imperio inca ha sido difícil de penetrar por falta de códices. Sabemos que de las sociedades precolombinas, la más ordenada fue la incaica, debido al sistema que podría definirse como totalitarismo socialista. El Inca, el hijo del sol, lo era todo para el imperio. No había quien se opusiera a sistema tan estricto. Los primeros en hacerlo fueron los harabec, o poetas solitarios dedicados al pastoreo. En su poesía, caracterizada por el metro corto, sembraron las semillas de la poesía de protesta contra el sistema totalitario. Otro tipo de poetas eran los expertos en quipus o poetas de la corte, dedicados a cantar las victorias imperiales y a perpetuar el nombre y la fama del Inca. La metafísica de los incas tenía el concepto de la Trinidad. Trágicamente, los españoles en su afán de destruir lo que ellos denominaban «idolatrías», pero que en realidad eran genuinas expresiones espirituales de esas culturas, destruyeron gran parte de la teología y revistieron las deidades indígenas con características cristianas[35].

La poesía incaica es de carácter idílico y describe un ambiente urbano, aunque rústico, con animales domésticos y mansos. En tal contexto aparece el drama *Ollantay*. La historia cuenta la odisea del valiente general incaico Ollantá que había realizado grandes hazañas para el imperio. Se enamoró de la princesa Cori Coyllur pero por ser plebeyo, Ollantá no se podía casar con su amada. Entonces se rebeló contra el Inca, hasta que alcanzó su cometido. Este drama es un gran ejemplo del triunfo del amor sobre la autoridad y expuso las raíces revolucionarias de los libre pensadores indígenas.

Poesía quechua

La poesía quechua fue cultivada ampliamente por los *amautas* u hombres sabios. Se distingue por su tono melancólico y sentimental, pero con fondo filosófico. La temática es generalmente religiosa,

[35]Ironically, the archetypal metaphysical belief of the indigenous people facilitated their conquest. Christian mythology was juxtaposed to theirs, easing the spiritual conversion.

heroica, agraria, jerárquica, zoológica y romántica. En ella se escuchan loas y quejas sobre la ausencia o el abandono amoroso y mezcla las pasiones individuales con las colectivas. Su zoología, en contraste con la azteca, cambia del venado a la llama y de la serpiente al águila. El ritmo de la poesía quechua es monocorde y polimétrico, como una ingenua canción de cuna. Los ejemplos más antiguos de poesía quechua aparecen en los *Comentarios reales* del Inca Garcilaso de la Vega.

Hay poesía de tema ritual y épico como «Himno de Manko Qhapaj», el fundador del Imperio Inca, de su capital Cuzco y de la dinastía que duró hasta el siglo XII. Se conocen tambien los *yaravíes*, elegías de amor o canciones de arrepentimiento o de gracia, y el *aranway*, una fábula humorística. Muchas de estas formas eran cantadas, y por eso su versificación es sencilla.

HIMNO DE MANKO QHAPAJ[36]

Viracocha,
poderoso cimiento del mundo,
tú dispones:
sea este varón, sea esta mujer.

Señor de la fuente sagrada,
tú gobiernas hasta el granizo.
¿Dónde estás
como si no fuera yo hijo tuyo
arriba, abajo, en el intermedio
o en tu asiento de supremo juez?
Óyeme, tú que permaneces
en el océano del cielo
y que también vives
en los mares de la tierra.
Gobierno del mundo,
creador del hombre.
Los señores y los príncipes
con sus torpes ojos
quieren verte.
Mas cuando yo pueda ver,
y conocer, y alejarme.

[36]Heroic and ritual theme; Manco Cápac was the founder of the Inca Empire, their dynasty, and Cuzco.

MORENA MÍA

ARAWI[37]

Morena,
tierno manjar, sonrisa del agua,
tu corazón no sabe de penas
y no saben de lágrimas tus ojos.

Porque eres la mujer más bella,
porque eres reina mía,
porque eres mi princesa,
dejo que el agua del amor
me arrastre en su corriente,
dejo que la tormenta
de la pasión me empuje
allí donde he de ver la manta
que ciñe tus hombros
y la saya[38] revuelta que a tus muslos se abraza.

Cuando es de día, ya no puede
llegar la noche;
de noche, el sueño me abandona
y la aurora no llega.

Tú, reina mía, señora mía,
¿ya no querrás pensar en mí
cuando el león y el zorro
vengan a devorarme
en esta cárcel,
ni cuando sepas que condenado estoy
a no salir de aquí, señora mía?

COMPRENSIÓN Y ANÁLISIS

Sitúe el poema «Morena mía» dentro de la época en que fue escrito. Comente sobre lo siguiente:

Forma

La estructura del poema: Número de versos, medida de los versos.
El ritmo: Lea el poema y note su ritmo desenfadado.

[37]A love poem

[38]Skirt

Contenido

El tema: Comente sobre la influencia del amor en el estado de ánimo del poeta. Decida si el poeta es o no correspondido por Morena.
Los personajes: Asumimos que el poeta es el interlocutor. ¿Quién y cómo es el interlocutor? ¿Quién y cómo es la interpelada (usted/tú)? ¿Cuál es la relación entre el poeta y Morena?
El espacio: ¿Desde dónde, al parecer, escribe el poeta?
El tiempo: ¿Hay un tiempo determinado en el poema? Estudie los verbos en el poema y diga qué tiempos usa el poeta para expresar sus ideas.
La cultura: ¿Cómo podría interpretarse el hecho de que el poeta llame a su amada reina, princesa, señora? Cuando el poeta menciona la cárcel, ¿habla en sentido real o figurado?
¿Cuál es la relación del título con el contenido del poema?

Lenguaje

Vocabulario del poema: ¿Qué palabras contribuyen a dar al poema su familiaridad, su tono desenfadado? ¿Qué versos muestran el ardor del poeta sin reservas?
Descripciones: ¿Qué palabras se utilizan para describir a Morena, la escena social, el amor que siente el poeta?
Lenguaje figurado: Analice la forma en que el autor usa el lenguaje popular en el refrán «Cuando es de día ya no puede llegar la noche». ¿Qué otras figuras literarias o tropos se presentan?

Comunicación

¿Cómo se usan los pronombres de tratamiento (tú, usted, vos, ustedes) en las relaciones entre los personajes?

Ejercicios de creación literaria

Asuma el punto de vista de la Morena y respóndale al poeta. Escriba un poema dedicado a un personaje masculino. ¿Cómo lo alabaría?

CANCIÓN DE AUSENCIA

¡Cómo el recuerdo de tus ojos reidores me embelesa!
¡Cómo el recuerdo de tus ojos traviesos me enferma de nostalgia!

—Basta ya, mi rey, basta ya.
¿Permitirás que mis lágrimas lleguen a colmar tu corazón?
—Derramando la lluvia de mis lágrimas sobre las kantutas y en cada quebrada te espero, hermosa mía.

RUNA KÁMAJ[39]

Amanece la tierra y se cubre de luces
a fin de venerar al creador del hombre.
Y el alto cielo barre sus nubes
para humillarse ante el creador del mundo.

El rey de las estrellas y padre nuestro, el Sol,
su cabellera extiende a los pies de él.
Y el viento junta las copas de los árboles
y sacude sus ramas y las yergue hacia el cielo.

Y en el regazo de los árboles los pajarillos cantan
y rinden el fervor de su homenaje al regidor del mundo.
Todas las flores, bellas y ufanas,
exhiben sus colores y sus perfumes.

Y en el seno del lago, que es universo de cristal,
es grande el alborozo de los peces.
El río caudaloso con su bronco cantar
está rindiendo su alabanza a Viracocha.

El peñasco también se atavía de verde
y la floresta del barranco ostenta flores nuevas.
Y las serpientes, habitantes del monte,
van arrastrándose a los pies de él.

La vicuña del páramo y la vizcacha[40] del peñasco
se domestican cerca de él.
Así también mi corazón en cada amanecer
te rinde su alabanza, Padre mío y creador.

---

[39]Breath of man; one of the attributes of Viracocha, son of the sun

[40]Large hare

TAKI[41]

Hermosa flor eres tú,
punzante espina soy yo.
Tú eres ventura hecha vida
pensar que cunde soy yo.

Tú eres virginal paloma,
odiosa mosca soy yo.
Luna de nieve eres tú,
noche de pena soy yo.

Tú eres árbol frutecido,
carcomido tronco yo.
Tú eres mi sol, mi sol eres,
noche de pesar soy yo.

Tú eres vida de mi vida,
eres amor de mi amor.
Alfombra a tus pies tendida
seré eternamente yo.

Blando helecho que despliega
su traje de verde nuevo;
vestida de blanco, eres
la estrella de mi mañana.

Blanca nube, la más leve,
clara fuente de agua pura,
tú serás mi dulce engaño,
yo seré tu oscura sombra.

WANKA

Protectora sombra de árbol, camino de vida,
limpio cristal de cascada fuiste tú.
En tu ramaje anidó mi corazón,
mi regocijo a tu sombra floreció.

¿Es posible que te vayas tan solo?
¿Ya no volverás a abrir los ojos?
¿Por qué camino te has de ir dejándome,
sin volver a abrir siquiera los labios?
¿Qué árbol me prestará ahora su sombra?
¿Qué cascada me dará su canción?

¿Cómo he de poder quedarme tan solo?
El mundo será un desierto para mí.

---

[41]Poem to be sung

Capítulo 2

ENCUENTRO DE DOS MUNDOS

■ CONQUISTA Y COLONIZACIÓN

En 1492, cuando se llevó a cabo el descubrimiento del Nuevo Mundo, reinaban en España Isabel I de Castilla y Fernando de Aragón, conocidos como *Los Reyes Católicos.* Fueron ellos quienes establecieron la Santa Inquisición[1] para descubrir y castigar a los no católicos, considerados como herejes. Esta visión cristianizante fue una de las metas del descubrimiento y la conquista; con el pasar de los años se cristianizó a la mayoría de los indígenas.

Además de la religión, España trajo a América el sistema feudal y las ideas medievales reinantes. El Renacimiento afloraba en Europa, pero a España llegó muy lentamente. El espíritu renacentista tendía a la liberación espiritual e intelectual; desdichadamente, los conquistadores españoles, recelosos de cambio, mantenían su mentalidad medieval. No eran hombres de pensamiento, sino hombres de acción.

La conquista española fue una empresa militar y religiosa, cuyo objeto era ganar tierra y fortuna para el rey y los conquistadores, así como cristianizar a los indígenas. Los símbolos de la conquista fueron la cruz y la espada. Los Reyes Católicos declararon la libertad de los nativos mientras que los repartían en *Encomiendas*[2] en donde se les forzaba a trabajar para los conquistadores.

Es de apreciar el valor de los españoles que se abrieron paso por montañas, selvas, mares y desiertos impulsados por su fe cristiana y el amor a su rey. Lo trágico fue que se sentían elegidos por Dios para implantar el cristianismo en el Nuevo Mundo.

Santo Domingo fue el primer centro cultural del Nuevo Mundo. Allí se estableció la primera iglesia, el primer convento, el primer palacio y la primera universidad. También desde allí se expandieron la conquista y la colonización. Uno de los conquistadores más destacados fue Hernán Cortés (1485–1547). Su encuentro con el gran Imperio Azteca lo deslumbró y despertó su espíritu militarista. Se valió de trucos y brutalidad para casi destruir la organización social, arquitectónica y espiritual de los indígenas. Cortés fue amable con quien se le sometía, pero terrible con el rebelde.

Hubo misioneros que defendieron a los indígenas contra los abusos. El más sobresaliente fue Fray Bartolomé de las Casas[3], quien nos dejó dos maravillosos libros: *Brevísima relación de la destrucción de las Indias e Historia general de las Indias.* En estas obras Fray Bartolomé desenmascaró la hipocresía, codicia y avaricia de los soldados cristianos que sometían a los nativos con la excusa de alcanzarles la salvación eterna. Algunos frailes, como Fray Toribio de Benavente, aprendieron lenguas nativas para cristianizar más fácilmente a los nativos. A Fray Toribio, más conocido como Motolinía, se le considera el primer antropólogo del Nuevo Mundo. Terminada la conquista de México, los españoles buscaron otras metas y se internaron en el norte de Suramérica en busca de *El Dorado*; otros partieron para el norte en busca de tierras, oro y la Fuente de la Juventud.

La literatura europea de la época era italianizante, pero en el Nuevo Mundo prosperaron la crónica o relato testimonial y el teatro. La crónica era escrita por los protagonistas de los hechos. Cristóbal Colón fue el primer cronista, seguido por misioneros y soldados, que sin mucha educación, describieron lo que estaban descubriendo. Colón en

---

[1]Established by the Council of Verona in 1183; it expanded to France and eventually to all Christian territories; Spain brought the Inquisition to the New World where it flourished until 1843.

[2]Colonial institution in the New World by which the Indigenous people were given to the conquerors for whom they had to work; in return, the conquerors had to Christianize them and teach them the new laws; this institution existed until the eighteenth century.

[3]Dominican missionary (1474–1566)

sus *Cartas* y su *Diario* expresó asombro ante lo que encontraba: la belleza natural y desnuda de los indígenas, la dulzura de sus gestos y sonrisa, como también el cálido clima donde abundaba gran variedad de fauna y flora. Al comienzo muchos indígenas pensaron que los españoles, con sus caballos, pólvora, armas y barbas, eran dioses. Es de imaginar su terror cuando se desengañaron; los españoles desataron contra ellos gran brutalidad, violentando su cultura, abusando a sus mujeres, saqueando sus templos y ciudades, tomando sus tierras y riquezas. A medida que llegaban a España barcos cargados de oro y piedras preciosas, se despertaba más la codicia del imperio y de sus súbditos. Tal situación perduró por tres siglos.

Para información sobre esta epoca, además de la muestra presentada a continuación, se recomiendan las obras y autores siguientes: Hernán Cortés, *Cartas de relación*; Bernal Díaz del Castillo, *Historia verdadera de la conquista de la Nueva España*; Alvar Núñez Cabeza de Vaca, *Naufragios y relación*; Francisco López de Jerez, *Verdadera relación de la conquista del Perú y provincia de Cuzco*; Fray Bernardino Sahagún, *Historia general de las cosas de Nueva España*; Juan Suárez de Peralta, *Tratado del descubrimiento y conquista*; Gonzalo Jiménez de Quesada, *Compendio historial de la conquista del Nuevo Reino.*

Cristóbal Colón, Italia, 1451–1506

Los orígenes de Colón son bastante oscuros. Posiblemente nació en Génova, aunque consta que nunca habló italiano. Se cree que venía de una familia judía que emigró a España. Su pasión por la marinería lo llevó a varios países mediterráneos y finalmente se estableció en Portugal en 1485; allí buscó ayuda de Juan II de Portugal, pero el monarca no apoyó su propuesta para encontrar una ruta más directa a las Indias. Los Reyes Católicos, que tenían ambiciones imperiales, acogieron su iniciativa y le proporcionaron el dinero para la exploración. Después de tres meses de navegación, el 12 de octubre de 1492, Colón llegó a la isla que nombró San Salvador; de allí pasó a Cuba, a la Española y luego regresó a España donde fue colmado de honores. Hizo tres viajes más, explorando otras islas y las costas de Centro América y de Venezuela. Al final de su vida perdió el favor de la Corona y se vio sometido a responder cargos en varios procesos legales. Murió en Valladolid pobre y olvidado.

En 1493, Colón escribió *La carta del descubrimiento*, primer documento sobre América; aunque se le ha acusado de presentar una idea falsa de América, deformada por sus prejuicios, este documento se debe leer con perspectiva histórica y recordando que casi nadie supera sus propias circunstancias. *La carta* contiene nociones fundamentales del nuevo continente, tales como descripciones de la tierra, su belleza, y riqueza; describe a los indígenas como seres buenos por naturaleza y creyentes en el bien y en la justicia, ignorantes de la guerra y generosos con sus posesiones. *La carta* también recoge leyendas misteriosas y mitológicas.

CARTA DEL DESCUBRIMIENTO

(1493)

Señor, porque sé que habréis placer de la gran victoria que nuestro Señor me ha dado en mi viaje, vos escribo ésta, por la cual sabréis como en 33 días pasé a las Indias, con la armada que los Ilustrísimos Rey y Reina nuestros señores me dieron, donde yo hallé muy muchas islas pobladas con gente sin número, y de ellas todas he tomado posesión por sus altezas con pregón[4] y bandera real extendida, y no me fue contradicho. A la primera que yo hallé puse nombre San Salvador, a conmemoración de Su Alta Majestad, el cual maravillosamente todo esto ha dado; los indios la llaman Guanahani. A la segunda puse nombre la isla de Santa María de Concepción, a la tercera Fernandina, a la cuarta la Isabela, a la quinta la isla Juana[5] y así a cada una nombre nuevo.

Cuando yo llegué a la Juana, seguí yo la costa de ella al poniente, y la hallé tan grande que pensé que sería tierra firme, la provincia de Catayo[6]. Y como no hallé así villas y lugares en la costa de la mar, salvo pequeñas poblaciones, con la gente de las cuales no podía haber habla, porque luego huían todos, andaba yo adelante por el dicho camino, pensando de no errar grandes ciudades o villas. Y al cabo de muchas leguas, visto que no había innovación y que la costa me llevaba al septentrión[7], de adonde mi voluntad

[4]Proclamation

[5]Cuba

[6]Name given in Medieval maps to the hypothetical lands west of Europe

[7]North

era contraria, porque el invierno era ya encarnado, y yo tenía propósito de hacer de él al austro, y también el viento me dio adelante, determiné de no aguardar otro tiempo, y volví atrás hasta un señalado puerto, de adonde envié dos hombres por la tierra, para saber si había rey o grandes ciudades. Anduvieron tres jornadas y hallaron infinitas poblaciones pequeñas y gente sin número, mas no cosa de regimiento; por lo cual se volvieron. Yo entendía harto de otros indios, que ya tenía tomados, cómo continuamente esta tierra era isla; y así seguí la costa de élla al oriente ciento y siete leguas hasta donde hacía fin; del cual cabo vi otra isla al oriente distante de ésta diez y ocho leguas, a la cual luego puse nombre La Española[8], y fui allí; y seguí la parte del septentrión, así como de la Juana, al oriente ciento y ochenta y ocho grandes leguas, por línea recta. La cual y todas las otras son fertilísimas en demasiado grado, y ésta en extremo; en ella hay muchos puertos en la costa de la mar sin comparación de otros que yo sepa en cristianos, y hartos ríos y buenos y grandes que es maravilla; las tierras de ella son altas y en élla muy muchas sierras y montañas altísimas, sin comparación de la isla de Tenerife, todas hermosísimas, de mil hechuras, y todas andables y llenas de árboles de mil maneras y altas, y parecen que llegan al cielo; y tengo por dicho que jamás pierden la hoja, según lo pude comprender, que los vi tan verdes y tan hermosos como son por mayo en España. Y de ellos estaban floridos, de ellos con fruto, y de ellos en otro término, según es su calidad; y cantaba el ruiseñor y otros pajaricos de mil maneras en el mes de noviembre por allí donde yo andaba. Hay palmas de seis o de ocho maneras, que es admiración verlas, por la deformidad hermosa de ellas, mas así como los otros árboles y frutos y yerbas; en ella hay pinares a maravilla, y hay campiñas grandísimas, y hay miel, y de muchas maneras de aves y frutas muy diversas. En las tierras hay muchas minas de metales y hay gente en estimable número.

La Española es maravilla; las sierras y las montañas y las vegas y las campiñas, y las tierras tan hermosas y gruesas para plantar y sembrar, para criar ganados de todas suertes, para edificios de villas y lugares. Los puertos de la mar, aquí no habría creencia sin vista, y de los ríos muchos y grandes y buenas aguas; los más de los cuales traen oro. En los árboles y frutos y yerbas hay grandes diferencias de aquéllas de la Juana: en ésta hay muchas especierías, y grandes minas de oro y de otros metales.

La gente de esta isla y de todas las otras que he hallado y habido noticia, andan todos desnudos, hombres y mujeres, así como sus madres los paren; aunque algunas mujeres se cubrían un solo lugar con una hoja de yerba o una cosa de algodón que para ello hacen. Ellos no tienen hierro ni acero ni armas ni son para ello; no porque no sea gente bien dispuesta y de hermosa estatura, salvo que son muy temerosos a maravilla. No tienen otras armas salvo las armas de las cañas cuando están con la simiente[9], a la cual ponen al cabo un palillo agudo, y no osan usar de aquéllas; que muchas veces me acaeció enviar a tierra dos o tres hombres, a alguna villa, para haber habla, y salir a ello sin número, y después que los veían llegar, huían a no aguardar padre a hijo; y esto no porque a ninguno se haya hecho mal; antes, a todo cabo adonde yo haya estado y podido haber habla les he dado de todo lo que tenía, así paño como otras cosas muchas, sin recibir por ello cosa alguna; mas son así temerosos sin remedio. Verdad es que, después que se aseguran y pierden este miedo, ellos son tanto sin engaño y tan liberales de lo que tienen, que no lo creería sino el que lo viese. Ellos de cosa que tengan, pidiéndosela, jamás dicen de no; antes, convidan la persona con ello y muestran tanto amor que darían los corazones, y quier sea cosa de valor, quier sea de poco precio, luego por cualquiera cosica de cualquiera manera que sea que se les dé, por ello son contentos.

Yo defendí que no se les diesen cosas tan viles como pedazos de escudillas[10] rotas y pedazos de vidrio roto y cabos de agujetas; aunque cuando ellos esto podían llevar los parecía haber la mejor joya del mundo; que se acertó haber un marinero, por una agujeta, de oro peso de dos castellanos y medio[11]; y otros, de otras cosas, que muy menos valían, mucho más. Ya por blancas nuevas daban por ellas todo cuanto tenían, aunque fuesen dos ni tres castellanos de oro, o una arroba o dos de algodón hilado. Hasta los pedazos de los arcos rotos de las pipas tomaban, y daban lo que tenían como bestias; así que me pareció mal, y yo lo defendí. Y daba yo graciosas mil cosas buenas que yo llevaba porque tomen amor; y

[8]Haiti and Dominican Republic

[9]Seed

[10]Bowl

[11]For a needle, a Spaniard received gold worth two and a half Castilian money.

allende[12] de esto se harán cristianos, que se inclinan al amor y servicio de sus altezas y de toda la nación castellana; y procuran de ayuntar y nos dan de las cosas que tienen en abundancia que nos son necesarias. Y no conocían ninguna secta ni idolatría, salvo que todos creen que las fuerzas y el bien es en el cielo; y creían muy firme que yo con estos navíos y gente venía del cielo; y en tal acatamiento me recibían en todo cabo, después de haber perdido el miedo. Y esto no procede porque sean ignorantes, salvo de muy sutil ingenio, y hombres que navegan todas aquellas mares, que es maravilla la buena cuenta que ellos dan de todo, salvo porque nunca vieron gente vestida, ni semejantes navíos.

Y luego que llegué a las Indias, en la primera isla que hallé, tomé por fuerza algunos de ellos para que dependiesen y me diesen noticia de lo que había en aquellas partes; y así fue que luego entendieron y nos a ellos, cuando por lengua o señas; y estos han aprovechado mucho. Hoy en día los traigo que siempre están de propósito que vengo del cielo, por mucha conversación que hayan habido conmigo. Y éstos eran los primeros a pronunciarlo adonde yo llegaba, y los otros andaban corriendo de casa en casa, y a las villas cercanas con voces altas: «Venid; venid a ver la gente del cielo». Así todos, hombres como mujeres, después de haber el corazón seguro de nos, venían que no quedaba grande ni pequeño, y todos traían algo de comer y de beber, que daban con un amor maravilloso.

Ellos tienen en todas las islas muy muchas canoas, a manera de fustas de remo[13]: de ellas mayores, de ellas menores; y algunas y muchas son mayores que una fusta de diez y ocho bancos; no son tan anclas, porque son de un solo madero; mas una fusta no tendrá con ellas al remo, porque van que no es cosa de creer[14]; y con éstas navegan todas aquellas islas, que son innumerables, y traen sus mercaderías. Algunas de estas canoas he visto con setenta y ochenta hombres en ella, y cada uno con su remo.

En todas estas islas no vi mucha diversidad de la hechura de la gente, ni en las costumbres, ni en la lengua, salvo que todos se entienden, que es cosa muy singular; para lo que espero qué determinarán sus altezas para la conversión de ellos de nuestra santa fe, a la cual son muy dispuestos.

Ya dije cómo yo había andado ciento siete leguas por la costa de la mar, por la derecha línea de occidente a oriente, por la isla Juana; según el cual camino puedo decir que esta isla es mayor que Inglaterra y Escocia juntas, porque, allende de estas ciento siete leguas, me quedan, de la parte del poniente, dos provincias que yo no he andado, la una de las cuales llaman *auou*, adonde nace la gente con cola; las cuales provincias no pueden tener en longura menos de cincuenta o sesenta leguas, según pude entender de estos indios que yo tengo, los cuales saben todos las islas.

Esta otra Española en cerco tiene más que la España toda desde Colibre, por costa de mar, hasta Fuente Rabía, en Vizcaya, pues en una cuadra anduve ciento ochenta y ocho leguas por recta línea de occidente a oriente. Esta es para desear, y vista es para nunca dejar en la cual, puesto que de todas tenga tomada posesión por sus altezas, y todas sean más abastadas de lo que yo sé y puedo decir, y todas las tengo por de sus altezas, cual de ellas pueden disponer como y tan cumplidamente como de los Reinos de Castilla. En esta Española, en el lugar más convenible y mejor comarca para las minas del oro y de todo trato, así de la tierra firme de acá, como de aquélla de allá del Gran Can[15], adonde habrá gran trato y ganancia, he tomado posesión de una villa grande, a la cual puse nombre la Villa de Navidad; y en ella he hecho fuerza y fortaleza, que ya a estas horas estará del todo acabada, y he dejado en ella gente que baste para semejante hecho, con armas y artillería y vituallas[16] para más de un año, y fusta y maestro de la mar en todas artes para hacer otras; y grande amistad con el Rey de aquella tierra, en tanto grado que se preciaba de me llamar y tener por hermano. Y aunque le mudase la voluntad a ofender esta gente, él ni los suyos no saben qué sean armas, y andan desnudos; como ya he dicho, son los más temerosos que hay en el mundo. Así que solamente la gente que allá queda es para destruir toda aquella tierra; y es isla sin peligro de sus personas sabiéndose regir.

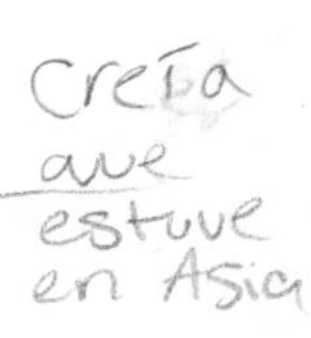

En todas estas islas me parece que todos los hombres sean contentos con una mujer, y a su

[12]Later

[13]A riding whip or boat

[14]A Spanish riding whip could not compete in speed with the indigenous ones.

[15]Columbus thought he was in Asia, hence the allusion to the great Mongolian Emperor.

[16]Provisions

mayoral o rey den hasta veinte. Las mujeres me parece que trabajan más que los hombres; ni he podido entender si tienen bienes propios, que me pareció ver que aquello que uno tenía todos hacían parte, en especial de las cosas comederas.

En estas islas hasta aquí no he hallado hombres monstruos como muchos pensaban; mas antes es toda gente de muy lindo acatamiento: ni son negros como en Guinea, salvo con sus cabellos corregidos, y no se crían a donde hay ímpetu demasiado de los rayos solares. Es verdad que el sol tiene allí gran fuerza, puesto que es distante de la línea equinoccial veinte y seis grados. En estas islas adonde hay montañas grandes ahí tenía fuerza el frío este invierno; mas ellos lo sufren por la costumbre y con la ayuda de las viandas; comen con especial muchas y muy calientes en demasía. Así que monstruos no he hallado, ni noticia, salvo de una isla, la segunda a la entrada de las Indias, que es poblada de una gente que tienen en todas las islas por muy feroces, los cuales comen carne humana. Estos tienen muchas canoas, con las cuales corren todas las islas de India y roban y toman cuanto pueden. Ellos no son más deformes que los otros; salvo que tienen en costumbre de traer los cabellos largos como mujeres, y usan arcos y flechas de las mismas armas de cañas, con un palillo al cabo por defecto de hierro que no tienen. Son feroces entre estos otros pueblos que son en demasiado grado cobardes; mas yo no los tengo en nada más que a los otros. Estos son aquéllos que tratan con las mujeres de Matinino, que es la primera isla, partiendo de España para las Indias, que se halla, en la cual no hay hombre ninguno. Ellas no usan ejercicio femenil, salvo arcos y flechas, como los sobredichos de cañas, y se arman y cobijan con planchas de cobre, de que tienen mucho[17].

Otra isla me aseguran mayor que la Española, en que las personas no tienen ningún cabello. En ésta hay oro sin cuento, y de éstas y de las otras traigo conmigo indios para testimonio.

En conclusión, a hablar de esto solamente que se ha hecho este viaje que fue así de corrida, que pueden ver sus altezas que yo les daré oro cuanto hubieren menester, con muy poquita ayuda que sus altezas me darán; ahora especiería y algodón cuanto sus altezas mandaren cargar, y almástiga[18] cuanto mandaran cargar; y de la cual hasta hoy no se ha hallado salvo en Grecia y en la isla de Xio[19], y el Señorío la vende como quiere, y lináloe[20] cuanto mandaran cargar, y esclavos cuantos mandaran cargar, y serán de los idólatras; y creo haber hallado ruibarbo y canela, y otras mil cosas de sustancia hallaré, que habrá hallado la gente que allá dejo; porque yo no me he detenido ningún cabo, en cuanto el viento me haya dado lugar de navegar; solamente en la Villa de Navidad, en cuanto dejé asegurado y bien asentado. Y a la verdad mucho más hiciera si los navíos me sirvieran como razón demandaba.

Esto es harto, y eterno Dios nuestro Señor, el cual da a todos aquéllos que andan su camino victoria de cosas que parecen imposibles. Y ésta señaladamente fue la una; porque, aunque de estas tierras hayan hablado o escrito, todo va por conjetura sin allegar de vista; salvo comprendiendo a tanto que los oyentes, los más, escuchaban, y juzgaban más por habla que por poca cosa de ello. Así que pues nuestro Redentor dio esta victoria a nuestros Ilustrísimos Rey y Reina y a sus reinos famosos de tan alta cosa, adonde toda la cristiandad debe tomar alegría y hacer grandes fiestas, y dar gracias solemnes a la Santa Trinidad, con muchas oraciones solemnes por el tanto ensalzamiento que habrán, en tornándose tantos pueblos a nuestra Santa Fe, y después por los bienes temporales que no solamente a la España, mas a todos los cristianos tendrán aquí refrigerio y ganancia. Esto según el hecho así en breve. Hecha en la carabela, sobre la isla de Canaria a XV de Febrero, Año Mil CCCCL XXXXIII.

Hará lo que mandaréis,
EL ALMIRANTE

COMPRENSIÓN Y ANÁLISIS

Ubique el documento *La carta del descubrimiento* dentro de la época en que fue escrito. Comente sobre lo siguiente:

[17]Allusion to the fabulous Amazons, mythological warrior women who inhabited Capadocia; they would cut their right breast to better aim their arrows. Settlers to the Amazon River basin thought there were such women in the equatorial river and named it after the Amazons.

[18]Resin of a bush used for lighting

[19]Greek island

[20]Aloe oil

Forma

Orden de la narración: Orden cronológico de los elementos del documento.
La estructura de la carta: Busque la introducción, el desarrollo y la conclusión.
El narrador: Analice la persona de los verbos en el documento. ¿Quién es la persona del narrador? ¿Es el narrador externo o interno respecto a los hechos narrados? ¿Cambia o se mantiene esta estructura del narrador durante la misiva? ¿Qué llegamos a saber sobre el narrador a través del documento?

Contenido

El tema: Comente sobre el significado del descubrimiento de América y lo que implicó para la conformación de los estados modernos.
Los personajes: ¿Quiénes y cómo son los protagonistas? ¿Cuál es la relación entre ellos? ¿A qué se dedican? ¿Qué distingue a los habitantes del Nuevo Mundo de los del Viejo? Analice el papel de Colón y sus marineros en el trato con los nativos. ¿Quién era el Gran Can? ¿Por qué lo nombra en la carta? ¿Con quién quiere compararlo? ¿Por qué motivo?
El espacio: Compare los nuevos lugares con los del Viejo Continente. Indique el nombre actual de los lugares que se mencionan.
El tiempo: ¿Cuánto tiempo tomó a Colón mandar esta misiva con la información? ¿Por qué y para qué menciona las estaciones del año? ¿Fue escrita durante o después de su viaje? ¿Tenía intención de volver al Nuevo Mundo? ¿Se hace referencia a ello en el texto explícitamente o se intuye por el texto? Estudie los verbos y diga qué tiempos usa.
La cultura: Conociendo la época en que se escribió dicha carta, diga si habla de rompimiento o perpetuación de estereotipos sociales, religiosos. Analice cómo habla Colón de los personajes femeninos. ¿Por qué demanda Colón esclavos?
¿Cuál es la relación del título con el contenido del texto?

Lenguaje

Vocabulario de la carta: ¿Qué tipo de lenguaje utiliza Colón directo, indirecto, objetivo, subjetivo? ¿Usa cultismos, indigenismos, jerga? Busque instancias del idioma español de la época y diga lo que significan.
Descripciones: ¿Qué palabras se utilizan para describir a los conquistadores y a los indígenas, los espacios y el tiempo? ¿Cómo se describe Colón a sí mismo?
Narración: ¿Cuál es, en pocas palabras, el contenido de la carta?

Comunicación

¿Cómo se usa en la carta la narración?
¿Existe diálogo en la carta?
¿Cómo usa Colón los pronombres de tratamiento (tú, usted, vos, ustedes) para dirigirse a sus destinatarios?

Ejercicios de creación literaria

Asuma el punto de vista de los indígenas y deles voz en la narración.
Asuma el punto de vista de Colón y vuelva a escribir la carta una vez sabidas las barbaridades que se cometieron tras su llegada.

Bernal Díaz del Castillo, España, ¿1492–1584?

Nació en Medina del Campo y en 1514 se fue para las Indias. Allí acompañó a Cortés en la conquista de México. Esta experiencia la relató en su renombrada obra *Historia verdadera de la conquista de la Nueva España*, escrita en 1568 pero publicada póstumamente en 1632. Según él, participó en ciento diecinueve combates. Por su valor vivencial, *Historia verdadera* es considerada superior a las otras crónicas de la época. A pesar de su falta de educación académica, Bernal Díaz describió pintoresca y detalladamente lo que experimentó en la conquista del gran imperio azteca. Un detalle admirable sobre esta obra es que fue escrita cuando Bernal Díaz tenía mas de setenta años de edad. Sin embargo, su escritura es lúcida llena de detalles y nombres de soldados que sin *Historia verdadera* hubieran quedado en el anonimato. Al contrario de otros cronistas que glorificaban sólo a los capitanes sin dar el crédito debido a los soldados, Bernal Díaz narró muchas hazañas decisivas de todos sus compañeros. *Historia verdadera* presenta la realidad de miles de soldados desconocidos que lucharon por cristianizar el Nuevo Mundo y ganar tierras para sus soberanos.

El valor histórico de este documento sobrepasa el literario y el humano, a pesar de que sólo presenta la realidad de los conquistadores, menospreciando la

Naturalista - very different than in spain
letter to report back to his bosses

tragedia que soportaba el pueblo indígena. Lo redimible de este punto es que Bernal Díaz incluyó valiosos datos sobre la civilización azteca, los cuales han elucidado el entendimiento de la misma.

Bernal Díaz fue un retratista vigoroso y espontáneo, y por medio de su narrativa amena, vívida y exacta nos legó un valioso documento histórico que debe leerse para entender el espíritu que animó la conquista española.

El capítulo CXXVIII de la *Historia verdadera de la conquista de la Nueva España* narra lo que pasó en *la noche triste,* cuando, después de la muerte de Moctezuma, los españoles intentaron escaparse de Tenochtitlán, la capital azteca. Los indígenas enfurecidos por los abusos de los conquistadores estaban decididos a acabar con ellos y volver a tomar su ciudad. Las páginas aquí incluidas narran la sangrienta batalla y la suerte que corrieron miles de hombres esa trágica noche.

HISTORIA VERDADERA DE LA CONQUISTA DE LA NUEVA ESPAÑA

CAPÍTULO CXXVIII

Como veíamos que cada día menguaban nuestras fuerzas y las de los mexicanos crecían, y veíamos muchos de los nuestros muertos y todos los más heridos, y que aunque peleábamos muy como varones no podíamos hacer retirar ni que se apartasen los muchos escuadrones que de día y de noche nos daban guerra, y la pólvora apocada, y la comida y agua por el consiguiente, y el gran Moctezuma muerto[21], las paces y treguas que enviamos a demandar no las querían aceptar; en fin, veíamos nuestras muertes a los ojos, y las puentes que estaban alzadas[22], y fue acordado por Cortés y por todos nuestros capitanes y soldados que de noche nos fuésemos, cuando viésemos que los escuadrones guerreros estaban más descuidados, y para más descuidarlos aquella tarde les enviamos a decir con un *papa*[23] de los que estaban presos, que era muy principal entre ellos, y con otros prisioneros, que nos dejen ir en paz de ahí a ocho días, y que les daríamos todo el oro, y esto por descuidarlos y salirnos aquella noche. Y además de esto estaba con nosotros un soldado que se decía Botello, al parecer muy hombre de bien y latino[24], y había estado en Roma, y decían que era nigromántico, otros decían que tenía familiar[25], algunos le llamaban astrólogo; y este Botello había dicho cuatro días había[26] que hallaba por sus suertes o astrologías que si aquella noche que venía no salíamos de México, que si más aguardábamos, que ninguno saldría con la vida, y aun había dicho otras veces que Cortés había de tener muchos trabajos o había de ser desposeído de su ser y honra, y que después había de volver a ser gran señor, e ilustre, de muchas rentas, y decía otras muchas cosas.

Dejemos a Botero, que después tornaré a hablar en él, y diré cómo se dio luego orden que se hiciese de maderos y tablas muy recias una puente, que llevásemos para poner en las puentes que tenían quebradas, y para ponerlas y llevarlas y guardar el paso hasta que pasase todo el fardare[27] y el ejército señalaron cuatrocientos indios tlaxcaltecas[28] y ciento cincuenta soldados; para llevar la artillería señalaron asimismo doscientos indios de Tlaxcala y cincuenta soldados, y para que fuesen en la delantera, peleando, señalaron a Gonzalo de Sandoval y a Diego de Ordaz; y a Francisco de Saucedo y a Francisco de Lugo, y una capitanía de cien soldados mancebos, sueltos, para que fuesen entre medias[29] y acudiesen a la parte que más conviniese pelear; señalaron al mismo Cortés y Alonso de Ávila y Cristóbal de Olid y a otros capitanes que fuesen en medio; en la retaguardia a Pedro de Alvarado y a Juan Velázquez de León, y entremetidos en medio de los capitanes y soldados de Narváez, y para que

[21]His own people stoned the great emperor to death when he intended to stop the rebellion against Cortés.

[22]Tenochtitlán, the Aztec capital, was built on an island connected to the mainland by bridges. When Cortés tried to flee, the Aztecs burned the bridges, trapping him and his men.

[23]Aztec priest

[24]He knew Latin.

[25]Demon that accompanies and serves a person

[26]Four days ago

[27]Luggage and provisions

[28]Enemies of the Aztecs, who allied themselves with the Spaniards. Up to this day, the term tlaxcaltecas denotes traitor.

[29]In between

llevasen a cargo los prisioneros y a doña Marina[30] y doña Luisa[31], señalaron trescientos tlaxcaltecas y treinta soldados.

Pues hecho este concierto, ya era noche para sacar el oro y llevarlo o repartirlo; mandó Cortés a su camarero, que se decía Cristóbal de Guzmán, y a otros soldados sus criados, que todo el oro y joyas y plata lo sacasen con muchos indios de Tlaxcala que para ellos les dio, y lo pusieron en la sala, y dijo a los oficiales del rey que se decían Alonso de Ávila y Gonzalo Mexía que pusiesen cobro en el oro de Su Majestad, y les dio siete caballos heridos y cojos y una yegua y muchos amigos tlaxcaltecas, que fueron más de ochenta, y cargaron de ello a bulto[32] lo que más pudieron llevar, que estaban hechas barras muy anchas... y quedaba mucho oro en la sala y hecho montones. Entonces Cortés llamó a su secretario y a otros escribanos del rey y dijo: «Dadme por testimonio que no puedo más hacer sobre este oro; aquí teníamos en este aposento y sala sobre setecientos mil pesos de oro, y como habéis visto que no se puede pesar ni poner más en cobro[33], los soldados que quisiesen sacar de ello, desde aquí se lo doy, como ha de quedar perdido entre estos perros». Y desde que aquello oyeron muchos soldados de los de Narváez y algunos de los nuestros, cargaron de ello. Yo digo que no tuve codicia sino procurar de salvar la vida, mas no dejé de apañar[34] de unas cazuelas que allí estaban unos cuatro chalchihuites[35] que son piedras entre los indios muy preciadas, que de presto me eché en los pechos entre las armas, que me fueron después buenas, para curar mis heridas y comer, el valor de ellas.

Pues de que supimos el concierto que Cortés había hecho de la manera que habíamos de salir e ir aquella noche a las puentes, y como hacía algo oscuro y había niebla y lloviznaba, antes de medianoche se comenzó a traer la puente y caminar el fardaje y los caballos y la yegua y los tlaxcaltecas cargados con el oro; y de presto se puso la puente y pasó Cortés y los demás que consigo traía primero, y muchos de a caballo. Y estando en esto suenan las voces y cornetas y gritos y silbos de los mexicanos, y decían en su lengua a los de Tatelulco[36]: «Salid presto con vuestras canoas, que se van los teules[37], y atajadlos que no quede ninguno a vida». Y cuando no me cato[38] vimos tantos escuadrones de guerreros sobre nosotros, y toda la laguna cuajada de canoas que no nos podíamos valer, y muchos de nuestros soldados ya habían pasado. Y estando de esta manera cargan[39] tanta multitud de mexicanos a quitar la puente y a herir y matar en los nuestros, que no se daban manos; y como la desdicha es mala en tales tiempos, ocurre un mal sobre otro; como llovía resbalaron dos caballos y caen en el agua, y como aquello vimos yo y otros de los de Cortés, nos pusimos en salvo de esa parte de la puente, y cargaron tanto guerrero, que por bien que peleábamos no se pudo más aprovechar de la puente. De manera que en aquel paso y apertura del agua de presto se hinchó de caballos muertos y de indios e indias y naborías[40], y fardaje y petacas[41]; y temiendo no nos acabasen de matar, tiramos por nuestra calzada adelante...

Ya que íbamos por nuestra calzada adelante, cabe[42] el pueblo de Tacuba, adonde ya estaba Cortés con todos los capitanes Gonzalo de Sandoval y Cristóbal de Olid y otros de a caballo de los que pasaron delante, decían a voces: «Señor capitán, aguárdenos, que dicen vamos huyendo y los dejamos morir en las puentes; tornémoslos a amparar, si algunos han quedado y no salen ni vienen ninguno». Y la respuesta de Cortés fue que los que habíamos salido era milagro. Y luego volvió con los de a caballo y soldados que no estaban heridos, y no anduvieron mucho trecho, porque luego vino Pedro de Alvarado bien herido, a pie, con una lanza en la mano, porque la yegua alazana ya se la habían muerto, y traía consigo cuatro soldados tan heridos como él y ocho tlaxcaltecas, todos corriendo sangre de muchas heridas. Y entretanto que fue Cortés por la calzada con los demás capitanes, y reparamos en los

[30]Former slave who became Cortes' lover and interpreter.

[31]Daughter of Xicoténcatl, Chief Tlaxcalteca and Cortés' ally

[32]Without weighing it

[33]We cannot take any more

[34]Grab

[35]Precious stones

[36]The center of Tenochtitlán. Today it is the Square of the Three Cultures.

[37]Gods. Name that the Aztecs gave the Spaniards.

[38]Before I knew

[39]Attack

[40]Indian servants

[41]Trunks

[42]Near

patios de Tacuba, ya habían venido de México muchos escuadrones dando voces a dar mandado[43] a Tacuba y a otro pueblo que se dice Escapuzalco, por manera que comenzaron a tirar vara y piedra y flecha, y con sus lanzas grandes; y nosotros hacíamos algunas arremetidas, en que nos defendíamos y ofendíamos.

Volvamos a Pedro de Alvarado; que como Cortés y los demás capitanes le encontraron de aquella manera y vieron que no venían más soldados, se le saltaron las lágrimas de los ojos, y dijo Pedro de Alvarado que Juan Velázquez de León quedó muerto con otros muchos caballeros, así de los nuestros como de los de Narváez, que fueron más de ochenta, en la puente, y que él y los otros soldados que consigo traía, que después que les mataron los caballos pasaron en la puente con mucho peligro sobre muertos y caballos y petacas, que estaba aquel paso de la puente cuajado de ellos, y dijo más: el que todos los puentes y calzadas estaban llenas de guerreros, y en el triste puente, que dijeron después que fue el salto de Alvarado, digo que aquel tiempo ningún soldado se paraba a verlo si saltaba poco o mucho, porque harto teníamos que salvar nuestras vidas, porque estábamos en gran peligro de muerte, según la multitud de mexicanos que sobre nosotros cargaban. Y todo lo que en aquel caso dice Gómara es burla, porque ya que quisiera saltar y sustentarse en la lanza, estaba el agua muy honda y no podía llegar al suelo con ella; y además de esto, el puente y apertura muy ancha y alta, que no la podría salvar por muy más suelto que era, ni sobre lanza ni de otra manera; y bien se puede ver ahora, qué tan alta iba el agua en aquel tiempo y qué tan altas son las paredes donde estaban las vigas de la puente, y qué tan ancha era la apertura; y nunca oí decir de este salto de Alvarado hasta después de ganado México, que fue en unos libelos que puso un Gonzalo de Ocampo, que por ser algo feos aquí no declaro. Y entre ellos dice: «Y decorársete debía del salto que diste de la puente». Y no declaro más en esta tecla.

Dejemos esto y volvamos a decir qué lástima era de ver curar y apretar con algunos paños de mantas nuestras heridas, y cómo se habían resfriado y estaban hinchadas, dolían. Pues más de llorar fue los caballeros y esforzados soldados que faltaron; qué es de Juan Velázquez de León, Francisco Saucedo, y Francisco de Morla, y un Lares el buen jinete, y otros muchos de los nuestros de Cortés. Para qué cuento yo estos pocos, porque para escribir los nombres de los muchos que de nosotros faltaron es no acabar tan presto, pues de los de Narváez todos los más en las puentes quedaron cargados de oro. Digamos ahora el astrólogo Botello no le aprovechó su astrología, que también allí murió con su caballo.

[43]To obey what had been ordered

COMPRENSIÓN Y ANÁLISIS

La crónica es la antecesora del relato periodístico. El autor cuenta lo sucedido a través del tiempo de una manera fidedigna. Ubique el relato *La noche triste* dentro de la época en que fue escrito.

Forma

Orden de la narración: Orden cronológico de los elementos de la historia

La estructura del relato: Busque la introducción, el desarrollo, el momento climático y la conclusión.

El narrador: Analice la persona de los verbos usados en los párrafos introductorios. ¿Quién es la persona del narrador? ¿Es el narrador externo (habla en tercera persona) o interno (habla en primera persona) respecto a los hechos narrados? ¿Qué llegamos a saber sobre el narrador a través de la historia, especialmente en lo que dice sobre Botello?

Contenido

El tema: Comente sobre los sucesos de *La noche triste* y lo que representaron para cada uno de los bandos.

Españoles y mexicanos: ¿Cuál es el papel de los tlaxcaltecas en la historia?

El espacio: Hable sobre los espacios en donde se desarrolla el relato y sobre el grado de luz y oscuridad presente en las situaciones.

El tiempo: ¿En cuánto tiempo se desarrolla la historia? Estudie los verbos en el cuento y diga qué tiempos usa el narrador en la historia. Hable sobre el clima y la hora en la historia.

La cultura: Analice la doble moral de Cortés al poner de testigos a su Secretario y otros escribanos del rey de que él está siendo honesto con el oro que ha robado a los aztecas. ¿Cómo se congenian en esta historia la virilidad de los españoles con sus lágrimas? Compare el papel de las mujeres con el de los hombres en la historia y diga cómo se habla de ellas/ellos.

Lenguaje

Vocabulario de la crónica: ¿Qué palabras contribuyen a dar a la crónica su oscuridad?
Descripciones: ¿Qué palabras se utilizan para describir a los personajes, la escena social y militar, los espacios, el tiempo y el clima?
Narración: Resuma en pocas palabras la historia narrada.
Lenguaje figurado: Analice la defensa que hace el autor de Pedro de Alvarado contra Gómara. Aquí se presentan unas pocas figuras literarias y tropos.
Elemento temático recurrente: Analice el papel del puente en el desarrollo de la historia.

Comunicación

¿Cómo se usan en el cuento la narración y el diálogo?
Analice los diálogos entre las personas de la historia.
¿Quiénes dialogan?
Analice algo de lo que dice Cortés.
¿Cómo se usan los pronombres de tratamiento (tú, usted, vos, ustedes) en las relaciones entre las personas?

Ejercicios de creación literaria

Cuente la historia desde el punto de vista de los mexicanos. Comience una conversación sobre lo sucedido en el reparto del oro.

Bartolomé de las Casas, España, 1475–1566

El *Apóstol de los Indios,* como se llegó a conocer a Fray Bartolomé, nació en Sevilla y se educó en la Universidad de Salamanca. En 1511 acompañó a Diego Velázquez en la conquista de Cuba; fue el primer cura ordenado en el Nuevo Mundo y el primero en delatar las injusticias que los españoles cometían contra los indígenas. En *Historia general de las Indias,* con tono fuerte y firme, Fray Bartolomé acusó a los conquistadores de ultrajar y esclavizar a los indígenas. En el capítulo incluido, se relatan los atropellos contra el cacique Hatuey y la suerte que le acarreó su intento de libertad; esta narración sembró las semillas independentistas que florecieron siglos más tarde cuando Hispanoamérica se liberó del yugo español.

HISTORIA GENERAL DE LAS INDIAS

CAPÍTULO XXV. (FRAGMENTOS)

(Diego Velázquez, con trescientos hombres, zarpó para Cuba en 1511. Cuando el cacique Hatuey se enteró de la llegada de los conquistadores, reunió a su gente y juntos se escaparon hacia las montañas; desde allá intentaron defenderse contra las armas españolas.)

... alcanzados por los caballos, su remedio no está sino en huir y desparcirse por los montes donde se pueden esconder, así lo hicieron estos, los cuales, hecha cara en algunos pasos malos, esperando a los españoles algunas veces, y tiradas sus flechas sin frutos, porque ni mataron ni creo que hirieron jamás alguno, pasados en esto dos o tres meses, acordaron de se esconder... los españoles, dondequiera que hallaban manada de indios, mataban hombres y mujeres y aun niños a estocadas y cuchilladas, los que se les antojaba, y los demás ataban, y llevados ante Diego Velázquez, repartíaselos a unos tantos y a otros tantos, según él juzgaba, no como esclavos sino para que le sirviesen perpetuamente... Viendo el cacique Hatuey pelear contra los españoles era en vano, acordó de ponerse en recaudo huyendo y escondiéndose por las breñas, con hartas angustias y hambres, como las suelen padecer los indios cuando de aquella manera andan, si pudiera escaparse. Y sabido de los indios que tomaban quién era (porque lo primero que se pregunta es por los señores y principales para despachallos, porque, aquéllos muertos, fácil cosa es a los demás sojuzgallos[44]), dándose cuanta prisa y diligencia pudieron en andar tras él muchas cuadrillas para tomallo, por mandado de Diego Velázquez, anduvieron muchísimos días en esta demanda, y a cuantos indios tomaban a vida

[44] Subjugate them

interrogaban con amenazas y tormentos, que dijesen del cacique Hatuey dónde estaba; dellos decían que no sabían; dellos sufriendo los tormentos, negaban; dellos finalmente, descubrieron por donde andaba, y al cabo lo hallaron.

El cual, preso, como un hombre que había cometido crimen, yéndose huyendo desta isla a aquélla por salvar la vida de la muerte y persecución tan horrible, cruel y tiránica, siendo rey y señor en su tierra sin ofender a nadie, despojado de su señorío, dignidad y estado, y de sus súbditos y vasallos, sentenciáronlo a que vivo lo quemasen. Y para que su injusta muerte la divina justicia no vengase sino que la olvidase, acaeció en ella una señalada y lamentable circunstancia; cuando lo querían quemar, estando atado al palo, un religioso de San Francisco le dijo, como mejor pudo que muriese cristiano y se baptizase; respondió que «para qué había de ser como los cristianos, que eran malos». Replicó el padre: «Porque los que mueren cristianos van al cielo y allí están viendo siempre a Dios y holgándose». Tornó a preguntar si iban al cielo cristianos; dijo el padre que sí iban los que eran buenos; concluyó diciendo que no quería ir allá, pues ellos allá iban y estaban. Esto acaeció al tiempo que lo querían quemar, y así luego pusieron a la leña fuego y lo quemaron.

COMPRENSIÓN Y ANÁLISIS

Ubique el relato *El cacique Hatuey* dentro de la época en que fue escrito. Comente sobre lo siguiente:

Forma

Orden de la narración: Orden cronológico de los elementos de la historia

La estructura del relato: Busque la introducción, el desarrollo, el momento climático y la conclusión.

El narrador: Analice la persona de los verbos en los párrafos introductorios. ¿Quién es la persona del narrador? ¿Es el narrador externo (habla en tercera persona) o interno (habla en primera persona) respecto a los hechos narrados? ¿Qué llegamos a saber sobre el narrador a través de la historia, especialmente por la manera como habla de los indígenas?

Contenido

El tema: Comente sobre los sucesos en *El cacique Hatuey* y lo que éstos representaron para cada uno de los bandos. Compare esta crónica con la de Díaz del Castillo.

Los personajes: ¿Quiénes y cómo son los protagonistas? ¿Cuál es la relación entre ellos? ¿A qué trabajo se dedican? ¿Quiénes son los antagonistas en el relato?

El espacio: Hable sobre los espacios en donde se desarrolla el relato.

El tiempo: ¿En cuánto tiempo se desarrolla la historia? Estudie los verbos usados en la crónica y diga qué tiempos usa el narrador en la historia.

La cultura: Analice el mensaje que a su lector le comunica Bartolomé de las Casas, cuando le cuenta sobre los momentos finales de Hatuey.

Lenguaje

Vocabulario del cuento: ¿Qué palabras del cuento pertenecen al español antiguo? ¿Cuál es su significado? ¿Qué palabras contribuyen a mostrar la crueldad de los españoles en la historia?

Descripciones: ¿Qué palabras se utilizan para describir los personajes, la escena social y militar, los espacios, el tiempo?

Narración: Resuma en pocas palabras la historia narrada.

Lenguaje figurado: El lenguaje es directo. Pocas figuras literarias y tropos se presentan.

Comunicación

¿Cómo se usa la narración en la crónica?
Analice la conversación entre el religioso de San Francisco y Hatuey.

Ejercicios de creación literaria

Cuente la historia desde el punto de vista de los indígenas. Establezca una discusión sobre lo sucedido con el reparto de los prisioneros.

Alonso de Ercilla y Zúñiga, 1533–1594

Nació en Madrid y al año quedó huérfano de padre. Por sus antepasados hidalgos, el joven creció en el Palacio Real y fue compañero de estudios del futuro rey Felipe II. A los dieciséis años recorrió Europa por cinco años y a los veintiuno era un erudito renacentista, políglota y conocedor de diversas ciencias y artes. El rey lo envió a Chile para *pacificar* el país y esto lo obligó a pelear contra los indígenas araucanos, feroces guerreros, con quienes alternaron triunfos y derrotas. La tribu de los araucanos fue la única tribu indígena que los españoles no lograron dominar. En estas circunstancias, Ercilla vivió por siete años; durante esta época compuso la primera parte del gran poema épico *La araucana.* Este es un homenaje al heroísmo de todos y un testimonio del valor araucano.

En 1558, Ercilla cometió una ofensa contra su jefe Don García Hurtado de Mendoza, quien lo condenó a morir. Al último momento le permutó la pena de muerte por la de destierro al Perú. Cuatro años más tarde Ercilla regresó a España y en Madrid publicó la primera parte de *La araucana.* La segunda parte apareció nueve años más tarde, y finalmente, en 1580, se publicó toda la obra compuesta de tres partes.

El poema, escrito en octavas reales, narra la trágica conquista de los valientes araucanos. Es notable en este poema que los héroes no sean los españoles sino los indígenas con sus caudillos Caupolicán y Lautaro. También exalta a las indígenas Guacolda, Tegualda, Fresia y Glaura. Para excusarse y prevenir venganzas de la Santa Inquisición, Ercilla dice que «exaltando al vencido se exalta al vencedor». Queda claro que Ercilla se identificó con el carácter de los araucanos y les ganó gran respeto y admiración, por eso los describe en todo su esplendor y valentía. Al final del poema no presenta vencedores ni vencidos, sino una multitud de seres humanos atrapados en un trágico período histórico. A pesar de haber tratado de no opacar totalmente a los españoles, cayó en desgracia con los reyes españoles y en 1596 murió en el olvido. La primera parte de *La araucana* fue escrita casi toda en América. En el prólogo Ercilla escribe: «... el tiempo que pude hurtar, le gasté en este libro, el cual porque fuese más cierto y verdadero se hizo en la misma guerra y en los mismos pasos y sitios, escribiendo muchas veces en cuero por falta de papel y en pedazos de cartas, algunos tan pequeños que apenas cabían sus versos, que no me costó después poco trabajo juntarlos, y por esto y por humildad con que va la obra, como criada en tan pobres pañales, acompañándola el celo y la intención con que se hizo, espero que será parte para sufrir quien la leyere, las faltas que lleva». La crítica ha descrito el poema como barroco; consta de 2.700 octavas reales y 21.600 versos, más el prólogo. Está narrado cronológicamente y la mayoría de la acción tiene lugar en el sur de Chile. Ercilla emplea frondosas elipsis, metonimias, metáforas e hiperbatones. Sus apasionadas descripciones son hechas en un castellano culto y florido, como lo hubiera hecho un historiador realista y numerativo. La rima mantiene un tono de guerra que combate y canta. En los primeros 15 cantos, exalta al araucano y al mapuche, así como también el poder del Inca.

Cada canto principia con meditaciones filosóficas, intercalando digresiones que son ajenas al tema central e inverosímiles geográfica e históricamente. A pesar de ello y de la falta de imaginación, *La araucana* es considerado el primer poema épico de América y uno de gran valor histórico. Está escrito en primera persona, acentuando la participación directa del poeta en los sucesos narrados. Además de ser autobiográfico, *La araucana* es también moralizador. Evade casi totalmente el tema amoroso, a cambio de sobrias descripciones de la naturaleza; la acción es más colectiva que individual y los héroes que aparecen son tanto hombres como mujeres.

LA ARAUCANA[45]

CANTO II. (FRAGMENTOS)

Colocolo, el cacique más anciano,
a razonar así tomó la mano[46]:
«Caciques del estado defensores,
codicia del mandar no me convida
a pesarme de veros pretensores[47]
de cosa que a mí tanto era debida;

[45]Taken from the Arturo Souto edition, Mexico, UNEM, 1962, pp. 42–51.

[46]The following is the famous speech by Colocolo, an old and wise Cacique, which he pronounced in moments of great division among the Araucanos at the time of electing a new leader. Caupolicán, the strongest of the warriors, won the context, and was elected Supreme Chief. After this crucial election, the Araucanos fought fearlessly against the Spaniards. The Araucanos were the only tribe that remained untamed by the conquerors.

[47]Ones who aspire to public office

porque según mi edad, ya veis, señores,
que estoy al otro mundo de partida;
mas el amor que siempre os he mostrado
a bien aconsejaros me ha incitado.

«¿Por qué cargos honrosos pretendemos,
y ser en opinión grande tenidos,
pues que negar al mundo no podemos
haber sido sujetos y vencidos?
Y en esto averiguarnos no queremos
estando aún de españoles oprimidos:
mejor fuera esta furia ejecutalla
contra el fiero enemigo en la batalla.

«¿Qué furor es el vuestro, ¡oh araucanos!
que a perdición os lleva sin sentillo?
¿Contra vuestras entrañas tenéis manos,
y no contra el tirano en resistillo?
¿Teniendo tan a golpe a los cristianos
volvéis contra vosotros el cuchillo?
Si gana de morir os ha movido,
no sea en tan bajo estado y abatido.

«Volved las armas y ánimo furioso
a los pechos de aquéllos que os han puesto
en dura sujeción con afrentoso
partido[48], a todo el mundo manifiesto:
lanzad de vos el yugo vergonzoso:
mostrad vuestro valor y fuerza en esto:
no derraméis la sangre del estado
que para redimir nos ha quedado.

«No me pesa de ver la lozanía
de vuestro corazón, antes me esfuerza;
mas temo que esta vuestra valentía
por mal gobierno el buen camino tuerza,
que vuelta entre nosotros la porfía[49],
degolléis vuestra patria con su fuerza:
cortad, pues, si ha de ser desa manera,
esta vieja garganta la primera.

«Que esta flaca persona atormentada
de golpes de fortuna, no procura
sino el agudo filo de una espada,
pues no la acaba tanta desventura:
aquella vida es bien afortunada
que la temprana muerte la asegura:
pero a vuestro bien público atendiendo,
quiero decir en esto lo que entiendo.

[48]Advantage

[49]Dispute among leaders trying to gain control

«Pares sois en valor y fortaleza:
el cielo os igualó en el nacimiento:
de linaje, de estado y de riqueza
hizo a todos igual repartimiento;
y en singular por ánimo y destreza
podéis tener del mundo el regimiento:
que este precioso don no agradecido
nos ha al presente término traído.

«En la virtud de vuestro brazo espero
que puede en breve tiempo remediarse;
mas ha de haber un capitán primero,
que todos por él quieran gobernarse;
éste será quien más un gran madero
sustentare en el hombro sin pararse;
y pues que sois iguales en la suerte,
procure cada cual ser el más fuerte».

Ningún hombre dejó de estar atento
oyendo del anciano las razones;
y puesto ya silencio al parlamento
hubo entre ellos diversas opiniones:
al fin de general consentimiento
siguiendo las mejores intenciones,
por todos los caciques acordado
lo propuesto del viejo fue aceptado[50].

Pues el madero súbito traído
no me atrevo a decir lo que pesaba:
era un macizo líbano[51] fornido
que con dificultad se rodeaba[52]:
Paycabí le aferró menos sufrido,
y en los valientes hombros le afirmaba;
seis horas lo sostuvo aquel membrudo;
pero llegar a siete jamás pudo.

Cayocupil al tronco aguija[53] presto
de ser el más valiente confiado,
y encima de los altos hombros puesto
lo deja a las cinco horas de cansado;
Gualemo lo probó, joven dispuesto,
mas no pasó de allí; y esto acabado,
Angol el grueso leño tornó luego;
duró seis horas largas en el juego.

[50]Following the advice of Colocolo, the Araucanos elected Caupolicán leader because he won the difficult test of carrying a huge tree on his shoulders for the longest time.

[51]Cedar of Lebanon

[52]To hug

[53]To go toward the tree

Purén tras él lo trujo medio día
y el esforzado Ongolmo más de medio,
y en cuatro horas y media Lebopía,
que de sufrirle más no hubo remedio;
Lemolemo siete horas le traía,
el cual jamás en todo este comedio[54]
dejó de andar acá y allá saltando
hasta que ya el vigor le fue faltando.

Elicura a la prueba se previene,
y en sustentar el líbano trabaja:
a nueve horas dejarle le conviene,
que no pudiera más si fuera paja:
Tucapelo catorce lo sostiene,
encareciendo a todos la ventaja;
pero en esto Lincoya apercibido
mudó en un gran silencio aquel ruido.

De los hombros el manto derribando
las terribles espaldas descubría,
y el duro y grave leño levantando,
sobre el fornido asiento le ponía:
corre ligero aquí y allá mostrando
que poco aquella carga le impedía:
era de sol a sol el día pasado,
y el peso sustentaba aún no cansado.

Venía aprisa la noche aborrecida
por la ausencia del sol; pero Diana[55]
les daba claridad con su salida,
mostrándose a tal tiempo más lozana:
Lincoya con la carga no convida,
aunque ya despuntaba la mañana,
hasta que llegó el sol al medio cielo
que dio con ella entonces en el suelo.

No se vio allí persona en tanta gente
que no quedase atónita de espanto,
creyendo no haber hombre tan potente
que la pesada carga sufra tanto;
la ventaja le daban juntamente
con el gobierno, mando, y todo cuanto
a digno general era debido
hasta allí justamente merecido.

Ufano andaba el bárbaro contento
de haberse más que todos señalado,
cuando Caupolicán a aquel asiento
sin gente a la ligera había llegado:

[54]Time

[55]The moon

tenía un ojo sin luz[56] de nacimiento
como un fino granate colorado,
pero lo que en la vista le faltaba,
en la fuerza y esfuerzo le sobraba.

Era este noble mozo de alto hecho,
varón de autoridad, grave y severo,
amigo de guardar todo derecho,
áspero, riguroso y justiciero:
de cuerpo grande y relevado pecho:
hábil, diestro, fortísimo y ligero,
sabio, astuto, sagaz, determinado,
y en cosas de repente reportado.
Fue con alegre muestra recibido,
aunque no sé si todos se alegraron:
el caso en esta suma referido
por su término y puntos le contaron.
Viendo que Apolo[57] ya se había escondido
en el profundo mar, determinaron
que la prueba de aquél se dilatase
hasta que la esperada luz llegase.
Pasábase la noche en gran porfía,
que causó esta venida entre la gente;
cuál se atiene a Lincoya, y cuál decía
que es el Caupolicán el más valiente:
apuestas en favor y contra había:
otros, sin apostar, dudosamente
hacia el oriente vueltos aguardaban
si los Febeos caballos asomaban.
Ya la rosada aurora comenzaba
las nubes a bordar de mil labores,
y a la usada labranza despertaba
la miserable gente y labradores:
ya a los marchitos campos restauraba
la frescura perdida y sus colores,
aclarando aquel valle la luz nueva,
cuando Caupolicán viene a la prueba.
Con un desdén y muestra confiada asiendo
el tronco duro y nudoso
como si fuera vara delicada,
se le pone en el hombro poderoso:
la gente enmudeció maravillada
de ver el fuerte cuerpo tan nervoso[58]:
el color a Lincoya se le muda,
poniendo en su victoria mucha duda.

[56]Blind in one eye

[57]The sun

[58]Strong

El bárbaro sagaz despacio andaba;
y a toda prisa entraba el claro día;
el sol las largas sombras acortaba;
mas él nunca decrece en su porfía;
al ocaso la luz se retiraba;
ni por eso flaqueza en él había;
las estrellas se muestran claramente,
y no muestra cansancio aquel valiente.

Salió la luna clara a ver la fiesta
del tenebroso albergue húmedo y frío,
desocupando el campo y la floresta
de un negro velo lóbrego y sombrío:
Caupolicán no afloja de su apuesta;
antes con nueva fuerza y mayor brío
se mueve y representa de manera
como si peso alguno no trajera.

Por entre dos altísimos ejidos[59]
la esposa de Titón[60] ya parecía,
los dorados cabellos esparcidos
que de la fresca helada sacudía,
con que a los mustios prados florecidos
con el húmedo humor reverdecía
y quedaba engastado así en las flores
cual perlas entre piedras de colores.
El carro de Faetón[61] sale corriendo
del mar por el camino acostumbrado:
sus sombras van los montes recogiendo
de la vista del sol y el esforzado varón
el grave peso sosteniendo,
acá y allá se mueve no cansado,
aunque otra vez la nueva sombra espesa
tornaba a aparecer corriendo apriesa.

La luna su salida provechosa
por un espacio largo dilataba:
al fin turbia, encendida y perezosa
de rostro y luz escasa se mostraba;
paróse al medio curso más hermosa
al ver la extraña prueba en qué paraba;
y viéndole en el punto y ser primero[62],
se derribó en el ártico hemisferio.

Y el bárbaro en el hombro la gran viga
sin muestra de mudanza y pesadumbre,
venciendo con esfuerzo la fatiga,
y creciendo la fuerza por costumbre.
Apolo en seguimiento de su amiga
tendido hacia los rayos de su lumbre;
y el hijo de Leocán[63] en el semblante
más firme que al principio y más constante.

Era salido el sol, cuando el enorme
peso de las espaldas despedía,
y un salto dio en lanzándole disforme,
mostrando que aún más ánimo tenía:
el circunstante pueblo en voz conforme
pronunció la sentencia y le decía:
«sobre tan firmes hombros descargamos
el peso y grande carga que tomamos».

El nuevo juego y pleito definido,
con las más ceremonias que supieron,
por sumo capitán fue recibido,
y a su gobernación se sometieron:
creció en reputación; fue tan temido
y en opinión tan grande le tuvieron,
que ausentes muchas leguas dél temblaban,
y casi como a rey le respetaban.

[59]Mountains

[60]Dawn

[61]Son of the sun

[62]The moon sees that Caupolicán is still holding the tree and is the winner.

[63]Father of Caupolicán

COMPRENSIÓN Y ANÁLISIS

Ubique el poema «La araucana» dentro de la época en que fue escrito. Comente sobre lo siguiente:

Forma

La estructura del poema, la medida de los versos, la rima perfecta.

Contenido

El tema: Comente sobre la elección de un líder en tiempos de guerra.
Los personajes: ¿Quién y cómo es el personaje principal? ¿Hay narrador? ¿Es externo (habla en tercera persona) o interno (habla en primera persona) respecto a los hechos que acontecen en el poema? ¿Qué otros personajes se mencionan? ¿Qué relación guardan entre ellos?
El espacio: ¿Dónde cree que tiene lugar el poema? ¿Por qué se utiliza un cedro del Líbano para la prueba? ¿Qué tienen que ver ambos lugares? ¿Había buenos y robustos árboles por aquellas latitudes?

El tiempo: ¿Hay un tiempo determinado en el poema? ¿Qué edad tienen los personajes que aparecen en él? ¿Tienen importancia éstas en la historia? ¿Cómo? Estudie los verbos en el poema y diga qué tiempos usa el poeta para expresar sus ideas. ¿Qué medida del tiempo aparece en la parte de la prueba de elección de líder?
La cultura: Conociendo la época en que fue escrito el poema, diga si se combaten o se perpetúan estereotipos sociales de clase, de género, de raza. ¿Qué determina la elección del líder? ¿Por qué? ¿Se seguía el mismo proceso para cualquier época? ¿Tenía que estar el líder predeterminado por nacimiento, dado su rango social? ¿Con base en qué elementos transcurría y se medía el tiempo? ¿Qué ha cambiado en nuestros días con respecto a aquellos elementos? ¿Qué relación hay entre el título y el contenido del poema?

Lenguaje

Vocabulario del poema: ¿Qué palabras contribuyen a dar al poema su carácter épico y moralizador?
Descripciones: ¿A quién y cómo califica Colocolo durante su discurso? ¿Cómo se describe a los personajes que toman parte en la prueba? ¿Cómo se describe la asamblea, así como a la gente de ese pueblo?
Narración: El autor narra una situación lamentable y contradictoria: ¿Cuál es esta situación? ¿Por qué y para qué emplea en la segunda parte una especie de fábula o cuento?
Lenguaje figurado: ¿A qué nombres y seres mitológicos alude? ¿Para qué los emplea?
La comunicación: El poema contiene un discurso que les expone la realidad a los hombres del pueblo araucano. ¿Cuál es esta realidad? ¿Cómo se usan los pronombres de tratamiento (tú, usted, vosotros, ustedes) en las relaciones entre los personajes?

Ejercicios de creación literaria

Escriba una narración para contar la historia presentada en el poema.
Analice y comente sobre las cualidades que debe tener un líder.
¿Por qué cree que las disputas y luchas acaban tomando otra dirección, recayendo sobre los que están más cercanos, en lugar de solucionarse entre los antagonistas originales?

Capítulo 3

EXPRESIÓN AMERICANA

■ EL MESTIZAJE, LOS CRIOLLOS

Con el reinado de Felipe II empezó la decadencia del imperio español y la conquista comenzó a perder vitalidad. La Santa Inquisición adquirió más poder y las purgas se hicieron cada vez más frecuentes y severas. Al mismo tiempo la Contrarreforma prosperaba en Europa, y en América crecía una nueva generación de *criollos.*[1] Estos disfrutaban de ventajas heredadas y su espíritu ya no era de conquista, pues estaban en su propia tierra. La prosperidad de las colonias no era equitativa; los Virreinatos de México y Perú disfrutaban de mayores privilegios que el resto de las colonias, las cuales resentían la situación de desigualdad.

A pesar de la prohibición por parte de la Inquisición, libros renacentistas empezaron a circular en el Nuevo Mundo y la fusión entre las dos culturas empezó a florecer; el erasmismo y lo utópico llegaron a América en autos sacramentales que se representaban con sello indígena, inclusive bailes, pantomimas y humor; al final de éstos se bautizaban cientos de nativos. Con el pasar de los años, la Iglesia depuró este tipo de teatro e impuso restricciones a la labor dramática, lo cual contribuyó a una renovada producción de crónicas que, siguiendo la tradición renacentista, mantenían precisión histórica, estilo trabajado y unidad de acción. Estas crónicas contienen las semillas de la novela, que siglos más tarde se desarrollaría en Hispanoamérica. Algunas crónicas recogen leyendas y valoran la herencia cultural indígena; el Nuevo Mundo empezaba a producir literatura donde se vislumbraba el espíritu indígena y su expresión universal.

El siglo XVI experimentó gran crecimiento de ciudades e intercambio de ideas humanistas con molde europeo. El latín predominaba en las aulas académicas y en la expresión literaria. México tenía «Casa de comedias», compañías de teatro y teatro público.

El Barroco le dio a España la forma de mantenerse, en gran parte, de espaldas a las vibrantes ideas renacentistas y de expresar desengaño, miedo, angustia y orgullo patrio. Las colonias no podían escapar las influencias españolas; en el Nuevo Mundo se copió el concentrado y dominante estilo Barroco, con Góngora como su mayor modelo. Tirso de Molina, Mateo Alemán y otros sobresalientes escritores españoles visitaron América y muchos criollos iban a *La madre patria.*

A finales del siglo XVII, con la muerte de Calderón de la Barca ocurrida en 1681, la producción dramática peninsular decayó, mientras que en América ésta experimentaba un renacimiento. La insatisfacción de los criollos con el colonialismo empezó a sentirse y reflejarse en la literatura.

Otros escritores además de los aquí incluidos fueron: el Padre José de Acosta *Historia natural y moral de las Indias,* Santa Rosa de Lima, Jerónima de Velasco, Madre Josefa del Castillo, considerada la mística del Nuevo Mundo; el mexicano Carlos de Sigüenza y Góngora *Glorias de Querétaro;* el mexicano Juan Ruiz de Alarcón, quien residió en España por muchos años, y quien se estudia en antologías españolas. Su famosa obra *La verdad sospechosa* influyó en el desarrollo del teatro francés.

El Inca Garcilaso de la Vega, Perú, 1539–1616

El conquistador español, contrario al sajón, no trajo casi mujeres al Nuevo Mundo; por esta razón, los hombres se unieron con indígenas y el resultado fue un mestizaje casi inmediato. Este mestizaje, sin

[1] Children of European and sometimes mixed descent born in the New World

embargo, siguió ciertas reglas tácitamente jerárquicas. Los capitanes se juntaban con princesas, los segundones con damas de alta alcurnia y así sucesivamente hasta las clases bajas. El Inca Garcilaso de la Vega fue uno de los primeros frutos de estos forzados amores. Su madre era la *palla* o princesa Inca Chimpu Ocllo, descendiente del Inca Huallca Tupac. Chimpu Ocllo, al ser bautizada, cambió su nombre por el de Isabel Suárez. El padre del Inca fue el capitán español Garcilaso, de familia distinguida y emparentado con Garcilaso de la Vega. El equinoccial Garcilaso vio la luz en Cuzco, a finales de las guerras de conquista española. Su vida quedó marcada para siempre.

Como pasaba frecuentemente, su padre el capitán Garcilaso, abandonó a la princesa Inca para casarse «debidamente» con la española doña Luisa Martel. El joven Inca Garcilaso pasó los primeros veinte años de su vida en Cuzco, donde fue instruido por su madre sobre la lengua y saberes incaicos. Estos años de formación los pasó en un híbrido ambiente quechua-castellano. No aprendió castellano hasta los diez años y según él mismo «una poca de gramática mal enseñada»; fue también instruido, como era costumbre, en «el ejercicio de la jineta con caballos y armas». En 1560, a la muerte de su padre, el Inca Garcilaso se fue a España, bajo la protección de un tío adinerado. Después de otras aventuras militares y viajes por Italia, donde aprendió italiano, se dedicó a escribir. Tradujo al castellano *Dialoghi d'amore* de León Hebreo, que Cervantes citó, años más tarde, en el prólogo de *El Quijote.* Hacia el final de su vida, sintiéndose solo, abandonó a su hijo natural, ingresó a un monasterio y siguió escribiendo hasta su muerte en Córdoba a los setenta y siete años. Fue enterrado en la capilla de las Ánimas, que él había comprado años antes.

El estudio biográfico y contexto histórico de la producción literaria del primer escritor mestizo del Nuevo Mundo, Inca Garcilaso de la Vega, es significativo como el de muy pocos escritores. En contraste con la literatura de la época colonial, que en su mayoría carecía de lirismo, siendo ruda, de cuartel, de severidad conventual, el Inca Garcilaso es uno de los escritores más apasionantes de la época; en su obra afloran ideas y situaciones que él vivió y expresó certeramente.

Con actitud de historiador y estimulado por un deber moral de salvar los recuerdos de su nobiliaria herencia materna, nos legó una obra de más de ochenta títulos, entre los que están: *Diálogos de amor,* su obra más extensa, *La historia general del Perú* (1617); *La Florida del Inca,* que fue como una preparación para su libro más importante, *Comentarios reales.* De esta obra, la primera parte se publicó en Lisboa en 1609, con la aprobación del Santo Oficio de la Inquisición. La obra está dividida en nueve libros que abarcan desde el reinado de Manco Cápac hasta Atahualpa y Huáscar, quienes con sus disputas facilitaron la conquista de los españoles. Los relatos históricos incluidos en los *Comentarios* presentan ideas religiosas, ideas de astronomía, medicina, geometría, geografía, literatura, música, descripción de los templos, agricultura, estratificación social, fiestas religiosas, fauna, flora y minería. La última parte de *Comentarios reales* habla de la contribución de los españoles en el Nuevo Mundo.

En *Comentarios reales,* el Inca Garcilaso dejó un cuadro socio-político de incomparable riqueza. Para ello se inspiró en el amor natural de su patria y de su lengua quechua. En su obra trató de vindicar la historia del glorioso Imperio Inca, expresando una conciencia testamentaria de un pueblo trágicamente conquistado. *Comentarios* salva lo esencial del alma y de las tradiciones incaicas. Aunque velado de ingenuidad, trasluce el espanto de la conquista; revela una resignación melancólica enmarcada por una sonrisa que llora; presenta preocupación por los rasgos psicológicos y bosqueja las instituciones de la época. En *Comentarios* combina tendencias renacentistas, con su afán por salvar las tradiciones incaicas y los acontecimientos que arrasaron su orgulloso pasado.

El Inca Garcilaso retoma el relato del «descubrimiento» negando que hay dos mundos, el Viejo y el Nuevo. Dice que es sólo uno y que no fue descubierto por Colón, sino por Antonio Sánchez de Huelva, marino español, quien fue a Santo Domingo para visitar al Almirante y le dibujó mapas de la ruta de regreso a España. El Inca también se queja de que la Inquisición calificó su obra, y le saqueó datos históricos. Por éstas y otras contradicciones de la «historia oficial», las obras del Inca Garcilaso fueron prohibidas en el siglo XVIII.

La contribución del Inca Garcilaso, además de histórica es indiscutiblemente literaria. Menéndez y Pelayo en sus *Orígenes de la novela* escribió que «Como prosista es el mayor nombre de la literatura americana colonial». Su prosa es clara, poética, riquísima por su léxico salpicado de modismos y localismos; revela una melancólica protesta y revela la censura de la que fue víctima.

Comentarios es la obra de un historiador-poeta, de un príncipe vestido de penitente, de un Inca revestido de hidalgo. La narración es honesta, minuciosa, vibrante y oscila entre lo marcial y lo solemne. También reboza de profundo amor cósmico, aunque omite el amor de mujer.

En los primeros doscientos años de la publicación de la primera parte de *Comentarios*, salieron cuatro ediciones en castellano, seis en francés, dos en inglés y una en alemán.

COMENTARIOS REALES

LIBRO SEGUNDO

CAPÍTULO XXVI I

La poesía de los incas amautas

No les faltó habilidad a los amautas, que eran los filósofos, para componer comedias y tragedias, que en días y fiestas solemnes representaban delante de sus reyes y de los señores que asistían en la corte. Los representantes no eran viles, sino Incas y gente noble, hijos de curacas[2], y los mismos curacas y capitanes hasta maestres de campo[3]; porque los autos de las tragedias se representasen al propio; cuyos argumentos siempre eran de hechos militares, de triunfos y victorias, de las hazañas y grandezas de los reyes pasados, y de otros heroicos varones. Los argumentos de las comedias eran de agricultura, de hacienda, de cosas caseras y familiares. Los representantes, luego que se acababa la comedia, se sentaban en sus lugares conforme a su calidad y oficios. No hacían entremeses deshonestos, viles y bajos: todo era de cosas graves y honestas, con sentencias y donaires permitidos en tal lugar. A los que se aventajaban en la gracia del representar les daban joyas y favores de mucha estima.

De la poesía alcanzaron otra poca porque supieron hacer versos cortos y largos con medida de sílabas: en ellos ponían sus cantares amorosos con tonadas diferentes, como se ha dicho. También componían en verso las hazañas de sus reyes, y de otros famosos Incas, y curacas principales, y los enseñaban a sus descendientes por tradición para que se acordasen de los buenos hechos de sus pasados y los imitasen; los versos eran pocos porque la memoria los guardase; empero muy compendiosos, como cifras. No usaron de consonante en los versos, todos eran sueltos[4]. Por la mayor parte semejaban a la natural compostura española que llaman redondillas. Una canción amorosa compuesta en cuatro versos me ofrece la memoria; por ellos se verá el artificio de la compostura y la significación abreviada compendiosa de lo que en su rusticidad querían decir. Los versos amorosos hacían cortos porque fuesen más fáciles de tañer en la flauta. Holgara poner también la tonada en puntos de canto de órgano para que se viera lo uno y lo otro, mas la impertinencia me excusa del trabajo[5].

Al cántico
Dormirás
Media noche
Yo vendré

Y más propiamente dijera, *veniré*, sin el pronombre yo, haciendo tres sílabas del verbo, como las hace el indio que no nombra a la persona, sino que la incluye en el verbo por la medida del verso. Otras muchas maneras de versos alcanzaron los incas poetas, a los cuales llamaban *harávec*, que en propia significación quiere decir inventador. En los papeles del P. Blas Valera[6] hallé otros versos que él llama *spondaicos*, todos son de a cuatro sílabas, a diferencia de estos otros que son de a cuatro y a tres. Escríbelos en indio y en latín; son en materia de astrología. Los incas poetas los compusieron filosofando las causas segundas que Dios puso en la región del aire para los truenos, relámpagos y rayos, y para el granizar, nevar y llover, todo lo cual dan a entender en los versos, como se verá. Hiciéronlos conforme a una fábula que tuvieron, que es la que se sigue. Dicen que el Hacedor puso en el cielo una doncella, hija de un rey, que tiene un cántaro lleno de agua para derramarla cuando la tierra la ha menester[7], y que un hermano de ella le quiebra a sus

[2]Highest authorities

[3]Military officials

[4]Without rhyme

[5]The Inca would like to write the music, but he does not do it because he does not want to be accused of impertinence.

[6]Author of a lost history of the Incas

[7]Needs it

tiempos[8], y que del golpe se causan los truenos, relámpagos y rayos. Dicen que el hombre los causa porque son hechos de hombres feroces, y no de mujeres tiernas. Dicen que el granizar, llover y nevar lo hace la doncella, porque son hechos de más suavidad y blandura, y de tanto provecho: dicen que un inca poeta y astrólogo hizo y dijo los versos loando las excelencias y virtudes de la dama, y que Dios se las había dado para que con ellas hiciese bien a las criaturas de la tierra.

La fábula y los versos, dice el P. Blas Valera, que halló en los nudos y cuentas de unos anales antiguos que estaban en hilos de diversos colores, y que la tradición de los versos y de la fábula se la dijeron los indios contadores que tenían cargo de los nudos y cuentas historiales, y que, admirado de que los amautas hubiesen alcanzado tanto, escribió los versos y los tomó de memoria para dar cuenta de ellos. Yo me acuerdo haber oído esta fábula en mis niñeces, con otras muchas que me contaban mis parientes; pero como niño y muchacho no les pedí la significación, ni ellos me la dieron. Para los que no entienden indio ni latín, me atreví a traducir los versos en castellano, arrimándome más a la significación de la lengua que mamé en la leche, que no a la ajena latina, porque lo poco que de ella sé lo aprendí en el mayor fuego de las guerras de mi tierra, entre armas y caballos, pólvora y arcabuces, de que supe más que de letras. El P. Blas Valera imitó en su latín las cuatro sílabas del lenguaje indio en cada verso; y está muy bien imitado. Yo salí de ellas, porque en castellano no se pueden guardar; que habiendo de declarar por entero la significación de las palabras indias, en unas son menester más sílabas y en otras menos. *Ñusta*, quiere decir doncella de sangre real y no se interpreta con menos; que, para decir doncella de las comunes, dicen *tazque*; *china* llaman a la doncella muchacha de servicio. *Illac pántac* es verbo; incluye en su significación la de tres verbos, que son tronar, relampaguear y caer rayos; y así los puso en dos versos el P. Blas Valera, porque el verso anterior, que es *cunuñunun*, significa hacer estruendo, y no lo puso aquel autor por declarar las tres significaciones del verbo *illac pántac*; *unu*, es agua; *pára*, es llover; *chichi*, es granizar; *riti*, nevar; *Pachacámac* quiere decir el que hace con el universo lo que el alma con el cuerpo. *Viracocha* es nombre de un dios moderno que adoraban... *Chura* quiere decir poner. *Cama* es dar alma, vida, ser y sustancia. Conforme a esto diremos lo menos mal que supiéremos, sin salir de la propia significación del lenguaje indio:

CUMAC ÑUSTA

Hermosa Doncella,
aquese[9] tu hermano,
el tu cantarillo
lo está quebrantando,
y de aquesta[10] causa
truena y relampaguea;
también caen rayos.
Tú, real doncella,
tus muy lindas aguas
nos darás lloviendo,
también a las veces
granizar nos has,
nevarás asimismo,
el Hacedor del mundo,
el Dios que le anima,
el gran Viracocha
para aqueste oficio
ya te colocaron
y te dieron alma.

Esto puse aquí por enriquecer mi pobre historia, porque cierto sin lisonja alguna, se puede decir que todo lo que el P. Blas Valera tenía escrito, eran perlas y piedras preciosas...

COMPRENSIÓN Y ANÁLISIS

Siguiendo las indicaciones dadas por el autor sobre su traducción del poema «Cumac Ñusta» comente sobre lo siguiente:

Forma

La estructura del poema: número de versos, medida de los versos.

[8] At the right time

[9] That

[10] This

Contenido

El tema: Discuta sobre cómo y para qué el papel de hacedora del tiempo fue dado a la hermosa doncella.
Los personajes: Asumiendo que el poeta es el interlocutor. ¿Quién y cómo es el interlocutor? ¿Quién y cómo es el interpelado (usted/tú)?
El tiempo: El poema explica cómo se produce el clima; explíquelo usted con sus palabras. Estudie los verbos en el poema y diga qué tiempos usa el poeta para expresar sus ideas.
La cultura: ¿Cómo podría interpretarse el hecho de que la doncella produzca lluvia, granizo y nieve, y su hermano produzca truenos y relámpagos? ¿Por qué cree que se presenta la divinidad en plural: «el hacedor del mundo, el Dios que le anima, el gran Viracocha para aqueste oficio ya te colocaron y te dieron alma»?

Lenguaje

Vocabulario del poema: ¿Qué palabras del poema pertenecen al español antiguo? ¿Qué significan?
Descripciones: ¿Qué palabras se utilizan para describir?
Análisis literario: Trate del mito como explicación de sucesos incomprensibles para los humanos.

Comunicación

¿Cómo usa el poeta los pronombres de tratamiento (tú, usted, vos, ustedes) para interpelar a la doncella?

Ejercicios de creación literaria

Asuma el punto de vista de la doncella y responda al poeta.
Escriba un poema dedicado al hermano de la doncella. ¿Cómo lo alabaría?

COMPRENSIÓN Y ANÁLISIS

Ubique el comentario *La poesía de los incas amautas* dentro de la época en que fue escrito. Comente sobre lo siguiente:

Forma

Orden de los temas tratados en el comentario.
La estructura del comentario: Busque introducción, desarrollo, conclusión.
El comentarista: Analice la persona de los verbos en los párrafos introductorios. ¿Quién es la persona del comentarista? ¿Qué llegamos a saber sobre el autor a través del comentario?

Contenido

El tema: Trate de la opinión que el Inca Garcilaso tenía de sus ancestros. Comente la fábula que aparece dentro del comentario.
Los personajes: ¿A quiénes se refiere el comentario? ¿Qué personajes se presentan en la fábula incluida?
El espacio: Hable sobre los espacios en donde se desarrolla la fábula.
El tiempo: Estudie los verbos en el comentario y diga qué tiempos usa el Inca Garcilaso.
La cultura: Analice los comentarios sobre los ancestros incas y diga cómo son representados ellos, sus costumbres y su lengua. En la fábula, hable sobre perpetuación o rompimiento de estereotipos de género.

Lenguaje

Vocabulario del comentario: ¿Qué palabras contribuyen a dar al comentario su tono erudito? Estudie las palabras quechuas en el comentario.
Descripciones: ¿Qué palabras se utilizan para describir los ancestros?
Lenguaje figurado: Pocas figuras literarias y tropos se presentan debido al carácter realista del comentario.

Comunicación

¿Cuál es el propósito comunicativo del Inca Garcilaso al escribir sus *comentarios*?

Ejercicios de creación literaria

Elabore para la posteridad un comentario sobre el arte en su mundo y tiempo.

Clarinda, Perú, 1580?–1630?

Uno de los mejores poemas de la literatura colonial peruana es *Discurso en loor de la poesía.* El poema, de cerca de trescientos tercetos, apareció impreso por primera vez en Sevilla (1608), en la antología de Diego Mexía de Fernangil, titulada *Primera parte del parnaso artístico.* El poema está dedicado a «mi Delio», posiblemente Mexía de Fernangil, el editor de dicha antología, quien era servillano, ministro del Santo Oficio de la Inquisición, traductor de la *Heroidas* de Ovidio y muy viajado por el Nuevo Mundo. Viajó específicamente al Perú alrededor de 1583, y finalmente se radicó en Potosí. Mexía de Fernangil explica en el encabezamiento de la antología que el poema «fue compuesto por una señora principal de nuestro reino muy versada en la lengua toscana y la portuguesa, por cuyo mandamiento y por cuyos justos respetos no se escribe su nombre». Varias mujeres se han considerado como autoras del *Discurso,* entre ellas Leonor de la Trinidad, fundadora de un convento en Lima y abadesa de las monjas Descalzas, con quien Mexía de Fernangil sostuvo correspondencia.

Durante la colonia se carecía de libros, y los pocos que existían se encontraban en conventos y monasterios; además, el *Índice* de la Inquisición no permitía leer un número de volúmenes, algunos en latín. A quien leyera algo que estuviera en la lista del *Índice* se le consideraba hereje y se le podía excomulgar. Para leer a los clásicos, un hombre necesitaba obtener licencia eclesiástica. Para que una mujer lograra acceso a tales autores tenía que ser muy inteligente y estar relacionada con algún hombre poderoso, para que se le permitiera acceso a tal conocimiento o podía haber sido una monja de alto rango.

El *Discurso en loor de la poesía* contiene conocimientos enciclopédicos, por lo cual, hay quienes disputan que este poema hubiera sido escrito por una mujer, ya que en esa época la educación les estaba vedada[11].

[11]Ricardo Palma's opinion is that «esta erudicción era impossible en una mujer de la época, porque su educación en los siglos XVI y XVII era tan desatendida... no se les consentía más lectura que la de libros devotos, autorizados por el gobierno eclesiástico y por la Inquisición, enemiga acérrima de que la mujer adquiriese una ilustración la que se consideraba como ajena a su sexo». *Tradiciones Peruanas completas.* Madrid: Aguilar 1964, p. 259.

La poetisa del *Discurso* debió ser una mujer superior, pues sin escrúpulos femeniles deja traslucir su familiaridad con los dioses y diosas del Olimpo, con Homero, Virgilio, Horacio, Marcial, Lucrecio, Juvenal, Persio, Séneca y Catulo. Con igual agilidad se refiere a los personajes bíblicos, como si los conociera íntimamente.

A pesar de que la crítica machista aun insiste en despojar a Clarinda de su merecida gloria, ella deja huellas irrevocables de su feminidad y seis veces menciona que es mujer. Otra clave a favor de la autoría femenina es su seudónimo Clarinda, denotando una mujer con clara conciencia de serlo y una firme solidaridad con su sexo. Menéndez Pelayo, quien atribuye la autoría a la mente masculina, describe *Discurso* como «un bello trozo de inspiración didáctica». Rafael Pombo escribió que «rara vez en verso castellano se ha discurrido más alta y poéticamente sobre la poesía». Hoy en día casi toda la crítica literaria acepta la autoría femenina del poema.

Los primeros veinte tercetos elogian la poesía, introducen un parnaso mitológico y desembocan en el elogio de Diego Mexía. Los cuarenta y tres tercetos sucesivos hablan de la poesía cronológicamente dentro del contexto bíblico, empleando expresiones del Antiguo y del Nuevo Testamento. El corazón del *Discurso* contiene ochenta y dos tercetos que enumeran la producción poética de Grecia, Roma y España.

DISCURSO EN LOOR DE LA POESÍA (1608)

(FRAGMENTO)

La mano y el favor de la Cirene[12],
a quien Apolo[13] amó con amor tierno;
y el agua consagrada de Hipocrene[14],

y aquella lira con que del Averno[15]
Orfeo[16] libertó su dulce esposa,
suspendiendo las furias del infierno;

[12]Water nymph

[13]God of sunlight, prophesy, music and poetry

[14]Pegasus, the mythological horse, had created this fountain for the Muses.

[15]The entrance to the underworld

[16]Orpheo, Apollo's son. He charmed animals with his singing and lyre playing; he charmed the gods of the underworld to restore his dead wife, but he lost her when he looked back at her.

la célebre armonía milagrosa
de aquel cuyo testudo pudo tanto,
que dio muralla a Tebas la famosa;

el platicar suave, vuelto en llanto
y en sola voz, que a Júpiter[17] guardaba,
y a Juno[18] entretenía y daba espanto;

el verso con que Homero[19] eternizaba
lo que del fuerte Aquiles[20] escribía,
y aquella vena con que lo dictaba,

quisiera que alcanzaras, Musa mía,
para que en grave y sublimado verso
cantaras en loor de la Poesía.

Que ya que el vulgo rústico, perverso,
procura aniquilarla, tú hicieras
su nombre eterno en todo el universo.

Aquí, Ninfas del Sur, venid ligeras;
pues que soy la primera que os imploro,
dadme vuestro socorro las primeras.

Y vosotras, Pimpleides[21], cuyo coro
habita en Helicón[22], dad largo el paso,
y abrid en mi favor vuestro tesoro;

de la agua medusa dadme un vaso,
y pues toca a vosotras, venid presto,
olvidando a Libetros[23] y a Parnaso[24].

Y tú, divino Apolo, cuyo gesto
alumbra al orbe, ven en un momento,
y pon en mí de tu saber el resto.

Inflama el verso mío con tu aliento,
y en l'agua de tu trípode lo infunde,
pues fuiste de él principio y fundamento.

Mas ¿en qué mar mi débil voz se hunde?
¿A quién invocó? ¿Qué deidades llamó?
¿Qué vanidad, qué niebla me confunde?

Si, ¡oh gran Mexía!, en tu esplendor me inflamo,
si tú eres mi Parnaso, tú mi Apolo,
¿Para qué a Apolo y al Parnaso aclamo?

Tú en el Perú, tú en el Austrino polo,
eres el Delio[25], el Sol, el Febo santo;
sé, pues, mi Febo[26], Sol y Delio sólo.

Tus huellas sigo, al cielo me levanto
con tus alas: defiendo a la poesía;
Fébada tuya soy, oye mi canto.

Tú me diste precepto, tú la guía
me serás, tú que honor eres de España,
y la gloria del nombre de Mexía.

Bien sé que en intentar esta hazaña
pongo un monte, mayor que Etna[27] el nombrado,
en hombros de mujer, que son de araña;

mas el grave dolor que me ha causado
ver a Helicona[28] en tan humilde suerte,
me obliga a que me muestre tu soldado.

Que en guerra que amenaza afrenta o muerte,
será mi triunfo tanto más glorioso
cuanto la vencedora es menos fuerte.

...

¿Qué don es éste?, ¿quién el más grandioso
que por objeto a toda ciencia encierra,
sino el metrificar dulce y sabroso?

El don de la poesía abraza y cierra,
por privilegio dado de la altura,
las ciencias y artes que hay acá en la tierra.

Ésta las comprende en su clausura[29],
las perfecciona, ilustra y enriquece
con su melosa y grave compostura.

Y aquel que en todas ciencias no florece,
y en todas artes no es ejercitado,
el nombre de poeta no merece,

y por no poder ser que esté cifrado
todo el saber en uno sumamente,
no puede haber poeta consumado[30].

Pero serálo aquel más excelente
que tuviera más alto entendimiento
y fuera en más estudios eminente.

Pues ya de la Poesía el nacimiento
y su primer origen ¿fué en el suelo?
¿O tiene aquí en la tierra el fundamento?

[17] God of flight; greatest of gods; protects

[18] Wife of Jupiter; represents powers of women; goddess of women, and protector of married women.

[19] Homer, Greek poet

[20] Achilles

[21] Daughters of Zeus, goddesses of vegetation.

[22] Greek mountain dedicated to the Muses

[23] Personification of Freedom

[24] Greek mountain dedicated to Apollo and the Muses

[25] Epithet for Diana; Island of Delios

[26] Apollo

[27] Sicilian volcano

[28] Muse from Helicon

[29] Inner recess of a convent; sanctum

[30] Complete, perfect, exquisite

¡Oh Musa mía!, para mi consuelo
dime dónde nació, que estoy dudando.
¿Nació entre los espíritus del cielo?

Estos a su criador reverenciando
compusieron aquel Trisagio[31] trino,
que al trino y uno siempre están cantando.

Y como la poesía al hombre vino
de espíritus angélicos perfectos,
que por conceptos hablan de continuo,

los espirituales, los discretos
sabrán más de poesía, y será ella
mejor mientras tuviere más conceptos.

De esta región empírea, santa y bella
se derivó en Adán[32] primeramente,
como la lumbre délfica en la estrella.

Job sus calamidades y amarguras
escribió en verso heroico y elegante;
que a veces un dolor brota dulzuras.

Mas ¿cómo una mujer los peregrinos
metros del gran Paulino y del hispano
Juvencio[33] alabará siendo divinos?

De la parcialidad que desasida
quedó de Dios, negando su obediencia,
es bien tratar, pues ella nos convida.

Ésta, pues, se apartó de la presencia
de Dios, y así quedó necia, ignorante,
bárbara, ciega, ruda y sin prudencia.

COMPRENSIÓN Y ANÁLISIS

Comente sobre lo siguiente:

Forma

Estructura del poema.
La medida de los versos.
La rima.

Contenido

El tema: El amor a lo que es prohibido.

[31]Hymn in honor of the Trinity

[32]Adam

[33]Hispanic-Latin poet of the fourth century; he adapted the Gospel according to St. Matthew.

Los personajes: ¿Quién es y cómo se presenta la autora del poema a través de sus versos? ¿A quién dedica el poema? ¿Cómo es el receptor de tales versos? ¿Qué relación tienen entre ellos? ¿Qué funciones o cargos desempeñaban? ¿Se reflejaba esto en dichas relaciones?
El espacio: ¿Dónde fue escrito el poema? ¿Qué sitios se mencionan? ¿Cuáles son reales y cuáles son mitológicos o imaginarios?
El tiempo: ¿Hay un tiempo determinado en el poema? Estudie los verbos del poema y diga qué tiempos usa la poeta para expresar sus ideas.
La cultura: Conociendo la época en que fue escrito el poema, ¿se rompen o se perpetúan estereotipos sociales de clase o de género?
¿Tiene que ver la alusión a tantos personajes de la mitología griega y romana con la época? Explique porqué. Analice el verso «vulgo rústico, perverso, procurar aniquilarla» desde el punto de vista social.
¿Qué relación hay entre el título y el contenido del poema? ¿Es la única función de la poesía cantar las alabanzas del amor?

Lenguaje

¿Qué palabras en el poema contribuyen a expresar el elogio a la poesía?
Descripciones: ¿Qué palabras utiliza la autora para describirse a sí misma y a su amado? ¿Por qué la autora se castiga tan duramente al final del poema?
Narración: La autora narra su historia de amor a través de un ensalzamiento de la poesía, utilizando cultismos. Diga cómo acaba esta historia a causa de dichos conocimientos.
Lenguaje figurado: La poeta recurre a muchas historias mitológicas. Diga con qué fin las usa y qué quiere comunicarnos a través de ellas. ¿Lo hizo así para que el poema estuviera al alcance de unos pocos?

Comunicación

El poema establece una comunicación entre dos personas: ¿Cómo se presenta dicha comunicación?
¿Cómo se usan los pronombres de tratamiento (tú, usted, vos, ustedes) en las relaciones entre los personajes?

Ejercicios de creación literaria

Escriba una narración para contar la historia presentada en el poema.
Comente sobre por qué si una mujer desobedece una regla impuesta es injustamente castigada y, aún peor, se auto castiga duramente.

Amarilis, Peru, ¿1600?

En 1621, Lope de Vega publicó en Madrid el poema mitológico *La filomena* en el que insertó *Epístola a Abelardo,* carta dirigida al Fénix por una peruana bajo el seudónimo Amarilis. Tan impresionado quedó el vate español que escribió *Belardo a Amarilis,* considerado el más hondo, completo y emotivo documento autobiográfico de Lope. Sin embargo, Menéndez y Pelayo lo consideró inferior al poema de la peruana y escribió que el caso de Amarilis era «nuevo, anormal y peregrino». Ricardo Palma argumentó que versos tan eruditos no podían ser de una mujer sino que eran «hijos de varonil inspiración y de una inteligencia cultivada» ya que «la mujer sabia no fue hija del siglo XVII... ni lo fue tampoco la mujer librepensadora o racionalista». Palma acusó a Amarilis de «platonicismo amoroso», como si ese platonicismo desinteresado no fuera propio de una mujer romántica de su época. Arguye Palma que la silva está demasiado bien versificada para haber sido escrita por mano de mujer.

Georgina Sabat de Rivers defendió la identidad femenina de Amarilis y explicó que el lector debe imaginar el estado de inseguridad y desconcierto de aquellas pocas mujeres a quienes, en el duro período del gran poder absolutista español, les fue posible hacerse de una preparación literaria y humanista a la que no les era fácil acceder. En el Nuevo Mundo, las pocas mujeres intelectuales eran de formación principalmente renacentista y vivían en un doble mundo de herencia italiana y española; se codeaban con hombres letrados, frecuentaban salones, que quizás ellas mismas mantenían en sus casas. A pesar de que les impusieron las costumbres del tiempo, las escritoras, por medio de seudónimos y utilizando fórmulas de falsa modestia y cortesía, lograron encubrir su saber, evitar envidias y sobrepasar la cultura que las veía como transgresoras de límites vedados[34].

[34]Georgina Sabat de Rivers, «Amarilis y la epístola horaciana», *Hispanic Review* #58, 1990, pp. 455–67.

En su poema, Amarilis ofrece parcos toques biográficos. Con sencillez y candor cuenta que sus padres fundaron a Huánuco, que su familia vivía en Lima y que junto con su hermana quedó huérfana en la infancia. Su hermana contrajo matrimonio y Amarilis consagró su vida a Dios. Al emplear tono autobiográfico, la poeta se inclina por la intervención directa, dando firmes pistas de su feminidad sin avergonzarse de ella, pues se pone a la misma altura que los hombres con expresiones en las que se percibe su orgullo encubierto. A mitad del poema Amarilis escribe que es rica, noble, hermosa y virtuosa. Sin reserva, habla de las honras y atributos que ella y su hermana han heredado de sus antepasados.

En la *Epístola,* la poeta revela sentimientos de admiración literaria por el Fénix y entrevela un amor platónico aunque sublimado. Tan conmovido quedó el poeta español que la llamó *equinoccial sirena* expresándose con un donjuanesco arrebato amoroso nada neoplatónico.

Amarilis, contrariamente a su posición de mujer, le encomienda a Lope que escriba un poema a la virgen de su devoción, Santa Dorotea. Como si eso no fuera suficiente le recomienda que, como clérigo que es, debe enmendar sus amoríos y vencer la pereza. A través de expresiones dobles de humildad y orgullo, deja bien sentado que ella es también poeta de valor.

Hay quien ha sugerido que los dos poemas, *Discurso en loor de la poesía* de Clarinda y *Epístola a Abelardo,* pudieron haber sido escritos por la misma poeta, ya que hay sólo trece años de diferencia entre ellos; hay profusión de palabras y verbos comunes; asimismo, los títulos *Discurso* y *Epístola* significan entrega y beneficios para otros. Ambos poemas aluden a citas clásicas y emplean la poesía como vehículo amoroso.

El poema, escrito en silvas se caracteriza por estrofas largas de estilo vivaz y fluido que atestigua un conocimiento cabal de las teorías métricas llegadas de Italia.

La *Epístola a Abelardo,* la única escrita en América, consta de 335 versos agrupados en 19 estrofas y escritos en metro de canción italiana o estancias; cada estancia está compuesta por 18 versos que presentan un esquema simétrico perfecto, siguiendo reglas en cuanto a la estructura tripartita, de moda en la época. Por otro lado, la poeta no se circunscribe a las alusiones eruditas, sino que expresa sus sentimientos abiertamente. Para la época, esto fue gran innovación frente al neoplatonismo aceptado.

EPÍSTOLA A ABELARDO ¿1621?

UNA CARTA DE AMOR A LOPE DE VEGA.

(FRAGMENTOS)

... El sustentarse amor sin esperanza
es fineza tan rara, que quisiera
saber si en algún pecho se ha hallado,
que las más veces la desconfianza
amortigua[35] la llama que pudiera
obligar con amar lo deseado;
mas nunca tuve por dichoso estado
amar bienes posibles,
sino aquellos que son más imposibles.
A éstos ha de amar con alma osada;
pues para más alteza[36] fué criada
que la que el mundo enseña;
y así quiero hacer una reseña
de amor dificultoso,
que sin pensar desvela mi reposo,
amando a quien no veo y me lastima;
ved qué extraños contrarios,
venidos de otro mundo y de otro clima.

Al fin en éste, donde el Sur me esconde,
oí, Belardo, tus concetos[37] bellos,
tu dulzura y estilo milagroso;
vi con cuánto favor te corresponde
el que vió de Dafne los cabellos
trocados de su daño en lauro umbroso[38]
y admirando tu ingenio portentoso,
no puedo reportarme
de descubrirme a ti y a mí dañarme.
Mas ¿qué daño podrá nadie hacerme
que tu valer no pueda defenderme?

...

Quiero, pues, comenzar a darte cuenta
de mis padres y patria y de mi estado,
porque sepas quién te ama y quién te escribe,
bien que ya la memoria me atormenta,
renovando el dolor, que, aunque llorado
está presente y en el alma vive;
no quiera Dios que en presunción estribe
lo que aquí te dijere,
ni que fábula alguna compusiere,
que suelen causas propias engañarnos,
y en referir grandezas alargarnos,
que la falacia engaña
mas que no la verdad nos desengaña,
especialmente cuando
vamos en honras vanas estribando;
de éstas pudiera bien decirte muchas,
pues atenta contemplo que me escuchas.

De padres nobles dos hermanas fuimos,
que nos dejaron en temprana muerte,
aún no desnudas de pueriles paños[39].
El cielo y una tía que tuvimos,
suplió la soledad de nuestra suerte;
con el amparo suyo algunos años;
huimos siempre de sabrosos daños[40];
y así nos inclinamos
a virtudes heroicas, que heredamos;
de la beldad, que el cielo acá reparte,
nos cupo, según dicen, mucha parte,
con otras muchas prendas;
no son poco bastantes las haciendas
al continuo sustento;
y estamos juntas, con tan gran contento,
que un alma a entrambas rige y nos gobierna,
sin que haya tuyo y mío,
sino paz amorosa, dulce y tierna.

Ha sido mi Belisa celebrada,
que ése es su nombre, y Amarilis, mío,
entrambas de afición favorecidas:
yo he sido a dulces musas inclinada:
mi hermana, aunque menor, tiene más brío
y partes, por quien es, muy conocida:
al fin todas han sido merecidas
con alegre himeneo
de un joven venturoso, que en trofeo
a su fortuna vencedora palma
alegre la rindió prendas del alma[41].

---

[35]Dims

[36]For loftier goals

[37]I heard, Belardo (i.e., Lope de Vega), your beautiful thoughts

[38]Amarilis has seen how Apollo (the pursuer of Daphne and the God of poetry) favors Belardo (Lope). The nymph Daphne pursued by Apollo turned into 'laurel umbroso,' (a shady laurel tree).

[39]Their parents died when the two sisters were babies.

[40]Thanks to her aunt, they have avoided pleasurable pitfalls.

[41]Amarilis's sister, "Belisa," is happily married to a young man.

Yo, siguiendo otro trato,
contenta vivo en limpio celibato,
con virginal estado
a Dios con grande afecto consagrado[42],
y espero en su bondad y en su grandeza
me tendré de su mano,
guardando inmaculada mi pureza.

De mis cosas te he dicho en breve suma
todo cuanto quisieras preguntarme,
y de las tuyas muchas he leído;
temerosa y cobarde está mi pluma,
si en alabanzas tuyas emplearme
con singular contento he pretendido;
si cuanto quiero das por recibido.
Oh, qué de ello me debes!
Y porque esta verdad ausente pruebes,
corresponde en recíproco cuidado
al amor, que en mí está depositado.
Celia[43] do se desdeña
por ver que en esto mi valor se empeña,
que ofendido en sus quiebras[44]
su nombre todavía al fin celebras;
y aunque milagros su firmeza haga,
te son muy debidos,
y aún no sé si con esto tu fe paga.

No seremos por esto dos rivales,
que trópicos y zonas nos dividen,
sin dejarnos asir de los cabellos,
ni a sus méritos pueden ser iguales;
cuantos al mundo el cetro y honor piden,
de trenzas de oro, cejas y ojos bellos,
cuando enredado te hallaste en ellos,
bien supiste estimarlos
y en ese mundo y éste celebrarlos,
y en persona de Angélica pintaste
cuanto de su lindeza contemplaste;
mas estoime riendo
de ver que creo aquello que no entiendo,
por ser dificultosos
para mí los sucesos amorosos,
y tener puesto el gusto y el consuelo,
no en trajes semejantes,
sino en dulces coloquios con el cielo.

Finalmente, Belardo, yo te ofrezco
un alma pura a tu valor rendida:
acepta el don, que puedes estimarlo;
y dándome por lo que merezco,
quedará mi intención favorecida,
de la cual hablo poco y mucho callo,
y para darte más, no sé ni hallo.
Dete el cielo favores,
las dos Arabias bálsamos y olores,
Cambaya sus diamantes, Tibar oro,
marfil Cefala, Persia tesoro,
perlas los Orientales,
el Rojo mar finísimos corales,
balajes los Ceylanes,
áloe precioso y Sarnaos y Campanes,
rubíes Pegugamba y Nubia algalia,
amatista Rarsinga
y prósperos sucesos Acidalia[45].

Esto mi voluntad te da y ofrece,
y ojalá yo pudiera con mis obras
hacerte ofrenda de mayor estima.
Mas donde tanto junto se merece,
de nadie no recibes, sino cobras
lo que te debe el mundo en prosa y rima.
He querido, pues, viéndote en la cima
del alcázar de Apolo,
como su propio dueño, único y solo,
pedirte un don, que te agradezca el cielo,
para bien de tu alma y mi consuelo.
No te alborotes, tente,
que te aseguro bien que te contente,
cuando vieres mi intento,
y sé que lo harás con gran contento,
que al liberal no importa para asirle
significar pobrezas,
pues con que más se agrada es con pedirle.

Yo y mi hermana una santa celebramos
cuya vida nadie ha sido escrita,
como empresa que muchos han tenido;
el verla de tu mano deseamos;
tu dulce Musa alienta y resucita,
y ponla con estilo tan subido
y agradecido sea
de nuestra santa virgen Dorotea[46].

[42]Amarilis has entered a convent.

[43]Direct reference to Marta Navares, Lope's lover regardless of his priesthood.

[44]Faults

[45]May heaven grant you favors.

[46]Amarilis asks Lope to write a poem in praise of Saint Dorothea.

¡Oh, qué sujeto, mi Belardo, tienes
con que de lauro coronar tus sienes,
podrás, si no emperezas,
contando de esta virgen mil grandezas
que reconoce el cielo,
y respeta y adora todo el suelo;
de esta divina y admirable santa
su santidad refiere,
y dulcemente su martirio canta!

Ya veo que tendrás por cosa nueva
no que te ofrezca censo un mundo nuevo,
que a ti cien mil que hubiera te le dieran;
mas que mi musa rústica se atreva,
hazaña que cien Tassos[47] no emprendieran;
ellos, al fin, son hombres y temieran,
mas la mujer, que es fuerte,
no teme alguna vez la misma muerte.
Pero si he parecídote atrevida[48],
a lo menos parézcate rendida,
que fines desiguales
Amor los hace con su fuerza iguales;
y quédote debiendo
no que me sufras, mas que estás oyendo
con singular paciencia mis simplezas,
ocupado con tino
en tantas excelencias y grandezas.

Versos cansados, ¿qué furor os lleva
y a poneros en manos de Belardo
a ser sujetos de simpleza indiana[49]?
Al fin, aunque amarguéis, por fruta nueva,
os vendrán vuestro gusto bronco y tardo;
el ingenio gallardo
en cuya mesa habéis de ser honrados,
hará vuestros intentos disculpados;
navegad, buen viaje, haced la vela,
guiad un alma que sin alas vuela.

COMPRENSIÓN Y ANÁLISIS

Comente sobre lo siguiente:

[47]The great Italian poet

[48]If you have thought me bold

[49]Simplicity of the Indians living high in the Andes, or perhaps of a Spaniard living in America or who had lived in America and returned to Spain (Indiano).

Forma

La estructura del poema.
La medida de los versos.
La rima.

Contenido

El tema: El amor sublime, audaz.
Los protagonistas: ¿Quién y cómo esa la autora de la carta? ¿A quién va dirigida? Analice a ambas personas. ¿Se nombra a alguien más? Si es así, analícele también. Diga cual es la relación entre ellos.
El espacio: ¿Dónde cree que tuvo lugar la redacción del poema? ¿A dónde fue enviada dicha epístola? ¿Cómo pueden estos lugares influir en la relación entre la remitente y el destinatario?
El tiempo: ¿Hay referencias a un tiempo determinado en el poema? Estudie los verbos del poema y diga qué tiempos usa la poeta para expresar sus ideas.
La cultura: Conociendo la época en que fue escrito este poema, ¿se atacan o se acentúan estereotipos sociales, religiosos, de clase o de género? Indique en qué versos se especifica acerca de los estereotipos que se aceptan y los que no. Analice el verso siguiente desde el punto de vista social: «guardando inmaculada mi pureza».
¿Cuál es la relación del título con el contenido del poema? ¿Por qué la autora escribe la epístola en verso y no en prosa?

Lenguaje

Vocabulario del poema: ¿Qué palabras contribuyen a dar al poema esa fuerza, rapidez, sencillez, erudición y atrevimiento?
Descripciones: ¿Qué palabras se utilizan para describir los personajes relacionados con la autora; para describir la escena íntima y la social?
Narración: La poeta narra una confesión de amor a su amado. ¿Cree usted que el «descaro» con que lo hace, se deba a la protección que le otorgan las paredes del convento y la distancia que las separa del amado? ¿O se trataba de una mujer que conocía y mostraba su valía?
Lenguaje literario: Al principio del poema la autora nos habla de los sentidos. ¿Cómo los califica y a cuál

concede mayor pleitesía? ¿Qué significa el verso «yo he sido a dulces musas inclinada»? ¿Qué nos indica la poeta de su hermana con las palabras «alegre himeneo»?

Comunicación

El poema trata de establecer una relación entre la autora y Lope de Vega: ¿Cómo se presenta ella? El hecho de que el destinatario fuese quien era, ¿influyó en la elección del formato de la carta para sorprenderlo?
¿Cómo usa la poeta los pronombres de tratamiento (tú, usted, vos, ustedes) en la relación con la personas a quien se dirige?

Ejercicios de creación literaria

Escriba una narración para contar la historia contenida en el poema.
Comente y analice la pureza carnal y la mental o de los pensamientos que aparecen en el poema.

Sor Juana Inés de la Cruz, México, 1648?–1695

La obra de Sor Juana Inés de la Cruz se levanta solitaria en medio de la mediocridad de su época. Sor Juana es la figura que corona el barroco hispanoamericano. Sabemos de su vida, gracias a una biografía escrita por el clérigo Diego Calleja y a poemas escritos en su elogio por varios de sus contemporáneos.

Juana de Asbaje y Ramírez de Santillana, nació en México, en una aristocrática sociedad donde, en esa época, reinaba una atmósfera de pedantería, y pretención. Para empeorar la situación, Juana era la hija ilegítima del vasco Pedro Asbaje y de la mexicana Isabel Ramírez de Santillana. Nacida en tan híbrido ambiente, su futuro no era prometedor. Sin embargo, desde muy niña demostró excepcional precocidad y un afán intelectual insólito para la época. Fue criada en la casa de los abuelos maternos, donde aprendió a leer a los tres años. Dominó el Latín en sólo veinte lecciones. A los ocho años fue a la Ciudad de México a vivir con una tía. Allí quiso ir a la Universidad vestida de varón, porque les estaba prohibido a las mujeres estudiar. A los nueve años Juana ganó un premio literario por una *loa* que escribió. A los trece años fue a vivir al palacio como dama de honor de la virreina. Muy pronto su belleza, su curiosidad científica, su mente ágil, alerta, y su robusta inteligencia constituyeron una verdadera leyenda y le abrieron las puertas de la corte del virrey Marqués de Mancera. Allí brilló como un prodigio de la corte, donde, como ella escribió, fue «desgraciada por discreta y perseguida por hermosa». A los diecisiete años tomó un examen público con cuarenta de los hombres más sabios del virreinato, saliendo airosa de la difícil prueba.

En 1667, la joven, sin mejor alternativa en la vida seglar, decidió ingresar al Convento de San José de las Carmelitas Descalzas. A pesar de que la vida monástica no le atraía, era el único refugio que, como mujer, le prometía algo de libertad intelectual. El frío, la vida aislada y dura de la institución la enfermaron y se vio obligada a regresar a la corte. Dos años después, en 1669 entró en el Convento de San Gerónimo, tomando los votos poco después. En su celda tenía una biblioteca de más de cuatro mil volúmenes (la mejor de México en la época), así como instrumentos de música, equipos científicos, lienzos y caballetes.

Sor Juana se convirtió en la figura intelectual más importante de la época. Escribió toda clase de obras para actos culturales y cívicos. Su curiosidad intelectual y científica, su espíritu cartesiano y enfoque relativista, le ganaron fuertes ataques y amonestaciones de los misóginos líderes eclesiásticos de la colonia. Se dedicó al servicio de los pobres y de los enfermos. Murió entre ellos en una epidemia en 1695.

Sor Juana fue una escritora prolífera. Además de sobresalir en la lírica, sobresalió también en la prosa y en el ensayo. Para el teatro escribió comedias, loas, entremeses, autos sacramentales y villancicos dramáticos. Sus temas favoritos eran los filosóficos, literarios o científicos, pero se vio obligada a tratar de temas religiosos por apremios de la Santa Inquisición; escribió sólo dieciséis poemas religiosos por encargo.

La obra poética de Sor Juana representa una extraordinaria síntesis filosófica y le ganó el título *La Décima Musa.* Su poesía está inclinada a la antítesis, los juegos de conceptos y otras combinaciones propias del estilo conceptista y barroco de la época. El resto de los temas son amatorios, filosóficos, populares y profanos. Se destacan los sonetos y el

Primer sueño. En 975 endecasílabos y heptasílabos, Sor Juana presenta el proceso del sueño. La acción se desenvuelve en un ambiente nocturno, que simboliza, quizás, los enigmas y misterios de la naturaleza y la razón humana. Aquí se examina la imposibilidad de conocer la realidad completa solamente por medio del intelecto.

En cuanto a la forma, *Primer sueño* es una feliz imitación de su popular amigo Góngora, aunque en cuanto al contenido y actitud intelectual Sor Juana es superior al escritor español porque se adelanta al racionalismo de la Ilustración[50]. Es magistral en este *Primer sueño* el juego del blanco y negro para delinear los períodos de inspiración o frustración por los que el espíritu atraviesa en la lucha por el entendimiento.

De sus trabajos en prosa se conserva *Respuesta a Sor Filotea de la Cruz* (1691). Esta *carta* adquiere categoría de verdadero ensayo por la madurez, profundidad, abundancia de disquisiciones doctrinales y teológicas propias de la época y por el tema tratado. *Respuesta* fue el resultado de una petición del obispo de Puebla, Manuel Fernández de Santa Cruz, para que Sor Juana compusiera una crítica sobre un famoso sermón pronunciado por el jesuita brasileño Antonio de Vieira, célebre predicador de la época. Mostrando admirables conocimientos de teología, Sor Juana refutó admirablemente las ideas del célebre sermón mencionado. Al obispo no le gustó el escrito así que Sor Juana se encontró aún más marginada por la sociedad y por la Iglesia. El obispo le escribió una reprimenda, escudándose en el seudónimo Sor Filotea de la Cruz. En ella acusaba a Sor Juana de insubordinación a la autoridad eclesiástica y le reprochaba su frivolidad religiosa; en *Respuesta a Sor Filotea de la Cruz,* Sor Juana, con gran tacto, cortesía y sarcasmo, defiende sus labores intelectuales y los derechos de la mujer a educarse, enseñar y escribir.

En la *Respuesta* abundan los datos biográficos que constituyen la primera y más interesante muestra de literatura feminista en lengua española. Es también un estudio psicológico de la autora, quien en todo momento alcanza gran altura, tanto por su pensamiento como por la armonía, ritmo y perfección de su prosa. La carta expone la difícil situación de la mujer talentosa en un sistema patriarcal y transpira un auténtico espíritu femenino, mientras nos revela la verdadera intimidad de la extraordinaria Sor Juana Inés de la Cruz.

«*La décima musa*», como se ha llamado a Sor Juana, trata temas como el desengaño, la desilusión, el pesimismo, la angustia, el sentido de transitoriedad y la vanidad de la vida. En los versos de amor, Sor Juana muestra su temperamento de mujer vehemente y apasionada; en lo filosófico, ahonda en las inquietudes propias del individuo y del momento histórico. Uno de sus poemas más celebrados es «Redondillas», donde Sor Juana defiende las actitudes femeninas que son sólo resultado del tratamiento que los hombres imponen a las mujeres. La obra de Sor Juana es un *Manifiesto* de la libertad intelectual de la mujer.

REDONDILLAS[51]

Hombres necios que acusáis
a la mujer sin razón,
sin ver que sois la ocasión
de lo mismo que culpáis:

Si con ansia sin igual
solicitáis su desdén,
¿por qué queréis que obren bien[52]
si las incitáis al mal?

Combatís su resistencia
y luego, con gravedad,
decís que fue liviandad[53]
lo que hizo la diligencia[54].

Parecer quiere el denuedo[55]
de vuestro parecer loco,
al niño que pone el coco[56]
y luego le tiene miedo.

Queréis, con presunción necia,
hallar a la que buscáis,

[50]European cultural movement of the eighteenth century, characterized by reason and the criticism of traditional institutions as well as the dissemination of knowledge.

[51]Meter combination of four verses with eight syllables, with an ABBA rhyme

[52]The women behave virtuously.

[53]Lewdness

[54]What was won with diligence

[55]Bravery, courage

[56]Bogeyman

para pretendida, Thais[57],
y en la posesión, Lucrecia[58].

¿Qué humor puede ser más raro
que el que, falto del consejo,
él mismo empaña[59] el espejo,
y siente que no esté claro?

Con el favor y el desdén
tenéis condición igual,
quejándos, si os tratan mal,
burlándos, si os quieren bien.

Opinión, ninguna gana;
pues la que más se recata[60],
si no os admite, es ingrata,
y si os admite, es liviana.

Siempre tan necios andáis
que, con desigual nivel,
a una culpáis por cruel,
y a otra por fácil culpáis.

¿Pues cómo ha de estar templada[61]
la que vuestro amor pretende,
si la que es ingrata, ofende,
y la que es fácil, enfada?

Mas, entre el enfado y pena
que vuestro gusto refiere,
bien haya la que no os quiere
y quejaos enhorabuena[62].

Dan vuestras amantes penas
a sus libertades alas,
y después de hacerlas malas
las queréis hallar muy buenas.

¿Cuál mayor culpa ha tenido
en una pasión errada:
la que cae de rogada,
o el que ruega de caído[63]?

¿O cuál es más de culpar,
aunque cualquiera mal haga:
la que peca por la paga,
o el que paga por pecar?

Pues, ¿para qué os espantáis
de la culpa que tenéis?
Queredlas cual[64] las hacéis
o hacedlas cual las buscáis[65].

Dejad de solicitar,
y después, con más razón,
acusaréis la afición
de la que os fuere a rogar.

Bien con muchas armas fundo
que lidia vuestra arrogancia[66],
pues en promesa e instancia,
juntáis diablo, carne y mundo[67].

COMPRENSIÓN Y ANÁLISIS

Ubique el poema «Redondillas» dentro de la época en que fue escrito. Comente sobre lo siguiente:

Forma

La estructura del poema.
La medida de los versos.
La rima.

Contenido

El tema: La inconformidad del varón en cuestiones relacionadas con la mujer.
Los protagonistas: ¿Quiénes son los protagonistas? ¿Sobre quién habla el poema? ¿Le incumben a la autora los hechos que relata? ¿En qué medida?
El espacio: ¿Tiene lugar el poema en un lugar determinado? ¿Por qué?
El tiempo: ¿Transcurre en el poema en una época determinada? ¿Por qué?
La cultura: Conociendo la época en que fue escrito, ¿combate o perpetúa el poema estereotipos sociales, de clase o de género? ¿Qué le ocurría a la autora con

---

[57] Famous Greek figure of the court

[58] Roman matron celebrated for her chastity, who committed suicide when she was raped

[59] Clouds up

[60] She who acts modestly

[61] How can she be temperate

[62] Quejaos... good for the one who spurns you; and you complain, all right!

[63] She who falls heeding his pleas or he who pleads that she surrenders.

[64] Like

[65] Either love what you create or create what you can love.

[66] But no, I believe that you will continue to revel in your arms and arrogance.

[67] According to Catholic doctrine, the three enemies of the soul are: the devil, the flesh, and the world.

respecto a sus superiores o a otros autores del sexo opuesto? ¿Por qué motivo?

Lenguaje

Vocabulario del poema: ¿Qué palabras contribuyen a dar al poema su tono de reprimenda?
Descripciones: ¿Qué palabras se utilizan para describir a los individuos que se mencionan? ¿Cómo cree usted que es la autora, según lo indica el poema? ¿Hace alusión a la escena social o a la íntima? Si es así, descríbalas.
Narración: La autora narra una serie de hechos que presentan y esclarecen el maltrato al que las mujeres están sometidas. ¿Cómo narra estos hechos? ¿Tienen un tinte dramático y complicado o claro y conciso?
Lenguaje figurado: Analice algunas de las muchas figuras literarias presentes en el poema.

Comunicación

El poema trata de aclarar la confusión de la mujer en cuanto a la manera como ha de comportarse con el varón, para contentarlo o para conservar su honra. ¿Cómo se presenta dicha elección?
¿Cómo se usan los pronombres de tratamiento (tú, usted, vosotros, ustedes) en el poema?

Ejercicios de creación literaria

Escriba un resumen del contenido del poema.
Explique si esa situación y comportamiento del hombre se mantienen hoy en día y analice el porqué.

A UNA ROSA

Rosa divina que en gentil cultura
eres, con tu fragante sutileza,
magisterio purpúreo en la belleza,
enseñanza nevada a la hermosura.
Amago[68] de la humana arquitectura,
ejemplo de la vana gentileza,
en cuyo ser unió naturaleza
la cuna alegre y triste sepultura.

[68]Imitation

¡Cuán altiva[69] en tu pompa, presumida,
soberbia, el riesgo de morir desdeñas,
y luego desmayada y encogida[70]
de tu caduco[71] ser das mustias señas[72],
con que con docta[73] muerte y necia vida,
viviendo engañas y muriendo enseñas!

COMPRENSIÓN Y ANÁLISIS

Comente sobre lo siguiente:

Forma

La estructura del poema.
La medida de los versos.
La rima.

Contenido

El tema: No hay que desdeñar lo feo o decrépito.
Los personajes: ¿Se presenta en el poema un personaje real o figurado? ¿Cómo cree, si fuera real, que sería tal personaje?
El espacio: ¿Se nombra algún espacio en particular?
El tiempo: ¿Cómo transcurre el tiempo en el poema? ¿A qué es debido?
La cultura: ¿Por qué eligió la poeta la rosa entre las demás flores?

Lenguaje

Vocabulario del poema: ¿Qué palabras dotan al poema de rapidez, y connotan la fugacidad del tiempo?
Descripciones: ¿Cómo describe la poeta la flor en sus distintas etapas? ¿Cambia el tono del poema cuando se acerca el final?
Lenguaje figurado: ¿Por qué dota a la flor de cualidades humanas? ¿Qué representan las metáforas «la cuna alegre y triste sepultura»? ¿Qué quiere decir en la sinestesia «enseñanza nevada a la hermosura»?

[69]Proud
[70]Shrunk
[71]Perishable
[72]Withered proof
[73]Wise

Comunicación

¿Cómo se usan los pronombres de tratamiento (tú, usted, vosotros, ustedes) en las relaciones entre la rosa y la autora?

Ejercicios de creación literaria

Escriba una narración para contar e contenido del poema.
Comente sobre si la fatuidad y la vanidad son aceptables o no. Trate sobre las cualidades que deberían pesar y tenerse en cuenta en las relaciones humanas. Analice la belleza desde el punto de vista cristiano y desde el punto de vista de la Grecia clásica.

RESPUESTA DE LA POETISA A LA MUY ILUSTRE SOR FILOTEA DE LA CRUZ

(FRAGMENTOS)

Muy ilustre Señora, mi Señora:

No mi voluntad, mi poca salud y mi justo temor han suspendido tantos días mi respuesta... No es afectada modestia, Señora sino ingenua verdad de toda mi alma, que al llegar a mis manos, impresa, la carta que vuestra propiedad llamo Atenagórica[74], prorrumpí (con no ser esto en mí muy fácil) en lágrimas de confusión, porque me pareció que vuestro favor no era mas que una reconvención que Dios hace a lo mal que le correspondo; y que como a otros corrige con castigos, a mí me quiere reducir a fuerza de beneficios...

Escribir nunca ha sido dictamen propio, sino fuerza ajena; que les pudiera decir con verdad: *Vos me coegistis*[75]. Lo que sí es verdad que no negaré (lo uno porque es notorio a todos, y lo otro porque, aunque sea contra mí, me ha hecho Dios la merced de darme grandísimo amor a la verdad) que desde que me rayó la primera luz de la razón, fue tan vehemente y poderosa la inclinación a las letras, que ni ajenas represiones —que he tenido muchas—, ni propias reflejas —que he hecho no pocas—, han bastado a que deje de seguir este natural impulso que Dios puso en mí: Su Majestad sabe por qué y para qué; y sabe que le he pedido que apague la luz de mi entendimiento dejando sólo lo que basta para guardar su Ley, pues lo demás sobra, según algunos, en una mujer; y aun hay quien diga que daña. Sabe también Su Majestad que no consiguiendo esto, he intentado sepultar con mi nombre mi entendimiento, y sacrificársele sólo a quien me lo dio; y que no otro motivo me entró en religión, no obstante que al desembarazo y quietud que pedía mi estudiosa intención eran repugnantes los ejercicios y compañía de una comunidad; y después, en ella, sabe el Señor, y lo sabe en el mundo quien sólo lo debió saber[76], lo que intenté en orden de esconder mi nombre y que no me lo permitió, diciendo que era tentación; y sí sería. Si yo pudiera pagaros algo de lo que os debo, Señora mía, creo que sólo os pagara en contaros esto, pues no ha salido de mi boca jamás, excepto para quien debió salir...

Prosiguiendo en la narración de mi inclinación, de que os quiero dar entera noticia, digo que no había cumplido los tres años de mi edad cuando enviando mi madre a una hermana mía, mayor que yo, a que se enseñase a leer en una de las que llaman Amigas, me llevó a mí tras ella el cariño y la travesura; y viendo que la daban lección, me encendí yo de manera en el deseo de saber leer, que engañando, a mi parecer, a la maestra, la dije: «Que mi madre ordenaba me diese lección». Ella no lo creyó, porque no era creíble; pero por complacer al donaire, me la dio.

Proseguí yo en ir, y ella prosiguió en enseñarme, ya no de burlas, porque la desengañó la experiencia; y supe leer en tan breve tiempo, que ya sabía cuando lo supo mi madre, a quien la maestra lo ocultó por darle el gusto por entero y recibir el galardón por junto; y yo lo callé, creyendo que me azotarían, por haberlo hecho sin orden. Aún vive la que me enseñó, Dios la guarde, puede testificarlo.

Acuérdome que, en estos tiempos, siendo mi golosina la que es ordinaria en aquella edad, me abstenía de comer queso, porque oí decir que hacía rudos, y podía conmigo más el deseo de saber que el de comer, siendo éste tan poderoso en los niños. Teniendo yo después como seis o siete años, y

[74]It refers to Athena, Greek Goddess of Wisdom

[75]You compelled me

[76]Her trusted confessor Father Antonio Núñez, who also turned against her.

sabiendo ya leer y escribir, con todas las otras habilidades de labores y costuras que aprenden las mujeres, oí decir que había Universidad y escuelas en que se estudiaban las ciencias, en México. Y apenas lo oí cuando empecé a matar a mi madre con instantes e importunos ruegos sobre que, mudándome el traje[77], me enviase a México, en casa de unos deudos que tenía, para estudiar y cursar la Universidad. Ella no lo quiso hacer, e hizo muy bien, pero yo despiqué el deseo en leer muchos libros varios que tenía mi abuelo, sin que bastasen castigos ni reprensiones a estorbarlo; de manera que cuando vine a México, se admiraban, no tanto del ingenio cuanto de la memoria y noticias que tenía, en edad que parecía que apenas había tenido tiempo para aprender a hablar.

Empecé a aprender Gramática[78], en que creo no llegaron a veinte las lecciones que tomé; y era tan intenso mi cuidado, que siendo así que en las mujeres —y más en tan florida juventud— es tan apreciable el adorno natural del cabello, yo me cortaba de él cuatro o seis dedos, midiendo hasta dónde llegaba antes, e imponiéndome ley de que si cuando volviese a crecer hasta allí no sabía tal o cual cosa que me había propuesto aprender en tanto que crecía, me lo había de volver a cortar en pena de la rudeza. Sucedía así que él crecía y yo no sabía lo propuesto, porque el pelo crecía aprisa y yo aprendía despacio, y con efecto le cortaba, en pena de la rudeza; que no parecía razón que estuviese vestida de cabellos cabeza que estaba tan desnuda de noticias, que era más apetecible adorno. Entréme religiosa, porque aunque conocía que tenía el estado cosas (de las accesorias hablo, no de las formales) muchas repugnantes a mi genio, con todo, para la total negación que tenía al matrimonio, era lo menos desproporcionado y lo más decente que podía elegir en materia de la seguridad que deseaba de mi salvación; a cuyo primer respeto (como al fin más importante) cedieron y sujetaron la cerviz todas las impertinencias de mi genio, como eran de querer vivir sola, de no querer tener ocupación obligatoria que embarazase la libertad de mi estudio, ni rumor de comunidad que impidiese el sosegado silencio de mis libros. Esto me hizo vacilar algo en la determinación hasta que, alumbrándome personas doctas de que era tentación, la vencí con el favor divino y tomé el estado que tan indignamente tengo. Pensé yo que huía de mí misma; pero ¡miserable de mí! trájeme a mí conmigo, y traje mi mayor enemigo en esta inclinación que no sé determinar si, por prenda o por castigo, me dio el Cielo, pues de apagarse o embarazarse con tanto ejercicio que la religión tiene, reventaba como pólvora, y se verificaba en mí el *privatio est causa appetitus*[79].

Volví (mal dije, que nunca cesé); proseguí, digo, a la estudiosa tarea (que para mí era descanso en todos los ratos que sobraban a mi obligación) de leer y más leer; de estudiar y más estudiar, sin más maestro que los mismos libros. Ya se ve cuán duro es estudiar en aquellos caracteres sin alma, careciendo de la voz viva del maestro; pues todo este trabajo sufría yo muy gustosa por amor a las letras. ¡Oh, si hubiese sido por amor de Dios, que era lo acertado, cuánto hubiera merecido! Bien que yo procuraba elevarlo cuanto podía y dirigirlo a su servicio, porque el fin a que aspiraba era a estudiar Teología, pareciéndome menguada inhabilidad, siendo católica[80], no saber todo lo que en esta vida se puede alcanzar, por medios naturales, de los divinos misterios; y que siendo monja y no seglar, debía, por el estado eclesiástico, profesar letras; y más siendo hija de un San Jerónimo y de una Santa Paula[81], que era degenerar de tan doctos padres ser idiota la hija. Esto me proponía yo de mí misma y me parecía razón; si no es que era (y eso es lo más cierto) lisonjear y aplaudir a mi propia inclinación, proponiéndola como obligatorio su propio gusto.

Con esto proseguí, dirigiendo siempre, como he dicho, los pasos de mi estudio a la cumbre de la Sagrada Teología; pareciéndome preciso, para llegar a ella, subir por los escalones de las ciencias y artes humanas: porque ¿cómo entenderá el estilo de la Reina de las Ciencias, quien aún no sabe el de las ancilas[82]? ¿Cómo sin Lógica sabría yo los métodos generales y particulares con que está escrita la

[77]Dressing like a boy

[78]Latin

[79]Prohibition is the cause of appetite

[80]Being a catholic, the poet feels she should acquire as much knowledge as possible about God through the study of theology.

[81]Founders of her Order

[82]Theology was considered the queen of all sciences to which all others ought to serve.

Sagrada Escritura? ¿Cómo sin Retórica entendería sus figuras, tropos y locuciones? ¿Cómo sin Física, tantas cuestiones naturales de las naturalezas de los animales de los sacrificios, donde se simbolizan tantas cosas ya declaradas, y otras muchas que hay? ¿Cómo si el sanar Saúl al sonido del arpa de David fue virtud y fuerza natural de la música, o sobrenatural que Dios quiso poner en David? ¿Cómo sin Aritmética se podrán entender tantos cómputos de años, de días, de meses, de horas, de hebdómadas[83] tan misteriosas como las de Daniel, y otras para cuya inteligencia es necesario saber las naturalezas, concordancias y propiedades de los números?...

Yo confieso que me hallo muy distante de los términos de la sabiduría y que la he deseado seguir, aunque *a longe*[84]. Pero todo ha sido acercarme más al fuego de la persecución, al crisol del tormento; y ha sido con tal extremo que han llegado a solicitar que se me prohiba el estudio.

Una vez lo consiguieron con una prelada muy santa y muy cándida que creyó que el estudio era cosa de Inquisición y me mandó que no estudiase. Yo la obedecí (unos tres meses que duró el poder ella mandar) en cuanto a no tomar libro, que en cuanto a no estudiar absolutamente, como no cae debajo de mi potestad, no lo pude hacer, porque aunque no estudiaba en los libros, estudiaba en todas las cosas que Dios crió, sirviéndome ellas de letras, y de libro toda esta máquina universal. Nada veía sin refleja; nada oía sin consideración, aun en las cosas más menudas y materiales; porque como no hay criatura, por baja que sea, en que no se conozca el *me fecit Deus*[85], no hay alguna que no pasme el entendimiento, si se considera como se debe. Así yo, vuelvo a decir, las miraba y admiraba todas; de tal manera que de las mismas personas con quienes hablaba, y de lo que me decían, me estaban resaltando mil consideraciones...

Pues, ¿qué os pudiera contar, Señora, de los secretos naturales que he descubierto estando guisando? Ver que un huevo se une y fríe en la manteca o aceite y, por contrario, se despedaza en el almíbar; ver que para que el azúcar se conserve fluida basta echarle una muy mínima parte de agua en que haya estado membrillo u otra fruta agria; ver que la yema y clara de un mismo huevo son tan contrarias, que en los unos, que sirven para el azúcar, sirve cada una de por sí y juntos no. Por no cansaros con tales frialdades, que sólo refiero por daros entera noticia de mi natural y creo que os causará risa; pero, señora, ¿qué podemos saber las mujeres sino filosofías de cocina? Bien dijo Lupercio Leonardo[86], que bien se puede filosofar y aderezar la cena. Y yo suelo decir viendo estas cosillas: si Aristóteles hubiera guisado, mucho más hubiera escrito. Y prosiguiendo en mi modo de cogitaciones[87], digo que esto es tan continuo en mí, que no necesito de libros; y en una ocasión que, por un grave accidente de estómago, me prohibieron los médicos el estudio, pasé así algunos días, y luego les propuse que era menos dañoso el concedérmelos, porque eran tan fuertes y vehementes mis congitaciones, que consumían más espíritus en un cuarto de hora que el estudio de los libros en cuatro días; y así se redujeron a concederme que leyese; y más, Señora mía, que ni aun el sueño se libró de este continuo movimiento de mi imaginativa; antes suele obrar en él más libre y desembarazada, confiriendo con mayor claridad y sosiego las especies que ha conservado del día, arguyendo, haciendo versos, de que os pudiera hacer un catálogo muy grande, y de algunas razones y delgadezas que he alcanzado dormida mejor que despierta, y las dejo por no cansaros, pues basta lo dicho para que vuestra discreción y trascendencia penetre y se entere perfectamente en todo mi natural y del principio, medios y estado de mis estudios.

Si éstos, Señora, fueran méritos (como los veo por tales celebrar en los hombres), no lo hubieran sido en mí, porque obro necesariamente. Si con culpa, por la misma razón creo no la he tenido; mas, con todo, vivo siempre tan desconfiada de mí, que ni en esto ni en otra cosa me fío de mi juicio; y así remito la decisión a ese soberano talento, sometiéndome luego a lo que sentenciare, sin contradicción ni repugnancia, pues esto no ha sido más de una simple narración de mi inclinación a las letras...Si el estilo, venerable Señora mía, de esta

[83]Period of seven, i.e., a week, seven years

[84]At a distance

[85]God made me

[86]Lupercio Leonardo de Argensola (1563–1613) was a highly esteemed Aragonese poet of this time.

[87]Cultured word for meditation

carta, no hubiere sido como a vos es debido, os pido perdón de la casera familiaridad o menos autoridad de que tratándoos como a una religiosa de velo, hermana mía, se me ha olvidado la distancia de vuestra ilustrísima persona, que a veros yo sin velo, no sucediera así; pero vos, con vuestra cordura y benignidad, supliréis o enmendaréis los términos, y si os pareciere incongruo el *Vos* de que yo he usado por parecerme que para la reverencia que os debo es muy poca reverencia la *Reverencia*, mudadlo en el que os pareciere decente a lo que vos merecéis, que yo no me he atrevido a exceder de los límites de vuestro estilo ni a romper el margen de vuestra modestia.

Y mantenedme en vuestra gracia, para impetrarme[88] la divina, de que os conceda el Señor muchos aumentos y os guarde, como le suplico y he menester. De este convento de N. Padre San Jerónimo de México, a primero día del mes de marzo de mil seiscientos y noventa y un años. B.V.M.[89] vuestra más favorecida.

Sor Juana Inés de la Cruz

COMPRENSIÓN Y ANÁLISIS

Ubique la *Respuesta de la poetisa a la muy ilustre Sor Filotea de la Cruz* dentro de la época en que fue escrita (1691). Comente sobre lo siguiente:

Forma

Orden de la exposición: Orden cronológico de los elementos de la carta.
La estructura de la carta: Busque introducción, desarrollo, y conclusión.
Remitente: Analice la persona de la remitente. ¿Es la remitente ajena o cercana a los hechos narrados? ¿Qué aprendemos de la remitente a lo largo del texto?

Contenido

El tema: Trate del derecho de la mujer a educarse en la sociedad en tiempos de Son Juana Inés.

[88]To ask for

[89]Besa vuestra mano (Kiss your hand)

Los protagonistas: ¿A quién va dirigida la carta? ¿Cómo es esta persona? ¿Quién y cómo es la persona que escribe la carta?
El espacio: Hable sobre los espacios que se nombran y su relación con el contenido de la carta.
El tiempo: ¿En cuánto tiempo se desarrolla la historia? ¿Hay un tiempo determinado? ¿Otros momentos? ¿Cuál es la edad de la remitente? Estudie los verbos en el cuento y diga qué tiempos usa la remitente en su historia.
La cultura: Analice la alienación de la mujer de la cultura y del saber. ¿Por qué se le trató de negar el derecho a educarse? Conociendo la época en que fue escrita la carta, diga si mantiene o se aparta de estereotipos sociales, de clase o de género. Compare los papeles femeninos de la remitente y el de la supuesta destinataria. Analice si por el hecho de ser monja, se agravan y castigan los «excesos» de sapiencia de Sor Juana.

Lenguaje

Vocabulario de la epístola: ¿Qué palabras contribuyen a dar a la carta su carácter sarcástico, su firme posición en favor de la libertad intelectual?
Descripciones: ¿Qué palabras se utilizan para describir al personaje Sor Filotea de la Cruz?
Narración: ¿Cuál es, en pocas palabras, la historia narrada? ¿Se sugieren otras historias?
Lenguaje figurado: ¿Por qué usa la autora el nombre de Filotea? ¿Qué intenciones tiene con ello?

Comunicación

Analice la correspondencia entre ambas personas. ¿Puede deducirse la carta enviada a través de la respuesta? ¿Qué cree que contenía aquélla?
¿Cómo se usan los pronombres de tratamiento (tú, usted, vosotros, ustedes) en las relaciones entre las dos «monjas»? ¿Se cuestiona durante algún momento dicho tratamiento? ¿Con qué fin? ¿Con qué tono?

Ejercicios de creación literaria

Vuelva a escribir con sus propias palabras la carta, usando estilo directo.

Analice y trate de la ironía y del sarcasmo como medios eficaces y certeros para vencer a mentes necias y obtusas.

LOS PRECURSORES Y LA INDEPENDENCIA

Carlos III (1759–88) emprendió en España reformas esenciales, y algunas de éstas llegaron a las colonias. Se establecieron dos nuevos virreinatos, el de la Nueva Granada (1718) y el de la Plata (1776). El Conde de Aranda, ministro del rey, escribió *Memorial* (1783) donde sugería una federación de estados hispanos libres. Desdichadamente sus visionarias ideas no fueron seguidas por la Corona española[90].

En el siglo de la Ilustración, o de las Luces, continuó el proceso ideológico comenzado en el Renacimiento. La Ilustración proclamaba la razón en vez de la autoridad absoluta, la investigación de los fenómenos naturales en lugar de la fe ciega, la experiencia basada en el método científico verificable. Avocaba combatir la superstición y el fanatismo. Los problemas filosóficos, morales y sociales debían ser debatidos. Por estas ideas, el siglo de la Ilustración produjo tratados de economía, estética y cultura. Las ideas iluministas encontraron fértil terreno en el Nuevo Mundo. Aparecieron grandes pensadores como José Celestino Mutis, quien emprendió la expedición botánica en Nueva Granada y clasificó la flora americana; Alexander Humbolt, quien recorrió a América y describió su geografía y metereología; y Francisco José de Caldas, quien exploró perspicaces ideas sobre astronomía, botánica y medicina; desdichadamente fue fusilado por los españoles por apoyar ideas independentistas. Los criollos viajaban a Europa y absorbían las ideas de la revolución francesa y los derechos del hombre.

El liderazgo de la Corona española se fue debilitando bajo los reinados de Felipe V y Carlos IV. El golpe definitivo fue la invasión napoleónica bajo la cual el rey abdicó en favor de su hijo Fernando VII. España tuvo que abrirse a Europa, y las ideas de la Ilustración y el racionalismo permearon a América e inspiraron a más jóvenes criollos.

México era un centro pujante de ideas humanísticas. Se traducían y leían los clásicos griegos y latinos. La fábula —antiguo género moralizador— se transformó en vehículo de ideas filosóficas. La poesía que se publicaba era satírica cargada de tormentosos temas sociales y políticos. El escenario hacia la independencia se estaba fermentando.

El liberalismo neoclásico fue la cara literaria de la Ilustración; en él se veneraba la naturaleza y, el hombre, como parte de ella, era digno de respeto. La literatura se liberalizó confrontando el poder absoluto del Estado y de la Iglesia; *Libertad y progreso* fue el lema de la época. Las fuerzas económicas, sociales y políticas convergían y alcanzaban masa crítica.

La total independencia de Suramérica, México y Centro América no se logró hasta mediados del siglo XIX; en 1810, la Gran Colombia, Argentina y México declararon su independencia; Miranda lo hizo por Venezuela en 1811; en 1817 San Martín liberó a Chile. España reaccionó, creando una ola de terror implantada por su emisario el general Morillo, pero los patriotas prevalecieron.

El Libertador Bolívar soñaba con mantener a los países suramericanos en una gran unión, semejante a los Estados Unidos de América. Desdichadamente esta idea no se logró porque Bolívar murió en 1830 y con él se esfumó la idea de la Gran Colombia. Con la muerte de Bolívar, las diferentes condiciones económicas, históricas y étnicas despertaron nacionalismos que provocaron sangrientas guerras durante el resto del siglo. La burguesía, incapaz de romper la caduca estructura feudal y colonial, perpetuó conflictos que Hispanoamérica aún batalla.

José Joaquín Fernández de Lizardi, México, 1776–1827

Hijo de un médico empobrecido, José Joaquín Fernández de Lizardi nació en el Distrito Federal en 1776. El joven, un ávido lector, estudió humanidades, filosofía y teología. En 1805 se casó y se dedicó al periodismo y a la lucha social; se vinculó a movimientos que trataban de liberar a México del gobierno colonial español. En 1812, comenzó a publicar el semanario *El pensador mexicano*; en él criticaba al gobierno colonialista por sus vicios y abusos. En este nuevo tipo de periodismo, Lizardi exponía el resultado de la corrupción que mantenía al pueblo pobre e ignorante y abogaba por la

[90]Ironically, it was England that implemented them.

educación como el único vehículo para mejorar la sociedad.

A pesar de que su crítica al sistema era hecha en forma moralizante y con gran fervor patriótico, en 1814, cuando el régimen absolutista de Fernando VII estableció censura de prensa, *El pensador mexicano* fue suprimido y el joven periodista fue llevado a la cárcel, donde continuó escribiendo.

Una vez en libertad, y para prevenir tanta persecución, decidió encubrir sus ideas bajo ficción y de allí nació *El Periquillo Sarniento,* la primera novela publicada en Hispanoamérica. En ella Lizardi imaginó un mundo utópico en el que dio rienda suelta a sus ideas de libertad. En 1823 fue excomulgado por criticar al clero y defender la libertad religiosa en el folleto *Defensa de los francmasones.*

A pesar de las multas, persecuciones y encarcelamientos Lizardi continuó sus ataques contra la injusticia, hasta su muerte debida a tuberculosis en 1827. Murió después de haber visto a su amado México libre del yugo español.

La mayor contribución de Lizardi fue histórica. Su prosa escrita con la naturalidad del que respira, tenía fines inmediatos; lo que le interesaba era contar, opinar e informar. El mismo Lizardi reconocía que era más un hombre de acción que de arte y tal vez, por eso, su mayor mérito fue haberle llevado la literatura mexicana al pueblo, ya que escribió para las masas con la esperanza de educarlas. En el proceso liberó el lenguaje del arcaico empaque académico y lo llevó a un nivel donde los humildes se podían identificar con él. Dentro del marco del realismo social, los escenarios de su novela eran los conventos, las universidades, las cárceles, los prostíbulos y los hospitales. Desde allí narró la amarga realidad mexicana, la represión y los fusilamientos durante la época colonial. Logró retratar, con insuperable realismo y mordaz sátira, la corrupción de las instituciones coloniales, el gobierno, la Iglesia y la educación.

Otras obras suyas son: *Noches tristes y días alegres* (1818), *Doña Quijotita y su prima* (1819), donde presenta la educación que recibían las mujeres y aduce reflexiones y consejos basados en los ideales educativos de Rousseau. Su mejor novela *Don Catrín de la Fachenda* (1832), fue publicada póstumamente. El estilo de Lizardi es pulido y cuidadoso; no ofrece disgresiones inoportunas, con lo que mantiene el interés del lector. *El Periquillo Sarniento* es una sátira al caballero mentecato que se avergüenza del trabajo manual escudándose en su alto origen; el final de la novela contiene una moraleja: el castigo del protagonista por su soberbia. Éste se ve obligado a trabajar en viles empleos.

Lizardi también escribió poesía, fábulas y teatro, además de numerosos artículos y folletos. *El Periquillo Sarniento,* enmarcado en la tradición picaresca, no perdona nada: Expone injusticias, supersticiones y valores hidálguicos impuestos por los conquistadores. El lenguaje satírico picaresco va salpicado de vulgarismos, latinajos y clasicismos que reflejan la influencia del *Guzmán de Alfarache* y de Góngora.

Para Lizardi, la educación era la única manera de corregir los males expuestos, y la picaresca le ofrecía el mejor vehículo para ello, porque combinaba los aspectos moralizantes y los didácticos. El principal valor de *El Periquillo* yace, no tanto en su estilística, como en su crítica y su deseo de emancipación; se podría decir que es una novela histórico-socio-psicológica ya que pinta la vida mexicana, critica las instituciones y con audacia inicia un examen del hombre y la sociedad. *El Periquillo* es también un documento lingüístico del México del siglo XVIII, escrito con lenguaje ameno y descripciones del ambiente, sin alardes retóricos; la sintaxis es torpe e imperfecta, reflejando el habla popular y la vida cotidiana.

Las tres primeras partes de *Periquillo Sarniento* se publicaron en 1816. En 1830 apareció póstumamente la obra completa con cuatro partes. La mayor parte del libro refiere las aventuras de Periquillo, junto con ensayos o sermones intercalados entre los episodios. También critica el sistema educativo, la burocracia, los abusos del clero, el cacicazgo y los abusos a los indígenas. El protagonista de la novela es el pícaro ateo, Pedro Sarmiento, apodado por sus compañeros escolares «Periquillo» por los colores chillones de su traje verde y amarillo y «Sarniento» por la sarna que tenía y los muchos granos que afeaban su cutis. Periquillo narra su existencia en primera persona, dejando traslucir su patológica moral la cual está condicionada por el corrupto medio ambiente. Los historiadores han apuntado que la vida del Periquillo es un reflejo de la del mismo Lizardi. Para sobrevivir, Periquillo comete toda clase de fechorías, pero sin llegar jamás al crimen. Pasa por varios empleos, malgasta la herencia de su padre y va a la cárcel.

Cuando sale, ejerce medicina entre los indígenas, se hace sacristán, viaja a las Filipinas y, tras un naufragio regresa a México, se casa y hace falsa penitencia para adquirir fama de santo. El libro es reflexivo y moralizante; cada capítulo es, como quería Lizardi, una oportunidad para enseñar.

En el segmento seleccionado, Lizardi expone valores *hidalgos*[91] españoles perpetuados en la sociedad mexicana. En este caso, la madre de Periquillo no cree que su hijo deba aprender un oficio, pues un *hidalgo* no hace trabajo manual.

EL PERIQUILLO SARNIENTO

CAPÍTULO III

Disputa de los padres de Periquillo sobre ponerlo a oficio o a la escuela.

... Mi padre, que, como os he dicho, era un hombre prudente y miraba las cosas más allá de la cáscara, considerando que ya era viejo y pobre, quería ponerme a oficio, porque decía que en todo caso más valía que fuera yo mal oficial que buen vagabundo... ¡Jesús de mi alma! ¡qué aspavientos y qué extremos nos hizo la santa señora! Me quería mucho, es verdad, pero su amor estaba mal ordenado. Era muy buena y arreglada, mas estaba llena de vulgaridades. Decía a mi padre:

—¿Mi hijo a oficio? No lo permita Dios. ¿Qué dijera la gente al ver al hijo de don Manuel Sarmiento aprendiendo a sastre, pintor, platero u otra cosa?

—¿Qué ha de decir? —respondía mi padre—: que don Manuel Sarmiento es un hombre decente, pero pobre, y muy hombre de bien, y no teniendo caudal que darle a su hijo, quiere proporcionarle algún arbitrio útil y honesto para que solicite su subsistencia sin sobrecargar a la república de un ocioso más, y este arbitrio no es otro que un oficio. Esto pueden decir y no otra cosa.

—No, señor —replicaba mi madre toda electrizada—; si usted quiere dar a Pedro algún oficio mecánico, atropellando con su nacimiento[92], yo no, pues, aunque pobre, me acuerdo que por mis venas y por las de mi hijo corre la ilustre sangre de los Ponces, Tagles, Pintos, Velascos, Zumalacárreguis y Bundiburia.

—Pero, hija —decía mi padre—, ¿qué tiene que ver la sangre ilustre de los Ponces, Tagles, Pintos ni de cuantos colores y alcurnias hay en el mundo, con que tu hijo aprenda un oficio para que se mantenga honradamente, puesto que no tiene ningún vínculo que afiance su subsistencia?

—¿Pues qué —instaba mi madre—, le parece a usted bueno que un niño noble sea sastre, pintor, platero, tejedor o cosa semejante?

—Sí, mi alma —respondía mi padre con mucha flema—; me parece bueno y muy bueno, que el niño noble, si es pobre y no tiene protección, aprenda cualquier oficio, por mecánico que sea, para que no ande mendigando su alimento. Lo que me parece malo es que el niño noble ande sin blanca, roto o muerto de hambre por no tener oficio ni beneficio. Me parece malo que para buscar qué comer ande de juego en juego, mirando dónde se arrastra un muerto[93], dónde dibuja una apuesta, o logra por favor una gurupiada. Me parece más malo que el niño noble ande al mediodía espiando dónde van a comer para echarse, como dicen, de apóstol[94], y yo digo de gorrón y sinvergüenza, porque los apóstoles solían ir a comer a las casas ajenas después de convidados y rogados, y estos tunos van sin que les conviden ni rueguen; antes a trueque de llenar el estómago son el hazmerreír de todos, sufren mil desaires, y después de tanto permanecen más pegados que unas sanguijuelas, de suerte que a veces es necesario echarlos noramala con toda claridad. Esto si me parece malo en un noble; y me parece peor que todo lo dicho y malísimo en extremo de la maldad imaginable que el joven ocioso, vicioso y pobre, ande estafando a éste, petardeando a aquél y haciendo a todos las trácalas que puede, hasta quitarse la máscara, dar en ladrón público y parar en un suplicio ignominioso o en un presidio. Tú has oído decir varias de estas pillerías, y aun has visto algunos cadáveres de estos nobles, muertos a manos de verdugos en esta plaza de México. Tú conociste a

[91] Hidalgo - hijo de algo. It implies that children of blue blood do not do manual labor.

[92] The mother attests to the noble ancestry of Periquillo. This confirms that he is not the classical *pícaro* who always came from the lowest social classes.

[93] To profit from another's play

[94] People begged the apostles to come and eat with them. (St. Luke Ch. X, v. 7). This is satire on the father's part.

otro caballerito noble y muy noble, hijo de una casa solariega, sobrino nada menos que de un primer ministro y secretario de estado; pero era un hombre vicioso, abandonado y sin destino; consumó sus iniquidades matando a un pobre maromero en la cuesta del Platanillo, camino de Acapulco, por robarle una friolera que había adquirido a costa de mil trabajos. Cayó en manos de la Acordada[95], se sentenció a muerte, estuvo en la capilla, lo sacó de ella un virrey por respeto del tío, y permanece preso en aquella cárcel una porción de años hasta que el Conde la Revilla lo desterró para siempre a las Islas Marianas[96]. He aquí el triste cuadro que presenta un hombre noble, vicioso y sin destino. Nada perdió el lustre de su casa por el villano proceder de un deudo pícaro. Si lo hubieran ahorcado, el tío hubiera quedado como quedó, en el candelero: porque así como nadie es sabio por lo que supo su padre, ni valiente por las hazañas que hizo, así tampoco nadie se infama ni se envilece por los pésimos procederes de sus hijos.

—He traído a la memoria este caso horrendo, y ¡ojalá no sucedieran otros semejantes!, para que veas a lo que está expuesto el noble que, fiado en su nobleza, no quiere trabajar, aunque sea pobre.

—Pero ¿luego ha de dar un ojo[97]? —decía mi madre—, ¿luego ha de ser Pedrito tan atroz y malvado como D. N. R.?

—Sí, hijita —respondía mi padre—, estando en el mismo predicamento, lo propio tiene Juan que Pedro[98]; es una cosa muy natural, y el milagro fuera que no sucediera del mismo modo, mediando las mismas circunstancias. ¿Qué privilegio goza Pedro para que, supuesta su pobreza e inutilidad, no sea también un vicioso y un ladrón, como Juan y tantos Juanes que hay en el mundo? ¿Ni qué firma tenemos del Padre Eterno que nos asegure que nuestro hijo ni se empapará en los vicios, ni correrá la desgraciada muerte de otros sus iguales, mayormente mirándose oprimido en la necesidad, que casi siempre ciega a los hombres y los hace prostituirse a los crímenes más vergonzosos?

—Todo está muy bueno —decía mi madre—; pero ¿qué dirán sus parientes al verlo con oficio?

—Nada, ¿qué han de decir? —respondió mi padre—; lo más que dirán es: mi primo el sastre, mi sobrino el platero o lo que sea; o tal vez dirán: no tenemos parientes sastres, etcétera; y acaso no le volverán a hablar; pero ahora dime tú: ¿qué le dirán sus parientes el día que lo vean sin oficio, muerto de hambre y hecho pedazos? Vamos, ya yo te dije lo que dirían en un caso, dime tú lo que dirán en el contrario.

—Puede —decía mi buena madre—, puede que lo socorran siquiera porque no los desdore[99].

—Ríete de eso, hija —respondía mi padre; como él no los desplatee, poca fuerza les hará que los desdore. Los parientes ricos, por lo común, tienen un expediente muy ensayado para librarse de un golpe de la vergüencilla que les causan los andrajos de sus parientes pobres, y éste es negarlos por tales redondamente. Desengáñate, si Pedro tuviere alguna buena suerte o hiciere algún viso en el mundo, no sólo lo reconocerán sus verdaderos parientes, sino que se le aparecerán otros mil nuevos, que lo serán lo mismo que el gran Turco[100], y tendrá continuamente a su lado un enjambre de amigos que no lo dejarán mover; pero si fuere un pobre, como es regular, no contará más que con el peso que adquiera. Esta es una verdad, pero muy antigua y muy experimentada en el mundo; por eso nuestros viejos dijeron sabiamente que *no hay más amigo que Dios ni más pariente que un peso*[101]. Tú ves ahora que nos visitan y nos hacen mil expresiones tu tío el capitán, mi sobrino el cura, las primas Delgados, la tía Rivera, mamá Manuela y otros. Pues es porque ven que, aunque pobres, a Dios gracias no nos falta qué comer, por eso y nada más, créelo. Unos vienen a pedirme prestado, otros a que les saque de este o de aquel empeño, quién a pasar el rato, quién a inquirir los centros de mi casa, y quién a almorzar o tomar chocolate; pero si yo me muero, verás, verás cómo se disipan los amigos y los deudos, lo mismo que los mosquitos con la incomodidad del humo. Por estos

---

[95]A kind of Holy Tribunal established in Mexico in 1710 to judge road bandits

[96]Islands discovered by Magellan in 1521, they belonged to Spain until the Spanish American War in 1898. Today the archipelago is in Trusteeship of the United States.

[97]Why must luck be so cruel?

[98]What applies to one applies to the other.

[99]Dishonor

[100]False relatives

[101]One cannot trust relatives or friends if one doesn't have money.

conocimientos deseara que mi Pedro aprendiera oficio, ya que es pobre, para que no hubiera menester a los suyos ni a los extraños después de mis días. Y te advierto, que muchas veces suelen los hombres hallar más abrigo entre los segundos que entre los primeros; mas con todo eso, bueno es atenerse cada uno a su trabajo y a sus arbitrios y no ser gravoso a nadie.

—Tú medio me aturdes con tantas cosas —decía mi madre—; pero lo que veo es que un hidalgo sin oficio es mejor recibido y tratado con más distinción en cualquiera parte decente, que otro hidalgo sastre, batihoja, pintor, etcétera.

—Ahí está la preocupación y la vulgaridad —respondía mi padre—. Sin oficio puede ser; pero no sin destino o arbitrio honesto. A un empleado de una oficina, a un militar o cosa semejante, le harán mejor tratamiento que a un sastre o a cualquier otro oficial mecánico, y muy bien hecho; razón es que las gentes se distingan; pero al sastre y aun al zapatero, lo estimarán más en todas partes, que no al hidalgo tuno, ocioso, trapiento y petardista, que es lo que quiero que no sea mi hijo. A más de esto, ¿quién te ha dicho que los oficios envilecen a nadie? Lo que envilece son las malas acciones, la mala conducta y la mala educación. ¿Se dará destino más vil que guardar puercos? Pues esto no embarazó para que un Sixto V[102] fuera Pontífice de la Iglesia católica...

COMPRENSIÓN Y ANÁLISIS

Ubique el cuento *El Periquillo Sarniento* dentro de la época en que fue escrito. Comente sobre lo siguiente:

Forma

Orden de la narración: Orden cronológico de los eventos de la narración.
La estructura del cuento: Busque introducción, desarrollo, conclusión.
El narrador: Analice la persona de los verbos en el párrafo introductorio. ¿Quién es la persona del narrador? ¿Es el narrador externo (habla en tercera persona) o interno (habla en primera persona) respecto a los hechos narrados? ¿Cambia o se mantiene la estructura de narrador durante la historia? ¿Qué llegamos a saber sobre el narrador a través del cuento?

Contenido

El tema: Discuta el papel de los hidalgos en la sociedad española y suramericana.
Los personajes: ¿Quiénes y cómo son los personajes centrales? ¿Cuál es la relación entre ellos? ¿A qué se dedican? ¿Qué distingue a los Sarmiento? Analice el papel del padre y de la madre con respecto a la carrera de Periquillo. Analice los personajes que se mencionan en la historia y su verdadera nobleza.
El tiempo: ¿Hay un tiempo determinado en la historia? ¿Qué edad tienen los personajes? ¿Cómo se relaciona su edad con el contenido del cuento? Estudie los verbos en el cuento y diga qué tiempos se usan en la historia.
La cultura: Conociendo la época en que el cuento fue escrito, diga si habla sobre rompimiento o perpetuación de estereotipos sociales, de clase o de género. Compare el papel del personaje femenino con el del personaje masculino.

Lenguaje

Vocabulario del cuento: ¿Qué palabras contribuyen a darle un tono sarcástico a este cuento? ¿Con qué palabras describe el padre «la nobleza» y con qué palabras la madre?
Descripciones: ¿Qué palabras se utilizan para describir al personaje central y, a través de ellas, al resto de los personajes?
Narración: ¿Cuál es en pocas palabras la historia narrada?

Comunicación

¿Qué se usa más en el cuento ¿la narración o el diálogo? ¿Con qué fin se utiliza cada uno?
Analice los diálogos entre los personajes de la historia. ¿Quiénes dialogan? ¿Cómo se usan los pronombres de tratamiento (tú, usted, vos, ustedes) en la relación entre los personajes? Note especialmente cuando el padre usa tú y cuando usted para digirse a su esposa. Analice el por qué.

[102] Pope Sixto V (1585–1590) was a pig keeper, as was Francisco Pizarro in Perú.

Ejercicios de creación literaria

Trate del papel de la madre en la educación de los hijos varones y de su responsabilidad en perpetuar o descontinuar actitudes.

Simón Bolívar, Venezuela, 1783–1830

El Libertador, como es conocido en gran parte de Hispanoamérica, nació en Caracas, de familia adinerada. Antes de los nueve años quedó huérfano y su fortuna, de más de 4 millones de pesos, pasó a manos de tutores. Desde niño se interesó en principios democráticos y, como era tradicional para jóvenes de alcurnia, fue a educarse en España y pasó varios años viajando por Europa. Allá absorbió las ideas de la revolución francesa y de los derechos del hombre y estudió a Voltaire, Montesquieu y Rousseau, entre otros. Durante este recorrido, Bolívar asistió a la coronación de Napoleón y se casó con María Teresa del Toro. A su regreso al trópico, la joven esposa contrajo fiebre amarilla y murió. Bolívar resolvió que jamás se volvería a casar y que dedicaría su vida y fortuna a la causa de la independencia hispanoamericana. Más tarde viajó a los Estados Unidos y se entusiasmó con las ideas de la naciente república democrática.

Su vida fue una serie de batallas, no sólo militares, sino también diplomáticas y personales, tratando de recaudar fondos para la independencia y manteniendo la lealtad y unidad de vastos territorios. De 1810 hasta su muerte a causa de tuberculosis, contribuyó a que la mayor parte de Hispanoamérica lograra la independencia de España. Por esta hazaña ganó el inmortal título de *El Libertador* y se convirtió en símbolo de libertad y justicia.

A pesar de haber sido uno de los grandes héroes de Hispanoamérica, Bolívar ha sido uno de los personajes históricos más malentendidos. Después de la independencia, su vida fue una amarga lucha por mantener la unidad de los países liberados. Hubo muchos atentados contra él y finalmente murió en la miseria. Los últimos días de *El Libertador* los relató magistralmente Gabriel García Márquez, en *El general en su laberinto.* Tras años de investigación, el Nóbel colombiano escribió la controvertida novela donde relata la profunda desilusión de Bolívar por las traiciones de sus compatriotas y la tristeza de morir sin lograr su sueño de unificar la Gran Colombia. Si esto se hubiera logrado, esta parte del mundo habría podido llegar a convertirse en otra potencia mundial. En su novela, García Márquez también expone hechos históricos ignorados por la historia oficial, tales como el hecho de que Bolívar tenía sangre africana y que fue excomulgado por la Iglesia debido a sus ideas de masón y librepensador.

La obra literaria de Bolívar consta principalmente de proclamas, discursos, mensajes y cartas donde se reflejan sus cualidades oratorias, así como la riqueza de sus ideales. La sinceridad de su corazón se revela en gran número de cartas a amigos allegados y a su constante compañera la ecuatoriana Manuelita Sáenz, que algunos han llamado *La Libertadora.* Ella lo apoyó a través de sus adversidades.

La carta de Jamaica, escrita por Bolívar, es un valioso documento histórico sobre la situación de las colonias americanas bajo el yugo español. Con elocuencia, Bolívar resume los hechos que llevaron a los países hispanos a buscar su independencia. Augura el futuro de los nacientes países, teniendo en cuenta que, aunque los ideales democráticos son los más humanos, son prematuros para las repúblicas, que sin experiencia democrática, volverían a caer bajo el yugo español.

CARTA DE JAMAICA

Kingston, 6 de setiembre de 1815

(FRAGMENTOS)

Señor[103]:

Me apresuro a contestar la carta de 29 del mes pasado que usted me hizo el honor de dirigirme y yo recibí con la mayor satisfacción.

Sensible, como debo, al interés que usted ha querido tomar por la suerte de mi patria, afligiéndose con ella por los tormentos que padece desde su descubrimiento hasta estos últimos períodos, por parte de sus destructores los españoles, no siento menos el comprometimiento en que me ponen las solicitas demandas que usted me hace sobre los objetos más importantes de la política americana. Así, me encuentro en un conflicto entre el deseo de corresponder a la confianza con que usted me

[103]Possibly the Duke of Manchester, supporter of the independence movement.

favorece y el impedimento de satisfacerla tanto por la falta de documentos y de libros cuanto por los limitados conocimientos que poseo de un país tan inmenso, variado y desconocido como el Nuevo Mundo...

Como me conceptúo obligado a prestar atención a la apreciable carta de usted no menos que a sus filantrópicas miras, me animo a dirigir estas líneas, en las cuales ciertamente no hallará usted las ideas luminosas que desea, mas sí las ingenuas expresiones de mis pensamientos.

«Tres siglos ha, dice usted, que empezaron las barbaridades que los españoles cometieron en el grande hemisferio de Colón». Barbaridades que la presente edad ha rechazado como fabulosas, porque parecen superiores a la perversidad humana; y jamás serían creídas por los críticos modernos, si constantes y repetidos documentos no testificasen estas infaustas verdades. El filantrópico obispo de Chiapa, el apóstol de la América, Las Casas[104], ha dejado a la posteridad una breve relación de ellas, extractada de las sumarias que siguieron en Sevilla a los conquistadores, con el testimonio de cuantas personas respetables había entonces en el Nuevo Mundo, y con los procesos mismos que los tiranos se hicieron entre sí, como consta por los más sublimes historiadores de aquel tiempo. Todos los imparciales han hecho justicia al celo, verdad y virtudes de aquel amigo de la humanidad, que con fervor y firmeza denunció ante su gobierno y contemporáneos los actos más horrorosos de un frenesí sanguinario.

Con cuánta emoción de gratitud leo el pasaje de la carta de usted en que me dice que espera «que los sucesos que siguieron entonces a las armas españolas acompañen ahora a las de sus contrarios, los muy oprimidos americanos meridionales». Yo tomo esta esperanza como una predicción, si la justicia decide las contiendas de los hombres. El suceso coronará nuestros esfuerzos; porque el destino de la América se ha fijado irrevocablemente. El lazo que lo unía a la España está cortado; la opinión era toda su fuerza; por ella se estrechaban mutuamente las partes de aquella inmensa monarquía. Lo que antes las enlazaba ya las divide: más grande es el odio que nos ha inspirado la península que el mar que nos separa de ella; menos difícil es unir los dos continentes que reconciliar los espíritus de ambos países. El hábito a la obediencia, un comercio de intereses, de luces, de religión; una recíproca benevolencia; una tierna solicitud por la cuna y la gloria de nuestros padres; en fin, todo lo que formaba nuestra esperanza, nos venía de España. De aquí nacía un principio de adhesión que parecía eterno; no obstante que la inconducta de nuestros dominadores relajaba esta simpatía; o por mejor decir, este apego forzado por el imperio de la dominación. Al presente sucede lo contrario: la muerte, el deshonor, cuanto es nocivo, nos amenaza y tememos; todo lo sufrimos de esa desnaturalizada madrastra. El velo se ha rasgado, ya hemos visto la luz y se nos quiere volver a las tinieblas; se han roto las cadenas, ya hemos sido libres, y nuestros enemigos pretenden de nuevo esclavizarnos. Por lo tanto, la América combate con despecho; y rara vez la desesperación no ha arrastrado tras sí la victoria...

El belicoso Estado de las Provincias del Río de la Plata ha purgado su territorio y conducido sus armas vencedoras al Alto Perú[105], conmoviendo a Arequipa e inquietando a los realistas[106] de Lima. Cerca de un millón de habitantes disfruta allí de su libertad.

El reino de Chile, poblado de 800.000 almas, está lidiando contra sus enemigos que pretenden dominarlo; pero en vano, porque los que antes pusieron un término a sus conquistas, los indómitos y libres araucanos, son sus vecinos y compatriotas; y su ejemplo sublime es suficiente para probarles que el pueblo que ama su independencia por fin la logra.

El virreinato del Perú, cuya población asciende a millón y medio de habitantes, es sin duda el más sumiso y al que más sacrificios se le han arrancado para la causa del rey, y bien que sean vanas las relaciones concernientes a aquella porción de América es indubitable que ni está tranquila, ni es capaz de oponerse al torrente que amenaza a las más de sus provincias.

La Nueva Granada, que es por decirlo así el corazón de la América y obedece a un gobierno general, exceptuando el reino de Quito que con la mayor dificultad contiene sus enemigos, por ser fuertemente adicto a la causa de su patria; y las provincias de Panamá y Santa Marta que sufren, no sin dolor la tiranía. Dos millones y medio de habitantes están esparcidos en aquel territorio que

[104]Bartholomew de las Casas (1474–1564), Spanish Dominican missionary and *protector of the Indians.*

[105]It is now in Bolivia.

[106]Loyalists of the Spanish Crown

actualmente defienden contra el ejército español bajo el general Morillo[107], que es verosímil sucumba delante de la inexpugnable plaza de Cartagena. Mas si la tomare, será a costa de grandes pérdidas, y desde luego carecerá de fuerzas bastantes para subyugar a los morigerados y bravos moradores del interior.

En cuanto a la heroica y desdichada Venezuela, sus acontecimientos han sido tan rápidos y sus devastaciones tales, que casi la han reducido a una absoluta indigencia y a una soledad espantosa, no obstante que era uno de los países más bellos de cuantos hacían el orgullo de la América. Sus tiranos gobiernan un desierto, y sólo oprimen a tristes restos que, escapados de la muerte, alimentan una precaria existencia: algunas mujeres, niños y ancianos son los que quedan. Los más de los hombres han perecido por no ser esclavos, y los que viven combaten con furor en los campos y en los pueblos internos, hasta expirar o arrojar al mar a los que, insaciables de sangre y de crímenes, rivalizan con los primeros monstruos que hicieron desaparecer de la América a su raza primitiva. Cerca de un millón de habitantes se contaban en Venezuela; y sin exageración se puede asegurar que una cuarta parte ha sido sacrificada por la tierra, la espada, el hambre, la peste, las peregrinaciones, excepto el terremoto, todos resultados de la guerra.

En Nueva España había en 1808, según nos refiere el Barón de Humboldt, 7'800.000 almas, con inclusión de Guatemala. Desde aquella época, la insurrección que ha agitado a casi todas sus provincias, ha hecho disminuir sensiblemente aquel cómputo que parece exacto; pues más de un millón de hombres ha perecido. Allí la lucha se mantiene a fuerza de sacrificios humanos y de todas especies, pues nada ahorran los españoles con tal que logren someter a los que han tenido la desgracia de nacer en este suelo, que parece destinado a empaparse con la sangre de sus hijos. A pesar de todo, los mexicanos serán libres, porque han abrazado el partido de la patria, con la resignación de vengar a sus pasados o seguirlos al sepulcro. Ya ellos dicen con Raynal[108]: llegó el tiempo, en fin, de pagar a los españoles suplicios con suplicios y de ahogar a esa raza de exterminadores en su sangre o en el mar.

Las islas de Puerto Rico y Cuba, que entre ambas pueden formar una población de 700 a 800.000 almas, son las que más tranquilamente poseen los españoles, porque están fuera del contacto de los independientes. Mas, ¿no son americanos estos insulares? ¿No son vejados? ¿No desearán su bienestar?

Este cuadro representa una escala militar de 2.000 leguas de longitud y 900 de latitud en su mayor extensión en que 16 millones de americanos defienden sus derechos o están oprimidos por la nación española que, aunque fue en algún tiempo el más vasto imperio del mundo, sus restos son ahora impotentes para dominar el nuevo hemisferio y hasta mantenerse en el antiguo. ¿Y la Europa civilizada, comerciante y amante de la libertad, permite que una vieja serpiente, por sólo satisfacer su saña envenenada, devore la más bella parte de nuestro globo? ¡Qué! ¿Ésta es la Europa sorda al clamor de su propio interés? ¿No tiene ya ojos para ver la justicia? ¿Tanto se ha endurecido para ser de este modo insensible? Estas cuestiones cuanto más las medito, más me confunden: llego a pensar que se aspira a que desaparezca la América; pero es imposible, porque toda la Europa no es España. ¡Qué demencia la de nuestra enemiga, pretender reconquistar la América, sin marina, sin tesoro y casi sin soldados! Pues los que tiene, apenas son bastantes para retener a su propio pueblo en una violenta obediencia y defenderse de sus vecinos. Por otra parte, ¿podrá esta nación hacer el comercio exclusivo de la mitad del mundo sin manufacturas, sin producciones territoriales, sin artes, sin ciencias, sin política? Lograda que fuese esta loca empresa, y suponiendo más, aún lograda la pacificación, los hijos de los actuales americanos, unidos con los de los europeos reconquistadores, ¿no volverían a formar dentro de veinte años los mismos patrióticos designios que ahora se están combatiendo?

La Europa haría un bien a la España en disuadirla de su obstinada temeridad, porque a lo menos le ahorrará los gastos que expende y la sangre que derrama; a fin de que fijando su atención en sus propios recintos fundase su prosperidad y poder sobre bases más sólidas que las de inciertas conquistas, un comercio precario y exacciones violentas en pueblos remotos, enemigos y poderosos.

[107]Morillo (1777–1838), Spanish General who gained distinction in the war against Napoleon, was sent by King Ferdinand VII to stifle the independence movement in Colombia. Morillo surrendered to Bolívar at the battle of Boyacá (1819).

[108]French philosopher (1713–96) who wrote against Spanish colonization and showed how much anti-Spanish sentiment existed in Spanish America.

La Europa misma por miras de sana política debería haber preparado y ejecutado el proyecto de la independencia americana, no sólo porque el equilibrio del mundo así lo exige, sino porque éste es el medio legítimo y seguro de adquirirse establecimientos ultramarinos de comercio. La Europa que no se halla agitada por las violentas pasiones de la venganza, ambición y codicia, como la España, parece que estaba autorizada por todas las leyes de la equidad a ilustrarla sobre sus bien entendidos intereses.

Cuantos escritores han tratado la materia se acordaban en esta parte. En consecuencia, nosotros esperábamos con razón que todas las naciones cultas se apresurarían a auxiliarnos, para que adquiriésemos un bien cuyas ventajas son recíprocas a entrambos hemisferios. Sin embargo, ¡cuán frustradas esperanzas! No sólo los europeos, pero hasta nuestros hermanos del Norte se han mantenido inmóviles espectadores en esta contienda, que por su esencia es la más justa y por sus resultados la más bella e importante de cuantas se han suscitado en los siglos antiguos y modernos. Porque, ¿hasta dónde se puede calcular la trascendencia de la libertad del hemisferio de Colón?...

Todavía es más difícil presentir la suerte futura del Nuevo Mundo, establecer principios sobre su política, y casi profetizar la naturaleza del gobierno que llegará a adoptar. Toda idea relativa al porvenir de este país me parece aventurada. ¿Se pudo prever, cuando el género humano se hallaba en su infancia rodeado de tanta incertidumbre, ignorancia y error, cuál sería el régimen que abrazaría para su conservación? ¿Quién se habría atrevido a decir, tal nación será república o monarquía, ésta será pequeña, aquélla grande? En mi concepto, ésta es la imagen de nuestra situación. Nosotros somos un pequeño género humano; poseemos un mundo aparte, cercado por dilatados mares; nuevos en casi todas las artes y ciencias, aunque en cierto modo viejos en los usos de la sociedad civil[109]. Yo considero el estado actual de la América como cuando, desplomado el imperio romano, cada desmembración formó un sistema político, conforme a sus intereses y situación o siguiendo la ambición particular de algunos jefes, familias o corporaciones; con esta notable diferencia, que aquellos miembros dispersos volvían a restablecer sus antiguas naciones con las alteraciones que exigían las cosas o los sucesos, mas nosotros, que apenas conservamos vestigios de lo que en otro tiempo fue, y que por otra parte no somos indios ni europeos, sino una especie media entre los legítimos propietarios del país y los usurpadores españoles; en suma, siendo nosotros americanos por nacimiento y nuestros derechos los de Europa, tenemos que disputar éstos a los del país, y que mantenernos en él contra la invasión de los invasores así nos hallamos en el caso extraordinario y complicado. No obstante que es una especie de adivinación indicar cuál será el resultado de la línea de política que la América siga, me atrevo a aventurar algunas conjeturas que desde luego caracterizo de arbitrarias, dictadas por un deseo racional y no por un raciocinio probable.

La posición de los moradores del hemisferio americano ha sido por siglos puramente pasiva: su existencia política era nula. Nosotros estábamos en un grado todavía más abajo de la servidumbre, y por lo mismo con más dificultades para elevarnos al goce de la libertad. Permítame usted estas consideraciones para elevar la cuestión. Los Estados son esclavos por la naturaleza de su constitución o por el abuso de élla; luego un pueblo es esclavo cuando el gobierno por su esencia o por sus vicios huella y usurpa los derechos del ciudadano o súbdito. Aplicando estos principios, hallaremos que la América no solamente estaba privada de su libertad, sino también de la tiranía activa y dominante. Me explicaré. En las administraciones absolutas no se reconocen límites en el ejercicio de las facultades gubernativas: la voluntad del gran sultán Kan Bey[110] y demás soberanos despóticos es la ley suprema, y ésta es casi arbitrariamente ejecutada por los bajáes, kanes y sátrapas subalternos de la Turquía y Persia, que tienen organizada una opresión de que participan los súbditos en razón de la autoridad que se les confía. A ellos está encargada la administración civil, militar, política, de rentas y la religión. Pero al fin son persas los jefes de Ispahan, son turcos los visires del gran señor, son tártaros los sultanes de la Trataría. La China no envía a buscar mandatarios militares y letrados al país de Gengis Kan que la conquistó, a pesar de que los actuales chinos son descendientes directos de los subyugados por los ascendientes de los presentes tártaros.

[109]Old because they inherited an old social system

[110]Tartar prince

Cuán diferente era entre nosotros. Se nos vejaba con una conducta que, además de privarnos de los derechos que nos correspondían, nos dejaba en una especie de infancia permanente con respecto a las transacciones públicas. Si hubiésemos siquiera manejado nuestros asuntos domésticos, en nuestra administración interior, conoceríamos el curso de los negocios públicos y su mecanismo. Gozaríamos también de la consideración personal que impone a los hijos del pueblo cierto respeto maquinal, que es tan necesario conservar en las revoluciones. He aquí por qué he dicho que estábamos privados hasta de la tiranía activa, pues que no nos está permitido ejercer sus funciones.

Los americanos en el sistema español que está en vigor, y quizá con mayor fuerza que nunca, no ocupan otro lugar en la sociedad que el de siervos propios para el trabajo, y cuando más el de simples consumidores; y aun esta parte coartada con restricciones chocantes: tales son las prohibiciones del cultivo de frutos de Europa, el estanco de las producciones que el rey monopoliza, el impedimento de las fábricas que la misma península no posee, los privilegios exclusivos del comercio hasta de los objetos de primera necesidad, las trabas entre provincia y provincia americanas para que no se traten, entiendan, ni negocien; en fin, ¿quiere usted saber cuál era nuestro destino? Los campos para cultivar el añil, la grana, el café, la caña, el cacao y el algodón; las llanuras solitarias para criar ganados; los desiertos para cazar las bestias feroces; las entrañas de la tierra para excavar el oro que no puede saciar a esa nación avarienta.

Tan negativo era nuestro estado que no encuentro semejante en ninguna otra asociación civilizada, por más que recorro la serie de las edades y la política de todas las naciones. Pretender que un país tan felizmente constituido, extenso, rico y populoso, sea meramente pasivo, ¿no es un ultraje y una violación de los derechos de la humanidad?

Estábamos, como acabo de exponer, abstraídos, y, digámoslo así, ausentes del Universo en cuanto es relativo a la ciencia del gobierno y administración del Estado. Jamás éramos virreyes ni gobernadores sino por causas muy extraordinarias; arzobispos y obispos, pocas veces; diplomáticos, nunca; militares, sólo en calidad de subalternos; nobles, sin privilegios reales; no éramos, en fin, ni magistrados ni financistas, y casi ni aun comerciantes: todo en contraversión directa de nuestras instituciones.

El emperador Carlos V firmó un pacto con los descubridores conquistadores y pobladores de América, que es nuestro contrato social. Los reyes de España convinieron solemnemente con ellos que lo ejecutasen por su cuenta y riesgo, prohibiéndoles hacerlo a costa de la Real Hacienda, y por esta razón se les concedía que fuesen señores de la tierra, que organizasen la administración y ejerciesen la judicatura en apelación, con otras muchas excepciones y privilegios que sería prolijo detallar[111]. El rey se comprometió a no enajenar jamás las provincias americanas, como que a él no tocaba otra jurisdicción que la del alto dominio, siendo una especie de propiedad feudal la que allí tenían los conquistadores para sí y sus descendientes. Al mismo tiempo existen leyes expresas que favorecen casi exclusivamente a los naturales del país originarios de España, en cuanto a los empleos civiles, eclesiásticos y de rentas. Por manera que con una violación manifiesta de las leyes y de los pactos subsistentes se han visto despojar aquellos naturales de la autoridad constitucional que les daba su código.

De cuanto he referido, será fácil colegir que la América no estaba preparada para desprenderse de la metrópoli, como súbitamente sucedió por el efecto de las ilegítimas cesiones de Bayona[112]; y por la inicua guerra que la Regencia nos declaró sin derecho alguno para ello, no sólo por la falta de justicia, sino también de legitimidad. Sobre la naturaleza de los gobiernos españoles, sus decretos conminatorios y hostiles, y el curso entero de su desesperada conducta, hay escritos del mayor mérito en el periódico *El Español*, cuyo autor es el señor Blanco[113]; y estando allí esta parte de nuestra historia muy bien tratada, me limito a indicarlo.

Los americanos han subido de repente, sin los conocimientos previos y lo que es más sensible sin la práctica de los negocios públicos, a representar en la escena del mundo las eminentes dignidades de

[111]The conquest was largely financed by the conquerors themselves. Therefore, the Crown had to grant the conquerors numerous privileges.

[112]In 1808 in the French city of Bayonne, Napoleon forced King Charles IV and his son Ferdinand to abdicate the Spanish Crown, and immediately named his brother Joseph as Spanish King.

[113]José María Blanco (1774–1841) Spanish Canon exiled in England and friend of Andrés Bello, was a prominent figure in the liberation movement and the development of the Romantic Movement.

legisladores, magistrados, administradores del erario, diplomáticos, generales, y cuantas autoridades supremas y subalternas forman la jerarquía de un Estado organizado con regularidad.

Cuando las águilas francesas sólo respetaron los muros de la ciudad de Cádiz[114], y con su vuelo arrollaron a los frágiles gobiernos de la Península, entonces quedamos en la orfandad. Ya antes habíamos sido entregados a la merced de un usurpador extranjero. Después, lisonjeados con la justicia que se nos debía con esperanzas halagüeñas siempre burladas; por último, inciertos sobre nuestro destino futuro, y amenazados por la anarquía, a causa de la falta de un gobierno legítimo, justo y liberal, nos precipitamos en el caos de la revolución. En el primer momento sólo se cuidó de proveer a la seguridad interior, contra los enemigos que encerraba nuestro seno. Luego se extendió a la seguridad exterior: se establecieron autoridades que sustituimos a las que acabábamos de deponer encargadas de dirigir el curso de nuestra revolución y de aprovechar la coyuntura feliz en que nos fuese posible fundar un gobierno constitucional digno del presente siglo y adecuado a nuestra situación...

Yo deseo más que otro alguno ver formar en América la más grande nación del mundo, menos por su extensión y riquezas que por su libertad y gloria. Aunque aspiro a la perfección del gobierno de mi patria, no puedo persuadirme que el Nuevo Mundo sea por el momento regido por una gran república; como es imposible, no me atrevo a desearlo; y menos deseo una monarquía universal de América, porque este proyecto sin ser útil, es también imposible. Los abusos que actualmente existen no se reformarían y nuestra regeneración sería infructuosa. Los Estados americanos han menester de los cuidados de gobiernos paternales que curen las llagas y las heridas del despotismo y la guerra. La metrópoli, por ejemplo, sería México, que es la única que puede serlo, por su poder intrínseco sin el cual no hay metrópoli. Supongamos que fuese el istmo de Panamá punto céntrico para todos los extremos de este vasto continente; ¿no continuarían éstos en la languidez y aun el desorden actual? Para que un solo gobierno dé vida, anime, ponga en acción todos los resortes de la prosperidad pública, corrija, ilustre y perfeccione el Nuevo Mundo, sería necesario que tuviese las facultades de un Dios, y cuando menos las luces y virtudes de todos los hombres.

El espíritu de partido que al presente agita a nuestros Estados se concendería entonces con mayor encono, hallándose ausente la fuente del poder que únicamente puede reprimirlo. Además, los magnates de las capitales no sufrirán la preponderancia de los metropolitanos, a quienes considerarían como a otros tantos tiranos: sus celos llegarían hasta el punto de comparar a éstos con los odiosos españoles. En fin, una monarquía semejante sería un coloso deforme, que su propio peso desplomaría a la menor convulsión...

Voy a arriesgar el resultado de mis cavilaciones sobre la suerte futura de la América: no la mejor, sino la que sea más asequible.

Por naturaleza de las localidades, riquezas, poblaciones y carácter de los mexicanos, imagino que intentarán al principio establecer una república representativa, en la cual tenga grandes atribuciones el poder ejecutivo, concentrándolo en un individuo que, si desempeña sus funciones con acierto y justicia, casi naturalmente vendrá a conservar una autoridad vitalicia. Si su incapacidad o violenta administración excita una conmoción popular que triunfe, este mismo poder ejecutivo quizás se difundirá en una asamblea...

Los Estados del istmo de Panamá hasta Guatemala formarán quizás una asociación. Esta magnífica posición entre los dos grandes mares podrá ser con el tiempo el emporio del universo. Sus canales acortarán las distancias del mundo: estrecharán los lazos comerciales de Europa, América y Asia, traerán a tan feliz región los tributos de las cuatro partes del globo. ¡Acaso sólo allí podrá fijarse algún día la capital de la tierra! Como pretendió Constantino que fuese Bizancio la del antiguo hemisferio[115].

La Nueva Granada se unirá con Venezuela, si llegan a convenir en formar una república central, cuya capital sea Maracaibo o una nueva ciudad que con el nombre de Las Casas (en honor de este héroe de la filantropía) se funde entre los confines de ambos países, en el soberbio puerto de Bahiahonda. Esta posición, aunque desconocida, es muy ventajosa

[114]Cadiz was the only Spanish province that was able to resist the Napoleonic invasion. The Spanish Court met there and wrote the Constitution of 1812.

[115]Byzantium was the capital of the Eastern Roman Empire.

por todos respectos. Su acceso es fácil y su situación tan fuerte, que pueden hacerse inexpugnables. Posee un clima puro y saludable, un territorio tan propio para la agricultura como para la cría de ganados, y una grande abundancia de maderas de construcción. Los salvajes que la habitan serían civilizados, y nuestras posesiones se aumentarían con la adquisición de la Goajira[116]. Esta nación se llamaría Colombia como un tributo de gratitud y justicia al creador de nuestro hemisferio...

Poco sabemos de las opiniones que prevalecen en Buenos Aires, Chile y el Perú: juzgando por lo que se trasluce y por las apariencias, en Buenos Aires habrá un gobierno central en que los militares se lleven la primacía por consecuencia de sus divisiones intestinas y guerras externas. Esta constitución degenerará necesariamente en una oligarquía o una monocracia, con más o menos restricciones, y cuya denominación nadie puede adivinar. Sería doloroso que tal cosa sucediera, porque aquellos habitantes son acreedores a la más espléndida gloria.

El reino de Chile está llamado por la naturaleza de su situación, por las costumbres inocentes y virtuosas de sus moradores, por el ejemplo de sus vecinos, los fieros republicanos del Arauco, a gozar de las bendiciones que derraman las justas y dulces leyes de una república. Si alguna permanece largo tiempo en América, me inclino a pensar que será la chilena. Jamás se ha extinguido allí el espíritu de libertad: los vicios de la Europa y del Asia llegarán tarde o nunca a corromper las costumbres de aquel extremo del universo. Su territorio es limitado: estará siempre fuera del contacto inficionado del resto de los hombres; no alterará sus leyes, usos y prácticas, preservará su uniformidad en opiniones políticas y religiosas, en una palabra, Chile puede ser libre.

El Perú, por el contrario, encierra dos elementos enemigos de todo régimen justo y liberal: oro y esclavos. El primero lo corrompe todo; el segundo está corrompido por sí mismo. El alma de un siervo rara vez alcanza a apreciar la sana libertad, se enfurece en los tumultos o se humilla en las cadenas. Aunque estas reglas serían aplicables a toda la América, creo que con más justas razones las merece Lima por los conceptos que he expuesto y por la cooperación que ha prestado a sus señores contra sus propios hermanos los ilustres hijos de Quito, Chile y Buenos Aires. Es constante que el que aspire a obtener la libertad, a lo menos lo intente. Supongo que en Lima no tolerarán los ricos la democracia, ni los esclavos y pardos libertos la aristocracia: los primeros preferirán la tiranía de uno solo, por no padecer las persecuciones tumultuarias y por establecer un orden siquiera pacífico. Mucho hará si consigue recobrar su independencia.

De todo lo expuesto, podemos deducir estas consecuencias: las provincias americanas se hallan lidiando por emanciparse, al fin obtendrán el suceso; algunas se constituirán de un modo regular en repúblicas federales y centrales; se fundarán monarquías casi inevitablemente en las grandes secciones; y algunas serán tan infelices que devorarán sus elementos, ya en la actual, ya en las futuras revoluciones. Una gran monarquía no será fácil de consolidar: una gran república imposible.

Es una idea grandiosa pretender formar de todo el mundo nuevo una sola nación, con un solo vínculo que ligue sus partes entre sí y con el todo. Ya que tiene un origen, una lengua, unas costumbres y una religión, debería, por consiguiente, tener un solo gobierno que confederase los diferentes Estados que hayan de formarse; mas no es posible, porque climas remotos, situaciones diversas, intereses opuestos, caracteres desemejantes dividen a la América. ¡Qué bello sería que el istmo de Panamá fuese para nosotros lo que el de Corinto para los griegos[117]! Ojalá que algún día tengamos la fortuna de instalar allí un augusto congreso de los representantes de las repúblicas, reinos e imperios a tratar y discutir sobre los altos intereses de la paz y de la guerra, con las naciones de las otras tres partes del mundo. Esta especie de corporación podrá tener lugar en alguna época dichosa de nuestra regeneración; otra esperanza es infundada, semejante a la del abate St. Pierre[118] que concibió el laudable delirio de reunir un congreso europeo, para discutir de la suerte y de los intereses de aquellas naciones....

Tales son, señor, las observaciones y pensamientos que tengo el honor de someter a usted

---

[116]Bolívar mentions several places for the capital for the Viceroyalty of New Granada to be located. Maracaibo is a Venezuelan port, Santa Marta is a Colombian city south of Guajira Province.

[117]Greek city south of the Isthmus of Corinth

[118]Charles St. Pierre (1638–1743), French abbot and economist, was author of the book *Project for Perpetual Peace.*

para que los rectifique o deseche según su mérito; suplicándole se persuada que me he atrevido a exponerlos, más por no ser descortés, que porque me crea capaz de ilustrar usted en la materia[119].

Soy de usted,

Simón Bolívar

COMPRENSIÓN Y ANÁLISIS

Ubique el documento *Carta de Jamaica* dentro de la época en que fue escrito. Comente sobre lo siguiente:

Forma

Orden de la narración: Orden cronológico de los acontecimientos del documento.
Estructura de la carta: Busque introducción, desarrollo, conclusión.
El remitente: Analice la persona de los verbos en la misiva. ¿Quién es el remitente? ¿Qué llegamos a saber del remitente a través de la epístola?

Contenido

El tema: Trate del papel de Bolívar en la independencia de Centro y Sur América.
Los protagonistas: ¿A quién iba dirigida la carta? ¿Cómo es esta persona? ¿Quiénes y cómo son los otros políticos que se mencionan? ¿Cuál es la relación entre ellos? ¿A qué trabajo se dedican? ¿Qué distingue a los metropolitanos de los criollos y a éstos de los indígenas? Explique por qué cree Bolívar que los diferentes accidentes geográficos, los climas remotos y los caracteres diferentes afectan la unidad entre los habitantes de América.
El espacio: ¿Dónde se escribió la carta? ¿Por qué? ¿Dónde se desarrollan los acontecimientos descritos? ¿Qué sitios se mencionan en la carta y a qué lugares corresponden actualmente?
El tiempo: ¿De qué tiempo histórico se habla en el documento? Estudie los verbos en la carta y diga qué tiempos usa Bolívar al escribirla.
La cultura: Conociendo la época en que la carta fue escrita, diga si habla de rompimiento o perpetuación de estereotipos sociales de clase, género, raza. Analice el papel del destinatario a quien va dirigida la carta. ¿Por qué cree que se interesa en la independencia de las colonias americanas, siendo inglés? ¿Por qué piensa Bolívar que el resto de los estados europeos son civilizados y amantes de la libertad? ¿Se ignoraban las atrocidades que éstos cometían en las colonias de Africa y Asia o se disculpaban y justificaban sus hechos? ¿Qué tuvo de visionario Bolívar? ¿Qué ha pasado con las teorías de St. Pierre?

Lenguaje

Vocabulario de la carta: ¿Qué palabras contribuyen a dar al documento su acento de denuncia y búsqueda de auxilio?
Descripciones: ¿Qué palabras se utilizan para describir las persona mencionadas, la escena social, los espacios y el tiempo?
Narración: ¿Cuál es en pocas palabras la situación narrada?

La Comunicación

¿Entre quiénes se establece la correspondencia? Hable sobre el remitente y el destinatario, y el tratamiento entre ellos.

Ejercicios de creación literaria

Escriba la contestación a esta carta, en nombre del Duque de Manchester, defendiendo el papel de metrópoli de su patria en las antiguas colonias americanas y en las del África y el Asia.

[119]Bolívar suffered an assassination attempt while writing this letter in his exile in Jamaica.

Capítulo 4

SEGUNDA MITAD DEL SIGLO XIX

■ ROMANTICISMO

El romanticismo fue un movimiento literario generalmente opuesto al clasicismo. El romanticismo implica una particular actitud ante la vida y el mundo, por lo cual expresa una etapa de desarrollo en la evolución del espíritu humano. El término se originó del francés *romanz* que significa romance o novela con predominio de la fantasía y la subjetividad. En el romanticismo se exaltaba el yo con énfasis en lo sentimental, en la soledad y el patetismo. Se insistía en el paisaje como contrapunto al estado emocional, en la evasión hacia el pasado, en la rebeldía, en la renovación de la métrica, y en la libertad política e idiomática. Literariamente se inició en Alemania e Inglaterra desde finales del siglo XVIII a finales del siglo XIX el término significó ternura y melancolía. El romanticismo fue ampliamente cultivado por Chateaubriand, Víctor Hugo, Lamartine, Byron, Zorrilla, Dumas, Bécquer, Rousseau. Apareció como oposición a las rígidas reglas y normas del clasicismo y como vehículo para explorar el espíritu. Proclamaba la libertad del artista para seguir su inspiración, abogaba el triunfo de los sentidos y de la pasión sobre la razón; daba énfasis a lo espontáneo y a las facultades intuitivas y místicas, tratándolas como la íntima voz de la conciencia, para llegar a la sustancia viva de las pasiones. En el plano político, el romanticismo significó libertad y rompimiento con lo aristocrático. En literatura dio importancia a lo antiguo y a lo exótico; expresaba un amor panteísta por la naturaleza. La narrativa prefirió los pasajes nocturnos, la idea de la muerte, lo sobrenatural y lo macabro. El romántico se consideraba un gigante ante la sociedad y sus semejantes.

El romanticismo sembró las semillas del impresionismo y otras tendencias modernas del arte y la literatura. Estas ideas se transplantaron a América, donde encontraron fértil terreno y sus frutos no se dejaron esperar. Andrés Bello proclamó la independencia intelectual americana[1]; Jorge Isaac escribió *María*, la novela romántica hispanoamericana por excelencia.

Las recién liberadas repúblicas americanas atravesaban por un período histórico rico en temas propios para los románticos: hazañas militares, gran número de desvalidos, condiciones anárquicas y dictatoriales. Las ideas románticas abogaron el nacionalismo y sentaron las bases para una literatura regional que desembocó en el costumbrismo, la novela histórica, la literatura gauchesca y afrohispana. Los románticos hispanoamericanos intentaron renovar el lenguaje e incorporar americanismos y regionalismos; se inspiraron en tradiciones indígenas o locales y en leyendas de la conquista y de la colonia.

El romanticismo no llegó a todos los países hispanoamericanos porque ya había fragmentación de estilos nacionales. No obstante, en Argentina hubo una generación verdaderamente romántica con destacados escritores como Echeverría, Alberdi, Gutiérrez, Sarmiento y Mitre. Otros reconocidos escritores románticos fueron José Eusebio Caro, primer poeta romántico de América, José Mármol, Juan Zorrilla de San Martín, Gertrudis Gómez de Avellaneda, Julio Arboleda, Rafael Pombo, José Batres Montúfar, Juan León Mera, Gregorio Gutiérrez González, entre otros.

■ COSTUMBRISMO

El costumbrismo ha estado presente en la literatura hispanoamericana por varios siglos; por medio de él

[1]Andrés Bello was a very important thinker of the Colonial period. His writings originated a schism between the Castilian and the American Spanish, creating a separated linguistic field of study with its own rules and identity.

se muestran las maneras típicas y autóctonas de las diferentes regiones. La independencia de las nuevas naciones en el siglo XIX desarrolló una conciencia nacional y, con ella se popularizó la tendencia costumbrista en la literatura; ésta fue como un puente entre el romanticismo y el exótico modernismo. Los temas son generalmente rurales con personajes característicos de cada región. Los escritores sobresalientes en este movimiento incluyen a Ricardo Palma, Clorinda Matto de Turner, Candelario Obeso y José Hernández.

■ REALISMO

Las ideas positivistas de Augustine Comte llegaron a Hispanoamérica y la afectaron profundamente. La tesis positivista sustenta que el mundo y el hombre están sujetos a leyes naturales que determinan su destino; el contradecir estas leyes acarrea desorden y anarquía. Las leyes naturales deben ser descubiertas y comunicadas por la ciencia, la filosofía y la literatura. Una vez identificadas, las leyes naturales sirven para resolver los problemas fundamentales del hombre.

Las ideas de la filosofía positivista influyeron en el desarrollo de dos tendencias literarias: el realismo y el naturalismo. El realismo que surgió, en parte como una reacción contra el romanticismo, fue un movimento europeo que llegó a Hispanoamérica en el siglo XIX. Sus seguidores estaban interesados en lograr un retrato objetivo de los diversos objetos de la vida. Uno de los temas favoritos del realismo es la oposición campo a la ciudad, la bondad campesina a la maldad urbana. El naturalismo empleó detalladas descripciones del medio ambiente, creando una atmósfera pastoril y casi utópica.

■ NATURALISMO

Es el movimiento filosófico iniciado por Zola[2] opuesto al romanticismo y apoyado en las doctrinas positivistas de Comte. El naturalismo atribuye todo a la naturaleza como principio primordial. En la literatura, su estética se centra en la imitación de la naturaleza; su más clara expresión se da en la novela y enfatiza los aspectos crudos y desagradables de la realidad. Los personajes revelan un determinismo inescapable y amarga irreligiosidad.

El valor del naturalismo se centra en la realidad objetiva, la exploración de la herencia y el medio ambiente y cómo éstos determinan la conducta humana.

[2]Emilio Zola (1840–1902); naturalism applied scientific methods of analysis to human and social events.

Esteban Echeverría, Argentina, 1805–1851

El *Mesías* del movimiento romántico en América nació en Buenos Aires y se educó bajo la influencia racionalista de la época. A los veinte años partió para Europa donde permaneció por cinco años que lo marcaron para siempre. Allá se impregnó de romanticismo, saboreando las obras de Chateaubriand, Schiller, Byron, Víctor Hugo y Lamartine. Regresó a Argentina resuelto a estimular este tipo de literatura, dentro de una tendencia nacionalista y a crear un estado de conciencia colectiva. En 1832 publicó *Elvira* o *La novia del Plata* con la que introdujo el romanticismo en la poesía hispanoamericana. Poco después salieron sus obras *Consuelos, La Cautiva* e *Ilusiones*. Buenos Aires atravesaba una fuerte crisis política bajo el General Rosas[3] quien terminó siendo uno de los más sangrientos dictadores en la historia americana. Echeverría tuvo que regresar a Europa y en 1841 se radicó en Montevideo. Diez años más tarde sucumbió a los problemas cardíacos que lo acosaron gran parte de su vida.

La obra más característica de Echeverría es *El matadero,* narrada en estilo suelto, lleno de alusiones irónicas, maldiciones y protestas contra la situación política de la época. La acción se desarrolla en Buenos Aires durante la cuaresma, época cuando es prohibido matar reses, salvo para alimentar a niños y a enfermos. Antes de comenzar la cuaresma se desatan una fuerte lluvia y una inundación, que impiden a las reses llegar al matadero. Se culpa por esto a los unitarios[4]. Para calmar al cielo, se planea una procesión, pero la lluvia cesa antes de que ésta se lleve a cabo. Ante el hambre del pueblo y la sed de sangre de los matarifes, Rosas

[3]Juan Manuel Ortiz de Rosas (1793–1877), head of the Federalist Party and dictator between 1835–1852.

[4]Members of the Unitarios political party, opposed to the Federalists.

ordena que se maten cincuenta novillos gordos de los cuales el primero debería ser para Rosas. Cuando los matarifes se preparan a matar las reses, frente a la oportunidad de tener carne nuevamente, éstos se disputan la carnicería en macabras escenas en las cuales hasta los perros participan. Durante la masacre, un toro se escapa. Cuando lo vuelven a llevar al matadero hay un charco de sangre donde ha sido degollado un niño. Cegados por la sangre los matarifes toman a un joven unitario como chivo expiatorio y lo sacrifican a golpes. Esta novela es una desafiante denuncia alegórica de la dictadura de Rosas.

A pesar de que Echeverría era parte de la generación de Alberdi, Mitre y Sarmiento, la crítica ha sido fuerte contra él por sus imperfecciones literarias, olvidando que este valeroso joven arriesgó su vida al desenmascarar los horrores de uno de los gobiernos más totalitarios en la historia hispanoamericana.

El matadero es un cuadro de la Argentina entre 1838 y 1840 cuando el pueblo, desenfrenado, externaliza su miseria y desesperación debido a ignorancia y envilecimiento. Echeverría, con ironía, pinta con rojo la degradación humana para mostrar la afinidad entre la idolatría y el fanatismo. La novela tiene lugar durante la cuaresma, augurando el sacrificio venidero. El drama se desarrolla en un ambiente sombrío y cruel protegido por las fuerzas del poder: el gobierno y la Iglesia. Dichas instituciones se valen de la plebe inculta para lograr su cometido. El inocente unitario encarna a los argentinos cultos y opuestos a la dictadura. A través de él, Echeverría inculca sus valores y muestra la impotencia de los que se oponían a la dictadura. Argentina bajo Rosas era un matadero de seres humanos. El pueblo deshumanizado, como los perros, se disputa las vísceras de los toros en una sanguinaria orgía colectiva. El unitario es el contrapunto de las masas incultas y salvajes. Echeverría mantiene las pausas románticas de oposición entre el bien y el mal. *El matadero* ejemplifica el advenimiento de la novela histórica en Hispanoamérica y se mantiene como documento de la época.

EL MATADERO

(FRAGMENTOS)

A pesar de que la mía es historia, no la empezaré por el arca de Noé y la genealogía de sus ascendientes, como acostumbraban hacerlo los antiguos historiadores españoles de América, que deben ser nuestros prototipos. Tengo muchas razones para no seguir ese ejemplo, las que callo por no ser difuso. Diré solamente que los sucesos de mi narración pasaban por los años de Cristo de 183[5]... Estábamos, a más, en cuaresma[6], época en que escasea la carne en Buenos Aires, porque la Iglesia, adoptando el precepto de Epícteto, *sustine, abstine* (sufre, absténte), ordena vigilia y abstinencia a los estómagos de los fieles a causa de que la carne es pecaminosa, y, como dice el proverbio, busca a la carne. Y como la Iglesia tiene *ab initio*, y por delegación directa de Dios, el imperio inmaterial sobre las conciencias y los estómagos, que en manera alguna pertenecen al individuo, nada más justo y racional que vede lo malo.

Los abastecedores, por otra parte, buenos federales[7], y por lo mismo buenos católicos, sabiendo que el pueblo de Buenos Aires atesora una docilidad singular para someterse a toda especie de mandamiento, sólo traen en días cuaresmales al matadero los novillos necesarios para el sustento de los niños y los enfermos dispensados de la abstinencia por la bula[8], y no con el ánimo de que se harten algunos herejotes, que no faltan, dispuestos siempre a violar los mandamientos carnificinos de la Iglesia, y a contaminar la sociedad con el mal ejemplo.

Sucedió, pues, en aquel tiempo, una lluvia muy copiosa. Los caminos se anegaron, los pantanos se pusieron a nado, y las calles de entrada y salida a la ciudad rebosaban en acuoso barro. Una tremenda avenida se precipitó de repente por el Riachuelo de Barracas, y extendió majestuosamente sus turbias aguas hasta el pie de las barrancas del Alto. El Plata[9], creciendo embravecido, empujó esas aguas que venían buscando su cauce, y las hizo correr hinchadas por sobre campos, terraplenes, arboledas, caseríos, y extenderse como un lago inmenso por

[5]Rosas' wife Doña Encarnación died and the dictator declared two years of national mourning (1838–40). The Unitarians did not obey this mandate and that is why the young victim of *El matadero*, wearing a U-shaped beard, was killed by the mob of Federalists.

[6]Echeverría does not miss opportunities to link the corrupted dictatorship with the also powerful and corrupted Church.

[7]Rosas was the political leader of the Federals. He persecuted the indigenous peoples. The opposing party was the Unitarians.

[8]Papal Bull, document of faith or general interest, imposed by the Pope at certain times

[9]Very important Argentinian river that flows near Buenos Aires

todas las bajas tierras... Parecía el amago de un nuevo diluvio. Los beatos y beatas gimoteaban, haciendo novenarios y continuas plegarias. Los predicadores atronaban el templo y hacían crujir el púlpito a puñetazos. «Es el día del juicio —decían—, el fin del mundo está por venir. La cólera divina rebosando se derrama en inundación. ¡Ay de vosotros, pecadores! ¡Ay de vosotros, unitarios impíos que os mofáis de la Iglesia, de los santos, y no escucháis con veneración la palabra de los ungidos del Señor! ¡Ay de vosotros si no imploráis misericordia al pie de los altares! Llegará la hora tremenda del vano crujir de dientes y de las frenéticas imprecaciones. Vuestra impiedad, vuestras herejías, vuestras blasfemias, vuestros crímenes horrendos, han traído sobre nuestra tierra las plagas del Señor. La justicia del Dios de la Federación os declarará malditos».

Las pobres mujeres salían sin aliento, anonadadas del templo, echando, como era natural, la culpa de aquella calamidad a los unitarios[10].

Continuaba, sin embargo, lloviendo a cántaros, y la inundación crecía, acreditando el pronóstico de los predicadores. Las campanas comenzaron a tocar rogativas por orden del muy católico Restaurador[11], quien parece no las tenía todas consigo. Los libertinos, los incrédulos, es decir, los unitarios, empezaron a amedrentarse al ver tanta cara compungida, oír tanta batahola de imprecaciones. Se hablaba ya, como de cosa resuelta, de una procesión en que debía ir toda la población descalza y a cráneo descubierto, acompañando al Altísimo, llevado bajo palio por el obispo, hasta la barranca de Balcarce, donde millares de voces, conjurando al demonio unitario de la inundación, debían implorar la misericordia divina.

Feliz, o mejor, desgraciadamente, pues la cosa habría sido de verse, no tuvo efecto la ceremonia, porque bajando el Plata, la inundación se fue poco a poco escurriendo en su inmenso lecho, sin necesidad de conjuro ni plegarias.

Lo que hace principalmente a mi historia es que, por causa de la inundación, estuvo quince días el matadero de la Convalecencia sin ver una sola cabeza vacuna, y que en uno o dos, todos los bueyes de quinteros y *aguateros* se consumieron en el abasto de la ciudad. Los pobres niños y enfermos se alimentaban con huevos y gallinas, y los gringos y herejotes bramaban por el *beefsteak* y el asado. La abstinencia de carne era general en el pueblo, que nunca se hizo más digno de la bendición de la Iglesia, y así fue que llovieron sobre él millones y millones de indulgencias plenarias. Las gallinas se pusieron a $6 y los huevos a 4 reales, y el pescado carísimo. No hubo en aquellos días cuaresmales promiscuaciones ni excesos de gula; pero, en cambio, se fueron derecho al cielo innumerables ánimas, y acontecieron cosas que parecen soñadas... Algunos médicos opinaron que si la carencia de carne continuaba, medio pueblo caería en síncope por estar los estómagos acostumbrados a su corroborante jugo; y era de notar el contraste entre estos tristes pronósticos de la ciencia, y los anatemas lanzados desde el púlpito por los reverendos padres contra toda clase de nutrición animal y de promiscuación, en aquellos días destinados por la Iglesia al ayuno y la penitencia. Se originó de aquí una especie de guerra intestina entre los estómagos y las conciencias, atizada por el inexorable apetito, y las no menos inexorables vociferaciones de los ministros de la Iglesia, quienes, como es su deber, no transigen con vicio alguno que tienda a relajar las costumbres católicas: a lo que se agregaba el estado de flatulencia intestinal de los habitantes, producido por el pescado, los porotos[12] y otros alimentos algo indigestos. Esta guerra se manifestaba por sollozos y gritos descompasados en la peroración de los sermones, y por rumores y estruendos subitáneos en las casas y calles de la ciudad o dondequiera concurrían gentes. Alarmose un tanto el gobierno, tan paternal como previsor del Restaurador, creyendo aquellos tumultos de origen revolucionario, y atribuyéndolos a los mismos salvajes unitarios, cuyas impiedades, según los predicadores federales, habían traído sobre el país la inundación de la cólera divina; tomó activas providencias, desparramó a sus esbirros por la población, y por último, bien informado, promulgó un decreto tranquilizador de las conciencias y de los estómagos, encabezado por un considerando[13] muy sabio y muy piadoso para que a todo trance, y arremetiendo por agua y todo, se trajese ganado a los corrales.

En efecto, el décimo sexto día de la carestía, víspera del día de Dolores, entró a vado por el paso

[10]The Church blames the Unitarians, opposed to the dictatorship, as the culprits for the rain.

[11]The dictator Rosas

[12]Type of bean

[13]A fundamental reason that precedes an official report

de Burgos al matadero del Alto, una tropa de cincuenta novillos gordos; cosa poca por cierto para una población acostumbrada a consumir diariamente de 250 a 300, y cuya tercera parte al menos gozaría del fuero eclesiástico de alimentarse con carne. ¡Cosa extraña que haya estómagos privilegiados y estómagos sujetos a leyes inviolables, y que la Iglesia tenga la llave de los estómagos!

Pero no es extraño, supuesto que el diablo con la carne suele meterse en el cuerpo y que la Iglesia tiene el poder de conjurarlo: el cave es reducir al hombre a una máquina cuyo móvil principal no sea su voluntad sino la de la Iglesia y el gobierno. Quizá llegue el día en que sea prohibido respirar aire libre, pasearse y hasta conversar con un amigo, sin permiso de autoridad competente. Así era, poco más o menos, en los felices tiempos de nuestros beatos abuelos, que por desgracia vino a turbar la revolución de Mayo[14]. Sea como fuera, a la noticia de la providencia gubernativa, los corrales del Alto se llenaron, a pesar del barro, de carniceros, de *achurados* y de curiosos, quienes recibieron con grandes vociferaciones y palmoteos los cincuenta novillos destinados al matadero.

—Chica, pero gorda —exclamaban—. ¡Viva la Federación! ¡Viva el Restaurador!

Porque han de saber los lectores que en aquel tiempo la Federación estaba en todas partes, hasta entre las inmundicias del matadero, y no había fiesta sin Restaurador como no hay sermón sin San Agustín. Cuentan que al oír tan desaforados gritos las últimas ratas que agonizaban de hambre en sus cuevas, se reanimaron y echaron a correr desatentadas, conociendo que volvían a aquellos lugares la acostumbrada alegría y la algazara precursora de abundancia.

El primer novillo que se mató fue todo entero de regalo al Restaurador, hombre muy amigo del asado. Una comisión de carniceros marchó a ofrecérselo en nombre de los federales del matadero, manifestándole *in voce* su agradecimiento por la acertada providencia del gobierno, su adhesión ilimitada al Restaurador y su odio entrañable a los salvajes unitarios, enemigos de Dios y de los hombres. El Restaurador contestó a la arenga, *rinforzando* sobre el mismo tema, y concluyó la ceremonia con los correspondientes vivas y vociferaciones de los espectadores y actores. Es de creer que el Restaurador tuviese permiso especial de su Ilustrísima para no abstenerse de carne, porque siendo tan buen observador de las leyes, tan buen católico y tan acérrimo protector de la religión, no hubiera dado mal ejemplo aceptando semejante regalo en día santo.

Siguió la matanza, y en un cuarto de hora cuarenta y nueve novillos se hallaban tendidos en la plaza del matadero, desollados unos, los otros por desollar. El espectáculo que ofrecía entonces era animado y pintoresco, aunque reunía todo lo horriblemente feo, inmundo y deforme de una pequeña clase proletaria peculiar del Río de la Plata. Pero para que el lector pueda percibirlo a un golpe de ojo, preciso es hacer un croquis de la localidad.

Estos corrales son en tiempo de invierno un verdadero lodazal, en el cual los animales apeñuscados se hunden hasta el encuentro, y quedan como pegados y casi sin movimiento. En la casilla se hace la recaudación del impuesto de corrales, se cobran las multas por violación de reglamentos y se sienta el juez del matadero, personaje importante, caudillo de los carniceros y que ejerce la suma del poder en aquella pequeña república, por delegación del Restaurador. Fácil es calcular qué clase de hombre se requiere para el desempeño de semejante cargo. La casilla, por otra parte, es un edificio tan ruin y pequeño que nadie lo notaría en los corrales a no estar asociado su nombre al del terrible juez y no resaltar sobre su blanca cintura los siguientes letreros rojos: «Viva la Federación», «Viva el Restaurador y la heroica doña Encarnación Ezcurra», «Mueran los salvajes unitarios». Letreros muy significativos, símbolo de la fe política y religiosa de la gente del matadero. Pero algunos lectores no sabrán que tal heroína es la difunta esposa del Restaurador, patrona muy querida de los carniceros, quienes, ya muerta, la veneraban por sus virtudes cristianas y su federal heroísmo en la revolución contra Balcarce. Es el cave que en un aniversario de aquella memorable hazaña de la mazorca, los carniceros festejaron con un espléndido banquete en la casilla de la heroína, banquete a que concurrió con su hija y otras señoras federales, y que allí, en presencia de un gran concurso, ofreció a los señores carniceros en un solemne brindis su federal patrocinio, por cuyo motivo ellos la proclamaron entusiasmados patrona del matadero, estampando su nombre en las paredes de la casilla, donde estará hasta que lo borre la mano del tiempo.

[14]A veiled complaint against the dictatorship, ironically compared to the colonial period

La perspectiva del matadero a la distancia era grotesca, llena de animación. Cuarenta y nueve reses estaban tendidas sobre sus cueros, y cerca de doscientas personas hollaban aquel suelo de lodo regado con la sangre de sus arterias. En torno de cada res resaltaba un grupo de figuras humanas de tez y raza distinta. La figura más prominente de cada grupo era el carnicero con el cuchillo en mano, brazo y pecho desnudos, cabello largo y revuelto, camisa y chiripá y rostro embadurnado de sangre. A sus espaldas se rebullían, caracoleando y siguiendo los movimientos una comparsa de muchachos, de negras y mulatas achurados, cuya fealdad trasuntaba las arpías de las fábula y entremezclados con ellas algunos enormes mastines olfateaban, gruñían o se daban de tarascones por la presa... de entre la chusma que ojeaba y aguardaba la presa de achura, salía de cuando en cuando una mugrienta mano a dar un tarazón con el cuchillo al sebo o a los cuartos de la res lo que originaba gritos y explosión de cólera del carnicero y el continuo hervidero de los grupos, dichos y gritería descompasada de los muchachos.

—Ahí se mete el sebo en las tetas, la tipa —gritaba uno—. Aquél lo escondió en el alzapón —replicaba la negra.

—Che, negra bruja, salí de aquí antes de que te pegue un tajo. —exclamaba el carnicero.

—¿Qué le hago, ño Juan? ¡No sea malo! Yo no quiero sino la panza y las tripas.

—Son para esa bruja: a la m...

—¡A la bruja! ¡A la bruja! —repitieron los muchachos—. ¡Se lleva la riñonada y el tongori! —Y cayeron sobre su cabeza sendos cuajos de sangre y tremendas pelotas de barro.

Oíanse a menudo, a pesar del veto del Restaurador y de la santidad del día, palabras inmundas y obscenas, vociferaciones preñadas de todo el cinismo bestial que caracteriza a la chusma de nuestros mataderos, con las cuales no quiero regalar a los lectores. Un animal había quedado en los corrales,... de mirar fiero, sobre cuyos órganos genitales no estaban conformes los pareceres, porque tenía apariencia de toro y de novillo. Llególe la hora... El animal, prendido ya al lazo por las astas, bramaba echando espuma furibundo, y no había demonio que lo hiciera salir del pegajoso barro, donde estaba como clavado y era imposible pialarlo. Y en efecto, el animal acosado por los gritos y sobre todo por dos picanas agudas que le espoleaban la cola, sintiendo flojo el lazo, arremetió bufando a la puerta, lanzando a entrambos lados una rojiza y fosfórica mirada; dióle el tirón el enlazador sentando su caballo, desprendió el lazo del asta, crujió por el aire un áspero zumbido y al mismo tiempo se vio rodar desde lo alto de una horqueta del corral, como si un golpe de hacha lo hubiese dividido a cercén, una cabeza de niño cuyo tronco permaneció inmóvil sobre su caballo de palo, lanzando por cada arteria un largo chorro de sangre.

—¡Se cortó el lazo! —gritaron unos—. ¡Allá va el toro!

Desparramóse un tanto el grupo de la puerta. Una parte se agolpó sobre la cabeza y el cadáver palpitante del muchacho degollado por el lazo, manifestando horror en sus atónitos semblantes, y la otra parte, compuesta de jinetes que no vieron la catástrofe, se escurrió en distintas direcciones en pos del toro,...

El toro, entretanto, tomó hacia la ciudad por una larga y angosta calle... El animal, entretanto, después de haber corrido unas 20 cuadras en distintas direcciones azorando con su presencia a todo viviente,...

Una hora después de su fuga el toro estaba otra vez en el matadero, donde la poca chusma que había quedado... del niño degollado por el lazo no quedaba sino un charco de sangre: su cadáver estaba en el cementerio.

Faltaba que resolver la duda sobre los órganos genitales del toro muerto, clasificado provisoriamente de toro por su indomable fiereza; pero estaban todos tan fatigados de la larga tarea, que lo echaron por lo pronto en olvido. Mas de repente una voz ruda exclamó:

—Aquí están los huevos —sacando de la barriga del animal y mostrando a los espectadores dos enormes testículos, signo inequívoco de su dignidad de toro. La risa y la charla fue grande; todos los incidentes desgraciados pudieron fácilmente explicarse. Un toro en el matadero era cosa muy rara, y aun vedada. Aquél, según reglas de buena policía, debía arrojarse a los perros; pero había tanta escasez de carne y tantos hambrientos en la población que el señor Juez tuvo a bien hacer ojo lerdo.

Mas de repente la ronca voz de un carnicero gritó:

—¡Allí viene un unitario! —y al oír tan significativa palabra toda aquella chusma se detuvo como herida de una impresión subitánea.

—¿No le ven la patilla en forma de U? No tiene divisa en el fraque ni luto en el sombrero.

—Perro unitario.

—Es un cajetilla.

—Monta en silla como los gringos.

—La Mazorca con él.

—¡La tijera!

—Es preciso sobarlo.

—Trae pistoleras por pintar[15],

—Todos estos cajetillas unitarios son pintores como el diablo.

—¿A que no te le animas, Matasiete?

—¿A que no?

—A que sí.

Matasiete era hombre de pocas palabras y de mucha acción. Tratándose de violencia, de agilidad, de destreza en el hacha, el cuchillo o el caballo, no hablaba y obraba. Lo habían picado: prendió la espuela a su caballo y se lanzó a brida suelta al encuentro del unitario. Era éste un joven como de 25 años, de gallarda y bien apuesta persona, que mientras salían en borbotones de aquellas desaforadas bocas las anteriores exclamaciones, trotaba hacia Barracas, muy ajeno de temer peligro alguno. Notando, empero, las significativas miradas de aquel grupo de dogos de matadero, echa maquinalmente la diestra sobre las pistoleras de su silla inglesa, cuando una pechada al sesgo del caballo de Matasiete lo arroja de los lomos del suyo tendiéndolo a la distancia boca arriba y sin movimiento alguno.

—¡Viva Matasiete! —exclamó toda aquella chusma, cayendo en tropel sobre la víctima como los caranchos rapaces sobre la osamenta de un buey devorado por el tigre.

Atolondrado todavía el joven, fue, lanzando una mirada de fuego sobre aquellos hombres feroces, hacia su caballo que permanecía inmóvil no muy distante, a buscar en sus pistolas el desagravio y la venganza. Matasiete dando un salto le salió al encuentro y con fornido brazo asiéndolo de la corbata lo tendió en el suelo tirando al mismo tiempo la daga de la cintura y llevándola a su garganta. Una tremenda carcajada y un nuevo viva estentóreo volvió a vitorearlo.

¡Qué nobleza de alma! ¡Qué bravura en los federales! Siempre en pandillas cayendo como buitres sobre la víctima inerte!

—Desgüéllalo, Matasiete; quiso sacar las pistolas. Desgüéllalo como al toro.

—Pícaro unitario. Es preciso tusarlo.

—Tiene buen pescuezo para el violín.

—Mejor es la resbalosa.

—Probaremos —dijo Matasiete, y empezó sonriendo a pasar el filo de su daga por la garganta del caído, mientras con la rodilla izquierda le comprimía el pecho y con la siniestra mano le sujetaba por los cabellos.

—No, no lo degüellen —exclamó de lejos la voz impotente del Juez del Matadero que se acercaba a caballo.

—A la casilla con él, a la casilla. Preparen la mazorca y las tijeras. ¡Mueran los salvajes unitarios! ¡Viva el Restaurador de las leyes!

—¡Viva Matasiete!

«¡Mueran!» «¡Vivan!» —repitieron en coro los espectadores, y atándolo codo con codo, entre moquetes y tirones, entre vociferaciones e injurias, arrastraron al infeliz joven al banco del tormento, como los sayones al Cristo.

—A tí te toca la resbalosa —gritó uno.

—Encomienda tu alma al diablo.

—Está furioso como un toro montaraz.

—Ya te amansará el palo.

—Es preciso sobarlo.

—Por ahora verga y tijera

—Si no, la vela.

—Mejor será la mazorca.

—Silencio y sentarse —exclamó el juez dejándose caer sobre un sillón. Todos obedecieron, mientras el joven de pie, encarando al juez, exclamó con voz preñada de indignación:

—¡Infames sayones!, ¿qué intentan hacer de mí?

—¡Calma! —dijo sonriendo el juez. No hay que encolerizarse. Ya lo verás.

El joven, en efecto, estaba fuera de sí de cólera. Todo su cuerpo parecía estar en convulsión. Su pálido y amoratado rostro, su voz, su labio trémulo, mostraban el movimiento convulsivo de su corazón, la agitación de sus nervios. Sus ojos de fuego parecían salirse de las órbitas, su negro y lacio cabello se levantaba erizado. Su cuello desnudo y la pechera de su camisa dejaban entrever el latido violento de sus arterias y la respiración anhelante de sus pulmones.

—¿Tiemblas? —le dijo el juez.

—De rabia porque no puedo sofocarte entre mis brazos.

—¿Tendrías fuerza y valor para eso?

—Tengo de sobra voluntad y coraje para ti, infame.

[15]To show off

—A ver las tijeras de tusar mi caballo: túsenlo a la federala. Dos hombres le asieron, uno de la ligadura del brazo, otro de la cabeza y en un minuto cortáronle la patilla que poblaba toda su barba por bajo, con risa estrepitosa de sus espectadores.

—A ver —dijo el juez—, un vaso de agua para que se refresque.

—Uno de hiel te daría yo a beber, infame.

Un negro petiso púsosele al punto delante con un vaso de agua en la mano. Dióle el joven un puntapié en el brazo y el vaso fue a estrellarse en el techo, salpicando el asombrado rostro de los espectadores.

—Éste es incorregible.

—Ya lo domaremos.

—Silencio —dijo el juez—. Ya estás afeitado a la federala, sólo te falta el bigote. Cuidado con olvidarlo. Ahora vamos a cuenta. ¿Por qué no traes divisa?

—Porque no quiero.

—¿No sabes que lo manda el Restaurador?

—La librea es para vosotros, esclavos, no para los hombres libres.

—A los libres se les hace llevar a la fuerza.

—Sí la fuerza y la violencia bestial. Esas son vuestras armas, infames. ¡El lobo, el tigre, la pantera, también son fuertes como vosotros! Deberíais andar como ellos, en cuatro patas.

—¿No temes que el tigre te despedace?

—Lo prefiero a que maniatado me arranquen, como el cuervo, una a una las entrañas.

—¿Por qué no llevar luto en el sombrero por la heroína?

—Porque lo llevo en el corazón por la patria que vosotros habéis asesinado, infames.

—¿No sabes que así lo dispuso el Restaurador?

—Lo dispusisteis vosotros, esclavos, para lisonjear el orgullo de vuestro señor, y tributarle vasallaje infame.

—¡Insolente! Te has embravecido mucho. Te haré cortar la lengua si chistas. Abajo los calzones a ese mentecato cajetilla y a nalga pelada denle verga, bien atado sobre la mesa.

Apenas articuló esto el juez, cuatro sayones salpicados de sangre, suspendieron al joven y lo tendieron largo a largo sobre la mesa comprimiéndole todos sus miembros.

—Primero degollarme que desnudarme, infame canalla.

Atáronle un pañuelo a la boca y empezaron a tironear sus vestidos. Encogíase el joven, pateaba, hacía rechinar los dientes. Tomaban ora sus miembros la flexibilidad del junco, ora la dureza del fierro y su espina dorsal era el eje de un movimiento parecido al de la serpiente. Gotas de sudor fluían por su rostro, grandes como perlas; echaban fuego sus pupilas, su boca espuma, y las venas de su cuello y frente negreaban en relieve sobre su blanco cutis como si estuvieran repletas de sangre.

—Átenlo primero —exclamó el juez.

—Está rugiendo de rabia —articuló un sayón.

En un momento liaron sus piernas en ángulo a los cuatro pies de la mesa, volcando su cuerpo boca abajo. Era preciso hacer igual operación con las manos, para lo cual soltaron las ataduras que las comprimían en la espalda. Sintiéndoselas libres el joven, por un movimiento brusco en el cual pareció agotarse toda su fuerza y vitalidad, se incorporó primero sobre sus brazos, después sobre sus rodillas y se desplomó al momento murmurando: —Primero desgollarme que desnudarme, infame canalla.

Sus fuerzas se habían agotado.

Inmediatamente quedó atado en cruz y empezaron la obra de desnudarlo. Entonces un torrente de sangre brotó borbolloneando de la boca y las narices del joven, y extendiéndose empezó a caer a chorros por entrambos lados de la mesa. Los sayones quedaron inmóviles y los espectadores estupefactos.

—Reventó de rabia el salvaje unitario —dijo uno.

—Tenía un río de sangre en las venas —articuló otro.

—Pobre diablo, queríamos únicamente divertirnos con él y tomó la cosa demasiado a lo serio —exclamó el juez frunciendo el ceño de tigre. Es preciso dar parte; desátenlo y vamos. Verificaron la orden; echaron llave a la puerta y en un momento se escurrió la chusma en pos del caballo del juez cabizbajo y taciturno. Los federales habían dado fin a una de sus innumerables proezas. En aquel tiempo los carniceros desgolladores del matadero, eran los apóstoles que propagaban a verga y puñal la federación rosina, y no es difícil imaginarse qué federación saldría de sus cabezas y cuchillas. Llamaban ellos salvaje unitario, conforme a la jerga inventada por el Restaurador, patrón de la cofradía, a todo el que no era desgollador, carnicero, ni salvaje, ni ladrón; a todo hombre decente y de corazón bien puesto, a todo patriota ilustrado amigo de las luces y de la libertad; y por el suceso anterior puede verse a las claras que el foco de la federación estaba en el matadero.

COMPRENSIÓN Y ANÁLISIS

Ubique la novela *El matadero* dentro de la época en que fue escrita. Comente sobre lo siguiente:

Forma

Orden de la narración: Order cronológico de los acontecimientos de la historia.
La estructura del texto: Busque introducción, desarrollo, momento climático, conclusión.
El narrador: Analice la persona de los verbos en el párrafo introductorio. ¿Quién es el narrador? ¿Es el narrador externo o interno con respecto a los hechos narrados? ¿Cambia o se mantiene esta estructura de narrador durante la historia? ¿Qué llegamos a saber sobre el narrador a través de la historia?

Contenido

El tema: Discuta el papel de las fuerzas del poder, el gobierno y la Iglesia, en las sociedades.
Los personajes: ¿Quiénes y cómo son los personajes centrales? ¿Cuál es la relación entre ellos? ¿A qué trabajo se dedican? ¿Qué distingue a los unitarios de los federales? Analice el papel del juez del matadero, del carnicero Matasiete y del unitario. Analice el papel del barrio donde se ubica el matadero, de los perros y del niño degollado. ¿Doña Encarnación, esposa de Rosas, refuerza la insistencia en consumo de carne? ¿Es la chusma embrutecida otro personaje? ¿Qué ejemplifica el Matasiete como uno de los pocos personajes con nombre? Investigue los personajes históricos a los que se hace referencia (Rosas, Doña Encarnación).
El espacio: ¿Dónde se desarrolla la novela? ¿Qué sitios específicos se mencionan? ¿Cómo son esos lugares?
El tiempo: ¿Hay un tiempo determinado en la novela? ¿En cuánto tiempo se desarrolla la historia? ¿Cuál es la edad del unionista y cómo se relaciona ésta con el contenido de la novela? ¿Son viejos o jóvenes los personajes del matadero? Analice la importancia del clima para reforzar el tema.
La cultura: Analice el dominio de la ignorancia sobre un pueblo y sus consecuencias. ¿Hay perpetuación o rompimiento de estereotipos sociales de clase, de género, de raza? Compare el papel del personaje femenino, doña Encarnación Ezcurra, y cómo se habla de ella respecto al gobierno de su esposo, Rosas. Analice las relaciones entre la Iglesia, el estado, y el pueblo. ¿Qué comentarios ejemplifican el anticlericalismo del cuento? ¿Cómo se expresa la complicidad de la Iglesia con las injusticias de la dictadura?
¿Cuál es la relación del título con el contenido de la novela?

Lenguaje

Vocabulario de la novela: ¿Qué palabras contribuyen a dar a la novela su marcado acento vil, cruel y de fanatismo?
Descripciones: ¿Qué palabras se utilizan para describir a los determinados grupos sociales, para describir los espacios, el tiempo, la escena social? ¿Cómo contribuye el empleo de adjetivos fuertes, de oraciones separadas por comas y el uso del imperfecto a prolongar la pesadilla? Estudie el empleo del pretérito en la persecución del toro.
Narración: ¿Que historia se narra?
Lenguaje figurado: ¿Qué paralelo se hace entre la muerte del toro y la del unitario, y la muerte de Jesús el Viernes Santo? ¿Qué hay de simbólico en lo siguiente: el niño degollado, las descripciones minuciosas, los detalles obscenos, los cuadros multisensoriales, el diálogo anónimo?
Motivo recurrente: Analice el papel de la cuaresma en el desarrollo de la historia.

Comunicación

¿Qué se usa más en la novela la narración, el diálogo o el monólogo? Analice los diálogos entre los personajes del cuento. ¿Quiénes dialogan?
¿Cómo se usan los pronombres de tratamiento (tú, usted, vos, ustedes) en las relaciones entre los personajes?

Ejercicios de creación literaria

Escriba una narración donde se expongan diferentes soluciones para acabar con la miseria y la deshumanización que se da en barrios como el de *El matadero.*
Analice qué es lo que nos hace diferentes de aquellos animales a los que llamamos «bestias». ¿Quién es más merecedor de semejante apelativo en la novela?

Haga paralelos entre la Iglesia, el gobierno y el matadero; entre la matanza de las reses y la barbarie de la dictadura de Rosas.

Ricardo Palma, Perú, 1833–1919

Palma nació en un modesto hogar. A los dieciocho años publicó su primera obra teatral *Rodil*, donde demostró su pasión literaria y su antiespañolismo. Como Bolívar y Rubén Darío, Palma era criollo con sangre africana, librepensador y romántico. Perteneció a las filas liberales y combativas; apoyó la abolición de la esclavitud de negros e indígenas.

Por sus ideas anticlericales e intentos de desenmascarar la corrupción e injusticia se puso en contienda con el gobierno y la Iglesia; a los veintisiete años, tuvo que salir al exilio por primera vez. Visitó Europa y se nutrió de romanticismo; tradujo a Víctor Hugo y Longfellow; publicó varios tomos de versos. De regreso al Perú, publicó su *Diccionario de peruanismos, neologismos y americanismos* y *Papeletas lexicográficas.* Esta labor contribuyó para que lo nombraran Cónsul en el Brasil.

En 1860, empezó a escribir su obra maestra *Tradiciones peruanas*, la que terminó en 1890, pero que no se publicó en su totalidad hasta 1915. Su contenido lo extrajo de olvidados manuscritos, crónicas, anales, refranes, anécdotas históricas y conversaciones de viejos. Palma lo recopiló y lo transcribió todo en este volumen maravilloso. Se destacó como el más notable cuentista de su época y a través de su obra dejó resaltar el buen humor y la travesura con los que tejió un mundo en el cual los personajes viven entre la historia y la ficción. De las 453 tradiciones que publicó, sólo seis se refieren al Imperio de los Incas, 339 a la colonia, 43 a la independencia, 49 a la república y 15 a tiempos y espacios imprecisos.

Ricardo Palma creó una nueva forma narrativa conocida como «tradición». *Tradición* se refiere al deseo de perpetuar conocimiento transmitiéndolo de generación en generación. Este proceso se aparta de la *historia oficial* para dar voz a la historia individual, a la imaginación, a la sátira, resultando en un texto literario lleno de encanto, irreverencia, misterio y fantasmagoría. Sus personajes son generalmente históricos, entre ellos, Atahualpa, Pizarro, Bolívar, obispos y curas, lo mismo que pícaros, cortesanos o plebeyos pero presentados en su realidad subjetiva.

Para crear tensión, Palma emplea la magnificación de los hechos a través de los cuales se desarrolla la acción. Sin embargo, lo más valioso de *Tradiciones* es su contenido humano, en el cual nos enteramos de las inhumanas acciones de la Santa Inquisición, tales como quema de libros, torturas y corrupción del gobierno y del clero.

Palma convirtió otras tradiciones en verdaderos cuentos divertidos y sin fidelidad histórica. Su estilo alcanzó máxima expresión con el sincretismo de lo clásico y lo criollo, arcaísmos y neologismos presentados en una amena e irreverente prosa. Además de agudo pensador, Palma encarnó al criollo limeño: cortesía, amabilidad, pero en el fondo crítica, rebeldía y análisis. Palma fue la personificación literaria de la Lima de su época, y logró producir una prosa irónica. Su obra total descolla más por ingenio que por genio. Fue pícaro maestro de la caricatura expresada con ternura y elegancia de estilo. Su muerte, a los ochenta y seis años, fue llorada por intelectuales, diplomáticos y el pueblo en general. *El Prometeo peruano*, como se le llamó, embalsamó la historia del Perú con su humor y la expuso con el rayo de su pluma.

TRADICIONES PERUANAS

LA VIEJA DE BOLÍVAR (1824)

Con este apodo se conoce hasta hoy (julio de 1898) en la villa de Huaylas, departamento de Ancachs, a una anciana de noventa y dos Navidades, y que, a juzgar por sus buenas condiciones físicas e intelectuales, promete no arriar bandera en la batalla de la vida sino después de que el siglo XX haya principiado a hacer pinicos. Que Dios la acuerde la realidad de la promesa, y después ábrase el hoyo, ya que todo, todo en la tierra tiene descanso; todo..., hasta las campanas el Viernes Santo[16].

Manolita Madroño era en 1824 un fresquísimo y lindo pimpollo de dieciocho primaveras, pimpollo

[16]Palma's note: «El trece de julio escribí este artículo y ¡curiosa coincidencia! en este mismo día falleció la nonanegenaria protagonista, como si se hubiera propuesto desairar mi buen deseo.»

muy codiciado, así por los tenorios de mamadera[17] o mozalbetes, como por los hombres graves. La doncellica pagaba a todos con desdeñosas sonrisas, porque tenía la intuición de que no estaba predestinada para hacer las delicias de ningún pobre diablo de su tierra, así fuese buen mozo y millonario.

En una mañana del mes de mayo de aquel año hizo Bolívar su entrada oficial en Huaylas, y ya se imaginará el lector toda la solemnidad del recibimiento y lo inmenso del popular regocijo. El Cabildo, que pródigo estuvo en fiestas y agasajos, decidió ofrecer al Libertador una corona de flores, la cual le sería presentada por la muchacha más bella y distinguida del pueblo; claro está que Manolita fue la designada, como que por su hermosura y lo despejado de su espíritu era lo mejor en punto a hijas de Eva. A don Simón Bolívar, que era golosillo por la fruta vedada[18] del Paraíso, hubo de parecerle Manolita *boccato di cardinali*[19], y a la fantástica niña antojósele también pensar que era el Libertador el hombre ideal por ella soñado. Dicho queda con esto que no pasaron cuarenta y ocho horas sin que los enamorados ofrendasen a la diosa Venus[20].

Si el fósforo da candela, ¡qué dará la fosforera[21]!

Y sea dicho en encomio del voluble Bolívar, que desde ese día hasta fines de noviembre, en que se alejó del departamento, no cometió la más pequeña infidelidad al amor de la abnegada y entusiasta serrana que lo acompañó, como valiosa y necesaria prenda anexa al equipaje, en sus excursiones por el territorio de Ancachs, y aun lo siguió al glorioso campo de Junín, regresando con el Libertador, que se proponía formar en el Norte algunos batallones de reserva.

Manolita Madroño guardó tal culto por el hombre y recuerdo de su amante, que jamás correspondió a pretensiones de galanes. A ella no la arrastraba el río, por muy crecido que fuese[22].

Hoy, en su edad senil, cuando ya el pedernal no da chispa[23], se alegra y siente como rejuvenecida cuando alguno de sus paisanos la saluda, diciéndole:

¿Cómo está la vieja de Bolívar?

Pregunta a la que ella responde, sonriendo con picardía:

Como cuando era *la moza*[24].

[17]Extremely young admirers/playboys

[18]Fond of forbidden love

[19]A Cardinal's delicious treat

[20]They had made an offering to Venus, the goddess of love.

[21]If one match produces fire, [imagine] what the matchbox will do!

[22]She was very strong and did not let outside pressure affect her.

[23]When passions have subsided

[24]Mistress

COMPRENSIÓN Y ANÁLISIS

Enmarque el cuento *La vieja de Bolívar* dentro de la época en que fue escrito. Comente sobre lo siguiente:

Forma

Orden de la narración: Orden cronológico de los acontecimientos del relato.

La estructura de esta tradición: Busque introducción, desarrollo, momento climático, conclusión.

El narrador: Analice la persona de los verbos en los párrafos introductorios. ¿Quién es la persona del narrador? ¿Es el narrador externo (habla en tercera persona) o interno (habla en primera persona) respecto a los hechos narrados? ¿Qué llegamos a saber sobre el narrador a través de la narración?

Contenido

El tema: Comente sobre la fama y sus ventajas y desventajas.

Los personajes: ¿Quiénes y cómo son los personajes centrales? ¿Cuál es la relación entre ellos? ¿A qué trabajo se dedican? ¿Qué distingue a Manolita Madroño? Analice el papel de Manolita como mujer en la sociedad que se presenta en la narración. Analice en especial el hecho de que no hay censura aparente para Manolita por ser la «amante» de Bolívar.

El espacio: Hable sobre los espacios en donde se desarrolla el relato y sobre el grado de intimidad o publicidad de las situaciones. Investigue los lugares históricos a los que se refiere esta tradición. (Huaylas, Ancachs, Junín).

El tiempo: ¿En cuánto tiempo se desarrolla la historia? ¿Hay un tiempo determinado en el relato? ¿Qué edad tiene Manolita cuando conoce a Bolívar? ¿Y cuando termina la historia? ¿Cómo se relaciona la edad con el contenido del cuento? Estudie la fecha

que se refiere a la batalla de Junín y compárela con el tiempo de la narración. Estudie los verbos en el cuento y diga qué tiempos usa el narrador en la narración.
La cultura: ¿Cómo se concilia la paradoja buen mozo y millonario/pobre diablo de su tierra? Conociendo la época en que el relato fue escrito, diga si habla sobre rompimiento o perpetuación de estereotipos sociales de clase o de género. Compare el papel de los personajes femeninos con el de los personajes masculinos en la narración y diga cómo se habla de ellas/ellos.
¿Qué relación hay entre el título y el contenido del relato?

Lenguaje

Vocabulario del relato: ¿Qué palabras contribuyen a dar al cuento su tono coloquial? ¿Qué significa la expresión *boccato di cardinali*? ¿Qué connotaciones sexuales y de crítica religiosa tiene esta expresión?
Descripciones: ¿Qué palabras se utilizan para describir los personajes y el tiempo?
Narración: Resuma en pocas palabras el relato.
Lenguaje figurado: Analice los siguientes dichos populares en el contexto de la historia: «...noventa y dos Navidades...» «arriar bandera en la batalla de la vida...» «ábrase el hoyo...» «fresquísimo y lindo pimpollo...» «tenorios de mamadera...» «lo mejor en punto a hijas de Eva...» «golosillo por la fruta vedada del paraíso...» «ofrendasen a la diosa Venus...» «Si el fósforo da candela, ¡qué dará la fosforera!...» «no la arrastraba el río por muy crecido que fuese...» «cuando el pedernal no da chispa». ¿Qué otras figuras literarias o tropos se presentan?
Motivo recurrente: Analice el humor en el contraste moza de Bolívar/vieja de Bolívar.

Comunicación

Comente cómo Palma se comunica con su lector. Analice el diálogo final de la narración. ¿Quiénes hablan?

Ejercicios de creacion literaria

Aplique algunos de los dichos de Palma a su propia narración.
Tome el papel de la gente en el pueblo de Huaylas y comente sobre los sucesos desencadenados con la llegada de Bolívar.

ANALES DE LA INQUISICIÓN DE LIMA

CAPÍTULO III (FRAGMENTOS)

El Tribunal de la Inquisición de Lima extendía su jurisdicción al territorio de Chile, virreinato de Buenos Aires y parte de Santa Fe o Bogotá; y aunque ejercía tan ilimitado poder que le era dable (según facultades que le otorgaron los Papas Inocencio IV, Clemente III y Alejandro IV) compeler con censuras a los príncipes a respetar sus decisiones...

»Tres eran los géneros de tormento que regularmente usaba la Inquisición: el de la garrucha, el del potro y el del fuego. Como a la agudeza de los dolores acompañaban tristes lamentos y gritos descompasados, era conducido el paciente a un sótano, llamado *cámara del tormento* a fin de que no llegasen al exterior sus voces. Lo acompañaban el inquisidor y el secretario de turno; le preguntaban de nuevo acerca de su delito, y si persistía en negar, se procedía a la ejecución:

»Para el tormento de *garrucha* o *polea* se colgaba en el techo un instrumento de este nombre, pasando por él una gruesa soga de cáñamo o esparto. Cogían después al reo y, dejándolo en paños menores, le ponían grillos, atábanle a la garganta de los pies cien libras de hierro, y volviéndole los brazos a la espalda y asegurándolo con un cordel, lo ataban de la soga por las muñecas. Teniéndolo en esta posición, lo levantaban un estado de hombre, y en el interín lo amonestaban secamente los jueces para que dijese la verdad. Se le daban además, según fueran los indicios y la gravedad del delito, hasta doce estrepadas, dejándolo caer de golpe, pero de modo que ni los pies ni las pesas tocasen al suelo, a fin de que el cuerpo recibiese mayor sacudimiento.

»En el tormento del *potro*, que llamaban también de agua y cordeles, estando el reo desnudo en la forma que se ha dicho, era tendido boca arriba sobre un caballete o banco de madera, al cual le ataban los pies, las manos y la cabeza, de modo que no se pudiese mover. Entonces le hacían tomar algunos litros de agua, echándosela poco a poco sobre una cinta que le introducían en la boca, para que, entrando con el agua en el gaznate, le causase las ansias y desesperación de un ahogado.

»Para el tormento del *fuego* ponían al reo de pies desnudos en el cepo, y bañándole las plantas con manteca de puerco, arrimaban a ellas un brasero encendido. Cuando mucho se quejaba del dolor, interponían una tabla entre el brasero y los pies, mandándole que declarase. Reputábase este tormento por el más cruel de todos.

»La duración del tormento, por Bula de Paulo III, no podía pasar de una hora, y si bien la Inquisición de Italia no solía llegar a ella, en la de España, que se ha gloriado de aventajar a todas en su celo por la fe, se prolongaba el tormento a cinco cuartos de hora. Solía suceder que el paciente, por lo intenso del dolor, quedase sin sentido, y para este caso estaba previsto el médico, el cual informaba al Tribunal si el paroxismo era real o figurado, y con su dictamen se suspendía o continuaba el martirio. Cuando el reo se mantenía negativo, venciendo el tormento, o cuando, habiendo en él confesado, no ratificaba a las veinticuatro horas su confesión, se le daba hasta tercera tortura, mediando sólo dos días de una a otra...

»Otra práctica había aun más inhumana. Cuando el mismo reo, arrepentido, confesaba su dañada intención y denunciaba a los cómplices, se le daba, sin embargo, tortura siempre que alguno de éstos negase serlo. Tan atormentado era, pues, el reo confesando como obstinándose en negar.

»A más de la prueba por escritura por testigos y por la confesión del reo, libre o forzada, en que apoyaba su acusación el fiscal, se usaba la compurgación. Esta consistía en obligar al reo a sincerarse de las sospechas que contra él había, con el testimonio de sujetos de probidad, quienes bajo juramento firmaban tenerle por católico y libre de la herejía que se le imputara. Bastaba un rumor contra un hombre para sujetarlo a la compurgación, y cuando el difamado no encontraba quien lo abonase, acaso por lo arriesgado que era esto en los procedimientos del Santo Oficio, se le condenaba como hereje contumaz.

Las leyes humanas han exceptuado siempre a las mujeres del tormento, mirando su delicadeza física y por respeto al pudor; pero el Santo Oficio pisoteaba estas consideraciones. Además, si las mujeres presas no observaban el estricto silencio que debía reinar en las cárceles de la Inquisición, se las desnudaba y azotaba.

Cuando, a pesar del tormento, permanecía el reo inconfeso, la Inquisición no se daba por vencida: enviaba al calabozo del reo un espía, que, fingiendo ser preso inocente como él, vociferase contra la tiranía del Tribunal. Así caía en el lazo el pobre acusado. Ni los sacerdotes que componían el Santo Oficio se avergonzaban de representar tan infame papel, pues afectaban consolar al prisionero e inspirarle confianza para que, en el seno de la amistad, depositase sus secretos.

El que lograba sustraerse de la Inquisición por la fuga, debía renunciar para siempre a su patria, a su familia, a sus bienes y a su honor. Se le encausaba estando ausente, se le confiscaba cuanto le pertenecía, se le quemaba en estatua y se infamaba su memoria. Ni aun la muerte arrancaba su presa a la Inquisición, pues se llevaba en procesión la imagen y huesos del difunto para arrojarlos a la hoguera. Era muy frecuente que los reos muriesen en la prisión por consecuencia de la tortura, melancolía y malos tratos, o que se suicidasen. Inducíalos a este acto de desesperación el que la Inquisición difería por largo tiempo la ejecución de la sentencia...

Clorinda Matto de Turner, Perú, 1852–1909

Clorinda Matto de Turner nació en la ciudad de Cuzco y dominaba el quechua, lo cual la sensibilizó para emprender gran batalla en favor de la causa indígena. En 1865, comenzó su vocación literaria escribiendo versos, los cuales jamás llegaron hasta nosotros. Vivió en el pueblo de Tinta. Este lugar tuvo singular importancia en la obra de Clorinda, porque fue el escenario para varias de sus novelas. En la historia peruana, Tinta tiene un apreciable valor, puesto que allí tuvo lugar la trágica muerte de Tupac Amarú, de sus familiares y sus compañeros de rebelión.

En la guerra con Chile, Clorinda, desde Tinta, colaboró decididamente a favor de su patria. En 1884, publicó el primer tomo de *Tradiciones cuzqueñas* en el que incluyó veintinueve narraciones. El Prólogo de Ricardo Palma fue un entusiasta y justo aplauso al libro. En este volumen, Matto repasó la historia «oficial» del Perú e introdujo la historia desconocida del hombre común, revelando sólido conocimiento de la intrahistoria peruana. *Tradiciones cuzqueñas* incluye asuntos históricos, de política colonial y de religión. Clorinda enjuicia simpatizando con los oprimidos y defendiendo los derechos del indígena, «paria en su propia tierra y esclavo en sus propios bienes». También delata la situación de la mujer, condena la Santa Inquisición y encara el problema del fanatismo religioso a través de historias de hechicerías, nigromancia y muerte.

El estilo de Matto es humanístico, su locución castiza e intencionada, enriquecida con delicadas imágenes expresadas naturalmente y con fuerte carga conceptual.

En 1886 apareció el segundo tomo de *Tradiciones cuzqueñas*. En búsqueda de episodios, hechos anecdóticos e históricos, la escritora hurgó en la historia del Cuzco colonial y culminó con un relato fluido y suelto que crea ambientes escuetos y realistas. *Tradiciones cuzqueñas* fue el bastión en el cual Clorinda incubó la inquietud indigenista que posteriormente desarrolló en obras de mayor aliento literario y social. Su literatura contrastaba con la de la época, una producción inocua y a veces superficialmente costumbrista, que soslayaba la incorporación de lo literario en el debate sobre los problemas del país. La crítica fue muy dura con ella y resaltó las imperfecciones o limitaciones de estilo, sin tener en cuenta el gran esfuerzo investigativo que hizo.

En 1889, publicó *Aves sin nido*. La novela trata de los amores de Manuel y Margarita, hermanos que desconocen su parentesco. Los jóvenes son hijos de amores ilícitos del antiguo sacerdote del pueblo y más tarde obispo de la diócesis, Pedro de Miranda y Claro, con Doña Petronila Hinojosa, esposa del gobernador, Sebastián Pancorbo, y con la india Marcela, esposa del indio Juan Yupanqui. El título de la novela simbólicamente proviene de la necesidad de justificar el origen de este incesto espiritual entre dos hermanos, entre dos aves sin nido; también, podría significar la situación de toda la raza indígena a quien no le era posible recuperar su dignidad, ni ejercitar sus derechos. Esta novela expone la corrupción e hipocresía del clero y condena el gamonalismo latifundista y explotador del indio.

Índole, la segunda novela de Clorinda Matto de Turner, apareció en 1891. Esta muestra la morbosidad y el abuso de los curas, «verdaderos cuervos de los cementerios vivos, dueños y señores de nuestros hogares, dominadores de las esposas».

Poco a poco, Clorinda Matto evolucionó hacia un realismo más ortodoxo, al utilizar, con cierta libertad, el vocabulario erótico, fisiológico, unido a veces al científico. Publicó *Estudios históricos* en el que se refiere directamente a la importancia del quechua, abogando que su extinción era una blasfemia contra la antigua civilización peruana y la moderna necesidad que existe de conocerla.

En 1895, apareció *Herencia*, la tercera novela de Matto de Turner. Esta es casi un prototipo del realismo-naturalismo latinoamericano, frenado por el concepto de la moral burguesa y religiosa. En lo formal e ideológico *Herencia* es la mejor de las tres novelas. En Hispanoamérica, el liberalismo ha sido tradicionalmente anticlerical, y en forma abierta se ha opuesto a los ataques de la religión cuando el pensamiento libre trata de implantar reformas sociales contra el poder exclusivista de la Iglesia Católica. Matto de Turner no se salvó del castigo religioso y en 1892 fue excomulgada. La excomunión, al parecer, no pesó nada en la vida personal ni en la obra literaria de Clorinda Matto.

En 1908 viajó a España, Francia, Italia, Inglaterra, Suiza y Alemania. Su diario personal *Viaje de recreo* apareció póstumamente en España. Su muerte acaeció en Buenos Aires, en 1909, como consecuencia de una neumonía.

Matto de Turner es más conocida por sus *Tradiciones cuzqueñas*. Tradiciones es un género intermedio entre leyenda, cuento e historia. Ricardo Palma lo definió como una forma de revestir la historia, añadiéndole fantasía y dejando de lado el supuesto objetivismo que caracteriza a la historia oficial. Añade Palma que quien escribe *tradiciones* tiene que ser poeta y soñador además de historiador imparcial. Las *Tradiciones* son una especie de novela histórica en la vena de Alejandro Dumas.

Matto de Turner exploró los archivos de la capital incaica, recuperando para la historia su imperial pasado. Empleó un estilo directo, poco retórico y realista. Algunas *Tradiciones* de Matto también se caracterizan por la carencia de humor, que da a la tradición un enfoque aún más real. En *El claustro* Clorinda lucha contra el enclaustramiento de la mujer en los conventos: «preciosas ilusiones marchitas al nacer para encerrar sus despojos en el ataúd de los vivos».

La mala Carranza trata de la condena de la monja Ángela por la Santa Inquisición y expone el problema del fanatismo religioso. *El fraile no; pero sí la peluca* es uno de los más frescos e irónicos relatos de Matto; permaneció en la oscuridad por muchas décadas, pero hoy en día es uno de los relatos más leídos.

TRADICIONES CUZQUEÑAS

EL FRAILE NO; PERO SÍ LA PELUCA

Dizque de todos los amores el más azucaroso es el que sabe a convento y de todas las pasiones la más ardiente, la que estando encerrada, bajo el sayal austero del fraile, rompe de repente las ligaduras y se inflama como todo un Vesubio; esto no deja de ser verdad muy clara, porque aún en nuestros tiempos hemos visto ministros del altar que han olvidado los más sagrados deberes para consagrarse a la contemplación de dos ojos negros o azules, dijes de la simpática cara de alguna vecinilla.

El padre Miguel Ortiz de Lenguas y del Campo de la Orden de predicadores, era fruto del matrimonio de Don Gaspar Ortiz de Lenguas y de Campo, con doña Mariana Jara de la Cerda, naturales del valle de Villaviciosa, en las Andalucías y residentes en el Cuzco. Matrimonio feliz puesto que alcanzó la aspiración de aquellos tiempos, teniendo un frailecito en la familia.

Fray Miguel era, digámoslo en obsequio de la verdad, un buen religioso y hasta se encontraba en camino de llamarse fraile grave y de consejo. Pero no ha de ser siempre llanito el valle de la vida y alguna vez hemos de tener nuestro quebradero de buen juicio. Fray Miguel encontró delante de sí una serpiente tentadora encarnada en la persona de Doña Juanita Robles y Palacio y ahí le tienen ustedes caído de la gracia del cielo cometiendo mil cosas propias de un enamorado.

¿Qué sacrificio habría omitido Miguel para complacer a Juanita? Ninguno, sin duda alguna, por grande que fuera. Juanita era un tanto antojadiza y muy original en sus ideas y deseos; pruébalo el pedimento que hizo a fray Miguel de que nunca se presentaría a ella con el hábito de su orden[25] ni con señales de ser cofrade conventual.

Miguel tuvo que resignarse al decreto de la reina de su corazón y como era difícil disfrazar aquella parte de la corona[26], se mandó a hacer una peluca, que peinada con cuidado y esmero le quitaba de la cara todo aquel viso desagradable para Juanita.

Así y así, vivieron un año en tiernos arrullos, enamorados, sin que nadie hubiese llegado a sospechar siquiera las frecuentes deserciones que tenía del convento nuestro hábil aventurero, hasta que un incidente tenido por los amantes vino a sacudir el polvo del secreto tanto tiempo oculto. Juanita llevaba un heredero producto de las habilidades de fray Miguel; su madre lo descubrió merced a su mirada investigadora y maliciosa, comunicóle a su marido y ambos se pusieron en acecho.

Fray Miguel fue inocente llevando en alas del ardor apasionado, un consuelo a su perturbada dama; pero se encontró con una batahola en la casa. El padre de Juanita encerró al seductor, no tardó en descubrir su procedencia; y sin demora se presentó a la Inquisición acusando a fray Miguel.

El santo tribunal atendió de preferencia la acusación y una vez probada la verdad, ordenó que fray Miguel sufriese la pena de la hoguera. Debía ejecutarse la fatal sentencia en la Plaza Mayor, el martes 3 de enero de 1601. Las torres del convento de predicadores vestían de luto y la gente afluía por todas las calles de la ciudad al lugar de la sentencia. Prendióse la pira y los alguaciles inquisitoriales conducían a la víctima; cuando de improviso se alzó una voz del pueblo que no tardó en ser secundada por la multitud. Todos gritaban ¿Quemado?... El fraile no pero sí la peluca.

Ahora, decidme lectores, no creeís que sería útil una lección de éstas... No, no, que la broma es pesada y jamás me gustaron las quemazones ni aún de malos frailes y vaya la adición por vía de sermoneo a quienes convenga, y sirva para moralizar la suerte del padre Lenguas llamado a morir en olor de santidad, y que por usar de pelucas gustando del fruto prohibido, acabó en olor de escándalo.

Cuzco, noviembre 3 de 1876

COMPRENSIÓN Y ANÁLISIS

Ubique el relato *El Fraile no; pero sí la peluca,* dentro de la época en que fue escrito. Comente sobre lo siguiente:

Forma

Orden de la narración: Orden cronológico de los acontecimientos.

La estructura del relato: Busque introducción, desarrollo, momento climático y conclusión.

[25] A friar's garb

[26] *Tonsure:* The shaven crown worn by monks and other clerics. She wanted the friar to wear a wig to cover his ecclesiastic shaven crown.

El narrador: Analice la persona de los verbos en el párrafo introductorio. ¿El narrador es interno o externo a los hechos narrados?

Contenido

El tema: Trate del papel de la Iglesia en las costumbres y menesteres de los eclesiásticos y seglares.
Los personajes: ¿Quién y cómo es el personaje central? ¿A qué trabajo se dedica? ¿Qué le distingue de sus semejantes? Analice el papel de Juanita, así como el de sus padres.
El espacio: ¿Dónde se desarrolla el cuento? ¿Qué sitios específicos se mencionan?
El tiempo: ¿Hay un tiempo determinado en el cuento? ¿En cuánto tiempo se desarrolla la historia? Estudie los verbos de la tradición y diga qué tiempos usa la autora para narrar su historia.
La cultura: Conociendo la época a la que el cuento se refiere, diga si habla de rompimiento o perpetuación de estereotipos sociales de clase y género. Analice el papel del personaje femenino y cómo se habla de ella.
¿Es un hecho aislado o anecdótico el de este frailecillo o era esta conducta algo habitual? ¿Por qué motivo se mandó a hacer una peluca? ¿Qué denotaba su condición de fraile?
¿Cuál es la relación del título con el contenido del cuento?

Lenguaje

¿Qué palabras contribuyen a dar al cuento su carácter irónico? ¿Qué palabras se utilizan para dar el tono tradicional?
Descripciones: ¿Qué palabras se utilizan para describir a los personajes, las relaciones entre ellos, los espacios, el tiempo y la escena social?
Narración: ¿Qué narra la historia?
Lenguaje figurado: Analice el refrán «De todos los amores el más azucaroso es el que sabe a convento»; el símil: «la más ardiente... como todo un Vesubio».

Comunicación

¿Qué se usa más en el relato la narración, el diálogo? ¿Qué quiere la autora darnos a entender con este cuento?

Ejercicios de creación literaria

Transforme el cuento en una obra de teatro y preséntela en la clase.
Comente si usted considera que es lícito, humano y natural que la Iglesia obligue al celibato.

Horacio Quiroga, Uruguay, 1878–1937

Su trágica historia familiar predeterminó la temática de muchos de sus cuentos. Horacio tenía menos de un año cuando su padre se suicidó. Su madre se volvió a casar. A los pocos años su padrastro se suicidó. Su mejor amigo se preparaba para un duelo y Quiroga, queriendo ayudarlo a practicar, lo mató accidentalmente de un tiro. Desesperado, el *Poe hispanoamericano* buscó consuelo en el matrimonio, pero la felicidad le eludía. Su esposa, después de sólo seis años de matrimonio y dos hijos, se suicidó. Ante tan estrecha convivencia con la muerte no es de sorprender que ésta fuera el eje de muchos de sus cuentos.

Viudo, Horacio tuvo que ponerse frente a negocios que sólo menguaban su pequeño capital. Le descubrieron cáncer de próstata y el cuentista, no queriendo pasar las penurias que tal diagnóstico conlleva, acabó con su vida tomando cianuro. Años más tarde su hija mayor siguió el camino de su padre.

La vocación literaria de Quiroga afloró a temprana edad. Era un niño melancólico y flaco que pasaba horas leyendo a los románticos. Desde muy joven empezó a colaborar en revistas literarias. Mientras tanto leía ávidamente a Edgar A. Poe en quien encontró un alma gemela: para los dos sus musas fueron el amor, el misterio, la aventura y la muerte. Muchos cuentos de Quiroga siguen una trayectoria similar: generalmente ocurre algo que encamina al protagonista hacia una muerte inevitable; mientras tanto, la naturaleza permanece inmutable frente a la tragedia humana. Una gran influencia en Quiroga fue su residencia en la selva (1909–1916). Esta experiencia fue estímulo e inspiración para *Cuentos de la selva* (1918), entre los que se encuentran las aterrorizadoras narraciones *A la deriva, El alambre de púas, El hombre muerto.* En *Decálogo del cuentista perfecto* Quiroga prescribe los dones de un buen cuentista.

Desdichadamente, Quiroga no logró escapar lo irracional que lo rodeó. En sus cuentos, la naturaleza, tanto material como psicológica, avasalla a sus personajes hundiéndolos en la tragedia de su estirpe y en la inseguridad del futuro. Los escritos de Quiroga son angustiosos y auguran un fatal desenlace.

Quiroga escribía descuidadamente, anclado en su fuerza creadora y su inspiración. No tenía escrúpulos de fineza verbal y por eso escribía «idiotismo» por «idiotez»; deambuló entre el naturalismo y el romanticismo, especialmente en *Cuentos de amor, de locura y de muerte* (1917), de donde proviene *El almohadón de plumas.* En la primera oración Quiroga sienta el escenario escalofriante que se mantiene a través de todo el cuento. En el centro hay un personaje indefenso: la casta joven Alicia que se acaba de casar con un hombre flemático; de ahí parte el cuento que se desarrolla metafórica y paralelamente entre la vida emocional de la joven y sus circunstancias en la sociedad patriarcal de la época. Al final, el cuento se resuelve tormentosamente, sacudiendo al lector.

EL ALMOHADÓN DE PLUMAS

Su luna de miel fue un largo escalofrío. Rubia, angelical y tímida, el carácter duro de su marido heló sus soñadas niñerías de novia. Ella lo quería mucho, sin embargo, a veces con un ligero estremecimiento cuando volviendo de noche juntos por la calle, echaba una furtiva mirada a la alta estatura de Jordán, mudo desde hacia una hora. Él por su parte, la amaba profundamente, sin darlo a conocer.

Durante tres meses —se habían casado en abril— vivieron una dicha especial. Sin duda hubiera ella deseado menos severidad en ese rígido cielo de amor, más expansiva e incauta ternura; pero el impasible semblante de su marido la contenía siempre.

La casa en que vivían, influía no poco en sus estremecimientos. La blancura del patio silencioso —frisos, columnas y estatuas de mármol— producía una otoñal impresión de palacio encantado. Dentro, el brillo glacial del estuco, sin el más leve rasguño en las altas paredes, afirmaba aquella sensación de desapacible frío. Al cruzar de una pieza a otra, los pasos hallaban eco en toda la casa, como si un largo abandono hubiera sensibilizado su resonancia.

En ese extraño nido de amor, Alicia pasó todo el otoño. No obstante había concluido por echar un velo sobre sus antiguos sueños, y aún vivía dormida en la casa hostil, sin querer pensar en nada hasta que llegaba su marido.

No es raro que adelgazara. Tuvo un ligero ataque de influenza que se arrastró insidiosamente días y días; Alicia no se reponía nunca. Al fin una tarde pudo salir al jardín apoyada en el brazo de su marido. Miraba indiferente a uno y otro lado. De pronto Jordán, con honda ternura, le pasó muy lento la mano por la cabeza, y Alicia rompió en seguida en sollozos, echándole los brazos al cuello. Lloró largamente todo su espanto callado, redoblando el llanto a la menor tentativa de caricia. Luego los sollozos fueron retardándose, y aún quedó largo rato escondida en su cuello, sin moverse ni pronunciar una palabra.

Fue ése el último día en que Alicia estuvo levantada. Al día siguiente amaneció desvanecida. El médico de Jordán la examinó con suma atención, ordenándole cama y descanso absolutos.

—No sé —le dijo a Jordán en la puerta de calle con la voz todavía baja—. Tiene una gran debilidad que no me explico. Y sin vómitos, nada... Si mañana se despierta como hoy, llámeme en seguida. Al otro día Alicia seguía peor. Hubo consulta. Constatóse una anemia de marcha agudísima, completamente inexplicable. Alicia no tuvo más desmayos, pero se iba visiblemente a la muerte. Todo el día el dormitorio estaba con las luces prendidas y en pleno silencio. Pasábanse horas sin que se oyera el menor ruido. Alicia dormitaba. Jordán vivía casi en la sala también con toda la luz encendida. Paseábase sin cesar de un extremo a otro, con incansable obstinación. La alfombra ahogaba sus pasos. A ratos entraba en el dormitorio y proseguía su mudo vaivén a lo largo de la cama, deteniéndose un instante en cada extremo a mirar a su mujer.

Pronto Alicia comenzó a tener alucinaciones, confusas y flotantes al principio, y que descendieron luego a ras del suelo. La joven, con los ojos desmesuradamente abiertos, no hacía sino mirar la alfombra a uno y otro lado del respaldo de la cama. Una noche quedó de repente mirando fijamente. Al rato abrió la boca para gritar, y sus narices y labios se perlaron de sudor.

¡Jordán! ¡Jordán! —clamó, rígida de espanto, sin dejar de mirar la alfombra.

Jordán corrió al dormitorio, y al verlo aparecer Alicia lanzó un alarido de horror.

—¡Soy yo, Alicia, soy yo!

Alicia lo miró con extravío, miró la alfombra, volvió a mirarlo, y después de largo rato de estupefacta confrontación, se serenó. Sonrió y tomó entre las suyas la mano de su marido, acariciándola por media hora, temblando.

Entre sus alucinaciones más porfiadas, hubo un antropoide apoyado en la alfombra sobre los dedos, que tenía fijos en ella sus ojos.

Los médicos volvieron inútilmente. Había allí delante de ellos una vida que se acababa, desangrándose día a día, hora a hora, sin saber absolutamente cómo. En la última consulta Alicia yacía en estupor, mientras ellos la pulsaban, pasándose de uno a otro la muñeca inerte. La observaron largo rato en silencio, y siguieron al comedor.

—Pst... —se encogió de hombros desalentado su médico—. Es un caso serio... Poco hay que hacer.

—¡Sólo eso me faltaba! —resopló Jordán. Y tamborileó bruscamente sobre la mesa.

Alicia fue extinguiéndose en subdelirio de anemia, agravado de tarde, pero remitía siempre en las primeras horas. Durante el día no avanzaba su enfermedad, pero cada mañana amanecía lívida, en síncope casi. Parecía que únicamente de noche se le fuera la vida en nuevas oleadas de sangre. Tenía siempre al despertar la sensación de estar desplomada en la cama con un millón de kilos encima. Desde el tercer día este hundimiento no la abandonó más. Apenas podía mover la cabeza. No quiso que le tocaran la cama, ni aun que le arreglaran el almohadón. Sus terrores crepusculares avanzaban ahora en forma de monstruos que se arrastraban hasta la cama, y trepaban dificultosamente por la colcha.

Perdió luego el conocimiento. Los dos días finales deliró sin cesar a media voz. Las luces continuaban fúnebremente encendidas en el dormitorio y la sala. En el silencio agónico de la casa, no se oía más que el delirio monótono que salía de la cama, y el sordo retumbo de los eternos pasos de Jordán.

Alicia murió, por fin. La sirvienta, cuando entró después a deshacer la cama, sola ya, miró un rato extrañada el almohadón.

—¡Señor! —llamó a Jordán en voz baja—. En el almohadón hay manchas que parecen de sangre.

Jordán se acercó rápidamente y se dobló sobre aquél. Efectivamente, sobre la funda, a ambos lados del hueco que había dejado la cabeza de Alicia, se veían manchitas oscuras.

—Parecen picaduras —murmuró la sirvienta después de un rato de inmóvil observación.

—¡Levántelo a la luz! —le dijo Jordán.

La sirvienta lo levantó; pero en seguida lo dejó caer y se quedó mirando a aquél, lívida y temblando. Sin saber por qué, Jordán sintió que los cabellos se le erizaban.

—¿Qué hay? — murmuró con la voz ronca.

—Pesa mucho —articuló la sirvienta, sin dejar de temblar.

Jordán lo levantó; pesaba extraordinariamente. Salieron con él, y sobre la mesa del comedor Jordán cortó funda y envoltura de un tajo. Las plumas superiores volaron, y la sirvienta dio un grito de horror con toda la boca abierta, llevándose las manos crispadas a los bandos. Sobre el fondo, entre las plumas, moviendo lentamente las patas velludas, había un animal monstruoso, una bola viviente y viscosa. Estaba tan hinchado que apenas se le pronunciaba la boca.

Noche a noche, desde que Alicia había caído en cama, había aplicado sigilosamente su boca —su trompa, mejor dicho— a las sienes de aquélla, chupándole la sangre. La picadura era casi imperceptible. La remoción diaria del almohadón sin duda había impedido al principio su desarrollo; pero desde que la joven no pudo moverse, la succión fue vertiginosa. En cinco días, en cinco noches, había vaciado a Alicia.

Estos parásitos de las aves, diminutos en el medio habitual, llegan a adquirir en ciertas condiciones proporciones enormes. La sangre humana parece serles particularmente favorable, y no es raro hallarlos en los almohadones de pluma.

COMPRENSIÓN Y ANÁLISIS

Ubique el cuento *El almohadón de plumas* dentro de la época en que fue escrito. Comente sobre lo siguiente:

Forma

Orden de la narración: Orden cronológico de los acontecimientos del cuento.

La estructura del cuento: Busque introducción, desarrollo, momento climático y conclusión. ¿Está el momento climático cerca de la conclusión? ¿Cómo se compara esta estructura con otras que ha estudiado?

El narrador: Analice qué tipo de narrador se encuentra en el cuento de Quiroga y qué efecto causa su discurso en el lector. ¿Pertenece ese tipo de narrador a un género literario específico? Justifique su respuesta.

Contenido

El tema: ¿Cuál es el tema principal y cuáles subtemas se desprenden del texto? Dé una breve explicación de su clasificación.
Los personajes: Con detenimiento haga una lista de características con las que asocie a Jordán y otra lista con las que asocie a Alicia. Identifique qué impresión quiere crear el narrador en el lector a través de los personajes. ¿Por qué confunde Alicia a su marido con un antropoide?
El espacio: Lea con detenimiento el texto y note cómo se describe la casa donde vive la pareja. Haga un paralelo entre ésta y la personalidad de Jordán. Indique en qué espacios de desarrolla la historia y qué imagen trasmiten éstos al lector.
El tiempo: Señale cuánto tiempo transcurrió desde el casamiento hasta la muerte de Alicia.
La cultura: ¿Se podría catalogar este cuento como hispano o podría ser enmarcado en una categoría más amplia o universal? Justifique su respuesta.

Lenguaje

El narrador va produciendo un escalamiento hacia el desenlace para crear intriga en el lector: ¿Toma el final del cuento por sorpresa al lector? Explique su punto de vista.
¿Qué otro título podría dársele a este cuento? ¿Por qué?
¿Corresponde la agonía física de Alicia a la agonía de sus sueños de novia y de sus relaciones matrimoniales?

Comunicación

En un cuento fantástico como el que está analizando existen dos mundos comunicantes que interactúan en la trama de la historia. ¿Podría describir estos dos mundos y explicar cómo afectan al lector?
¿Se encuentran los personajes alienados el uno del otro y de sí mismos en la historia? Cite de la historia para sostener su respuesta.
¿Qué relación intenta establecer el autor con su lector?

Ejercicios de creación literaria

Horacio Quiroga visita su clase. Haga una lista de preguntas que le haría si tuviera posibilidad de entrevistarlo.
¿Ha visto alguna película o leído un libro con una temática semejante? Compare por escrito ambas historias.
Ud. es Alicia y está sufriendo una de sus alucinaciones. Describa en detalle lo que ve y lo que se encuentra al despertar.

■ LITERATURA GAUCHESCA

Desde los orígenes del contacto cultural entre España y América, el castellano, idioma del conquistador, ha sido impregnado de términos, fonemas, construcciones gramaticales, giros y esquemas morfológicos, en el proceso conocido como la americanización del castellano. Este proceso se refleja en la literatura inmediatamente después de la independencia, cuando las literaturas «nacionales» empiezan a quebrar el purismo lingüístico impuesto por los conservadores, en busca de una expresión propia, con movimientos como el criollismo, el costumbrismo el indigenismo y la literatura gauchesca. La literatura gauchesca utiliza en forma abierta el habla rural e inculta.

En el Río de la Plata surgen hacia 1840 los escritores gauchescos, quienes transmutaron la vida errante de los gauchos, su singular dialecto, sus aventuras, su sabiduría, su decadencia, en una singular creación literaria: la leyenda y mitología del gaucho. *Facundo* (1845) de Domingo Faustino Sarmiento, escrita en el exilio en Chile, *Martín Fierro* (1872) de José Hernández, y *Don Segundo Sombra* (1926) de Ricardo Güiraldes son considerados por Leopoldo Lugones como la trinidad de la literatura gauchesca.

José Hernández, Argentina, 1834–1886

José Hernández nació en Buenos Aires de familia adinerada, a pesar de lo cual su vida presentó paralelos con la de su indigente protagonista, Martín Fierro. Por razones de salud, Hernández tuvo que trasladarse al campo, donde convivió con gauchos e indígenas. En estas circunstancias, su educación formal se limitó a lecturas personales, hasta hacerse autodidacta. Sin embargo, lo más valioso de esta experiencia fue aprender sobre la cultura gaucha. A los dieciocho años, Hernández tuvo que prestar servicio militar; allí vio las injusticias contra el gaucho y a su regreso a la vida civil trabajó como periodista y luego como senador abogando siempre los derechos, la libertad y justicia para el gaucho.

Hernández fue un escritor que sintió y entendió el alma del gaucho. Él se convirtió en su apóstol y en 1872 publicó la obra maestra *Martín Fierro.* En ella expuso el innato deseo de libertad y justicia que esta cultura engendraba, y denunció cómo las leyes y las instituciones aplastaban al gaucho. Como Rousseau, Hernández entendió que el gaucho nacía bueno y libre, pero la sociedad, al esclavizarlo, lo corrompía.

La gran epopeya *Martín Fierro* conmovió a los argentinos, y su éxito fue inmediato. En ella Hernández cantaba la forma de ser, sentir y vivir de estas gentes. Rociando el canto con metáforas frescas y puras, retrató en jerga gauchesca la sabiduría de este pueblo abusado. Lingüísticamente *Martín Fierro* plagió el habla del gaucho, en la que se observan las formas pronominales *me, nos, le, lo, la, les, se,* que unidas al infinitivo, gerundio e imperativo, el gaucho acentúa fuerte y doblemente[27].

Siete años más tarde, Hernández publicó la segunda parte titulada *La vuelta de Martín Fierro* y, tal como Cervantes hizo con *El Quijote,* cerró el ciclo del protagonista.

Hernández escogió la poesía para cantar su filosofía; este vehículo le permitía enseñar sin ofender. Su poema toca el espíritu humano como lo hace la guitarra del payador. Hernández no ocultó su intención didáctica con la velada ambición de lograr solidaridad y justicia de los criollos para con los indígenas y negros. Su sueño era que todos pudieran vivir en la extensa pampa sin envidias ni odios.

Martín Fierro va salpicado de metonimia y metátesis. También predominan los sextetos además de cuartetos y octosílabos; la rima es variada; a veces perfecta y a veces imperfecta y libre. El poema refleja la fecundidad de la tierra de la que brota, y una pudorosa virilidad que se sobrepone a la tristeza. Los personajes son nobles, capaces de admitir sus errores y disculparse por ellos.

La popularidad de *Martín Fierro* se extendió al extranjero y Unamuno lo comparó con *Don Quijote* no sólo por su forma, sino también por su argumento y filosofía. Magistralmente, Hernández yuxtapuso lo poético a lo costumbrista y pedagógico entrelazando elementos aborígenes, hispanos y castellanos. Por estas y otras razones, *Martín Fierro* fue una de las obras literarias más vendidas en el siglo XIX y continúa siéndolo.

El poema comienza con el autorretrato del protagonista Martín Fierro. El amplio escenario es la pampa libre y abierta. La primera parte, *La ida,* elogia los valores de la amistad, la fidelidad y la lucha cotidiana. Se vislumbran los abusos de la policía y las injusticias sociales. Entremezclados en la narración van cuentos y consejos. En la segunda parte, *La vuelta,* Martín Fierro regresa a la pampa donde está su corazón. Los peligros ya no le importan; los enfrenta cantando y refraneando. Este romántico final no es el triunfo de la civilización sobre la barbarie, sino el del espíritu libre y victorioso sobre la injusticia.

Martín Fierro es el arquetipo del hombre entero, dueño de su soledad, su protesta y su pampa, donde la vida es apasionante e inquieta, como lo es el protagonista.

EL GAUCHO MARTÍN FIERRO

(Este poema es la historia de Martín Fierro, un gaucho trabajador y bueno. El gobierno lo manda forzadamente a pelear con los indios en la frontera. Allá, las injusticias sociales, los abusos de los jueces de paz y comandantes de campaña lo transforman en rebelde matrero o bandido. Junto con su amigo Cruz se escapan y regresan a convivir con los indios, la otra raza perseguida y humillada, en busca de la libertad y justicia que le negaban los cristianos.)

Primera Parte:[28] La ida

(Martín Fierro se presenta como cantor y gaucho.)

[27] The double accent is maintained in this selection.

[28] For further discussion consult: Francisco I. Castro, *Vocabulario y frases de Martín Fierro,* Editorial Kraft Ltd., Buenos Aires, 1957.

CANTA MARTÍN FIERRO
I

Aquí me pongo a cantar
al compás de la vigüela[29],
que el hombre que lo desvela
una pena estrordinaria,
como la ave solitaria
con el cantar se consuela.

Pido a los santos del cielo
que ayuden mi pensamiento;
les pido en este momento
que voy a cantar mi historia
me refresquen la memoria
y aclaren mi entendimiento.

Vengan santos milagrosos,
vengan todos en mi ayuda,
que la lengua se me añuda
y se me turba la vista;
pido a mi Dios que me asista
en una ocasión tan ruda.

Yo he visto muchos cantores,
con famas bien otenidas,
y que después de alquiridas
no las quieren sustentar:
parece que sin largar
se cansaron en partidas[30].

Mas ande[31] otro criollo pasa
Martín Fierro ha de pasar;
nada lo hace recular
ni las fantasmas lo espantan;
y dende que todos cantan
yo también quiero cantar.

Cantando me he de morir,
cantando me han de enterrar,
y cantando he de llegar
al pie del Eterno Padre:
dende el vientre de mi madre
vine a este mundo a cantar.

Que no se trabe mi lengua
ni me falte la palabra.
El cantar mi gloria labra,
y poniéndomé a cantar,
cantando me han de encontrar
aunque la tierra se abra.

[29]Guitar

[30]Race trials

[31]**Adonde**, where

Me siento en el plan de un bajo[32]
a cantar un argumento;
como si soplara un viento
hago tiritar los pastos.
Con oros, copas y bastos
juega allí mi pensamiento[33].

Yo no soy cantor letrao;
mas si me pongo a cantar
no tengo cuando acabar
y me envejezco cantando.
Las coplas me van brotando
como agua de manantial.

Con la guitarra en la mano
ni las moscas se me arriman;
naides me pone el pie encima,
y cuando el pecho se entona,
hago gemir a la prima
y llorar a la bordona[34].

Yo soy toro en mi rodeo
y torazo en rodeo ajeno;
siempre me tuve por güeno,
y si me quieren probar,
salgan otros a cantar
y veremos quién es menos.

No me hago al lao de la güeya[35]
aunque vengan degollando;
con los blandos yo soy blando
y soy duro con los duros,
y ninguno en un apuro
me ha visto andar tutubiando.

En el peligro, ¡qué Cristo!,
el corazón se me enancha,
pues toda la tierra es cancha,
y de esto naides se asombre:
el que se tiene por hombre
donde quiera hace pata ancha[36].

Soy gaucho, y entiéndanló
como mi lengua lo esplica:
para mí la tierra es chica
y pudiera ser mayor;
ni la víbora me pica
ni quema mi frente el sol.

[32]Lowland

[33]His thoughts are as free as a deck of cards when shuffled.

[34]The first and last strings of the guitar.

[35]**Huella:** I don't lose track.

[36]He is strong when facing danger.

Nací como nace el peje,
en el fondo de la mar;
naides me puede quitar
aquello que Dios me dio:
lo que al mundo truje yo
del mundo lo he de llevar.

Mi gloria es vivir tan libre
como el pájaro del cielo;
no hago nido en este suelo,
ande hay tanto que sufrir;
y naides me ha de seguir
cuando yo remuento el vuelo.

Yo no tengo en el amor
quien me venga con querellas;
como esas aves tan bellas
que saltan de rama en rama,
yo hago en el trébol mi cama
y me cubren las estrellas.

Y sepan cuantos escuchan
de mis penas el relato,
que nunca peleo ni mato
sino por necesidá,
y que a tanta alversidá
sólo me arrojó el mal trato.

Y atiendan la relación
que hace un gaucho perseguido,
que padre y marido ha sido
empeñoso y diligente,
y sin embargo la gente
lo tiene por un bandido.

III

(Martín Fierro es forzado a pelear en la frontera. De allá se fuga y regresa a su rancho que encuentra destruido. Llora la muerte de su mujer e hijos.)

Tuve en mi pago en un tiempo
hijos, hacienda y mujer;
pero empecé a padecer,
me echaron a la frontera,
y ¡qué iba a hallar al volver!
tan sólo hallé la tapera[37].

[37]Ruined shack

Sosegao vivía en mi rancho,
como el pájaro en su nido.
Allí mis hijos queridos
iban creciendo a mi lao...
Sólo queda al desgraciao
lamentar el bien perdido.

Mi gala en las pulperías[38]
era, cuando había más gente,
ponerme medio caliente,[39]
pues cuando puntiao[40] me encuentro
me salen coplas de adentro
como agua de la virtiente.

Cantando estaba una vez
en una gran diversión;
y aprovechó la ocasión
como quiso el juez de paz...
Se presentó, y áhi no más
hizo una arriada en montón[41].

. . .

VI

Vamos dentrando recién
a la parte más sentida,
aunque es todita mi vida
de males una cadena.
A cada alma dolorida
le gusta cantar sus penas.

. . .

Dende chiquito gané
la vida con mi trabajo,
y aunque siempre estuve abajo
y no sé lo que es subir,
también el mucho sufrir
suele cansarnos, ¡barajo!

En medio de mi inorancia
conozco que nada valgo.
Soy la liebre o soy el galgo,
asigún los tiempos andan;
pero también los que mandan
debieran cuidarnos algo.

. . .

[38]Tavern

[39]Cheered up

[40]Tipsy

[41]All were drafted.

Al dirme dejé la hacienda
que era todito mi haber.
Pronto debíamos volver
sigún el juez prometía,
y hasta entonces cuidaría
de los bienes la mujer...

Volví al cabo de tres años,
de tanto sufrir al ñudo,
resertor, pobre y desnudo,
a procurar suerte nueva.
Y lo mesmo que el peludo
enderecé pa mi cueva.

No hallé ni rastro del rancho.
¡Sólo estaba la tapera!
¡Por Cristo!, si aquello era
pa enlutar el corazón.
Yo juré en esa ocasión
ser más malo que una fiera.

...

Después me contó un vecino
que el campo se lo pidieron;
la hacienda se la vendieron
pa pagar arrendamientos;
y qué sé yo cuántos cuentos;
pero todo lo fundieron.

Los pobrecitos muchachos,
entre tantas afliciones,
se conchabaron[42] de piones;
mas, ¡qué iban a trabajar,
si eran como los pichones
sin acabar de emplumar!

Por ay andarán sufriendo
de nuestra suerte el rigor;
me han contado que el mayor
nunca dejaba a su hermano.
Puede ser que algún cristiano
los recoja por favor.

¡Y la pobre mi mujer
Dios sabe cuánto sufrió!
Me dicen que se voló
con no sé qué gavilán
sin duda a buscar el pan
que no podía darle yo.

No es raro que a uno le falte
lo que a algún otro le sobre.
Si no le quedó ni un cobre
sinó de hijos un enjambre,
¿qué más iba a hacer la pobre
para no morirse de hambre?

¡Tal vez no te vuelva a ver
prenda de mi corazón!
Dios te dé su protección,
ya que no me la dio a mí;
y a mis hijos, dende aquí
les echo mi bendición.

Como hijitos de la cuna
andarán por ay sin madre;
ya se quedaron sin padre,
y ansí la suerte los deja
sin naides que los proteja
y sin perro que los ladre.

Los pobrecitos tal vez
no tengan ande abrigarse,
ni ramada ande ganarse,
ni rincón ande meterse,
ni camisa que ponerse,
ni poncho con que taparse.

Tal vez los verán sufrir
sin tenerles compasión;
puede que alguna ocasión,
aunque los vean tiritando,
los echen de algún jogón[43]
pa que no estén estorbando.

Y al verse ansina espantaos,
como se espanta a los perros,
irán los hijos de Fierro,
con la cola entre las piernas,
a buscar almas más tiernas
o esconderse en algún cerro.

...

Yo he sido manso primero,
y seré gaucho matrero.
En mi triste circunstancia
aunque es mi mal tan projundo,
nací y me he criao en estancia,
pero ya conozco el mundo.

[42]Working for a salary or wages

[43]**Fogón**, hearth

Ya le conozco sus mañas,
le conozco sus cucañas;
sé cómo hacen la partida,
la enriendan y la manejan.
Deshaceré la madeja
aunque me cueste la vida.

Y aguante el que no se anime
a meterse en tanto engorro,
o sinó apretesé el gorro,
o para otra tierra emigre;
pero ya ando como el tigre
que le roban los cachorros.

LA VUELTA DE MARTÍN FIERRO

(FRAGMENTOS)
LOS PAYADORES[44]
XXX

(Desafío de «payas» entre Martín Fierro y el Moreno)

MARTÍN FIERRO:
Mientras suene el encordao,
mientras encuentre el compás,
yo no he de quedarme atrás
sin defender la parada[45];
y he jurado que jamás
me la han de llevar robada[46].

Atiendan, pues, los oyentes
y cayensén los mirones:
a todos pido perdones,
pues a la vista resalta
que no está libre de falta
quien no está de tentaciones.

...

Cuando mozo fui cantor,
es una cosa muy dicha,
mas la suerte se encapricha
y me persigue constante:
de ese tiempo en adelante
canté mis propias desdichas.

...

Tiemple y cantaremos juntos,
trasnochadas no acobardan:
los concurrentes aguardan,
y porque el tiempo no pierdan,
haremos gemir las cuerdas
hasta que las velas no ardan.

...

Y seguiremos si gusta
hasta que se vaya el día,
era la costumbre mía
cantar las noches enteras:
había entonces dondequiera
cantores de fantasía.

...

EL MORENO:
Yo no soy, señores míos[47],
sinó un pobre guitarrero;
pero doy gracias al cielo
porque puedo, en la ocasión,
toparme con un cantor
que esperimente a este negro.

Yo también tengo algo blanco.
pues tengo blancos los dientes:
sé vivir entre las gentes
sin que me tengan en menos:
quien anda en pagos ajenos
debe ser manso y prudente.

...

Pero yo he vivido libre
y sin depender de naides;
siempre he cruzado los aires
como el pájaro sin nido;
cuanto sé lo he aprendido
porque me lo enseñó un flaire.

...

[44]This term was used in the nineteenth century in the Plata River region. *Payadores* were minstrels who improvised songs accompanied by a guitar. *Payador* is the incarnation in the New World of the Spanish *Mester de juglaría* of the twelfth century. The *Payadas* or improved competitions could last days until one of the two contestants could not answer. There were many spectators.

[45]The challenge

[46]I'll never take something without working for it.

[47]He maintains the subservient position of a black man.

Yo tiro cuando me tiran,
cuando me aflojan, aflojo;
no se ha de morir de antojo
quien me convide a cantar:
para conocer a un cojo
lo mejor es verlo andar.

...

MARTÍN FIERRO:
¡Ah! negro, si sos tan sabio
no tengás ningún recelo:
pero has tragao el anzuelo
y, al compás del estrumento,
has de decirme al momento
cuál es el canto del cielo.

EL MORENO:
Cuentan que de mi color
Dios hizo al hombre primero;
mas los blancos altaneros,
los mesmos que lo convidan,
hasta de nombrarlo olvidan
y sólo le llaman negro.

Pinta el blanco negro al diablo,
y el negro blanco lo pinta;
blanca la cara o retinta,
no habla en contra ni en favor:
de los hombres el Criador
no hizo dos clases distintas.

Y después de esta alvertencia,
que al presente viene a pelo,
veré, señores, si puedo,
sigún mi escaso saber,
con claridá responder
cuál es el canto del cielo.

Los cielos lloran y cantan
hasta en el mayor silencio:
lloran al cair el rocío,
cantan al silbar los vientos,
lloran cuando cain las aguas,
cantan cuando brama el trueno.

MARTÍN FIERRO:
Dios hizo al blanco y al negro
sin declarar los mejores:
les mandó iguales dolores
bajo de una mesma cruz:
mas también hizo la luz
pa distinguir los colores.

Ansí ninguno se agravie;
no se trata de ofender;
a todo se ha de poner
el nombre con que se llama,
y a naides le quita fama
lo que recibió al nacer.

Y ansí me gusta un cantor
que no se turba ni yerra;
y si en tu saber se encierra
el de los sabios projundos,
decíme cuál en el mundo
es el canto de la tierra.

EL MORENO:
Es pobre mi pensamiento,
es escasa mi razón;
mas pa dar contestación
mi inorancia no me arredra:
también da chispas la piedra
si la golpea el eslabón.

Y le daré una respuesta
sigún mis pocos alcances:
forman un canto en la tierra
el dolor de tanta madre,
el gemir de los que mueren
y el llorar de los que nacen.

...

MARTÍN FIERRO:
Moreno, por tus respuestas
ya te aplico el cartabón[48]
pues tenés desposición
y sos estruido de yapa[49];
ni las sombras se te escapan
para dar esplicación.

Pero cumple su deber
el leal diciendo lo cierto,
y por lo tanto te alvierto
que hemos de cantar los dos,
dejando en la paz de Dios
las almas de los que han muerto.

Y el consejo del prudente
no hace falta en la partida;
siempre ha de ser comedida
la palabra de un cantor:
y aura quiero que me digas
de dónde nace el amor.

---

[48]Measure

[49]**Ñapa**, bonus

EL MORENO:
A pregunta tan escura
trataré de responder,
aunque es mucho pretender
de un pobre negro de estancia;
mas conocer su inorancia
es principio del saber.

Ama el pájaro en los aires
que cruza por donde quiera,
y si al fin de su carrera
se asienta en alguna rama,
con su alegre canto llama
a su amante compañera.

La fiera ama en su guarida,
de la que es rey y señor;
allí lanza con furor
esos bramidos que espantan,
porque las fieras no cantan:
las fieras braman de amor.

Ama en el fondo del mar
el pez de lindo color:
ama el hombre con ardor,
ama todo cuanto vive;
de Dios vida se recibe,
y donde hay vida, hay amor.

. . .

Voy a hacerle mis preguntas,
ya que a tanto me convida;
y vencerá en la partida
si una esplicación me da
sobre el tiempo y la medida,
el peso y la cantidá.

. . .

Quiero saber y lo inoro,
pues en mis libros no está,
y su respuesta vendrá
a servirme de gobierno:
para qué fin el Eterno
ha criado la cantidá.

MARTÍN FIERRO:
Moreno, te dejás cair
como carancho[50] en su nido;
ya veo que sos prevenido,
mas también estoy dispuesto;
veremos si te contesto
y si te das por vencido.

Uno es el sol, uno el mundo,
sola y única es la luna;
ansí, han de saber que Dios
no crió cantidá ninguna.
El Ser de todos los seres
sólo formó la unidá;
lo demás lo ha criado el hombre
después que aprendió a contar.

. . .

EL MORENO:
Si responde esta pregunta
tengasé por vencedor;
doy la derecha al mejor;
y respóndame al momento:
Cuándo formó Dios el tiempo
y por qué lo dividió.

MARTÍN FIERRO:
Moreno, voy a decir
sigún mi saber alcanza:
el tiempo sólo es tardanza
de lo que está por venir;
no tuvo nunca principio
ni jamás acabará,

porque el tiempo es una rueda,
y rueda es la eternidá;
y si el hombre lo divide
sólo lo hace, en mi sentir,
por saber lo que ha vivido
o le resta que vivir.

Ya te he dado mis respuestas,
mas no gana quien despunta:
si tenés otra pregunta
o de algo te has olvidao
siempre estoy a tu mandao
para sacarte de dudas.

. . .

[50]Owl (sharp answers)

COMPRENSIÓN Y ANÁLISIS

Ubique el poema «Martín Fierro» dentro de la época en que fue escrito. Comente sobre lo siguiente:

Forma

La estructura del poema. La medida de los versos. La rima.

Contenido

El tema: Grito de libertad, acallando las injusticias.
Los personajes: ¿Quién y cómo es el personaje principal? ¿A qué otros personajes menciona y qué relación tiene con ellos el protagonista? ¿Qué personaje se cita en la segunda parte del poema? ¿Qué comparten de autobiográfico Martín Fierro y el autor?
El espacio: ¿Dónde se desarrolla el poema? ¿Qué lugares se citan?
El tiempo: ¿Hay un tiempo determinado en el poema? ¿Qué edad tienen los personajes mencionados en el poema? ¿Influyen éstas en el contenido del poema?
La cultura: Conociendo la época en que fue escrito el poema, diga si hay rompimiento o perpetuación de estereotipos sociales de clase, de género, de raza. ¿Quiénes mandan a Martín a luchar contra los indígenas? ¿Por qué esa lucha constante y ese odio contra los indígenas? ¿Por qué pone el autor a un negro como contrincante de «payas»? ¿Qué quiere resaltar con ello?
¿Cuál es la relación del título con el contenido del poema? ¿Por qué el nombre del personaje es «Martín Fierro»? ¿Qué significan ambos nombres? ¿Tuvo un motivo especial el autor al elegirlos?

Lenguaje

No se utilizan en el poema más que palabras llanas y sencillas, lenguaje del pueblo, con faltas inclusive; sin embargo, ¿no es esto mismo lo que dota al texto de su credibilidad, tono primitivo, realismo e identificación con Martín Fierro? ¿Cree que existe una «sabiduría popular»? Trate sobre esto.
Descripción: ¿Qué palabras utiliza Martín Fierro para describir a sus familiares, a quienes le obligaron a luchar, al juez, a quienes destrozaron su casa y su familia, al contrincante de «payas»? Busque algunas metáforas y símiles.
Narración: El autor narra una cruel historia: ¿Qué historia es? El poema trata de ensalzar la libertad, aunque se sufra por ella. ¿Cómo se presenta dicha aclamación? ¿Cómo se usan los pronombres de tratamiento (tú, usted, vos, ustedes) en las relaciones entre los personajes?

Ejercicios de creación literaria

Escriba una narración para contar la historia presentada en el poema.

Escriba un ensayo argumentando si la tierra le debe pertenecer a quien la hereda o a quien la trabaja.

Ricardo Güiraldes, Argentina, 1886–1927

Ricardo Güiraldes nació en Buenos Aires de familia adinerada. Su padre fue alcalde de Buenos Aires. Cuando tenía un año, su familia se fue a París por cuatro años; allí aprendió francés y alemán. Su vida transcurrió entre Europa, Buenos Aires y la estancia de sus padres «La Porteña», donde vivió de 1900 a 1907 por razones de salud, especialmente asma y dolores de estómago. Durante su estadía en el campo se educó con tutores; era mal estudiante pero ávido lector.

En 1910 viajó a París y a su regreso en 1913 se casó con Adelina del Carril, quien fuera apoyo primordial a su vocación de escritor. Viajó mucho diciendo que lo hacía para «ver al hombre, y en el hombre, lo colectivo del ser humano y lo individual del espíritu argentino». Durante un viaje a la India se sumergió en la mística hindú y de ahí en adelante practicó yoga diariamente para ayudarse con sus enfermedades. A pesar de su medio ambiente religioso, Güiraldes pensaba que «la religión hace al alma lo que los límites hacen a la tierra»[51].

En 1917 escribió *Raucho*, una novela que ilustra los errores de los jóvenes oligarcas de la época, quienes, al alejarse de la tierra para vivir en la ciudad, pierden el rumbo y se enferman moral y físicamente hasta hundirse en el hastío, y cuya recuperación está dada en el regreso a las raíces. Con el tiempo, las raíces, la pampa y los gauchos se convirtieron en el eje de su narrativa. La novela *Don Segundo Sombra* (1926), fue acogida inmediatamente y se convirtió en un clásico de las letras hispanoamericanas. Le mereció el Premio Nacional de Literatura en 1927, y desde entonces ha sido traducida a 21 idiomas. Güiraldes murió en París a los 41 años, el día que terminó de escribir *El Sendero*.

En *Don Segundo Sombra*, Güiraldes destiló la valiosa herencia gauchesca en proceso de extinción. Don Segundo representa el gaucho mítico, ideal «más una idea que un ser», cuya nobleza se deriva de su hombría y sentido de libertad. La novela está escrita en primera persona y corresponde a los recuerdos del narrador-protagonista. Es un relato

[51]Saa, Víctor: *Nativa*, #48, Buenos Aires, 1927.

lineal donde el narrador, Fabio, separado de su madre a temprana edad para ir a vivir con «tías» desconocidas y asistir a la escuela, se siente prisionero del ambiente pueblerino. Luego de conocer a don Segundo Sombra, un gaucho valiente y honrado, Fabio decide escaparse y seguir la vida de resero. La novela narra la iniciación de Fabio en la vida de la pampa, sus aventuras y actividades bajo la tutela de don Segundo y el ingreso del protagonista a una nueva forma de vida, inesperada para él, la de Fabio Cáceres, heredero de estancieros. *Don Segundo Sombra* presenta más de veinte personajes con fuerte individualidad que reflejan la realidad rústica y varonil del gaucho. La mayoría de ellos están basados en personas de la época: Raucho Galván era Rufino Galván, quien tiene las mismas iniciales del autor: RG. Don Segundo era Segundo Ramírez, trabajador de «La Porteña». Fabio Cáceres era Blanco Cáceres. La novela termina siendo una elegía, un símbolo de fuerza y esperanza, donde Güiraldes despliega los valores del gaucho: fidelidad, amistad, serenidad.

Los rudos y tiernos consejos de Don Segundo a Fabio evocan una relación arquetípicamente masculina. A través de esta relación, el lector aprende acerca de las costumbres y valores de los gauchos y de la influencia que sobre ellos ejerce la naturaleza y el medio ambiente. Desde el principio de la novela, Güiraldes presenta elementos antagónicos: el pueblo, la pampa, la prisión, la libertad, la tristeza, la alegría, el joven, el viejo, el discípulo, el maestro, el padrino, el ahijado. En *Don Segundo Sombra* se percibe un escritor poeta que canta los valores de honestidad y trabajo de la cultura gauchesca, reflejados en el pueblo argentino. Al final de la novela, la despedida de los protagonistas no es un fin, sino una permanencia, un estado que trasciende el tiempo y el espacio, una comunión esencialmente humana; es una transmutación del estanciero en peón y del peón en estanciero, dos estados y seres distintos pero un solo espíritu verdadero.

El carácter trascendental de *Don Segundo Sombra* se presta para múltiples interpretaciones. Puede ser la búsqueda de identidad del argentino, el desandar de las huellas históricas para superar dudas, con el objeto de definirse como pueblo independiente y forjar su futuro. El argentino tiene que asumir sus problemas y reconocer su pasado teniendo en cuenta su peculiar forma de expresión, de ser y de sentir.

Arquetípicamente *Don Segundo Sombra* puede ser la aventura del héroe nacido en sociedad, desarrollado en la naturaleza y proyectado hacia el futuro con su valor totémico. Fabio puede simbolizar la necesidad y la esperanza, el presente, la inocencia del hombre-tierra anclado en las raíces de la raza y apoyado en el tronco de don Segundo. Él no va solo sino a la sombra de Don Segundo.

Facundo y *Martín Fierro* representan la Argentina angustiada, remota, rudimentaria y conquistada, mientras *Don Segundo Sombra* se ancla en el pasado para proyectarse en un futuro esperanzado, noble y grande. Güiraldes echó los cimientos de una narrativa nueva, al incorporar al gran teatro del mundo un personaje auténticamente criollo e insobornablemente americano. Don Segundo, como Don Quijote, permanece en los anales de la perdurable literatura castellana.

El estilo de Güiraldes reivindica el habla gauchesca y la presenta como prosa nacida de la tierra, llena de sentimiento, y al mismo tiempo salpicada de encantadoras metáforas de influencia francesa. *Don Segundo Sombra* refleja aspectos lingüísticos particulares del habla gauchesca, empleando recursos fonéticos como elementos esenciales de la expresión, al igual que abundantes gerundios propios del habla bonaerense. Los cambios lingüísticos predominantes son: Cambio de e en i, o en u; diptongación y cambios de acentuación; alteración de consonantes b en g, j en s, s en n, d en l, r en l, n en ñ, b en m y rr en dr; aspiración de la h inicial y de la s final y pérdida de consonantes como la d[52].

DON SEGUNDO SOMBRA

(CAPÍTULOS I Y II)

I

En las afueras del pueblo, a unas diez cuadras de la plaza céntrica, el puente viejo tiende su arco sobre el río, uniendo las quintas al campo tranquilo.

Aquel día, como de costumbre, había yo venido a esconderme bajo la sombra fresca de la piedra, a fin de pescar algunos bagrecitos[53], que luego

[52] *Obras completas.* Buenos Aires: EMECE, 1962. p.380.

[53] Little catfish

cambiaría al pulpero[54] de «La Blanqueada» por golosinas, cigarrillos o unos centavos.

Mi humor no era el de siempre; sentíame hosco, huraño y no había querido avisar a mis habituales compañeros de huelga y baño, porque prefería no sonreír a nadie ni repetir las chuscadas[55] de uso.

La pesca misma pareciéndome un gesto superfluo, dejé que el corcho de mi aparejo, llevado por la corriente, viniera a recostarse sobre la orilla.

Pensaba. Pensaba en mis catorce años de chico abandonado, de «guacho»[56], como seguramente dirían por ahí.

Con los párpados caídos para no ver las cosas que me distraían, imaginé las cuarenta manzanas del pueblo, sus casas chatas, divididas monótonamente por calles trazadas a escuadra, siempre paralelas o perpendiculares entre sí.

En una de esas manzanas, no más lujosa ni pobre que otras, estaba la casa de mis presuntas tías, mi prisión.

¿Mi casa? ¿Mis tías? ¿Mi protector don Fabio Cáceres? Por centésima vez aquellas preguntas se formulaban en mí, con grande interrogante ansioso y por centésima vez reconstruí mi breve vida como única contestación posible, sabiendo que nada ganaría con ello; pero era una obsesión tenaz.

¿Seis, siete, ocho años? ¿Qué edad tenía a lo justo cuando me separaron de la que siempre llamé «mama», para traerme al encierro del pueblo, so pretexto de que debía ir al colegio? Solo sé que lloré mucho la primera semana, aunque me rodearon de cariño dos mujeres desconocidas y un hombre de quien conservaba un vago recuerdo. Las mujeres me trataban de «mi hijito» y dijeron que debía yo llamarlas Tía Asunción y Tía Mercedes. El hombre no exigió de mí trato alguno, pero su bondad me parecía de mejor augurio.

Fui al colegio. Había ya aprendido a tragar mis lágrimas y a no creer en palabras zalameras. Mis tías pronto se aburrieron del juguete y regañaban el día entero, poniéndose de acuerdo sólo para decirme que estaba sucio, que era un atorrante[57] y echarme la culpa de cuanto desperfecto sucedía en la casa.

Don Fabio Cáceres vino a buscarme una vez, preguntándome si quería pasear con él por su estancia. Conocí la casa pomposa, como no había ninguna en el pueblo, que me impuso un respeto silencioso a semejanza de la iglesia, a la cual solían llevarme mis tías, sentándome entre ellas para soplarme el rosario y vigilar mis actitudes, haciéndose de cada reto un mérito ante Dios.

Don Fabio me mostró el gallinero, me dio una torta, me regaló un durazno y me sacó por el campo en *sulky* para mirar las vacas y las yeguas.

De vuelta al pueblo conservé un luminoso recuerdo de aquel paseo y lloré, porque vi el puesto en que me había criado y la figura de «mama», siempre ocupada en algún trabajo, mientras yo rondaba la cocina o pataleaba en un charco.

Dos o tres veces más vino don Fabio a buscarme y así concluyó el primer año.

Ya mis tías no hacían caso de mí, sino para llevarme a misa los domingos y hacerme rezar de noche el rosario.

En ambos casos me encontraba en la situación de un preso entre dos vigilantes, cuyas advertencias poco a poco fueron reduciéndose a un simple coscorrón.

Durante tres años fui al colegio. No recuerdo qué causa motivó mi libertad. Un día pretendieron mis tías que no valía la pena seguir mi instrucción y comenzaron a encargarme de mil comisiones que me hacían vivir continuamente en la calle.

En el almacén, en la tienda, el correo, me trataron con afecto. Conocí gente que toda me sonreía sin nada exigir de mí. Lo que llevaba yo escondido de alegría y de sentimientos cordiales, se libertó de su consuetudinario calabozo y mi verdadera naturaleza se expandió libre, borbotante, vívida.

La calle fue mi paraíso, la casa mi tortura; todo cuanto comencé a ganar en simpatías afuera, lo convertí en odio para mis tías. Me hice ladino[58]. Ya no tenía vergüenza de entrar en el hotel a conversar con los copetudos, que se reunían a la mañana y a la

[54]Person who works in a 'pulpería', a tavern and grocery store, which also serves as an 'information' center for locals and passers by. La Blanqueada was a popular pulpería and it was restored in 1937 when Guiraldes' park was inaugurated in San Antonio de Areco.

[55]Jokes

[56]Bastard

[57]Tramp

[58]Shrewd, two-faced, not trusting

tarde para una partida de tute[59] o de truco[60]. Me hice familiar en la peluquería, donde se oyen las noticias de más actualidad, y llegué pronto a conocer a las personas como a las cosas. No había requiebro ni guasada[61] que no hallara un lugar en mi cabeza, de modo que fui una especie de archivo que los mayores se entretenían en revolver con algún puyazo[62], para oírme largar el brulote[63].

Supe las relaciones del comisario con la viuda Eulalia, los enredos comerciales de los Gambutti, la reputación ambigua del relojero Porro. Instigado por el fondero Gómez, dije una vez «retarjo»[64] al cartero Moreira, que me contestó ¡«guacho»[65]!, con lo cual malicié que en torno mío también existía un misterio que nadie quiso revelarme.

Pero estaba yo demasiado contento con haber conquistado en la calle simpatía y popularidad, para sufrir inquietudes de ningún género.

Fueron los tiempos mejores de mi niñez.

La indiferencia de mis tías se topaba en mi sentir con una indiferencia mayor, y la audacia que había desarrollado en mi vida de vagabundo, sirvióme para mejor aguantar sus reprensiones.

Hasta llegué a escaparme de noche e ir un domingo a las carreras, donde hubo barullo y sonaron algunos tiros sin mayor consecuencia.

Con todo esto parecíame haber tomado rango de hombre maduro y a los de mi edad llegué a tratarlos, de buena fe, como a chiquilines desabridos.

Visto que me daban fama de vivaracho, hice oficio de ello, satisfaciendo con cruel inconsciencia de chico la maldad de los fuertes contra los débiles.

—Andá decile algo a Juan Sosa —proponíame alguno—, que está mamao, allí, en el boliche[66].

Cuatro o cinco curiosos que sabían la broma, se acercaban a la puerta o se sentaban en las mesas cercanas para oír.

[59]Popular card game originated in Italy that came to Latin America through Spain.

[60]A national Argentinean card game where two, four or more men play. They ingeniously communicate by a meta-language of codes, non-verbal and hand signals, trying to bluff the opponents. It is played very fast.

[61]Joke

[62]A cutting remark, a jab

[63]Insult, satire

[64]Castrated animal

[65]Bastard

[66]Small dive, tavern

Con la audacia que me daba el amor propio, acercábame a Sosa y dábale la mano:

—¿Cómo te va, Juan?

—...

—'ta que tranca tenés, si ya no sabés quién soy.

El borracho me miraba como a través de un siglo. Reconocíame perfectamente, pero callaba maliciando una broma.

Hinchando la voz y el cuerpo como un escuerzo[67], poníamele bien cerca, diciéndole:

—No ves que soy Filumena, tu mujer, y que si seguís chupando, esta noche, cuantito dentrés a casa bien mamao, te vi' a zampar de culo en el bañadero 'e los patos pa que se te pase el pedo[68].

Juan Sosa levantaba la mano para pegarme un bife[69]; pero sacando coraje en las risas que oía detrás mío no me movía un ápice, diciendo por lo contrario en son de amenaza:

—No amagués, Juan..., no vaya a ser que se te escape la mano y rompás algún vaso. Mirá que al comisario no le gustan los envinaos[70] y te va a hacer calentar el lomo como la vez pasada. ¿Se te ha enturbiao la memoria?

El pobre Sosa miraba al dueño del hotel, que a su vez dirigía sus ojos maliciosos hacia los que me habían mandado.

Juan le rogaba:

—Dígale pues que se vaya, patrón, a este mocoso pesao. Es capaz de hacerme perder la pacencia.

El patrón fingía enojo, apostrofándome con voz fuerte:

—A ver si te mandás mudar muchacho y dejás tranquilos a los mayores.

Afuera reclamaba yo de quien me había mandado:

—Aura dame un peso.

—¿Un peso? Te ha pasao la tranca Juan Sosa.

—No..., formal; alcanzáme un peso que vi hacer una prueba.

Sonriendo, mi hombre accedía esperando una nueva payasada y a la verdad que no era mala, porque entonces tomaba yo un tono protector, diciendo a dos o tres:

—Dentremos muchachos a tomar cerveza. Yo pago.

[67]Toad

[68]Drunkenness

[69]A slap on the face

[70]Drunkards

Y sentado en el hotel de los copetudos me daba el lujo de pedir por mi propia cuenta la botella en cuestión, para convidar, mientras contaba algo recientemente aprendido sobre el alazán de Melo, la pelea del tape Burgos con Sinforiano Herrera, o la desvergüenza del gringo Culasso que había vendido por veinte pesos su hija de doce años al viejo Salomovich, dueño del prostíbulo.

Mi reputación de dicharachero y audaz iba mezclada de otros comentarios que yo ignoraba. Decía la gente que era un perdidito y que concluiría, cuando fuera hombre, viviendo de malos recursos. Esto, que a algunos los hacía mirarme con desconfianza, me puso en boga entre la muchachada de mala vida, que me llevó a los boliches convidándome con licores y sangrías, a fin de hacerme perder la cabeza; pero una desconfianza natural me preservó de sus malas jugadas. Pencho me cargó una noche en ancas y me llevó a la casa pública[71]. Recién cuando estuve dentro me di cuenta, pero hice de tripas corazón y nadie notó mi susto.

La costumbre de ser agasajado, me hizo perder el encanto que en ello experimentaba los primeros días. Me aburría nuevamente por más que fuera al hotel, a la peluquería, a los almacenes o a la pulpería de «La Blanqueada», cuyo patrón me mimaba y donde conocía gente de «pajuera»[72]: reseros, forasteros o simplemente peones de las estancias del partido.

Por suerte, en aquellos tiempos, y como tuviera ya doce años, don Fabio se mostró más que nunca mi protector viniendo a verme a menudo, ya para llevarme a la estancia, ya para hacerme algún regalo. Me dio un ponchito, me avió de ropa y hasta, ¡oh maravilla!, me regaló una yunta de petisos y un recadito[73], para que fuera con él a caballo en nuestros paseos.

Un año duró aquello. En mi destino estaría escrito que todo bien era pasajero. Don Fabio dejó de venir seguido. De mis petisos, mis tías prestaron uno al hijo del tendero Festal, que yo aborrecía por orgulloso y maricón. Mi recadito fue al altillo, so pretexto de que no lo usaba.

Mi soledad se hizo mayor, porque ya la gente se había cansado algo de divertirse conmigo y yo no me afanaba tanto en entretenerla.

[71]Brothel

[72]An outsider

[73]Saddle trappings

Mis pasos de pequeño vagabundo me llevaron hacia el río. Conocí al hijo del molinero Manzoni, al negrito Lechuza que, a pesar de sus quince años, había quedado sordo de andar bajo el agua.

Aprendí a nadar. Pesqué casi todos los días, porque de ello sacaba luego provecho.

Gradualmente mis recuerdos habíanme llevado a los momentos entonces presentes. Volví a pensar en lo hermoso que sería irse, pero esa misma idea se desvanecía en la tarde, en cuyo silencio el crespúsculo comenzaba a suspender sus primeras sombras.

El barro de las orillas y las barrancas habíanse vuelto de color violeta. Las toscas[74] costeras exhalaban como un resplandor de metal. Las aguas del río hiciéronse frías a mis ojos y los reflejos de las cosas en la superficie serenada tenían más color que las cosas mismas. El cielo se alejaba. Mudábanse los tintes áureos de las nubes en rojos, los rojos en pardos.

Junto a mí, tomé mi sarta de bagrecitos «duros pa morir», que aún coleaban en la desesperación de su asfixia lenta, y envolviendo el hilo de mi aparejo en la caña, clavando el anzuelo en el corcho, dirigí mi andar hacia el pueblo en el que comenzaban a titilar las primeras luces.

Sobre el tendido caserío bajo, la noche iba dando importancia al viejo campanario de la iglesia.

II

Sin apuros, la caña de pescar al hombro, zarandeando irreverentemente mis pequeñas víctimas, me dirigí al pueblo. La calle estaba aún anegada por un reciente aguacero y tenía yo que caminar cautelosamente, para no sumirme en el barro, que se adhería con tenacidad a mis alpargatas amenazando dejarme descalzo.

Sin pensamientos seguí la pequeña huella que, vecina a los cercos de cinacina[75], espinilla o tuna, iba buscando las lomitas como las liebres para correr por lo parejo.

El callejón, delante mío, se tendía oscuro. El cielo, aún zarco de crepúsculo, reflejábase en los charcos de forma irregular o en el agua guardada por las profundas huellas de alguna carreta, en cuyo surco tomaba aspecto de acero cuidadosamente recortado.

[74]Whitish rocks of calcareous formation

[75]A small bush with small leaves, very thorny trunk, yellow flowers and medicinal properties. It is used to make fences.

Había ya entrado al área de las quintas, en las cuales la hora iba despertando la desconfianza de los perros. Un incontenible temor me bailaba en las piernas, cuando oía cerca el gruñido de algún mastín peligroso; pero sin equivocaciones decía yo los nombres: *Centinela, Capitán, Albertido.* Cuando algún cuzco[76] irrumpía en tan apurado como inofensivo griterío, mirábalo con un desprecio que solía llegar al cascotazo[77].

Pasé al lado del cementerio y un conocido resquemor me castigó la médula, irradiando su pálido escalofrío hasta mis pantorrillas y antebrazos. Los muertos, las luces malas[78], las ánimas, me atemorizaban ciertamente más que los malos encuentros posibles en aquellos parajes. ¿Qué podía esperar de mí el más exigente bandido? Yo conocía de cerca las caras más taimadas, y aquél que por inadvertencia me atajara, hubiese conseguido cuanto más que le sustrajera un cigarrillo.

El callejón habíase hecho calle; las quintas manzanas; y los cercos de paraísos, como los tapiales, no tenían para mí secretos. Aquí había alfalfa, allá un cuadro de maíz, un corralón o simplemente malezas. A poca distancia divisé los primeros ranchos, míseramente silenciosos y alumbrados por la endeble luz de velas o lámparas de apestoso kerosén.

Al cruzar una calle espanté desprevenidamente un caballo, cuyo tranco me había parecido más lejano, y como el miedo es contagioso, aún de bestia a hombre, quedéme clavado en el barrial sin animarme a seguir. El jinete, que me pareció enorme bajo su poncho claro, revoleó la lonja del rebenque[79] contra el ojo izquierdo de su redomón[80]; pero como intentara yo dar un paso, el animal asustado bufó como una mula, abriéndose en larga «tendida»[81]. Un charco bajo sus patas se despedazó chillando como un vidrio roto. Oí una voz aguda decir con calma:

—Vamos, pingo[82]... Vamos, vamos, pingo...

Luego el trote y el galope chapalearon en el barro chirle[83].

Inmóvil, miré alejarse, extrañamente agrandada contra el horizonte luminoso, aquella silueta de caballo y jinete. Me pareció haber visto un fantasma, una sombra, algo que pasa y es más una idea que un ser; algo que me atraía con la fuerza de un remanso, cuya hondura sorbe la corriente del río.

Con mi visión dentro, alcancé las primeras veredas sobre las cuales mis pasos pudieron apurarse. Más fuerte que nunca vino a mí el deseo de irme para siempre del pueblecito mezquino. Entreveía una vida nueva hecha de movimiento y espacio.

Absorto por mis cavilaciones crucé el pueblo, salí a la oscuridad de otro callejón, me detuve en «La Blanqueada».

Para vencer el encandilamiento fruncí como jareta los ojos al entrar al boliche. Detrás del mostrador estaba el patrón, como de costumbre, y de pie, frente a él, el tape Burgos concluía una caña[84].

—Güenas[85] tardes, señores.

—Güenas —respondió apenas Burgos.

—¿Qué trais? —inquirió el patrón.

—Ahí tiene, don Pedro —dije mostrando mi sarta de bagrecitos.

—Muy bien. ¿Querés un pedazo de mazacote[86]?

–No, don Pedro.

—¿Unos paquetes de La Popular[87]?

—No, Don Pedro... ¿Se acuerda de la última platita que me dió?

—Sí.

—Era redonda.

—Y la has hecho correr.

—Ahá.

—Güeno..., ahí tenés —concluyó el hombre, haciendo sonar sobre el mostrador unas monedas de níquel[88].

—¿Vah' a pagar la copa? —sonrió el tape Burgos.

---

[76]A stray barking dog

[77]Blow on the head

[78]A 'diabolic' ghost resulting from a person dying without the proper sacraments. His soul wanders among the living. This superstition originated from the glow emitted by decomposing matter (hydrogen and phosphorous), when in contact with air.

[79]Whip

[80]Half-tamed horse

[81]Gallop run

[82]Horse

[83]Slime

[84]A sweet liquor made out of sugar cane with high alcohol content

[85]**Buenas**.

[86]Dough made of flour and water. It is hard and heavy.

[87]An ordinary tobacco brand popular during La Campaña de Alcina. La Campaña was directed to defeat the indigenous people of the south.

[88]Spanish gold and silver coins were used in Argentina until 1813 when a new emblem was introduced. Later, nickel coins replaced the gold and silver ones.

—En la pulpería'e Las Ganas —respondí contando mi capital.

—¿Hay algo nuevo en el pueblo? —preguntó don Pedro, a quien solía yo servir de noticiero.

—Sí, señor..., un pajuerano.

—¿Ande lo has visto?

—Lo topé en una encrucijada, volviendo `el rió.

—¿Y no sabés quién es?

—Sé que no es de aquí..., no hay ningún hombre tan grande en el pueblo.

Don Pedro frunció las cejas como si se concentrara en un recuerdo.

—Decime..., ¿es muy moreno?

—Me pareció..., sí, señor..., y muy juerte.

Como hablando de algo extraordinario el pulpero murmuró para sí:

—Quién sabe si no es don Segundo Sombra.

—Él es —dije, sin saber por qué, sintiendo la misma emoción que al anochecer me había mantenido inmóvil ante la estampa significativa de aquel gaucho, perfilado en negro sobre el horizonte.

—¿Lo conocés vos? —preguntó don Pedro al tape Burgos, sin hacer caso de mi exclamación.

—De mentas, no más. No ha de ser tan fiero el diablo como lo pintan; ¿quiere darme otra caña?

—¡Hum! —prosiguió don Pedro—, yo lo he visto más de una vez. Sabía venir por acá a hacer la tarde. No ha de ser de arriar con las riendas. Él es de San Pedro[89]. Dicen que tuvo en otros tiempos una mala partida con la policía.

—Carnearía un ajeno[90].

—Sí, pero me parece que el ajeno era cristiano.

El tape Burgos quedó impávido mirando su copa. Un gesto de disgusto se arrugaba en su frente angosta de pampa[91], como si aquella reputación de hombre valiente menoscabara la suya de cuchillero.

Oímos un galope detenerse frente a la pulpería, luego el chistido[92] persistente que usan los paisanos para calmar un caballo, y la silenciosa silueta de don Segundo Sombra quedó enmarcada en la puerta.

—Güenas tardes —dijo la voz aguda, fácil de reconocer—. ¿Cómo le va, don Pedro?

—Bien, ¿y usted don Segundo?

—Viviendo sin demasiadas penas, graciah' a Dios.

Mientras los hombres se saludaban con las cortesías de uso, miré al recién llegado. No era tan grande en verdad, pero lo que le hacía aparecer tal hoy le viera, debíase seguramente a la expresión de fuerza que manaba de su cuerpo.

El pecho era vasto, las coyunturas huesudas como las de un potro, los pies cortos con un empeine a lo galleta[93], las manos gruesas y cueludas como cascarón de peludo[94]. Su tez era aindiada[95], sus ojos ligeramente levantados hacia las sienes y pequeños. Para conversar mejor habíase echado atrás el chambergo[96] de ala escasa, descubriendo un flequillo cortado como crin a la altura de las cejas.

Su indumentaria era de gaucho pobre. Un simple chanchero[97] rodeaba su cintura. La blusa corta se levantaba un poco sobre un «cabo de güeso», del cual pendía el rebenque tosco y ennegrecido por el uso. El chiripá[98] era largo, talar[99], y un simple pañuelo negro se anudaba en torno a su cuello, con las puntas divididas sobre el hombro. Las alpargatas tenían sobre el empeine un tajo para contener el pie carnudo.

Cuando lo hube mirado suficientemente, atendí a la conversación. Don Segundo buscaba trabajo y el pulpero le daba datos seguros, pues su continuo trato con gente de campo hacía que supiera cuanto acontecía en las estancias.

—... en lo de Galván hay unas yeguas pa domar. Días pasaos estuvo aquí Valerio y me preguntó si conocía algún hombre del oficio que le pudiera recomendar, porque él tenía muchos animales que atender. Yo le hablé del Mosco Pereira, pero si a usté le conviene...

—Me está pareciendo que sí.

—Güeno. Yo le avisaré al muchacho que viene todos los días al pueblo a hacer encargos. Él sabe pasar por acá.

[89]City in Buenos Aires Province, on the Parana River. It was founded in the middle of the XVIII Century.

[90]During expeditions to recuperate runaway cattle, the gauchos would slaughter anybody's cattle for consumption. Referring to the slaughter of a human here is meant to be humorous.

[91]Small forehead. Los Pampa were the indigenous inhabitants of the plains in the Buenos Aires Province, Rio Negro and down to Cordoba. Their roaming area became known as Pampas.

[92]Hush, whistle

[93]Like a bowl

[94]Armadillo

[95]It details Don Segundo's mestizo race.

[96]A flat hat

[97]Belt made out of pigskin

[98]A pleated cloth worn over the pants and down to the shoes

[99]Down to the 'talon,' heel

—Más me gusta que no diga nada. Si puedo iré yo mesmo a la estancia.

—Arreglao. ¿No quiere servirse de algo?

—Güeno —dijo Don Segundo, sentándose en una mesa cercana—, eche una sangría y gracias por el convite.

Lo que había que decir estaba dicho. Un silencio tranquilo aquietó el lugar. El tape Burgos se servía una cuarta caña. Sus ojos estaban lacrimosos, su faz impávida. De pronto me dijo, sin aparente motivo:

—Si yo juera pescador como vos, me gustaría sacar un bagre barroso bien grandote.

Una risa estúpida y falsa subrayó su decir, mientras de reojo miraba a don Segundo.

—Parecen malos —agregó—, porque colean y hacen mucha bulla; pero, ¡qué malos han de ser si no son más que negros!

Don Pedro lo miró con desconfianza. Tanto él como yo conocíamos al tape Burgos, sabiendo que no había nada que hacer cuando una racha agresiva se apoderaba de él.

De los cuatro presentes sólo Don Segundo no entendía la alusión, conservando frente a su sangría un aire perfectamente distraído. El tape volvió a reírse en falso, como contento con su comparación. Yo hubiera querido hacer una prueba u ocasionar un cataclismo que nos distrajera. Don Pedro canturreaba. Un rato de angustia pasó para todos, menos para el forastero, que decididamente no había entendido y no parecía sentir siquiera el frío de nuestro silencio.

—Un barroso grandote —repitió el borracho—, un barroso grandote..., ¡ahá!, aunque tenga barba y ande en dos patas como los cristianos... En San Pedro cuentan que hay muchos d'esos bichos; por eso dice el refrán:

San Pedrino
El que no es mulato es chino[100].

Dos veces oímos repetir el versito por una voz cada vez más pastosa y burlona.

Don Segundo levantó el rostro y, como si recién se apercibiera de que a él se dirigían los decires del tape Burgos, comentó tranquilo:

—Vea, amigo..., vi'a tener que creer que me está provocando.

Tan insólita exclamación, acompañada de una mueca de sorpresa, nos hizo sonreír a pesar del mal cariz[101] que tomaba el diálogo. El borracho mismo se sintió un tanto desconcertado, pero volvió a su aplomo, diciendo:

—¿Ahá? Yo creiba que estaba hablando con sordos.

—¡Qué han de ser sordos los bagres con tanta oreja! Yo, eso sí, soy un hombre muy ocupao y por eso no lo puedo atender ahora. Cuando me quiera peliar, avíseme siquiera con unos tres días de anticipación.

No pudimos contener la risa, malgrado[102] el asombro que nos causaba esa tranquilidad que llegaba a la inconsciencia. De golpe, el forastero volvió a crecer en mi imaginación. Era el «tapao»[103], el misterio, el hombre de pocas palabras que inspira en la pampa una admiración interrogante.

El tape Burgos pagó sus cañas, murmurando amenazas.

Tras él corrí hasta la puerta, notando que quedaba agazapado entre las sombras. Don Segundo se preparó para salir a su vez y se despidió de don Pedro, cuya palidez delataba sus aprensiones. Temiendo que el matón asesinara al hombre que tenía ya toda mi simpatía, hice como si hablara al patrón para advertir a don Segundo:

—Cuídese.

Luego me senté en el umbral, esperando, con el corazón que se me salía por la boca, el fin de la inevitable pelea.

Don Segundo se detuvo un momento en la puerta, mirando a diferentes partes. Comprendí que estaba habituando sus ojos a lo más oscuro, para no ser sorprendido. Después se dirigió hacia su caballo caminando junto a la pared.

El tape Burgos salió de entre la sombra y creyendo asegurar a su hombre, tiróle una puñalada firme, a partirle el corazón[104]. Yo vi la hoja cortar la noche como un fogonazo.

---

[100]These are popular verses in the folklore to exalt or diminish people in a city, town or area. Chino: Pejorative term meaning an Indigenous person.

[101]Turn

[102]Hardly

[103]Impenetrable, hermetic

[104]A gaucho never stabs someone in the heart but in the stomach. Tape burgos action shows that he is not a real gaucho but a Creole.

Don Segundo, con una rapidez inaudita, quitó el cuerpo, y el facón[105] se quebró entre los ladrillos del muro con nota de cencerro[106].

El tape Burgos dio para atrás dos pasos y esperó de frente el encontronazo decisivo.

En el puño de Don Segundo relucía la hoja triangular de una pequeña cuchilla. Pero el ataque esperado no se produjo. Don Segundo, cuya serenidad no se había alterado, se agachó, recogió los pedazos de acero roto y con su voz irónica dijo:

—Tome amigo y hágala componer, que así tal vez no le sirva ni pa carniar borregos.

Como el agresor conservara la distancia, don Segundo guardó su cuchillita y, estirando la mano, volvió a ofrecer los retazos del facón:

—¡Agarre, amigo!

Dominado, el matón se acercó, baja la cabeza, en el puño bruñido y torpe la empuñadura del arma, inofensiva como una cruz rota.

Don Segundo se encogió de hombros y fue hacia su redomón. El tape Burgos lo seguía.

Ya a caballo, el forastero iba a irse hacia la noche; el borracho se aproximó, pareciendo por fin haber recuperado el don de hablar:

—¡Oiga, paisano! —dijo levantando el rostro hosco, en que sólo vivían los ojos—. Yo vi'a hacer componer este facón pa cuando usted me necesite.

En su pensamiento de matón no creía poder más, como gesto de gratitud, que el ofrecer así su vida a la de otro.

—Aura déme la mano.

—¡Cómo no! —concedió Don Segundo, con la misma impasibilidad con que hoy aceptaba el reto—. Ahí tiene, amigo.

Y sin más ceremonia se fue por el callejón, dejando allí al hombre que parecía como luchar con una idea demasiado grande y clara para él.

Al lado de don Segundo, que mantenía su redomón al tranco[107], iba yo caminando a grandes pasos.

—¿Lo conocés a este mozo? —me preguntó terciando el poncho con amplio ademán de holgura.

—Sí, señor. Lo conozco mucho.

—Parece medio pavote[108], ¿no?

COMPRENSIÓN Y ANÁLISIS

Ubique la novela *Don Segundo Sombra* dentro de la época en que fue escrita. Comente sobre lo siguiente:

Forma

La estructura de la narración: ¿Es el narrador interno o externo a los hechos narrados? Estudie las diferentes etapas en los catorce años de vida del narrador según él las rememora. ¿Qué importancia tiene el día particular presentado en los dos capítulos en la vida del narrador?

Contenido

El tema: La narración es de tema rural. Investigue y discuta la 'vida del gaucho'.

Los personajes: ¿Quiénes y cómo son los personajes en estos capítulos? ¿Qué impacta al narrador en su encuentro con don Segundo Sombra?

El espacio: ¿Qué lugares específicos se mencionan en la narración?

El tiempo: ¿Hay un tiempo determinado en la narración? ¿Cuánto tiempo transcurre en los capítulos presentados? Estudie los verbos y diga qué tiempos usa el narrador para expresar sus ideas. Discuta sobre la actualidad de la narración en la Argentina de hoy.

La cultura: Conociendo la época en que la novela fue escrita, ¿es ésta una obra que rompe o acentúa estereotipos sociales de clase y raza? Comente la condición del indígena y del mulato en la sociedad según la narración, especialmente en el decir del Tape Burgos *San Pedrino, el que no es mulato es chino.* Trate de la condición social del protagonista como hijo ilegítimo. Trate de los oficios y trabajos de los personajes, especialmente del Tape Burgos.

[105]A butcher knife

[106]Cowbell

[107]Long step trot

[108]Stupid, dumb

Lenguaje

Vocabulario del poema: ¿Qué palabras contribuyen a dar a la narración su tono gauchesco? ¿Qué palabras pertenecen al contexto social particular de la historia?

Descripciones: ¿Qué palabras se utilizan para describir a don Segundo Sombra? ¿Cómo anticipa el narrador el nombre de don Segundo en su primer encuentro con él? ¿Cómo se describe el clima? ¿Cómo se describen el pueblo y sus alrededores?

Lenguaje literario: Busque instancias en que el narrador compara la casa de sus tías a una cárcel. Analice figuras literarias como «la noche iba dando importancia al viejo campanario de la iglesia», «un charco bajo sus patas se despedazó chillando como un vidrio roto», «no ha de ser tan fiero el diablo como lo pintan». Analice instancias del lenguaje propio de la región.

Comunicación

¿Cómo se presentan en la narración el diálogo y el monólogo? ¿Cómo se usan los pronombres de tratamiento (tú, vos) en las relaciones entre los personajes?

Ejercicios de creación literaria

Escriba un diálogo usando el pronombre «vos» y palabras «gauchas».

Capítulo 5

MADUREZ LITERARIA HISPANOAMERICANA

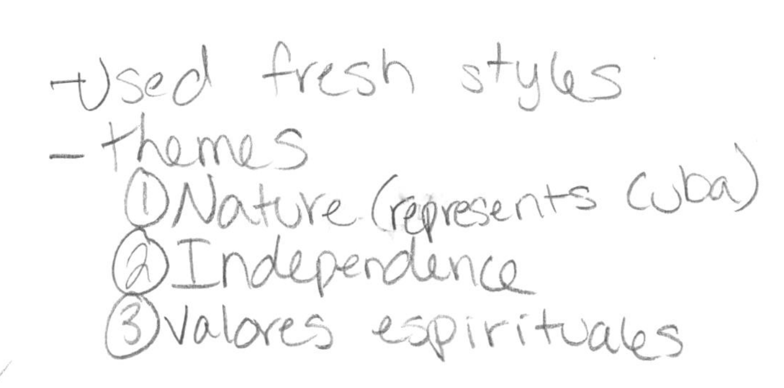

■ MODERNISMO

El modernismo fue el primer movimiento literario autóctono de Hispanoamérica; aquí nació, fue a Europa, donde influyó a los intelectuales de la época, y regresó triunfante al Nuevo Mundo para renovar el idioma y las ideas. Durante las décadas modernistas (1880–1920), no se escribieron muchas novelas, pero sí cuentos y poesía que son joyas literarias.

El modernismo fue una reacción contra el realismo y el naturalismo. Los modernistas buscaban renovación ideológica y lingüística, empleando todos los recursos necesarios para crear una nueva ideología. La característica fundamental del modernismo era la sensibilidad artística de la cual nacían la temática y el estilo; su afán era crear el arte por el arte, rechazando, la barbarie, lo local y lo feo. Los modernistas exaltaron la belleza, lo exótico, lo francés, lo griego y lo oriental. Se inspiraron en el Renacimiento, y en lo pagano. Fueron influenciados por los parnasianistas y simbolistas[1] franceses, lo mismo que por Walt Whitman, Edgar Allan Poe, Wagner y D'Annunzio. Su estilo se anclaba en sinestesia y asociación espontánea entre los sentidos y la belleza, creando ambientes refinados y aristocráticos. Su expresión debía ser sensual para satisfacer todos los sentidos; de ahí los colores pasteles, la aliteración, la asonancia, la onomatopeya, el ritmo, asi como también el mármol, los perfumes, los manjares, los vinos. Para expresar delicias se valieron de neologismos inventando palabras o importándolas de otros idiomas y envolviéndolas en símiles y metáforas nuevos.

Los modernistas vivían una vida cosmopolita, de Buenos Aires a París. Además de los modernistas José Martí, José Asunción Silva y Rubén Darío, sobresalieron Manuel Gutiérrez Nájera, Julián del Casal, Amado Nervo, Ricardo Jaimes Freyre, Leopoldo Lugones, José Santos Chocano y José Enrique Rodó.

[1]**Parnasianism:** Literary movement started by Leconte de Lisle as a reaction to the excesses of Romanticism. It searched for the classical perfection of form. **Symbolism** strived to explain the secret affinity between beliefs and the soul through a system of symbols in the music of words and subtle impressions revealed in moods.

José Martí, Cuba, 1853–1895

El *poeta-libertador* nació en un modesto hogar en La Habana, de padre español y madre cubana. Desde temprana edad se vio inspirado por la causa independentista. A los dieciséis años, Martí protestó contra la policía ibérica por lo cual tuvo que presentarse ante un tribunal militar. Gracias a su edad se libró de la muerte, pero no de la prisión o de trabajos forzados. En la cárcel de La Habana escribió *El presidio político en Cuba.* Al poco tiempo, su condena le fue conmutada por el destierro a España donde tuvo la oportunidad de estudiar derecho en Zaragoza. Después viajó por Europa, Estados Unidos, México y Guatemala. En este último lugar conoció a la jovencita María García Granados quien se enamoró de él. Desdichadamente, el poeta ya se había comprometido con su compatriota Carmen Zayas Bazán[2], la musa de los poetas románticos. Pocos días después de la boda de Martí con Carmen, María García murió.

Martí amó y fue amado pero siempre fue un caballero, nunca se jactó de conquista alguna. Sin embargo, la muerte de la joven María lo conmovió tanto, que le inspiró los bellos versos de *La niña de Guatemala.* Estos empiezan con un preámbulo relampagueante y delicado para continuar desarrollando el tema como una leyenda de ensueño y castidad. Este amor inconcluso nunca dio fruto y quedó marcado por la muerte. Martí había dicho que no había gran poeta sin grandes hechos; el romance

[2]This unhappy marriage gave him his only son José.

con la niña de Guatemala debió haber sido un gran suceso en su vida si inspiró tan hermoso canto.

Martí era librepensador, y por eso tuvo conflictos con la Iglesia. Sus perdurables y proféticas ideas sobre este tema quedaron expuestas en los dos ensayos incluidos en la presente selección.

El amor más profundo de Martí fue la liberación de Cuba adonde regresó para enseñar y escribir; pronto las autoridades españolas lo obligaron a un nuevo exilio. Así pues, fue a Francia y más tarde en 1879 se radicó en Nueva York, donde continuó la batalla libertadora con el arma de su pluma. Finalmente regresó a Cuba a combatir el colonialismo español. En 1895, en su primer enfrentamiento con el ejército de España, cayó herido de muerte en la provincia de Oriente. Tres años después de su muerte, Cuba logró su independencia de España.

José Martí es considerado como precursor del modernismo con su libro *Ismaelillo,* dedicado a su hijo, y con el ensayo político *Nuestra América.* Rubén Darío siguió la línea de Martí y lo consideró su maestro; más tarde lo conoció en un viaje a Nueva York y lo describió así:

> *«Era de temperamento nervioso, delgado, de ojos vivaces y bondadosos. Su palabra suave y delicada en el trato familiar, cambiaba su raso y blandura en la tribuna por los violentos cobres oratorios. Era orador, y orador de gran influencia. Arrastraba muchedumbres. Su vida fue un combate. Era blandilocuo y cortesísimo con las damas; las cubanas de Nueva York teníanle en justo aprecio y cariño, y una sociedad femenina había que llevaba su nombre. Su cultura era proverbial; su honra intacta y cristalina; quien se acercó a él, se retiró queriéndolo. Y era poeta; y hacía versos*[3]*.»*

Martí era gran orador porque, además del dominio de la realidad social y política de la que hablaba, de su poética imaginación y fecunda espiritualidad, tenía la voz persuasiva, rítmica y convincente.

Los *Versos sencillos* no tienen nada de simple, como se ha criticado: exponen mesura lingüística y dominio rítmico y, sobre todo, expresan sus ansias y angustias, ideales políticos y conflictos existenciales. Su poesía expresa sus sentimientos íntimos ante la amistad, la justicia y la libertad.

Además de poesía, Martí escribió prosa, cuentos, novelas, cartas, crónicas, ensayos y fue también traductor. Su obra en general se caracteriza por el cromatismo, las imágenes exóticas y el lenguaje metafórico, desde el punto de vista formal. En cuanto a lo conceptual se le reconoce por su riqueza ideológica y por su pensamiento político. Los temas que más trata son los de la libertad y del amor. Su poesía es culta y elegante. Su prosa se caracteriza por oraciones claras y cortas y largos párafos, cargados de imágenes poéticas, símbolos y metáforas panteístas.

VERSOS SENCILLOS

I

Yo soy un hombre sincero
de donde crece la palma;
y antes de morirme quiero
echar mis versos del alma.

Yo vengo de todas partes,
y hacia todas partes voy:
Arte soy entre las artes,
En los montes, monte soy.

Yo sé los nombres extraños
de las yerbas y las flores,
y de mortales engaños,
y de sublimes dolores.

Yo he visto en la noche oscura
llover sobre mi cabeza
los rayos de lumbre pura
de la divina belleza.

Alas nacer vi en los hombros
de las mujeres hermosas,
y salir de los escombros,
volando las mariposas.

He visto vivir a un hombre
con el puñal al costado,
sin decir jamás el nombre
de aquella que lo ha matado.

Rápida, como un reflejo,
dos veces vi el alma, dos:
Cuando murió el pobre viejo,
cuando ella me dijo adiós.

Yo he visto al águila herida
volar al azul sereno,
y morir en su guarida
la víbora del veneno.

[3]Rubén Darío, *Obras completas.* Tomo II. Madrid: Afrodisio Aguado, S.A. 1952. p. 487.

Yo sé bien que cuando el mundo
cede, lívido, al descanso,
sobre el silencio profundo
murmura el arroyo manso.

Todo es hermoso y constante,
todo es música y razón,
y todo, como el diamante,
antes que luz es carbón.

V

Si ves un monte de espumas,
Es mi verso lo que ves:
Mi verso es un monte, y es
Un abanico de plumas.

Mi verso es como un puñal
Que por el puño echa flor:
Mi verso es un surtidor
Que da un agua de coral.

Mi verso es de un verde claro
Y de un carmín encendido:
Mi verso es un ciervo herido
Que busca en el monte amparo.

Mi verso al valiente agrada:
Mi verso, breve y sincero,
Es del vigor del acero
Con que se funde la espada.

VI

Si quieren que de este mundo
Lleve una memoria grata,
Llevaré, padre profundo,
Tu cabellera de plata.

Si quieren, por gran favor,
Que lleve más, llevaré
La copia que hizo el pintor
De la hermana que adoré.

Si quieren que a la otra vida
Me lleve todo un tesoro,
¡Llevo la trenza escondida
Que guardo en mi caja de oro!

IX (LA NIÑA DE GUATEMALA)

Quiero, a la sombra de un ala,
contar este cuento en flor:
la niña de Guatemala,
la que se murió de amor.

Eran de lirios los ramos,
y las orlas de reseda
y de jazmín; la enterramos
en una caja de seda.

...Ella dio al desmemoriado
una almohadilla de olor;
él volvió, volvió casado;
ella se murió de amor.

Iban cargándola en andas
obispos y embajadores;
detrás iba el pueblo en tandas,
todo cargado de flores.

...Ella, por volverlo a ver,
salió a verlo al mirador;
él volvió con su mujer;
ella se murió de amor.

Como de bronce candente
al beso de despedida,
era su frente: ¡la frente
que más he amado en mi vida!

...Se entró de tarde en el río,
la sacó muerta el doctor;
dicen que murió de frío:
yo sé que murió de amor.

Allí, en la bóveda helada,
la pusieron en dos bancos:
besé su mano afilada,
besé sus zapatos blancos.

Callado, al oscurecer,
me llamó el enterrador:
¡nunca más he vuelto a ver
a la que murió de amor!

XXXIX

Cultivo una rosa blanca,
En julio como en enero,
Para el amigo sincero
Que me da su mano franca.

Y para el cruel que me arranca
El corazón con que vivo,
Cardo ni oruga cultivo:
Cultivo la rosa blanca.

COMPRENSIÓN Y ANÁLISIS

Ubique el poema «IX, La niña de Guatemala», dentro de la época en que fue escrito. Comente sobre lo siguiente:

Forma

La estructura del poema: Número de estrofas, número de versos, medida de los versos.
El ritmo: Lea el poema y note su ritmo.
La rima: Estudie la rima perfecta del poema.

Contenido

El tema: Comente sobre el remordimiento del poeta, que por cumplirle la palabra a otra mujer motivó la muerte de quien lo amaba.
Los personajes: ¿Quién y cómo es el interlocutor? ¿En qué momento se identifica el interlocutor con el amante de la niña? ¿Cómo se describe a la niña de Guatemala? ¿Qué otros personajes aparecen en el poema?
El espacio: ¿Dónde se desarrolla el poema? ¿Qué sitios específicos menciona?
El tiempo: ¿Hay un tiempo determinado en el poema? ¿Sugiere el poema un encuentro anterior entre el poeta y la niña? Estudie los verbos en el poema y diga qué tiempos usa el poeta para expresar sus ideas.
La cultura: Trate sobre la noción de honor en el poeta. Discuta el suicidio de la niña y, pensando en el dictamen del doctor, el estigma social que darse muerte conlleva. ¿Cuál podría ser el estrato social de la niña a juzgar por su funeral?

Lenguaje

Vocabulario del poema: ¿Qué palabras contribuyen a dar al poema su tono elegíaco? ¿Qué versos muestran el amor del poeta sin timidez? Encuentre en el poema objetos de la naturaleza. Comente sobre su abundancia.
Descripciones: ¿Qué palabras se utilizan para describir a la niña de Guatemala, el funeral, el amor que siente el poeta? ¿Qué indica el verso «a la sombra de un ala»?
Lenguaje figurado: Analice la forma en que el autor usa el símil «como de bronce candente era su frente» ¿Qué otros ejemplos de lenguaje figurado se presentan?

Comunicación

¿Cuál es la intención del poeta al contar esta historia?

Ejercicios de creación literaria

Asuma el punto de vista de la niña de Guatemala y contradígale al poeta.
Narre su versión de los hechos como si fuera testigo de la historia, por ejemplo como si fuera la mejor amiga de la niña.

QUE EL PAPA VIENE...

Que el Papa viene a América. ¡Ah! La Iglesia, que está siempre del lado de los que pueden y triunfan, entiende que los monarcas van ya de vencida, y como no les bastan sus fuerzas para defenderse y sustentarse a sus propios, no pueden ya comprometerse a sustentarla, sino que, por el contrario, para hacerse agradables a su pueblo, cometen veleidades antipapales, aunque sean papistas, por lo cual la Iglesia está mudando de auxiliares, y con habilidad suma, al ver que la monarquía ahora, y el gobierno, está pasando de los reyes a las clases conservadoras, en quienes por la superioridad de la inteligencia, y hábitos, está cayendo en algunos lugares y en otros ha caído el mando, se está poniendo del lado de las clases conservadoras. A América viene a eso, y puede decirse que viene llamado. Las clases altas sienten de sobra que el país no puede constituirse en una aristocracia, y aunque lo desean, no lo intentan: pero quieren ir organizando las fuerzas que deban resistir el empuje creciente de las muchedumbres, que parecen determinadas a curar sus miserias, y mejorar, con amenaza de los actuales gozadores, su condición aflictiva. Sin ver que fue siempre la Iglesia aliada excelente de los poderosos.

LA IGLESIA ES ASTUTA

La Iglesia es astuta, y como se sabe batida en sus antiguas fortalezas, se viene al campo moderno, evoluciona con la humanidad, toma una forma y actitud adecuadas a la situación presente, y en el campo moderno presente toma puesto y presenta batalla. De modo que para vencerla en esta astuta actitud no basta probar que erró en otros tiempos, de que ella con gran sabiduría no parece ahora querer acordarse, sino que yerra en lo que ahora dice, en que la sociedad peligra, en que los matrimonios se deshacen, en que el animalismo está rigiendo el matrimonio, en que sin la fe en una vida posterior de justicia, los hombres descontentos, que en la tierra serán siempre los más, se tomarán siempre la justicia por su mano. Al mismo tiempo que se levanta una parte de la sociedad temerosa, alarmada, y dando todas esas voces, la Iglesia se presenta con ese programa que tiene la fortuna y el ingenio de sacarlo al público, cuando los del país todavía se lo callaban, de manera que cuando la Iglesia no ha hecho más que adivinar lo que las clases acomodadas estaban temiendo y atreverse a darle forma, sabiendo que caía en terreno preparado, aparece a los ojos de las clases acomodadas como una formidable previsora, como la portadora del nuevo estandarte de la conservación social, y se agrupan a su lado con presteza.

José Asunción Silva, Colombia, 1865–1896

De delicada salud y mente precoz, José Asunción era hijo de una acaudalada familia bogotana y se crió rodeado de los lujos de la época. A los diez años comenzó escribiendo poesía bajo la influencia de los románticos, especialmente Gustavo Adolfo Bécquer y Edgar Allan Poe. A los dieciocho años viajó a Europa, donde entabló amistad con escritores y se familiarizó con los movimientos artísticos. Estas experiencias le causaron un cambio en su personalidad, dando como resultado un profundo tedio, escepticismo y *el mal del siglo.* A su regreso a Colombia, en 1885, llevó consigo una colección de libros inexistentes en Bogotá.

En 1889, su padre don José murió repentinamente. José Asunción tuvo que ponerse a la cabeza de la empresa paterna de artículos de lujo, mientras Colombia se desangraba en una encarnizada guerra civil. El gallardo poeta detestaba el mundo de los negocios.

Dos años más tarde falleció su adorada hermana Elvira, una de las mujeres más bellas de la Bogotá de la época. Silva se vio sacudido por una fuerte crisis religiosa y empezó a escribir más prosa que poesía. Se fue para Caracas por un año con un cargo diplomático y allá escribió *De sobremesa,* y *Cuentos negros.* Desdichadamente, toda esta producción se perdió en el naufragio del barco en el que regresaba a Colombia. Una vez en Bogotá, volvió a escribir y publicó *De sobremesa* .

Como una sombra, la mala suerte acompañaba al joven Silva. Un incendio en su casa acabó con valiosas alfombras, brocados, lámparas y muebles irremplazables. Su fortuna se menguaba ante la inexperiencia y desdén del poeta por los negocios.

En 1895 publicó *Gotas amargas.* En mayo, visitó a un médico amigo y le pidió que le dibujara en su pecho la posición exacta del corazón. Esa noche, su madre dio una cena. José Asunción parecía alegre e ingenioso. A las once se retiró a su habitación. A la mañana siguiente, ante la tardanza del joven, la empleada negra Liberta entró a despertarlo y lo encontró yerto. Sobre su mesa de noche estaba *El triunfo de la muerte* de D'Annunzio. Silva no amaba la muerte sino que, tristemente, estaba desengañado con la vida.

La poesía de Silva se caracteriza por el ajuste de la forma al contenido, en cuanto a los elementos rítmicos. Sus escritos van rociados de sentimientos sinceros, actitudes auténticas y una marcada nostalgia. En su poesía predominan los ambientes nocturnos y espacios sombríos; emplea recurrentemente términos como noche, luna, muerte, amor, niebla y campana; escasea el color rojo y predominan el blanco, negro, azul y gris. Casi toda su poesía encubre una angustia virilmente disimulada.

En cuanto a la estructura, restauró el eneasílabo e introdujo nuevas combinaciones métricas como se ve en los poemas incluidos. Silva logra emotividad y exaltación del espíritu a través de la elongación o reducción de los versos y la rima encadenada.

Su obra podría dividirse en dos períodos: El romántico, que desemboca en su desilusión al encarar la realidad cotidiana. Aquí se rebela un profundo nihilismo y cinismo, ejemplificado en *Gotas amargas.* La segunda, después de su regreso de Europa, es la más intensa y empapada de dolor. El gran *Nocturno* es el centro de este período.

Los maderos de San Juan es un poema infantil que combina la lucidez con la desesperación. El niño en las rodillas de la abuela disfruta el juego mientras la abuela medita sobre la vida. El ritmo sugiere el sonido de un serrucho cortando un madero tal como el tiempo corta la vida, poco a poco, pero inevitablemente. Con esta técnica de doble plano, Silva anticipa elementos del surrealismo. Si no hubiera sido por su prematura muerte, Silva habría llegado a ser uno de los escritores más excepcionales del modernismo.

NOCTURNO [III]

Una noche,
Una noche toda llena de murmullos, de perfumes y de músicas de alas;
Una noche
En que ardían en la sombra nupcial y húmeda las luciérnagas fantásticas,
A mi lado lentamente, contra mí ceñida toda, muda y pálida,
Como si un presentimiento de amarguras infinitas
Hasta el más secreto fondo de las fibras te agitara,
Por la senda florecida que atraviesa la llanura,
Caminabas;
Y la luna llena
Por los cielos azulosos, infinitos y profundos esparcía su luz blanca;
Y tu sombra
Fina y lánguida,
Y mi sombra,
Por los rayos de la luna proyectadas,
Sobre las arenas tristes
De la senda se juntaban,
Y eran una,
Y eran una,
Y eran una sola sombra larga,
Y eran una sola sombra larga,
Y eran una sola sombra larga...
Esta noche
Solo; el alma
Llena de las infinitas amarguras y agonías de tu muerte,
Separado de ti misma por el tiempo, por la tumba y la distancia,
Por el infinito negro
Donde nuestra voz no alcanza,
Mudo y solo
Por la senda caminaba
Y se oían a lo lejos los ladridos de los perros a la luna,
A la luna pálida,
Y el chirrido
De las ranas...
Sentí frío. Era el frío que tenían en tu alcoba
Tus mejillas y tus sienes y tus manos adoradas,
Entre las blancuras níveas
De las mortuorias sábanas.
Era el frío del sepulcro, era el hielo de la muerte,
Era el frío de la nada.
Y mi sombra,
Por los rayos de la luna proyectada,
Iba sola,
Iba sola,
Iba sola por la estepa solitaria;
Y tu sombra esbelta y ágil,
Fina y lánguida,
Como en esa noche tibia de la muerta primavera,
Como en esa noche llena de murmullos, de perfumes y de músicas de alas,
Se acercó y marchó con ella,
Se acercó y marchó con ella...
Se acercó y marchó con ella... ¡Oh las sombras enlazadas!
¡Oh las sombras de los cuerpos que se juntan con las sombras de las almas!
¡Oh las sombras que se buscan en las noches de tristezas y de lágrimas!

(Poesías completas, 1952)

COMPRENSIÓN Y ANÁLISIS

Ubique el poema *Nocturno* dentro de la época en que fue escrito. Comente sobre lo siguiente:

Forma

La estructura del poema, especialmente su presentación en el papel.
La medida de los versos.
La rima.

Contenido

El tema: La muerte, el amor.
Los personajes: ¿Quién es el interlocutor? ¿Hacia quién se dirige? ¿Cómo es la interpelada?
El espacio: ¿Dónde se desarrolla el poema? ¿Qué sitios específicos se nombran? ¿qué se alude con ellos?
El tiempo: ¿Hay un tiempo determinado en el poema? Estudie los verbos y analice los tiempos que usa el poeta para expresar sus ideas.
¿Por qué cree que muestra tanta desilusión? ¿Utiliza el poeta una experiencia personal para mostrarnos algo más?
¿Cuál es la relación del título con el contenido del poema?

Lenguaje

¿Qué palabras contribuyen a dar al poema esa cadencia tan triste y de actitud casi estoica?

Descripciones: ¿Qué palabras utiliza el poeta para describir al personaje interpelado? ¿Y a sí mismo? ¿Cómo es la escena íntima?
Narración: El autor narra un pasaje íntimo y profundo, de desesperación. ¿Cuál es este pasaje?
Lenguaje figurado: El poeta alude con frecuencia a «sombras finas y alargadas». ¿Con qué las compara y qué significado tienen? ¿Por qué incluye la luna en la noche de «infinito negro»? ¿Qué efecto quiere producir?

Comunicación

El poema muestra una apatía y un desencanto casi palpables: ¿Cómo se presentan dicha actitud y tal estado?

Ejercicios de creación literaria

Escriba una narración para contar la historia presentada por el poema.
Analice hasta qué punto es sano el AMOR.

OH NIÑA PÁLIDA[4]

Oh dulce niña pálida, que como un montón de oro
de tu inocencia cándida conservas el tesoro;
a quien los más audaces, en locos devaneos
jamás se han acercado con carnales deseos;
tú, que adivinar dejas inocencias extrañas
en tus ojos velados por sedosas pestañas,
y en cuyos dulces labios abiertos sólo al rezo
jamás se habrá posado ni la sombra de un beso...

Dime quedo, en secreto, al oído, muy paso,
con esa voz que tiene suavidades de raso:
si entrevieras en sueños a aquél con quien te sueñas
tras las horas de baile rápidas y risueñas,
y sintieras sus labios anidarse en tu boca
y recorrer tu cuerpo en su lascivia loca
besar todos sus pliegues de tibio aroma llenos
y las rígidas puntas rosadas de tus senos;
si en los locos, ardientes y profundos abrazos
agonizar soñaras de placer en sus brazos,
por aquel de quien eres todas las alegrías,
¡Oh dulce niña pálida!, di, ¿te resistirías?...

[4]It was originally published as *Nocturno IV.* It was later changed by editors to *Nocturno III.* It is also known as *¡Oh niña pálida!* or *Dime.*

COMPRENSIÓN Y ANÁLISIS

Ubique el poema «Oh niña pálida» dentro de la época en que fue escrito. Comente sobre lo siguiente:

Forma

La estructura del poema: Compare su estructura con la del *Nocturno.*
La medida de los versos.
La rima perfecta.

Contenido

El tema: La virginidad o la pureza frente al deseo sexual y el amor.
Los personajes: ¿Quién y cómo es el interlocutor (yo)? ¿Quién y cómo es la interpelada (tú)? ¿Cuál es la relación entre el autor y la niña pálida? ¿Qué otro personaje aparece en el poema y cómo es (él)?
El espacio: ¿Cuál cree usted que es el significado del baile en el poema?
El tiempo: ¿Hay un tiempo determinado en el poema? ¿Qué edad tiene la niña? ¿Qué edad cree usted que tenga el interlocutor? ¿Qué efecto tiene la diferencia de edades en el contenido del poema? Estudie los verbos en el poema y diga qué tiempos usa el poeta para expresar sus ideas.
La cultura: Conociendo la época en que el poema fue escrito, ¿es éste un poema que rompe o acentúa estereotipos sociales religiosos y de género?

Lenguaje

¿Qué palabras contribuyen a dar al poema su sensualidad?
¿Qué palabras se utilizan para describir a los personajes (la niña, el amante), la escena íntima y la social?
El autor narra una posible historia para contextualizar su pregunta: ¿Cuál es esta historia?
Analice la forma en que el autor usa el lenguaje figurado en la comparación «como un montón de oro»; la sinestesia «tibio aroma»; el uso metafórico del verbo en «anidarse en tu boca». ¿Qué otras figuras literarias o tropos se presentan?

Comunicación

El poema trata de establecer un diálogo entre el autor y la niña pálida: ¿Cómo se presenta el diálogo? ¿Cómo se usan los pronombres de tratamiento (tú, usted, vos, ustedes) en las relaciones entre los personajes?

Ejercicios de creación literaria

Asuma el punto de vista de la niña pálida y conteste al poeta su pregunta.
Escriba una narración para contar la historia presentada por el poema.

LOS MADEROS DE SAN JUAN

... Y aserrín, aserrán[5],
los maderos
de San Juan
piden queso,
piden pan;
los de Roque,
Alfandoque;
los de Rique
Alfeñique
los de Trique,
Triquitrán.
¡Triqui, triqui, triqui, tran!
¡Triqui, triqui, triqui, tran!...
Y en las rodillas duras y firmes de la abuela
con movimiento rítmico se balancea el niño
y entrambos agitados y trémulos están...
La abuela se sonríe con maternal cariño,
mas cruza por su espíritu como un temor extraño
por lo que en el futuro, de angustia y desengaño,
los días ignorados del nieto guardarán...
Los maderos
de San Juan
piden queso,
piden pan;
¡Triqui, triqui, triqui, tran!
¡Esas arrugas hondas recuerdan una historia
de largos sufrimientos y silenciosa angustia!
y sus cabellos blancos como la nieve están;
... de un gran dolor el sello marcó la frente mustia,
y son sus ojos turbios espejos que empañaron
los años, y que a tiempo las formas reflejaron
de seres y de cosas que nunca volverán...
...Los de Roque,
Alfandoque...
¡Triqui, triqui, triqui, tran!
Mañana, cuando duerma la abuela, yerta y muda,
lejos del mundo vivo, bajo la oscura tierra,
donde otros, en la sombra, desde hace tiempo están,
del nieto a la memoria, con grave voz que encierra
todo el poema triste de la remota infancia,
pasando por las sombras del tiempo y la distancia,
de aquella voz querida las notas volverán...
...Los de Rique,
Alfeñique...
¡Triqui, triqui, triqui, tran!...
En tanto, en las rodillas cansadas de la abuela
con movimiento rítmico se balancea el niño,
y entrambos agitados y trémulos están...
La abuela se sonríe con maternal cariño,
mas cruza por su espíritu como un temor extraño
por lo que en el futuro, de angustia y desengaño,
los días ignorados del nieto guardarán...
...Los maderos
de San Juan
piden queso,
piden pan;
los de Roque,
Alfandoque;
los de Rique
Alfeñique
los de Trique,
Triquitrán.
¡Triqui, triqui, triqui, tran!

EL DÍA DE DIFUNTOS

La luz vaga... opaco el día...
La llovizna cae y moja
con sus hilos penetrantes la ciudad desierta y fría;
por el aire, tenebrosa, ignorada mano arroja
un oscuro velo opaco, de letal melancolía,
y no hay nadie que en lo íntimo, no se aquiete y se recoja,
al mirar las nieblas grises de la atmósfera sombría,
y al oír en las alturas
melancólicas y obscuras
los acentos dejativos
y tristísimos e inciertos
con que suenan las campanas,

[5] It imitates the sound of a saw cutting a log.

las campanas plañideras que les hablan a los vivos
de los muertos.
Y hay algo angustioso e incierto
que mezcla a ese sonido su sonido,
e inarmónico vibra en el concierto
que alzan los bronces al tocar a muerto
por todos los que han sido.
Es la voz de una campana
que va marcando la hora,
hoy lo mismo que mañana,
rítmica, igual y sonora;
una campana se queja,
y la otra campana llora,
ésta tiene voz de vieja
y ésa de niña que ora.
Las campanas más grandes que dan un doble recio
suenan con acento de místico desprecio,
mas la campana que da la hora
ríe, no llora;
tiene en su timbre seco sutiles ironías;
su voz parece que habla de goces, de alegrías,
de placeres, de citas, de fiestas y de bailes,
de las preocupaciones que llenan nuestros días;
es una voz del siglo entre un coro de frailes,
y con sus notas se ríe
escéptica y burladora
de la campana que ruega,
de la campana que implora,
y de cuanto aquel coro conmemora;
y es porque con su retintín
ella midió el dolor humano
y marcó del dolor el fin;
Por eso se ríe del grave esquilón
que suena allá arriba con fúnebre son,
por eso interrumpe los tristes conciertos
con que el bronce santo llora por los muertos.
¡No la oigáis, oh bronces! no la oigáis, campanas,
que con la voz grave de ese clamoreo
roguéis por los seres que duermen ahora
lejos de la vida, libres del deseo,
lejos de las rudas batallas humanas;
seguid en el aire vuestro bamboleo,
¡No la oigáis, campanas...!
Contra lo imposible ¿qué puede el deseo?
Allá arriba suena,
rítmica y serena,
esa voz de oro
y sin que lo impidan sus graves hermanas
que rezan en coro,
la campana del reloj
suena, suena, suena ahora
y dice que ella marcó,
con su vibración sonora,
de los olvidos la hora;
que después de la velada
que pasó cada difunto
en una sala enlutada
y con la familia junto
en dolorosa actitud,
mientras la luz de los cirios
alumbraba el ataúd
y las coronas de lirios;
que después de la tristura,
de los gritos de dolor,
de las frases de amargura,
del llanto desgarrador,
marcó ella misma el momento
en que con la languidez
del luto, huyó el pensamiento
del muerto, y el sentimiento,
seis meses más tarde... o diez.
Y hoy, día de muertos... ahora que flota,
en las nieblas grises la melancolía,
en que la llovizna cae gota a gota
y con sus tristezas los nervios embota,
y envuelve en un manto la ciudad sombría;
ella, que ha marcado la hora y el día
en que a cada casa lúgubre y vacía
tras del luto breve volvió la alegría;
ella, que ha marcado la hora del baile
en que al año justo un vestido aéreo
estrena la niña, cuya madre duerme
olvidada y sola en el cementerio;
suena indiferente a la voz de fraile
del esquilón grave y a su canto serio;
ella, que ha medido la hora precisa
en que a cada boca que el dolor sellaba
como por encanto volvió la sonrisa,
esa precursora de la carcajada;
ella, que ha marcado la hora en que el viudo
habló de suicidio y pidió el arsénico,
cuando aún en la alcoba recién perfumada
flotaba el aroma del ácido fénico;
y ha marcado luego la hora en que mudo
por las emociones con que el goce agobia,
para que lo unieran con sagrado nudo
a la misma iglesia fue con otra novia;
¡ella no comprende nada del misterio
de aquellas quejumbres que pueblan el aire,
y lo ve en la vida todo jocoserio;

y sigue marcando con el mismo modo,
el mismo entusiasmo y el mismo desgaire
la huida del tiempo que lo borra todo!
Y eso es lo angustioso y lo incierto
que flota en el sonido;
ésa es la nota irónica que vibra en el concierto
que alzan los bronces al tocar a muerto
por todos los que han sido.
Es la voz fina y sutil
de vibraciones de cristal
que con acento juvenil,
indiferente al bien y al mal,
mide lo mismo la hora vil
que la sublime o la fatal,
y resuena en las alturas
melancólicas y oscuras
sin tener en su tañido
claro, rítmico y sonoro,
los acentos dejativos
y tristísimos e inciertos
de aquel misterioso coro
con que ruegan las campanas...
¡las campanas plañideras,
que les hablan a los vivos
de los muertos...!

COMPRENSIÓN Y ANÁLISIS

Ubique el poema «El día de difuntos» dentro de la época en que fue escrito. Comente sobre lo siguiente:

Forma

La estructura del poema.
La medida de los versos.
La rima.

Contenido

El tema: El tiempo como bálsamo para el dolor.
Los personajes: Las campanas personificadas son las protagonistas. ¿Qué representan? ¿Qué otros personajes aparecen? ¿Cómo son?
El espacio: ¿Dónde cree que se desarrolla el poema? ¿Qué otros espacios se nombran? ¿Qué quiere decir el poeta con ellos?
El tiempo: ¿Hay un tiempo determinado en el poema? ¿Cómo transcurre el tiempo?
La cultura: ¿Qué representaba el tañido de las campanas? ¿Cuándo callaron las campanas? ¿Por qué y cómo? ¿Qué significa, para la comunicación y relación entre las gentes, el mutismo de las campanas? ¿Qué representaban los campaneros en las sociedades pasadas?
¿Cuál es la relación del título con el contenido del poema?

Lenguaje

Vocabulario del poema: El poema describe la aceptación de la vida, así como de la muerte, sin poder hacer nada ante ello. ¿Con qué palabras se argumenta esto en la obra?
Descripciones: ¿Qué palabras utiliza el autor para describir las campanas? ¿Por qué las dota de voz y gestos humanos? ¿Cómo describe la actitud de los personajes ante la vida y la muerte?
Lenguaje literario: ¿Por qué el autor nombra a «un viudo [que] pidió arsénico»? ¿De quién habla? ¿Usa el poeta exclusivamente el lenguaje fúnebre de las campanas? ¿Tañían otras notas que no anunciaran pesar, pérdida y dolor? ¿Por qué les dice el poeta a las otras campanas que no oigan a la campana que ríe y da la hora?

Comunicación

El poema describe circunstancias en las que se ve envuelto el poeta, ¿cuáles pueden ser? ¿Cómo las presenta?
¿Cómo se usan los pronombres de tratamiento (tú, usted, vosotros, ustedes) cuando se dirige a los personajes?

Ejercicios de creación literaria

Comente y analice, desde el punto de vista biológico, fisiológico y psicológico, ¿qué podría pasarnos si el tiempo no borrara el dolor?

Rubén Darío, Nicaragua, 1867–1916

Uno de los más altos exponentes artísticos de nuestro continente, Rubén Darío, marcó con su obra el comienzo de la emancipación artística de Hispanoamérica, incorporándola en la literatura universal. El padre del modernismo nació en Metapa, un pequeño pueblo nicaragüense. Este detalle hace relucir los obstáculos que este prodigioso genio logró vencer. Escribió sus primeros versos a los seis años, a los catorce escribió su primer libro y a los quince el gobierno nicaragüense le ofreció educación gratuita para que fuera a estudiar en El Salvador; éste fue el primero de los muchos viajes que caracterizaron su vida. En 1888 viajó a Chile, donde publicó *Azul*, que se perpetuaría como *el Manifiesto modernista.* En 1896 escribió *Prosas profanas.* Este libro recibió grandes elogios especialmente del uruguayo Rodó[6], quien destacó sus novedades técnicas tales como el uso de nuevas formas estróficas, lo novedoso de la sintaxis y la creación de nuevos ritmos. La poesía de *Prosas profanas* representa el más alto nivel estético al cual habría de llegar el modernismo; es también una obra representativa de Darío que dejó huella indeleble en la poesía hispanoamericana.

En *Cantos de vida y esperanza* (1905) publicado en Madrid, se nota un cambio en la escritura de Darío, no sólo formal sino también temático e ideológico. En *Azul*, Darío es el poeta erótico, versallesco y exótico; en *Cantos* refleja preocupación filosófica enfocada en el ser humano y se notan cambios psicológicos en el poeta; su anterior preocupación, por el placer y lo bohemio, se ha tornado en introspección y preocupación por el destino del mundo hispánico al igual que por el significado de la existencia.

La vida de Rubén Darío estuvo acosada por la neurastenia y el alcohol, resultando en una producción caracterizada por penetrante melancolía envuelta en contagiosa musicalidad. En ella brilla la concisión, la renovación retórica e innumerables cualidades estéticas. A pesar de las influencias europeas, la visión de Rubén Darío fue cabalmente americana. Exploró lo novedoso, lo desconocido, la belleza, la vida mundana, lo cosmopolita y lo anticonventual. Rubén Darío fue iconoclasta y en su esfuerzo innovador arrasó con tradiciones, tabúes y rompió barreras en pro de la aventura creativa.

En 1916, regresó a su patria, donde el delirio y la depresión le impidieron seguir viviendo. El hombre que enriqueció la lengua castellana murió en la pobreza, solo y abandonado. En la literatura su presencia es eterna.

[6]José Enrique Rodó (1872–1917), writer and positivist humanist, author of *Ariel*, was the best prose writer of Modernism. He espoused the idea of spiritual renovation as a duty.

SONATINA

La princesa está triste... ¿qué tendrá la princesa?
Los suspiros se escapan de su boca de fresa,
que ha perdido la risa, que ha perdido el color.
La princesa está pálida en su silla de oro,
está mudo el teclado de su clave sonoro;
y en un vaso olvidada se desmaya una flor.
El jardín puebla el triunfo de los pavos reales.
Parlanchina, la dueña dice cosas banales,
y vestido de rojo piruetea el bufón.
La princesa persigue por el cielo de Oriente
la libélula vaga de una vaga ilusión.

¿Piensa acaso en el príncipe de Golconda[7] o de China,
o en el que ha detenido su carroza argentina[8]
para ver de sus ojos la dulzura de luz,
o en el rey de las islas de las rosas fragantes,
o en el que es soberano de los claros diamantes,
o en el dueño orgulloso de las perlas de Ormuz[9]?

¡Ay! la pobre princesa de la boca de rosa
quiere ser golondrina, quiere ser mariposa,
tener alas ligeras, bajo el cielo volar;
ir al sol por la escala luminosa de un rayo,
saludar a los lirios con los versos de Mayo,
o perderse en el viento sobre el trueno del mar.

Ya no quiere el palacio, ni la rueca de plata,
ni el halcón encantado, ni el bufón escarlata,
ni los cisnes unánimes en el lago de azur.
Y están tristes las flores por la flor de la corte;
los jazmines de Oriente, los nelumbos del Norte,
de Occidente las dalias y las rosas del sur.

¡Pobrecita princesa de los ojos azules!
Está presa en sus oros, está presa en sus tules,
en la jaula de mármol del palacio real;
el palacio soberbio que vigilan los guardas,
que custodian cien negros con sus cien alabardas,
un lebrel que no duerme y un dragón colosal.

[7]City of India known for its lavishness

[8]Silvery carriage

[9]Persian city noted for its wealth

¡Oh, quién fuera hipsipila que dejó la crisálida!
(La princesa está triste. La princesa está pálida[10].)
¡Oh visión adorada de oro, rosa y marfil!
¡Quién volara a la tierra donde un príncipe existe
(La princesa está pálida. La princesa está triste.)[11]
más brillante que el alba, más hermoso que Abril!

«Calla, calla, princesa —dice el hada madrina—
en caballo con alas hacia acá se encamina,
en el cinto la espada y en la mano el azor,
el feliz caballero que te adora sin verte,
y que llega de lejos, vencedor de la Muerte,
a encenderte los labios con su beso de amor»

(*Prosas profanas*, 1896)

COMPRENSIÓN Y ANÁLISIS

Ubique el poema «Sonatina» dentro de la época en que fue escrito. comente sobre lo siguiente:

Forma

La estructura del poema.
La medida de los versos.
La rima perfecta.

Contenido

El tema: Las riquezas en contraste con el amor.
Los personajes: ¿Cómo y quién es el personaje del poema? ¿Qué otro personaje aparece en el poema y cómo es? ¿A quién se refiere este último personaje?
El espacio: ¿Dónde se desarrolla el poema y cómo está descrito? ¿Qué sitios se mencionan?
El tiempo: ¿Hay un tiempo determinado en el poema? ¿Qué edades tienen la princesa, la dueña, los principes? ¿Qué relación guardan éstas con el contenido? Estudie los verbos del poema y diga qué tiempos usa el poeta para expresar sus ideas.
La cultura: Conociendo la época en que el poema fue escrito, diga si rompe o acentúa estereotipos sociales. ¿Qué quiere expresar el autor en los últimos versos? ¿Por qué utiliza lo mitológico y la fantasía? ¿Por qué se usan tantos vocablos relacionados con la naturaleza?

[10]Oh, would that the cocoon might break its enclosure!

[11](The princess grows sad and pallid.)

¿Cuál es la relación del título con el contenido del poema? ¿Por qué está enmarcado dentro de *Prosas Profanas*?

Lenguaje

¿Qué palabras contribuyen a dar al poema su tinte de soledad?
¿Qué palabras se utilizan para describir a los personajes, la escena íntima y social?
Analice el efecto que tiene en el poema la presencia de los siguientes personajes fabulosos: el «hada madrina», así como el «caballo con alas» y el «feliz caballero que te adora sin verte». ¿Cómo se puede explicar lo de «vencedor de la Muerte»?
El autor narra una historia con el fin de enseñarnos algo. ¿Qué nos quiere enseñar?

Ejercicios de creación literaria

Asuma el punto de vista de la princesa y dele voz y voto en la historia.
Escriba un resumen de la historia presentada por el poema.
Comente sobre si esta situación se da entre las monarquías actuales.

CANCIÓN DE OTOÑO EN PRIMAVERA

Juventud, divino tesoro,
¡ya te vas para no volver!
Cuando quiero llorar, no lloro
y a veces lloro sin querer...

Plural ha sido la celeste
historia de mi corazón.
Era una dulce niña, en este
mundo de duelo y aflicción.

Miraba como el alba pura;
sonreía como una flor.
Era su cabellera obscura
hecha de noche y de dolor.

Yo era tímido como un niño.
Ella, naturalmente, fue,
para mi amor hecho de armiño,
Herodías y Salomé...

Juventud, divino tesoro,
¡ya te vas para no volver!
Cuando quiero llorar, no lloro,
y a veces lloro sin querer...

La otra fue más sensitiva,
y más consoladora y más
halagadora y expresiva,
cual no pensé encontrar jamás.

Pues a su continua ternura
una pasión violenta unía.
En un peplo[12] de gasa pura
una bacante[13] se envolvía...

En sus brazos tomó mi ensueño
y lo arrulló como a un bebé...
Y le mató, triste y pequeño,
falto de luz, falto de fe...

Juventud, divino tesoro,
¡te fuiste para no volver!
Cuando quiero llorar, no lloro,
y a veces lloro sin querer...

Otra juzgó que era mi boca
el estuche de su pasión;
y que me roería, loca,
con sus dientes el corazón,

poniendo en un amor de exceso
la mira de su voluntad,
mientras eran abrazo y beso
síntesis de la eternidad;

y de nuestra carne ligera
imaginar siempre un Edén,
sin pensar que la Primavera
y la carne acaban también...

Juventud, divino tesoro,
¡ya te vas para no volver!
Cuando quiero llorar, no lloro,
y a veces lloro sin querer.

¡Y las demás!, en tantos climas,
en tantas tierras siempre son,
si no pretexto de mis rimas
fantasmas de mi corazón.

En vano busqué a la princesa
que estaba triste de esperar.
La vida es dura. Amarga y pesa.
¡Ya no hay princesa que cantar!

Mas a pesar del tiempo terco,
mi sed de amor no tiene fin;
con el caballo gris me acerco
a los rosales del jardín...

Juventud, divino tesoro,
¡ya te vas para no volver!
Cuando quiero llorar, no lloro,
y a veces lloro sin querer...

¡Mas es mía el alba de oro!

(*Cantos de vida y esperanza*, 1905)

[12]A loose and sleeveless top worn by Greek women

[13]A Bacchae priestess; woman who would participate in the bacchanal

YO SOY AQUÉL

Yo soy aquél que ayer no más decía
el verso azul y la canción profana,
en cuya noche un ruiseñor había
que era alondra de luz por la mañana.

El dueño fui de mi jardín de sueño,
lleno de rosas y de cisnes vagos;
el dueño de las tórtolas, el dueño
de góndolas y liras en los lagos;

y muy siglo diez y ocho, y muy antiguo
y muy moderno; audaz, cosmopolita;
con Hugo fuerte y con Verlaine ambiguo,
y una sed de ilusiones infinita.

Yo supe de dolor desde mi infancia;
mi juventud..., ¿fue juventud la mía?,
sus rosas aún me dejan su fragancia,
una fragancia de melancolía...

Potro sin freno se lanzó mi instinto
mi juventud montó potro sin freno;
iba embriagada y con puñal al cinto;
si no cayó, fue porque Dios es bueno.

En mi jardín se vio una estatua bella;
se juzgó mármol y era carne viva;
un alma joven habitaba en ella,
sentimental, sensible, sensitiva.

Y tímida ante el mundo, de manera
que, encerrada, en silencio, no salía
sino cuando en la dulce primavera
era la hora de la melodía...

Hora de ocaso y de discreto beso;
hora crepuscular y de retiro;
hora de madrigal y de embeleso,
de «te adoro», de «¡ay!», y de suspiro.

Y entonces era en la dulzaina un juego
de misteriosas gamas cristalinas,
un renovar de notas del Pan griego
y un desgranar de músicas latinas,

con aire tal y con ardor tan vivo,
que a la estatua nacían de repente
en el muslo viril patas de chivo
y dos cuernos de sátiro en la frente.

Como la Galatea gongorina
me encantó la marquesa verleniana,
y así juntaba a la pasión divina
una sensual hiperestesia humana;

todo ansia, todo ardor, sensación pura
y vigor natural; y sin falsía,
y sin comedia y sin literatura...:
si hay un alma sincera, ésa es la mía.

La torre de marfil tentó mi anhelo;
quise encerrarme dentro de mí mismo,
y tuve hambre de espacio y sed de cielo
desde las sombras de mi propio abismo.

Como la esponja que la sal satura
en el jugo del mar, fue el dulce y tierno
corazón mío, henchido de amargura
por el mundo, la carne y el infierno.

Mas, por gracia de Dios, en mi conciencia
el Bien supo elegir la mejor parte;
y si hubo áspera hiel en mi existencia,
melificó toda acritud el Arte.

Mi intelecto libró de pensar bajo,
bañó el agua castalia el alma mía,
peregrinó mi corazón y trajo
de la sagrada selva la armonía.

¡Oh, la selva sagrada! ¡Oh, la profunda
emanación del corazón divino
de la sagrada selva! ¡Oh, la fecunda
fuente cuya virtud vence al destino!

(*Cantos de vida y esperanza*, 1905)

ERA UN AIRE SUAVE

Era un aire suave, de pausados giros; A
el hada Harmonía ritmaba sus vuelos; B
e iban frases vagas y tenues suspiros A
entre los sollozos de los violoncelos. B

La marquesa Eulalia risas y desvíos daba A
a un tiempo mismo para dos rivales: B
el vizconde rubio de los desafíos A
y el abate joven de los madrigales. B

¡Ay de quien sus mieles y frases recoja!
¡Ay de quien del canto de su amor se fíe!
Con sus ojos lindos y su boca roja,
la divina Eulalia ríe, ríe, ríe.

Tiene azules ojos, es maligna y bella;
cuando mira, vierte viva luz extraña:
se asoma a sus húmedas pupilas de estrella
el alma del rubio cristal de Champaña.

Es noche de fiesta, y el baile de trajes
ostenta su gloria de triunfos mundanos.
La divina Eulalia, vestida de encajes,
una flor destroza con sus tersas manos.

¿Fue acaso en el Norte o en el Mediodía?
Yo el tiempo y el día y el país ignoro;
pero sé que Eulalia ríe todavía,
¡y es cruel y eterna su risa de oro!

EL REY BURGUÉS

(Canto alegre)

¡Amigo!, el cielo está opaco, el aire frío, el día triste. Un cuento alegre... así como distraer las brumosas y grises melancolías, helo aquí:

Había en una ciudad inmensa y brillante un rey muy poderoso, que tenía trajes caprichosos y ricos, esclavas desnudas, blancas, y negras; caballos de largas crines, armas flamantísimas, galgos rápidos y monteros con cuernos de bronce, que llenaban el viento con sus fanfarrias. ¿Era un rey poeta? No, amigo mío; era el Rey Burgués.

Era muy aficionado a las artes el soberano, y favorecía con gran largueza a sus músicos, a sus hacedores de ditirambos[14], pintores, escultores, boticarios, barberos y maestros de esgrima. Cuando iba a la floresta, junto al corzo o jabalí herido y sangriento, hacía improvisar a sus profesores de retórica canciones alusivas; los criados llenaban las copas del vino de oro que hierve, y las mujeres batían palmas con movimientos rítmicos y gallardos. Era un Rey-Sol[15], en su Babilonia llena de músicas, de carcajadas y de ruido de festín. Cuando se hastiaba de la ciudad bullente, iba de caza atronando el bosque con sus tropeles; y hacía salir de sus nidos a las aves asustadas, y el vocerío repercutía en lo más escondido

[14]Ditirambos: Greek verse of praise: much sound and little worth

[15]Rey-Sol: allusion to Louis XIV of France who was called the roi-soleil

de las cavernas. Los perros de patas elásticas iban rompiendo la maleza en la carrera, y los cazadores, inclinados sobre el pescuezo de los caballos, hacían ondear los mantos purpúreos y llevaban las caras encendidas y las cabelleras al viento.

El rey tenía un palacio soberbio, donde había acumulado riquezas y objetos de arte maravillosos. Llegaba a él por entre grupos de lilas y extensos estanques, siendo saludado por los cisnes de cuellos blancos antes que por los lacayos estirados. Buen gusto. Subía por una escalera llena de columnas de alabastro y de esmaragdina[16], que tenía a los lados leones de mármol, como los de los troncos salomónicos. Refinamiento. A más de los cisnes, tenía una vasta pajarera, como amante de la armonía, del arrullo, del trino; y cerca de ella iba a ensanchar su espíritu, leyendo novelas de M. Ohnet[17], o bellos libros sobre cuestiones gramaticales, o críticas hermosillescas[18]. Eso sí: defensor acérrimo de la corrección académica en letras, y del modo lamido en artes; alma sublime, amante de la lija y de la ortografía.

¡Japonerías! ¡Chinerías! Por lujo y nada más.

Bien podía darse el placer de un salón digno del gusto de un Goncourt[19] y de los millones de un Creso[20]: quimeras de bronce con las fauces abiertas y las colas enroscadas, en grupos fantásticos y maravillosos; lacas de Kioto con incrustaciones de hojas y ramas de una flora monstruosa, y animales de una fauna desconocida; mariposas de raros abanicos junto a las paredes; peces y gallos de colores; máscaras de gestos infernales y con ojos como si fuesen vivos; partesanas[21] de hojas antiquísimas y empuñaduras con dragones devorando flores de loto; y en conchas de huevo túnicas de seda amarilla, como tejidas con hilos de araña, sembradas de garzas rojas y de verdes matas de arroz; y tibores[22], porcelanas de muchos siglos, de aquéllas en que hay guerreros tártaros con una piel que les cubre hasta los riñones, y que llevan arcos estirados y manojos de flechas.

Por lo demás, había el salón griego, lleno de mármoles, diosas, musas, ninfas y sátiros; el salón de los tiempos galantes, con cuadros del gran Watteau[23] y de Chardin[24]; dos, tres, cuatro, ¡cuántos salones!

Y Mecenas[25] se paseaba por todos, con la cara inundada de cierta majestad, el vientre feliz y la corona en la cabeza, como un rey de naipe.

Un día le llevaron una rara especie de hombre ante su trono, donde se hallaba rodeado de cortesanos, de retóricos y de maestros de equitación y de baile.

—¿Qué es eso? – preguntó.

—Señor, es un poeta.

El rey tenía cisnes en el estanque; canarios, gorriones, senzontes[26] en la pajarera: un poeta era algo nuevo y extraño.

—Dejadle aquí.

Y el poeta:

—Señor, no he comido.

Y el rey:

—Habla y comerás.

Comenzó:

—Señor, ha tiempo que yo canto el verbo del porvenir. He tenido mis alas al huracán, he nacido en el tiempo de la aurora: busco la raza escogida que debe esperar, con el himno en la boca y la lira en la mano, la salida del gran sol. He abandonado la inspiración de la ciudad malsana, la alcoba llena de perfumes, la musa de carne que llena el alma de pequeñez y el rostro de polvos de arroz. He roto el arpa adulona de las cuerdas débiles contra las copas de Bohemia y las jarras donde espumea el vino que embriaga sin dar fortaleza; he arrojado el manto que me hacía parecer histrión, o mujer, y he vestido de modo salvaje y espléndido: mi harapo es de púrpura. He ido a la selva, donde he quedado vigoroso y ahíto de leche fecunda y licor de nueva vida; y en la ribera

[16]Mineral of emerald green

[17]Georges Ohnet (1848–1918), a French novelist who praised the bourgeoisie

[18]Hermosillescas: from the name of José Gómez Hermosilla (1771–1837), whose book on how to write verse was a well-known text on the subject

[19]The brothers Edmond (1822–1896) and Jules de Goncourt (1830–1870) were French novelists who extolled the idea of art for art's sake and were connoisseurs and collectors of Oriental art.

[20]Creso: Croesus, the Lydian king renowned for his wealth

[21]Cattle-axes

[22]China jars

[23]Jean Antoine Watteau (1684–1721), French painter of elegant court life

[24]Jean Chardin (1699–1779), French painter of still life and domestic scenes

[25]Mecenas: famous Roman patriot of the arts. Here the king himself is meant.

[26]Censontli or censontle (Mexican), the mocking bird of southern Mexico and Central America

del mar áspero, sacudiendo la cabeza bajo la fuerte y negra tempestad, como un ángel soberbio, o como un semidiós olímpico, he ensayado el yambo, dando al olvido el madrigal.

He acariciado a la gran Naturaleza, y he buscado el calor del ideal, el verso que está en el astro, en el fondo del cielo, y el que está en la perla, en lo profundo del Océano. ¡He querido ser pujante! Porque viene el tiempo de las grandes revoluciones, con un Mesías todo luz, todo agitación y potencia, y es preciso recibir su espíritu con el poema que sea arco triunfal, de estrofas de amor.

¡Señor, el Arte no está en los fríos envoltorios de mármol, ni en los cuadros lamidos, ni en el excelente señor Ohnet! ¡Señor, el Arte no viste pantalones, ni habla en burgués, ni pone los puntos en todas las íes! Él es augusto, tiene manto de oro, o de llamas, o anda desnudo, y amasa la greda con fiebre, y pinta con luz, y es opulento, y da golpes de ala como las águilas, o *zarpazos* como los leones. Señor, entre un Apolo y un ganso, preferid el Apolo, aunque el uno sea de tierra cocida y el otro de marfil.

¡Oh, la poesía!

¡Y bien! Los ritmos se prostituyen, se cantan los lunares de las mujeres y se fabrican jarabes poéticos. Además, señor, el zapatero critica mis endecasílabos, y el señor profesor de farmacia pone puntos y comas a mi inspiración. Señor, ¡y vos lo autorizáis todo esto!... El ideal, el ideal...

El rey interrumpió:

—Ya habéis oído. ¿Qué hacer?

Y un filósofo al uso:

—Si lo permitís, señor, puede ganarse la comida con una caja de música; podemos colocarle en el jardín, cerca de los cisnes, para cuando os paseéis.

—Sí— dijo el rey; y dirigiéndose al poeta:

—Daréis vueltas a un manubrio. Cerraréis la boca. Haréis sonar una caja de música que toca valses, cuadrillas y galopes, como no prefiráis moriros de hambre. Pieza de música por pedazo de pan. Nada de jerigonzas ni de ideales. Id.

Y desde aquel día pudo verse a la orilla del estanque de los cisnes al poeta hambriento que daba vueltas al manubrio; tiririrín, tiririrín... ¡avergonzado a las miradas del gran sol! ¿Pasaba el rey por las cercanías? ¡Tiririrín, tiririrín!... ¿Había que llenar el estómago? ¡Tiririrín! Todo entre las burlas de los pájaros libres que llegaban a beber rocío en las lilas floridas; entre el zumbido de las abejas que le picaban el rostro y llenaban los ojos de lágrimas... ¡lágrimas amargas que rodaban por sus mejillas y que caían a la tierra negra!

Y llegó el invierno, y el pobre sintió frío en el cuerpo y en el alma. Y su cerebro estaba como petrificado, y los grandes himnos estaban en el olvido, y el poeta de la montaña coronada de águilas no era sino un pobre diablo que daba vueltas al manubrio: ¡tiririrín!

Y cuando cayó la nieve se olvidaron de él el rey y sus vasallos; a los pájaros se les abrigó, y a él se le dejó al aire glacial que le mordía las carnes y le azotaba el rostro.

Y una noche en que caía de lo alto la lluvia blanca de plumillas cristalizadas, en el palacio había festín, y la luz de las arañas reía alegre sobre los mármoles, sobre el oro y sobre las túnicas de los mandarines de las viejas porcelanas. Y se aplaudían hasta la locura los brindis del señor profesor de retórica, cuajados de dáctilos, de anapestos y de pirriquios[27] mientras en las copas cristalinas hervía el champaña con su burbujeo luminoso y fugaz. ¡Noche de invierno, noche de fiesta! Y el infeliz, cubierto de nieve, cerca del estanque, daba vueltas al manubrio para calentarse, tembloroso y aterido, insultado por el cierzo, bajo la blancura implacable y helada, en la noche sombría, haciendo resonar entre los árboles sin hojas la música loca de los galopes y cuadrillas; y se quedó muerto, pensando en que nacería el sol del día venidero, y con él el ideal..., y en que el Arte no vestiría pantalones, sino manto de llamas o de oro... hasta que al día siguiente lo hallaron el rey y sus cortesanos, al pobre diablo de poeta, como gorrión que mata el hielo, con una sonrisa amarga en los labios, y todavía con la mano en el manubrio.

¡Oh, mi amigo! El cielo está opaco, el aire frío, el día triste. Flotan brumosas y grises melancolías...

Pero ¡cuánto calienta el alma una frase, un apretón de manos a tiempo! Hasta la vista.

(*Azul*, 1888)

COMPRENSIÓN Y ANÁLISIS

Ubique el cuento *El rey Burgués* dentro de la época en que fue escrito. Comente sobre lo siguiente:

[27]Pyrrhics, composed of two short syllables

Forma

Orden de la narración: El orden cronológico de los acontecimientos de la historia.

La estructura del texto: Busque introducción, desarrollo, momento climático, conclusión.

El narrador: Analice la persona de los verbos en el párrafo introductorio. ¿Quién es el narrador? ¿Es el narrador externo o interno a los hechos narrados? ¿Cambia o se mantiene esta estructura de narrador durante la historia?

Contenido

El tema: El menosprecio del arte por la ignorancia.

Los personajes: ¿Quién es el narrador? ¿Cómo es el rey? ¿Cómo es el poeta? ¿Por qué no le interesa al rey el poeta? ¿Cómo explica el poeta el arte?¿Cómo describe el poeta su búsqueda? ¿Qué abandonó por seguirla? ¿Qué decide hacer el rey con el poeta y por qué? ¿Qué lenguaje representa al rey y al poeta?

El espacio: Describa el palacio. ¿Qué otros sitios específicos menciona el cuento?

El tiempo: ¿Hay un tiempo determinado en el cuento? Estudie los verbos en el cuento y diga qué tiempos usa el autor para expresar sus ideas.

La cultura: Trate sobre la monarquía y el gobierno autoritario. Busque ejemplos de este último en la narración. ¿Cuál es la relación del título con el contenido del poema? ¿Por qué el subtítulo «Canto alegre»?

Lenguaje

Vocabulario del cuento: ¿Qué palabras contribuyen a dar al cuento su tono opulento y melancólico? ¿Qué palabras muestran el ardor del poeta?

Descripciones: ¿Qué palabras se utilizan para describir la riqueza, la vida social y el ambiente del palacio? ¿Qué palabras utiliza el poeta para describir el arte?

Lenguaje literario: Analice el símil «como gorrión que mata el hielo». ¿Por qué el autor emplea mayúsculas cuando habla de Arte, Naturaleza, Océano? ¿Qué simbolizan los siguientes términos dentro del contexto modernista: cisne, jabalí, Babilonia, púrpura, ninfas, caja de música?

Comunicación

¿A quién va dirigido el cuento y por qué?

Ejercicios de creación literaria

Narre el cuento desde el punto de vista del poeta.
Haga una comparación entre el rey Burgués y los burgueses de hoy en día.

Delmira Agustini, Uruguay, 1886–1914

Delmira Agustini nació en Montevideo de una familia burguesa. Se crió tocando el piano, leyendo poesía y escribiendo versos. Desde temprana edad experimentó una dualidad conflictiva entre el ser una joven burguesa y el experimentar ardiente pasión, la cual le inspiraba poemas eróticos, sin precedente en la literatura femenina de Latinoamérica. Al comienzo, sus versos se tomaron sólo como un adorno adicional a la belleza de Delmira, pero pronto éstos se tornaron demasiado apasionados para una dama de su categoría.

Con el pasar del tiempo su conflicto se agudizó. El dualismo se reflejó a niveles internacionales, ya que Rubén Darío hablaba de ella como «*la niña*», mientras otros la describían como «*la discípula de Pan*». En casi toda su obra la sexualidad fue el centro de su poesía, especialmente en *El libro blanco* (1907) y tres años más tarde en *Cantos de la mañana.*

La poesía de Delmira Agustini es la expresión de un deseo ardiente por un amor más elevado, que pudiera satisfacer no sólo sus necesidades físicas sino también las espirituales. Pero ella, al relatar sus pensamientos secretos y cosas imaginadas sobre el amor, los cuales nunca iba a experimentar, se dio cuenta de que la vida, y sobre todo la muerte, se anteponían a sus sueños. La desilusión rápidamente se convirtió en desesperación. A los veintisiete años se casó y a los dos meses abandonó a su esposo; al año siguiente él la mató y luego se suicidó.

Hasta recientemente en Hispanoamérica, la poesía escrita por mujeres se habia percibido tan sólo como un adorno y, el aspecto erótico y sus expresiones en la literatura no eran parte del código de conducta femenina. La obra de la poeta tuvo un efecto innovador. Esta fue la pionera contribución de Delmira Agustini.

Su poesía se caracteriza por una búsqueda retórica y un constante diálogo entre poesía y musa, desembocando en angustia poética causada por el intento de asumir un código que no podía o quería asumir. Delmira expresa esta dicotomía por medio de dualidades y oposiciones como blanco y negro, erotismo y muerte, inocencia y vicio. De tal manera, su expresión culmina en un primordial círculo, en el que, el cuerpo es el sujeto y el objeto donde reside la unión.

La muerte es otro tema central en su poesía. Agustini emplea la esfinge como símbolo representativo de la mujer, asociándola con un misterioso mundo de precipicios sin fin que representan el descenso al furor de la pasión sexual, al dolor y a la muerte. Otros símbolos predominantes son el abismo, la fuente venenosa, la bestia, la culebra y el cisne que en el modernismo eran signos de sexualidad masculina. Delmira emplea símbolos femeninos como el cáliz, el jarro y la copa.

Agustini representa lo erótico con palabras como muerte, heridas y puñales. *Los cálices vacíos* y *El Rosario de Eros* tratan abiertamente la sexualidad femenina. Su discurso sobre el cuerpo de la mujer inició la reafirmación de la sexualidad femenina en Hispanoamérica.

Desilusionada, Delmira Agustini tradujo su deseo apasionado en una poesía de ideas, que eran producto de una mentalidad robusta e intuitiva. Sus experiencias culturales y globales eran limitadas y hay poca evidencia en sus versos de que su pensamiento fuera moldeado por movimientos literarios y escrituras filosóficas; fue más bien una expresión liberante para ella y para todas las mujeres en general.

Su mundo poético es desolado, lleno de visiones extraordinarias concebidas con una imaginación desafiadora. No le importaban mucho la precisión y belleza de sus versos, cuyas formas tenían que someterse a la intensidad de sus expresiones. Su poesía es profunda, sincera y rica en emociones.

DESDE LEJOS

En el silencio siento pasar hora tras hora,
como un cortejo lento, acompasado y frío...
¡Ah! Cuando tú estás lejos, mi vida toda llora,
y al rumor de tus pasos hasta en sueños sonrío.

Yo sé que volverás, que brillará otra aurora
en mi horizonte, grave como un ceño[28] sombrío;
revivirá en mis bosques tu gran risa sonora
que los cruzaba alegre como el cristal de un río.

Un día, al encontrarnos tristes en el camino,
yo puse entre tus manos pálidas mi destino
¡y nada de más grande jamás han de ofrecerte!

Mi alma es frente a tu alma como el mar
frente al cielo;
pasarán entre ellas, tal la sombra de un vuelo,
¡la Tormenta y el Tiempo y la Vida y la Muerte!

(*El libro blanco*, 1907)

COMPRENSIÓN Y ANÁLISIS

Ubique el poema «Desde lejos» dentro de la época en que fue escrito. Comente sobre lo siguiente:

Forma

La estructura del poema.
La medida de los versos.
La rima.

Contenido

El tema: La ausencia del amado y su presencia eterna.
Los personajes: ¿Quiénes y cómo son los dos personajes centrales? ¿Cuál es la relación entre ellos?
El espacio: ¿Qué significan «mis bosques» y «el camino» en el poema?
El tiempo: ¿Cómo habla la poeta del paso del tiempo cuando el amado está ausente? ¿Qué pasa a la poeta cuando lo oye venir?
La cultura: ¿Cómo contribuyen los versos «mi vida toda llora», «yo puse entre tus manos mi destino», «¡y nada de más grande jamás han de ofrecerte!» a acentuar estereotipos de género?

Lenguaje

Vocabulario del poema: ¿Qué palabras contribuyen a diferenciar en el poema el tono alegre o triste?
Descripciones: ¿Qué palabras se utilizan para describir el alma de los protagonistas?

[28] Frown

Lenguaje figurado: Analice el símil «como un cortejo lento», la personificación «mi vida toda llora», la antinomia «que brillará otra aurora...grave como un ceño sombrío». ¿Cómo compara la poeta su alma a la del amado?

Comunicación

¿Qué quiere la poeta comunicar al amado? ¿En qué versos y de qué manera habla de su entrega total?

Ejercicios de creación literaria

El poema sugiere una historia entre los amantes. Escriba una narración donde se den los detalles de la historia.

LO INEFABLE

Yo muero extrañamente... No me mata la Vida,
no me mata la Muerte, no me mata el Amor;
muero de un pensamiento mudo como una herida...

¿No habéis sentido nunca el extraño dolor
de un pensamiento inmenso que se arraiga en la vida
devorando alma y carne, y no alcanza a dar flor?

¿Nunca llevasteis dentro una estrella dormida
que os abrasaba enteros y no daba un fulgor?...

¡Cumbre de los Martirios!... ¡Llevar eternamente,
desgarradora y árida, la trágica simiente
clavada en las entrañas como un diente feroz!

¡Pero arrancarla un día en una flor que abriera
milagrosa, inviolable!... ¡Ah, más grande no fuera
tener entre las manos la cabeza de Dios!

(*Cantos de la mañana*, 1910)

EL INTRUSO

Amor, la noche estaba trágica y sollozaste
cuando tu llave de oro cantó en mi cerradura;
luego, la puerta abierta sobre la sombra helante,
tu forma fue una mancha de luz y de blancura.

Todo aquí lo alumbraron tus ojos de diamante;
bebieron en mi copa tus labios de frescura,
y descansó en mi almohada tu cabeza fragante;
me encantó tu descaro y adoré tu locura.

Y hoy río si tú ríes, y canto si tú cantas;
y si tú duermes, duermo como un perro a tus plantas.
Hoy llevo hasta en mi sombra tu olor de primavera;
y tiemblo si tu mano toca la cerradura,
¡y bendigo la noche sollozante y oscura
que floreció en mi vida tu boca tempranera!

(*El libro blanco*, 1907)

LA BARCA MILAGROSA

Preparadme una barca como un gran pensamiento...
La llamarán «La sombra» unos; otros, «La Estrella».
No ha de estar al capricho de una mano de un viento;
¡yo la quiero consciente, indomable y bella!

La moverá el gran ritmo de un corazón sangriento
de vida sobrehumana; he de sentirme en ella
fuerte como en los brazos de Dios. En todo viento,
en todo mar templadme su proa de centella.

La cargaré de toda mi tristeza, y, sin rumbo,
iré como la rota corola de un nelumbo[29],
por sobre el horizonte líquido de la mar...

Barca, alma hermana; ¿Hacia qué tierras nunca
vistas, de hondas revelaciones, de cosas imprevistas
iremos?... Yo ya muero de vivir y soñar...

(*Cantos de la mañana*, 1910)

LAS ALAS

Yo tenía...
¡dos alas!...
Dos alas
que del Azur vivían como dos siderales
raíces...
Dos alas,
con todos los milagros de la vida, la muerte
y la ilusión. Dos alas,
fulmíneas
como dos firmamentos
con tormentas, con calmas y con astros...
¿Te acuerdas de la gloria de mis alas?...
El áureo campaneo
del ritmo, el inefable
matiz atesorando
el Iris todo, mas un Iris nuevo

[29]Lotus flower

ofuscante y divino,
que adorarán las plenas pupilas del Futuro
(¡las pupilas maduras a toda luz!)... el vuelo...

El vuelo ardiente, devorante y único,
que largo tiempo atormentó los cielos,
despertó soles, bólidos[30], tormentas,
abrillantó los rayos y los astros;
y la amplitud: tenían
calor y sombra para todo el Mundo,
y hasta incubar un más allá pudieron.

Un día, raramente
desmayada a la tierra,
yo me adormí en las felpas profundas de este bosque...
¡Soñé divinas cosas!...
Una sonrisa tuya me despertó, paréceme...
¡Y no siento mis alas!...
¿Mis alas?...

—Yo las ví deshacerse entre mis brazos...
¡Era como un deshielo!

(*Cantos de la mañana*, 1910)

COMPRENSIÓN Y ANÁLISIS

Ubique el poema «Las alas» dentro de la época en que fue escrito. Comente sobre lo siguiente:

Forma

La estructura del poema.
La medida de los versos.
La rima.

Contenido

El tema: El amor encadena.
Los personajes: ¿Quién y cómo es el interlocutor? ¿A quién se dirige? ¿Cómo es el interpelado? ¿Qué relación existe entre ellos?
El espacio: ¿Dónde cree que se desarrolla el poema? ¿Se nombra algún otro lugar?
El tiempo: ¿Hay un tiempo determinado en el poema? Estudie los verbos y diga qué tiempos usa la poeta para expresar sus ideas.

[30]Fireballs

La cultura: Analice la apreciación de la libertad que tiene el personaje femenino, y la pérdida de la misma al final. ¿Qué significado tiene en los sueños el volar?
¿Cuál es la relación del título con el contenido del poema?

Lenguaje

¿Qué palabras contribuyen a darle al poema su «despreocupación» por lo terrenal; la sensación de levitación?
Descripciones: ¿Qué palabras se utilizan para describir los personajes y la escena íntima?
Narración: La autora narra una posible historia para contextualizar una situación. ¿Qué historia es ésta?
Lenguaje figurado: ¿A qué se refiere la poeta con «Azur»? ¿Con qué o quién está comparando las alas? Analice la figura «vuelo ardiente, devorante... los rayos y los astros». ¿Qué significa el verso «y hasta incubar un más allá pudieron»?
¿Por qué usa la preposición «a» en lugar de «en» o «sobre» en el verso «desmayada a la tierra»? ¿Qué quiere decirnos la poeta con el simil «Era como un deshielo»? ¿Por qué utiliza la expresión «un día, raramente»?

Comunicación

El poema trata de establecer un diálogo entre la interlocutora y alguien más. ¿Cómo se presenta dicho diálogo?

Ejercicios de creación literaria

Escriba una narración para contar la historia presentada en el poema.
Trate sobre la importancia de los sueños para ayudar a mantener el equilibrio emocional.

TU AMOR

Tu amor, esclavo, es como un sol muy fuerte:
jardinero de oro de la vida,
jardinero de fuego de la muerte,
en el carmen fecundo de mi vida.

Pico de cuervo con olor de rosas,
aguijón enmelado de delicias
tu lengua es. Tus manos misteriosas
son garras enguantadas de caricias.

Tus ojos son mis medianoches crueles,
panales negros de malditas mieles
que se desangran en mi acerbidad;

crisálida de un vuelo del futuro
es tu abrazo magnífico y oscuro
torre embrujada de mi soledad.

(*El rosario de Eros*, 1924)

Gabriela Mistral, Chile, 1889–1957

Una de las escritoras más atormentadas del continente, a quien la angustia persiguió toda su vida, fue Lucila Godoy Alcayaga. Se escudó en el seudónimo Gabriela Mistral, basado en los nombres de sus musos tutelares Federico Mistral y Gabriele D'Annunzio[31]. Nació en una modesta familia y se crió en ambiente pueblerino, donde por medio de lecturas, aprendió a admirar lo grandioso y lo retórico.

Gabriela Mistral se convirtió en símbolo de unión familiar y amor materno, cuando paradójicamente, ella venía de una familia deshecha. Su padre abandonó a la madre y a la hermana cuando Lucila tenía sólo tres años; la niña estudió en remotas escuelas rurales y luego en Santiago. Allá leyó a Rubén Darío y a Vargas Vila. De ellos aprendió musicalidad y afición por lo simbólico y metafórico. También fue influenciada por Dante y Rabindranath Tagore.

La poesía en Mistral se desarrolló paralelamente a su vida; a los diecisiete años, su novio se suicidó por honor; esa tragedia fue seguida por otros suicidios de amigos y hasta el de su propio sobrino, a quien ella había adoptado. A los treinta y tres años Gabriela se volvió a enamorar y ya comprometida para casarse se enteró de que su amado se había casado con una dama rica de la alta sociedad. Gabriela era católica ferviente, lo cual le impedía maternidad sin matrimonio, por eso no tuvo hijos. Este hecho le dejó un vacío en su alma, ya que adoraba a los niños. El no tener hijos se ve reflejado en muchos de sus poemas. Ante tanta desilusión, la poeta se dedicó al servicio de la humanidad. Salió de Chile y pasó casi el resto de sus días en el extranjero, donde su vida fue una incansable lucha a favor de los pobres y en contra de los opresores del pueblo. Les donó las ganancias de sus libros a los huérfanos de la guerra civil española. Entabló una larga campaña contra la política extranjera de Estados Unidos hacia Latinoamérica, porque casi siempre, el gigante del norte favorecía a los gobiernos que reprimían al pueblo. La última de sus batallas la perdió al sucumbir al cáncer en Long Island.

En *La mujer estéril*, la poeta externaliza sus sentimientos; para ella, una mujer estéril es como un diamante que nunca será tallado y cada niño que ve le recuerda el suyo que nunca nació. Pero no es sólo al dolor a lo que una mujer estéril está condenada, sino también a la piedad pública. Por eso, la protagonista, para mitigar su vergüenza, mece a un niño ajeno[32].

A veces, su poesía encierra un sentido oculto, logrado por una ruptura con las formas tradicionales de expresión, y contiene un lado sombrío, basado en la meditación existencial y en la identificación con el dolor universal. Mistral también trata temas, tales como el del amor, la maternidad y la muerte; los humildes y los perseguidos.

La crítica la ha considerado posmodernista y vanguardista. No importa los rótulos con que se describa, la obra de Mistral se caracteriza por la importancia que asumen las palabras, no sólo por lo que expresan directamente, sino por lo que en conjunto representan, evocan y sugieren. Su léxico es elocuente y sensorial con raíces profundamente chilenas. Su tono es personal y humano; expresa la necesidad de amar, no con frivolidades, sino con *sangre* y *tierra*. Su poesía es tierna, colmada de emotividad como si fuera hecha de hierro y espuma y moldeada por amor.

Mistral también se distinguió por las innovaciones a las letras castellanas. No le preocupó la forma ni la uniformidad métrica; a veces se lanzaba al verso libre con rotundas afirmaciones y negaciones, resultando en su contribución didáctica. Con el pasar de los años su poesía se hizo sobria, menos emotiva y más paisajista.

[31]Gabriele and Mistral inspired her pseudonym.

[32]In most cases in Spanish America being a mother is paramount for a woman; and until recently, the responsibility for fertility fell on her. Being a mother is more important than being wealthy. Infertility was a source of shame.

Desolación, en 1922, fue su primera colección de poemas y tal vez la mejor. En este volumen, sin erotismo, Gabriela alcanza la cima sensual. Con gran fuerza lírica declama el despertar del amor hasta su muerte progresiva. *Desolación* es como una radiografía emocional de Mistral.

En 1924 aparece *Ternura*. Después de depurarse en el dolor, Gabriela se eleva hacia un cándido y transparente amor al prójimo. A pesar de que sigue desolada, ahora ya no llora, sino que canta.

Su evolución poética culmina en *Tala* (1938), y *Lagar* (1954). Además de poesía, publicó dos volúmenes de prosa: *Lecturas para mujeres* en 1924 y *Recados: Contando a Chile* en 1957 e innumerables artículos y ensayos. En *Lectura para mujeres* Mistral deja claro su liderazgo feminista al animar a las mujeres a que se valoren y no teman al patriarcado. Les recuerda que sin ellas, los hombres no hubieran nacido y enfatiza que el impulso femenino está en el centro de la creación. Su obra le valió el Premio Nóbel de Literatura en 1945, el primero en Hispanoamérica.

AL PUEBLO HEBREO

(MOTIVADO POR LAS MATANZAS DE POLONIA)

Raza judía, carne de dolores,
raza judía, río de amargura:
como los cielos y la tierra, dura
y crece aún tu selva de clamores.

Nunca han dejado de orearse tus heridas;
nunca han dejado que a sombrear te tiendas
para estrujar y renovar tu venda,
más que ninguna rosa enrojecida.

Con tus gemidos se ha arrullado el mundo,
y juega con las hebras de tu llanto.
Los surcos de tu rostro, que amo tanto,
son cual llagas de sierra de profundos.

Temblando mecen su hijo las mujeres,
temblando siega el hombre su gavilla.
En tu soñar se hincó la pesadilla
y tu palabra es sólo el «¡miserere!»[33]

Raza judía, y aún te resta pecho
y voz de miel, para alabar tus lares,
y decir el Cantar de los Cantares
con lengua, y labio, y corazón deshechos.

En tu mujer camina aún María.
Sobre tu rostro va el perfil de Cristo;
por las laderas de Sión le han visto
llamarte en vano, cuando muere el día...

Que tu dolor en Dimas[34] le miraba
y Él dijo a Dimas la palabra inmensa,
y para ungir sus pies busca la trenza
de Magdalena ¡y la halla ensangrentada!

¡Raza judía, carne de dolores,
raza judía, río de amargura:
como los cielos y la tierra, dura
y crece tu ancha selva de clamores!

[33]Bible Psalm 51

[34]The good thief crucified next to Jesus

COMPRENSIÓN Y ANÁLISIS

Ubique el poema «Al pueblo hebreo» dentro de la época en que fue escrito. Comente sobre lo siguiente:

Forma

La estructura del poema.
La medida de los versos.
La rima.

Contenido

El tema: Los holocaustos y otras barbaries contra la humanidad.
Los personajes: ¿A quiénes nombra en el poema? ¿A qué otros personajes hace referencia? ¿Cómo los ensalza?
El tiempo: ¿Hay un tiempo determinado en el poema? Estudie los verbos y analice los tiempos que emplea la poeta para expresar sus ideas.
La cultura: Conociendo la época en que el poema fue escrito, ¿habla de rompimiento o perpetuación de estereotipos sociales, de clase, de género? Investigue la invasión Nazi a Polonia. ¿Qué importancia tenía este país para arrasarlo de tal manera? ¿Ha sido así en otras épocas?

¿Cuál es la relación del título con el contenido del poema?

Lenguaje

¿Qué palabras contribuyen a mostrar en el poema el padecimiento del pueblo judío?
Descripciones: ¿Con qué palabras se describe a los personajes?
Narración: La poeta narra una historia de dolor, ¿Qué historia es?
Lenguaje figurado: La poeta compara el dolor del pueblo judío con una serie de elementos de la naturaleza, ¿Qué elementos son y por qué? También utiliza personajes de la Biblia, ¿por qué usa éstos en lugar de usar personajes del Tora?

Comunicación

¿Cómo describe, denuncia y alaba la poeta la resignación del pueblo judío? ¿Cómo se usan los pronombres de tratamiento (tú, usted, vosotros, ustedes) en el poema?

Ejercicios de creación literaria

Escriba una narración para contar la historia presentada en el poema.
Trate sobre el padecimiento del pueblo judío, así como el sometimiento de cualquier pueblo por motivos de religión o raza.

LA MUJER ESTÉRIL

La mujer que no mece a un hijo en el regazo,
cuyo calor y aroma alcance a sus entrañas,
tiene una laxitud de mundo entre los brazos;
todo su corazón congoja inmensa baña.

El lirio le recuerda unas sienes de infante;
el Angelus le pide otra boca con ruego;
e interroga la fuente de seno de diamante
por qué su labio quiebra el cristal en sosiego.

Y al contemplar sus ojos se acuerda de la azada;
piensa que en los de un hijo no mirará extasiada,
al vaciarse sus ojos, los follajes de octubre.

Con doble temblor oye el viento en los cipreses.
Y una mendiga grávida, cuyo seno florece
¡Cuál la parva de enero, de vergüenza la cubre!

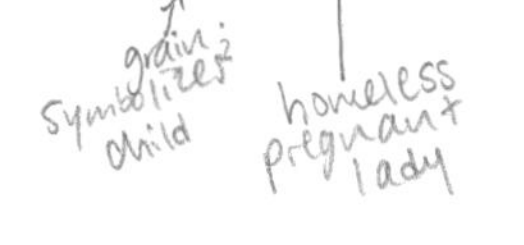

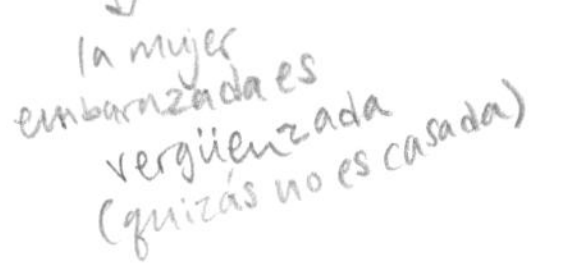

COMPRENSIÓN Y ANÁLISIS

Ubique el poema *La mujer estéril* en la época en que fue escrito. Comente sobre lo siguiente:

Forma

La estructura del poema.
La medida de los versos.
La rima.

Contenido

El tema: La maternidad.
Los personajes: ¿Qué personajes aparecen en el poema? ¿Quiénes y cómo son?
El espacio: ¿Dónde cree que se desarrolla el poema? ¿Por qué no se nombra un espacio en particular? ¿Cree que existe un espacio íntimo?
El tiempo: ¿Hay un tiempo determinado en el poema? ¿Cómo se presenta el paso del tiempo? ¿Con qué elementos se compara?
La cultura: Conociendo cuando fue escrito el poema, ¿se rompen o acentúan estereotipos sociales de clase, de género? ¿Qué supone para las sociedades el que la mujer tenga ese sentimiento de maternidad, de querer ser madre? ¿Por qué ese sentimiento de culpabilidad o castigo ante la esterilidad?

Lenguaje

¿Qué palabras contribuyen a dar al poema la sensación de desamparo y gravedad?
Descripciones: ¿Qué palabras se utilizan para describir a los personajes y su relación?
Narración: La poeta narra una situación desesperante, ¿cual es dicha situación?
Lenguaje figurado: ¿Qué quiere expresar la poeta con «laxitud de mundo entre sus brazos», «la fuente con seno de diamante»? ¿Por qué la mendiga la cubre de vergüenza?

Ejercicios de creacíon literaria

Escriba una narración para contar la historia presentada en el poema.
Trate de la maternidad como hecho irrefutable para que una mujer «se realice» o «se sienta realizada» plenamente como un ser completo.

LA MAESTRA RURAL

La Maestra es pura. «Los suaves hortelanos»,
decía, «de este predio, que es predio de Jesús,
han de conservar puros los ojos y las manos,
guardar claros sus óleos, para dar clara luz».

La maestra era pobre. Su reino no es humano.
(Así en el doloroso sembrador de Israel.)
Vestía sayas pardas, no enjoyaba su mano
¡y era todo su espíritu un inmenso joyel!

La maestra era alegre. ¡Pobre mujer herida!
Su sonrisa fue un modo de llorar con bondad.
Por sobre la sandalia rota y enrojecida,
era ella la insigne flor de su santidad.

¡Dulce ser! En su río de mieles, caudaloso,
largamente abrevaba sus tigres el dolor.
Los hierros que le abrieron el pecho generoso
¡más anchas le dejaron las cuencas del amor!

¡Oh labriego, cuyo hijo de su labio aprendía
el himno y la plegaria, nunca viste el fulgor
del lucero cautivo que en sus carnes ardía:
pasaste sin besar su corazón en flor!

Campesina, ¿recuerdas que alguna vez prendiste
su nombre a un comentario brutal o baladí?
Cien veces la miraste, ninguna vez la viste
¡y en el solar de tu hijo, de ella hay más que de ti!

Pasó por él su fina, su delicada esteva[35],
abriendo surcos donde alojar perfección.
La albada de virtudes de que lento se nieva
es suya. Campesina, ¿No les pides perdón?

Daba sombra por una selva su encina[36] hendida
el día en que la muerte la convidó a partir.
Pensando en que su madre la esperaba dormida,
a La de Ojos Profundos se dio sin resistir.

Y en su Dios se ha dormido, como en cojín de
almohada de sus sienes, una constelación;
luna canta el Padre para ella sus canciones de cuna
¡y la paz llueve largo sobre su corazón!

Como un henchido vaso, traía el alma hecha
para dar ambrosía de toda eternidad;
y era su vida humana la dilatada brecha
que suele abrirse el Padre para echar claridad.

Por eso aún el polvo de sus huesos sustenta
púrpura de rosales de violento llamear.
¡Y el cuidador de tumbas, como aroma, me cuenta
las plantas del que huella sus huesos, al pasar!

(*Desolación*, 1922)

she was so saintly that now flowers blossom at her tomb

[35] Plow handle

[36] Evergreen oak; symbol of perpetual strength

COMPRENSIÓN Y ANÁLISIS

Ubique el poema «La maestra rural» dentro de la época en que fue escrito. Comente sobre lo siguiente:

Forma

La estructura del poema.
La medida de los versos.
La rima.

Contenido

El tema: Los maestros rurales, su importancia y la realidad que sufren.
Los personajes: ¿Quiénes y cómo son los personajes que aparecen? ¿Cuál es la relación entre ellos?
El espacio: ¿Dónde cree que se desarrolla el poema? ¿Se nombra algún otro sitio?
El tiempo: ¿Hay un tiempo determinado en el poema? ¿Qué edad cree que tienen los personajes y qué importancia tiene esto en el poema? Estudie los verbos y los tiempos en que son usados por la poeta para expresar sus ideas.
La cultura: Conociendo la época en que fue escrito, diga si se rompen o perpetúan estereotipos sociales de clase o de género. ¿Por qué escribe la poeta un poema a la maestra rural? ¿Qué importancia tenían éstas en comunidades rurales apartadas por su geografía? ¿Por qué era este trabajo desempeñado prácticamente por mujeres y jóvenes?

Lenguaje

¿Qué palabras utiliza para ensalzar la sufrida vida de la maestra rural? ¿Qué elementos contrasta con este fin?
Descripciones: ¿Qué palabras utiliza para describir los personajes, la escena íntima, la social?
Narración: La autora cuenta una situación que sufre una persona de un gremio o sector de la sociedad. ¿Cuál es este sector y cuál es su historia?

Para mi, esta poema es la respuesta a la societad y la creencía en que la mujer es como la propiedad los los hombres y su papel es ser bonitas y traer la paz

Lenguaje figurado: ¿Qué quiere decir la poeta con «guardar puros los ojos y las manos... para dar clara luz»? ¿De qué «reino» habla? ¿Qué quiere decir la sinestesia «como aroma, me cuenta»?

Comunicación

La poeta trata de establecer conocimiento y comprensión entre la maestra y los distintos habitantes. ¿Cómo lo realiza?
¿Cómo se usan los pronombres de tratamiento (tú, usted, vosotros, ustedes) entre los personajes?

Ejercicios de creación literaria

Escriba una narración para contar la historia que se presenta en el poema.
Trate del papel de la maestra rural y lo que éste significa en el trato hacia la mujer. ¿Cambian el trato y la actitud de la sociedad si se trata de un maestro y no de una maestra?

PIECECITOS

Piececitos de niño,
azulosos de frío,
¡como os ven y no os cubren,
Dios mío!

¡Piececitos heridos
por los guijarros todos,
ultrajados de nieves
y lodos!

El hombre ciego ignora
que por donde pasáis,
una flor de luz viva
dejáis;

que allí donde ponéis
la plantita sangrante
el nardo nace más
fragante.

Sed, puesto que marcháis
por los caminos rectos,
heroicos como sois
perfectos.

Piececitos de niño,
dos joyitas sufrientes,
¡cómo pasan sin veros
las gentes!

(*Desolación*, 1922)

COMPRENSIÓN Y ANÁLISIS

Ubique el poema «Piececitos» dentro de la época en que fue escrito. Comente sobre lo siguiente:

Forma

La estructura del poema.
La medida de los versos.
La rima.

Contenido

El tema: La desolación.
Los personajes: ¿Qué personaje hay y cómo aparece en el poema?
El espacio: ¿Qué espacios se nombran? ¿Qué importancia tienen en el poema?
El tiempo: ¿Hay un tiempo determinado en el poema? ¿Qué edad cree que tiene el niño? ¿Qué enfatiza la edad?
La cultura: La poeta denuncia que el sufrimiento infantil es menos atendido tal vez por no poder los niños expresarlo, lo cual causa su impotencia, o quizás por el desconocimiento de tal sufrimiento por parte de los adultos. ¿Es ésta la situación actual de los niños, o ha cambiado en algo? ¿Qué otros grupos sociales experimentan esta desatención y por qué esta similitud?

Lenguaje

¿Qué palabras contribuyen a dar al poema tinte de desolación?
Descripciones: ¿Qué palabras se utilizan para describir a los personajes? ¿Cómo los describiría usted?
Narración: La autora narra una situación a través del poema. ¿Cuál cree que puede ser ésta?
Lenguaje figurado: Analice las metáforas «una flor de luz viva» y «dos joyitas sufrientes». ¿Por qué dice que «los guijarros están ultrajados de nieves y lodos»?

Comunicación

La poeta intenta establecer un diálogo con el niño, ¿cómo se presenta tal intento?

Ejercicios de creación literaria

Escriba una narración para contar la historia presentada en el poema.
Analice y trate sobre el problema del sufrimiento infantil, contrastándolo con el de los adultos.

LOS SONETOS DE LA MUERTE

1

Del nicho helado en que los hombres te pusieron,
te bajaré a la tierra humilde y soleada.
Que he de dormirme en ella los hombres no supieron,
y que hemos de soñar sobre la misma almohada.

Te acostaré en la tierra soleada con una
dulcedumbre de madre para el hijo dormido,
y la tierra ha de hacerse suavidades de cuna
al recibir tu cuerpo de niño dolorido.

Luego iré espolvoreando tierra y polvo de rosas,
y en la azulada y leve polvareda de luna,
los despojos livianos irán quedando presos.

Me alejaré cantando mis venganzas hermosas,
¡porque a ese hondor recóndito la mano de ninguna
bajará a disputarme tu puñado de huesos!

2

Este largo cansancio se hará mayor un día,
y el alma dirá al cuerpo que no quiere seguir
arrastrando su masa por la rosada vía,
por donde van los hombres, contentos de vivir...

Sentirás que a tu lado cavan briosamente,
que otra dormida llega a la quieta ciudad.
Esperaré que me hayan cubierto totalmente...
¡y después hablaremos por una eternidad!

Sólo entonces sabrás el porqué, no madura
para las hondas huesas tu carne todavía,
tuviste que bajar, sin fatiga, a dormir.

Se hará la luz en la zona de los sinos, oscura;
sabrás que en nuestra alianza signo de astros había
y, roto el pacto enorme, tenías que morir...

3

Malas manos tomaron tu vida desde el día
en que, a una señal de astros, dejara su plantel
nevado de azucenas. En gozo florecía.
Malas manos entraron trágicamente en él...

Y yo dije al Señor: «Por las sendas mortales
le llevan. ¡Sombra amada que no saben guiar!
¡Arráncalo, Señor, a esas manos fatales
o le hundes en el largo sueño que sabes dar!

¡No le puedo gritar, no le puedo seguir!
Su barca empuja un negro viento de tempestad.
Retórnalo a mis brazos o le siegas en flor.»

Se detuvo la barca rosa de su vivir...
¿Que no sé del amor, que no tuve piedad?
¡Tú, que vas a juzgarme, lo comprendes, Señor!

(*Desolación*, 1922)

COMPRENSIÓN Y ANÁLISIS

Ubique el poema «Los sonetos de la muerte» dentro de la época en que fue escrito. Comente sobre lo siguiente:

Forma

La estructura del poema.
La medida de los versos.
La rima.

Contenido

El tema: La pérdida de un hijo.
Los personajes: ¿Quién es el interlocutor? ¿A quién se dirige? ¿Cuál es la relación entre ambos?
El espacio: ¿Dónde cree que tiene lugar el poema? ¿Qué sitios se nombran? ¿Qué representan?
El tiempo: ¿Hay un tiempo determinado en el poema? ¿Qué edad tiene el niño? ¿Influye ésta en el poema? Estudie los verbos y qué tiempos usó la poeta y analice lo que está expresando.
La cultura: ¿Qué supone para un ser humano perder a alguien más joven? ¿Por qué es tan importante en el poema que el cuerpo fallecido se encuentre cómodo? ¿Es esto una cuestión cultural, religiosa?

Lenguaje

¿Qué palabras contribuyen a mostrar el sufrimiento de la madre?
Descripciones: ¿Qué palabras se utilizan para describir al niño, la escena de separación?
Narración: La autora describe una historia desgarradora. ¿Qué historia es?

Lenguaje figurado: ¿Qué quieren decir los versos «Malas manos tomaron tu vida.... nevado de azucenas»? ¿Qué representan estas flores? ¿Qué significa el verso «que no sé del amor, que no tuve piedad». ¿Por qué primero desafía al Señor y luego lo hace confidente? ¿Qué distingue las tres partes del poema? ¿Son éstos los diferentes estados por los que se pasa ante la pérdida de un ser amado?

Comunicación

El poema intenta establecer un diálogo entre la madre y el hijo muerto, ¿cómo se presenta este intento? ¿Cómo se usan los pronombres de tratamiento (tú, usted, vosotros, ustedes) en el diálogo?

Ejercicios de creación literaria

Escriba una narración para contar la historia presentada en el poema.
Trate sobre el tema de la eutanasia. Responda a la madre para completar el diálogo.

Juana de Ibarbourou, Uruguay, 1892–1979

Juanita Fernández nació en Melo de padre español y madre uruguaya, profundamente religiosa. Una de sus primeras y principales influencias fue su nana negra Feliciana; ella le alegró la vida con fábulas y canciones; le enseñó la musicalidad del lenguaje y la magia de la naturaleza.

Juana empezó a escribir desde muy joven y empleó seudónimos como Jeanette d'Ibar, La poetisa Ibarbourou y Juana de América. Su poesía trata del amor, de la naturaleza y del gozo de vivir. Juana era optimista en su manera de ver la vida y el amor; comprendía que la muerte llegaría algún día y esto le causaba cierta melancolía porque ya no podría disfrutar de la vida. Según Juana, la vida es una manifestación de la naturaleza, hermosa, sensual y sin trabas o achaques de moralidad. Contrariamente al cristianismo de su madre, Juana celebraba la vida con pagano deleite; veía el amor con natural, limpia carnalidad y como expresión de felicidad. Su obra poética se desarrolló, como el ciclo vital, marcada por las cuatro estaciones. La primavera es su poesía juvenil en *Las lenguas de diamante,* (1918) su primer libro. Éste tuvo tal éxito que la colocó a la cabeza de la lírica uruguaya de la época. *Rebelde* augura la temática veraniega que expresa en *Raíz salvaje* (1922). En esta colección, Juana desarrolla su voluptuosidad poética y colma su poesía de palabras como fruta, flor, miel, gacela, alondra, y de imágenes de lo vegetal y lo animal para elogiar el goce de vivir.

Quienes conocían a Juana la describían como incitante, y parecían sentir en la carne el poder de su hermosura. Ella se sabía admirada y deseada. Por medio de metáforas narcisistas expresaba las delicias de la coquetería, el deleite de la desnudez y de la pasión encendida. Sin embargo, en su poesía se vislumbra la certidumbre de que ese supremo momento de belleza no se repite. Es por esto que se entreve la turbación que Juana siente ante el espejo del tiempo y la inevitable vejez a la que teme más que a la muerte.

Su producción otoñal aparece en *La rosa de los vientos* (1930) y trasluce cierta amargura, sin perder su vitalidad veraniega y cálida. Entre 1932 y 1949 su padre, su esposo y su madre murieron. Juana experimentó profunda tristeza. En 1955 publicó *Perdida,* poesía invernal, serena y meditativa donde la escritora expresó la necesidad de seguir adelante y cumplir su inevitable ciclo.

La poesía de Juana es amorosa, íntima, espontánea, llena de imágenes originales y de ritmo lento; ha sido traducida a varios idiomas; recibió muchos premios literarios, reconocimiento internacional y en 1959 fue nominada para el Premio Nóbel. Su legado se centra en haber roto con el tradicionalismo poético cultivando temas eróticos y sensuales prohibidos por la cultura burguesa de su ambiente y época así como lo hizo también Delmira Augustini.

REBELDE

Caronte[37]: yo seré un escándalo en tu barca.
Mientras las otras sombras recen, giman, o lloren,
y bajo tus miradas de siniestro patriarca
las tímidas y tristes, en bajo acento, oren,

[37]Charon of the Greek mythology, crossed the souls of the dead over the Styx, the chief river of the lower world. He was paid an obol, an ancient Greek coin, which had been placed in the mouth of the dead.

yo iré como una alondra cantando por el río
y llevaré a tu barca mi perfume salvaje,
e irradiaré en las ondas del arroyo sombrío
como una azul linterna que alumbrará en el viaje.

Por más que tú no quieras, por más guiños siniestros
que me hagan tus dos ojos, en el terror maestros,
Caronte, yo en tu barca seré como un escándalo.

Y extenuada de sombra, de valor y de frío,
cuando quieras dejarme a la orilla del río
me bajarán tus brazos cual conquista de vándalo.

Las lenguas de diamante

COMPRENSIÓN Y ANÁLISIS

Ubique el poema «Rebelde» dentro de la época y lugar en que fue escrito. Comente sobre lo siguiente:

Forma

La estructura del poema.
La medida de los versos.
La rima.

Contenido

El tema: Inconformismo, falta de sumisión.
Los personajes: ¿Quién y cómo es el interlocutor? ¿Quién y cómo es el interpelado? ¿Cómo se los imagina? ¿Cuál es la relación entre ambos?
El espacio: ¿Dónde cree que se desarrolla el poema? ¿Por qué elige la autora este lugar tan siniestro? ¿Es real o mitológico? ¿Por qué elige un lugar donde la resistencia es inútil?
El tiempo: Estudie los verbos y diga qué tiempos usó la autora y con qué fin.
La cultura: Conociendo la época en que se escribió el poema, ¿hay rompimiento o perpetuación de estereotipos sociales de clase, de género? ¿Por qué se utiliza un escenario tan lúgubre y sombrío para expresar exaltación y coraje? ¿Quiere ella luchar contra algo? ¿Cuál es la relación del título con el contenido del poema?

Lenguaje

¿Qué palabras contribuyen a darle a la interlocutora del poema su carácter indómito, salvaje, rebelde?
Descripciones: ¿Qué palabras se utilizan para describir los personajes?
Narración: La poeta narra una posible lucha. ¿De qué se trata?
Lenguaje figurado: ¿A quién se refiere la poeta cuando usa la metáfora «las otras sombras»? Analice la expresión «perfume salvaje», el símil «seré como un escándalo». ¿Qué quiere decir en el verso «Extenuada de sombra, de valor y de frío»? ¿A qué se alude con las palabras «conquista de vándalo?».

Ejercicios de creación literaria

Escriba una narración para contar la historia presentada en el poema.
Trate del abandono de la lucha, la rendición o llegar hasta el final, cueste lo que cueste.

LA HORA

Tómame ahora que aún es temprano
y que llevo dalias nuevas en la mano.

Ahora que tengo la carne olorosa,
y los ojos limpios y la piel de rosa.

Ahora que calza mi planta ligera
la sandalia viva de la primavera.

Ahora que en mis labios repica la risa
como una campana sacudida aprisa.

Después..., ¡ah, yo sé
que nada de eso más tarde tendré!

Tómame ahora que aún es sombría
esta taciturna cabellera mía.

Que entonces inútil será tu deseo,
como ofrenda puesta sobre un mausoleo.

¡Tómame ahora que aún es temprano
y que tengo rica de nardos la mano!

Hoy, y no más tarde. Antes que anochezca
y se vuelva mustia la corola fresca.

Hoy, y no mañana. Oh, amante, ¿no ves
que la enredadera crecerá ciprés?

Las lenguas de diamante

COMPRENSIÓN Y ANÁLISIS

Ubique el poema «La hora» dentro de la época en que fue escrito. Comente sobre lo siguiente:

Forma

La estructura del poema.
La medida de los versos.
La rima.

Contenido

El tema: Disfrutar mientras se pueda. Epicureismo. Deseo de vivir antes de que llegue la vejez y se acabe la belleza.
Los personajes: ¿Quién y cómo es la persona que habla? ¿A quién se dirige y cómo es él? ¿Qué relación guardan entre ellos?
El tiempo: ¿Qué edad cree que tiene la interlocutora? ¿Tiene algo que ver su edad con el poema?
La cultura: Conociendo la época en que fue escrito, ¿pudiera hablarse de acentuación o rompimiento de estereotipos sociales de clase, de género? ¿Es el ofrecimiento de ella un comportamiento típico femenino?

Lenguaje

Vocabulario del poema: ¿Qué palabras contribuyen a dar al poema su sensualidad, su necesidad de gozo, su urgencia de morir antes de perder la juventud y la belleza?
Descripciones: ¿Cómo se refiere la poeta a la vida y la muerte? ¿Qué palabras emplea para ello?
Narración: La autora nos narra una historia que incita prisa, premura. ¿De qué y por qué?
Lenguaje figurado: La autora hace alusión continuamente a elementos de la naturaleza, ¿a cuáles principalmente? ¿Por qué a éstos y no otros? ¿Qué nos quiere decir con la imagen, «la enredadera crecerá ciprés»?

Comunicación

La poeta trata de establecer un diálogo con alguien. Comente sobre esto.

Ejercicios de creación literaria

Escriba una narración para contar la historia presentada en el poema.
Trate sobre el «carpe diem», y la edad o momento apropiados para las relaciones íntimas.

LA HIGUERA

Porque es áspera y fea,
porque todas sus ramas son grises,
yo le tengo piedad a la higuera.
En mi quinta hay cien árboles bellos:
ciruelos redondos,
limoneros rectos
y naranjos de brotes lustrosos.

En las primaveras,
todos ellos se cubren de flores
en torno a la higuera.

Y la pobre parece tan triste
con sus gajos torcidos, que nunca
de apretados capullos se viste.

Por eso,
cada vez que yo paso a su lado,
digo, procurando
hacer dulce y alegre mi acento:
Es la higuera el más bello
de los árboles todos del huerto.

Si ella escucha,
si comprende el idioma en que hablo,
¡qué dulzura tan honda hará nido
en su alma sensible de árbol!

Y tal vez, a la noche,
cuando el viento abanique su copa
embriagada de gozo le cuente:
—Hoy a mí me dijeron hermosa.

Raíz salvaje

COMPRENSIÓN Y ANÁLISIS

Ubique el poema «La higuera» dentro de la época en que fue escrito. Comente sobre lo siguiente:

Forma

La estructura del poema.
La medida de los versos.
La rima.

Contenido

El tema: La caridad
Los personajes: ¿Sobre quién y cómo habla la poeta?

El espacio: ¿Dónde cree que se desarrolla el poema? ¿Qué sitio específico se menciona?
El tiempo: ¿Hay un tiempo determinado en el poema? ¿Se menciona alguno en particular? ¿Para qué?
La cultura: ¿Con qué quiere romper la autora al alabar a la higuera enfrente de los demás árboles?

Lenguaje

Vocabulario del poema: ¿Qué palabras contribuyen a dar al poema su empatía, su candor?
Descripciones: ¿Qué palabras se utilizan para describir los distintos árboles? ¿Qué tipo de árboles se describen? ¿Cómo se describe el lugar, así como la escena íntima?
Narración: La autora narra una posible historia para mostrarnos que lo que no es bello, no carece de sentimientos. ¿Cómo nos presenta la historia?

Lenguaje figurado: ¿Cómo es la higuera? ¿Cómo son sus frutos? ¿Qué simboliza con esto la escritora? ¿Por qué la personifica: «escucha, comprende, embriagada de gozo...»? Analice la imagen «¡qué dulzura tan honda hará nido en su alma sensible de árbol».

Comunicación

El poema trata de establecer una relación entre un árbol y una persona. ¿Cómo se presenta esta relación?

Ejercicios de creación literaria

Escriba una narración para contar la historia presentada en el poema.
Comente sobre el rechazo a la fealdad física en las sociedades modernas. ¿Ocurría esto en las culturas antiguas? Trate tambien sobre la fealdad de carácter. Compare ambas.

Capítulo 6

MOVIMIENTOS DE VANGUARDIA

■ IMPRESIONISMO, SIMBOLISMO, SURREALISMO

A finales del siglo XIX y primera mitad del XX aparecieron varios movimientos vanguardistas de los cuales sobresalieron el impresionismo, el simbolismo y el surrealismo. El impresionismo fue un movimiento artístico, nacido en Francia, para liberar al artista del riguroso racionalismo existente y como reacción contra el realismo; su propósito era expresar las sensaciones y restaurar la imaginación. Así como el romanticismo buscaba independencia de las reglas establecidas, el impresionismo afianzó la tendencia libertadora para crear impresiones mentales y liberar la imaginación. Para lograrlo los artistas se proponían eliminar el intelectualismo y la reflexión para identificarse con el objeto mismo. El escritor impresionista presentaba a sus personajes con una serie de detalles, reacciones, gustos y preferencias que los caracterizaban.

Al comienzo del impresionismo, la crítica lo describió como disonante; con el pasar de los años se aceptó como uno de los movimientos artísticos más preciosos. En la pintura, el impresionismo fue encabezado por Eduard Manet en 1863; en la música su precursor fue Claude Debussy; en la literatura fueron los hermanos Gorcourt en Francia, Juan Ramón Jiménez y Azorín en España, entre muchos otros.

El simbolismo se dio paralelo al impresionismo y en Francia fue encabezado por Paul Verlaine, Arthur Rimbaud y Stephane Mallarmé. Los simbolistas también se oponían a los extremos realistas que reinaban en la época y que buscaban una expresión más prosaica para expresar los crudos aspectos de la vida. El simbolismo fue la antítesis del retratismo realista y naturalista. A pesar de que sus postulados eran positivos, el simbolismo llegó a verse como una actitud negativa hacia la realidad; los artistas se concentraron en encontrar y comunicar el sentido musical del lenguaje por medio de sugerencias y melódicas palabras. Su deseo era expresar la implicación, la sensación y el matiz que origina el término y la situación que éste crea o evoca. Buscaban el ritmo que resulta de la encadenación de palabras; por lo tanto el contenido no tenía una fisonomía fija ni rígida, para el escritor o para el lector. El simbolismo fue pilar para el modernismo y sus discípulos.

El surrealismo fue la modalidad literaria de comienzos del siglo XX. Se derivó del dadaísmo[1]. Apollinaire acuñó el término y Andrés Bretón lo definió en sus famosos *Manifiestos* (1924 y 1930), explicando que quiere decir *más allá de lo real.* Los surrealistas buscaban un mundo en que se aunaran los elementos contradictorios de la vida para lograr una imagen o sentimiento de tal pureza que fluyera y se destilara entre lo mediato y lo inmediato. Para lograrlo exploraban el inconsciente a través de los sueños, el automatismo psíquico o las visiones en estados alucinógenos; todo esto se hacía sin juicios ni prejuicios y libre de moralismos racionales. Los surrealistas buscaban la expresión pura del pensamiento, por lo tanto, lo irracional primaba sobre lo meditado, lo elemental sobre lo elaborado y lo espontáneo sobre lo razonado. Se distinguieron en literatura James Joyce y en arte Salvador Dalí entre muchos.

---

[1]Literary movement that tried to abolish logic and meaning in search of extraordinary ideas and broken rhythms. It was the negation of established values; its name derived from a baby's first babble. Its success was short lived because of its extreme positions; however, it opened the path to a more successful movement, Surrealism.

César Vallejo, Perú, 1892–1938

Nació de padres indígenas en un pequeño pueblo minero. A través de su obra expresó el profundo amor que sentía por su familia y por toda la humanidad. Estudió en Trujillo y fue maestro por unos pocos años hasta la publicación de *Los heraldos negros* (1918). Simbólicamente estos eran los mensajeros en caballos negros que traían misivas de la muerte. La solidaridad humana frente al dolor es lo más significativo de este libro; en él se ve la expresión del poeta frente al sufrimiento de toda la raza humana; se notan influencias de Darío y Lugones, pero con un sello auténticamente peruano.

En *Trilce* (1922) Vallejo abandona el metro y la rima, rompe por completo con la retórica y agudiza el sentimiento de solidaridad humana. Logra esto con líneas depuradas y llenas de rebeldía. La poesía en *Trilce* es de las más herméticas en castellano. Vallejo yuxtapone opuestos disparatados expresándolos en lenguaje cotidiano; esta innovadora técnica fuerza al lector a explorar un mar de posibilidades.

En Perú tuvo problemas políticos que lo llevaron a la cárcel. Cuando salió, en 1923, se radicó en París donde escribió *Poemas en prosa* y *Contra el secreto profesional.* Europa fue terrible para Vallejo pues encontró muy pocas fuentes de trabajo y tuvo que vivir en extrema pobreza en compañía de su esposa Georgette. Esta situación agudizó su vida bohemia y su desgaste nervioso. En 1928 viajó a la Unión Soviética donde solidificó su ideología revolucionaria. Convencido de la función social del arte escribió *El arte y la revolución* y *Entre las dos orillas corre el río.* En 1930 fue expulsado de Francia y se radicó en España donde entabló estrecha amistad con Federico García Lorca, Pedro Salinas y Rafael Alberti. Allí publicó, en prosa, *El tungsteno, Rusia en 1931* y *Paco Yunque.* En España reencontró su inspiración poética y en 1934 reanudó su poesía y publicó *Poemas humanos, Presidentes de América,* y su última obra *La piedra cansada.* Entre las experiencias que marcaron su vida se cuenta la Guerra Civil española, la cual presenció personalmente, que lo conmovió hasta las raíces. Esta tragedia le inspiró *España, aparta de mí este cáliz* (1937). Este poemario expresa el dolor humano en carne viva y con los nervios desnudos. En 1938, la pena y la pobreza lo llevaron a prematura sepultura. Esta alma atormentada murió, simbólicamente, un Viernes Santo. Vallejo rechazó la objetividad y deshumanización del arte y fue considerado uno de los vanguardistas más importantes. Su poesía muestra pasión social destilada artísticamente hasta convertirla en arte auténtico, sin propaganda. Su obra está llena de dolor y desesperación esperanzada. Vallejo, con su edénica expresión, batalló por la dignidad y rectitud humanas las cuales veía como las únicas armas para superar el sufrimiento y las injusticias. A veces su tono es ultramundano sin ser fúnebre. Predominó en él un tono sombrío en sus primeras colecciones; luego lo superó en *Poemas humanos* aunque nunca se apartó totalmente del dolor en su expresión poética.

LA CENA MISERABLE

Hasta cuándo estaremos esperando lo que
no se nos debe... Y en qué recodo estiraremos
nuestra pobre rodilla para siempre! Hasta cuándo
la cruz que nos alienta no detendrá sus remos.

Hasta cuándo la Duda nos brindará blasones
por haber padecido...

Ya nos hemos sentado
mucho a la mesa, con la amargura de un niño
que a media noche, llora de hambre,
desvelado...
Y cuándo nos veremos con los demás, al
borde
de una mañana eterna, desayunados todos.
Hasta cuándo este valle de lágrimas, a
donde
yo nunca dije que me trajeran.
De codos
todo bañado en llanto, repito cabizbajo
y vencido: hasta cuándo la cena durará.

Hay alguien que ha bebido mucho, y se burla,
y acerca y aleja de nosotros, como negra cuchara
de amarga esencia humana, la tumba...

Y menos sabe
ese oscuro hasta cuándo la cena durará!

COMPRENSIÓN Y ANÁLISIS

Ubique el poema «La cena miserable» dentro de la época en que fue escrito. Comente sobre lo siguiente:

Forma

La estructura del poema.
La medida de los versos.
La rima.

Contenido

El tema: La miseria y el hambre.
Los personajes: ¿A quiénes se refiere el poeta con el pronombre «nos»?
El espacio: ¿Dónde cree que se desarrolla el poema? ¿Menciona algún lugar específico? ¿Por qué esta falta de localización?
El tiempo: ¿Hay un tiempo determinado en el poema? ¿Se da una especie de estancamiento temporal? ¿Qué quiere el autor recalcar?
La cultura: ¿Por qué alude a la falta de viandas en la cena y no en otras comidas? ¿Qué representa la cena en el día?

Lenguaje

Vocabulario del poema: ¿Qué palabras contribuyen a transmitir desesperación, miseria, impotencia y desolación?
Descripciones: ¿Qué palabras se utilizan para describir la escena íntima?
Lenguaje figurado: ¿Qué quiere decir el poeta en el verso «Hasta cuándo la cruz que nos alienta no detendrá sus remos»? ¿No resulta contradictorio? ¿Cómo antepone «desayuno» y «cena»? ¿Qué simboliza con la «negra cuchara de amarga esencia humana»? ¿Por qué utiliza este cubierto?

Comunicación

¿Cómo involucía en su sentimiento el poeta al lector?

Ejercicios de creación literaria

Escriba una narración para contar la escena presentada en el poema.
Analice las guerras civiles y su nivel de vejación debida a la crueldad en las masacres.

EL PAN NUESTRO

Se bebe el desayuno... Húmeda tierra
de cementerio huele a sangre amada.
Ciudad de invierno... La mordaz cruzada
de una carreta que arrastrar parece
una emoción de ayuno encadenada!

Se quisiera tocar todas las puertas,
y preguntar por no sé quién; y luego
ver a los pobres, y, llorando quedos,
dar pedacitos de pan fresco a todos.
Y saquear a los ricos sus viñedos
con las dos manos santas
que a un golpe de luz
volaron desclavadas de la Cruz!

Pestaña matinal, no os levantéis!
¡El pan nuestro de cada día dánoslo, Señor...!
Todos mis huesos son ajenos;
yo tal vez los robé!
Yo vine a darme lo que acaso estuvo
asignado para otro;
y pienso que, si no hubiera nacido,
otro pobre tomara este café!
Yo soy un mal ladrón... A dónde iré!

Y en esta hora fría, en que la tierra
trasciende a polvo humano y es tan triste,
quisiera yo tocar todas las puertas,
y suplicar a no sé quién, perdón,
y hacerle pedacitos de pan fresco
aquí, en el horno de mi corazón...!

COMPRENSIÓN Y ANÁLISIS

Ubique el poema «El pan nuestro» dentro de la época en que fue escrito. Comente sobre lo siguiente:

Forma

La estructura del poema.
La medida de los versos.
La rima.

Contenido

El tema: Saciar el hambre de los que la sufren, ante todo.
Los personajes: ¿Quién habla y hacia quiénes se dirige? ¿Existe alguna relación entre ellos? ¿Qué los une?
El espacio: ¿Dónde cree que se desarrolla el poema? ¿Se nombra algún lugar en particular? ¿Por qué se mencionan los viñedos y con qué evento se comparan?
El tiempo: ¿Hay un tiempo determinado en el poema? Estudie los verbos y los tiempos que el autor usa para expresar sus ideas.
La cultura: ¿Por qué recita el Padre Nuestro? ¿Es que en momentos tan desgarradores sólo queda rezar? ¿Qué significado tiene el café en tiempos de guerra? ¿Cuál es la relación del título con el contenido del poema?

Lenguaje

Vocabulario del poema: ¿Qué palabras se utilizan para expresar la desesperación por sobrevivir, la falta de justicia social de los ricos y el remordimiento del interlocutor por tener lo que otros necesitan?
Descripciones: ¿Qué palabras contribuyen a describir los pobres, la escena social?
Narración: El autor narra una vivencia o experiencia en un marco histórico ¿Cuál es dicha vivencia y el marco que la encierra?
Lenguaje figurado: Explique la imagen «arrastrar una emoción de ayuno encadenada». ¿A qué tiempo se alude con «A esta hora fría, en que la tierra trasciende a polvo humano»?

Comunicación

El poema es un monólogo, un pensamiento en voz alta, una confesión: ¿Cómo se presenta?

Ejercicios de creación literaria

Escriba una narración para contar la historia presentada en el poema.
Analice cómo se dejan en un segundo plano la moralidad y los escrúpulos cuando hay que saciar el hambre.

LOS HERALDOS NEGROS

Hay golpes en la vida, tan fuertes... ¡Yo no sé!
Golpes como del odio de Dios; como si ante ellos,
la resaca de todo lo sufrido
se empozara en el alma... ¡Yo no sé!

Son pocos, pero son... Abren zanjas oscuras
en el rostro más fiero y en el lomo más fuerte.
Serán tal vez los potros de bárbaros atilas;
o los heraldos negros que nos manda la
Muerte.

Son las caídas hondas de los cristos del alma,
de alguna fe adorable que el destino blasfema.
Esos golpes sangrientos son las crepitaciones
de algún pan que en la puerta del horno se nos quema.

Y el hombre... ¡Pobre... pobre! Vuelve los ojos,
como cuando por sobre el hombro nos llama una
palmada;
vuelve los ojos locos, y todo lo vivido
se empoza, como charco de culpa, en la mirada.
Hay golpes en la vida, tan fuertes... ¡Yo no sé!

COMPRENSIÓN Y ANÁLISIS

Ubique el poema «Los heraldos negros» dentro de la época en que fue escrito. Comente sobre lo siguiente:

Forma

La estructura del poema.
La medida de los versos.
La rima.

Contenido

El tema: El porqué del sufrimiento.
Los personajes: ¿Aparecen personajes en el poema? ¿Con qué o quiénes se comparan? ¿A qué se refieren?
El espacio: ¿Se nombra algún lugar? ¿Por qué?
El tiempo: ¿Hay un tiempo determinado en el poema? ¿Por qué si o por qué no?
La cultura: ¿Cuál es el significado de «horno de pan» para la sociedad y época del poema?
¿Cuál es la relación del título con el contenido del poema?

Lenguaje

Vocabulario del poema: ¿Qué palabras contribuyen a dar al poema la sensación de brutalidad, ensañamiento?
Descripciones: ¿Qué palabras se utilizan para describir los golpes?
Lenguaje figurado: ¿Por qué se utilizan elementos de la fe cristiana? ¿Qué se quiere argumentar con «bárbaros atilas»? ¿Cómo explicaría el verso «Esos golpes... se nos quema»? ¿Qué otra figura es paralela a «Abren zanjas oscuras»?

Comunicación

El poema trata de expresar un dolor, una pena y un sufrimiento sin razón de ser. ¿Cómo se presenta?

Ejercicios de creación literaria

Escriba una narración para contar la historia presentada en el poema.

ESPAÑA, APARTA DE MÍ ESTE CÁLIZ

Niños del mundo,
si cae España —digo, es un decir—
si cae
del cielo abajo su antebrazo que asen,

en cabestro, dos láminas terrestres;
niños, ¡qué edad la de las sienes cóncavas!
¡qué temprano en el sol lo que os decía!
¡qué pronto en vuestro pecho el ruido anciano!
¡qué viejo vuestro en el cuaderno!

¡Niños del mundo, está
la madre España con su vientre a cuestas;
está nuestra maestra con sus férulas,
está madre y maestra,
cruz y madera, porque os dio la altura,
vértigo y división y suma, niños;
está con ella, padres procesales!

Si cae —digo, es un decir— si cae
España, de la tierra para abajo,
niños, ¡cómo vais a cesar de crecer!
¡cómo va a castigar el año al mes!
¡cómo van a quedarse en diez los dientes,
en palote el diptongo, la medalla en llanto!
¡Cómo va el corderillo a continuar
atado por la pata al gran tintero!
¡Cómo vais a bajar las gradas del alfabeto
hasta la letra en que nació la pena!

Niños,
hijos de los guerreros, entretanto,
bajad la voz, que España está ahora mismo
repartiendo
la energía entre el reino animal,
las florecillas, los cometas y los hombres.
¡Bajad la voz, que está
con su rigor, que es grande, sin saber
qué hacer, y está en su mano
la calavera hablando y habla y habla,
la calavera, aquélla de la trenza,
la calavera, aquélla de la vida!

¡Bajad la voz, os digo;
bajad la voz, el canto de las sílabas, el llanto
de la materia y el rumor menor de las pirámides, y aún
el de las sienes que andan con dos piedras!
¡Bajad el aliento, y si
el antebrazo baja,
si las férulas suenan, si es la noche,
si el cielo cabe en dos limbos terrestres,
si hay ruido en el sonido de las puertas,
si tardo,
si no veis a nadie, si os asustan
los lápices sin punta, si la madre
España cae —digo, es un decir—
salid, niños del mundo; id a buscarla!...
Aparta de Mí Este Cáliz

COMPRENSIÓN Y ANÁLISIS

Ubique el poema «España, aparta de mí este cáliz» dentro de la época en que fue escrito. Comente sobre lo siguiente:

Forma

La estructura del poema.
La medida de los versos.
La rima.

Contenido

El tema: La pérdida de la inocencia, del bienestar.
Los personajes: ¿Qué personajes son los más nombrados? ¿Cómo son? ¿Por qué éstos? ¿Qué relación guardan con el interlocutor? ¿Qué otros personajes aparecen y cómo son? ¿Qué relación existe entre todos ellos?
El espacio: ¿Dónde cree que se desarrolla el poema? ¿Se menciona algún sitio en particular?
El tiempo: ¿Hay un tiempo determinado en el poema? Estudie los verbos del poema y diga qué tiempos usa el poeta para expresar sus ideas.
¿Cuál es la relación del título con el contenido del poema?

Lenguaje

Vocabulario del poema: ¿Qué palabras contribuyen a comunicar en el poema lo que lanza a los niños a una situación de maduración anticipada?
Descripciones: ¿Qué palabras se utilizan para describir la escena social?
Lenguaje figurado: ¿Qué significa «Si cae del cielo, abajo su antebrazo, asen en cabestro»? ¿A qué se refiere con «qué viejo vuestro en el cuaderno»? Explique la personificación «la madre España con su vientre acuestas». ¿Qué denuncia con «de la tierra para abajo»? ¿Qué está expresando con «Cómo va el corderillo... gran tintero»? ¿Cómo es que dota a la calavera de acciones de un ser vivo?
¿Qué nos quiere decir al increpar a los niños a buscar la madre España, si ésta cae: ¿Adónde?

Ejercicios de creación literaria

Escriba una narración para contar la historia presentada en el poema.
Analice y describa las repercusiones de una guerra en los niños y cómo los adultos pueden mitigar sus efectos.

Vicente Huidobro, Chile, 1893–1948

Nació en Santiago, Chile. Estudió con los jesuitas y desde joven su pasión fue la poesía; editó revistas como *Azul* en honor de su ídolo Rubén Darío. Dio una conferencia en Buenos Aires que le ganó el título de *Creacionista.* Se fue para París donde entabló estrecha amistad con Picasso, Gris y otros vanguardistas. Con su mejor amigo Apollinaire publicó la revista *Nord Sud,* la cual fue fundamental para la difusión de la poesía de la época. En ella, Huidobro escribió varios manifiestos teóricos y se convirtió en uno de los primeros poetas vanguardistas de Hispanoamérica. Su mayor contribución fue la teoría del creacionismo y su novedosa manera de concebir el arte[2].

La poesía de Huidobro se caracteriza por atrevidas y transgresoras metáforas, desde las más nítidas hasta las menos decodificables, en busca de comunicación ontológica. Para los vanguardistas, la máxima aspiración es la palabra como generadora de una nueva realidad. Las ideas revolucionarias le acarrearon grandes polémicas y furiosos ataques.

Huidobro también escribió prosa, tal como *Mío Cid Campeador.* El poema *Altazor* es lo más destacado de su producción. La publicación de *Altazor* en 1919 creó revuelo en los círculos artísticos. El subtítulo, *Poema en paracaídas,* da claves sobre su contenido; alude a la vida como el viaje en paracaídas que terminará inevitablemente en la muerte; este planteamiento ha suscitado innumerables interpretaciones[3].

Huidobro esclarece que Altazor es un nombre compuesto de *Alt* y *zor* o sea azor de las alturas; Altazor, personaje híbrido, despierta la conciencia al juego entre el hombre y el tiempo. A medida que se desarrolla el poema, el protagonista se da cuenta de que el tiempo es quien juega con el ser humano. Entonces viene el afán por aprovechar ese precioso tiempo que se filtra al pasado.

Algunos ven a Altazor como un ángel y otros como al mitológico Ícaro[4]. Además, se le ha comparado con Saturno, que salta de las entrañas de Huidobro, toma un paracaídas y vaga agónicamente por el cosmos mientras cavila hacia dónde va y para qué. Hay quien ve el poema como el redespertar del mito de *omphalos* u ombligo cósmico, o como la actualización de la eterna búsqueda, el mito de Sísifo.

En su viaje Altazor cuestiona la enigmática existencia: ¿Cuál es el sentido de nacer para morir? Para los creyentes cristianos, la muerte es el castigo por el pecado original, pero para Huidobro es la angustia existencial lo que obliga a ganar sabiduría, a pesar de estar consciente de las limitaciones humanas. Si se interpreta *Altazor* como la caída bíblica, se debe tener presente que Huidobro invierte la «caída» y la presenta como una maravillosa ascensión en la evolución del espíritu. En este viaje, el hombre se hace consciente del valor de la vida, y de la importancia de no desperdiciar el tiempo sufriendo en preparación para otra vida. Ésta sólo puede existir por medio de la fe.

Huidobro asume una posición existencialista ante la vida, satirizando el castigo colectivo y presentándolo como una experiencia ontológica de la cual el ser humano debe tomar conciencia y cuestionar el castigo colectivo del «pecado original». El lector, al tomar conciencia de quién es, se coloca en un laberinto de confusión y contradicción; su salida es metamorfosearse y descender a la subconsciencia en un vaivén evolutivo[5]. Al final del poema, la inevitable muerte se acerca y Huidobro la expresa como una caída, empleando lenguaje inteligible en un juego artificioso de palabras. Con el acertado empleo de técnicas dadaístas, Huidobro crea un universo mágico, primordial, donde el tiempo ordena cíclicamente la conciencia colectiva para comunicar el esfuerzo que es encarar el gran enigma: la muerte.

La estructura y el tema de *Altazor* se deben entender como choque de fuerzas opuestas: lo positivo y lo negativo, lo bueno y lo malo. Así, el

---

[2]The creationist theory centered in innovative concepts by creating poetic realities while supporting the idea that art must be completely free and independent from its creator and his or her circumstances.

[3]See: Ismael Espinosa *Significado de Altazor,* Concepcion: *Atenea.* Vol. 467, 1993. p. 123–25. Alan Schweitzer *Altazor de Huidobro: Poema en paracaídas.* Santiago: *Revista chilena de literatura.* Vol: 4. 1971. p. 55–77.

[4]Icarus, son of Daedalus, *the ingenious,* who was the best artist in Athens and constructed the labyrinth where the Minotaur was kept. He instructed his son Icarus to fly with him. Icarus became so excited about the flight that he flew too high, the sun rays burnt his wings and Icarus fell into the sea that now bears his name.

[5]For further studies on myths of eternal return, see: C. Jung, Tom Huxley, and Mircea Eliade.

protagonista de *Altazor* toma conciencia de la maravilla de la vida y la disfruta con todos sus altibajos; todo está conectado en una relación simbiótica, como la del mar que simboliza lo eterno, y la ola que simboliza lo humano.

En el etéreo mundo de *Altazor* reina la libertad de la imaginación y el pensamiento. Altazor actúa como el intermediario entre la enigmática causalidad divina y la inteligencia humana. A medida que el poema avanza hay una protesta contra Dios, quien permanece completamente indiferente.

En el segundo canto, Altazor conjura, desde el fondo de la memoria, a una metamorfoseada dama quien le revive la armonía y lo salva de la angustia. En Canto II, Huidobro plasma uno de los más logrados cantos a la mujer. Al final, Altazor experimenta náuseas y quiere hacer un pacto con el Dios que siempre lo aniquila; inevitablemente, Cronos[6] triunfa y se afirma: el tiempo-cronos devora al creador y a su criatura.

Las influencias principales de *Altazor* fueron Charles Baudelaire y Federico Nietzsche. Huidobro honró al segundo, retomando la lucha dionisíaca entre los espíritus fuertes y los débiles y poniéndole un sello definitivamente panteísta.

■ CREACIONISMO[7]

El creacionismo es una teoría estética cuyo nombre se acuñó alrededor de 1912. Según ella lo único que debe importar al poeta es el acto de la creación. El poeta crea lo que no existe y en el proceso él mismo se convierte en creador; para lograr la creación, el poeta se vale de extraordinarias metáforas:

El pájaro anida en el arco iris.
O *El océano se deshace*

Tal creación no hubiera existido jamás si un artista no la hubiera creado; el sino del artista es la creación.

Huidobro sostenía que el hombre no había creado nada porque se había limitado a imitar en vez de crear... El hombre ha aceptado que no hay otras realidades fuera de las que nos rodean... El hombre ha inventado a Dios con características humanas porque él mismo no ha sido capaz de crear.

El poeta-dios crea; para ello va más allá del contenido semántico de las palabras y penetra su significado mágico que es energía creadora, aura luminosa que transporta al lector a una atmósfera encantada. El creador-poeta desentraña la magia que yace bajo la palabra; la palabra es el alba de la creación; por eso, lo importante no es la palabra sino el alba, la magia de ella.

La magia existe entre lo que se ve y lo que se imagina; aquí no hay pasado ni futuro: Es el tiempo eterno. En este tiempo el poeta crea, saca lo innombrado y lo enhebra con hilos verbales para alumbrar rincones mentales desconocidos; así el mundo se convierte en algo inesperado y por lo tanto mágico.

Para el creacionista, la poesía tiene que estar libre de prejuicios y liberar al poeta para que exprese lo inexpresable. Para Huidobro, la poesía es un desafío a la razón que presenta una realidad que **es**, mientras que la poesía crea una realidad que **está siendo**.

En la evolución del pensamiento humano, el creacionismo es el eslabón entre el hombre-espejo y su evolución hacia el hombre-dios. En ese transcurso el creador tiene que desligarse de la realidad preexistente, despojarse de lo superfluo y crear su propia realidad.

En la literatura latinoamericana, esta línea de pensamiento tiene paralelo en el pensamiento indígena precolombino de la cultura Aymará en los altiplanos de Bolivia, donde se decía:

El poeta es un dios;
no aceptes la lluvia,
poeta, haz llover.

Para entender esto hay que separar la verdad del arte, de la verdad de la vida, de la verdad intelectual, de la científica, como lo demostró Schleiermacher (1768–1834), ya que el arte, por medio del artista, expresa la verdad del inconsciente colectivo; la verdad artística es posterior a su producción y por eso es vidente.

Según Huidobro, no se debe imitar la naturaleza sino manifestar su poder. El hombre debe rebelarse contra Dios para lograr la libertad de seleccionar elementos del mundo objetivo y *crear la realidad*; para lograr su expresión, el vate tiene que desarrollar un sistema y técnicas con los que se penetre el mundo subjetivo y se cree el mundo

[6]Son of Uranus (the Sky) and Gaia (the Earth); he is associated with time.

[7]In this section, ideas presented at academic conferences and the "Manifesto" where Huidobro defined «Creacionismo» are summarized. (**El hombre** refers to a human being.)

objetivo; el mundo objetivo permite la libertad de crear. Externalizar lo interno es lo que convierte al poeta en creador. Por ejemplo, un mecánico habla de un carro con veinte caballos de fuerza; aunque no vemos los caballos entendemos la idea. La naturaleza del artista es crear y para lograrlo debe seguir el proceso de creación.

La teoría poética de Huidobro se resume en los siguientes puntos:

1. Todo lo que pasa por el organismo debe humanizarse.
2. El creacionismo atrapa en el alma lo vago y lo hace preciso.
3. La meta es alcanzar el equilibrio perfecto entre lo abstracto y lo concreto.

Un poema creacionista se debe hacer en la misma forma en que la naturaleza hace un árbol: naturalmente. El poema revela la necesidad del poeta de asomarse al universo primordial para entender el tiempo y el espacio; allí crea cosas paralelas en el espacio para que se encuentren en el tiempo o viceversa. El creacionismo incita al ser humano a hacerse creador, fusionándose al cosmos que es la perfección.

ARTE POÉTICA

Que el verso sea como una llave
Que abra mil puertas.
Una hoja cae; algo pasa volando;
Cuanto miren los ojos creado sea,
Y el alma del oyente quede temblando.

Inventa mundos nuevos y cuida tu palabra;
El adjetivo, cuando no da vida, mata.

Estamos en el ciclo de los nervios.
El músculo cuelga,
Como recuerdo, en los museos;

Mas no por eso tenemos menos fuerza:
El vigor verdadero
Reside en la cabeza.

Por qué cantáis la rosa, ¡Oh Poetas!
Hacedla florecer en el poema;
Sólo para nosotros
Viven todas las cosas bajo el Sol.

El poeta es un pequeño Dios.

COMPRENSIÓN Y ANÁLISIS

Ubique el poema dentro del contexto histórico en que se escribió. Comente sobre lo siguiente:

Forma

La estructura del poema.
Rima y versos.

Contenido

El tema: La poesía como realidad expresada por medio de la palabra. El poeta como un pequeño Dios que crea con la palabra.
Los personajes: ¿Quién es el sujeto poético? ¿Quiénes son las personas interpeladas?
El tiempo: ¿Hay un tiempo determinado en el poema?
Analice los verbos en el texto poético y diga que tiempos usa para expresar las ideas.
La cultura: Conociendo la época en que fue escrito, ¿es este un poema tradicional o novedoso y por qué?
Dentro de qué tendencia o movimiento artístico lo ubicaría.
El lenguaje: Comente los versos: «Estamos en el siglo de los nervios»... «El músculo cuelga»... «Como recuerdo en los museos»...
¿Qué relación hay entre el título y el contenido del poema?

ALTAZOR (1931)

UN VIAJE EN PARACAÍDAS

CANTO I

Altazor ¿por qué perdiste tu primera serenidad?
¿Qué ángel malo se paró en la puerta de tu sonrisa con la espada en la mano?
¿Quién sembró la angustia en la llanura de tus ojos como el adorno de un dios?
¿Por qué un día de repente sentiste el terror de ser?
Y esa voz que te gritó vives y no te ves vivir
¿Quién hizo converger tus pensamientos al cruce de todos los vientos del dolor?
Se rompió el diamante de tus sueños en un mar de estupor
Estás perdido Altazor

Solo en medio del universo
Solo como una nota que florece en las alturas del vacío
No hay bien no hay mal ni verdad ni orden ni belleza
¿En dónde estás Altazor?
La nebulosa de la angustia pasa como un río
Y me arrastra según la ley de las atracciones
La nebulosa en olores solidificada huye su propia soledad
Siento un telescopio que me apunta como un revólver
La cola de un cometa me azota el rostro y pasa relleno de eternidad
Buscando infatigable un lago quieto en donde refrescar su tarea ineludible

Altazor morirás. Se secará tu voz y serás invisible
La tierra seguirá girando sobre su órbita precisa
Temerosa de un traspiés como el equilibrista sobre el alambre que ata las miradas del pavor
En vano buscas ojo enloquecido
No hay puerta de salida y el viento desplaza los planetas
Piensas que no importa caer eternamente si se logra escapar
¿No ves que vas cayendo ya?
Limpia tu cabeza de prejuicio y moral
Y si queriendo alzarte nada has alcanzado
Déjate caer sin parar tu caída sin miedo al fondo de la sombra
Sin miedo al enigma de ti mismo
Acaso encuentres una luz sin noche
Perdida en las grietas de los precipicios
Cae

Cae eternamente
Cae al fondo del infinito
Cae al fondo del tiempo
Cae al fondo de ti mismo
Cae lo más bajo que se pueda caer
Cae sin vértigo
A través de todos los espacios y todas las edades
A través de todas las almas de todos los anhelos y todos los naufragios
Cae y quema al pasar los astros y los mares
Quema los ojos que te miran y los corazones que te aguardan
Quema el viento con tu voz
El viento que se enreda en tu voz
Y la noche que tiene frío en su gruta de huesos

Cae en infancia
Cae en vejez
Cae en lágrimas
Cae en risas
Cae en música sobre el universo
Cae de tu cabeza a tus pies
Cae de tus pies a tu cabeza
Cae del mar a la fuente
Cae al último abismo de silencio
Como el barco que se hunde apagando sus luces
Todo se acabó
El mar antropófago golpea la puerta de las rocas despiadadas
Los perros ladran a las horas que se mueren
Y el cielo escucha el paso de las estrellas que se alejan.
Estás solo
Y vas a la muerte derecho como un iceberg que se desprende del polo
Cae la noche buscando su corazón en el océano
La mirada se agranda como los torrentes
Y en tanto que las olas se dan vuelta
La luna niño de luz se escapa de alta mar
Mira este cielo lleno
Más rico que los arroyos de las minas
Cielo lleno de estrellas que esperan el bautismo
Todas esas estrellas salpicaduras de un astro de piedra lanzado en las aguas eternas
No saben lo que quieren ni si hay redes ocultas más allá
Ni qué mano lleva las riendas
Ni qué pecho sopla el viento sobre ellas
Ni saben si no hay mano y no hay pecho.
Las montañas de pesca
Tienen la altura de mis deseos
Y yo arrojo fuera de la noche mis últimas angustias
Que los pájaros cantando dispersan por el mundo.
Reparad el motor del alba
En tanto me siento al borde de mis ojos
Para asistir a la entrada de las imágenes

Soy yo Altazor
Altazor
Encerrado en la jaula de su destino
En vano me aferro a los barrotes de la evasión posible
Una flor cierra el camino
Y se levantan como la estatua de las llamas.

La evasión imposible
Más débil marcho con mis ansias
Que un ejército sin luz en medio de emboscadas

Abrí los ojos en el siglo que moría el cristianismo.
Retorcido en su cruz agonizante
Ya va a dar el último suspiro
¿Y mañana qué pondremos en el sitio vacío?
Pondremos un alba o un crepúsculo
¿Y hay que poner algo acaso?
La corona de espinas
Chorreando sus últimas estrellas se marchita
Morirá el cristianismo que no ha resuelto ningún problema
Que sólo ha enseñado plegarias muertas.
Muere después de dos mil años de existencia
Un cañoneo enorme pone punto final a la era cristiana
El Cristo quiere morir acompañado de millones de almas
Hundirse con sus templos
Y atravesar la muerte con un cortejo inmenso.
Mil aeroplanos saludan la nueva era
Ellos son los oráculos y las banderas

Hace seis meses solamente
Dejé la ecuatorial recién cortada
En la tumba guerrera del esclavo paciente
Corona de piedad sobre la estupidez humana.
Soy yo que estoy hablando en este año de 1919
Es el invierno
Ya la Europa enterró todos sus muertos
Y un millar de lágrimas hacen una sola cruz de nieve
Mirad esas estepas que sacuden las manos
Millones de obreros han comprendido al fin
Y levantan al cielo sus banderas de aurora
Venid venid os esperamos porque sois la esperanza
La única esperanza
La última esperanza
Soy yo Altazor el doble de mí mismo
El que se mira obrar y se ríe del otro frente a frente
El que cayó de las alturas de su estrella
Y viajó veinticinco años
Colgado al paracaídas de sus propios prejuicios
Soy yo Altazor el del ansia infinita
Del hambre eterno y descorazonado
Carne labrada por arados de angustia
¿Cómo podré dormir mientras haya adentro tierras desconocidas?
Problemas
Misterios que se cuelgan a mi pecho
Estoy solo
La distancia que va de cuerpo a cuerpo
Es tan grande como la que hay de alma a alma
Solo
Solo
Solo
Estoy solo parado en la punta del año que agoniza
El universo se rompe en olas a mis pies
Los planetas giran en torno a mi cabeza
Y me despeinan al pasar con el viento que desplazan
Sin dar una respuesta que llene los abismos
Ni sentir este anhelo fabuloso que busca en la fauna del cielo
Un ser materno donde se duerma el corazón
Un lecho a la sombra del torbellino de enigmas
Una mano que acaricie los latidos de la fiebre.
Dios diluido en la nada y el todo
Dios todo y nada
Dios en las palabras y en los gestos
Dios mental
Dios aliento
Dios joven Dios viejo
Dios pútrido
lejano y cerca
Dios amasado a mi congoja

Sigamos cultivando en el cerebro las tierras del error
Sigamos cultivando las tierras veraces en el pecho
Sigamos
Siempre igual como ayer mañana y luego y después
No. No puede ser. Cambiemos nuestra suerte
Quememos nuestra carne en los ojos del alba
Bebamos la tímida lucidez de la muerte
La lucidez polar de la muerte.
Canta el caos al caos que tiene pecho de hombre
Llora de eco en eco por todo el universo
Rodando con sus mitos entre alucinaciones
Angustia de vacío en alta fiebre
Amarga conciencia del vano sacrificio
De la experiencia inútil del fracaso celeste
Del ensayo perdido
Y aún después que el hombre haya desaparecido
Que hasta su recuerdo se queme en la hoguera del tiempo
Quedará un gusto a dolor en la atmósfera terrestre
Tantos siglos respirada por miserables pechos plañideros
Quedará en el espacio la sombra siniestra
De una lágrima inmensa
Y una voz perdida aullando desolada
Nada nada nada
No. No puede ser

Consumamos el placer
Agotemos la vida en la vida
Muera la muerte infiltrada de rapsodias langurosas
Infiltrada de pianos tenues y banderas cambiantes como crisálidas
Las rocas de la muerte se quejan al borde del mundo
El viento arrastra sus florescencias amargas
Y el desconsuelo de las primaveras que no pueden nacer.
Todas son trampas
    trampas del espíritu
Transfusiones eléctricas de sueño y realidad
Oscuras lucideces de esta larga desesperación petrificada en
soledad
Vivir vivir en las tinieblas
Entre cadenas de anhelos tiránicos collares de gemidos
Y un eterno viajar en los adentros de sí mismo.
Con dolor de límites constantes y vergüenza de ángel estropeado
Burla de un dios nocturno.
Rodar rodar rotas las antenas en medio del espacio
Entre mares alados y auroras estancadas

Yo estoy aquí de pie ante vosotros
En nombre de una idiota ley proclamadora
De la conservación de las especies
Inmunda ley
Villana ley arraigada a los sexos ingenuos.
Por esa ley primera trampa de la inconsciencia
El hombre se desgarra
Y se rompe en aullidos mortales por todos los poros de su tierra.
Yo estoy aquí de pie entre vosotros
Se me caen las ansias al vacío
Se me caen los gritos a la nada
Se me caen al caos las blasfemias
Perro del infinito trotando entre astros muertos
Perro lamiendo estrellas y recuerdos de estrella
Perro lamiendo tumbas
Quiero la eternidad como una paloma en mis manos

Todo ha de alejarse en la muerte esconderse en la muerte
Yo tú él nosotros vosotros ellos
Ayer hoy mañana
Pasto en las fauces del insaciable olvido
Pasto para la rumia eterna del caos incansable
Justicia ¿qué has hecho de mí Vicente Huidobro?
Se me cae el dolor de la lengua y las alas marchitas
Se me caen los dedos muertos uno a uno
¿Qué has hecho de mi voz cargada de pájaros en el atardecer
La voz que me dolía como sangre?
Dadme el infinito como una flor para mis manos

Seguir
No. Basta ya
Seguir cargado de mundos de países de ciudades
Muchedumbres aullidos
Cubierto de climas hemisferios ideas recuerdos
Entre telarañas de sepulcros y planetas conscientes
Seguir del dolor al dolor del enigma al enigma
Del dolor de la piedra al dolor de la planta
Porque todo es dolor. Dolor de batalla y miedo de no ser
Lazos de dolor atan la tierra al cielo las aguas a la tierra
Y los mundos galopan en órbitas de angustia
Pensando en la sorpresa
La latente emboscada en todos los rincones del espacio.
Me duelen los pies como ríos de piedra
¿Qué has hecho de mis pies?
¿Qué has hecho de esta bestia universal
De este animal errante?
Esta rata en delirio que trepa las montañas
Sobre un himno boreal o alarido de tierra
Sucio de tierra y llanto
    de tierra y sangre
Azotado de espinas y los ojos en cruz.
La conciencia es amargura
La inteligencia es decepción
Sólo en las afueras de la vida
Se puede plantar una pequeña ilusión

Ojos ávidos de lágrimas hirviendo
Labios ávidos de mayores lamentos
Manos enloquecidas de palpar tinieblas
Buscando más tinieblas
Y esta amargura que se pasea por los huesos
Este entierro que se alarga en mi memoria
Este largo entierro que atraviesa todos los días mi memoria
Seguir
No. Que se rompa el andamio de los huesos
Que se derrumben las vigas del cerebro
Y arrastre el huracán los trozos a la nada al otro lado
En donde el viento azota a Dios
En donde aún resuene mi violín gutural
Acompañando el piano póstumo del Juicio Final

Eres tú el ángel caído
La caída eterna sobre la muerte

La caída sin fin de muerte en muerte
Embruja el universo con tu voz
Aférrate a tu voz embrujador del mundo
Cantando como un ciego perdido en la eternidad

Anda en mi cerebro una gramática dolorosa y brutal
La matanza continua de conceptos internos
Y una última aventura de esperanzas celestes
Un desorden de estrellas imprudentes
Caídas de los sortilegios sin refugio
Todo lo que se esconde y nos incita con imanes fatales
Lo que se esconde en las frías regiones de lo invisible
O en la ardiente tempestad de nuestro cráneo
La eternidad se vuelve sendero de flor
Para el regreso de espectros y problemas
Para el mirage sediento de las nuevas hipótesis
Que rompen el espejo de la magia posible

Liberación. ¡Oh! si la liberación de todo
De la propia memoria que nos posee
De las profundas vísceras que saben lo que saben
A causa de estas heridas que nos atan al fondo
Y nos quiebran los gritos de las alas

La magia y el ensueño liman los barrotes
La poesía llora en la punta del alma
Y acrece la inquietud mirando nuevos muros
Alzados de misterio en misterio
Entre minas de mixtificación que abren sus heridas
Con el ceremonial inagotable del alba conocida.
Todo en vano
Dadme la llave de los sueños cerrados
Dadme la llave del naufragio
Dadme una certeza de raíces en horizonte quieto
Un descubrimiento que no huya a cada paso
O dadme un bello naufragio verde
Un milagro que ilumine el fondo de nuestros mares íntimos
Como el barco que se hunde sin apagar sus luces.
Liberado de este trágico silencio entonces
En mi propia tempestad
Desafiaré al vacío
Sacudiré la nada con blasfemias y gritos
Hasta que caiga un rayo de castigo ansiado
Trayendo a mis tinieblas el clima del paraíso

¿Por qué soy prisionero de esta trágica busca?
¿Qué es lo que me llama y se esconde
Me sigue me grita por mi nombre
Y cuando vuelvo el rostro y alargo las manos de los ojos
Me echa encima una niebla tenaz como la noche de los astros
ya muertos?

Sufro me revuelco en la angustia
Sufro desde que era nebulosa
Y traigo desde entonces este dolor primordial en las células
Este peso en las alas
Esta piedra en el canto
Dolor de ser isla
Angustia subterránea
Angustia cósmica
Poliforme angustia anterior a mi vida
Y que la sigue como una marcha militar
Y que irá más allá hasta el otro lado de la periferia universal

Consciente
Inconsciente
Deforme
Sonora
Sonora como el fuego
El fuego que me quema el carbón interno y el alcohol de los ojos

Soy una orquesta trágica
Un concepto trágico
Soy trágico como los versos que punzan en las sienes y no pueden salir
Arquitectura fúnebre
Matemática fatal y sin esperanza alguna
Capas superpuestas de dolor misterioso
Capas superpuestas de ansias mortales
Subsuelos de intuiciones fabulosas

Siglos siglos que vienen gimiendo en mis venas
Siglos que se balancean en mi canto
Que agonizan en mi voz
Porque mi voz es sólo canto y sólo puede salir en canto
La cuna de mi lengua se metió en el vacío
Anterior a los tiempos
Y guardará eternamente el ritmo primero
El ritmo que hace nacer los mundos
Soy la voz del hombre que resuena en los cielos
Que reniega y maldice
Y pide cuentas de por qué y para qué

Soy todo el hombre
El hombre herido por quién sabe quién
Por una flecha perdida del caos
Humano terreno desmesurado
Sí desmesurado y lo proclamo sin miedo

Desmesurado porque no soy burgués ni raza fatigada
Soy bárbaro tal vez
Desmesurado enfermo
Bárbaro limpio de rutinas y caminos marcados
No acepto vuestras sillas de seguridades cómodas
Soy el ángel salvaje que cayó una mañana
En vuestras plantaciones de preceptos.
Poeta
Anti poeta
Culto
Anti culto
Animal metafísico cargado de congojas
Animal espontáneo directo sangrando sus problemas
Solitario como una paradoja
Paradoja fatal
Flor de contradicciones bailando un fox-trot
Sobre el sepulcro de Dios
Sobre el bien y el mal
Soy un pecho que grita y un cerebro que sangra
Soy un temblor de tierra
Los sismógrafos señalan mi paso por el mundo

Crujen las ruedas de la tierra
Y voy andando a caballo en mi muerte
Voy pegado a mi muerte como un pájaro al cielo
Como una fecha en el árbol que crece
Como el nombre en la carta que envío
Voy pegado a mi muerte
Voy por la vida pegado a mi muerte
Apoyado en el bastón de mi esqueleto

El sol nace en mi ojo derecho y se pone en mi ojo izquierdo
En mi infancia una infancia ardiente como un alcohol
Me sentaba en los caminos de la noche
A escuchar la elocuencia de las estrellas
Y la oratoria del árbol
Ahora la indiferencia nieva en la tarde de mi alma
Rómpanse en espigas las estrellas
Pártase la luna en mil espejos
Vuelva el árbol al nido de su almendra
Sólo quiero saber por qué
Por qué
Por qué
Soy protesta y araño el infinito con mis garras
Y grito y gimo con miserables gritos oceánicos
El eco de mi voz hace tronar el caos

Soy desmesurado cósmico
Las piedras las plantas las montañas
Me saludan las abejas las ratas
Los leones y las águilas
Los astros los crepúsculos las albas
Los ríos y las selvas me preguntan
¿Qué tal cómo está Ud.?
Y mientras los astros y las olas tengan algo que decir
Será por mi boca que hablarán a los hombres

Que Dios sea Dios
O Satán sea Dios
O ambos sean miedo, nocturna ignorancia lo mismo da
Que sea la vía láctea
O una procesión que asciende en pos de la verdad
Hoy me es igual
Traedme una hora que vivir
Traedme un amor pescado por la oreja
Y echadlo aquí a morir ante mis ojos
Que yo caiga por el mundo a toda máquina
Que yo corra por el universo a toda estrella
Que me hunda o me eleve
Lanzado sin piedad entre planetas y catástrofes
Señor Dios si tú existes es a mí a quien lo debes

Matad la horrible duda
Y la espantosa lucidez
Hombre con los ojos abiertos en la noche
Hasta el fin de los siglos
Enigma asco de los instintos contagiosos
Como las campanas de la exaltación
Pajarero de luces muertas que andan con pies de espectro
Con los pies indulgentes del arroyo
Que se llevan las nubes y cambia de país

En el tapiz del cielo se juega nuestra suerte
Allí donde mueren las horas
El pesado cortejo de las horas que golpean el mundo
Se juega nuestra alma
Y la suerte que se vuela todas las mañanas
Sobre las nubes con los ojos llenos de lágrimas
Sangra la herida de las últimas creencias
Cuando el fusil desconsolado del humano refugio
Descuelga los pájaros del cielo.
Mírate allí animal fraterno desnudo de nombre
Junto al abrevadero de tus límites propios
Bajo el alba benigna
Que zurce el tejido de las mareas
Mira a lo lejos viene la cadena de hombres
Saliendo de la usina de ansias iguales
Mordidos por la misma eternidad
Por el mismo huracán de vagabundas fascinaciones
Cada uno trae su palabra informe

Y los pies atados a su estrella propia
Las máquinas avanzan en la noche del diamante fatal
Avanza el desierto con sus olas sin vida
Pasan las montañas pasan los camellos
Como la historia de las guerras antiguas
Allá va la cadena de hombres entre fuegos ilusos
Hacia el párpado tumbal
Después de mi muerte un día
El mundo será pequeño a las gentes
Plantarán continentes sobre los mares
Se harán islas en el cielo
Habrá un puente de metal en torno de la tierra
Como los anillos construidos en Saturno
Habrá ciudades grandes como un país
Gigantescas ciudades del porvenir
En donde el hombre-hormiga será una cifra
Un número que se mueve y sufre y baila
(Un poco de amor a veces como un arpa que hace olvidar la vida)
Jardines de tomates y repollos
Los parques públicos plantados de árboles frutales
No hay carne que comer el planeta es estrecho
Y las máquinas mataron el último animal
Árboles frutales en todos los caminos
Lo aprovechable sólo lo aprovechable
Ah la hermosa vida que preparan las fábricas

La horrible indiferencia de los astros sonrientes
Refugio de la música
Que huye de las manos de los últimos ciegos
angustia de lo absoluto y de la perfección
Angustia desolada que atraviesa las órbitas perdidas
Contradictorios ritmos quiebran el corazón
En mi cabeza cada cabello piensa otra cosa

Un hastío invade el hueco que va del alba al poniente
Un bostezo color mundo y carne
Color espíritu avergonzado de irrealizables cosas
Lucha entre la piel y el sentimiento de una dignidad debida y no
otorgada.
Nostalgia de ser barro y piedra o Dios
Vértigo de la nada cayendo de sombra en sombra
Inutilidad de los esfuerzos fragilidad del sueño

Ángel expatriado de la cordura
¿Por qué hablas Quién te pide que hables?
Revienta pesimista mas revienta en silencio
Cómo se reirán los hombres de aquí a mil años
Hombre perro que aúllas a tu propia noche
Delincuente de tu alma
El hombre de mañana se burlará de ti
Y de tus gritos petrificados goteando estalactitas
¿Quién eres tú habitante de este diminuto cadáver estelar?
¿Qué son tus náuseas de infinito y tu ambición de eternidad?
Átomo desterrado de sí mismo con puertas y ventanas de luto
¿De dónde vienes a dónde vas?
¿Quién se preocupa de tu planeta?
Inquietud miserable
Despojo del desprecio que por ti sentiría
Un habitante de Betelgeuse
Veintinueve millones de veces más grande que tu sol

Hablo porque soy protesta insulto y mueca de dolor
Sólo creo en los climas de la pasión
Sólo deben hablar los que tienen el corazón clarividente
La lengua a alta frecuencia
Buzos de la verdad y la mentira
Cansados de pasear sus linternas en los laberintos de la nada
En la cueva de alternos sentimientos
El dolor es lo único eterno
Y nadie podrá reír ante el vacío
¿Qué me importa la burla del hombre-hormiga
Ni la del habitante de otros astros más grandes?
Yo no sé de ellos ni ellos saben de mí
Yo sé de mi vergüenza de la vida de mi asco celular
De la mentira abyecta de todo cuanto edifican los hombres
Los pedestales de aire de sus leyes e ideales

Dadme dadme pronto un llano de silencio
Un llano despoblado como los ojos de los muertos

¿Robinsón por qué volviste de tu isla?
De la isla de tus obras y tus sueños privados
La isla de ti mismo rica de tus actos
Sin leyes ni abdicación ni compromisos
Sin control de ojo intruso
Ni mano extraña que rompa los encantos
¿Robinsón cómo es posible que volvieras de tu isla?

Malhaya el que mire con ojos de muerte
Malhaya el que vea el resorte que todo lo mueve
Una borrasca dentro de la risa
Una agonía de sol adentro de la risa

Matad al pesimista de pupila enlutada
Al que lleva un féretro en el cerebro
Todo es nuevo cuando se mira con ojos nuevos

Oigo una voz idiota entre algas de ilusión
Boca parasitaria aún de la esperanza

Idos lejos de aquí restos de playas moribundas
Mas si buscáis descubrimientos
Tierras irrealizables más allá de los cielos
Vegetante obsesión de musical congoja
Volvamos al silencio.
Restos de playas fúnebres
¿A qué buscáis el faro poniente
Vestido de su propia cabellera
Como la reina de los circos?
Volvamos al silencio
Al silencio de las palabras que vienen del silencio
Al silencio de las hostias donde se mueren los profetas
Con la llaga del flanco
Cauterizada por algún relámpago

Las palabras con fiebre y vértigo interno
Las palabras del poeta dan un mareo celeste
Dan una enfermedad de nubes
Contagioso infinito de planetas errantes
Epidemia de rosas en la eternidad
Abrid la boca para recibir la hostia de la palabra herida
La hostia angustiada y ardiente que me nace no se sabe dónde
Que viene de más lejos que mi pecho
La catarata delicada de oro en libertad
Correr de río sin destino como aerolitos al azar
Una columna se alza en la punta de la voz
Y la noche se sienta en la columna
Yo poblaré para mil años los sueños de los hombres
Y os daré un poema lleno de corazón
En el cual me despedazaré por todos lados

Una lágrima caerá de unos ojos
Como algo enviado sobre la tierra
Cuando veas como una herida profetiza
Y reconozcas la carne desgraciada

El pájaro cegado en la catástrofe celeste
Encontrado en mi pecho solitario y sediento
En tanto yo me alejo tras los barcos magnéticos
Vagabundo como ellos
Y más triste que un cortejo de caballos sonámbulos

Hay palabras que tienen sombra de árbol
Otras que tienen atmósfera de astros
Hay vocablos que tienen fuego de rayos
Y que incendian donde caen
Otros que se congelan en la lengua y se rompen al salir
Como esos cristales alados y fatídicos
Hay palabras con imanes que atraen los tesoros del abismo
Otras que se descargan como vagones sobre el alma
Desconfía de las palabras
Y de la poesía
Trampas
  Trampas de luz y cascadas lujosas
Trampas de perla y de lámpara acuática
Anda como los ciegos con sus ojos de piedra
Presintiendo el abismo a todo paso

Mas no temas de mí que mi lenguaje es otro
No trato de hacer feliz ni desgraciado a nadie
Ni descolgar banderas de los pechos
Ni dar anillos de planetas
Ni hacer satélites de mármol en torno a un talismán ajeno
Quiero darte una música de espíritu
Música mía de esta cítara plantada en mi cuerpo
Música que hace pensar en el crecimiento de los árboles
Y estalla en luminarias adentro del sueño.
Yo hablo en nombre de un astro por nadie conocido
Hablo en una lengua mojada en mares no nacidos
Con una voz llena de eclipses y distancias
Solemne como un combate de estrellas o galeras lejanas
Una voz que se desfonda en la noche de las rocas
Una voz que da la vista a los ciegos atentos
Los ciegos escondidos al fondo de las casas
Como al fondo de sí mismos
Los veleros que parten a distribuir mi alma por el mundo
Volverán convertidos en pájaros
Una hermosa mañana alta de muchos metros
Alta como el árbol cuyo fruto es el sol
Una mañana frágil y rompible
A la hora en que las flores se lavan la cara
Y los últimos sueños huyen por las ventanas

Tanta exaltación para arrastrar los cielos a la lengua
El infinito se instala en el nido del pecho
Todo se vuelve presagio
  ángel entonces
El cerebro se torna sistro revelador
Y la hora huye despavorida por los ojos
Los pájaros grabados en el zenit no cantan
El día se suicida arrojándose al mar
Un barco vestido de luces se aleja tristemente
Y al fondo de las olas un pez escucha el paso de los hombres

Silencio la tierra va a dar a luz un árbol
La muerte se ha dormido en el cuello de un cisne
Y cada pluma tiene un distinto temblor
Ahora que Dios se sienta sobre la tempestad
Que pedazos de cielo caen y se enredan en la selva
Y que el tifón despeina las barbas del pirata
Ahora sacad la muerta al viento
Para que el viento abra sus ojos

Silencio la tierra va a dar a luz un árbol
Tengo cartas secretas en la caja del cráneo
Tengo un carbón doliente en el fondo del pecho
Y conduzco mi pecho a la boca
Y la boca a la puerta del sueño

El mundo se me entra por los ojos
Se me entra por las manos se me entra por los pies
Me entra por la boca y se me sale
En insectos celestes o nubes de palabras por los poros
Silencio la tierra va a dar a luz un árbol
Mis ojos en la gruta de la hipnosis
Mastican el universo que me atraviesa como un túnel
Un escalofrío de pájaro me sacude los hombros
Escalofrío de alas y olas interiores
Escalas de olas y alas en la sangre
Se rompen las amarras de las venas
Y se salta afuera de la carne
Se sale de las puertas de la tierra
Entre palomas espantadas

Habitante de tu destino
¿Por qué quieres salir de tu destino?
¿Por qué quieres romper los lazos de tu estrella
Y viajar solitario en los espacios
Y caer a través de tu cuerpo de tu zenit a tu nadir?

No quiero ligaduras de astro ni de viento
Ligaduras de luna buenas son para el mar y las mujeres
Dadme mis violines de vértigo insumiso
Mi libertad de música escapada
No hay peligro en la noche pequeña encrucijada
Ni enigma sobre el alma
La palabra electrizada de sangre y corazón
Es el gran paracaídas y el pararrayos de Dios

Habitante de tu destino
Pegado a tu camino como roca
Viene la hora del sortilegio resignado
Abre la mano de tu espíritu
El magnético dedo
En donde el anillo de la serenidad adolescente
Se posará cantando como el canario pródigo
Largos años ausente
Silencio
Se oye el pulso del mundo como nunca pálido
La tierra acaba de alumbrar un árbol.

CANTO II

Mujer el mundo está amueblado por tus ojos
Se hace más alto el cielo en tu presencia
La tierra se prolonga de rosa en rosa
Y el aire se prolonga de paloma en paloma

Al irte dejas una estrella en tu sitio
Dejas caer tus luces como el barco que pasa
Mientras te sigue mi canto embrujado
Como una serpiente fiel y melancólica
Y tú vuelves la cabeza detrás de algún astro

¿Qué combate se libra en el espacio?
Esas lanzas de luz entre planetas
Reflejo de armaduras despiadadas
¿Qué estrella sanguinaria no quiere ceder el paso?
En dónde estás triste noctámbula
Dadora de infinito
Que pasea en el bosque de los sueños
Heme aquí perdido entre mares desiertos
Solo como la pluma que se cae de un pájaro en la noche
Heme aquí en una torre de frío
Abrigado del recuerdo de tus labios marítimos
Del recuerdo de tus complacencias y de tu cabellera
Luminosa y desatada como los ríos de montaña
¿Irías a ser ciega que Dios te dio esas manos?
Te pregunto otra vez

El arco de tus cejas tendido para las armas de los ojos
En la ofensiva alada vencedora segura con orgullos de flor
Te hablan por mí las piedras aporreadas
Te hablan por mí las olas de pájaros sin cielo
Te habla por mí el color de los paisajes sin viento
Te habla por mí el rebaño de ovejas taciturnas
Dormid en tu memoria
Te habla por mí el arroyo descubierto
La yerba sobreviviente atada a la aventura
Aventura de luz y sangre de horizonte
Sin más abrigo que una flor que se apaga
Si hay un poco de viento

Las llanuras se pierden bajo tu gracia frágil
Se pierde el mundo bajo tu andar visible
Pues todo es artificio cuando tú te presentas
Con tu luz peligrosa
Inocente armonía sin fatiga ni olvido
Elemento de lágrima que rueda hacia adentro
Construido de miedo altivo y de silencio.
Haces dudar al tiempo
Y al cielo con instintos de infinito
Lejos de ti todo es mortal
Lanzas la agonía por la tierra humillada de noches
Sólo lo que piensa en ti tiene sabor a eternidad

He aquí tu estrella que pasa
Con tu respiración de fatigas lejanas
Con tus gestos y tu modo de andar
Con el espacio magnetizado que te saluda
Que nos separa con leguas de noche

Sin embargo te advierto que estamos cosidos
A la misma estrella
Estamos cosidos por la misma música tendida
De uno a otro
Por la misma sombra gigante
Agitada como árbol
Seamos ese pedazo de cielo
Ese trozo en que pasa la aventura misteriosa
La aventura del planeta que estalla en pétalos de sueño

En vano tratarías de evadirte de mi voz
Y de saltar los muros de mis alabanzas
Estamos cosidos por la misma estrella
Estás atada al ruiseñor de las lunas
Que tiene un ritual sagrado en la garganta
Qué me importan los signos de la noche
Y la raíz y el eco funerario que tengan en mi pecho
Qué me importa el enigma luminoso
Los emblemas que alumbran el azar
Y esas islas que viajan por el caos sin destino a mis ojos
Qué me importa ese miedo de flor en el vacío
Qué me importa el nombre de la nada
El nombre del desierto infinito
O de la voluntad o del azar que representan
Y si en ese desierto cada estrella es un deseo de oasis
O banderas de presagio y de muerte

Tengo una atmósfera propia en tu aliento
La fabulosa seguridad de tu mirada con sus constelaciones íntimas
Con su propio lenguaje de semilla
Tu frente luminosa como un anillo de Dios
Más firme que todo en la flora del cielo
Sin torbellinos de universo que se encabrita
Como un caballo a causa de su sombra en el aire

Te pregunto otra vez
¿Irías a ser muda que Dios te dio esos ojos?

Tengo esa voz tuya para toda defensa
Esa voz que sale de ti en latidos de corazón
Esa voz en que cae la eternidad
Y se rompe en pedazos de esferas fosforescentes
¿Qué sería la vida si no hubieras nacido?
Un cometa sin manto muriéndose de frío

Te hallé como una lágrima en un libro olvidado
Con tu nombre sensible desde antes en mi pecho
Tu nombre hecho del ruido de palomas que se vuelan
Traes en ti el recuerdo de otras vidas más altas
De un Dios encontrado en alguna parte
Y al fondo de ti misma recuerdas que eras tú
El pájaro de antaño en la clave del poeta

Sueño en un sueño sumergido
La cabellera que se ata hace el día
La cabellera al desatarse hace la noche
La vida se contempla en el olvido
Sólo viven tus ojos en el mundo
El único sistema planetario sin fatiga
Serena piel anclada en las alturas
Ajena a toda red y estratagema
En su fuerza de luz ensimismada
Detrás de ti la vida siente miedo
Porque eres la profundidad de toda cosa
El mundo deviene majestuoso cuando pasas
Se oyen caer lágrimas del cielo
Y borras en el alma adormecida
La amargura de ser vivo
Se hace liviano el orbe en las espaldas

Mi alegría es oír el ruido del viento en tus cabellos
(Reconozco ese ruido desde lejos)
Cuando las barcas zozobran y el río arrastra troncos de árbol

Eres una lámpara de carne en la tormenta
Con los cabellos a todo viento
Tus cabellos donde el sol va a buscar sus mejores sueños
Mi alegría es mirarte solitaria en el diván del mundo
Como la mano de una princesa soñolienta
Con tus ojos que evocan un piano de olores

Una bebida de paroxismos
Una flor que está dejando de perfumar
Tus ojos hipnotizan la soledad
Como la rueda que sigue girando después de la catástrofe

Mi alegría es mirarte cuando escuchas
Ese rayo de luz que camina hacia el fondo del agua
Y te quedas suspensa largo rato
Tantas estrellas pasadas por el harnero del mar
Nada tiene entonces semejante emoción
Ni un mástil pidiendo viento
Ni un aeroplano ciego palpando el infinito
Ni la paloma demacrada dormida sobre un lamento
Ni el arco iris con las alas selladas
Más bello que la parábola de un verso
La parábola tendida en puente nocturno de alma a alma

Nacida en todos los sitios donde pongo los ojos
Con la cabeza levantada
Y todo el cabello al viento
Eres más hermosa que el relincho de un potro en la montaña
Que la sirena de un barco que deja escapar toda su alma
Que un faro en la neblina buscando a quién salvar
Eres más hermosa que la golondrina atravesada por el viento
Eres el ruido del mar en verano
Eres el ruido de una calle populosa llena de admiración

Mi gloria está en tus ojos
Vestida del lujo de tus ojos y de su brillo interno
Estoy sentado en el rincón más sensible de tu mirada
Bajo el silencio estático de inmóviles pestañas.
Viene saliendo un augurio del fondo de tus ojos
Y un viento de océano ondula tus pupilas.

Nada se compara a esa leyenda de semillas que deja tu presencia
A esa voz que busca un astro muerto que volver a la vida
Tu voz hace un imperio en el espacio
Y esa mano que se levanta en ti como si fuera a colgar soles en el aire
Y ese mirar que escribe mundos en el infinito
Y esa cabeza que se dobla para escuchar un murmullo en la eternidad
Y ese pie que es la fiesta de los caminos encadenados
Y esos párpados donde vienen a vararse las centellas del éter
Y ese beso que hincha la proa de tus labios
Y esa sonrisa como un estandarte al frente de tu vida
Y ese secreto que dirige las mareas de tu pecho
Dormido a la sombra de tus senos

Si tú murieras
Las estrellas a pesar de su lámpara encendida
Perderían el camino
¿Qué sería del universo?

CANTO IV

No hay tiempo que perder
Enfermera de sombras y distancias

Yo vuelvo a ti huyendo del reino incalculable
De ángeles prohibidos por el amanecer
Detrás de tu secreto te escondías
En sonrisa de párpados y de aire
Yo levanté la capa de tu risa
Y corté las sombras que tenían
Tus signos de distancia señalados

Tu sueño se dormirá en mis manos
Marcado de las líneas de mi destino inseparable
En el pecho de un mismo pájaro
Que se consume en el fuego de su canto
De su canto llorando al tiempo
Porque se escurre entre los dedos

Sabes que tu mirada adorna los veleros
De las noches mecidas en la pesca
Sabes que tu mirada forma el nudo de las estrellas
Y el nudo del canto que saldrá del pecho
Tu mirada que lleva la palabra al corazón
Y a la boca embrujada del ruiseñor

No hay tiempo que perder
A la hora del cuerpo en el naufragio ambiguo
Yo mido paso a paso el infinito

El mar quiere vencer
Y por lo tanto no hay tiempo que perder
Entonces
Ah entonces
Más allá del último horizonte
Se verá lo que hay que ver...

Yo amo mis ojos y tus ojos y los ojos
Los ojos con su propia combustión

Los ojos que bailan al son de una música
interna
Y se abren como puertas sobre el crimen
Y salen de su órbita y se van como cometas
sangrientos al azar
Los ojos que se clavan y dejan heridas lentas
a cicatrizar
Entonces no se pegan los ojos como cartas
Y son cascadas de amor inagotables
Y se cambian día y noche
Ojo por ojo
Ojo por ojo como hostia por hostia
Ojo árbol
Ojo pájaro
Ojo río
Ojo montaña
Ojo mar
Ojo tierra
Ojo luna
Ojo cielo
Ojo silencio
Ojo soledad por ojo ausencia
Ojo dolor por ojo risa
No hay tiempo que perder
Y si viene el instante prosaico
Siga el barco que es acaso el mejor
Ahora que me siento y me pongo a escribir...

¿Quiénes están muriendo y quiénes nacen
Mientras mi pluma corre en el papel?

No hay tiempo que perder
Levántate alegría
Y pasa de poro en poro la aguja de tus sedas

Darse prisa darse prisa
Vaya por los globos y los cocodrilos mojados
Préstame mujer tus ojos de verano

La novia sin flores ni globos de pájaros
El invierno endurece las palomas presentes
Mira la carreta y el atentado de cocodrilos
azulados
Que son periscopios en las nubes del pudor
Novia en ascensión al ciento por ciento celeste

No hay tiempo que perder
Es un presente de las crueldades de la noche
Porque el hombre malo o la mujer severa
No pueden nada contra la mortalidad de la casa

De los párpados lavados en la prisión
Las penas tendientes a su fin son travesaños antes del
matrimonio

Murmuraciones de cascada sin protección
Las disensiones militares y todos los obstáculos

A causa de la declaración de esa mujer rubia
Que critica la pérdida de la expedición
O la utilidad extrema de la justicia

No hay tiempo que perder
Para hablar de la clausura de la tierra y la
llegada del día agricultor a la nada amante
como el eclesiástico de las empresas para la
miseria

La ventaja al pueblo que tiene inclinación por
el sacerdote pues él realza de la caída y se
hace más íntimo que el extravío de la doncella rubia
o la amistad de la locura

No hay tiempo que perder
Todo esto es triste como el niño que está quedándose
huérfano
O como la letra que cae al medio del ojo
O como la muerte del perro de un ciego
O como el río que se estira en su lecho de
agonizante

Todo esto es hermoso como mirar el amor de los
gorriones
Tres horas después del atentado celeste
O como oír dos pájaros anónimos que cantan a la
misma azucena
O como la cabeza de la serpiente donde sueña el
opio
O como el rubí nacido de los deseos de una
mujer
Y como el mar que no se sabe si ríe o llora
Y como los colores que caen del cerebro de las
mariposas

Y como la mina de oro de las abejas
Las abejas satélites del nardo como las gaviotas del
barco

Las abejas que llevan la semilla en su interior
Y van más perfumadas que pañuelos de narices
Aunque no son pájaros
Pues no dejan sus iniciales en el cielo

En la lejanía del cielo besada por los ojos
Y al terminar su viaje vomitan el alma de los
pétalos
Como las gaviotas vomitan el horizonte
Y las golondrinas el verano
No hay tiempo que perder
Ya viene la golondrina monotémpora...

COMPRENSIÓN Y ANÁLISIS

Ubique el poema «Altazor» dentro de la época en que fue escrito. Comente sobre lo siguiente:

Forma

La estructura del poema y las diferencias entre cantos.
La medida no-uniforme de los versos.
La ausencia de rima y su relación con los postulados del creacionismo.

Contenido

El tema: Busque y analice en el poema alusiones a la muerte.
Los personajes: Al empezar el poema ¿quién es el interlocutor y cómo habla a Altazor? ¿Quién y cómo es el interpelado (Altazor)? ¿Cuál es la relación entre el autor y Altazor? ¿Cuándo toma Altazor la palabra? ¿A quién habla Altazor en el Canto II? ¿Qué otros personajes aparecen en el poema y cómo son? Analice el personaje al que se hace referencia, Robinsón Crusoe y su papel en el discurso de Altazor.
El espacio: ¿Dónde se desarrolla el poema? ¿Qué sitios específicos menciona el poema?
El tiempo: El poema menciona la fecha 1919. En Europa, ¿qué estaba pasando en ese momento? ¿A qué cree usted que se alude cuando se habla de «millones de obreros»? ¿Tiene veinticinco años de edad del poeta? Estudie los verbos en el poema y diga qué tiempos usa el poeta para expresar sus ideas.
La cultura: ¿Cómo critica Altazor el cristianismo? ¿Qué predice sobre éste?
¿Cuál es la relación del título con el contenido del poema?

Lenguaje

Vocabulario del poema: Busque el significado de palabras desconocidas. ¿Qué palabras contribuyen a dar al poema su tono de angustia, de esperanza, de aburrimiento? ¿Qué palabras técnicas se encuentran en el poema?
Descripciones: ¿Qué palabras se utilizan para describir el estado interno del poeta y de Altazor?
Narración: El autor deja entrever una posible historia como eje del poema: ¿Cuál es esta historia?
Lenguaje figurado: Compare los versos (Canto I): «Del dolor de la piedra al dolor de la planta/Porque todo es dolor» con los versos de Rubén Darío «Dichoso el árbol que es apenas sensitivo/y más la piedra dura, porque ésa ya no siente» (*Lo fatal*). ¿Qué otras figuras literarias o tropos se presentan?

Comunicación

El poema establece un diálogo entre el autor, Altazor y los posibles lectores: ¿cómo se presenta este diálogo?
¿Cómo se usan los pronombres de tratamiento (tu, vosotros, ustedes) en las interpelaciones de los personajes?

Ejercicios de creación literaria

Escriba una narración para contar la historia presentada en el poema.
Tome las palabras técnicas del poema y rímelas en una corta creación.

Alfonsina Storni, Argentina, 1892–1938

Alfonsina nació accidentalmente en Suiza durante unas vacaciones de sus padres, pero se crío y educó en la Argentina. Comenzó como maestra rural, pero el destino le deparaba una mala jugada: se enamoró de un hombre casado y a los diecinueve años estaba embarazada. Para no causarle problemas a su amante ni vergüenza a la familia, la joven se mudó sola a Buenos Aires. Allí trabajó en una serie de ocupaciones mal pagadas y poco a poco fue penetrando el patriarcal mundo literario. Se involucró en actividades artísticas y literarias. Su drama *Farsas pirotécnicas* anticipó el teatro vanguardista, pero su fama internacional la alcanzó con su poesía.

Su primera producción fue de tono romántico: *La inquietud del rosal* (1916), *El dulce daño* (1918), *Irremediablemente* (1919), *Languidez* (1920). Después de ganar varios premios escribió artículos en periódicos bajo el seudónimo Tao-Lao y perteneció al grupo *Anaconda* bajo la dirección de Horacio Quiroga.

A partir de 1925, cuando publicó *Ocre*, se notó un cambio en su expresión poética y su escritura se volvió amarga y desilusionada. Storni se sentía prisionera en un desesperanzado patriarcado. Las circunstancias de su vida, las desilusiones, la misoginia, afectaron los temas que trató: El amor, la pasión, el feminismo, el arte, la humanidad, la naturaleza y la muerte. El tema que más sobresale es el del hombre, que se mantuvo constante a través de toda su producción. Cuando Storni no vio forma de comunicarse con él, su poética se volvió irónica y desdeñosa. A pesar de todo, ella añoraba compartir su vida con un hombre; cuando no encontró uno que alcanzara su profundidad espiritual, escribió:

> *Yo te pedía el cielo, me diste tierra,*
> *Yo te pedía estrellas, me diste besos...*

Con el pasar de los años su poesía se volvió más intelectual y renovadora. Con frecuencia consideraba el suicidio, especialmente después de que se suicidaron sus dos ídolos literarios, Quiroga y Lugones. En 1935 tuvo una operación de cáncer, y en 1938 mandó al periódico el poema *Voy a dormir* y se internó en el mar del Plata para no salir más. El día después de su suicidio, el poema apareció en *La Nación*. *Voy a dormir* es uno de los poemas más desnudos y conmovedores de las letras hispanoamericanas.

En *Peso ancestral* expresa la amargura de ser mujer, y la injusticia que, por siglos, se ha perpetuado contra ella. En *Tú me quieres blanca* refleja de nuevo esa iniquidad; se exige a la mujer que sea virgen, sin permitírsele expresar lo que siente y lo que es. Este poema parece un grito de batalla, e introduce otros poemas que expresan el marginamiento de la mujer en un mundo lleno de prejuicios. *Tú me quieres blanca* es una de las acusaciones más fuertes contra el macho, quien siendo libertino exige que la mujer permanezca casta. En las letras hispanas, sólo Sor Juana Inés de la Cruz había escrito otra protesta tan artística como ésta contra el machismo. Alfonsina se sentía atrapada entre el papel de obediencia y virginidad que le asignaba la sociedad, en contraste con lo que ella sabía y sentía.

Las obras *Ocre*, y *Mascarilla y Trébol* quiebran la corriente didáctica y romántica de Storni, aportando renovación poética, y ampliando el enfoque desde el punto de vista femenino. La mujer que ella retrata ahora es un ser cosmopolita que participa en banquetes, debates, viajes y tertulias literarias; tal era la utópica libertad a la que Storni aspiraba.

Su producción literaria, así como también su vida, han sido cimientos fundamentales en el desarrollo de las letras hispanoamericanas y la concientización de la situación marginada de la mujer.

LA QUE COMPRENDE

Con la cabeza negra caída hacia adelante
Está la mujer bella, la de mediana edad,
Postrada de rodillas, y un Cristo agonizante
Desde su duro leño la mira con piedad.

En sus ojos la carga de una enorme tristeza,
En el seno la carga del hijo por nacer,
Al pie del blanco Cristo que está sangrando reza:
—¡Señor: el hijo mío que no nazca mujer!

TÚ ME QUIERES BLANCA

Tú me quieres alba,
me quieres de espumas,
me quieres de nácar.
Que sea azucena
sobre todas, casta.
De perfume tenue.
Corola cerrada.

Ni un rayo de luna
filtrado me haya.
Ni una margarita
se diga mi hermana.
Tú me quieres nívea,
tú me quieres blanca,
tú me quieres alba.

Tú que hubiste todas
las copas a mano,
de frutos y mieles
los labios morados.
Tú que en el banquete,
cubierto de pámpanos,
dejaste las carnes
festejando a Baco.
Tú que en los jardines
negros del Engaño
vestido de rojo
corriste al Estrago.

Tú que el esqueleto
conservas intacto
no sé todavía
por cuáles milagros,
me pretendes blanca
(Dios te lo perdone),
me pretendes casta
(Dios te lo perdone),
¡me pretendes alba!

Huye hacia los bosques;
vete a la montaña;
límpiate la boca;
vive en las cabañas;
toca con las manos
la tierra mojada;
alimenta el cuerpo
con raíz amarga;

bebe de las rocas;
duerme sobre escarcha;
renueva tejidos
con salitre y agua;
habla con los pájaros
y lévate al alba.
Y cuando las carnes
te sean tornadas,
y cuando hayas puesto
en ellas el alma
que por las alcobas
se quedó enredada,
entonces, buen hombre,
preténdeme blanca,
preténdeme nívea,
preténdeme casta.

(*Dulce daño*, 1918)

COMPRENSIÓN Y ANÁLISIS

Ubique el poema «Tú me quieres blanca» dentro de la época en que fue escrito. Comente sobre lo siguiente:

Forma

La estructura del poema.
La medida de los versos.
La rima.

Contenido

El tema: Las predilecciones masculinas en asuntos de mujeres, encarnadas en el amante de la poeta.
Los personajes: ¿Quiénes y cómo son los dos personajes centrales? ¿Cuál es la relación entre ellos?
El espacio: ¿Qué significan «el banquete» y «los jardines negros» en el poema? ¿Qué otros lugares se mencionan y qué significan éstos? ¿Insinúa la poeta que el regreso a la naturaleza es como una purificación?
El tiempo: ¿Qué aconseja la poeta que haga su interlocutor antes de requerirlo de ella?
La cultura: ¿Cómo contribuyen los versos «Tú me quieres alba», «Dios te lo perdone», «límpiate la boca», «[tu] alma que por las alcobas se quedó enredada» a romper estereotipos de género? ¿Cómo subraya la poeta la doble moral del hombre?

Lenguaje

Vocabulario del poema: ¿Por qué escribe el Engaño y el Estrago con mayúsculas? Encuentre palabras de la naturaleza en el poema y diga qué significan.
Descripciones: ¿Qué palabras se utilizan para describir figuradamente la pureza? ¿Qué palabras se utilizan para describir la conducta lujuriosa del hombre?
Lenguaje figurado: Analice la metáfora «Corola cerrada», la personificación «habla con los pájaros», la ironía «no sé todavía por cuáles milagros,...» ¿Cómo compara la poeta su alma a la del hombre?

Comunicación

¿Qué quiere la poeta comunicar al hombre? ¿Qué condiciones le pide cumplir antes de requerirle a ella pureza total?

Ejercicios de creación literaria

Escriba un ensayo donde desarrolle el tema de la doble moral.

PESO ANCESTRAL

Tú me dijiste: no lloró mi padre;
tú me dijiste: no lloró mi abuelo;
no han llorado los hombres de mi raza,
eran de acero.

Así diciendo te brotó una lágrima
y me calló en la boca... ; más veneno
así pequeño.

Débil mujer, pobre mujer que entiende,
dolor de siglos conocí al beberlo.
yo no he bebido nunca en otro vaso
Oh, el alma mía soportar no puede
todo su peso.

(*Irremediablemente*, 1919)

HOMBRE PEQUEÑITO

Hombre pequeñito, hombre pequeñito,
suelta a tu canario que quiere volar...
yo soy el canario, hombre pequeñito,
déjame saltar.

Estuve en tu jaula, hombre pequeñito,
hombre pequeñito que jaula me das.
Digo pequeñito porque no me entiendes,
ni me entenderás.

Tampoco te entiendo, pero mientras tanto
ábreme la jaula, que quiero escapar;
hombre pequeñito, te amé media hora,
no me pidas más.

(*Irremediablemente*, 1919)

LA CARICIA PERDIDA

Se me va de los dedos la caricia sin causa,
se me va de los dedos... En el viento, al rodar,
la caricia que vaga sin destino ni objeto,
la caricia perdida, ¿quién la recogerá?

Pude amar esta noche con piedad infinita,
pude amar al primero que acertara a llegar.
Nadie llega. Están solos los floridos senderos.
La caricia perdida, rodará..., rodará...

Si en el viento te llaman esta noche, viajero,
si estremece las ramas un dulce suspirar,
si te oprime los dedos una mano pequeña
que te toma y te deja, que te logra y se va.

Si no ves esa mano, ni la boca que besa,
si es el aire quien teje la ilusión de llamar,
Oh, viajero, que tienes como el cielo los ojos,
en el viento fundida, ¿me reconocerás?

(*Languidez*, 1920)

CUADRADOS Y ÁNGULOS

Casas enfiladas, casas enfiladas,
casas enfiladas.
Cuadrados, cuadrados, cuadrados.
Casas enfiladas.
Las gentes ya tienen el alma cuadrada,
ideas en fila
y ángulo en la espalda.
Yo misma he vertido ayer una lágrima,
Dios mío, cuadrada.

(*El dulce daño*, 1918)

VOY A DORMIR

Dientes de flores, cofia de rocío,
manos de hierbas, tú, nodriza fina,
tenme prestas las sábanas terrosas
y el edredón de musgos escardados.

Voy a dormir, nodriza mía, acuéstame.
Ponme una lámpara a la cabecera;
una constelación, la que te guste;
todas son buenas, bájala un poquito.

Déjame sola: oyes romper los brotes...
te acuna un pie celeste desde arriba
y un pájaro te traza unos compases

para que olvides... Gracias... Ah, un encargo:
si él llama nuevamente por teléfono
le dices que no insista, que he salido.

COMPRENSIÓN Y ANÁLISIS

Recuerde que Alfonsina envió el poema «Voy a dormir» (1938) a *La Nación* como despedida antes de suicidarse ahogándose en el mar. Comente sobre lo siguiente:

Forma

El poema es un soneto. Analice su estructura.

Contenido

El tema: El suicidio como escape al dolor.
Los personajes: ¿Quiénes son los tres personajes centrales? ¿Cuál es la relación entre ellos? ¿Qué siente la poeta por la nodriza? ¿Muestra la poeta su indefensión ante el dolor al pedir a su nodriza mimarla como una niña? ¿Cuál es la razón para el diálogo con la nodriza antes de la muerte?
El espacio: ¿Dónde está la poeta cuando canta su poema? Use «la cabecera» como una clave para decidir.
La cultura: ¿Qué significa el suicidio en el contexto del poema? ¿Cuál parece ser la razón de esta decisión?

Lenguaje

Vocabulario del poema: ¿Qué significan «las sábanas terrosas» y «el edredón de musgos»?
Descripciones: ¿Qué palabras se utilizan para describir a la nodriza? ¿Qué muestra la poeta sobre la nodriza en la descripción que hace de ella, «Dientes de flores, cofia de rocío, manos de hierbas»?

Lenguaje figurado: Analice las metáforas «Dientes de flores, cofia de rocío, manos de hierbas», la personificación «te acuna un pie celeste desde arriba», la mención del teléfono en el poema.

Comunicación

¿Qué quiere la poeta comunicar? ¿Qué pide a la nodriza antes de morir?

Ejercicios de creación literaria

Escuche la canción *Alfonsina y el mar* por Mercedes Sossa. Compárela con este soneto.

Pablo Neruda, Chile, 1904–1973

Neftalí Ricardo Reyes, empleó el seudónimo Pablo Neruda[8], con el que se le conoce en la literatura hispanoamericana. Neruda era hijo de un modesto trabajador ferroviario; nació y se crió en *la frontera* chilena con la Araucanía. Su madre murió de tuberculosis cuando el niño tenía sólo meses de nacido. Empezó a escribir a los catorce años y a los quince publicó *Selva Austral* y *Atenea*, y obtuvo su primer premio literario. En 1920 se trasladó a Santiago, donde estudió francés y empezó a trabajar como maestro. Allí desarrolló sus primeras inquietudes políticas y sociales; desde entonces su vida y profesión estuvieron vinculadas a la revolución social.

En Santiago de Chile, el joven poeta vivió modestamente y publicó *Crepusculario.* En 1924 publicó *Veinte poemas de amor y una canción desesperada* el cual le trajo injustos ataques y acusaciones de plagio. En 1926, el gobierno chileno lo envió de cónsul a Indochina. De allí en adelante Neruda viajó mucho el resto de su vida.

Su poemario *Residencia en la tierra* le otorgó una calurosa acogida en España donde fraternizó con Federico García Lorca, Rafael Alberti y Dámaso Alonso. La Guerra Civil sacudió su vida y la de otros intelectuales. De regreso a Chile empezó una fuerte campaña a favor de la República española y se comprometió con la ideología comunista.

En 1945 recibió el Premio Nacional de Literatura en Chile. Entonces resolvió vincularse a la política chilena. Durante este período su poesía se revela política, menos dinámica y creativa, más centrada en las ideas que en los valores literarios.

En 1969 fue candidato a la presidencia de Chile por el partido comunista. A los pocos meses decidió apoyar a Salvador Allende, el primer presidente socialista elegido democráticamente en Hispanoamérica. En 1971 ganó el premio Nóbel de literatura y fue nombrado embajador en París. Durante el gobierno de Salvador Allende su labor política se intensificó, bajo el influjo de la Revolución Cubana a la que dedicó su poemario *Canción de gesta.* Más tarde tendría diferencias con la política cultural cubana y sus relaciones con el proceso cubano se enfriaron, pero no así con la ideología izquierdista a la que estuvo vinculado hasta su muerte en 1973, muy poco tiempo después del asesinato del presidente Salvador Allende.

Neruda abrazó varios movimientos políticos y fue todo un humanista, librepensador y bohemio. Como prolífero escritor evolucionó a través de los años y se podría decir que hubo cuatro Nerudas: el romántico, el hermético, el revolucionario, y el naturista. El primero va desde *Crepusculario* (1923) donde emplea un lenguaje tradicional hasta *Veinte poemas de amor y una canción desesperada* (1924). Durante este período, Neruda experimentó una notable depuración y empezó a exhibir un acento más personal; el tema de *Veinte poemas de amor* se centra en la carne, el cuerpo de mujer, y el color blanco; Eros reina y se deleita en la amada y su naturaleza de mujer-tierra. En *Poema 15,* la amada, inmaterial como una mariposa, provoca una sensación de ausencia para luego deleitar al amado con su presencia. En otros poemas el natural ciclo amoroso se externaliza con el paso de las estaciones y los cambios naturales que éstas acarrean. Las metáforas son vegetales y cotidianas sin apartarse de la desesperación.

El segundo período culminó con las cinco partes de *Residencia en la tierra* (1945), donde muestra la influencia surrealista y cómo se sintió sobrecogido por sus experiencias en España durante la Guerra Civil. *Residencia* está anclada en la angustia resultante de la concientización de que este mundo es sólo destrucción o descomposición: *hay una sola enfermedad que mata, y ésa es la vida,* decía el vate chileno. Tal visión, agobiantemente nihilista, se reflejó en su poesía que, con los años, se torna hermética y metafísica, llena de vocablos mortuorios y oníricos. Este periodo poético de Neruda se

[8]He chose this pseudonym for his respect and admiration to the Czech poet Jean Neruda.

caracteriza por el tono de desgarradora soledad y tristeza, reflejando la silenciosa tragedia humana.

Alrededor de 1950, su poesía se ve comprometida con su ideología política y llega a ser casi panfletaria; pronto Neruda sufrió una nueva transformación que se aprecia claramente en su tercer período centrado en *El canto general.* Este libro está estructurado en 14 cantos que expresan comunión con la naturaleza y con la historia ancestral del Nuevo Continente. En esta época Neruda también se reveló profético, especialmente en *Alturas de Machu Picchu,* donde predice que su historia será reconstruida.

En los años cincuenta Neruda sufrió otra transformación y criticó la angustia de *Canto general,* diciendo que ese tipo de pensamiento sólo ayudaba a morir. Viudo y con un nuevo amor en su vida el poeta se tornó optimista y jovial. Ya la materia no era sólo descomposición, sino una razón más para celebrar y cantar. Así llegó a su última etapa de *Odas elementales* (1954) y *Plenos poderes* (1962). Este tipo de poesía revela la alegría que expresan Whitman o Thoreau con el goce cotidiano. Es poesía naturista, sencilla y por lo tanto más popular. La poesía de Neruda se caracteriza por la antítesis, el contraste de dualismos expresados líricamente.

Por medio de su obra, Neruda desarrolló una estrecha conexión con sus lectores que con el pasar de los años llegaron a ser legiones.

Renovó la estilística creando *nerudismos,* que han sido imitados con frecuencia en poesía más reciente. Podrían citarse el apareamiento de materia y espíritu, luz y oscuridad en frases como *sueños de ceniza, besos espesos.*

En su poesía tardía, Neruda organizó su caótico mundo creativo y armonizó elementos antagónicos; vivió y escribió con los nervios desnudos y produjo poemas que evolucionan a través de los años. En *Odas elementales* recupera la perdida simplicidad. *Alturas de Machu Picchu* es un poema donde el narrador se funde con los «hermanos» que dieron su vida, construyendo la sagrada ciudad inca; Neruda y los trabajadores se funden y cierran el ciclo nerudiano.

POEMA 13

He ido marcando con cruces de fuego
el atlas blanco de tu cuerpo.
Mi boca era una araña que cruzaba escondiéndose.
En ti, detrás de ti, temerosa, sedienta.

Historias que contarte a la orilla del crepúsculo,
muñeca triste y dulce, para que no estuvieras triste.
Un cisne, un árbol, algo lejano y alegre.
El tiempo de las uvas, el tiempo maduro y frutal.
Yo que viví en un puerto desde donde te amaba.
La soledad cruzada de sueño y de silencio.
Acorralado entre el mar y la tristeza.
Callado, delirante, entre dos gondoleros inmóviles.

Entre los labios y la voz, algo se va muriendo.
Algo con alas de pájaro, algo de angustia y de
olvido.
Así como las redes no retienen el agua.
Muñeca mía, apenas quedan gotas temblando.
Sin embargo, lgo canta entre estas palabras fugaces.
Algo canta, algo sube hasta mi ávida boca.
¡Oh poder celebrarte con todas las palabras de
alegría!
Cantar, arder, huir, como un campanario en las
manos de un loco.

Triste ternura mía, ¿qué te haces de repente?
Cuando he llegado al vértice más atrevido y frío
mi corazón se cierra como una flor nocturna.

(*Veinte poemas de amor y una canción desesperada,* 1924)

POEMA 15[9]

Me gustas cuando callas, porque estás como ausente,
y me oyes desde lejos, y mi voz no te toca.
Parece que los ojos se te hubieran volado
y parece que un beso te cerrara la boca.

Como todas las cosas están llenas de mi alma,
emerges de las cosas, llena del alma mía.
Mariposa de ensueño, te pareces a mi alma,
y te pareces a la palabra melancolía.

Me gustas cuando callas y estás como distante
y estás como quejándote, mariposa en arrullo,
y me oyes desde lejos, y mi voz no te alcanza:
déjame que me calle en el silencio tuyo.

Déjame que te hable también con tu silencio
claro como una lámpara, simple como un anillo.
Eres como la noche, callada y constelada.
Tu silencio es de estrella, tan lejano y sencillo.

[9]It has paroxitone verse with A-B-A-B rhythm and 14 syllable rhymes.

Me gustas cuando callas, porque estás como ausente.
Distante y dolorosa como si hubieras muerto.
Una palabra entonces, una sonrisa basta.
Y estoy alegre, alegre de que no sea cierto.
(*Veinte poemas de amor y una canción desesperada,* 1924)

POEMA 20

personificada las estrellas

Puedo escribir los versos más tristes esta noche.
Escribir, por ejemplo: «La noche está estrellada,
y tiritan, azules, los astros, a lo lejos».

El viento de la noche gira en el cielo y canta.

Puedo escribir los versos más tristes esta noche.
Yo la quise, y a veces ella también me quiso.

En las noches como ésta la tuve entre mis brazos.
La besé tantas veces bajo el cielo infinito.

Ella me quiso, a veces yo también la quería.
¡Cómo no haber amado sus grandes ojos fijos!

Puedo escribir los versos más tristes esta noche.
Pensar que no la tengo. Sentir que la he perdido.

Oír la noche inmensa, más inmensa sin ella.
Y el verso cae al alma como al pasto el rocío.

¡Qué importa que mi amor no pudiera guardarla!
La noche está estrellada y ella no está conmigo.

Eso es todo. A lo lejos alguien canta. A lo lejos.
Mi alma no se contenta con haberla perdido.

Como para acercarla mi mirada la busca.
Mi corazón la busca, y ella no está conmigo.

La misma noche que hace blanquear los mismos árboles.
Nosotros, los de entonces, ya no somos los mismos.

Ya no la quiero, es cierto, pero cuánto la quise.
Mi voz buscaba el viento para tocar su oído.

De otro. Será de otro. Como antes de mis besos.
Su voz, su cuerpo claro. Sus ojos infinitos.

Ya no la quiero, es cierto, pero tal vez la quiero.
Es tan corto el amor, y es tan largo el olvido.

Porque en noches como ésta la tuve entre mis brazos,
Mi alma no se contenta con haberla perdido.
Aunque éste sea el último dolor que ella me causa,
y éstos sean los últimos versos que yo le escribo.
(*Veinte poemas de amor y una canción desesperada,* 1924)

COMPRENSIÓN Y ANÁLISIS

Ubique el «Poema 20» dentro de la época en que fue escrito. Comente sobre lo siguiente:

Forma

La estructura del poema.
La medida de los versos.
La rima.

Contenido

El tema: Pesar por un amor perdido. Nada se echa de menos hasta que se pierde.
Los personajes: ¿A quién llora el poeta? ¿Cómo y quién es esa persona? ¿Quién y cómo es el que se lamenta? ¿Aparecen otros personajes? ¿Cuál es la relación entre ellos?
El espacio: ¿Se mencionan sitios determinados?
El tiempo: Estudie los verbos y diga qué tiempos utiliza el poeta para expresar sus ideas.
La cultura: ¿Es un amor peculiar o «socialmente típico» el vivido por estos seres?

Lenguaje

¿Qué palabras contribuyen a dar al poema esa idea de aparente aceptación progresiva de la pérdida?
Descripciones: ¿Qué palabras utiliza el poeta para describir a la amada? ¿Cómo se describe a sí mismo el interlocutor? ¿Cómo describe la escena íntima?
Narración: El autor narra una posible historia. ¿Cuál es esta historia?
Lenguaje figurado: ¿Por qué utiliza «la noche» para escribir «los versos más tristes»? ¿Qué nos quiere decir con el verbo «tiritan» y el adjetivo «azul» cuando hace referencia a los astros? ¿Qué sensación tiene en el verso «oír la noche inmensa»? ¿De qué está sediento cuando dice «que su alma no se contenta con haberla perdido»? ¿Cómo es posible que «la noche haga blanquear los árboles»?

Comunicación

El poema es un monólogo del poeta que parece en estado taciturno. ¿Cómo se presenta este monólogo?

Ejercicios de creación literaria

Analice y discuta cómo y cuándo se cicatrizan las heridas de amor. ¿Por qué se ha de martirizar a la expareja como cura de ese amor?

BARCAROLA

Si solamente me tocaras el corazón,
si solamente pusieras tu boca en mi corazón,
tu fina boca, tus dientes,
si pusieras tu lengua como una flecha roja
allí donde mi corazón polvoriento golpea,
si soplaras en mi corazón, cerca del mar, llorando,
sonaría con un ruido oscuro, con sonido de ruedas
de tren
con sueño,
como aguas vacilantes,
como el otoño en hojas,
como sangre,
con un ruido de llamas húmedas quemando el cielo,
sonando como sueños o ramas o lluvias,
o bocinas de puerto triste,
si tú soplaras en mi corazón, cerca del mar,
como un fantasma blanco,
al borde de la espuma,
en mitad del viento,
como un fantasma desencadenado, a la orilla del
mar, llorando.

Como ausencia extendida, como campana súbita,
el mar reparte el sonido del corazón,
lloviendo, atardeciendo, en una costa sola:
la noche cae sin duda,
y su lúgubre azul de estandarte en naufragio
se puebla de planetas de plata enronquecida.

Y suena el corazón como un caracol agrio,
llama, oh mar, oh lamento, oh derretido espanto
esparcido en desgracias y olas desvencijadas:
de lo sonoro el mar acusa
sus sombras recostadas, sus amapolas verdes.

Si existieras de pronto, en una costa lúgubre,
rodeada por el día muerto,
frente a una nueva noche,
llena de olas,
y soplaras en mi corazón de miedo frío,
soplaras en la sangre sola de mi corazón,
soplaras en su movimiento de paloma con llamas,
sonarían sus negras sílabas de sangre,
crecerían sus incesantes aguas rojas,
y sonaría, sonaría a sombras,
sonaría como la muerte,
llamaría como un tubo lleno de viento o llanto,
o una botella echando espanto a borbotones.

Así es, y los relámpagos cubrirían tus trenzas
y la lluvia entraría por tus ojos abiertos
a preparar el llanto que sordamente encierras,
y las alas negras del mar girarían en torno
de ti, con grandes garras, y graznidos, y vuelos.

¿Quieres ser el fantasma que sople, solitario,
cerca del mar su estéril, triste instrumento?
Si solamente llamaras,
su prolongado son, su maléfico pito,
su orden de olas heridas,
alguien vendría acaso,
alguien vendría,
desde las cimas de las islas, desde el fondo rojo del mar,
alguien vendría, alguien vendría.

Alguien vendría, sopla con furia,
que suene como sirena de barco roto,
como lamento,
como un relincho en medio de la espuma y la sangre
como un agua feroz mordiéndose y sonando.

En la estación marina
su caracol de sombra circula como un grito,
los pájaros del mar lo desestiman y huyen,
sus listas de sonido, sus lúgubres barrotes
se levantan a orillas del océano solo.

(*Residencia en la tierra*, 1947)

ALTURAS DE MACHU PICCHU[10]

XII

Sube a nacer conmigo, hermano.

Dame la mano desde la profunda
zona de tu dolor diseminado.
No volverás del fondo de las rocas.
No volverás del tiempo subterráneo.
No volverá tu voz endurecida.
No volverán tus ojos taladrados.
Mírame desde el fondo de la tierra,
labrador, tejedor, pastor callado:
domador de guanacos tutelares:
albañil del andamio desafiado:
aguador de las lágrimas andinas:
joyero de los dedos machacados:
agricultor temblando en la semilla:
alfarero en tu greda derramado:
traed a la copa de esta nueva vida

[10]The sacred capital of the Inca Empire. It has been theorized that it was the sanctuary of the virgins because the excavations done, after Hiram Bingham (1875–1956) discovered it in 1911, have yielded a majority of female skeletons.

vuestros viejos dolores enterrados.
Mostradme vuestra sangre y vuestro surco,
decidme: aquí fui castigado,
porque la joya no brilló o la tierra
no entregó a tiempo la piedra o el grano:
señaladme la piedra en que caísteis
y la madera en que os crucificaron,
encendedme los viejos pedernales,
las viejas lámparas, los látigos pegados
a través de los siglos en las llagas
y las hachas de brillo ensangrentado.
Yo vengo a hablar por vuestra boca muerta.
A través de la tierra juntad todos
los silenciosos labios derramados
y desde el fondo habladme toda esta larga noche
como si yo estuviera con vosotros anclado,
contadme todo, cadena a cadena,
eslabón a eslabón, y paso a paso,
afilad los cuchillos que guardasteis,
ponedlos en mi pecho y en mi mano,
como un río de rayos amarillos,
como un río de tigres enterrados,
y dejadme llorar, horas, días, años,
edades ciegas, siglos estelares.
Dadme el silencio, el agua, la esperanza.
Dadme la lucha, el hierro, los volcanes.
Apegadme los cuerpos como imanes.
Acudid a mis venas y a mi boca.
Hablad por mis palabras y mi sangre.

(*Canto general*, 1950)

ODA A UN RELOJ EN LA NOCHE

En la noche, en tu mano
brilló como una luciérnaga
mi reloj,
oí su cuerda:
como un susurro seco
salía
de tu mano invisible;
tu mano entonces
volvió a mi pecho oscuro
a recoger mi sueño y su latido.

El reloj
siguió cortando el tiempo
con su pequeña sierra:
como en un bosque
caen
fragmentos de madera,
mínimas gotas, trozos
mínimas gotas, trozos
sin que cambie el silencio,
sin que la fresca oscuridad termine,
así,
siguió el reloj cortando
desde tu mano invisible,
tiempo, tiempo,
y cayeron minutos como hojas
fibras de tiempo roto
pequeñas plumas negras.
Como en el bosque
olíamos las raíces,
el agua en algún sitio desprendía
una gotera gruesa
como uva mojada:
un pequeño molino
molía noche,
la sombra susurraba
cayendo de tu mano
y llenaba la tierra.
Polvo
tierra, distancia
molía y molía
mi reloj en la noche
desde tu mano.

Yo puse
mi brazo
bajo tu cuello invisible,
bajo su peso tibio,
y en mi mano
cayó el tiempo,
la noche,
pequeños ruidos
de madera y de bosque,
de noche dividida,
de fragmentos de sombra,
de agua que cae y cae:
entonces
cayó el sueño
desde el reloj y desde
tus dos manos dormidas,
cayó como agua oscura
de los bosques,
del reloj a tu cuerpo,
de ti hacia los países,
agua oscura,
tiempo que cae
y corre
adentro de nosotros.

Y así fue aquella noche,
sombra y espacio, tierra
y tiempo,
algo que corre y cae
y pasa;
y así todas las noches
van por la tierra,
no dejan sino un vago
aroma negro,
cae una hoja,
una gota
en la tierra
apaga su sonido,
duerme el bosque, las aguas,
las praderas,
las campanas,
los ojos.
Te oigo y respiras,
amor mío,
dormimos.

(*Odas elementales*, 1954)

ODA A FEDERICO GARCÍA LORCA

Si pudiera llorar de miedo en una casa sola,
si pudiera sacarme los ojos y comérmelos,
lo haría por tu voz de naranjo enlutado
y por tu poesía que sale dando gritos.

Porque por ti pintan de azul los hospitales
y crecen las escuelas y los barrios marítimos,
y se pueblan de plumas los ángeles heridos,
y se cubren de escamas los pescados nupciales,
y van volando al cielo los erizos:
por ti las sastrerías con sus negras membranas
se llenan de cucharas y de sangre,
y tragan cintas rojas, y se matan a besos,
y se visten de blanco.

Cuando vuelas vestido de durazno,
cuando ríes con risa de arroz huracanado,
cuando para cantar sacudes las arterias y los dientes,
la garganta y los dedos,
me moriría por lo dulce que eres,
me moriría por los lagos rojos
en donde en medio del otoño vives
con un corcel caído y un dios ensangrentado,
me moriría por los cementerios
que como cenicientos ríos pasan
con agua y tumbas,
de noche, entre campanas ahogadas:
ríos espesos como dormitorios
de soldados enfermos, que de súbito crecen
hacia la muerte en ríos con números de mármol
y coronas podridas, y aceites funerales:
me moriría por verte de noche
mirar pasar las cruces anegadas,
de pie y llorando,
porque ante el río de la muerte lloras
abandonadamente, heridamente,
lloras llorando, con los ojos llenos
de lágrimas, de lágrimas, de lágrimas.

Si pudiera de noche, perdidamente solo,
acumular olvido y sombra y humo
sobre ferrocarriles y vapores,
con un embudo negro,
mordiendo las cenizas,
lo haría por el árbol en que creces,
por los nidos de aguas doradas que reúnes,
y por la enredadera que te cubre los huesos
comunicándote el secreto de la noche.

Ciudades con olor a cebolla mojada
esperan que tú pases cantando roncamente,
y silenciosos barcos de esperma te persiguen,
y golondrinas verdes hacen nido en tu pelo,
y además caracoles y semanas,
mástiles enrollados y cerezo
definitivamente circulan cuando asoman
tu pálida cabeza de quince ojos
y tu boca de sangre sumergida.

Si pudiera llenar de hollín las alcaldías
y, sollozando, derribar relojes,
sería para ver cuándo a tu casa
llega el verano con los labios rotos,
llegan muchas personas de traje agonizante,
llegan regiones de triste esplendor,
llegan arados muertos y amapolas,
llegan enterradores y jinetes,
llegan planetas y mapas con sangre,
llegan buzos cubiertos de ceniza,
llegan enmascarados arrastrando doncellas
atravesadas por grandes cuchillos,
llegan raíces, venas, hospitales,
manantiales, hormigas,
llega la noche con la cama en donde
muere entre las arañas un húsar solitario,
llega una rosa de odio y alfileres,
llega una embarcación amarillenta,
llega un día de viento con un niño,

llego yo con Oliverio, Norah,
Vicente Aleixandre, Delia,
Maruca, Malva Marina, María Luisa y Larco,
la Rubia, Rafael Ugarte,
Cotapos, Rafael Alberti,
Carlos, Bebé, Manolo Altolaguirre,
Molinari,
Rosales, Concha Méndez,
y otros que se me olvidan.

Ven a que te corone, joven de la salud
y de la mariposa, joven puro
como un negro relámpago perpetuamente libre,
y conversando entre nosotros,
ahora, cuando no queda nadie entre las rocas,
hablemos sencillamente como eres tú y soy yo:
¿para qué sirven los versos si no es para el rocío?

¿Para qué sirven los versos si no es para esa noche
en que un puñal amargo nos averigua, para ese día,
para ese crepúsculo, para ese rincón roto
donde el golpeado corazón del hombre se dispone a morir?

Sobre todo de noche,
de noche hay muchas estrellas,
todas dentro de un río
como una cinta junto a las ventanas
de las casas llenas de pobres gentes.

Alguien se les ha muerto, tal vez
han perdido sus colocaciones en las oficinas,
en los hospitales, en los ascensores,
en las minas,
sufren los seres tercamente heridos
y hay propósito y llanto en todas partes:
mientras las estrellas corren dentro de un río interminable
hay mucho llanto en las ventanas,
los umbrales están gastados por el llanto,
las alcobas están mojadas por el llanto
que llega en forma de ola a morder las alfombras.

Federico,
tú ves el mundo, las calles,
el vinagre,
las despedidas en las estaciones
cuando el humo levanta sus ruedas decisivas
hacia donde no hay nada sino algunas
separaciones, piedras, vías férreas.

Hay tantas gentes haciendo preguntas
por todas partes.
Hay el ciego sangriento, y el iracundo,
y el desanimado,
y el miserable, el árbol de las uñas,
el bandolero con la envidia a cuestas.

Así es la vida, Federico, aquí tienes
las cosas que te puede ofrecer mi amistad
de melancólico varón varonil.
Ya sabes por ti mismo muchas cosas,
y otras irás sabiendo lentamente.

(*Residencia en la tierra,* 1947)

COMPRENSIÓN Y ANÁLISIS

Ubique el poema «Oda a Federico García Lorca» dentro de la época en que fue escrito. Comente sobre lo siguiente:

Forma

La estructura del poema: Número de estrofas, número de versos, medida de los versos. ¿Qué es una oda?
El ritmo: Lea el poema estrofa por estrofa. Comente sobre el cambio de ritmo en relación con los estados de ánimo del poeta; la medida no-uniforme de los versos y su influencia en el ritmo; la rima inconspicua.

Contenido

El tema: Trate sobre el significado de la poesía para el poeta en los versos «para qué sirven los versos...».
Los personajes: ¿Quién y cómo es el personaje central? ¿Qué valor encuentra el poeta en Federico que amerita esta oda? ¿Qué aprendemos sobre Federico en el poema? Investigue sobre algunos de los personajes a quienes se hace referencia, incluyendo a García Lorca.
El espacio: ¿Qué lugares específicos menciona el poema? ¿Qué influencia tienen en el tono lúgubre del poema?
El tiempo: Estudie los verbos en el poema y diga qué tiempos usa el poeta para expresar sus ideas.
La cultura: ¿Qué elementos de la cultura española sobresalen en el poema? ¿Cómo aparece en el poema la crítica social («han perdido sus colocaciones»)? Analice la oferta de amistad «de melancólico varón varonil» que Neruda hace a Federico. Conociendo la época en que el poema fue escrito, ¿es éste un poema que rompe o acentúa estereotipos sociales de clase y género?

¿Cuál es la relación del título con el contenido del poema?

Lenguaje

Vocabulario del poema: ¿Qué palabras contribuyen a dar al poema su tono melancólico, su tono naturista? Analice el uso de perífrasis verbales «mirar pasar», «lloras llorando» en el movimiento del poema.
Descripciones: ¿Qué palabras se utilizan para describir a Federico y su poesía? Busque palabras que signifiquen o connoten tristeza. Analice.
Lenguaje figurado: Analice el oximoron «un negro relámpago»; el uso frecuente de la anáfora; la sinestesia «puñal amargo». Aproveche la explosión de figuras retóricas en este poema.

Comunicación

¿Qué pronombre de tratamiento (tu, usted, vos, ustedes) usa Neruda con Federico?

Ejercicios de creación literaria

Busque en el poema palabras que rimen y escriba algunos versos con estas palabras.

Jorge Luis Borges, Argentina, 1899–1986

Si se preguntara quién es el mejor narrador hispanoamericano del siglo XX una gran mayoría contestaría sin vacilar: Jorge Luis Borges. ¿A qué se debe su fama? Tal vez a su visión racionalista de las letras y de la vida. Él reconocía su narrativa como el acto de volver a escribir lo que ya otros habían escrito o creado.

Para Borges, el pecado original es la incapacidad humana de entenderse; en este agotador estado de incomunicación, el trabajo del escritor se reduce a ordenar, hasta donde le sea posible, la caótica realidad que, en muchos casos, es sólo un sueño. Vista así, la existencia es un viaje laberíntico o lleno de espejos donde sólo se entiende el pasadizo o reflejo inmediato; la salida para el lector está basada en raciocinios intelectuales o metafísicos.

Borges era de ascendencia guerrera: su bisabuelo decidió la victoria de Junín[11] y su abuelo fue militar de alto rango. Jorge Luis heredó una enfermedad congénita que lo llevó a temprana ceguera. El posible guerrero en Borges, entonces, se refugió en la inteligencia y peleó con la espada de la pluma.

Su padre Jorge Borges fue profesor de lengua y escribió la novela *El caudillo.* Desde muy niño, Jorge Luis exhibió aptitudes lingüísticas; su padre lo envío a estudiar en Suiza. Después viajó por gran parte de Europa, poniéndose en contacto con las ideas de Rousseau y el racionalismo que lo impactó para siempre. Regresó a Buenos Aires y con él las ideas de los ultraístas; se convirtió en una autoridad como literato y traductor; tradujo a escritores como Kafka, Faulkner y Virginia Woolf. Trabajó en una biblioteca, donde pasaba gran parte de su tiempo leyendo.

En 1923, se inició como poeta con la publicación de *Fervor de Buenos Aires* con el que ganó fama inmediata; en secuencia continuaron sus traducciones y críticas; en 1935 empezó a cultivar el cuento. Publicó varios volúmenes de ensayos y su narrativa marcó hito en la literatura hispanoamericana.

Los cuentos borgeanos tienen un sello inconfundible: la mezcla de lo real y lo fantástico, la información erudita y la exactitud. Su narrativa desdobla la realidad para mostrarnos sus variadas facetas; para ello, Borges cuenta o inventa hechos desconocidos o inverosímiles con una exactitud de cronista; fusiona detalles con acontecimientos universales y raros, mientras reduce la narración a un rigor lógico de severidad científica. Esto le vale para arrastrar al lector por un viaje imaginario, como si fuera perfectamente verosímil. Esta técnica se ha llamado *irrealización metafísica* o realidad fantaseada.

La asombrosa cultura de Borges le permitió sacar motivos de los más inesperados pensamientos mundiales pero siempre con un argentinismo acentuado. Su virtuoso estilo reforzado por mágicas escenas convierten a Borges en un escritor para escritores.

La creación borgeana combina un juego maravilloso de erudición, metafísica y mitología. Trata temas de alquimia, matemática, cine, historia, filosofía, retórica, teología y la Cábala. Para Borges la teología es una rama de la literatura fantástica donde cada creencia es una narración imaginativa; la fe, mirada con esa perspectiva, se convierte en vehículo hacia el conocimiento que, ayudado por el fluir de la conciencia, transporta al lector a un nivel espiritual. Borges fue uno de los precursores del realismo

[11]Decisive battle of independence won by Bolivar against the Spaniards in 1824.

mágico e impartió sus ideas como catedrático en las universidades de Buenos Aires, Harvard y Texas.

Algunos cuentos de Borges son como adivinanzas que se desenvuelven en una compleja estructura de imágenes incompletas descritas con precisión matemática, dejando claves para que el lector las resuelva. La meta de este tipo de narrativa borgeana es crear un ambiente fantástico disfrazado de realidad o viceversa; una obra escrita así no queda terminada hasta cuando el lector cavila para resolverla.

Muchos de los cuentos de Borges asumen técnicas de la literatura policial y de suspenso, pero desde el punto de vista conceptual, estos mecanismos de búsqueda filosófica o juegos intelectuales constituyen núcleos temáticos fundamentales en la narrativa borgeana. La crítica literaria lo ha catalogado como maestro del cosmopolitismo simbiótico, de la metafísica y del criollismo; no obstante, él nunca quiso asociarse con ningún «ismo».

En el mundo borgeano, la perversidad es tan sólo una fuerza más del universo. En *La intrusa* el tema de la maldad, junto con el tema religioso, presentan la versión borgeana de los personajes bíblicos Caín y Abel. *La intrusa* fue escrito cuando Borges tenía sesenta y siete años y marcó otro cambio en su diversidad temática.

De su colección *El Aleph*, viene *Los dos reyes y los dos laberintos*, donde Borges ejemplifica de nuevo el desdoblamiento de la realidad a través de simétricos símbolos laberínticos y de espejos para que el humano lector insignificante intente comprender el cosmos. Los dos reyes se encuentran en laberintos, uno natural y el otro hecho por el hombre. El desenlace expone cuál de los creadores es el más poderoso.

Borges y yo es un autorretrato del escritor, logrado a través de desdoblamiento, duplicidad y técnicas lúdicas. Por medio de una lucha entre lo físico y lo metafísico, el ego y el espiritu, el protagonista toma conciencia de sí mismo. Esta corta narración es un trozo de la más lograda prosa hispanoamericana.

BORGES Y YO

Al otro, a Borges, es a quien le ocurren las cosas. Yo camino por Buenos Aires y me demoro, acaso ya mecánicamente, para mirar el arco de un zaguán y la puerta cancel; de Borges tengo noticias por el correo y veo su nombre en una terna de profesores o en un diccionario biográfico. Me gustan los relojes de arena, los mapas, la tipografía del siglo XVIII, las etimologías, el sabor del café y la prosa de Stevenson[12]; el otro comparte esas preferencias, pero de un modo vanidoso que las convierte en atributos de un actor. Sería exagerado afirmar que nuestra relación es hostil; yo vivo, yo me dejo vivir, para que Borges pueda tramar su literatura y esa literatura me justifica. Nada me cuesta confesar que ha logrado ciertas páginas válidas, pero esas páginas no me pueden salvar, quizá porque lo bueno ya no es de nadie, ni siquiera del otro, sino del lenguaje o la tradición. Por lo demás, yo estoy destinado a perderme, definitivamente, y sólo algún instante de mí podrá sobrevivir en el otro. Poco a poco voy cediéndole todo, aunque me consta su perversa costumbre de falsear y magnificar. Spinoza entendió que todas las cosas quieren perseverar en su ser; la piedra eternamente quiere ser piedra y el tigre un tigre. Yo he de quedar en Borges, no en mí (si es que alguien soy), pero me reconozco menos en sus libros que en muchos otros o que en el laborioso rasgueo de una guitarra. Hace años yo traté de librarme de él y pasé de las mitologías del arrabal a los juegos con el tiempo y con lo infinito, pero esos juegos son de Borges ahora y tendré que idear otras cosas. Así mi vida es una fuga y todo lo pierdo y todo es del olvido, o del otro.

No sé cuál de los dos escribe esta página.

COMPRENSIÓN Y ANÁLISIS

Ubique *Borges y yo* dentro de la época en que fue escrito. Comente sobre lo siguiente:

Forma

Orden de la narración: Cronicidad de la historia. Estructura de la narración.
El narrador: Analice los verbos para saber quién es el narrador. ¿Qué llegamos a saber sobre el narrador?

[12]Stevenson: Robert Louis (1850–1894), British novelist and poet, universally known for *Treasure Island* (1883) and *The Strange Case of Dr. Jekyll and Mr. Hyde* (1886).

Contenido

El tema: La fragmentación, la dualidad del yo. Teoría de los espejos.
Los personajes: ¿Quiénes son y cuál es la relación entre ellos?
La cultura: Estudie los referentes culturales, Buenos Aires, el arrabal, los mapas, Spinoza.
¿Cuál es la relación del título con el contenido?

Lenguaje

¿Qué expresiones o palabras contribuyen a dar enfoque al cuento? ¿Qué palabras describen al narrador? ¿Qué se cuenta en este relato? ¿Predomina la acción narrada o la reflexión? ¿Se puede considerar el texto como prosa poética? ¿Cómo se emplean los pronombres yo y él?

Comunicación

En este autorretrato Borges realiza un proceso de introspección sobre su doble identidad: hombre/artista. ¿Cuáles son los argumentos fundamentales que emplea para exponer esa dualidad entre el yo viviente y «el otro», «el actor», el artista y autor?

Ejercicios de creación literaria

Haga su propio autorretrato, teniendo en cuenta su mundo emocional y su proyección en la sociedad.
Busque información sobre Spinoza y sus teorías filosóficas.

LA INTRUSA

II REYES 1:26[13]

Dicen (lo cual es improbable) que la historia fue referida por Eduardo, el menor de los Nelson, en el velorio de Cristian, el mayor, que falleció de muerte natural, hacia mil ochocientos noventa y tantos, en el partido de Morón[14]. Lo cierto es que alguien la oyó de alguien, en el decurso de esa larga noche perdida, entre mate y mate, y la repitió a Santiago Dabove, por quien la supe. Años después, volvieron a contármela en Turdera[15], donde había acontecido. La segunda versión, algo más prolija, confirmaba en suma la de Santiago, con las pequeñas variaciones y divergencias que son del caso. La escribo ahora porque en ella se cifra, si no me engaño, un breve y trágico cristal de la índole de los orilleros antiguos[16]. Lo haré con probidad, pero ya preveo que cederé a la tentación literaria de acentuar o agregar algún pormenor.

En Turdera los llamaban los Nilsen. El párroco me dijo que su predecesor recordaba, no sin sorpresa, haber visto en la casa de esa gente una Biblia de gastadas tapas negras, con caracteres góticos; en las últimas páginas entrevió nombres y fechas manuscritas. Era el único libro que había en la casa. La azarosa crónica de los Nilsen, perdida como todo se perderá. El caserón, que ya no existe, era de ladrillo sin revocar; desde el zaguán se divisaban un patio de baldosa colorada y otro de tierra. Pocos, por lo demás, entraron ahí; los Nilsen defendían su soledad. En las habitaciones desmanteladas dormían en catres; sus lujos eran el caballo, el apero, la daga de hoja corta, el atuendo umbroso de los sábados y el alcohol pendenciero. Sé que eran altos, de melena rojiza. Dinamarca o Irlanda, de las que nunca oirían hablar, andaban por la sangre de esos dos criollos. El barrio los temía a los colorados; no es imposible que debieran alguna muerte. Hombro a hombro pelearon una vez a la policía. Se dice que el menor tuvo un altercado con Juan Iberra, en el que no llevó la peor parte, lo cual, según los entendidos, es mucho. Fueron troperos, cuarteadores, cuatreros y alguna vez tahúres. Tenían fama de avaros, salvo cuando la bebida y el juego los volvían generosos. De sus deudos nada se sabe ni de donde vinieron. Eran dueños de una carreta y una yunta de bueyes.

Físicamente diferían del compadraje[17] que dio su apodo forajido a la Costa Brava. Esto, y lo que ignoramos, ayuda a comprender lo unidos que fueron. Malquistarse con uno era contar con dos enemigos.

Los Nilsen eran calaveras, pero sus episodios amorosos habían sido hasta entonces de zaguán o de casa mala. No faltaron, pues, comentarios cuando Cristian llevó a vivir con él a Juliana Burgos. Es verdad que ganaba así una sirvienta, pero no es menos cierto que la colmó de horrendas baratijas y

[13]I grieve for thee, my brother Jonathan: exceedingly beautiful and amiable to me above the love of women. As mother loveth her only son, so did I love thee.

[14]A suburb of Buenos Aires some twelve miles due west

[15]A suburb southwest of Buenos Aires

[16]People living in the suburbs at the turn of the century

[17]Gang

que la lucía en las fiestas. En las pobres fiestas de conventillo[18], donde la quebrada y el corte[19] estaban prohibidos y donde se bailaba, todavía, con mucha luz. Juliana era de tez morena y de ojos rasgados; bastaba que alguien la mirara, para que se sonriera. En un barrio modesto, donde el trabajo y el descuido gastan a las mujeres, no era mal parecida.

Eduardo los acompañaba al principio. Después emprendió un viaje a Arrecifes por no sé que negocio; a su vuelta llevó a la casa una muchacha, que había levantado por el camino, y a los pocos días la echó. Se hizo más hosco; se emborrachaba solo en el almacén y no se daba con nadie. Estaba enamorado de la mujer de Cristian. El barrio, que tal vez lo supo antes que él, previó con alevosa alegría la rivalidad latente de los hermanos.

Una noche, al volver tarde de la esquina, Eduardo vio el oscuro[20] de Cristian atado al palenque. En el patio, el mayor estaba esperándolo con sus mejores pilchas. La mujer iba y venía con el mate en la mano. Cristian le dijo a Eduardo:

—Yo me voy a una farra en lo de Farías. Ahí la tenés a la Juliana; si la quieres, úsala.

El tono era entre mandón y cordial. Eduardo se quedó un tiempo mirándolo; no sabía qué hacer. Cristian se levantó, se despidió de Eduardo, no de Juliana que era una cosa, montó a caballo y se fue al trote, sin apuro.

Desde aquella noche la compartieron. Nadie sabrá los pormenores de esa sórdida unión, que ultrajaba las decencias del arrabal. El arreglo anduvo bien por unas semanas, pero no podía durar. Entre ellos, los hermanos no pronunciaban el nombre de Juliana, ni siquiera para llamarla, pero buscaban, y encontraban razones para no estar de acuerdo. Discutían la venta de unos cueros, pero lo que discutían era otra cosa. Cristian solía alzar la voz y Eduardo callaba. Sin saberlo, estaban celándose. En el duro suburbio, un hombre no decía, ni se decía, que una mujer pudiera importarle, más allá del deseo y la posesión, pero los dos estaban enamorados. Esto, de algún modo, los humillaba.

Una tarde, en la plaza de Lomas, Eduardo se cruzó con Juan Iberra, que lo felicitó por ese primor que se había agenciado. Fue entonces, creo, que Eduardo lo injurió. Nadie, delante de él, iba a hacer burla de Cristian.

La mujer atendía a los dos con sumisión bestial; pero no podía ocultar alguna preferencia por el menor, que no había rechazado la participación, pero que no la había dispuesto.

Un día, le mandaron a la Juliana que sacara dos sillas al primer patio y que no apareciera por ahí, porque tenían que hablar. Ella esperaba un diálogo largo y se acostó a dormir la siesta, pero al rato la recordaron. Le hicieron llenar una bolsa con todo lo que tenía, sin olvidar el rosario de vidrio y la crucecita que le había dejado su madre. Sin explicarle nada la subieron a la carreta y emprendieron un silencioso y tedioso viaje. Había llovido; los caminos estaban muy pesados y serían las once de la noche cuando llegaron a Morón. Ahí la vendieron a la patrona del prostíbulo. El trato ya estaba hecho; Cristian cobró la suma y la dividió después con el otro.

En Turdera, los Nilsen, perdidos hasta entonces en la maraña (que también era una rutina) de aquel monstruoso amor, quisieron reanudar su antigua vida de hombres entre hombres. Volvieron a las trucadas, al reñidero, a las juergas casuales. Acaso, alguna vez, se creyeron salvados, pero solían incurrir, cada cual por su lado, en injustificadas o harto justificadas ausencias. Poco antes de fin de año el menor dijo que tenía que hacer en la Capital. Cristian se fue a Morón; en el palenque de la casa que sabemos reconoció al overo de Eduardo. Entró; adentro estaba el otro esperando su turno. Parece que Cristian le dijo:

—De seguir así, los vamos a cansar a los pingos. Más vale que la tengamos a mano. Habló con la patrona, sacó unas monedas del tirador y se la llevaron. La Juliana iba con Cristian; Eduardo espoleó al overo para no verlos.

Volvieron a lo que ya se ha dicho. La infame solución había fracasado; los dos habían cedido a la tentación de hacer trampa. Caín andaba por ahí, pero el cariño entre los Nilsen era muy grande —¡quien sabe que rigores y que peligros habían compartido!— y prefirieron desahogar su exasperación con ajenos. Con un desconocido, con los perros, con la Juliana, que había traído la discordia.

El mes de marzo estaba por concluir y el calor no cejaba. Un domingo (los domingos la gente suele recogerse temprano) Eduardo, que volvía del almacén vio que Cristian uncía los bueyes. Cristian le dijo:

—Vení; tenemos que dejar unos cueros en lo del Pardo; ya los cargué; aprovechemos la fresca.

---

[18]Tenement parties

[19]Dances with bumping and grinding

[20]Horse

El comercio del Pardo quedaba, creo, más al Sur; tomaron por el Camino de las Tropas[21]; después, por un desvío. El campo iba agrandándose con la noche.

Orillaron un pajonal; Cristian tiró el cigarro que había encendido y dijo sin apuro:

—A trabajar, hermano. Después nos ayudarán los caranchos. Hoy la maté. Que se quede aquí con sus pilchas, ya no hará más perjuicios.

Se abrazaron, casi llorando. Ahora los ataba otro vínculo: la mujer tristemente sacrificada y la obligación de olvidarla.

COMPRENSIÓN Y ANÁLISIS

Ubique el cuento *La intrusa* dentro de la época en que fue escrito. Comente sobre lo siguiente:

Forma

Orden de la narración: Cronicidad de la historia.
La estructura del cuento: Busque introducción, desarrollo, momento climático, conclusión.
El narrador: Analice la persona de los verbos en el párrafo introductorio. ¿Quién es la persona del narrador? ¿Cómo sabe el narrador los hechos referidos? ¿Qué llegamos a saber sobre la manera de pensar del narrador a través de la historia por medio de sus comentarios?

Contenido

El tema: Comente sobre el papel de la muerte como solución errónea para los conflictos entre la gente.
Los personajes: ¿Quiénes y cómo son los personajes centrales? Describa brevemente a los Nilsen. ¿Cuál es la relación entre ellos? ¿A qué trabajo se dedican? ¿Qué distingue a los Nilsen de otros criollos? Analice el papel del barrio, el compadraje, el arrabal, el suburbio en la narración. Investigue sobre los personajes a los que se hace referencia (los orilleros argentinos, Juan Iberra). ¿Qué pasó cuando el menor de los Nilsen peleó con Juan Iberra? ¿Cómo trataba Cristian a Juliana Burgos? ¿Cómo, en primera instancia, resolvió Cristian el conflicto? ¿Qué decidieron luego? ¿Qué se escondían mutuamente? ¿Qué hicieron los hermanos con Juliana? ¿Quién mató a Juliana? ¿Cómo se puede relacionar esta historia con la de Caín y Abel? ¿Por qué tenía que morir Juliana?
El espacio: ¿Dónde se desarrolla el cuento? ¿Qué sitios específicos menciona el cuento? ¿Cómo son estos lugares? Busque informacion sobre los lugares mencionados (Turdera, la Costa Brava argentina, Arrecife, Morón).
El tiempo: ¿En qué año sucede la historia? ¿Qué edad tienen los personajes y cómo se relacionan éstas con el contenido del cuento? Estudie los verbos en el cuento y diga qué tiempos usa el cuentista para narrar su historia.
La cultura: Conociendo la época en que el cuento fue escrito, diga si habla sobre rompimiento o perpetuación de estereotipos sociales de clase, género y raza. Analice en especial el papel del personaje femenino y cómo se habla de ella.
¿Cuál es la relación del título y de la cita bíblica con el contenido del cuento?

Lenguaje

Vocabulario del cuento: ¿Qué palabras contribuyen a dar al cuento su acento orillero? ¿Qué palabras se utilizan para describir la gente que atestigua sobre la historia?
Descripciones: ¿Qué palabras se utilizan para describir los personajes, la escena íntima y la social, los espacios, el clima?
Narración: Resuma en pocas palabras la historia narrada.
Lenguaje figurado: Analice la forma en que el autor usa el lenguaje figurado en la metáfora «un breve y trágico cristal de la índole de los orilleros antiguos», y en la figura «la maraña de aquel monstruoso amor». ¿Qué otras figuras literarias o tropos se presentan en el cuento?

Comunicación

¿Qué es más usado en el cuento la narración o el diálogo?
Analice los diálogos entre los personajes del cuento. ¿Quiénes dialogan?
¿Cómo se usa el pronombre de tratamiento vos típico argentino en las relaciones entre los personajes?

Ejercicios de creación literaria

Tome el punto de vista de Juliana Burgos y dele voz y voto en la historia. ¿Cómo habría resuelto ella el conflicto si hubiera tenido oportunidad para hacerlo? Escriba una narración donde se enfatice el punto de vista del barrio sobre el hecho acontecido.

[21]Cattle route

LOS DOS REYES Y LOS DOS LABERINTOS

Cuentan los hombres dignos de fe (pero Alá sabe más) que en los primeros días hubo un rey de las islas de Babilonia que congregó a sus arquitectos y magos y les mandó construir un laberinto tan perplejo y sutil que los varones más prudentes no se aventuraban a entrar, y los que entraban se perdían. Esa obra era un escándalo, porque la confusión y la maravilla son operaciones propias de Dios y no de los hombres. Con el andar del tiempo vino a su corte un rey de los árabes, y el rey de Babilonia (para hacer burla de la simplicidad de su huésped) lo hizo penetrar en el laberinto, donde vagó afrentado y confundido hasta la declinación de la tarde. Entonces imploró socorro divino y dio con la puerta. Sus labios no profirieron queja ninguna, pero le dijo al rey de Babilonia que él en Arabia tenía un laberinto mejor y que, si Dios era servido, se lo daría a conocer algún día. Luego regresó a Arabia, juntó sus capitanes y sus alcaldes y estragó los reinos de Babilonia con tan venturosa fortuna que derribó sus castillos, rompió sus gentes e hizo cautivo al mismo rey. Lo amarró encima de un camello veloz y lo llevó al desierto. Cabalgaron tres días, y le dijo: «¡Oh, rey del tiempo y substancia y cifra del siglo!, en Babilonia me quisiste perder en un laberinto de bronce con muchas escaleras, puertas, y muros; ahora el Poderoso ha tenido a bien que te muestre el mío, donde no hay escaleras que subir, ni puertas que forzar, ni fatigosas galerías que recorrer, ni muros que te veden el paso».

Luego le desató las ligaduras y lo abandonó en mitad del desierto, donde murió de hambre y de sed. La gloria sea con Aquél que no muere.

Octavio Paz, México, 1914–1998

A través de los siglos, México ha mantenido su legado literario, que se remonta al legado indígena, continúa con Sor Juana Inés de la Cruz y con numerosos escritores ilustres en los siglos XIX y XX. Entre éstos últimos se encuentra Octavio Paz, quien ganó el Premio Nóbel de Literatura en 1990. Nació en la Ciudad de México, donde su carrera literaria comenzó a los diecisiete años; desde entonces vivió intensamente su trabajo intelectual con el cual expuso su calidad de pensador, escritor y soñador. Como la mayoría de los pensadores hispanos, Paz se vio profundamente afectado por la Guerra Civil española. Fue diplomático en varios países europeos, donde entabló íntima amistad con Sartre, Camus y Neruda. Pasó algún tiempo en Estados Unidos y luego se consagró a la escritura.

Su obra principal *El laberinto de la soledad* (1950) es como un examen del mexicano con una perspectiva sociológica y con lenguaje de poeta; es también un tratado filosófico de la búsqueda del ser humano. Aquí Paz expresa el patético dolor humano ante las injusticias de la vida y de la sociedad, el hombre en constante lucha por experimentar unión con el universo. La búsqueda de esa unión es lo que da razón a la existencia.

Paz fue un pensador importante con un inconfundible sello personal. Se destacó no sólo como poeta, sino también como novelista, crítico literario y ensayista; es uno de los escritores mexicanos más representativos, porque entre otras cosas, trata temas autóctonos, tales como los pachucos, o sea, el mexicano fronterizo y su lucha por diferenciarse de sus vecinos norteamericanos. Este estereotipo de liberación local es elevado por Paz a símbolo de liberación universal. En su lírica, su prosa y su crítica mezcla la razón con la intuición.

La poesía de Paz desentraña del fondo de la subconsciencia misteriosas relaciones expresadas sencilla y claramente.

El laberinto de la soledad, su obra maestra, publicado a los treinta y seis años, sugiere más de lo que dice. Sus tesis son: el hombre se siente solo desde que nace; adquiere conciencia de sí mismo en la adolescencia; los niños y adultos pueden trascender su soledad olvidándose de sí mismos a través del juego o el trabajo; la identidad y la realidad son inseparables; por eso al hablar de «el otro» habla de sí mismo; Paz, al hablar de los mexicanos, refleja su propio yo.

En *El laberinto de la soledad* Paz afirma que para entender al mexicano hay que caminar hacia la soledad. La clave del laberinto es la desconsoladora soledad producida por la falta de conocimiento ontológico. Para menguar la soledad, Paz encamina al lector en una búsqueda de su esencia y su medio geográfico; el método exploratorio lleva al lector por laboriosas meditaciones que culminan en un contradictorio juego entre la evasión y la búsqueda.

El laberinto de la soledad separa la tesis en subtemas, intentando conciliar la soledad y el laberinto; la soledad es el vacío dentro de sí mismo; el laberinto ofrece multitud de caminos o tentativas, y hay que recurrir a la introspección o a la intuición para resolverlos.

Paz estructura *El laberinto* alrededor de la historia, apoyándose en el pasado para recrear el futuro mientras la coexistencia generacional fecunda el presente.

El Nóbel mexicano sostiene que el primer problema de México es su vecino del Norte. En el ensayo sobre el pachuco, quien está esclavizado por la fatídica figura de Estados Unidos que «*se recuerda después de haberlo olvidado*», lo laberíntico es la incapacidad del individuo de cambiar su destino. El pachuco es el mexicano rebelde del norte que vive en contacto constante con Estados Unidos, a quien resiste no sólo con sus actitudes, sino hasta con su vestimenta.

Para Paz, el divagar por el laberinto es una forma de recuperar la verdadera historia de México, pues aunque presenta sólo un retazo de ella, su tesis es trascendental. Su intuición poética precede a la comprobación científica y al racionalismo lógico, cuyo eje central es el ser humano. Paz fue un escritor equitativo; dio un golpe lírico y creador al imperialismo, tanto al yanqui como al soviético, y afianzó el pensamiento hispanoamericano. No presentó sólo lo negativo en la relación con su vecino norteño, sino que hizo la distinción entre los países cerrados, como México, y los abiertos, como Estados Unidos, asegurando que la apertura permite que el arte triunfe sobre la forma, lo cerrado sobre lo abierto y ésa es una de las razones del éxito de Estados Unidos.

Otra faceta del *Laberinto* es el habla popular. Paz hace un cuidadoso y sutil análisis del termino «chingar» derivado de «cingar» o sea, copular. El lector se pierde en el laberinto lingüístico y su anárquica interpretación. También aborda temas sobre la conquista a través de la Malinche, y del Imperio con las máscaras. Incluye temas continentales de la independencia y la revolución y el drama social que abraza a todos: «La historia universal es una tarea común. Y nuestro laberinto, es el de todos los hombres». Otro tema de Paz es la muerte. El mexicano coquetea perennemente con la muerte, la festeja.

Otras obras de Paz son: *Raíz del hombre* (1937), *Libertad bajo palabra, Obra poética* (1935–1958), *Las peras del olmo* (1957), *Conjunciones y Disyunciones* (1969). Sus obras *Corriente alterna* (1967) y *Postdata* (1970) expanden las ideas de *El laberinto.* Sus obras parten de un acto personal para crear un método universal.

Paz, como Borges, no estuvo afiliado a ningún «ismo». El único compromiso que tuvo fue consigo mismo; apoyó su pensamiento en ideas legadas por Marx, Freud, Einstein y Valéry.

La prosa lírica y vibrante de *El laberinto de la soledad* presenta una visión del mexicano puro, cargado de tradición y paralizado por la fe. En este libro, Paz desciende a las raíces indígenas para exponer actitudes y constantes que expresan el estado anímico del mexicano.

En 1982 publicó *Sor Juana o las trampas de la fe,* la cual se consideró como una de las mejores biografías de la feminista mexicana. A pesar de desacuerdos con Neruda y Carlos Fuentes, Paz cambió para siempre las letras mexicanas y las propulsó hacia el nuevo milenio.

Pinceladas no incluye una muestra de la escritura del Nóbel mexicano por la imposibilidad de conseguir derechos de autor.

Capítulo 7

EXPRESIÓN HISPANOAMERICANA

■ REALISMO MÁGICO

«Era insensato querer explicarle algo a la maga; para gentes como ella el misterio empezaba precisamente en la explicación.» Rayuela, Cortázar.

Gran número de escritores hispanoamericanos en la segunda mitad del siglo XX usan realismo mágico en sus obras.

■ TEORÍA Y CARACTERÍSTICAS

Ningún tratadista ha proporcionado una definición exacta del realismo mágico que sea unánimemente aceptada. La mayor dificultad reside en que su expresión colinda con lo fantástico, lo maravilloso y lo sobrenatural. Hay que decir que los dos últimos elementos son parte del realismo mágico, mientras que lo fantástico no lo es. Para empezar habría que establecer las diferencias entre lo mágico y lo fantástico. En la *Introducción a la Literatura Fantástica* Tzvetan Todorov destaca que, en lo fantástico, el escritor suele crear o inventar cosas como duendes, hadas, genios, y los pone en un mundo encantado, sin contradicciones, donde la única lucha es la del bien y el mal.

En la literatura hispanoamericana, el enfoque del asunto se basa en el pensamiento carpenteriano, considerado el más válido. Según Carpentier, en lo maravilloso el narrador penetra en lo profundo de la realidad para desentrañar sus misterios; los misterios no están fuera de la realidad, sino que son parte integrante de ella. Por eso, lo maravilloso y lo sobrenatural no entran en conflicto con la realidad, sino que la complementan. Carpentier cree que el objetivo del escritor es captar una realidad americana que a los ojos del hombre europeo resulta fantástica. Por ejemplo, en Latinoamérica todo es gigantesco: su geografía, historia y mitología. Cada día está pleno de contrastes y extremos. Aquí puede encontrarse la riqueza más opulenta y la pobreza más inhumana. La fusión de todos estos elementos y paradojas conforma el realismo mágico.

La apreciación de Miguel Ángel Asturias, cuando se refiere a Guatemala, sirve para ilustrar la cuestión y la posición del escritor y su medio: «la realidad y lo maravilloso son inseparables. Las personas se mueven en una mezcla de magia y realidad... vivimos en un mundo sin fronteras entre lo real y lo maravilloso». Ya se ha dicho que no siempre todo lo que es maravilloso pertenece al realismo mágico, aunque sí puede decirse que el realismo mágico está impregnado de lo maravilloso. También hay que tener presente que lo maravilloso no es un elemento nuevo en la literatura. La novedad reside en el contacto entre lo maravilloso y la influencia surrealista, el que crea una actitud denominada realismo mágico.

La tarea del escritor es buscar «la mitad oculta de la vida» como la llama Carlos Fuentes: la presencia de lo maravilloso en la realidad. El resultado es una metáfora revelada a través del lenguaje, una transformación poética de lo real. Por ello, la historia que se cuenta no tiene que ser exacta ni cronológica, sino que debe llegar a establecer sus propias reglas y límites.

■ LA FE Y LO MARAVILLOSO

Hay dos elementos esenciales en el realismo mágico: la presencia de lo maravilloso y de la fe. Carpentier es quien mejor los integra: «Lo maravilloso comienza a serlo de manera inequívoca cuando surge de una inesperada alteración de la realidad (el milagro), de una revelación privilegiada de la realidad, de una iluminación inhabitual o singularmente favorecedora de las inadvertidas riquezas de la realidad, percibidas con particular intensidad en virtud de una exaltación del espíritu que lo conduce a una especie de ‹estado límite›. Para empezar, la sensación de lo maravilloso presupone una fe»[1].

Según la idea carpenteriana, un milagro es la inesperada alteración de la realidad, o sea, un suceso mágico. Por tanto, la fe es el constituyente básico para el milagro y todos tienen que tener fe: el autor, los personajes, el lector. La fe incluye la aceptación de acontecimientos extraordinarios como algo normal en la realidad objetiva; al aceptarlos, tenemos lo real maravilloso manifestado en las crónicas de milagros que cuentan los escritores mágico realistas.

El Tercer Mundo está lleno de fe, de crédulos en mitologías antiguas que yuxtapuestas a las cristianas, producen la maravilla del milagro. Por este ingrediente de credibilidad, lo sobrenatural o mágico no provoca ninguna reacción especial. En el deleite literario, los personajes, el autor-narrador y el lector mantienen una actitud de impasibilidad.

El mito, al igual que el milagro, se fundamenta en la fe. Mircea Eliade afirma que si no hay fe no es posible acceder a la verdad sobrenatural o mitológica. La fe condiciona la realidad y la puede hacer verosímil o creíble, llegando a liberar la imaginación del autor para hacer posible lo imposible. El diluvio sobre Macondo que presenta Gabriel García Márquez, con una duración de cuatro años, once meses y dos días, es un ejemplo muy ilustrativo de la libertad ilimitada de la imaginación, de las posibilidades para combinar elementos diferentes y opuestos que pueden multiplicarse. Alejo Carpentier no concibe lo real maravilloso como un fenómeno ontológico sino más bien histórico: «Pero ¿qué es la historia de América, sino una crónica de lo real maravilloso?»

La visión de la realidad hace que el tiempo se enfrente con lo imaginario, se diluya y no fluya lineal ni cronológicamente, sino según el sentir y actuar de los protagonistas, y por ende, del autor. En este ambiente, los recuerdos pueden tener pasado, presente y futuro. El tiempo llega a ser un elemento más de la imaginación del relator para crear la maravilla, el milagro. La tensión entre dos realidades: la creada y la inventada no puede dejarse de lado como otro elemento del realismo mágico. El mundo inventado es el producto de la manipulación de la realidad material y está limitado por ella. Lo creado contiene una doble realidad, en la cual coexisten lo real y lo irreal, dando origen a una realidad mágica. El arte no se ha liberado de la magia, mas bien, el arte sirve para fines mágicos. La magia es una unidad sincrética de creencia religiosa y actividad artística y puede ser la una o la otra, o bien, ambas a la vez.

Al enfrentar el realismo mágico nos damos cuenta de que sus bases son bastante abstractas y complejas. Ya se observó que el escritor, para materializar, expresar o verbalizar el realismo mágico, se vale de técnicas surrealistas y utiliza figuras retóricas como la hipérbole, la ironía, la metáfora, la elipsis, la silepsis, la alegoría, y la catacresis. Así mismo, se vale del humor, la ironía, lo onírico, el mito, lo telúrico y metafísico para fundirlos en la realidad presentada.

■ CARACTERÍSTICAS MÁGICO REALISTAS

El realismo mágico surgió como una reacción contra el positivismo y el racionalismo. Los escritores, cansados de las narraciones «calculadas», prefirieron romper las normas establecidas y sondear nuevos caminos. Utilizaron los sueños, el subconsciente, lo mítico y lo sobrenatural para explorar y ahondar en los misterios de la realidad.

El escritor es un dios que sondea, halla, vuelve a crear e intenta, por medio del idioma, verbalizar una realidad que a veces, contiene abstracciones inexpresables. El mágico realista lucha por exteriorizar su agonía interna para encontrar los hilos que tiene en común con otros hombres, utilizando el realismo mágico como arma o herramienta de trabajo. El valor del realismo mágico reside en el poder de representar literariamente una realidad abstracta y profunda, y así llegar a explorar más allá de los límites conocidos.

Para llegar a entender el realismo mágico es necesario concretar sus características, a fin de aplicarlas en un análisis literario. Se pueden atribuir al realismo mágico las siguientes características:

1. La exactitud en la descripción realista aplicada a un asunto sobrenatural o mágico. El narrador tiene una gran preocupación por el estilo y prefiere que sea sencillo, preciso y claro.
2. La yuxtaposición de elementos, temas, hechos y situaciones para mostrar la relatividad de la realidad.

[1]Carpentier, Alejo. *El reino de este mundo.* México: Iberoamericana de publicaciones, 1949, p. 10.

3. El empleo de manifestaciones surrealistas para recrear atmósferas oníricas, extrañas e imprecisas. El escritor utiliza lo grotesco y prolonga la realidad hasta hacerla aparecer como una caricatura. También emplea el automatismo psíquico para explorar el subconsciente.
4. La sorpresa es el resultado de la combinación de factores reales o irreales, concretos o abstractos, trágicos y/o absurdos.
5. El sincretismo. Concilia magia y religión, civilización y salvajismo, miseria y riqueza.
6. La utilización del mito sin preocuparse de su fidelidad a la historia, sino como un medio para forjar el mundo autónomo de la novela o del cuento.
7. La disrupción de la limitación del orden cronológico y del espacio objetivo.
8. La aceptación de lo insólito como algo familiar, validando lo real o lo irreal, al igual que lo maravilloso y lo mágico como parte integral de lo cotidiano y normal.
9. Los personajes funcionan en un plano de realidad autónoma, carente de juicios o de criterios preestablecidos.
10. Una preocupación constante por los problemas sociales, políticos y culturales de Hispanoamérica.

En general, diríase que la narrativa mágico realista presenta una especie de solidaridad entre el escritor y su pueblo. El escritor se apodera dialécticamente del contexto vivencial de su gente y se fundamenta, no tanto en consideraciones teóricas, como en una serie de fenómenos reales. Al adueñarse de la realidad, el autor puede decirle más al lector sobre su realidad cósmica, que muchos estudios científicos.

Una inquietud que sobreviene a menudo al examinar la producción mágico realista es: ¿Dónde termina la realidad y comienza la magia? Tan sólo sabemos que la magia subyace en toda realidad y que el escritor mágico realista involucra la realidad objetiva con la mágica.

Alejo Carpentier, Cuba, 1904–1980

El año de 1902 fue un año portentoso para Cuba, **la Perla del Caribe**. En este año, la isla ganó su soberanía mediatizada por la Enmienda Platt, y nació el poeta Nicolás Guillén. En ese mismo año arribó a Cuba un arquitecto francés con su esposa rusa, y dos años más tarde les nació Alejo Carpentier. Alejo se educó en ambiente familiar erudito y culto donde recibió una sólida formación musical que marcó su vida y su narrativa. Desde niño viajó por Europa, donde aprendió cuatro idiomas y regresó a Cuba para estudiar arquitectura. Empezó a escribir crítica de arte y cuentos, pero su espíritu libre lo puso en conflicto directo con la dictadura del general Gerardo Machado. Pronto Carpentier sufrió prisión por sus actividades contra la dictadura. En la cárcel empezó a escribir su primera novela. Después de quedar en libertad y fichado por la dictadura se radicó en París, donde permaneció unos doce años. En Francia se vinculó con grupos surrealistas y se dedicó a la musicología y a escribir. Luego fue a Madrid donde publicó la novela negrista *Ecue-Yamba-O* y asistió a congresos antifascistas. Esta postura le acarreó problemas políticos en España y se vio obligado a regresar a Cuba. Allí escribió libretos de ballet y la primera historia de la música cubana.

Su interés antropológico y su amor a la música lo llevaron al estudio de mitos y creencias sincréticas de la cultura religiosa del Caribe. En 1949 empezó la trilogía: *El reino de este mundo*, una serie de narraciones fabulosas que se desarrollan alrededor de la pobreza y supersticiones de Haití. En esta novela Carpentier lleva a la práctica su concepto de lo real maravilloso americano. Según el escritor cubano, la realidad latinoamericana presenta un universo diverso y contradictorio en el que coexisten la historia y la cultura de distintas épocas. Por otra parte, la exhuberancia geográfica y el desarrollo histórico de esos países ha marcado también la existencia de realidades sociales y humanas con una especial carga mágica, que no parte de lo sobrenatural, sino de la riqueza contradictoria de la misma realidad en que lo inusual y lo raro se hacen cotidianos.

El segundo libro de la trilogía *Los pasos perdidos* (1953), fue inspirado por un viaje a Venezuela que lo llevó al Alto Orinoco por la selva enmarañada y alucinante; el escenario rememora *La Vorágine*, del colombiano José Eustasio Rivera. En *Los pasos perdidos* Carpentier mezcla lo europeo y lo hispanoamericano. Literalmente, los pasos perdidos son los que el protagonista intenta recuperar mientras realiza una odisea selvática. *Los pasos perdidos* es como una metáfora de la búsqueda de la esencia humana. Esta novela contiene una minuciosa enumeración de instrumentos musicales que tan sólo un musicólogo como Carpentier podría hacer. La novela parte de un ambiente cosmopolita, pero se hace más y más telúrica y paisajista. Los pueblecitos y costumbres descritos demuestran la capacidad carpenteriana para interpretar la naturaleza y el universo humano de los pueblos latinoamericanos.

La última novela de la trilogía es *El siglo de las luces* (1963). El novelista parte de sus conocimientos sobre Francia y la Revolución Francesa, del origen europeo de su familia y de los minuciosos estudios que hizo en torno a los procesos históricos antillanos. Carpentier presenta una serie de paralelos entre el siglo XVIII francés y el antillano. Debido a su exigente conciencia estilística, este libro le tomó quince redacciones antes de llegar a la imprenta en 1962.

En 1958 publicó su libro de vivencias *Guerra del tiempo*, donde explora las posibilidades del tiempo, sin estructuras cronológicas.

Carpentier fue un escritor de depurado estilo. Su prosa es rigurosa desde el punto de vista formal. Su estilo está cargado de metáforas, adjetivaciones y descripciones prácticas. Desde el punto de vista conceptual, sus narraciones demuestran una erudición desbordada. El gran dominio de la cultura musical universal y su fuerte formación de investigador y antropólogo se hacen evidentes en su estilo. Por todas estas características se le ha considerado como un escritor barroco. Para Carpentier, el tiempo histórico es una obsesión y por eso en sus novelas interesa más la circularidad temporal, que el orden cronológico. La narrativa de Carpentier reclama un lector activo capaz de entrar con él en el complejo universo que presenta en su narrativa.

Carpentier fue un intelectual militante en busca de justicia social; a pesar de su riqueza ideológica, fue un escritor comprometido aunque su obra no refleja impulsos proselitistas. Fue artista, no político. Apoyó el triunfo de la Revolución Cubana (1959), pero siempre se mantuvo objetivo ante la realidad social de su país.

Este gran maestro no improvisó. Al contrario, pulió su prosa hasta hacerla brillante; elaboró sus obras arquitectónicamente, hilándolas con imaginación. Sus personajes no son libres para expresarse, sino que obedecen al escritor quien prefiere el narrador omnisciente en tercera persona y la narrativa directa con escasez de diálogo. Con admirable objetividad, Carpentier trata variada temática pero con más frecuencia explora los temas de la muerte y del amor.

El cuento *Viaje a la semilla* es una jornada al origen; el lector experimenta un acelerado viaje hacia el génesis; es como poner una película en reverso. Como en *Los pasos perdidos*, la naturaleza desempeña un papel muy importante, como si fuera otro personaje. En *Viaje a la semilla*, la frase introductoria propulsa la acción que se inicia con la angustiosa descripción de la cotidianidad. Refuerza la monotonía con el uso de gerundios y la omisión de sujetos que dilatan el tiempo y expresan un ritmo denso y a veces monótono; esta técnica crea tensión narrativa en una especie de vaivén verbal que por momentos aprieta y afloja.

En el *Viaje a la semilla* lo que parece importar más es la acción, no el sujeto; el individuo es más bien como *hombre del reloj* autómata y gregario, reducido a otro elemento de la naturaleza, arrollado por una rítmica sinfonía tropical. Por otra parte, Carpentier muestra cómo las instituciones religiosas y gubernamentales se aprovechan del individuo.

En *Viaje a la semilla* los elementos descriptivos, minuciosamente tratados, cuidan el ritmo interno de la narración. También se manifiesta la habilidad carpenteriana de interrumpir el tiempo y el espacio así como la narración de eventos sobrenaturales que a veces resultan pesadillescos y obsesivos.

VIAJE A LA SEMILLA

I

¿Qué quieres, viejo...?

Varias veces cayó la pregunta de lo alto de los andamios. Pero el viejo no respondía. Andaba de un lugar a otro, fisgoneando, sacándose de la garganta un largo monólogo de frases incomprensibles. Ya habían descendido las tejas, cubriendo los canteros muertos con su mosaico de barro cocido. Arriba, los picos desprendían piedras de mampostería, haciéndolas rodar por canales de madera, con gran revuelo de cales y de yesos. Y por las almenas sucesivas que iban desdentando las murallas aparecían despojados de sus secretos cielos rasos ovales o cuadrados, cornisas, guirnaldas, dentículos, astrágalos y papeles encolados que colgaban de los testeros como viejas pieles de serpiente en muda. Presenciando la demolición, una

Ceres con la nariz rota y el pelo desvaído, veteado de negro el tocado de mieses, se erguía en el traspatio, sobre su fuente de mascarones borrosos. Visitados por el sol en horas de sombra, los peces grises del estanque bostezaban en agua musgosa y tibia, mirando con el ojo redondo aquellos obreros, negros sobre claro de cielo, que iban rebajando la altura secular de la casa. El viejo se había sentado, con el cayado apuntalándole la barba, al pie de la estatua. Miraba el subir y bajar de cubos en que viajaban restos apreciables. Oíanse, en sordina, los rumores de la calle mientras, arriba, las poleas concertaban, sobre ritmos de hierro con piedra, sus gorjeos de aves desagradables y pechugonas.

Dieron las cinco. Las cornisas y entablamentos se desplomaron. Sólo quedaron escaleras de mano, preparando el salto del día siguiente. El aire se hizo más fresco, aligerado de sudores, blasfemias, chirridos de cuerdas, ejes que pedían alcuzas y palmadas en torsos pringosos. Para la casa mondada el crepúsculo llegaba más pronto. Se vestía de sombras en horas en que su ya caída balaustrada superior solía regalar a las fachadas algún relumbre de sol. La Ceres apretaba los labios. Por primera vez las habitaciones dormirían sin persianas, abiertas sobre un paisaje de escombros.

Contrariando sus apetencias, varios capiteles yacían entre las hierbas. Las hojas de acanto descubrían su condición vegetal. Una enredadera aventuró sus tentáculos hacia la voluta jónica, atraída por un aire de familia. Cuando cayó la noche, la casa estaba más cerca de la tierra. Un marco de puerta se erguía aún, en lo alto, con tablas de sombra suspendidas de sus bisagras desorientadas.

II

Entonces el negro viejo, que no se había movido, hizo gestos extraños, volteando su cayado sobre un cementerio de baldosas. Los cuadrados de mármol, blancos y negros, volaron a los pisos, vistiendo la tierra. Las piedras, con saltos certeros, fueron a cerrar los boquetes de las murallas. Hojas de nogal claveteadas se encajaron en sus marcos, mientras los tornillos de las charnelas volvían a hundirse en sus hoyos, con rápida rotación. En los canteros muertos, levantadas por el esfuerzo de las flores, las tejas juntaron sus fragmentos, alzando un sonoro torbellino de barro, para caer en lluvia sobre la armadura del techo. La casa creció, traída nuevamente a sus proporciones habituales, pudorosa y vestida. La Ceres fue menos gris. Hubo más peces en la fuente. Y el murmullo del agua llamó begonias olvidadas.

El viejo introdujo una llave en la cerradura de la puerta principal, y comenzó a abrir ventanas. Sus tacones sonaban, hueco. Cuando encendió los velones, un estremecimiento amarillo corrió por el óleo de los retratos de familia, y gentes vestidas de negro murmuraron en todas las galerías, al compás de cucharas movidas en jícaras de chocolate.

Don Marcial, Marqués de Capellanías, yacía en su lecho de muerte, el pecho acorazado de medallas, escoltado por cuatro cirios con largas barbas de cera derretida.

III

Los cirios crecieron lentamente, perdiendo sudores. Cuando recobraron su tamaño, los apagó la monja apartando una lumbre. Las mechas blanquearon, arrojando el pabilo. La casa se vació de visitantes y los carruajes partieron en la noche. Don Marcial pulsó un teclado invisible y abrió los ojos.

Confusas y revueltas, las vigas del techo se iban colocando en su lugar. Los pomos de medicina, las borlas de damasco, el escapulario de la cabecera, los daguerrotipos, las palmas de la reja, salieron de sus nieblas. Cuando el médico movió la cabeza con desconsuelo profesional, el enfermo se sintió mejor. Durmió algunas horas y despertó bajo la mirada negra y cejuda del Padre Anastasio. De franca, detallada, poblada de pecados, la confesión se hizo reticente, penosa, llena de escondrijos. ¿Y qué derecho tenía, en el fondo, aquel carmelita, a entrometerse en su vida? Don Marcial se encontró, de pronto, tirado en medio del aposento. Aligerado de un peso en las sienes, se levantó con sorprendente celeridad. La mujer desnuda que se desperezaba sobre el brocado del lecho buscó enaguas y corpiños, llevándose, poco después, sus rumores de seda estrujada y su perfume.

Abajo, en el coche cerrado, cubriendo tachuelas del asiento, había un sobre con monedas de oro.

Don Marcial no se sentía bien. Al arreglarse la corbata frente a la luna de la consola se vio congestionado. Bajó al despacho, donde lo esperaban hombres de justicia, abogados y escribientes, para disponer la venta pública de la casa. Todo había sido inútil. Sus pertenencias se irían a manos del mejor postor, al compás de martillo golpeando una tabla. Saludó y le dejaron solo.

Pensaba en los misterios de la letra escrita, en esas hebras negras que se enlazan y desenlazan sobre anchas hojas afiligranadas de balanzas, enlazando y desenlazando compromisos, juramentos, alianzas, testimonios, declaraciones, apellidos, títulos, fechas, sierras, árboles y piedras; maraña de hilos, sacada del tintero, en que se enredaban las piernas del hombre, vedándole caminos desestimados por la Ley; cordón al cuello, que apretaba su sordina al percibir el sonido temible de las palabras en libertad. Su firma lo había traicionado, yendo a complicarse en nudo y enredos de legajos. Atado por ella, el hombre de carne se hacía hombre de papel. Era el amanecer. El reloj del comedor acaba de dar las seis de la tarde.

IV

Transcurrieron meses de luto, ensombrecidos por un remordimiento cada vez mayor. Al principio, la idea de traer una mujer a aquel aposento se le hacía casi razonable. Pero, poco a poco, las apetencias de un cuerpo nuevo fueron desplazadas por escrúpulos crecientes, que llegaron al flagelo. Cierta noche, Don Marcial se ensangrentó las carnes con una correa, sintiendo luego un deseo mayor, pero de corta duración. Fue entonces cuando la Marquesa volvió, una tarde, de su paseo a las orillas del Almendares. Los caballos de la calesa no traían en las crines más humedad que la del propio sudor. Pero, durante todo el resto del día, dispararon coces a las tablas de la cuadra, irritados, al parecer, por la inmovilidad de nubes bajas.

Al crepúsculo, una tinaja llena de agua se rompió en el baño de la Marquesa. Luego, las lluvias de mayo rebosaron el estanque. Y aquella negra vieja, con tacha de cimarrona y palomas debajo de la cama, que andaba por el patio murmurando:

«¡Desconfía de los ríos, niña; desconfía de lo verde que corre!» No había día en que el agua no revelara su presencia. Pero esa presencia acabó por no ser más que una jícara derramada sobre vestido traído de París, al regreso del baile aniversario dado por el Capitán General de la Colonia.

Reaparecieron muchos parientes. Volvieron muchos amigos. Ya brillaban, muy claras, las arañas del gran salón. Las grietas de la fachada se iban cerrando. El piano regresó al clavicordio. Las palmas perdían anillos. Las enredaderas soltaban la primera cornisa. Blanquearon las ojeras de la Ceres y los capiteles parecieron recién tallados. Más fogoso, Marcial solía pasarse tardes enteras abrazando a la Marquesa. Borrábanse patas de gallina, ceños y papadas, y las carnes tornaban a su dureza. Un día un olor de pintura fresca llenó la casa.

V

Los rubores eran sinceros. Cada noche se abrían un poco más las hojas de los biombos, las faldas caían en rincones menos alumbrados y eran nuevas barreras de encajes. Al fin, la Marquesa sopló las lámparas. Sólo él habló en la oscuridad.

Partieron para el ingenio, en gran tren de calesas —relumbrante de grupas alazanas, bocados de plata y charoles al sol. Pero, a la sombra de las flores de Pascuas que enrojecían el portal interior de la vivienda, advirtieron que se conocían apenas.

Marcial autorizó danzas y tambores de Nación, para distraerse un poco en aquellos días olientes a perfumes de Colonia, baños de benjuí, cabelleras esparcidas y sábanas sacadas de armarios que, al abrirse, dejaban caer sobre las losas un mazo de vetiver[2]. El vaho del guarapo giraba en la brisa con el toque de oración. Volando bajo, las auras anunciaban lluvias reticentes, cuyas primeras gotas, anchas y sonoras, eran sorbidas por tejas tan secas que tenían diapasón de cobre. Después de un amanecer alargado por un abrazo deslucido, aliviados de desconciertos y cerrada la herida, ambos regresaron a la ciudad. La Marquesa trocó su vestido de viaje por un traje de novia, y, como era costumbre, los esposos fueron a la iglesia para recobrar su libertad. Se devolvieron presentes a parientes y amigos, y, con revuelo de bronces y alardes de jaeces, cada cual tomó la calle de su morada. Marcial siguió visitando a María de las Mercedes por algún tiempo, hasta el día en que los anillos fueron llevados al taller del orfebre pare ser desgrabados. Comenzaba, para Marcial, una vida nueva. En la casa de altas rejas, la Ceres fue sustituida por una Venus italiana, y los mascarones de la fuente adelantaron casi imperceptiblemente el relieve, al ver todavía encendidas, pintada ya el alba, las luces de los velones.

VI

Una noche, después de mucho beber y marearse con tufos de tabaco frío, dejados por sus amigos, Marcial tuvo la sensación extraña de que los relojes de la

[2] A cereal plant from India

casa daban las cinco, luego las cuatro y media, luego las cuatro, luego las tres y media... Era como la percepción remota de otras posibilidades. Como cuando se piensa, en enervamiento de vigilia, que puede andarse sobre el cielo raso con el piso por cielo raso, entre muebles firmemente asentados entre las vigas del techo.

Fue una impresión fugaz, que no dejó la menor huella en su espíritu, poco llevado, ahora, a la meditación.

Y hubo un gran sarao, en el salón de música, el día en que alcanzó la minoría de edad. Estaba alegre, al pensar que su firma había dejado de tener un valor legal, y que los registros y escribanías, con sus polillas, se borraban de su mundo. Llegaba al punto en que los tribunales dejan de ser temibles para quienes tienen una carne desestimada por los códigos. Luego de achisparse con vinos generosos, los jóvenes descolgaron de la pared una guitarra incrustada de nácar, un salterio y un serpentón. Alguien dio cuerda al reloj que tocaba la Tirolesa de las Vacas y la Balada de los Lagos de Escocia. Otro embocó un cuerno de caza que dormía, enroscado en su cobre, sobre los fieltros encarnados de la vitrina, al lado de la flauta traversera traída de Aranjuez. Marcial, que estaba requebrando atrevidamente a la de Campoflorido, se sumó al guirigay, buscando en el teclado, sobre bajos falsos, la melodía del Trípili-Trápala. Y subieron todos al desván, de pronto; recordando que allá, bajo vigas que iban recobrando el repello, se guardaban los trajes y libreas de la Casa de Capellanías. En entrepaños escarchados de alcanfor descansaban los vestidos de corte, un espadín de Embajador, varias guerreras emplastronadas, el manto de un Príncipe de la Iglesia, y largas casacas, con botones de damasco y difuminos de humedad en los pliegues. Matizáronse las penumbras con tintas de amaranto, miriñaques amarillos, túnicas marchitas y flores de terciopelo. Un traje de chispero con redecilla de borlas, nacido de una mascarada de carnaval, levantó aplausos. La de Campoflorido redondeó los hombros empolvados bajo un rebozo de color de carne criolla, que sirviera a cierta abuela, en noche de grandes decisiones familiares, para avivar los amansados fuegos de un rico Síndico de Clarisas.

Disfrazados regresaron los jóvenes al salón de música. Tocado con un tricornio de regidor, Marcial pegó tres bastonazos en el piso, y se dio comienzo a la danza de la valse, que las madres hallaban terriblemente impropio de señoritas, con eso de dejarse enlazar por la cintura, recibiendo manos de hombre sobre las ballenas del corset que todas se habían hecho según el reciente patrón de «El Jardín de las Modas». Las puertas se oscurecieron de fámulas, cuadrerizos, sirvientes, que venían de sus lejanas dependencias y de los entresuelos sofocantes, para admirarse ante fiesta de tanto alboroto. Luego se jugó a la gallina ciega y al escondite. Marcial, oculto con la de Campoflorido detrás de un biombo chino, le estampó un beso en la nuca, recibiendo en respuesta un pañuelo perfumado, cuyos encajes de Bruselas guardaban suaves tibiezas de escote. Y cuando las muchachas se alejaron en las luces del crepúsculo, hacia las atalayas y torreones que se pintaban en grisnegro sobre el mar, los mozos fueron a la Casa de Baile, donde tan sabrosamente se contoneaban las mulatas de grandes ajorcas, sin perder nunca ‹así fuera de movida una guaracha› sus zapatillas de alto tacón. Y como se estaba en carnavales, los del Cabildo Arará Tres Ojos levantaban un trueno de tambores tras de la pared medianera, en un patio sembrado de granados. Subidos en mesas y taburetes, Marcial y sus amigos alabaron el garbo de una negra de pasas entrecanas, que volvía a ser hermosa, casi deseable, cuando miraba por sobre el hombro, bailando con altivo mohín de reto.

VII

Las visitas de Don Abundio, notario y albacea de la familia, eran más frecuentes. Se sentaba gravemente a la cabecera de la cama de Marcial, dejando caer al suelo su bastón de acaná para despertarlo antes de tiempo. Al abrirse, los ojos tropezaban con una levita de alpaca, cubierta de caspa, cuyas mangas lustrosas recogían títulos y rentas. Al fin sólo quedó una pensión razonable, calculada para poner coto a toda locura. Fue entonces cuando Marcial quiso ingresar en el Real Seminario de San Carlos.

Después de mediocres exámenes, frecuentó los claustros, comprendiendo cada vez menos las explicaciones de los dómines. El mundo de las ideas se iba despoblando. Lo que había sido, al principio, una ecuménica asamblea de peplos, jubones, golas y pelucas, controversistas y ergotantes, cobraba la inmovilidad de un museo de figuras de cera. Marcial se contentaba ahora con una exposición escolástica de los sistemas, aceptando por bueno lo que se dijera en cualquier texto: «León», «Avestruz», «Ballena», «Jaguar», leíase sobre los grabados en cobre de la

Historia Natural Del mismo modo, «Aristóteles», «Santo Tomás», «Bacon», «Descartes», encabezaban páginas negras, en que se catalogaban aburridamente las interpretaciones del universo, al margen de una capitular espesa. Poco a poco, Marcial dejó de estudiarlas, encontrándose librado de un gran peso. Su mente se hizo alegre y ligera, admitiendo tan sólo un concepto instintivo de las cosas. ¿Para qué pensar en el prisma, cuando la luz clara de invierno daba mayores detalles a las fortalezas del puerto? Una manzana que cae del árbol sólo es incitación para los dientes. Un pie en una bañadera no pasa de ser un pie en una bañadera. El día que abandonó el Seminario, olvidó los libros. El gnomon recobró su categoría de duende; el espectro fue sinónimo de fantasma; el octandro era bicho acorazado, con púas en el lomo.

Varias veces, andando pronto, inquieto el corazón, había ido a visitar a las mujeres que cuchicheaban, detrás de puertas azules, al pie de las murallas. El recuerdo de la que llevaba zapatillas bordas y hojas de albahaca en la oreja lo perseguía, en tardes de calor, como un dolor de muelas. Pero, un día, la cólera y las amenazas de un confesor le hicieron llorar de espanto. Cayó por última vez en las sábanas del infierno, renunciando para siempre a sus rodeos por calles poco concurridas, a sus cobardías de última hora que le hacían regresar con rabia a su casa, luego de dejar a sus espaldas cierta acera rajada señal, cuando andaba con la vista baja, de la media vuelta que debía darse para hollar el umbral de los perfumes.

Ahora vivía su crisis mística, poblada de detentes, corderos pascuales, palomas de porcelana, Vírgenes de manto azul celeste, estrellas de papel dorado, Reyes Magos, ángeles con alas de cisne, el Asno, el Buey, y un terrible San Dionisio que se le aparecía en sueños, con un gran vacío entre los hombros y el andar vacilante de quien busca un objeto perdido. Tropezaba con la cama y Marcial despertaba sobresaltado, echando mano al rosario de cuentas sordas. Las mechas, en sus pocillos de aceite, daban luz triste a imágenes que recobraban su color primero.

VIII

Los muebles crecían. Se hacía más difícil sostener los antebrazos sobre el borde de la mesa del comedor. Los armarios de cornisas labradas ensanchaban el frontis. Alargando el torso, los moros de la escalera acercaban sus antorchas a los balaustres del rellano. Las butacas eran más hondas y los sillones de mecedora tenían tendencia a irse para atrás. No había ya que doblar las piernas al recostarse en el fondo de la bañadera con anillas de mármol.

Una mañana en que leía un libro licencioso, Marcial tuvo ganas, súbitamente, de jugar con los soldados de plomo que dormían en sus cajas de madera. Volvió a ocultar el tomo bajo la jofaina del lavabo, y abrió una gaveta sellada por las telarañas. La mesa de estudio era demasiado exigua para dar cabida a tanta gente. Por ello, Marcial se sentó en el piso. Dispuso los granaderos por filas de ocho, Luego, los oficiales a caballo, rodeando al abanderado. Detrás, los artilleros, con sus cañones, escobillones y botafuegos. Cerrando la marcha, pífanos y timbales, con escolta de redoblantes. Los morteros estaban dotados de un resorte que permitía lanzar bolas de vidrio a más de un metro de distancia. —¡ Pum...! ¡ Pum...! ¡ Pum...!

Caían caballos, caían abanderados, caían tambores. Hubo de ser llamado tres veces por el negro Eligio, para decidirse a lavarse las manos y bajar al comedor.

Desde ese día, Marcial conservó el hábito de sentarse en el enlosado. Cuando percibió las ventajas de esa costumbre, se sorprendió de no haberlo pensado antes. Afectas al terciopelo de los cojines, las personas mayores sudan demasiado. Algunas huelen a notario —como Don Abundio— por no conocer, con el cuerpo echado, la frialdad del mármol en todo tiempo. Sólo desde el suelo pueden abarcarse totalmente los ángulos y perspectivas de una habitación. Hay bellezas de la madera, misteriosos caminos de insectos, rincones de sombra, que se ignoran a altura de hombre. Cuando llovía, Marcial se ocultaba debajo del clavicordio. Cada trueno hacía temblar la caja de resonancia, poniendo todas las notas a cantar. Del cielo caían los rayos para construir aquella bóveda de calderones, órgano, pinar al viento, mandolina de grillos.

IX

Aquella mañana lo encerraron en su cuarto. Oyó murmullos en toda la casa y el almuerzo que le sirvieron fue demasiado suculento para un día de semana. Había seis pasteles de la confitería de la Alameda cuando sólo dos podían comerse, los domingos, después de misa. Se entretuvo mirando estampas de viaje, hasta que el abejeo creciente, entrando por debajo de las puertas, le hizo mirar entre persianas. Llegaban hombres vestidos de negro, portando una caja con agarraderas de bronce. Tuvo ganas de llorar, pero en ese momento apareció el calesero Melchor, luciendo sonrisa de dientes en lo alto de sus botas sonoras. Comenzaron a jugar al ajedrez. Melchor era caballo. Él, era Rey. Tomando las losas del piso por tablero, podía avanzar de una en una, mientras Melchor debía saltar una de frente y dos de lado, o viceversa. El juego se prolongó hasta más allá del crepúsculo, cuando pasaron los Bomberos del Comercio.

Al levantarse fue a besar la mano de su padre, que yacía en su cama enfermo. El Marqués se sentía mejor y habló a su hijo con el empaque y los ejemplos usuales. Los «Sí, padre» y los «No, padre» se encajaban entre cuenta y cuenta del rosario de preguntas, como las respuestas del ayudante de una misa. Marcial respetaba al Marqués, pero era por razones que nadie hubiera acertado a suponer. Lo respetaba porque era de elevada estatura y salía, en noches de baile, con el pecho rutilante de condecoraciones; porque le envidiaba el sable y los entorchados de oficial de milicias; porque, en Pascuas, había comido un pavo entero, relleno de almendras y pasas, ganando una apuesta; porque, cierta vez, sin duda con el ánimo de azotarla, agarró a una de las mulatas que barrían la rotonda, llevándola en brazos a su habitación. Marcial, oculto detrás dé una cortina, la vio salir poco después llorosa y desabrochada, alegrándose del castigo, pues era la que siempre vaciaba las fuentes de compota devueltas a la alacena.

El padre era un ser terrible y magnánimo al que debía amarse después de Dios. Para Marcial era más Dios que Dios, porque sus dones eran cotidianos y tangibles. Pero prefería el Dios del cielo, porque fastidiaba menos.

X

Cuando los muebles crecieron un poco más y Marcial supo como nadie lo que había debajo de las camas, armarios y vargueños, ocultó a todos un gran secreto: la vida no tenía encanto fuera de la presencia del calesero Melchor. Ni Dios, ni su padre, ni el obispo dorado de las procesiones del Corpus, eran tan importantes como Melchor.

Melchor venía de muy lejos. Era nieto de príncipes vencidos. En su reino había elefantes, hipopótamos, tigres y jirafas. Ahí los hombres no trabajaban, como Don Abundio, en habitaciones oscuras, llenas de legajos. Vivían de ser más astutos que los animales. Uno de ellos sacó el gran cocodrilo del lago azul, ensartándolo con una pica oculta en los cuerpos apretados de doce ocas asadas. Melchor sabía canciones fáciles de aprender, porque las palabras no tenían significado y se repetían mucho. Robaba dulces en las cocinas; se escapaba, de noche, por la puerta de los corredizos, y, cierta vez, había apedreado a los de la Guardia Civil, desapareciendo luego en, las sombras de la calle de la Amargura. En días de lluvia, sus botas se ponían a secar junto al fogón de la cocina. Marcial hubiese querido tener pies que llenaran tales botas. La derecha se llamaba *Calambín*. La izquierda, *Calambán*. Aquel hombre que dominaba los caballos cerreros con sólo encajarles dos dedos en los belfos; aquel señor de terciopelos y espuelas, que lucía chisteras tan altas, sabía también lo fresco que era un suelo de mármol en verano, y ocultaba debajo de los muebles una fruta o un pastel arrebatados a las bandejas destinadas al Gran Salón. Marcial y Melchor tenían en común un depósito secreto de grageas y almendras, que llamaban el «Urí, urí, urá», con entendidas carcajadas.

Ambos habían explorado la casa de arriba abajo, siendo los únicos en saber que existía un pequeño sótano lleno de frascos holandeses, debajo de las cuadras, y que en desván inútil, encima de los cuartos de criadas, doce mariposas polvorientas acababan de perder las alas en caja de cristales rotos.

XI

Cuando Marcial adquirió el hábito de romper cosas, olvidó a Melchor para acercarse a los perros. Había varios en la casa. El atigrado grande; el podenco que arrastraba las tetas; el galgo, demasiado viejo para jugar; el lanudo, que los demás perseguían en épocas determinadas, y que las camareras tenían que encerrar. Marcial prefería a «Canelo», porque sacaba zapatos de las habitaciones y desenterraba los rosales del patio. Siempre negro de carbón o cubierto de tierra roja, devoraba la comida de los demás, chillaba sin motivo y ocultaba huesos robados al pie de la fuente. De vez en cuando, también, vaciaba un huevo acabado de poner, arrojando la gallina al aire con brusco palancazo del hocico. Todos daban de patadas al «Canelo». Pero Marcial se enfermaba cuando se lo llevaban. Y el perro volvía triunfante, moviendo la cola, después de haber sido abandonado más allá de la casa de Beneficencia, recobrando un puesto que los demás, con sus habilidades en la caza o desvelos en la guardia, nunca ocuparían. «Canelo» y Marcial orinaban juntos. A veces escogían la alfombra persa del salón para dibujar en su lana formas de nubes pardas que se ensanchaban lentamente. Eso costaba castigo de cintarazos. Pero los cintarazos no dolían tanto como creían las personas mayores. Resultaban, en cambio, pretexto admirable para armar concertantes de aullidos y provocar la compasión de los vecinos. Cuando la bizca del tejadillo calificaba a su padre de «bárbaro», Marcial miraba a «Canelo» riendo con los ojos.

Lloraban un poco más, para ganarse un bizcocho, y todo quedaba olvidado. Ambos comían tierra, se revolcaban al sol, bebían en la fuente de los peces, buscaban sombra y perfume al pie de las albahacas. En horas de calor, los canteros húmedos se llenaban de gente. Ahí estaba la gansa gris, con bolsa colgante entre las patas zambas; el gallo viejo del culo pelado; la lagartija que decía «urí, urá», sacándose del cuello una corbata rosada; el triste jubo, nacido en ciudad sin hembras; el ratón que tapiaba su agujero con una semilla de carey. Un día señalaron el perro a Marcial.

—¡Guau, guau! —dijo.

Hablaba su propio idioma. Había logrado la suprema libertad. Ya quería alcanzar, con sus manos, objetos que estaban fuera del alcance de sus manos.

XII

Hambre, sed, calor, dolor, frío. Apenas Marcial redujo su percepción a la de estas realidades esenciales, renunció a la luz que ya le era necesaria. Ignoraba su nombre.

Retirado el bautismo, con su sal desagradable, no quiso ya el olfato, ni el oído, ni siquiera la vista. Sus manos rozaban formas placenteras. Era un ser totalmente sensible y táctil. El universo le entraba por todos los poros. Entonces cerró los ojos que sólo divisaban gigantes nebulosos y penetró en un cuerpo caliente, húmedo, lleno de tinieblas, que moría. El cuerpo, al sentido arrebozado con su propia sustancia, resbaló hacia la vida.

Pero ahora el tiempo corrió más pronto, adelgazando sus últimas horas. Los minutos sonaban a *glissando* de naipes bajo el pulgar de un jugador.

Las aves volvieron al huevo en torbellino de plumas. Los peces cuajaron la hueva, dejando una nevada de escamas en el fondo del estanque. Las palmas doblaron las pencas, desapareciendo en la tierra como abanicos cerrados. Los tallos sorbían sus hojas y el suelo tiraba de todo lo que le perteneciera. El trueno retumbaba en los corredores. Crecían pelos en la gamuza de los guantes. Las mantas de lana se destejían, redondeando el vellón de carneros distantes. Los armarios, los vargueños, las camas, los crucifijos, las mesas, las persianas, salieron volando en la noche, buscando sus antiguas raíces al pie de las selvas. Todo lo que tuviera clavos se desmoronaba. Un bergantín, anclado no se sabía dónde, llevó presurosamente a Italia los mármoles del piso y de la fuente. Las panoplias, los herrajes, las llaves, las cazuelas de cobre, los bocados de las cuadras, se derretían, engrosando un río de metal que galerías sin techo canalizaban hacia la sierra. Todo se metamorfoseaba, regresando a la condición primera. El barro volvió al barro, dejando un yermo en lugar de la casa.

XIII

Cuando los obreros vinieron con el día para proseguir la demolición, encontraron el trabajo acabado. Alguien se había llevado la estatua de Ceres, vendida la víspera a un anticuario. Después de quejarse al Sindicato, los hombres fueron a sentarse en los bancos de un parque municipal. Uno recordó entonces la historia, muy difuminada, de una Marquesa de Capellanías, ahogada, en tarde de mayo, entre las malangas del Almendares. Pero nadie prestaba atención al relato, porque el sol viajaba de Oriente a Occidente, y las horas que crecen a la derecha de los relojes deben alargarse por la pereza, ya que son las que más seguramente llevan a la muerte.

COMPRENSIÓN Y ANÁLISIS

Ubique el cuento *Viaje a la semilla* dentro de la época en que fue escrito. Comente sobre lo siguiente:

Forma

Orden de la narración: Orden invertido del tiempo en la historia, involución o acción de volver atrás.

La estructura del cuento: Busque muerte, madurez, juventud, niñez, infancia y estado fetal del protagonista.
El narrador: Analice la persona de los verbos en los párrafos introductorios. ¿Quién es la persona del narrador? ¿Es el narrador externo (habla en tercera persona) o interno (habla en primera persona) con respecto a los hechos narrados? ¿Es el narrador omnisciente? ¿Qué llegamos a saber del narrador a través de sus comentarios en la historia?

Contenido

El tema: Viaje hasta los orígenes. ¿Cuáles son los obstáculos del viaje?
Los personajes: ¿Quién y cómo es el personaje central? ¿A qué trabajo se dedica como adulto? ¿Qué causa su ruina? ¿Con qué personajes se relaciona en su vida? ¿Cómo es la relación entre ellos? ¿Cuál es el papel del negro viejo en el fenómeno de involución temporal? ¿Cuál es el papel de la negra vieja cimarrona en la tragedia ocurrida a María Mercedes, la Marquesa? ¿Qué papel se empieza a perfilar para los negros? Discuta sobre el modo de vida de la realeza en la Cuba de la época.
El espacio: Hable sobre los cambios en los espacios en donde se desarrolla el cuento en el proceso involutivo. ¿Cómo son los lugares mencionados?
El tiempo: Se podría decir que el tiempo es protagonista en el cuento. Busque efectos de la involución temporal en las personas, las costumbres, la casa. ¿Cómo se relacionan las edades de los personajes con el contenido del relato? Hable sobre el clima en el cuento. Estudie los verbos en el cuento y diga qué tiempos usa el narrador en la historia.
La cultura: ¿Cuál es el universo cultural que se refleja? Analice el papel de la música en la historia. Tenga en cuenta la magia emanada por los personajes negros, el viejo, la vieja cimarrona, Melchor.
¿Cuál es la relación del título con el contenido del cuento?

Lenguaje

Vocabulario del cuento: ¿Qué palabras contribuyen a dar al cuento su sensualidad, su tono animista? ¿Qué palabras se utilizan para señalar las jerarquías de poder (político, religioso, económico)?
Descripciones: Hay abundancia de descripciones en el cuento. ¿Qué palabras se utilizan para describir a los personajes, la escena íntima y la social, los espacios, el tiempo?
Narración: En español se habla de «recoger los pasos», un viaje que ocurre antes de la muerte, al recorrer los eventos más significativos de la vida, hasta el nacer. ¿Qué historia se narra en el orden cronológico, no en el invertido? Busque ejemplos de la involución temporal tales como «Los cirios crecieron lentamente...»; «la Marquesa volvió una tarde [de la muerte])... »; «como era costumbre, los esposos fueron a la iglesia para recobrar su libertad». y analice su efecto en la narrativa. Busque instancias en que Marcial recuerda su vida futura.
Lenguaje figurado: Estudie la personificación de objetos y animales en el cuento: «cielos rasos despojados de sus secretos...»; «los peces del estanque bostezaban...»; «ejes que pedían alcuzas...»; «[la estatua de] Ceres apretaba los labios», etc. Estudie la enumeración como figura retórica en el cuento. ¿Qué otras figuras literarias o tropos se presentan?

Comunicación

¿Cómo se usa en el cuento la narración?
¿Cómo explota para su ventaja el niño Marcial los aullidos después de los cintarazos?

Ejercicios de creación literaria

Reconstruya el viaje de Don Marcial en sentido inverso, de la semilla a la muerte.
Imite ejemplos de tropos carpenterianos.
Escriba un comentario sobre el tratamiento del tiempo y su eficacia en el relato.

Miguel Ángel Asturias, Guatemala, 1899–1974

De los países colonizados por los españoles, y más tarde controlados por la United Fruit Company, pocos han sufrido tan indecibles horrores como Guatemala. El conquistador Pedro de Alvarado parece haberle echado una maldición a esa tierra mágica, pues su sangrienta historia ha continuado a través de los siglos. Miguel Ángel Asturias nació y vivió durante catorce años bajo la dictadura de Manuel Estrada Cabrera. Años más tarde el tirano sirvió como el prototipo en su novela *El señor Presidente*, la cual le ganó el Premio Nóbel en 1967.

Asturias dedicó su vida a desenterrar la rica mitología maya contenida en fábulas cosmogónicas y a combatir con la espada de la pluma las injusticias políticas, sociales e imperialistas que han acongojado a su querida Guatemala desde hace quinientos años. En 1918, Woodrow Wilson ingenió una seudodemocracia en Guatemala, lo cual perpetuó la explotación centroamericana por el **Pizarro yanqui Enrique Meiggs.**[3]

En su patria, Asturias estudió antropología e historia. Luego fue a París para estudiar lenguas orientales. Allí conoció al renombrado mayista Georges Raynaud, traductor del *Popol Vuh* al francés, quien hizo interesar al escritor en este campo. Desde ese entonces, las leyendas mayas-quiché hechizaron a Asturias. En París también conoció a Miguel de Unamuno, Pablo Picasso, André Bretón, César Vallejo y José Ortega y Gasset quienes luchaban intelectualmente contra el creciente imperialismo.

En 1930, Asturias publicó *Leyendas de Guatemala,* una recopilación de leyendas populares escritas en estilo casi barroco. Es un libro de corazón, recuerdo y fantasía. En las *Leyendas,* Asturias se revela como un prosista poético, sentidor del hombre y del paisaje tropical. Su prosa está cuajada de metáforas y giros inesperados.

En 1932 regresó a Guatemala impulsado por esperanzas de democracia y justicia. Desafortunadamente, su querida patria continuó bañada en sangre. En 1936 escribió *El señor Presidente,* cuyo protagonista es uno de los mayores esperpentos americanos; por razones políticas no llegó a publicarse hasta 1946. Esta novela retrata la aterrorizante dictadura de Manuel Estrada Cabrera (1898–1920), y presenta absurdas realidades que desembocan en pesadillas. En *El señor Presidente* Asturias enfoca el tema de la dictadura con doble lente: el polémico y el político. Sin embargo, lo más valioso de esta obra es su forma llena de adjetivos cargados de significados y de verbalizaciones insólitas, de caricaturas inconcebibles que anticipan el realismo mágico.

En 1949 Asturias publicó la novela *Hombres de maíz,* en la cual recrea el mundo mitológico y mágico del substrato maya. Esta novela tiene sus raíces en el *Popol Vuh,* donde el hombre creado de maíz es el hombre auténtico, de raíz a flor. En esta novela, la teología maya no es sólo alegórica, sino también un aporte colectivo, mítico y personal. Los dioses mayas practican la lógica humana y no son como los griegos ni como el autocrático Jehová, sino como vegetales floridos y armoniosos. Los dioses mayas resuelven todo en concilios democráticos y tras largas meditaciones; el resultado es una especie de democracia teológica y ancestral. En esta novela Asturias mezcla vocablos quichés con una sintaxis concisa. Los personajes están rodeados de pasiones y de naturaleza: fauna, aire, montes y valles, y el conjunto es una armónica creación panteísta. Es una novela vernacular. Para Asturias, el indígena no es un personaje humano, sino otro elemento de la naturaleza; por lo tanto, su teología nace de lo individual y se transforma en unidad cósmica e infinita.

Para lograr su cometido Asturias inyecta toques de hechicería del milenario mundo maya. Nada de lo que se cuenta es ordinario, pero sí cotidiano dentro de la magia quiché. A través de su obra, Asturias parece tocado por su sangre, su historia, su mitología, su cielo y su tradición.

Por razones políticas, Asturias se vio obligado a refugiarse en el extranjero. Estas experiencias inspiraron la trilogía de *Viento Fuerte* (1950), *El papa verde* (1954) y *Week-end en Guatemala* (1956) que tratan temas principalmente políticos.

La obra de Asturias tiene garra y ángel. Posee una dicotomía biológica y mágica. Prescinde de la geografía y de la cronología. Carece de sentimentalismo y prefiere la caricatura a la denuncia; es coloquial y selecta, usa arcaísmos, americanismos y neologismos. Ortega y Gasset anota que Asturias es un narrador que **narra sobre lo narrado**, porque (por ejemplo) no sólo repudia la crueldad del Señor Presidente sino que (en su famosa novela) la presenta como el peligroso juego que es.

Asturias es considerado como uno de los precursores del realismo mágico por el empleo de técnicas, tales como la disrupción del tiempo y del espacio, presentando un mundo deformado donde yace lo profundo de la realidad cotidiana. Aun a los setenta y tres años, Asturias continuaba dedicado a las letras, exprimiendo todo el jugo de cada palabra con la que rememoraba su juventud; publicó dos novelas más: *Mulata de tal* (1965) y *Viernes de dolores* (1972).

[3]See Watt, Stewart, *Henry Meiggs, a Yankee Pizarro* (Durham: University of North Carolina Press, 1952).

El prestigio de Asturias descansa en su inmortal obra, elaborada con amor y tiempo, en la que plasma un mestizaje extraordinario de lenguas, culturas, mitologías y realidades mágicas. Dejó su milenaria ofrenda literaria ante los hombres de maíz.

La leyenda del Sombrerón todavía se cuenta en partes de Latinoamérica, donde a este personaje se le conoce como *el duende*. En muchos casos los padres la emplean para asustar a los niños.

LEYENDA DEL SOMBRERÓN

El Sombrerón recorre los portales...

En aquel apartado rincón del mundo, tierra prometida a una Reina por un Navegante loco, la mano religiosa había construido el más hermoso templo al lado de las divinidades que en cercanas horas fueran testigos de la idolatría del hombre —el pecado más abominable a los ojos de Dios—, y al abrigo de los vientos que montañas y volcanes detenían con sus inmensas moles.

Los religiosos encargados del culto, *corderos de corazón de león*, por flaqueza humana, sed de conocimientos, vanidad ante un mundo nuevo o solicitud hacia la tradición espiritual que acarreaban navegantes y clérigos, se entregaron al cultivo de las bellas artes y al estudio de las ciencias y la filosofía, descuidando sus obligaciones y deberes a tal punto, que, como se sabrá el Día del Juicio, olvidábanse de abrir el templo, después de llamar a misa, y de cerrarlo concluidos los oficios...

Y era de ver y era de oír y de saber las discusiones en que por días y noches se enredaban los más eruditos, trayendo a tal ocurrencia citas de textos sagrados, los más raros y refundidos.

Y era de ver y era de oír y de saber la plácida tertulia de los poetas, el dulce arrebato de los músicos y la inaplazable labor de los pintores, todos entregados a construir mundos sobrenaturales con los recados y privilegios del arte.

Reza en viejas crónicas, entre apostillas frondosas de letra irregular, que a nada se redujo la conversación de los filósofos y los sabios; pues, ni mencionan sus nombres, para confundirles la Suprema Sabiduría les hizo oír una voz que les mandaba se ahorraran el tiempo de escribir sus obras. Conversaron un siglo sin entenderse nunca ni dar una plumada, y bizque cavilaban en tamaños errores.

De los artistas no hay mayores noticias. Nada se sabe de los músicos. En las iglesias se topan pinturas empolvadas de imágenes que se destacan en fondos pardos al pie de las ventanas abiertas sobre panoramas curiosos por la novedad del cielo y el sin número de volcanes. Entre los pintores hubo imagineros y a juzgar por las esculturas de Cristo y Dolorosas que dejaron, deben haber sido tristes y españoles. Eran admirables. Los literatos componían en verso, pero de su obra sólo se conocen palabras sueltas.

Prosigamos. Mucho me he detenido en contar cuentos viejos, como dice Bernal Díaz del Castillo en «La Conquista de Nueva España», historia que escribió para contradecir a otro historiador; en suma, lo que hacen los historiadores.

Prosigamos con los monjes...

Entre los unos, sabios y filósofos, y los otros, artistas y locos, había uno a quien llamaban a secas el Monje, por su celo religioso y santo temor de Dios y porque se negó a tomar parte en las discusiones de aquéllos y en los pasatiempos de éstos, juzgándoles a todos víctimas del demonio.

El Monje vivía en oración dulces y buenos días, cuando acertó a pasar, por la calle que circunda los muros del convento, un niño jugando con una pelotita de hule.

Y sucedió...

Y sucedió, repito para tomar aliento, que por la pequeña y única ventana de su celda, en uno de los rebotes, colóse la pelotita.

El religioso, que leía la Anunciación de Nuestra Señora en un libro de antes, vio entrar el cuerpecito extraño, no sin turbarse, entrar y rebotar con agilidad midiendo piso y pared, pared y piso, hasta perder el impulso y rodar a sus pies, como un pajarito muerto. ¡Lo sobrenatural! Un escalofrío le cepilló la espalda.

El corazón le daba martillazos, como a la Virgen desustanciada en presencia del Arcángel. Poco necesitó, sin embargo, para recobrarse y reír entre dientes de la pelotita. Sin cerrar el libro ni levantarse de su asiento, agachóse para tomarla del suelo y devolverla, y a devolverla iba cuando una alegría inexplicable le hizo cambiar de pensamiento: su contacto le produjo gozos de santo, gozos de artista, gozos de niño...

Sorprendido, sin abrir bien sus ojillos de elefante, cálidos y castos, la apretó con toda la mano, como quien hace un cariño, y la dejó caer enseguida, como quien suelta una brasa; mas la pelotita, caprichosa coqueta, dando un rebote en el piso, devolvióse a sus manos tan ágil y tan presta que apenas si tuvo tiempo de tomarla en el aire y correr a ocultarse con ella en la esquina más oscura de la celda, como el que ha cometido un crimen.

Poco a poco se apoderaba del santo hombre un deseo loco de saltar y saltar como la pelotita. Si su primer intento había sido devolverla, ahora no pensaba en semejante cosa, palpando con los dedos complacidos su redondez de fruto, recreándose en su blancura de armiño, tentado de llevársela a los labios y estrecharla contra sus dientes manchados de tabaco; en el cielo de la boca le palpitaba un millar de estrellas...

—¡La Tierra debe ser esto en manos del Creador! —pensó.

No lo dijo porque en ese instante se le fue de las manos —rebotadora inquietud—, devolviéndose en el acto, con voluntad extraña, tras un salto como una inquietud.

—¿Extraña o diabólica?...

Fruncía las cejas —Abrochas en las que la atención riega dentífrico invisible— y, tras vanos temores, reconciliábase con la pelotita, digna de él y de toda alma justa, por su afán elástico de levantarse al cielo.

Y así fue como en aquel convento, en tanto unos monjes cultivaban las Bellas Artes y otros las Ciencias y la Filosofía, el nuestro jugaba en los corredores con la pelotita.

Nubes, cielo, tamarindos... Ni un alma en la pereza del camino. De vez en cuando, el paso celeroso de bandadas de pericas domingueras comiéndose el silencio. El día salía de las narices de los bueyes, blanco, caliente, perfumado.

A la puerta del templo esperaba el monje, después de llamar a misa, la llegada de los feligreses, jugando con la pelotita que había olvidado en la celda. ¡Tan liviana, tan ágil, tan blanca!, repetíase mentalmente. Luego, de viva voz, y entonces el eco contestaba en la iglesia, saltando como un pensamiento: ¡Tan liviana, tan ágil, tan blanca!... Sería una lástima perderla. Esto le apenaba, arreglándoselas para afirmar que no la perdería, que nunca le sería infiel, que con él la enterrarían..., tan liviana, tan ágil, tan blanca...

¿Y si fuese el demonio?

Una sonrisa disipaba sus temores: era menos endemoniada que el Arte, las Ciencias y la Filosofía, y, para no dejarse mal aconsejar por el miedo, tornaba a las andadas, tentado de ir a traerla, enjugándose con ella de rebote en rebote..., tan liviana, tan ágil, tan blanca...

Por los caminos —aún no había calles en la ciudad trazada por un teniente para ahorcar— llegaban a la iglesia hombres y mujeres ataviados con vistosos trajes, sin que el religioso se diera cuenta, arrobado como estaba en sus pensamientos. La iglesia era de piedras grandes; pero, en la hondura del cielo, sus torres y cúpula perdían peso, haciéndose ligeras, aliviadas, sutiles. Tenían tres puertas mayores en la entrada principal, y entre ellas, grupos de columnas salomónicas, y altares dorados, y bóvedas y pisos de un suave color azul. Los santos estaban como peces inmóviles en el acuoso resplandor del templo.

Por la atmósfera sosegada se esparcían tuteos de palomas, balidos de ganados, trotes de recuas, gritos de arrieros. Los gritos abríanse como lazos en argollas infinitas, abarcándolo todo: alas, besos, cantos. Los rebaños, al ir subiendo por las colinas, formaban caminos blancos, que al cabo se borraban. Caminos blancos, caminos móviles, caminitos de humo para jugar una pelota con un monje en la mañana azul...

—¡Buenos días le dé Dios, señor!

La voz de una mujer sacó al monje de sus pensamientos. Traía de la mano a un niño triste.

—¡Vengo, señor, a que, por vida suya, le eche los Evangelios a mi hijo, que desde hace días está llora que llora, desde que perdió aquí, al costado del convento, una pelota que, ha de saber su merced, los vecinos aseguraban era la imagen del demonio... (...tan liviana, tan ágil, tan blanca...)

El monje se detuvo de la puerta para no caer del susto, y, dando la espalda a la madre y al niño, escapó hacia su celda, sin decir palabra, con los ojos nublados y los brazos en alto.

Llegar allí y despedir la pelotita, todo fue uno.

—¡Lejos de mí, Satán! ¡Lejos de mí, Satán !

La pelota cayó fuera del convento —fiesta de brincos y rebrincos de corderillo en libertad—, y, dando su salto inusitado, abrióse como por encanto en forma de sombrero negro sobre la cabeza del niño, que corría tras ella. Era el sombrero del demonio. Y así nace al mundo el Sombrerón.

(*Leyendas de Guatemala,* 1930)

COMPRENSIÓN Y ANÁLISIS

Ubique la *Leyenda del Sombrerón* dentro de la época en que tuvo lugar. Comente sobre lo siguiente:

Forma

Orden de la narración: Orden cronológico de los acontecimientos de la historia.
La estructura: Busque introducción, desarrollo, momento climático y conclusión.
El narrador: Analice la persona de los verbos en los párrafos introductorios. ¿Quién es la persona del narrador? ¿Es el narrador externo (habla en tercera persona) o interno (habla en primera persona) con respecto a los hechos narrados? ¿Qué llegamos a saber sobre el narrador a través de la historia, sobre sus gustos y sobre su actitud ante los acontecimientos?

Contenido

El tema: El miedo y la superstición que impiden la visión objetiva. Actitud reprimida de los individuos. Visión religiosa.
El mensaje: Desconfiar de las cosas insignificantes que nos tientan pues pueden contener la presencia y la tentación del demonio. Aclare la diferencia entre mito y leyenda. Hable sobre cómo la Suprema Sabiduría castiga a los filósofos, sabios, artistas, músicos y literatos en la historia.
Los personajes: ¿Quiénes y cómo son los personajes centrales? ¿Cuál es la relación entre ellos? ¿A qué trabajo se dedican? ¿Qué distingue al Monje de los otros religiosos?
El espacio: Hable sobre los espacios en donde se desarrolla la leyenda.
El tiempo: ¿En cuánto tiempo se desarrolla la historia? ¿Hay un tiempo determinado en la leyenda? Estudie los verbos en la leyenda y diga qué tiempos usa el narrador en la historia.
La cultura: Analice el papel de los filósofos y artistas en la vida de este rincón colonial. ¿Cuál es el papel de los vecinos en la leyenda? Conociendo la época en que la leyenda fue escrita, diga si habla sobre rompimiento o perpetuación de estereotipos sociales. Analice el papel del monje y cómo habla de él el narrador.
¿Cuál es la relación del título con el contenido de la leyenda?

Lenguaje

Vocabulario del cuento: ¿Qué palabras contribuyen a dar a la leyenda su tono juguetón?
Descripciones: ¿Qué palabras se utilizan para describir los personajes y la pelotita?
Narración: Resuma en pocas palabras la historia narrada.
Lenguaje figurado: Analice la comparación: «Los santos estaban como peces inmóviles en el acuoso resplandor del templo», en el contexto de la historia. ¿Qué figuras literarias o tropos se presentan?
Motivo recurrente: Analice el papel de la pelotita en la historia, su personificación y cómo su carácter de liviana, ágil, blanca llega a impregnar el ambiente en la historia.

Comunicación

¿Cómo se usan en el cuento la narración y el monólogo?

Ejercicios de creación literaria

Tome el punto de vista del demonio (la pelotita) y planee lo que haría para hacer pecar al Monje.
Escriba un párrafo titulado «El temor a lo desconocido».

Julio Cortázar, Argentina, 1914–1984

Cortázar nació en Bruselas de padres argentinos. Su padre era diplomático, lo cual le permitió al joven Julio variadas vivencias. Cursó estudios en la Argentina, donde fue profesor de enseñanza secundaria y universitaria por diez años. En 1951, regresó a su añorada Europa y se radicó en París; allí fue influenciado por la literatura del absurdo, la literatura de lo fantástico, el superrealismo y James Joyce. También entabló amistad con Andrés Bretón y los surrealistas.

Cortázar cultivó el cuento, la novela y el ensayo, destacándose como innovador de la narrativa hispanoamericana; lo esencial en sus escritos es la búsqueda, como se nota en sus obras más sobresalientes: *Los reyes*; *Bestiario* (1951); *Final del juego* (1956); *Las armas secretas* (1959), donde explora el significado del reino interior, el secreto de la creación artística y las inexplicables relaciones entre ciertos seres y ciertos tiempos; *Los premios* (1960); *Historias de cronopios y de famas* (1962); *La vuelta al día en ochenta mundos* (1967); *Todos los fuegos el fuego* (1968); *Modelo para armar* (1968); *Libro de Manuel* (1973), y *Rayuela* (1974). Con el pasar de los años su obra alcanzó mayor profundidad, debido a la influencia de Zen y Tao.

Rayuela (Hopscotch), compuesta en forma aparentemente disparatada, ofrece al lector varias posibilidades de lectura; en *Rayuela* yace una profunda inquietud existencial y la búsqueda de nuevas relaciones entre los seres y las cosas. Se divide en dos partes: La primera tiene lugar en París y la segunda en Buenos Aires. En esta novela Cortázar expresa rechazo por las estructuras literarias y cronológicas, centrándose en la odisea del hombre y su búsqueda de liberación a través de visión mística y autenticidad. *Rayuela* también investiga lo mudable del tiempo y de la realidad y las interrelaciones de diferentes realidades. En el mundo de Cortázar, el hombre es explorador. En esto se asemeja a lo que se ve en los laberintos de Borges.

Cortázar inquieta y revuelve todo dogma del lector, forzándolo a reflexionar profundamente; para lograrlo, rompe la unidad del tiempo, el espacio y el asunto produciendo así un desenlace eficaz y mágico.

A veces Cortázar crea un «collage» insertando, avisos, cartas recortes de periódicos que pueden despistar al lector distraído. Es un escritor de incuestionable perfección y plasticidad. Es maestro de la tensión, manteniendo dicotomías emocionales e intelectuales. Su obra está llena de juegos anestésicos que en el fondo ocultan angustia y agonía. No es, sin embargo, una agonía nihilista, sino más bien una lucha interna, encarnizada en busca de verdades para lograr purificación e iluminación.

AXOLOTL

Hubo un tiempo en que yo pensaba mucho en los axolotl. Iba a verlos al acuario del Jardin des Plantes y me quedaba horas mirándolos, observando su inmovilidad, sus oscuros movimientos. Ahora soy un axolotl.

El azar me llevó hasta ellos una mañana de primavera en que París abría su cola de pavo real después de la lenta invernada. Bajé por el bulevar de Port-Royal, tomé St. Marcel y L'Hopital, vi los verdes entre tanto gris y me acordé de los leones. Era amigo de los leones y las panteras, pero nunca había entrado en el húmedo y oscuro edificio de los acuarios. Dejé mi bicicleta contra las rejas y fui a ver los tulipanes. Los leones estaban feos y tristes y mi pantera dormía. Opté por los acuarios, soslayé peces vulgares hasta dar inesperadamente con los axolotl. Me quedé una hora mirándolos y salí, incapaz de otra cosa.

En la biblioteca Sainte-Genevieve consulté un diccionario y supe que los axolotl son formas larvales, provistas de branquias, de una especie de batracios del género amblistoma[4]. Que eran mexicanos lo sabía y por ellos mismos, por sus pequeños rostros rosados aztecas y el cartel en lo alto del acuario. Leí que se han encontrado ejemplares en África capaces de vivir en tierra durante los periodos de sequía, y que continúan su vida en el agua al llegar la estación de las lluvias. Encontré su nombre español, ajolote, la mención de que son comestibles y que su aceite se usaba (se diría que no se usa más) como el de hígado de bacalao.

No quise consultar obras especializadas, pero volví al día siguiente al Jardin des Plantes. Empecé a ir todos los acuarios sonreí perplejo al recibir el billete. Me apoyaba en la barra de hierro que bordea los acuarios y me ponía a mirarlos. No hay nada de extraño en esto, porque desde un primer momento comprendí que estábamos vinculados, que algo infinitamente perdido y distante seguía sin embargo uniéndonos. Me había bastado detenerme aquella primera mañana ante el cristal donde unas burbujas corrían en el agua. Los axolotl se amontonaban en el mezquino y angosto (sólo yo puedo saber cuan angosto y mezquino) piso de piedra y musgo del acuario. Había nueve ejemplares, y la mayoría apoyaba la cabeza contra el cristal, mirando con los ojos de oro a los que se acercaban. Turbado, casi avergonzado, sentí como una impudicia asomarme a esas figuras silenciosas e inmóviles aglomeradas en el fondo del acuario. Aislé mentalmente una, situada a la derecha y algo separada de las otras, para estudiarla mejor. Vi un cuerpecito rosado y como translúcido (pensé en las estatuillas chinas de cristal lechoso), semejante a un pequeño lagarto de quince centímetros, terminado en una cola de pez de una delicadeza extraordinaria, la parte más sensible de

[4] Provided with gills; of a species of salamander of the genus *Ambystoma*

nuestro cuerpo. Por el lomo le corría una aleta transparente que se fusionaba con la cola, pero lo que me obsesionó fueron las patas, de una finura sutilísima, acabadas en menudos dedos, en uñas minuciosamente humanas. Y entonces descubrí sus ojos, su cara. Un rostro inexpresivo, sin otro rasgo que los ojos; dos orificios como cabezas de alfiler, enteramente de un oro transparente, carentes de toda vida pero mirando, dejándose penetrar por mi mirada que parecía pasar a través del punto áureo y perderse en un diáfano misterio interior. Un delgadísimo halo negro rodeaba el ojo y lo inscribía en la carne rosa, en la piedra rosa de la cabeza vagamente triangular pero con lados curvos irregulares, que le daban una total semejanza con una estatuilla corroída por el tiempo. La boca estaba disimulada por el plano triangular de la cara, sólo de perfil se adivinaba su tamaño considerable; de frente una fina hendidura rasgaba apenas la piedra sin vida. A ambos lados de la cabeza, donde hubieran debido estar las orejas, le crecían tres ramitas rojas como de coral, una excrescencia vegetal, las branquias, supongo. Y era lo único vivo en él, cada diez o quince segundos las ramitas enderezaban rígidamente y volvían a bajarse. A veces una pata se movía apenas, yo veía los diminutos dedos posándose con suavidad en el musgo. Es que no nos gusta movernos mucho, y el acuario es tan mezquino; apenas avanzamos un poco nos damos con la cola o la cabeza de otro de nosotros; surgen dificultades, peleas, fatiga. El tiempo se siente menos si nos estamos quietos.

Fue su quietud lo que me hizo inclinarme fascinado la primera vez que vi a los axolotl. Oscuramente me pareció comprender su voluntad secreta, abolir el espacio y el tiempo con una inmovilidad indiferente. Después supe mejor, la contracción de las branquias, el tanteo de las finas patas en las piedras, la repentina natación (algunos de ellos nadan con la simple ondulación del cuerpo) me probó que eran capaces de evadirse de ese sopor mineral en que pasaban horas enteras. Sus ojos, sobre todo, me obsesionaban. Al lado de ellos, en los restantes acuarios, diversos peces me mostraban la simple estupidez de sus hermosos ojos semejantes a los nuestros. Los ojos de los axolotl me decían de la presencia de una vida diferente, de otra manera de mirar. Pegando mi cara al vidrio (a veces el guardián tosía, inquieto) buscaba ver mejor los diminutos puntos áureos, esa entrada al mundo infinitamente lento y remoto de las criaturas rosadas. Era inútil golpear con el dedo en el cristal, delante de sus caras; jamás se advertía la menor reacción. Los ojos de oro seguían ardiendo con su dulce, terrible luz; seguían mirándome desde una profundidad insondable que me daba vértigo.

Y sin embargo estaban cerca. Lo supe antes de esto, antes de ser un axolotl. Lo supe el día en que me acerqué a ellos por primera vez. Los rasgos antropomórficos de un mono revelan, al revés de lo que cree la mayoría, la distancia que va de ellos a nosotros. La absoluta falta de semejanza de los axolotl con el ser humano me probó que mi reconocimiento era válido, que no me apoyaba en analogías fáciles. Sólo las manecitas... Pero una lagartija tiene también manos así, y en nada se nos parece. Yo creo que era la cabeza de los axolotl, esa forma triangular rosada con los ojillos de oro. Eso miraba y sabía. Eso reclamaba. No eran *animales*.

Parece fácil, casi obvio, caer en la mitología. Empecé viendo en los axolotl una metamorfosis que no conseguía anular una misteriosa humanidad. Los imaginé conscientes, esclavos de su cuerpo, infinitamente condenados a un silencio abismal, a una reflexión desesperada. Su mirada ciega, el diminuto disco de oro inexpresivo y sin embargo terriblemente lúcido, me penetraba como un mensaje: «Sálvanos, sálvanos». Me sorprendía musitando palabras de consuelo, transmitiendo pueriles esperanzas. Ellos seguían mirándome, inmóviles; de pronto las ramillas rosadas de las branquias se enderezaban. En ese instante yo sentía como un dolor sordo; tal vez me veían, captaban mi esfuerzo por penetrar en lo impenetrable de sus vidas. No eran seres humanos, pero en ningún animal había encontrado una relación tan profunda conmigo. Los axolotl eran como testigos de algo, y a veces como horribles jueces. Me sentía innoble frente a ellos; había una pureza tan espantosa en esos ojos transparentes. Eran larvas, pero larva quiere decir máscara y también fantasma. Detrás de esas caras aztecas, inexpresivas y sin embargo de una crueldad implacable, ¿Qué imagen esperaba su hora?

Les temía. Creo que de no haber sentido la proximidad de otros visitantes y del guardián, no me hubiese atrevido a quedarme solo con ellos. «Usted se los come con los ojos», me decía riendo el guardián, que debía suponerme un poco desequilibrado. No se daba cuenta de que eran ellos que me devoraban lentamente por los ojos, en un canibalismo de oro. Lejos del acuario no hacía más que pensar en ellos, era como si me influyeran a distancia. Llegué a ir todos los días, y de noche los imaginaba inmóviles en la oscuridad, adelantando lentamente una mano que de pronto encontraba la de otro. Acaso sus ojos veían en plena de noche, y el día continuaba para ellos indefinidamente. Los ojos de los axolotl no tienen párpados.

Ahora sé que no hubo nada de extraño, que eso tenía que ocurrir. Cada mañana, al inclinarme sobre el acuario, el reconocimiento era mayor. Sufrían, cada fibra de mi cuerpo alcanzaba ese sufrimiento amordazado, esa tortura rígida en el fondo del agua. Espiaban algo, un remoto señorío aniquilado, un tiempo de libertad en que el mundo había sido de los axolotl. No era posible que una expresión tan terrible que alcanzaba a vencer la inexpresividad forzada de sus rostros de piedra, no portara un mensaje de dolor, la prueba de esa condena eterna, de ese infierno líquido que padecían. Inútilmente quería probarme que mi propia sensibilidad proyectaba en los axolotl una conciencia inexistente. Ellos y yo sabíamos. Por eso no hubo nada de extraño en lo que ocurrió. Mi cara estaba pegada al vidrio del acuario, mis ojos trataban una vez más de penetrar el misterio de esos ojos de oro sin iris y sin pupila. Veía de muy cerca la cara de un axolotl inmóvil junto al vidrio. Sin transición, sin sorpresa, vi mi cara contra el vidrio, en vez del axolotl vi mi cara contra el vidrio, la vi fuera del acuario, la vida del otro lado del vidrio. Entonces mi cara se apartó y yo comprendí.

Sólo una cosa era extraña: seguir pensando como antes, saber. Darme cuenta de eso fue en el primer momento como el horror del enterrado vivo que despierta a su destino. Afuera, mi cara volvía a acercarse al vidrio, veía mi boca de labios apretados por el esfuerzo de comprender a los axolotl. Yo era un axolotl y sabía ahora instantáneamente que ninguna compresión era posible. El estaba fuera del acuario, su pensamiento era un pensamiento fuera del acuario. Conociéndolo, siendo el mismo, yo era un axolotl y estaba en mi mundo. El horror venía —lo supe en el mismo momento— de creerme prisionero en un cuerpo de axolotl, transmigrado a él con mi pensamiento de hombre, enterrado vivo en un axolotl, condenado a moverme lúcidamente entre criaturas insensibles. Pero aquello cesó cuando una pata vino a rozarme la cara, cuando moviéndome apenas a un lado vi a un axolotl junto a mi que me miraba, y supe que también él sabía, sin comunicación posible pero tan claramente. O yo estaba también en él, o todos nosotros pensábamos como un hombre, incapaces de expresión, limitados al resplandor dorado de nuestros ojos que miraban la cara del hombre pegada al acuario.

Él volvió muchas veces, pero viene menos ahora. Pasa semanas sin asomarse. Ayer lo vi, me miró largo rato y se fue bruscamente. Me pareció que no se interesaba tanto por nosotros, que obedecía a una costumbre. Como lo único que hago es pensar, pude pensar mucho en él. Se me ocurre que al principio continuamos comunicados, que él se sentía más que nunca unido al misterio que lo obsesionaba. Pero los puentes están cortados entre él y yo, porque lo que era su obsesión es ahora un axolotl, ajeno a su vida de hombre. Creo que al principio yo era capaz de volver en cierto modo a él —ah, sólo en cierto modo— y mantener alerta su deseo de conocernos mejor. Ahora soy definitivamente un axolotl, y si pienso como un hombre es sólo porque todo axolotl piensa como un hombre dentro de su imagen de piedra rosa. Me parece que de todo esto alcancé a comunicarle algo en los primeros días, cuando yo era todavía él. Y en esta soledad final, a la que él ya no vuelve, me consuela pensar que acaso va a escribir sobre nosotros, creyendo imaginar un cuento va a escribir todo esto sobre los axolotl.

COMPRENSIÓN Y ANÁLISIS

Forma

¿Qué tipo de tiempo expresa el cuento? ¿Qué tipo de estructura sigue? ¿Quién es el narrador?

Contenido

El tema: ¿Qué son los axolotl? ¿Dónde estaban los axolotl? ¿Por qué no le interesaban al hombre los otros animales? ¿Qué supo de los axolotl? ¿Por qué se sentía el hombre «vinculado» con los axolotl? ¿Por qué estaba el hombre obsesionado con los axolotl? ¿Qué significaban los axolotl para el hombre? ¿Qué estado de ánimo veía él en los axolotl? Con el tiempo, ¿qué efecto van teniendo los axolotl sobre el hombre? ¿Cómo efectúa el autor el desdoblamiento del «yo» al final del cuento? ¿Cómo considera el otro, ya axolotl, al hombre que lo observa?

Los personajes: ¿Quién es el narrador al comienzo, y quién al final del cuento? ¿Cómo se parecían los axolotl al hombre? ¿Qué quiere decir «larva»?

El espacio: ¿En dónde se lleva a cabo el cuento? ¿Cómo se relaciona el clima con el tema del cuento? Dé su interpretación del título.

Lenguaje

¿De qué es símbolo el agua en el cuento? ¿Quién es el narrador? ¿Cuántos axolotl había en el tanque y cuál podría ser la significación de su número? ¿Qué significa la frase: ...los axolotl se dejaban «penetrar por mi mirada que parecía pasar por un punto áureo y perderse en un diáfano misterio interior»? ¿Qué significación tienen los colores? ¿Qué era lo más expresivo de los axolotl?

Ejercicios de creación literaria

Explique el tiempo en la frase: «El tiempo se siente menos si nos estamos quietos». Dé su interpretación del cuento.
Interprete el cuento desde un punto de vista panteísta, o desde el punto de vista de la evolución.
¿Qué comprendió el hombre? ¿Considera Ud. este «saber» nihilista? Explique.

Carlos Fuentes, México, 1929

Hijo de diplomático, tuvo la oportunidad de viajar desde niño a diversos países; estas experiencias le aportaron una cultura muy rica, además nunca perdió su proyección mexicana. Fuentes regresó a la Ciudad de México e ingresó a la Universidad Nacional Autónoma de México (UNAM), donde se gradúo en derecho. Comenzó la carrera diplomática, pero su inclinación literaria triunfó y se dedicó a escribir. Publicó primero en periódicos, hasta que apareció su primer libro *Los días enmascarados* y en 1958 *La región más transparente,* que lo colocó entre los escritores contemporáneos más sobresalientes.

Su estilo es nervioso, cortado, pero a la vez colorido y salpicado de numerosas metáforas. La narrativa de Fuentes penetra el alma de la clase media alta, que es la suya, volcando recuerdos y experiencias que exponen la sociedad mexicana. Al mismo tiempo expresa fascinación con mitos de los que trata en obras como *Terra nostra* (1978), donde recrea al dios de la vida y el amor, Quetzalcóatl. *La región más transparente* es una novela mítico épica sobre México desde la preconquista hasta el presente. Otras obras son *Las buenas conciencias* (1962), *La muerte de Artemio Cruz* y *Aura* (1964), *Cantar de ciegos* (1966), *Cambio de piel* (1968), *Los reinos originarios* (1971), *La cabeza de hiedra* (1978). También ha escrito exitosas piezas de teatro y guiones de cine.

Aura es considerada por muchos su mejor novela; en ella Fuentes presenta una narrativa menos programática donde se destacan la delicadeza de la trama y la gracia del estilo. Un aspecto significativo de *Aura* es el tratamiento del tiempo; Fuentes emplea el tiempo mítico que traspasa las fronteras cronológicas y espaciales. El tratamiento del tiempo y el gran número de símbolos y ritos religiosos contenidos en *Aura* se prestan para múltiples interpretaciones y conclusiones.

El eje central de la novela es el personaje Consuelo, quien a los 109 años sabe que su peor enemigo es el tiempo, y se obsesiona con el pasado luchando por inmortalizarse a través de Aura. Su difunto esposo Llorente no pudo prodigarle hijos; en su desolación, Consuelo encuentra la única salida que le queda: perpetuar su energía, su aura, en una relación con Montero.

La novela se lleva a cabo en cinco días cronológicos que se funden en el tiempo mítico[5], el cual permite dualismos entre vida-muerte, real-irreal, sueño-vigilia, claro-oscuro, pasado-presente. *Aura* se desarrolla en tiempo mítico, en el cual la superimposición de tiempos individuales es posible. El tiempo mítico le permite a Fuentes mezclar y superponer el tiempo cronológico, empleando conjugaciones en presente pasado o futuro. Además del ingenioso tratamiento del tiempo, *Aura* trata de recuerdos, edad, muerte e inmortalidad en el proceso cíclico de nacimiento, muerte y resurrección.

Desde el comienzo de *Aura,* Fuentes da pistas al lector de lo que sucederá: empieza con el poema de Jules Michelet, y sigue con símbolos como los nombres de los personajes, Consuelo (alivio, gozo), Aura (energía que rodea a la materia), Montero (montar), Llorente (llorar); los colores, con predominio del verde; el ambiente claroscuro que mantiene el suspenso de la trama; los números que crean una simetría semejante a un «mandala», pero dentro de contexto mexicano, como el número cinco, símbolo de Quetzalcóatl, y el tres, los días que demoró Jesús en resucitar. *Aura* invierte la simbología cristiana y expone la yuxtaposición del

[5]Bautista, Gloria, *Realismo mágico* (Bogotá: Editorial América Latina, 1991), p. 81–93.

cristianismo a la mitología precolombina mexicana. *Aura* está bañada de sensualismo especialmente olfativo y auditivo. Los animales tienen un papel simbólico referente a la fertilidad y a la magia. La descripción de la casona como un mausoleo abre las puertas para una interpretación espiritual de ultratumba o de reencarnación.

Aura puede interpretarse como un viaje laberíntico representado en los tres pisos de la lúgubre casona por los cuales se asciende al cielo y desciende, al purgatorio y al infierno. A pesar de la oscuridad de la casona, el *miope* Montero nunca prende las luces, prefiriendo quedarse en la oscuridad.

También se puede leer la novela como una experiencia onírica, como una pesadilla o como un viaje psicodélico del joven historiador. Hay que notar que las plantas del jardín de Consuelo son principalmente alucinógenas. Este jardín es semejante al bíblico y sibarita Edén donde existe la armonía hasta que Adán y Eva prueban el conocimiento del árbol del bien y del mal.

La crítica literaria también ha interpretado a *Aura* desde una perspectiva histórica mexicana; se ve a Consuelo como la Gran Madre maya a quien se le ofrecían sacrificios humanos para la fertilización de las cosechas. En historia más reciente se le ha interpretado como la historia de la hermosa emperatriz belga Carlota, quien en el siglo XIX fue a México con su esposo el emperador Maximiliano. Carlota, murió el mismo año en que nació Fuentes[6]. La emperatriz y su esposo, con su corto y trágico reinado, se convirtieron en el símbolo de la fallida monarquía mexicana. Los fantasmas de Maximiliano y Carlota son un eslabón temporal que conecta el moderno y el antiguo México.

Otra forma de ver esta novela es poniendo la realidad concreta en un «espejo» invertido. Esta perspectiva abre interpretaciones arquetípicas y freudianas, desde cuando Felipe entrega su llave a Aura en presencia de Saga sabia hasta la consumación de sus deseos sexuales bajo un Cristo negro. Aura es el ánima de la novela, la energía que le da vida a Consuelo para perpetuar su existencia y la de su difunto esposo.

Aura combina la mitología pagana y la cristiana en un mágico mundo mimético: la idea del doble y la simultaneidad de existencias y realidades. En el desenlace, el lector queda con caminos interpretativos abiertos y herméticas interrogantes, tales como: ¿Cuántos personajes hay realmente?

AURA

I

Lees ese anuncio: una oferta de esa naturaleza no se hace todos los días. Lees y relees el aviso. Parece dirigido a ti, a nadie más. Distraído, dejas que la ceniza del cigarro caiga dentro de la taza de té que has estado bebiendo en este cafetín sucio y barato. Tú releerás. Se solicita historiador joven. Ordenado. Escrupuloso. Conocedor de la lengua francesa. Conocimiento perfecto, coloquial. Capaz de desempeñar labores de secretario. Juventud, conocimiento del francés, preferible si ha vivido en Francia algún tiempo. Tres mil pesos mensuales, comida y recámara cómoda, asoleada, apropiada estudio. Sólo falta tu nombre. Sólo falta que las letras más negras y llamativas del aviso informen: Felipe Montero. Se solicita Felipe Montero, antiguo becario en la Sorbona, historiador cargado de datos inútiles, acostumbrado a exhumar papeles amarillentos, profesor auxiliar en escuelas particulares, novecientos pesos mensuales. Pero si leyeras eso, sospecharías, lo tomarías a broma. Donceles 815. Acuda en persona. No hay teléfono.

Recoges tu portafolio y dejas la propina. Piensas que otro historiador joven, en condiciones semejantes a las tuyas, ya ha leído ese mismo aviso, tomado la delantera, ocupado el puesto. Tratas de olvidar mientras caminas a la esquina. Esperas el autobús, enciendes un cigarrillo, repites en silencio las fechas que debes memorizar para que esos niños amodorrados te respeten. Tienes que prepararte. El autobús se acerca y tú estás observando las puntas de tus zapatos negros. Tienes que prepararte. Metes la mano en el bolsillo, juegas con las monedas de cobre, por fin escoges treinta centavos, los aprietas con el puño y alargas el brazo para tomar firmemente el barrote de fierro del camión que nunca se detiene, saltar, abrirte paso, pagar los treinta centavos, acomodarte difícilmente entre los pasajeros apretujados que viajan de pie, apoyar tu mano derecha en el pasamanos, apretar el portafolio contra el costado y colocar distraídamente la mano izquierda sobre la bolsa trasera del pantalón, donde guardas los billetes.

[6]Durán, Gloria, *La magia y las brujas en la obra de Carlos Fuentes* (México: UNAM, 1976)

Vivirás ese día, idéntico a los demás y no volverás a recordarlo sino al día siguiente, cuando te sientes de nuevo en la mesa del cafetín, pidas el desayuno y abras el periódico. Al llegar a la página de anuncios, allí estarán, otra vez, esas letras destacadas: *historiador joven.* Nadie acudió ayer. Leerás el anuncio. Te detendrás en el último renglón: cuatro mil pesos.

Te sorprenderá imaginar que alguien vive en la calle de Donceles. Siempre has creído que en el viejo centro de la ciudad no vive nadie. Caminas con lentitud, tratando de distinguir el número 815 en este conglomerado de viejos palacios coloniales convertidos en talleres de reparación, relojerías, tiendas de zapatos y expendios de aguas frescas. Las nomenclaturas han sido revisadas, superpuestas, confundidas. El 13 junto al 200, el antiguo azulejo numerado —47— encima de la nueva advertencia pintada con tiza: *ahora 924.* Levantarás la mirada a los segundos pisos: allí nada cambia. Las sinfonolas no perturban, las luces de mercurio no iluminan, las baratijas expuestas no adornan ese segundo rostro de los edificios. Unidad del tezontlé, los nichos con sus santos truncos coronados de palomas, la piedra labrada de barroco mexicano, los balcones de celosía, las troneras y los canales de lámina, las gárgolas de arenisca. Las ventanas ensombrecidas por largas cortinas verdosas: esa ventana de la cual se retira alguien en cuanto tú la miras, miras la portada de vidas caprichosas, bajas la mirada al zaguán despintado y descubres 815, *antes 69.*

Tocas en vano con esa manija, esa cabeza de perro en cobre, gastada, sin relieves: semejante a la cabeza de un feto canino en los museos de ciencias naturales. Imaginas que el perro te sonríe y sueltas su contacto helado. La puerta cede al empuje levísimo, de tus dedos, y antes de entrar miras por última vez sobre tu hombro, frunces el ceño porque la larga fila detenida de camiones y autos gruñe, pita, suelta el humo insano de su prisa. Tratas, inútilmente de retener una sola imagen de ese mundo exterior indiferenciado.

Cierras el zaguán detrás de ti e intentas penetrar la oscuridad de ese callejón techado —patio, porque puedes oler el musgo, la humedad de las plantas, las raíces podridas, el perfume adormecedor y espeso—. Buscas en vano una luz que te guíe. Buscas la caja de fósforos en la bolsa de tu saco pero esa voz aguda y cascada te advierte desde lejos:

—No... no es necesario. Le ruego. Camine trece pasos hacia el frente y encontrará la escalera a su derecha. Suba, por favor. Son veintidós escalones. Cuéntelos.

Trece. Derecha. Veintidós.

El olor de la humedad, de las plantas podridas, te envolverá mientras marcas tus pasos, primero sobre las baldosas de piedra, en seguida sobre esa madera crujiente, fofa por la humedad y el encierro. Cuentas en voz baja hasta veintidós y te detienes, con la caja de fósforos entre las manos, el portafolio apretado contra las costillas. Tocas esa puerta que huele a pino viejo y húmedo: buscas una manija; terminas por empujar y sentir, ahora, un tapete bajo tus pies. Un tapete delgado, mal extendido, que te hará tropezar y darte cuenta de la nueva luz, grisácea y filtrada, que ilumina ciertos contornos.

—Señora —dices con una voz monótona, porque crees recordar una voz de mujer— Señora...

—Ahora a su izquierda. La primera puerta. Tenga la amabilidad.

Empujas esa puerta —ya no esperas que alguna se cierre propiamente; ya sabes que todas son puertas de golpe— y las luces dispersas se trenzan en tus pestañas, como si atravesaras una tenue red de seda. Sólo tienes ojos para esos muros de reflejos desiguales, donde parpadean docenas de luces. Consigues, al cabo, definirlas como veladoras, colocadas sobre repisas y entrepaños de ubicación asimétrica. Levemente, iluminan otras luces que son corazones de plata, frascos de cristal, vidrios enmarcados, y sólo detrás de este brillo intermitente verás, al fondo, la cama y el signo de una mano que parece atraerte con su movimiento pausado.

Lograrás verla cuando des la espalda a ese firmamento de luces devotas. Tropiezas al pie de la cama; debes rodearla para acercarte a la cabecera, allí, esa figura pequeña se pierde en la inmensidad de la cama; al extender la mano no tocas otra mano, sino la piel gruesa, afieltrada, las orejas de ese objeto que roe con un silencio tenaz y te ofrece sus ojos rojos: sonríes y acaricias al conejo que yace al lado de la mano que, por fin, toca la tuya con unos dedos sin temperatura que se detienen largo tiempo sobre tu palma húmeda, la voltean y acercan tus dedos abiertos a la almohada de encajes que tocas para alejar tu mano de la otra.

—Felipe Montero. Leí su anuncio.

—Si, ya sé. Perdón no hay asiento.

—Estoy bien. No se preocupe.

—Está bien. Por favor, póngase de perfil. No lo veo bien. Que le dé la luz. Así. Claro.

—Leí su anuncio...

—Claro. Lo leyó. ¿Se siente calificado? —*Avez vous fait des études?*[7]

—*À París, madame.*

—*Ah, oui, ça me fait plaisir, toujours, toujours, d'entendre... oui... vous savez... on était tellement habitué... et aprés...*[8]

Te apartarás para que la luz combinada de la plata, la cera y el vidrio dibuje esa cofia de seda que debe recoger un pelo muy blanco y enmarcar un rostro casi infantil de tan viejo. Los apretados botones del cuello blanco que sube hasta las orejas ocultas por la cofia, las sábanas y los edredones velan todo el cuerpo con excepción de los brazos envueltos en un chal de estambre, las manos pálidas que descansan sobre el vientre: sólo puedes fijarte en el rostro, hasta que un movimiento del conejo te permite desviar la mirada y observar con disimulo esas migajas, esas costras de pan regadas sobre los edredones de seda roja, raídos y sin lustre.

—Voy al grano. No me quedan muchos años por delante, señor Montero, y por ello he preferido violar la costumbre de toda una vida y colocar ese anuncio en el periódico.

—Sí, por eso estoy aquí.

—Sí. Entonces acepta.

—Bueno, desearía saber algo más...

—Naturalmente. Es usted curioso.

Ella te sorprenderá observando la mesa de noche, los frascos de distinto color, los vasos, las cucharas de aluminio, los cartuchos alineados de píldoras y comprimidos, los demás vasos manchados de líquidos blancuzcos que están dispuestos en el suelo, al alcance de la mano de la mujer recostada sobre esta cama baja. Entonces te darás cuenta de que es una cama apenas elevada sobre el ras del suelo, cuando el conejo salte y se pierda en la oscuridad.

—Le ofrezco cuatro mil pesos.

—Sí, eso dice el aviso de hoy.

—Ah, entonces ya salió.

—Sí, ya salió.

—Se trata de los papeles de mi marido, el general Llorente. Deben ser ordenados antes de que muera. Deben ser publicados. Lo he decidido hace poco.

—Y el propio general, ¿no se encuentra capacitado para...?

—Murió hace sesenta años, señor. Son sus memorias inconclusas. Deben ser completadas. Antes de que yo muera.

—Pero...

—Yo le informaré de todo. Usted aprenderá a redactar en el estilo de mi esposo. Le bastará ordenar y leer los papeles para sentirse fascinado por esa prosa, por esa transparencia, esa, esa...

—Sí, comprendo.

—Saga. Saga. ¿Dónde está? *Ici.* Saga...

—¿Quién?

—Mi compañía.

—¿El conejo?

—Sí, volverá.

Levantarás los ojos, que habías mantenido bajos, y ella ya habrá cerrado los labios, pero esa palabra —volverá— vuelves a escucharla como si la anciana la estuviese pronunciando en ese momento. Permanecen inmóviles. Tú miras hacia atrás: te ciega el brillo de la corona parpadeante de objetos religiosos. Cuando vuelves a mirar a la señora, sientes que sus ojos se han abierto desmesuradamente y que son claros, líquidos, inmensos, casi del color de la córnea amarillenta que los rodea, de manera que sólo el punto negro de la pupila rompe esa claridad perdida, minutos antes, en los pliegues gruesos de los párpados caídos como para proteger esa mirada que ahora vuelve a esconderse —a retraerse, piensas— en el fondo de su cueva seca.

—Entonces se quedará usted. Su cuarto está arriba. Allí sí entra la luz.

—Quizás, señora, sería mejor que no la importunara. Yo puedo seguir viviendo donde siempre y revisar los papeles en mi propia casa...

—Mis condiciones son que viva aquí. No queda mucho tiempo.

—No sé...

—Aura.

La señora se moverá por la primera vez desde que tú entraste a su recámara: al extender otra vez su mano, tú sientes esa respiración agitada a tu lado y entre la mujer y tú se extiende otra mano que toca los dedos de la anciana. Miras a un lado y la muchacha está allí, esa muchacha que no alcanzas a ver de cuerpo entero porque está tan cerca de ti y su aparición fue imprevista, sin ningún ruido —ni siquiera los ruidos que no se escuchan pero que son

[7] Have you done the (required) studies

[8] Yeah, well, I like that. I always, always . . . to hear . . . yes . . . you know . . . we were so used to . . . and then . . .

reales porque se recuerdan inmediatamente, porque a pesar de todo son más fuertes que el silencio que los acompañó—.

—Le dije que regresaría...

—¿Quién?

—Aura. Mi compañera. Mi sobrina.

—Buenas tardes.

La joven inclinará la cabeza y la anciana, al mismo tiempo que ella, remedará el gesto.

—Es el señor Montero. Va a vivir con nosotras.

Te moverás unos pasos para que la luz de las veladoras no te ciegue. La muchacha mantiene los ojos cerrados, las manos cruzadas sobre un muslo: no te mira. Abre los ojos poco a poco, como si temiera los fulgores de la recámara. Al fin, podrás ver esos ojos de mar que fluyen, se hacen espuma, vuelven a la calma verde, vuelven a inflamarse como una ola: tú los ves y te repites que no es cierto, que son unos hermosos ojos verdes idénticos a todos los hermosos ojos verdes que has conocido o podrás conocer. Sin embargo, no te engañas: esos ojos fluyen, se transforman, como si te ofrecieran un paisaje que sólo tú puedes adivinar y desear.

—Sí. Voy a vivir con ustedes.

II

La anciana sonreirá, incluso reirá con su timbre agudo y dirá que le agrada tu buena voluntad y que la joven te mostrará tu recámara, mientras tú piensas en el sueldo de cuatro mil pesos, el trabajo que puede ser agradable porque a ti te gustan estas tareas meticulosas de investigación, que excluyen el esfuerzo físico, el traslado de un lugar a otro, los encuentros inevitables y molestos con otras personas. Piensas en todo esto al seguir los pasos de la joven —te das cuenta de que no la sigues con la vista, sino con el oído: sigues el susurro de la falda, el crujido de una tafeta— y estás ansiando, ya, mirar nuevamente esos ojos. Asciendes detrás del ruido, en medio de la oscuridad, sin acostumbrarte aún a las tinieblas: recuerdas que deben ser cerca de las seis de la tarde y te sorprende la inundación de luz de tu recámara, cuando la mano de Aura empuje la puerta —otra puerta sin cerradura— y en seguida se aparte de ella y te diga:

—Aquí es su cuarto. Lo esperamos a cenar dentro de una hora.

Y se alejará, con ese ruido de tafeta, sin que hayas podido ver otra vez su rostro.

Cierras —empujas— la puerta detrás de ti y al fin levantas los ojos hacia el tragaluz inmenso que hace las veces de techo—. Sonríes al darte cuenta de que ha bastado la luz del crepúsculo para cegarte y contrastar con la penumbra del resto de la casa. Pruebas, con alegría, la blandura del colchón en la cama de metal dorado y recorres con la mirada el cuarto: el tapete de lana roja, los muros empapelados, oro y oliva, el sillón de terciopelo rojo, la vieja mesa de trabajo, nogal y cuero verde, la lámpara antigua, de quinqué, luz opaca de tus noches de investigación, el estante clavado encima de la mesa, al alcance de tu mano, con los tomos encuadernados. Caminas hacia la otra puerta y al empujarla descubres un baño pasado de moda: tina de cuatro patas, con florecillas pintadas sobre la porcelana, un aguamanil azul, un retrete incómodo. Te observas en el gran espejo ovalado del guardarropa, también de nogal, colocado en la sala de baño. Mueves tus cejas pobladas, tu boca larga y gruesa que llena de vaho el espejo, cierras tus ojos negros y, al abrirlos, el vaho habrá desaparecido. Dejas de contener la respiración y te pasas una mano por el pelo oscuro y lacio: tocas con ella tu perfil recto, tus mejillas delgadas. Cuando el vaho opaque otra vez el rostro, estarás repitiendo ese nombre, Aura.

Consultas el reloj, después de fumar dos cigarrillos, recostado en la cama. De pie, te pones el saco y te pasas el peine por el cabello. Empujas la puerta y tratas de recordar el camino que recorriste al subir. Quisieras dejar la puerta abierta, para que la luz del quinqué te guíe: es imposible, porque los resortes la cierran. Podrías entretenerte columpiando esa puerta. Podrías tomar el quinqué y descender con él. Renuncias porque ya sabes que esta casa siempre se encuentra a oscuras. Te obligarás a conocerla y reconocerla por el tacto. Avanzas con cautela, como un ciego, con los brazos extendidos, rozando la pared, y es tu hombro lo que, inadvertidamente, aprieta el contacto de la luz eléctrica. Te detienes, guiñando, en el centro iluminado de ese largo pasillo desnudo. Al fondo, el pasamanos y la escalera de caracol.

Desciendes contando los peldaños: otra costumbre inmediata que te habrá impuesto la casa de la señora Llorente. Bajas contando y das un paso atrás cuando encuentres los ojos rosados del conejo que en seguida te da la espalda y sale saltando.

No tienes tiempo de detenerte en el vestíbulo porque Aura, desde una puerta entreabierta de cristales opacos, te estará esperando con el candelabro en la mano. Caminas, sonriendo, hacia ella; te detienes al escuchar los maullidos dolorosos de varios gatos —sí, te detienes a escuchar, ya cerca de la mano de Aura, para cerciorarte de que son varios gatos y la sigues a la sala: Son los gatos —dirá Aura—. Hay tanto ratón en esta parte de la ciudad.

Cruzan el salón: muebles forrados de seda mate, vitrinas donde han sido colocados muñecos de porcelana, relojes musicales, condecoraciones y bolas de cristal; tapetes de diseño persa, cuadros con escenas bucólicas, las cortinas de terciopelo verde corridas. Aura viste de verde.

—¿Se encuentra cómodo?

—Sí. Pero necesito recoger mis cosas en la casa donde...

—No es necesario. El criado ya fue a buscarlas.

—No se hubieran molestado.

Entras, siempre detrás de ella, al comedor. Ella colocará el candelabro en el centro de la mesa; tú sientes un frío húmedo. Todos los muros del salón están recubiertos de una madera oscura, labrada al estilo gótico, con ojivas y rosetones calados. Los gatos han dejado de maullar. Al tomar asiento, notas que han sido dispuestos cuatro cubiertos y que hay dos platones calientes bajo cacerolas de plata y una botella vieja y brillante por el limo verdoso que la cubre.

Aura apartará la cacerola. Tú aspiras el olor pungente de los riñones en salsa de cebolla que ella te sirve mientras tú tomas la botella vieja y llenas los vasos de cristal cortado con ese líquido rojo y espeso. Tratas, por curiosidad, de leer la etiqueta del vino, pero el limo lo impide. Del otro platón, Aura toma unos tomates enteros, asados.

—Perdón— dices, observando los dos cubiertos extra, las dos sillas desocupadas— ¿Esperamos a alguien más?

Aura continúa sirviendo los tomates:

—No. La señora Consuelo se siente débil esta noche. No nos acompañará.

—¿La señora Consuelo? ¿Su tía?

—Sí. Le ruega que pase a verla después de la cena.

Comen en silencio. Beben ese vino particularmente espeso, y tú desvías una y otra vez la mirada para que Aura no te sorprenda en esa impudicia hipnótica que no puedes controlar. Quieres, aún entonces, fijar las facciones de la muchacha en tu mente. Cada vez que desvíes la mirada, las habrás olvidado ya y una urgencia impostergable te obligará a mirarla de nuevo. Ella mantiene, como siempre, la mirada baja y tú, al buscar el paquete de cigarrillos en la bolsa del saco, encuentras ese llavín, recuerdas, le dices a Aura:

—¡Ah! Olvidé que un cajón de mi mesa está cerrado con llave. Allí tengo mis documentos.

Y ella murmurará:

—Entonces... ¿quiere usted salir?

Lo dice como un reproche. Tú te sientes confundido y alargas la mano con el llavín colgado de un dedo, se lo ofreces.

—No urge.

Pero ella se aparta del contacto de tus manos, mantiene las suyas sobre el regazo, al fin levanta la mirada y tú vuelves a dudar de tus sentidos, atribuyes al vino el aturdimiento, el mareo que te producen esos ojos verdes, limpios, brillantes, y te pones de pie, detrás de Aura, acariciando el respaldo de madera de la silla gótica, sin atreverte a tocar los hombros desnudos de la muchacha, la cabeza que se mantiene inmóvil. Haces un esfuerzo para contenerte, distraes tu atención escuchando el batir imperceptible de otra puerta, a tus espaldas, que debe conducir a la cocina, descompones los dos elementos plásticos del comedor: el círculo de luz compacta que arroja el candelabro y que ilumina la mesa y un extremo del muro labrado, el círculo mayor, de sombra, que rodea al primero. Tienes, al fin, el valor de acercarte a ella, tomar su mano, abrirla y colocar el llavero, la prenda, sobre esa palma lisa.

La verás apretar el puño, buscar tu mirada, murmurar:

—Gracias...—, levantarse, abandonar de prisa el comedor.

Tú tomas el lugar de Aura, estiras las piernas, enciendes un cigarrillo, invadido por un placer que jamás has conocido, que sabias parte de ti, pero que sólo ahora experimentas plenamente, liberándolo, arrojándolo fuera porque sabes que esta vez encontrará respuesta... Y la señora Consuelo te espera: ella te lo advirtió: te espera después de la cena...

Has aprendido el camino. Tomas el candelabro y cruzas la sala y el vestíbulo. La primera puerta, frente a ti, es la de la anciana. Tocas con los nudillos, sin obtener respuesta. Tocas otra vez. Empujas la puerta: ella te espera. Entras con cautela, murmurando:

—Señora... Señora...

Ella no te habrá escuchado, porque la descubres hincada ante ese muro de las devociones, con la cabeza apoyada contra los puños cerrados. La ves de lejos: hincada, cubierta por ese camisón de lana burda, con la cabeza hundida en los hombros delgados: delgada como una escultura medieval, emaciada: las piernas se asoman como dos hebras debajo del camisón, flacas, cubiertas por una erisipela inflamada; piensas en el roce continuo de la tosca lana sobre la piel, hasta que ella levanta los puños y pega al aire sin fuerzas, como si librara una batalla contra las imágenes que, al acercarte, empiezas a distinguir: Cristo, María, San Sebastián, Santa Lucía, el Arcángel Miguel, los demonios sonrientes, los únicos sonrientes en esta iconografía del dolor y la cólera: sonrientes porque, en el viejo grabado iluminado por las veladoras, ensartan los tridentes en la piel de los condenados, les vacían calderones de agua hirviente, violan a las mujeres, se embriagan, gozan de la libertad vedada a los santos. Te acercas a esa imagen central, rodeada por las lágrimas de la Dolorosa, la sangre del Crucificado, el gozo de Luzbel, la cólera del Arcángel, las vísceras conservadas en frascos de alcohol, los corazones de plata: la señora Consuelo, de rodillas, amenaza con los puños, balbucea las palabras que, ya cerca de ella, puedes escuchar:

—Llega, Ciudad de Dios: suena, trompeta de Gabriel: ¡Ay, pero cómo tarda en morir el mundo!

Se golpeará el pecho hasta derrumbarse, frente a las imágenes y las veladoras, con un acceso de tos. Tú la tomas de los codos, la conduces dulcemente hacia la cama, te sorprendes del tamaño de la mujer; casi una niña, doblada, corcovada, con la espina dorsal vencida: sabes que, de no ser por tu apoyo, tendría que regresar a gatas a la cama. La recuestas en el gran lecho de migajas y edredones viejos, la cubres, esperas a que su respiración se regularice, mientras las lágrimas involuntarias le corren por las mejillas transparentes.

—Perdón... Perdón, señor Montero... A las viejas sólo nos queda... el placer de la devoción... Páseme el pañuelo, por favor.

—La señorita Aura me dijo...

—Sí, exactamente. No quiero que perdamos tiempo... Debe... debe empezar a trabajar cuanto antes... Gracias...

—Trate usted de descansar.

—Gracias... Tome...

La vieja se llevará las manos al cuello, lo desabotonará, bajará la cabeza para quitarse ese listón morado, luido, que ahora te entrega: pesado, porque una llave de cobre cuelga de la cinta.

—En aquel rincón... Abra ese baúl y traiga los papeles que están a la derecha, encima de los demás... amarrados con un cordón amarillo...

—No veo muy bien...

—Ah, sí... Es que yo estoy tan acostumbrada a las tinieblas. A mi derecha... Camine y tropezará con el arcón... Es que nos amurallaron, señor Montero. Han construido alrededor de nosotras, nos han quitado la luz. Han querido obligarme a vender. Muertas, antes. Esta casa está llena de recuerdos para nosotras. Sólo muerta me sacarán de aquí... Eso es. Gracias. Puede usted empezar a leer esta parte. Ya le iré entregando las demás. Buenas noches, señor Montero. Gracias. Mire: su candelabro se ha apagado. Enciéndalo afuera, por favor. No, no, quédese con la llave.

Acéptela. Confío en usted.

—Señora... Hay un nido de ratones en aquel rincón...

—¿Ratones? Es que yo nunca voy hasta allá...

—Debería usted traer a los gatos aquí.

—¿Gatos? ¿Cuáles gatos? Buenas noches. Voy a dormir. Estoy fatigada.

—Buenas noches.

III

Lees esa misma noche los papeles amarillos, escritos con una tinta color mostaza; a veces, horadados por el descuido de una ceniza de tabaco, manchados por moscas. El francés del general Llorente no goza de las excelencias que su mujer le habrá atribuido. Te dices que tú puedes mejorar considerablemente el estilo, apretar esa narración difusa de los hechos pasados: la infancia en una hacienda oaxaqueña del siglo XIX, los estudios militares en Francia, la amistad con el Duque de Morny, con el círculo íntimo de Napoleón III, el regreso a México en el estado mayor de Maximiliano, las ceremonias y veladas del Imperio, las batallas, el derrumbe, el Cerro de las Campanas, el exilio en París. Nada que no hayan contado otros. Te desnudas pensando en el capricho deformado de la anciana, en el falso valor que atribuye a estas memorias. Te acuestas sonriendo, pensando en tus cuatro mil pesos.

Duermes, sin soñar, hasta que el chorro de luz te despierta, a las seis de la mañana, porque ese techo de vidrios no posee cortinas. Te cubres los ojos con la almohada y tratas de volver a dormir. A los diez minutos, olvidas tu propósito y caminas al baño, donde encuentras todas tus cosas dispuestas en una mesa, tus escasos trajes colgados en el ropero. Has terminado de afeitarte cuando ese maullido implorante y doloroso destruye el silencio de la mañana.

Llega a tus oídos con una vibración atroz, rasgante, de imploración. Intentas ubicar su origen: abres la puerta que da al corredor y allí no lo escuchas: esos maullidos se cuelan desde lo alto, desde el tragaluz. Trepas velozmente a la silla, de la silla a la mesa de trabajo, y apoyándote en el librero puedes alcanzar el tragaluz, abrir uno de sus vidrios, elevarte con esfuerzo y clavar la mirada en ese jardín lateral, ese cubo de tejos y zarzas enmarañados donde cinco, seis, siete gatos —no puedes contarlos: no puedes sostenerte allí más de un segundo— encadenados unos con otros, se revuelcan envueltos en fuego, desprenden un humo opaco, un olor de pelambre incendiada. Dudas, al caer sobre la butaca, si en realidad has visto eso; quizás sólo uniste esa imagen a los maullidos espantosos que persisten, disminuyen, al cabo terminan.

Te pones la camisa, pasas un papel sobre las puntas de tus zapatos negros y escuchas, esta vez, el aviso de la campana que parece recorrer los pasillos de la casa y acercarse a tu puerta. Te asomas al corredor; Aura camina con esa campana en la mano, inclina la cabeza al verte, te dice que el desayuno está listo. Tratas de detenerla; Aura ya descenderá por la escalera de caracol, tocando la campana pintada de negro, como si tratara de levantar a todo un hospicio, a todo un internado.

La sigues, en mangas de camisa, pero al llegar al vestíbulo ya no la encuentras. La puerta de la recámara de la anciana se abre a tus espaldas: alcanzas a ver la mano que asoma detrás de la puerta apenas abierta, coloca esa porcelana en el vestíbulo y se retira, cerrando de nuevo.

En el comedor, encuentras tu desayuno servido: esta vez, sólo un cubierto. Comes rápidamente, regresas al vestíbulo, tocas a la puerta de la señora Consuelo. Esa voz débil y aguda te pide que entres. Nada habrá cambiado. La oscuridad permanente. El fulgor de las veladoras y los milagros de plata.

—Buenos días, señor Montero. ¿Durmió bien?

—Sí. Leí hasta tarde.

La dama agitará una mano, como si deseara alejarte.

—No, no, no. No me adelante su opinión. Trabaje sobre esos papeles y cuando termine le pasaré los demás.

—Está bien, señora. ¿Podría visitar el jardín?

—¿Cuál jardín, señor Montero?

—El que está detrás de mi cuarto.

—En esta casa no hay jardín. Perdimos el jardín cuando construyeron alrededor de la casa.

—Pensé que podría trabajar mejor al aire libre.

—En esta casa sólo hay ese patio oscuro por donde entró usted. Allí mi sobrina cultiva algunas plantas de sombra. Pero eso es todo.

—Está bien, señora.

—Deseo descansar todo el día. Pase a verme esta noche.

—Está bien, señora.

Revisas todo el día los papeles, pasando en limpio los párrafos que piensas retener, redactando de nuevo los que te parecen débiles, fumando cigarrillo tras cigarrillo y reflexionando que debes espaciar tu trabajo para que la canonjía se prolongue lo más posible. Si lograras ahorrar por lo menos doce mil pesos, podrías pasar cerca de un año dedicado a tu propia obra, aplazada, casi olvidada. Tu gran obra de conjunto sobre los descubrimientos y conquistas españolas en América. Una obra que resuma todas las crónicas dispersas, las haga inteligibles, encuentre las correspondencias entre todas las empresas y aventuras del Siglo de Oro, entre los prototipos humanos y el hecho mayor del Renacimiento. En realidad, terminas por abandonar los tediosos papeles del militar del Imperio para empezar la redacción de fichas y resúmenes de tu propia obra. El tiempo corre y sólo al escuchar de nuevo la campana consultas tu reloj, te pones el saco y bajas al comedor.

Aura ya estará sentada; esta vez la cabecera la ocupará la señora Llorente, envuelta en su chal y su camisón, tocada con su cofia, agachada sobre el plato. Pero el cuarto cubierto también está puesto. Lo notas de pasada; ya no te preocupa. Si el precio de tu futura libertad creadora es aceptar todas las manías de esta anciana, puedes pagarlo sin dificultad. Tratas, mientras la ves sorber la sopa, de calcular su edad. Hay un momento en el cual ya no es posible distinguir el paso de los años: la señora Consuelo, desde hace tiempo, pasó esa frontera. El general no la menciona en lo que llevas leído de las memorias. Pero si el general tenía cuarenta y dos años en el momento de la invasión francesa y murió en 1901, cuarenta años más tarde, habría muerto de ochenta y dos años. Se habría casado con la señora Consuelo después de la derrota de Querétaro y el exilio, pero ella habría sido una niña entonces...

Las fechas se te confundirán, porque ya la señora está hablando, con ese murmullo agudo, leve, ese chirreo de pájaro: le está hablando a Aura y tú escuchas, atento a la comida, esa enumeración plana de quejas, dolores, sospechas de enfermedades, más quejas sobre el precio de las medicinas, la humedad de la casa. Quisieras intervenir en la conversación doméstica preguntando por el criado que recogió ayer tus cosas pero al que nunca has visto, el que nunca sirve la mesa: lo preguntarías si, de repente, no te sorprendiera que Aura, hasta ese momento, no hubiese abierto la boca y comiese con esa fatalidad mecánica, como si esperara un impulso ajeno a ella para tomar la cuchara, el cuchillo, partir los riñones —sientes en la boca, otra vez, esa dieta de riñones, por lo visto la preferida de la casa— y llevárselos a la boca. Miras rápidamente de la tía a la sobrina y de la sobrina a la tía, pero la señora Consuelo, en ese instante, detiene todo movimiento y, al mismo tiempo, Aura deja el cuchillo sobre el plato y permanece inmóvil y tú recuerdas que, una fracción de segundo antes, la señora Consuelo hizo lo mismo.

Permanecen varios minutos en silencio: tú terminando de comer, ellas inmóviles como estatuas, mirándote comer. Al cabo la señora dice:

—Me he fatigado. No debería comer en la mesa. Ven, Aura, acompáñame a la recámara.

La señora tratará de retener tu atención: te mirará de frente para que tú la mires, aunque sus palabras vayan dirigidas a la sobrina. Tú debes hacer un esfuerzo para desprenderte de esa mirada otra vez abierta, clara, amarilla, despojada de los velos y arrugas que normalmente la cubren— y fijar la tuya en Aura, que a su vez mira fijamente hacia un punto perdido y mueve en silencio los labios, se levanta con actitudes similares a las que tú asocias con el sueño, toma de los brazos a la anciana jorobada y la conduce lentamente fuera del comedor.

Solo, te sirves el café que también ha estado allí desde el principio del almuerzo, el café frío que bebes a sorbos mientras frunces el ceño y te preguntas si la señora no poseerá una fuerza secreta sobre la muchacha, si la muchacha, tu hermosa Aura vestida de verde, no estará encerrada contra su voluntad en esta casa vieja, sombría. Le sería, sin embargo, tan fácil escapar mientras la anciana dormía en su cuarto oscuro. Y no pasas por alto el camino que se abre en tu imaginación: quizás Aura espera que tú la salves de las cadenas que, por alguna razón oculta, le ha impuesto esta vieja caprichosa y desequilibrada. Recuerdas a Aura minutos antes, inanimada, embrutecida por el terror: incapaz de hablar enfrente de la tirana, moviendo los labios en silencio, como si en silencio te implorara su libertad, prisionera al grado de imitar todos los movimientos de la señora Consuelo, como si sólo lo que hiciera la vieja le fuese permitido a la joven.

La imagen de esta enajenación total te rebela: caminas, esta vez, hacia la otra puerta, la que da sobre el vestíbulo al pie de la escalera, la que está al lado de la recámara de la anciana: allí debe vivir Aura; no hay otra pieza en la casa. Empujas la puerta y entras a esa recámara, también oscura, de paredes enjalbegadas, donde el único adorno es un Cristo negro. A la izquierda, ves esa puerta que debe conducir a la recámara de la viuda. Caminando de puntas, te acercas a ella, colocas la mano sobre la madera, desistes de tu empeño: debes hablar con Aura a solas.

Y si Aura quiere que la ayudes, ella vendrá a tu cuarto. Permaneces allí, olvidado de los papeles amarillos, de tus propias cuartillas anotadas, pensando sólo en la belleza inasible de tu Aura — mientras más pienses en ella, más tuya la harás, no sólo porque piensas en su belleza y la deseas, sino porque ahora la deseas para liberarla: habrás encontrado una razón moral para tu deseo; te sentirás inocente y satisfecho— y cuando vuelves a escuchar la precaución de la campana, no bajas a cenar porque no soportarías otra escena como la del mediodía. Quizás Aura se dará cuenta y, después de la cena, subirá a buscarte.

Realizas un esfuerzo para seguir revisando los papeles. Cansado, te desvistes lentamente, caes en el lecho, te duermes pronto y por primera vez en muchos años sueñas, sueñas una sola cosa, sueñas esa mano descarnada que avanza hacia ti con la campana en la mano, gritando que te alejes, que se alejen todos, y cuando el rostro de ojos vaciados se acerca al tuyo, despiertas con un grito mudo, sudando, y sientes esas manos que acarician tu rostro y tu pelo, esos labios que murmuran con la voz más baja, te consuelan, te piden calma y cariño. Alargas tus propias manos para encontrar el otro cuerpo, desnudo, que entonces agitará levemente el llavín que tú reconoces, y con él a la mujer que se recuesta encima de ti, te besa, te recorre el cuerpo entero con besos. No puedes verla en la oscuridad de la noche sin estrellas, pero hueles en su pelo el perfume de las plantas del patio, sientes en sus brazos la piel más suave y ansiosa, tocas en sus senos la flor entrelazada de las venas sensibles, vuelves a besarla y no le pides palabras.

Al separarte, agotado, de su abrazo, escuchas su primer murmullo: «Eres mi esposo». Tú asientes: ella te dirá que amanece: se despedirá diciendo que te espera esa noche en su recámara. Tú vuelves a asentir, antes de caer dormido, aliviado, ligero, vaciado de placer, reteniendo en las yemas de los dedos el cuerpo de Aura, su temblor, su entrega: la niña Aura.

Te cuesta trabajo despertar. Los nudillos tocan varias veces y te levantas de la cama pesadamente, gruñendo: Aura, del otro lado de la puerta, te dirá que no abras: la señora Consuelo quiere hablar contigo; te espera en su recámara.

Entras diez minutos después al santuario de la viuda. Arropada, parapetada contra los almohadones de encaje: te acercas a la figura inmóvil, a sus ojos cerrados detrás de los párpados colgantes, arrugados, blanquecinos: ves esas arrugas abolsadas de los pómulos, ese cansancio total de la piel.

Sin abrir los ojos, te dirá:

—¿Trae usted la llave?

—Sí... Creo que sí. Sí, aquí está.

—Puede leer el segundo folio. En el mismo lugar, con la cinta azul.

Caminas, esta vez con asco, hacia ese arcón alrededor del cual pululan las ratas, asoman sus ojillos brillantes entre las tablas podridas del piso, corretean hacia los hoyos abiertos en el muro escarapelado. Abres el arcón y retiras la segunda colección de papeles. Regresas al pie de la cama: la señora Consuelo acaricia a su conejo blanco.

De la garganta abotonada de la anciana surgirá ese cacareo sordo:

—¿No le gustan los animales?

—No. No particularmente. Quizás porque nunca he tenido uno.

—Son buenos amigos, buenos compañeros. Sobre todo cuando llegan la vejez y la soledad.

—Sí. Así debe ser.

—Son seres naturales, señor Montero. Seres sin tentaciones.

—¿Cómo dijo que se llamaba?

—¿La coneja? Saga. Sabia. Sigue sus instintos. Es natural y libre.

—Creí que era conejo.

—Ah, usted no sabe distinguir todavía.

—Bueno, lo importante es que no se sienta usted sola.

—Quieren que estemos solas, señor Montero, porque dicen que la soledad es necesaria para alcanzar la santidad. Se han olvidado de que en la soledad la tentación es más grande.

—No la entiendo, señora.

—Ah, mejor, mejor. Puede usted seguir trabajando.

Le das la espalda. Caminas hacia la puerta. Sales de la recámara. En el vestíbulo, aprietas los dientes. ¿Por qué no tienes el valor de decirle que amas a la joven? ¿Por qué no entras y le dices, de una vez, que piensas llevarte a Aura contigo cuando termines el trabajo? Avanzas de nuevo hacia la puerta; la empujas, dudando aún, y por el resquicio ves a la señora Consuelo de pie, erguida, transformada, con esa túnica entre los brazos: esa túnica azul con botones de oro, charreteras rojas, brillantes insignias de águila coronada, esa túnica que la anciana mordisquea ferozmente, besa con ternura, se coloca sobre los hombros para girar en un paso de danza tambaleante. Cierras la puerta.

Sí: tenía quince años cuando la conocí —lees en el segundo folio de las memorias—: *elle avait quinze ans lorsque je l'ai connue et, si j'ose le dire, ce sont ses yeux verts qui ont fait ma perdition*[9]: los ojos verdes de Consuelo, que tenía quince años en 1867, cuando el general Llorente casó con ella y la llevó a vivir a París, al exilio. *Ma jeune poupée*[10], escribió el general en sus momentos de inspiración, *ma jeune poupée aux yeux verts; je t'ai comblée d'amour*[11]: describió la casa en la que vivieron, los paseos, los bailes, los carruajes, el mundo del Segundo Imperio; sin gran relieve, ciertamente. *J'ai même supporté ta haine des chats, moi qu'aimais tellement les jolies bêtes...*[12] Un día la encontró, abierta de piernas, con la crinolina levantada por delante, martirizando a un gato y no supo llamarle la atención porque le pareció que *tu faisais ça d'une façon si innocent, par pur enfantillage*[13] e incluso lo excitó el hecho, de manera que esa noche la amó, si le das crédito a tu lectura, con una pasión hiperbólica, *parce que tu m'avais dit*

[9]She was 15 when I got to know her, and if I dare say so, it is her green eyes that did me in.

[10]My young doll

[11]My young, green eyed doll; I overwhelmed you with love.

[12]I even put up with your hatred of cats, me who had so much love for pretty animals . . .

[13]You did that in such an innocent way, out of pure childishness.

que torturer les chats était ta manière a toi de rendre notre amour favorable, par un sacrifice symbolique...[14] Habrás calculado: la señora Consuelo tendrá hoy ciento nueve años... cierras el folio. Cuarenta y nueve al morir su esposo. *Tu sais si bien t'habiller, ma douce Consuelo, toujours drappé dans des velours verts, verts comme tes yeux. Je pense que tu seras toujours belle, même dans cent ans...*[15] Siempre vestida de verde. Siempre hermosa, incluso dentro de cien años. *Tu es si fière de ta beauté; que ne ferais tu pas pour rester toujours jeune?*[16]

IV

Sabes, al cerrar de nuevo el folio, que por eso vive Aura en esta casa: para perpetuar la ilusión de juventud y belleza de la pobre anciana enloquecida. Aura, encerrada como un espejo, como un icono más de ese muro religioso, cuajado de milagros, corazones preservados, demonios y santos imaginados.

Arrojas los papeles a un lado y desciendes, sospechando el único lugar donde Aura podrá estar en las mañanas: el lugar que le habrá asignado esta vieja avara.

La encuentras en la cocina, sí, en el momento en que degüella un macho cabrío: el vapor que surge del cuello abierto, el olor de sangre derramada, los ojos duros y abiertos del animal te dan náuseas: detrás de esa imagen, se pierde la de una Aura mal vestida, con el pelo revuelto, manchada de sangre, que te mira sin reconocerte, que continúa su labor de carnicero.

Le das la espalda: esta vez, hablarás con la anciana, le echarás en cara su codicia, su tiranía abominable. Abres de un empujón la puerta y la ves, detrás del velo de luces, de pie, cumpliendo su oficio de aire: la ves con las manos en movimiento, extendidas en el aire: una mano extendida y apretada, como si realizara un esfuerzo para detener algo, la otra apretada en torno a un objeto de aire, clavada una y otra vez en el mismo lugar. En seguida, la vieja se restregará las manos contra el pecho, suspirará, volverá a cortar en el aire, como si —sí, lo verás claramente—: como si despellejara una bestia...

Corres al vestíbulo, la sala, el comedor, la cocina donde Aura despelleja al chivo lentamente, absorta en su trabajo, sin escuchar tu entrada ni tus palabras, mirándote como si fueras de aire.

Subes lentamente a tu recámara, entras, te arrojas contra la puerta como si temieras que alguien te siguiera: jadeante, sudoroso, presa de la impotencia de tu espina helada, de tu certeza: si algo o alguien entrara, no podrías resistir, te alejarías de la puerta, lo dejarías hacer. Tomas febrilmente la butaca, la colocas contra esa puerta sin cerradura, empujas la cama hacia la puerta, hasta atrancarla, y te arrojas exhausto sobre ella, exhausto y abúlico, con los ojos cerrados y los brazos apretados alrededor de tu almohada: tu almohada que no es tuya; nada es tuyo...

Caes en ese sopor, caes hasta el fondo de ese sueño que es tu única salida, tu única negativa a la locura. «Está loca, está loca», te repites pare adormecerte, repitiendo con las palabras la imagen de la anciana que en el aire despellejaba al cabrío de aire con su cuchillo de aire: «... está loca...»,

en el fondo del abismo oscuro, en tu sueño silencioso, de bocas abiertas, en silencio, la verás avanzar hacia ti, desde el fondo negro del abismo, la verás avanzar a gatas.

En silencio,

moviendo su mano descarnada, avanzando hacia ti hasta que su rostro se pegue al tuyo y veas esas encías sangrantes de la vieja, esas encías sin dientes y grites y ella vuelva a alejarse, moviendo su mano, sembrando a lo largo del abismo los dientes amarillos que va sacando del delantal manchado de sangre:

tu grito es el eco del grito de Aura, delante de ti en el sueño, Aura que grita porque unas manos han rasgado por la mitad su falda de tafeta verde, y

esa cabeza tonsurada,

con los pliegues rotos de la falda entre las manos, se voltea hacia ti y ríe en silencio, con los dientes de la vieja superpuestos a los suyos, mientras las piernas de Aura, sus piernas desnudas, caen rotas y vuelan hacia el abismo...

Escuchas el golpe sobre la puerta, la campana detrás del golpe, la campana de la cena. El dolor de cabeza te impide leer los números, la posición de las manecillas del reloj; sabes que es tarde: frente a tu cabeza recostada, pasan las nubes de la noche detrás

[14]Because you had told me that torturing cats was your own way of turning love into something favorable, through a symbolic sacrifice . . .

[15]You are so good at dressing yourself, my sweet Consuelo, always draped in green velvet, green like your eyes. I think that you will always be beautiful, even a hundred years from now . . .

[16]You are so proud of your beauty; what wouldn't you do to stay young forever?

del tragaluz. Te incorporas penosamente, aturdido, hambriento. Colocas el garrafón de vidrio bajo el grifo de la tina, esperas a que el agua corra, llene el garrafón que tú retiras y vacías en el aguamanil donde te lavas la cara, los dientes con tu brocha vieja embarrada de pasta verdosa, te rocías el pelo —sin advertir que debías haber hecho todo esto a la inversa—, te peinas cuidadosamente frente al espejo ovalado del armario de nogal, anudas la corbata, te pones el saco y desciendes a un comedor vacío, donde sólo ha sido colocado un cubierto: el tuyo.

Y al lado de tu plato, debajo de la servilleta, ese objeto que rozas con los dedos, esa muñequita endeble, de trapo, rellena de una harina que se escapa por el hombro mal cosido: el rostro pintado con tinta china, el cuerpo desnudo, detallado con escasos pincelazos. Comes tu cena fría —riñones, tomates, vino— con la mano derecha: detienes la muñeca entre los dedos de la izquierda.

Comes mecánicamente, con la muñeca en la mano izquierda y el tenedor en la otra, sin darte cuenta, al principio, de tu propia actitud hipnótica, entreviendo, después, una razón en tu siesta opresiva, en tu pesadilla, identificando, al fin, tus movimientos de sonámbulo con los de Aura, con los de la anciana: mirando con asco esa muñequita horrorosa que tus dedos acarician, en la que empiezas a sospechar una enfermedad secreta, un contagio. La dejas caer al suelo. Te limpias los labios con la servilleta. Consultas tu reloj y recuerdas que Aura te ha citado en su recámara.

Te acercas cautelosamente a la puerta de doña Consuelo y no escuchas un solo ruido. Consultas de nuevo tu reloj: apenas son las nueve. Decides bajar, a tientas, a ese patio techado, sin luz, que no has vuelto a visitar desde que lo cruzaste, sin verlo, el día de tu llegada a esta casa.

Tocas las paredes húmedas, lamosas; aspiras el aire perfumado y quieres descomponer los elementos de tu olfato, reconocer los aromas pesados, suntuosos, que te rodean. El fósforo encendido ilumina, parpadeando, ese patio estrecho y húmedo, embaldosado, en el cual crecen, de cada lado, las plantas sembradas sobre los márgenes de tierra rojiza y suelta. Distingues las formas altas, ramosas, que proyectan sus sombras a la luz del cerillo que se consume, te quema los dedos, te obliga a encender uno nuevo para terminar de reconocer las flores, los frutos, los tallos que recuerdas mencionados en crónicas viejas: las hierbas olvidadas que crecen olorosas, adormiladas: las hojas anchas, largas, hendidas, vellosas del beleño: el tallo sarmentado de flores amarillas por fuera, rojas por dentro; las hojas acorazonadas y agudas de la dulcamara; la pelusa cenicienta del gordolobo, sus flores espigadas; el arbusto ramoso del evónimo y las flores blanquecinas; la belladona. Cobran vida a la luz de tu fósforo, se mecen con sus sombras mientras tú recreas los usos de este herbario que dilata las pupilas, adormece el dolor, alivia los partos, consuela, fatiga la voluntad, consuela con una calma voluptuosa.

Te quedas solo con los perfumes cuando el tercer fósforo se apaga. Subes con pasos lentos al vestíbulo, vuelves a pegar el oído a la puerta de la señora Consuelo, sigues, sobre las puntas de los pies, a la de Aura: la empujas, sin dar aviso, y entras a esa recámara desnuda, donde un circulo de luz ilumina la cama, el gran crucifijo mexicano, la mujer que avanzará hacia ti cuando la puerta se cierre.

Aura vestida de verde, con esa bata de tafeta por donde asoman, al avanzar hacia ti la mujer, los muslos color de luna: la mujer, repetirás al tenerla cerca, la mujer, no la muchacha de ayer: la muchacha de ayer —cuando toques sus dedos, su talle— no podía tener más de veinte años; la mujer de hoy —y acaricies su pelo negro, suelto, su mejilla pálida— parece de cuarenta: algo se ha endurecido, entre ayer y hoy, alrededor de los ojos verdes; el rojo de los labios se ha oscurecido fuera de su forma antigua, como si quisiera fijarse en una mueca alegre, en una sonrisa turbia: como si alternara, a semejanza de esa planta del patio, el sabor de la miel y el de la amargura. No tienes tiempo de pensar más:

—Siéntate en la cama, Felipe.

—Sí.

—Vamos a jugar. Tú no hagas nada. Déjame hacerlo todo a mí.

Sentado en la cama, tratas de distinguir el origen de esa luz difusa, opalina, que apenas te permite separar los objetos, la presencia de Aura, de la atmósfera dorada que los envuelve. Ella te habrá visto mirando hacia arriba, buscando ese origen. Por la voz, sabes que está arrodillada frente a ti:

—El cielo no es alto ni bajo. Está encima y debajo de nosotros al mismo tiempo.

Te quitarás los zapatos, los calcetines, y acariciará tus pies desnudos.

Tú sientes el agua tibia que baña tus plantas, las alivia, mientras ella te lava con una tela gruesa, dirige miradas furtivas al Cristo de madera negra, se aparta por fin de tus pies, te toma de la mano, se prende unos capullos de violeta al pelo suelto, te toma entre los brazos y canturrea esa melodía, ese vals que tú bailas con ella, prendido al susurro de su voz, girando al ritmo lentísimo, solemne, que ella te impone, ajeno a los movimientos ligeros de sus manos, que te desabotonan la camisa, te acarician el pecho, buscan tu espalda, se clavan en ella. También tú murmuras esa canción sin letra, esa melodía que surge naturalmente de tu garganta: giran los dos, cada vez más cerca del lecho; tú sofocas la canción murmurada con tus besos hambrientos sobre la boca de Aura, arrestas la danza con tus besos apresurados sobre los hombros, los pechos de Aura.

Tienes la bata vacía entre las manos. Aura, de cuclillas sobre la cama, coloca ese objeto contra los muslos cerrados, lo acaricia, te llama con la mano. Acaricia ese trozo de harina delgada, lo quiebra sobre sus muslos, indiferentes a las migajas que ruedan por sus caderas: te ofrece la mitad de la oblea que tú tomas, llevas a la boca al mismo tiempo que ella, deglutes con dificultad: caes sobre el cuerpo desnudo de Aura, sobre sus brazos abiertos, extendidos de un extremo al otro de la cama, igual que el Cristo negro que cuelga del muro con su faldón de seda escarlata, sus rodillas abiertas, su costado herido, su corona de brezos montada sobre la peluca negra, enmarañada, entreverada con lentejuela de plata. Aura se abrirá como un altar.

Murmuras el nombre de Aura al oído de Aura. Sientes los brazos llenos de la mujer contra tu espalda. Escuchas su voz tibia en tu oreja:

—¿Me querrás siempre?

—Siempre, Aura, te amaré para siempre.

—¿Siempre? ¿Me lo juras?

—Te lo juro.

—¿Aunque envejezca? ¿Aunque pierda mi belleza? ¿Aunque tenga el pelo blanco?

—Siempre, mi amor, siempre.

—¿Aunque muera, Felipe? ¿Me amarás siempre, aunque muera?

—Siempre, siempre. Te lo juro. Nada puede separarme de ti.

—Ven, Felipe, ven...

Buscas, al despertar, la espalda de Aura y sólo tocas esa almohada, caliente aún, y las sábanas blancas que te envuelven.

Murmuras de nuevo su nombre.

Abres los ojos: la ves sonriendo, de pie, al pie de la cama, pero sin mirarte a ti. La ves caminar lentamente hacia ese rincón de la recámara, sentarse en el suelo, colocar los brazos sobre las rodillas negras que emergen de la oscuridad que tú tratas de penetrar, acariciar la mano arrugada que se adelanta del fondo de la oscuridad cada vez más clara: a los pies de la anciana señora Consuelo, que está sentada en ese sillón que tú notas por primera vez: la señora Consuelo que te sonríe, cabeceando, que te sonríe junto con Aura que mueve la cabeza al mismo tiempo que la vieja: las dos te sonríen, te agradecen. Recostado, sin voluntad, piensas que la vieja ha estado todo el tiempo en la recámara;

recuerdas sus movimientos, su voz, su danza,
por más que te digas que no ha estado allí.

Las dos se levantarán a un tiempo, Consuelo de la silla, Aura del piso. Las dos te darán la espalda, caminarán pausadamente hacia la puerta que comunica con la recámara de la anciana, pasarán juntas al cuarto donde tiemblan las luces colocadas frente a las imágenes, cerrarán la puerta detrás de ellas, te dejarán dormir en la cama de Aura.

V

Duermes cansado, insatisfecho. Ya en el sueño sentiste esa vaga melancolía, esa opresión en el diafragma, esa tristeza que no se deja apresar por tu imaginación. Dueño de la recámara de Aura, duermes en la soledad, lejos del cuerpo que creerás haber poseído.

Al despertar, buscas otra presencia en el cuarto y sabes que no es la de Aura la que te inquieta, sino la doble presencia de algo que fue engendrado la noche pasada. Te llevas las manos a las sienes, tratando de calmar tus sentidos en desarreglo: esa tristeza vencida te insinúa, en voz baja, en el recuerdo inasible de la premonición, que buscas tu otra mitad, que la concepción estéril de la noche pasada engendró tu propio doble.

Y ya no piensas, porque existen cosas más fuertes que la imaginación: la costumbre que te obliga a levantarte, buscar un baño anexo a esa recámara, no encontrarlo, salir restregándote los párpados, subir al segundo piso saboreando la acidez pastosa de la lengua, entrar a tu recámara acariciándote las mejillas de cerdas revueltas, dejar correr las llaves de la tina e introducirte en el agua tibia, dejarte ir, no pensar más.

Y cuando te estés secando, recordarás a la vieja y a la joven que te sonrieron, abrazadas, antes de salir juntas, abrazadas: te repites que siempre, cuando están juntas, hacen exactamente lo mismo: se abrazan, sonríen, comen, hablan, entran, salen, al mismo tiempo, como si una imitara a la otra, como si de la voluntad de una dependiese la existencia de la otra. Te cortas ligeramente la mejilla, pensando estas cosas mientras te afeitas; haces un esfuerzo para dominarte. Terminas tu aseo contando los objetos del botiquín, los frascos y tubos que trajo de la casa de huéspedes el criado al que nunca has visto: murmuras los nombres de esos objetos, los tocas, lees las indicaciones de uso y contenido, pronuncias la marca de fábrica, prendido a esos objetos para olvidar lo otro, lo otro sin nombre, sin marca, sin consistencia racional. ¿Qué espera de ti Aura?, acabas por preguntarte, cerrando de un golpe el botiquín. ¿Qué quiere?

Te contesta el ritmo sordo de esa campana que se pasea a lo largo del corredor, advirtiéndote que el desayuno está listo. Caminas, con el pecho desnudo, a la puerta: al abrirla, encuentras a Aura: será Aura, porque viste la tafeta verde de siempre, aunque un velo verdoso oculte sus facciones. Tomas con la mano la muñeca de la mujer, esa muñeca delgada que tiembla...

—El desayuno está listo... —te dirá con la voz más baja que has escuchado...—

—Aura. Basta ya de engaños.

—¿Engaños?

—Dime si la señora Consuelo te impide salir, hacer tu vida; ¿por qué ha de estar presente cuando tú y yo...? dime que te irás conmigo en cuanto...

—¿Irnos? ¿Adónde?

—Afuera, al mundo. A vivir juntos. No puedes sentirte encadenada para siempre a tu tía... ¿Por qué esa devoción? ¿Tanto la quieres?

—Quererla...

—Sí; ¿por qué te has de sacrificar así?

—¿Quererla? Ella me quiere a mí. Ella se sacrifica por mí.

—Pero es una mujer vieja, casi un cadáver; tú no puedes...

—Ella tiene más vida que yo. Sí, es vieja, es repulsiva... Felipe, no quiero volver... no quiero ser como ella... otra...

—Trata de enterrarte en vida. Tienes que renacer, Aura...

—Hay que morir antes de renacer... No. No entiendes. Olvida, Felipe; tenme confianza.

—Si me explicaras...

—Tenme confianza. Ella va a salir hoy todo el día...

—¿Ella?

—Sí, la otra.

—¿Va a salir? Pero si nunca...

—Sí, a veces sale. Hace un gran esfuerzo y sale. Hoy va a salir. Todo el día... Tú y yo podemos...

—¿Irnos?

—Si quieres...

—No, quizás todavía no. Estoy contratado para un trabajo... Cuando termine el trabajo, entonces sí...

—Ah, sí. Ella va a salir todo el día. Podemos hacer algo...

—¿Qué?

—Te espero esta noche en la recámara de mi tía. Te espero como siempre.

Te dará la espalda, se irá tocando esa campana, como los leprosos que con ella pregonan su cercanía, advierten a los incautos: «Aléjate, aléjate». Tú te pones la camisa y el saco, sigues el ruido espaciado de la campana que se dirige, enfrente de ti, hacia el comedor; dejas de escuchar al entrar a la sala: viene hacia ti, jorobada, sostenida por un báculo nudoso, la viuda de Llorente, que sale del comedor, pequeña, arrugada, vestida con ese traje blanco, ese velo de gasa teñida, rasgada, pasa a tu lado sin mirarte, sonándose con un pañuelo, sonándose y escupiendo continuamente, murmurando: —Hoy no estaré en la casa, señor Montero. Confío en su trabajo. Adelante usted. Las memorias de mi esposo deben ser publicadas.

Se alejará, pisando los tapetes con sus pequeños pies de muñeca antigua, apoyada en ese bastón, escupiendo, estornudando como si quisiera expulsar algo de sus vías respiratorias, de sus pulmones congestionados. Tú tienes la voluntad de no seguirla con la mirada; dominas la curiosidad que sientes ante ese traje de novia amarillento, extraído del fondo del viejo baúl que está en la recámara...

Apenas pruebas el café negro y frío que te espera en el comedor. Permaneces una hora sentado en la vieja y alta silla ojival, fumando, esperando los ruidos que nunca llegan, hasta tener la seguridad de que la anciana ha salido de la casa y no podrá sorprenderte. Porque en el puño, apretada, tienes desde hace una hora la llave del arcón y ahora te diriges, sin hacer ruido, a la sala, al vestíbulo donde esperas quince minutos más —tu reloj te lo dirá— con el oído pegado a la puerta de doña Consuelo, la puerta que enseguida empujas levemente, hasta distinguir, detrás de la red de araña de esas luces devotas, la cama vacía, revuelta, sobre la que la coneja roe sus zanahorias crudas: la cama siempre rociada de migajas que ahora tocas, como si creyeras que la pequeñísima anciana pudiese estar escondida entre los pliegues de las sábanas.

Caminas hasta el baúl colocado en el rincón; pisas la cola de una de esas ratas que chilla, se escapa de la opresión de tu suela, corre a dar aviso a las demás ratas cuando tu mano acerca la llave de cobre a la chapa pesada, enmohecida, que rechina cuando introduces la llave, apartas el candado, levantas la tapa y escuchas el ruido de los goznes enmohecidos. Sustraes el tercer folio —cinta roja— de las memorias y al levantarlo encuentras esas fotografías viejas, duras, comidas de los bordes, que también tomas, sin verlas, apretando todo el tesoro contra tu pecho, huyendo sigilosamente, sin cerrar siquiera el baúl, olvidando el hambre de las ratas, para traspasar el umbral, cerrar la puerta, recargarte contra la pared del vestíbulo, respirar normalmente, subir a tu cuarto.

Allí leerás los nuevos papeles, la continuación, las fechas de un siglo en agonía. El general Llorente habla con su lenguaje más florido de la personalidad de Eugenia de Montijo, vierte todo su respeto hacia la figura de Napoleón el Pequeño, exhuma su retórica más marcial para anunciar la guerra Franco-Prusiana, llena páginas de dolor ante la derrota, arenga a los hombres de honor contra el monstruo republicano, ve en el general Boulanger un rayo de esperanza, suspira por México, siente que en el caso Dreyfus el honor —siempre el honor— del ejército ha vuelto a imponerse... Las hojas amarillas se quiebran bajo tu tacto; ya no las respetas, ya sólo buscas la nueva aparición de la mujer de ojos verdes: «Sé por qué lloras a veces, Consuelo. No te he podido dar hijos, a ti, que irradias la vida...» Y después: «Consuelo, no tientes a Dios. Debemos conformarnos. ¿No te basta mi cariño? Yo sé que me amas; lo siento. No te pido conformidad, porque ello sería ofenderte. Te pido, tan sólo, que veas en ese gran amor que dices tenerme algo suficiente, algo que pueda llenarnos a los dos sin necesidad de recurrir a la imaginación enfermiza...» Y en otra página: «Le advertí a Consuelo que esos brebajes no sirven para nada. Ella insiste en cultivar sus propias plantas en el jardín. Dice que no se engaña. Las hierbas no la fertilizarán en el cuerpo, pero sí en el alma...» Más tarde: «La encontré delirante, abrazada a la almohada. Gritaba: ‹Sí, sí, sí, he podido: la he encarnado; puedo convocarla, puedo darle vida con mi vida›. Tuve que llamar al médico. Me dijo que no podría calmarla, precisamente porque ella estaba bajo el efecto de narcóticos, no de excitantes....» Y al fin: «Hoy la descubrí, en la madrugada, caminando sola y descalza a lo largo de los pasillos. Quise detenerla. Pasó sin mirarme, pero sus palabras iban dirigidas a mí. ‹No me detengas› —dijo—; ‹voy hacia mi juventud, mi juventud viene hacia mí. Entra ya, está en el jardín, ya llega›... Consuelo, pobre Consuelo... Consuelo, también el demonio fue un ángel, antes...»

No habrá más. Allí terminan las memorias del general Llorente: *«Consuelo, le démon aussi était un ange, avant...»*

Y detrás de la última hoja, los retratos. El retrato de ese caballero anciano, vestido de militar: la vieja fotografía con las letras en una esquina: *Moulin, Photographe, 35 Boulevard Haussmann* y la fecha 1894. Y la fotografía de Aura: de Aura con sus ojos verdes, su pelo negro recogido en bucles, reclinada sobre esa columna dórica, con el paisaje pintado al fondo: el paisaje de Lorelei en el Rin, el traje abotonado hasta el cuello, el pañuelo en una mano, el polizón: Aura y la fecha 1876, escrita con tinta blanca y detrás, sobre el cartón doblado del daguerrotipo, esa letra de araña: *Fait pour notre dixième anniversaire de mariage* y la firma, con la misma letra, *Consuelo Llorente.* Verás, en la tercera foto, a Aura en compañía del viejo, ahora vestido de paisano, sentados ambos en una banca, en un jardín. La foto se ha borrado un poco: Aura no se verá tan joven como en la primera fotografía, pero es ella, es él, es... eres tú.

Pegas esas fotografías a tus ojos, las levantas hacia el tragaluz: tapas con una mano la barba blanca del general Llorente, lo imaginas con el pelo negro y siempre te encuentras, borrado, perdido, olvidado, pero tú, tú, tú.

La cabeza te da vueltas, inundada por el ritmo de ese vals lejano que suple la vista, el tacto, el olor de plantas húmedas y perfumadas: caes agotado sobre la cama, te tocas los pómulos, los ojos, la nariz, como si temieras que una mano invisible te hubiese arrancado la máscara que has llevado durante veintisiete años: esas facciones de goma y cartón que durante un cuarto de siglo han cubierto tu verdadera faz, tu rostro antiguo, el que tuviste antes y habías olvidado. Escondes la cara en la almohada, tratando de impedir que el aire te arranque las facciones que son tuyas, que quieres para ti. Permaneces con la cara hundida en la almohada, con los ojos abiertos detrás de la almohada, esperando lo que ha de venir, lo que no podrás impedir. No volverás a mirar tu reloj, ese objeto inservible que mide falsamente un tiempo acordado a la vanidad humana, esas manecillas que marcan tediosamente las largas horas inventadas para engañar el verdadero tiempo, el tiempo que corre con la velocidad insultante, mortal, que ningún reloj puede medir. Una vida, un siglo, cincuenta años: ya no te será posible imaginar esas medidas mentirosas, ya no te será posible tomar entre las manos ese polvo sin cuerpo.

Cuando te separes de la almohada, encontrarás una oscuridad mayor alrededor de ti. Habrá caído la noche.

Habrá caído la noche. Correrán, detrás de los vidrios altos, las nubes negras, veloces, que rasgan la luz opaca que se empeña en evaporarlas y asomar su redondez pálida y sonriente. Se asomará la luna, antes de que el vapor oscuro vuelva a empañarla.

Tú ya no esperarás. Ya no consultarás tu reloj. Descenderás rápidamente los peldaños que te alejan de esa celda donde habrán quedado regados los viejos papeles, los daguerrotipos desteñidos; descenderás al pasillo, te detendrás frente a la puerta de la señora Consuelo, escucharás tu propia voz, sorda, transformada después de tantas horas de silencio:

—Aura...

Repetirás: —Aura...

Entrarás a la recámara. Las luces de las veladoras se habrán extinguido. Recordarás que la vieja ha estado ausente todo el día y que la cera se habrá consumido, sin la atención de esa mujer devota. Avanzarás en la oscuridad, hacia la cama. Repetirás:

—Aura...

Y escucharás el leve crujido de la tafeta sobre los edredones, la segunda respiración que acompaña la tuya: alargarás la mano para tocar la bata verde de Aura; escucharás la voz de Aura:

—No... no me toques... Acuéstate a mi lado...

Tocarás el filo de la cama, levantarás las piernas y permanecerás inmóvil, recostado. No podrás evitar un temblor:

—Ella puede regresar en cualquier momento...

—Ella ya no regresará.

—¿Nunca?

—Estoy agotada. Ella ya se agotó. Nunca he podido mantenerla a mi lado más de tres días.

—Aura...

Querrás acercar tu mano a los senos de Aura. Ella te dará la espalda: lo sabrás por la nueva distancia de su voz.

—No... No me toques...

—Aura... te amo.

—Sí, me amas. Me amarás siempre, dijiste ayer...

—Te amaré siempre. No puedo vivir sin tus besos, sin tu cuerpo...

—Bésame el rostro; sólo el rostro.

Acercarás tus labios a la cabeza reclinada junto a la tuya, acariciarás otra vez el pelo largo de Aura: tomarás violentamente a la mujer endeble por los hombros, sin escuchar su queja aguda; le arrancarás la bata de tafeta, la abrazarás, la sentirás desnuda, pequeña y perdida en tu abrazo, sin fuerzas, no harás caso de su resistencia gemida, de su llanto impotente, besarás la piel del rostro sin pensar, sin distinguir: tocarás esos senos flácidos cuando la luz penetre suavemente y te sorprenda, te obligue a apartar la cara, buscar la rendija del muro por donde comienza a entrar la luz de la luna, ese resquicio abierto por los ratones, ese ojo de la pared que deja filtrar la luz plateada que cae sobre el pelo blanco de Aura, sobre el rostro desgajado, compuesto de capas de cebolla, pálido, seco y arrugado como una ciruela cocida: apartarás tus labios de los labios sin carne que has estado besando, de las encías sin dientes que se abren ante ti: verás bajo la luz de la luna el cuerpo desnudo de la vieja, de la señora Consuelo, flojo, rasgado, pequeño y antiguo, temblando ligeramente porque tú lo tocas, tú lo amas, tú has regresado también...

Hundirás tu cabeza, tus ojos abiertos, en el pelo plateado de Consuelo, la mujer que volverá a abrazarte cuando la luna pase, sea tapada por las nubes, los oculte a ambos, se lleve en el aire, por algún tiempo, la memoria de la juventud, la memoria encarnada.

—Volverá, Felipe, la traeremos juntos. Deja que recupere fuerzas y la haré regresar...

COMPRENSIÓN Y ANÁLISIS

Ubique la novela *Aura* dentro de la época en que fue escrita. Comente sobre lo siguiente:

Forma

La estructura de la narración: Busque introducción, desarrollo, momento climático, conclusión.

El narrador: La primera palabra de *Aura* es un verbo en la forma de segunda persona. ¿Es el lector convertido en protagonista a través del uso del tuteo por el narrador? ¿Qué aprendemos sobre el narrador a través de la historia? ¿Qué importancia tienen estos cinco días en la vida del narrador? ¿Quién es él antes de los cinco días? ¿En quién se convierte? Dé varias fórmulas para resolver el misterio.

Contenido

El tema: La narración es de tema esotérico, misterioso y mágico. Explore estos temas en la novela. Amplíe el tema de la encarnación de seres leyendo el poema *El Golem* de J.L. Borges. Discuta la posibilidad de que *Aura* sea un viaje psicodélico inducido por las plantas del jardín.

Los personajes: ¿Por qué hacen la señora Llorente y Aura los mismos gestos, como si se remedaran? Recuerde las instancias en que el narrador describe este hecho. ¿Cómo presagia el narrador a través de su sueño la unidad entre Consuelo y Aura? Relate el encuentro entre Consuelo y el general Llorente, según él. Haga un paralelo entre este encuentro y el encuentro entre Felipe y Aura.

El espacio: ¿Qué lugares específicos se mencionan en la narración? ¿Qué significa la claraboya en el cuarto de Felipe? ¿Qué relación hay entre la claraboya, los gatos y Aura?

El tiempo: ¿Hay un tiempo determinado en la narración? ¿Cuánto tiempo le tomó al narrador responder el aviso? Cuando el narrador entra a Donceles 815, dice: «Miras por última vez sobre tu hombro», ¿es esta frase presagio de lo que pasará? Estudie los verbos y analice por qué el narrador usa sobre todo los tiempos presente y futuro para expresar sus ideas.

La cultura: Conociendo la época en que la novela fue escrita, ¿es ésta una obra que rompe o acentúa estereotipos sociales de clase y género? Discuta la presunta condición de prisionera de Aura según Felipe. Encuentre en la novela ejemplos de la comida, la ropa y las costumbres.

Lenguaje

Vocabulario de la novela: ¿Qué palabras y símbolos contribuyen a dar a la narración su tono misterioso?

Descripciones: Describa el cuarto de la señora Llorente y a ella misma. ¿Cómo se describe el narrador al mirarse en el espejo de su cuarto? Estudie algunas de las imágenes en el altar de Conseulo Llorente. Dé ejemplos de cómo logra el narrador transmitir la sensación de claro-oscuro en el espacio de la narración.

Narración: Resuma en pocas palabras la historia narrada.

Lenguaje literario: Explique los siguientes símbolos y su relación con el tema: Las cadenas de los gatos, el fuego que los consume, el criado al que nunca se ha visto, los riñones y tomates que comen, el chivo, el conejo Saga, las hierbas del jardín, la arquitectura y muebles góticos, el número de cubiertos en la mesa, los ojos, los números, los colores.

Explique la secuencia de los siguientes hechos: La mano de Felipe sobre el conejo, el conejo desaparece y aparece Aura. ¿Cómo son posibles estas transformaciones? ¿Qué relación hay entre Aura y Saga? Analice la relación entre Aura y los gatos en el tejado. En las memorias del general Llorente, ¿qué alusión encontró Felipe al odio de Consuelo por los gatos?

Investigue algunas de las plantas en el jardín de Aura. Analice la transformación de Aura de niña en vieja a través de los encuentros con Montero. Analice instancias del lenguaje propio de México.

Comunicación

¿Cómo se presentan en la narración el diálogo y el monólogo? ¿Cómo se usan los pronombres de tratamiento (tú, usted) en la narración y en las relaciones entre los personajes?

Ejercicios de creación literaria

Escriba una narración donde Aura sea prisionera de Consuelo y usted la rescate.

Escriba una narración donde Llorente reencarna en Felipe y es seducido por Consuelo.

Gabriel García Marquez, Colombia, 1928

Considerado como uno de los escritores más leídos hoy en el mundo, Gabriel García Márquez nació en Aracataca, Colombia. De joven fue a Bogotá a estudiar y culminó la carrera de derecho en la Universidad Nacional. Los acontecimientos del 9 de abril de 1948[17] interrumpieron su vida, y el joven

[17]The assassination of the Liberal candidate for the presidency Jorge E. Gaitán unleashed a bloody civil war "la violencia," which has flogged Colombia ever since.

escritor fue a Cartagena, donde se inició en periodismo como corresponsal de *El espectador.*

El escritor colombiano es un hombre con vida muy intensa e inquietudes universales; esto lo ha llevado a Europa, Rusia, y a varios países de Latinoamérica, especialmente a México que ha sido como su segunda patria y su refugio. En Cuba auspició la Escuela Internacional de Cine.

Entre sus obras están *La hojarasca* (1955), un coloquio de soledad y desamparo entre tres personajes frente a un cadáver. El coloquio se torna en un examen de conciencia frente al mundo sanguinario y convulso que la creación ofrece al ser humano. Según García Márquez la muerte, más que castigo bíblico, es el gen inescapable. En *La mala hora* (1968), reina la mezquindad. *El coronel no tiene quien le escriba* (1967), introduce a los Buendía, descendientes de ese coronel entristecido de no recibir cartas de su hijo, y a ese cura que maldice el pasquín del pueblo. *El otoño del patriarca* (1975) presenta el prototipo del dictador.

Otra parte de su producción incluye *Crónica de una muerte anunciada* (1980), *El amor en los tiempos del cólera* (1987), *El general en su laberinto* (1990) e *Historia de un secuestro* (1994). La gema de la corona literaria de García Márquez es *Cien años de soledad* la cual le ganó el Premio Nóbel en 1982. *Cien años,* la saga de cinco generaciones de Buendías en el mítico pueblo de Macondo, que significa «banana» en lengua Bantú, rememora los abusos de la United Fruit Company en Colombia y Centroamérica. Macondo, como Yoknapatawpha de Faulkner o Comala de Rulfo, es un pueblo laberíntico, miserable, tradicional, lúbrico y mágico; es un misterio viviente. Es como *El Dorado* de los conquistadores, el Shangrilá de las Himalayas, es todo y es nada, es real y mítico, es verdad y mentira. Macondo se fija en la sensibilidad del lector. Para penetrar el mundo de Macondo hay que adentrarse dentro de sus códigos, entrar en sus juegos mágicos y adoptarlos como creíbles. Esto es lo que hace el personaje del mago Melquíades, quien divaga por el mitológico laberinto macondiano donde se transparentan y respiran el aburrimiento, la monotonía y el nihilismo.

García Márquez vive como escribe, escribe como sueña, recuerda como narra y crea un mundo lleno de personajes que oscilan entre lo real y lo fantasmagórico. Al decodificarse, estos personajes son símbolos de lo más tradicional y retrógrado del mundo hispanoamericano. Los temas recurrentes del Nóbel colombiano se centran en historias de familias unidas por el cordón umbilical del trabajo casi improductivo, personajes que vegetan, no viven, existen, no actúan, subsisten, no coexisten; se podría decir que la narrativa de García Márquez es un tipo de neomisticismo, de vivir en el no vivir y morir porque no se muere. A fuerza de crear, García Márquez se revela creándose, o sea, creyendo en sus creaciones.

En la obra de García Márquez no existe la mesura; las situaciones se presentan y describen con exageración: se suda y se bebe, se ama y se odia, la mujer es virgen o prostituta, la sangre como la lluvia rueda por años exponiendo la vacía, exhausta y agobiante condición humana. En la narrativa de García Márquez abundan las hipérboles, la adjetivización y las actuaciones de los personajes marcan el estilo narrativo. La exposición convincente de los sucesos los hace creíbles dentro de la convención que consiste en que el lector tiene que ser cómplice con el escritor para poder llevar a cabo un pacto tácito, donde el contexto de lo narrado es real pero la atmósfera es irreal. Estas características nutren el realismo mágico del cual su mayor expresión es García Márquez.

Los ambientes que el Nóbel colombiano presenta no son generalmente el selvático indómito, sino más bien un medio obsesionante, asediante que no destruye de golpe, sino que más bien corroe, mina, deshace.

LA PRODIGIOSA TARDE DE BALTAZAR

La jaula estaba terminada. Baltazar la colgó en el alero, por la fuerza de la costumbre, y cuando acabó de almorzar ya se decía por todos lados que era la jaula más bella del mundo. Tanta gente vino a verla, que se formó un tumulto frente a la casa, y Baltazar tuvo que descolgarla y cerrar la carpintería.

—Tienes que afeitarte —le dijo Ursula, su mujer. Pareces un capuchino.[18]

—Es malo afeitarse después del almuerzo —dijo Baltazar.

Tenía una barba de dos semanas, un cabello corto, duro y parado como las crines de un mulo, y una expresión general de muchacho asustado. Pero era una expresión falsa. En febrero había cumplido

[18]Capuchin monk; often bearded

30 años, vivía con Ursula desde hacía cuatro, sin casarse y sin tener hijos, y la vida le había dado muchos motivos para estar alerta, pero ninguno para estar asustado. Ni siquiera sabía que para algunas personas, la jaula que acababa de hacer era la más bella del mundo. Para él, acostumbrado a hacer jaulas desde niño, aquél había sido apenas un trabajo más arduo que los otros.

—Entonces repósate un rato —dijo la mujer. Con esa barba no puedes presentarte en ninguna parte.

Mientras reposaba tuvo que abandonar la hamaca varias veces para mostrar la jaula a los vecinos. Ursula no le había prestado atención hasta entonces. Estaba disgustada porque su marido había descuidado el trabajo de la carpintería para dedicarse por entero a la jaula, y durante dos semanas había dormido mal, dando tumbos[19] y hablando disparates, y no había vuelto a pensar en afeitarse. Pero el disgusto se disipó ante la jaula terminada. Cuando Baltazar despertó de la siesta, ella le había planchado los pantalones y una camisa, los había puesto en un asiento junto a la hamaca, y había llevado la jaula a la mesa del comedor. La contemplaba en silencio.

—¿Cuánto vas a cobrar? —preguntó.

—No sé —contestó Baltazar. Voy a pedir treinta pesos para ver si me dan veinte.

—Pide cincuenta —dijo Ursula. Te has trasnochado mucho en estos quince días. Además, es bien grande. Creo que es la jaula más grande que he visto en mi vida.

Baltazar empezó a afeitarse.

—¿Crees que me darán los cincuenta pesos?

—Eso no es nada para don Chepe Montiel, y la jaula los vale —dijo Ursula. Debías pedir sesenta.

La casa yacía en una penumbra sofocante. Era la primera semana de abril y el calor parecía menos soportable por el pito de las chicharras. Cuando acabó de vestirse, Baltazar abrió la puerta del patio para refrescar la casa, y un grupo de niños entró en el comedor.

La noticia se había extendido. El doctor Octavio Giraldo, un médico viejo, contento de la vida pero cansado de la profesión, pensaba en la jaula de Baltazar mientras almorzaba con su esposa inválida. En la terraza interior donde ponían la mesa en los días de calor, había muchas macetas con flores y dos jaulas con canarios. A su esposa le gustaban los pájaros, y le gustaban tanto que odiaba a los gatos porque eran capaces de comérselos. Pensado en ella, el doctor Giraldo fue esa tarde a visitar a un enfermo, y al regreso pasó por la casa de Baltazar a conocer la jaula.

Había mucha gente en el comedor. Puesta en exhibición sobre la mesa, la enorme cúpula de alambre con tres pisos interiores, con pasadizos y compartimientos especiales para comer y dormir, y trapecios en el espacio reservado al recreo de los pájaros, parecía el modelo reducido de una gigantesca fábrica de hielo. El médico la examinó cuidadosamente, sin tocarla, pensando que en efecto aquella jaula era superior a su propio prestigio, y mucho más bella de lo que había soñado jamás para su mujer.

—Esto es una aventura de la imaginación —dijo. Buscó a Baltazar en el grupo, y agregó, fijos en él sus ojos maternales: Hubieras sido un extraordinario arquitecto.

Baltazar se ruborizó.

—Gracias —dijo.

—Es verdad —dijo el médico. Tenía una gordura lisa y tierna como la de una mujer que fue hermosa en su juventud, y unas manos delicadas. Su voz parecía la de un cura hablando en latín —Ni siquiera será necesario ponerle pájaros —dijo, haciendo girar la jaula frente a los ojos del público, como si la estuviera vendiendo. Bastará con colgarla entre los árboles para que cante sola, —Volvió a ponerla en la mesa, pensó un momento, mirando la jaula y dijo:

—Bueno, pues me la llevo—.

—Está vendida —dijo Ursula.

—Es del hijo de don Chepe Montiel —dijo Baltazar—. La mandó a hacer expresamente.

El médico asumió una actitud respetable.

—¿Te dio el modelo?

—No —dijo Baltazar. Dijo que quería una jaula grande, como ésa, para una pareja de turpiales[20]

El médico miró la jaula.

Pero ésta no es para turpiales.

—Claro que sí, doctor —dijo Baltazar, acercándose a la mesa. Los niños lo rodearon. —Las medidas están bien calculadas —dijo, señalando con el índice los diferentes compartimientos. Luego golpeó la cúpula con los nudillos, y la jaula se llenó de acordes profundos.

[19] *Dando...* tossing and turning

[20] Birds very similar to golden orioles

—Es el alambre más resistente que se puede encontrar, y cada juntura está soldada por dentro y por fuera —dijo.

—Sirve hasta para un loro —intervino uno de los niños.

—Así es —dijo Baltazar.

El médico movió la cabeza.

—Bueno, pero no te dio el modelo —dijo. No te hizo ningún encargo preciso, aparte de que fuera una jaula grande para turpiales. ¿No es así?

—Así es —dijo Baltazar.

—Entonces no hay problema —dijo el médico. Una cosa es una jaula grande para turpiales y otra cosa es esta jaula. No hay pruebas de que sea ésta la que te mandaron hacer.

—Es esta misma —dijo Baltazar, ofuscado. Por eso la hice.

El médico hizo un gesto de impaciencia.

—Podrías hacer otra —dijo Ursula, mirando a su marido. Y después, hacia el médico: Usted no tiene apuro.

—Se la prometí a mi mujer para esta tarde —dijo el médico.

—Lo siento mucho, doctor —dijo Baltazar—, pero no se puede vender una cosa que ya está vendida.

El médico se encogió de hombros. Secándose el sudor del cuello con un pañuelo, contempló la jaula en silencio, sin mover la mirada de un mismo punto indefinido, como se mira un barco que se va.

—¿Cuánto te dieron por ella?

Baltazar buscó a Ursula sin responder.

—Sesenta pesos —dijo ella.

El médico siguió mirando la jaula.

—Es muy bonita —suspiró. Sumamente bonita. Luego, moviéndose hacia la puerta, empezó a abanicarse con energía, sonriente, y el recuerdo de aquel episodio desapareció para siempre de su memoria.

—Montiel es muy rico —dijo.

En verdad, José Montiel no era tan rico como parecía, pero había sido capaz de todo por llegar a serlo. A pocas cuadras de allí, en una casa atiborrada de arneses[21] donde nunca se había sentido un olor que no se pudiera vender, permanecía indiferente a la novedad de la jaula. Su esposa, torturada por la obsesión de la muerte, cerró puertas y ventanas después del almuerzo y yació dos horas con los ojos abiertos en la penumbra del cuarto, mientras José Montiel hacía la siesta. Así la sorprendió un alboroto de muchas voces. Entonces abrió la puerta de la sala y vio un tumulto frente a la casa, y a Baltazar con la jaula en medio del tumulto, vestido de blanco y acabado de afeitar, con esa expresión de decoroso candor con que los pobres llegan a la casa de los ricos.

—Qué cosa tan maravillosa —exclamó la esposa de José Montiel, con una expresión radiante, conduciendo a Baltazar hacia el interior. No había visto nada igual en mi vida —dijo, y agregó, indignada con la multitud que se agolpaba en la puerta: Pero llévesela para adentro que nos van a convertir la sala en una gallera.

Baltazar no era un extraño en la casa de José Montiel. En distintas ocasiones, por su eficacia y buen cumplimiento, había sido llamado para hacer trabajo de carpintería menor. Pero nunca se sintió bien entre los ricos. Solía pensar en ellos, en sus mujeres feas y conflictivas, en sus tremendas operaciones quirúrgicas y experimentaba siempre un sentimiento de piedad. Cuando entraba en sus casas no podía moverse sin arrastrar los pies.

—¿Está Pepe? —preguntó.

Había puesto la jaula en la mesa del comedor.

—Está en la escuela —dijo la mujer de José Montiel—. Pero ya no debe demorar. Y agregó: Montiel se está bañando.

En realidad José Montiel no había tenido tiempo de bañarse. Se estaba dando una urgente fricción de alcohol alcanforado para salir a ver lo que pasaba. Era un hombre tan prevenido, que dormía sin ventilador eléctrico para vigilar durante el sueño los rumores de la casa.

—Adelaida —gritó. ¿Qué es lo que pasa?

—Ven a ver qué cosa tan maravillosa —gritó su mujer.

José Montiel corpulento y peludo, la toalla colgada en la nuca se asomó por la ventana del dormitorio.

—¿Qué es eso?

—La jaula de Pepe —dijo Baltazar.

La mujer lo miró perpleja.

—¿De quién?

—De Pepe —confirmó Baltazar. Y después dirigiéndose a José Montiel: Pepe me la mandó a hacer.

Nada ocurrió en aquel instante, pero Baltazar se sintió como si le hubieran abierto la puerta del baño. José Montiel salió en calzoncillos del dormitorio.

---

[21] *Atiborrada...* full of things

—Pepe —gritó

—No ha llegado —murmuró su esposa, inmóvil.

Pepe apareció en el vano de la puerta. Tenía unos doce años y las mismas pestañas rizadas y el quieto patetismo de su madre.

—Ven acá —le dijo José Montiel. ¿Tú mandaste a hacer esto?

El niño bajó la cabeza. Agarrándolo por el cabello, José Montiel lo obligó a mirarlo a los ojos.

—Contesta.

El niño se mordió los labios sin responder.

—Montiel —susurró la esposa.

José Montiel soltó al niño y se volvió hacia Baltazar con una expresión exaltada.

—Lo siento mucho, Baltazar —dijo. Pero has debido consultarlo conmigo antes de proceder. Sólo a ti se te ocurre contratar con un menor.

—A medida que hablaba, su rostro fue recobrando la serenidad. Levantó la jaula sin mirarla y se la dio a Baltazar. —Llévatela enseguida y trata de vendérsela a quien puedas —dijo. Sobre todo, te ruego que no me discutas. —Le dio una palmadita en la espalda, y explicó: El médico me ha prohibido coger rabia.

El niño había permanecido inmóvil, sin parpadear, hasta que Baltazar lo miró perplejo con la jaula en la mano. Entonces emitió[22] un sonido gutural, como el ronquido de un perro, y se lanzó al suelo dando gritos.

José Montiel lo miraba impasible, mientras la madre trataba de apaciguarlo.

—No lo levantes —dijo. Déjalo que se rompa la cabeza contra el suelo y después le echas sal y limón para que rabie con gusto.

El niño chillaba sin lágrimas, mientras su madre lo sostenía por las muñecas.

—Déjalo —insistió José Montiel.

Baltazar observó al niño como hubiera observado la agonía de un animal contagioso. Eran casi las cuatro. A esa hora, en su casa, Ursula cantaba una canción muy antigua. Mientras cortaba rebanadas de cebolla.

—Pepe —dijo Baltazar.

Se acercó al niño, sonriendo, y le tendió la jaula. El niño se incorporó de un salto, abrazó la jaula, que era casi tan grande como él, y se quedó mirando a Baltazar a través del tejido metálico, sin saber qué decir. No había derramado una lágrima.

[22]The subject of this very is the child.

—Baltazar —dijo Montiel, suavemente. Ya te dije que te la lleves.

—Devuélvela —ordenó la mujer al niño.

—Quédate con ella[23] —dijo Baltazar. Y luego, a José Montiel—: Al fin y al cabo, para eso la hice.

José Montiel lo persiguió hasta la sala.

—No seas tonto, —Baltazar decía, cerrándole el paso. —Llévate tu trasto[24] para la casa y no hagas más tonterías. No pienso pagarte ni un centavo.

—No importa —dijo Baltazar. La hice expresamente para regalársela a Pepe. No pensaba cobrar nada.

Cuando Baltazar se abrió paso a través de los curiosos que bloqueaban la puerta, José Montiel daba gritos en el centro de la sala. Estaba muy pálido y sus ojos empezaban a enrojecer.

—Estúpido —gritaba. Llévate tu cacharro[25]. Lo último que faltaba[26] es que un cualquiera venga a dar órdenes en mi casa. ¡Carajo![27]

En el salón de billar recibieron a Baltazar con una ovación. Hasta ese momento, pensaba que había hecho una jaula mejor que las otras, que había tenido que regalársela al hijo de José Montiel para que no siguiera llorando, y que ninguna de esas cosas tenía una cierta importancia para muchas personas, y se sintió un poco excitado.

—De manera que te dieron cincuenta pesos por la jaula.

—Sesenta —dijo Baltazar.

—Hay que hacer una raya en el cielo[28] —dijo alguien. Eres el único que ha logrado sacarle ese montón de plata a don Chepe Montiel. Esto hay que celebrarlo.

Le ofrecieron una cerveza, y Baltazar correspondió con una tanda[29] para todos. Como era la primera vez que bebía, al anochecer estaba completamente borracho, y hablaba de un fabuloso proyecto de mil jaulas de a sesenta pesos, y después de un millón de jaulas hasta completar sesenta millones de pesos.

[23]Keep it

[24]Piece of junk

[25]*Trasto*: piece of junk

[26]*Lo...* the last thing I need

[27]Damn

[28]*Hay...* you really did it this time

[29]Round

—Hay que hacer muchas cosas para vendérselas a los ricos antes que se mueran —decía, ciego de la borrachera. Todos están enfermos y se van a morir. Cómo estarán de jodidos que ya ni siquiera pueden coger rabia[30].

Durante dos horas el tocadiscos automático estuvo por su cuenta[31] tocando sin parar. Todos brindaron por la salud de Baltazar, por su suerte y su fortuna, y por la muerte de los ricos, pero a la hora de la comida lo dejaron solo en el salón.

Ursula lo había esperado hasta las ocho, con un plato de carne frita cubierto de rebanadas de cebolla. Alguien le dijo que su marido estaba en el salón de billar, loco de felicidad, brindando cerveza a todo el mundo, pero no lo creyó porque Baltazar no se había emborrachado jamás. Cuando se acostó, casi a la medianoche, Baltazar estaba en un salón iluminado, donde había mesitas de cuatro puestos con sillas alrededor, y una pista de baile al aire libre, por donde se paseaban los alcaravanes[32]. Tenía la cara embadurnada de colorete[33], y como no podía dar un paso más, pensaba que quería acostarse con dos mujeres en la misma cama. Había gastado tanto, que tuvo que dejar el reloj como garantía, con el compromiso de pagar al día siguiente. Un momento después, despatarrado[34] por la calle, se dio cuenta de que le estaban quitando los zapatos, pero no quiso abandonar el sueño más feliz de su vida. Las mujeres que pasaron para la misa de cinco no se atrevieron a mirarlo, creyendo que estaba muerto.

COMPRENSIÓN Y ANÁLISIS

Ubique el cuento *La prodigiosa tarde de Baltazar* dentro de la época en que fue escrito. Comente sobre lo siguiente:

Forma

Orden de la narración: Orden cronológico de los acontecimientos de la historia

La estructura del cuento: Busque introducción, desarrollo, momento climático y conclusión.

El narrador: ¿Quién es la persona del narrador? ¿Es el narrador externo (habla en tercera persona) o interno (habla en primera persona) con respecto a los hechos narrados?

Contenido

El tema: Trate sobre la riqueza/escasez material comparándola con la riqueza/escasez espiritual.

Los personajes: ¿Quiénes y cómo son los personajes centrales? ¿Cuál es la relación entre ellos? ¿A qué trabajo se dedican? ¿Qué distingue a los Montiel? Analice el papel de Ursula como mujer en la sociedad de la historia. Analice en especial el papel de la gente, los vecinos, el público, en la vida del pueblo.

El espacio: Hable sobre los espacios en donde se desarrolla el cuento.

El tiempo: ¿En cuánto tiempo se desarrolla la historia? ¿Hay un tiempo determinado en el cuento? ¿Cuáles son las edades de Baltazar y Pepe? ¿Cómo se relacionan éstas con el contenido del cuento? Estudie los verbos en el cuento y diga qué tiempos usa el narrador en la historia.

La cultura: Analice el papel del dinero en la vida de Baltazar, Ursula, el doctor Giraldo, José Montiel. Conociendo la época en que el cuento fue escrito, diga si hay rompimiento o perpetuación de estereotipos de clase social. Compare el papel de los personajes femeninos con el de los personajes masculinos en la historia. Comente sobre el miedo de las mujeres que van a misa de cinco cuando ven a Baltazar dormido en la calle.

¿Cuál es la relación del título con el contenido del cuento?

Lenguaje

Vocabulario del cuento: ¿Qué palabras contribuyen a dar al cuento un ambiente tropical? Resuma con sus proprias palabras la conversación entre el doctor Octavio Giraldo y Baltazar.

Descripciones: ¿Qué palabras se utilizan para describir los personajes, la escena íntima y la social, los espacios, el clima?

Narración: Resuma en pocas palabras la historia narrada.

Lenguaje figurado: Analice la opinión de Baltazar sobre los ricos: «Cómo estarán de jodidos que ya ni siquiera pueden coger rabia», en el contexto de la historia. ¿Qué figuras literarias o tropos se presentan?

Motivo recurrente: Analice el papel de la jaula en la historia.

---

[30]So twisted they can't even afford to get angry

[31]He kept the jukebox going.

[32]Curlews (a type of bird)

[33]*Tenía...* His face was smeared with lipstick

[34]Sprawled

Comunicación

¿Cómo se usan en el cuento la narración y el diálogo? Analice los diálogos entre los personajes en la historia. ¿Quiénes dialogan?

Ejercicios de creación literaria

Continúe la historia hasta el medio día, del día en que concluye la historia.
Establezca una charla sobre lo sucedido en el salón de billar y el cabaret.

■ NOTA SOBRE LA NOVELA DE LA REVOLUCIÓN MEXICANA

Es imposible incluir en este estudio toda la legendaria contribución literaria de México; sin embargo, hay que subrayar la novela prototipo y la primera de la Revolución Mexicana: *Los de abajo* de Mariano Azuela (1873–1952). Médico de profesión, Azuela sobrevivió la política y las guerras de la Revolución hasta que se refugió en el Paso, Texas, donde en 1915, publicó su obra más importante. En ella presenta injusticias sociales y políticas llevadas a cabo durante un periodo irracional, cuando el pueblo se mataba desenfrenadamente.

Los de abajo es un cuadro calidoscópico de episodios sangrientos donde los hombres, por falta de enfoque humanitario, terminan asesinando sin sentido. La novela mantiene un tono pesimista que refleja el fracaso de la Revolución. Tanta muerte se debió a la falta de conciencia colectiva y a venganzas o envidias personales de unos cuantos que sólo buscaban enriquecimiento a través de saqueos y robos. La novela está hilvanada por la figura de Demetrio Macías, el protagonista. La narración es cronológica con un lenguaje directo y sencillo; es una de las grandes joyas literarias de Hispanoamérica.

Juan Rulfo, México, 1918–1986

Uno de los escritores más parcos de la lengua castellana. Se inmortalizó con sólo una colección de cuentos *El llano en llamas* (1953) y una de las más originales novelas del siglo XX, *Pedro Páramo* (1955). En ésta se borran los límites del tiempo; la vida y la muerte están hiladas con la poderosa energía del odio. Rulfo nació en una familia de bien que durante el Porfiriato[35] se vino abajo. Se crió en provincia, pero a los catorce años fue a la Ciudad de México para continuar los estudios.

En la época en que apareció *Pedro Páramo,* Rulfo no era conocido fuera de su círculo literario en Guadalajara donde sí lo era por su incurable vida bohemia y las noches transcurridas en tabernas y cafés, donde se expresaba con mordaz ironía. Se dice que era silencioso desconfiado y observador. *El llano en llamas* es una serie de quince cuentos en los que Rulfo, lacónicamente, presenta un mundo que aparenta normalidad, pero paulatinamente desnuda la violenta existencia de sus personajes en un mundo caótico. El medio ambiente se presenta en un clima de altas temperaturas cuya sequedad refleja no la sequedad física, sino más bien la espiritual. Los cuentos son casi como guiones cinematográficos. Los temas son populares, sencillos y a menudo violentos. Todo aparece entredicho, apenas balbuceado. El lector se ve obligado a colaborar y debe imaginarse lo que el autor ha querido decir.

La prosa de Rulfo es seca como un disparo y sumerge al lector en un mundo surrealista, especialmente en *Pedro Páramo,* donde la única lógica es la del subconsciente. El lenguaje es popular con gran fuerza simplificadora y autenticidad vernacular. El tema está envuelto en misterios, contornos vagos, sucesos inesperados y una atmósfera mágica lograda por narradores oníricos describiendo un mundo inescapablemente fatalista. La narrativa de Rulfo podría resumirse con una frase de Kierkegaard: «La verdad es lo subjetivo: La realidad es un estado de alma». La narrativa de Rulfo es estática y lacónica, no retrata, esquematiza. Él no copia la realidad, sino que subjetivamente escoge elementos realistas para pincelar un panorama humano. Se vale del monólogo interior, el silencio y el soliloquio como lengua cabalística. En algunos cuentos sus personajes son seres cotidianos que viven en planos simultáneos de realidades subjetivas.

[35]Porfirio Diaz (1803–1915) was a general and politician who distinguished himself during the way against the French invasion. He was president three times: in 1876, from 1877 to 1880 and from 1884 to 1911. His dictatorship was one of the reasons that provoked the Mexican revolution.

El cuento *El hombre* desarrolla el milenario tema de la venganza y la crueldad del hombre contra el hombre y ejemplifica lo inútil de perpetuar la milenaria Ley del Talión de la tradición judeocristiana[36]. Este tema se ha trabajado ampliamente en la literatura hispanoamericana, como puede verse en el cuento de García Márquez, *Crónica de una muerte anunciada.*

Rulfo desarrolla el cuento a manera de espejismo por medio de planos laberínticos como los de las pesadillas; la realidad va desdoblada en varios aspectos: Dos hombres, dos crímenes, dos posibles desenlaces; las comillas y la letra en bastardilla ayudan a guiar al lector. El hombre, protagonista genérico, se va desdoblado en José Alcancía y Urquidi. Alcancía, para vengar a su hermano a quien ha matado Urquidi, extermina a toda la familia, pero no a Urquidi. El cuento es la persecución a Alcancía por una laberíntica maraña que se va convirtiendo en su ataúd metafórico. Durante la masacre, Alcancía quedó marcado al perder «el dedo gordo del pie izquierdo». Esto le facilita a Urquidi perseguirlo en esas regiones arenosas.

El cuento expone la irracionalidad de la venganza que se multiplica con cada crimen y al final aniquila. Rulfo, con símbolos como el río, expone lo inescapable del destino y la inevitabilidad del desenlace fatal; también se vale de colores, descripciones inhospitalarias, frío, culebras, telarañas, oscuridad para crear un ambiente de angustia y tensión. Ante lo lúgubre se antepone la vibración de la narración con términos optimistas como cielo, flores, amarillo, sol. La naturaleza es otro símbolo que enriquece la narración; de ella vienen los personajes, en ella se desarrolla la acción, y de ella depende el desenlace del cuento. Para esclarecer el final es importante seguir los símbolos de la bala, «me gusta matar matones... ayudarle a Dios... yo le dejaré ir un balazo en la nuca...» Luego el borreguero le describe a Alcancía al licenciado: «vi... la nuca repleta de agujeros». El desenlace de *El hombre,* como todo lo del cuento, es ambiguo y dualista.

[36]Hammurabi, King of Babylon (1703–1685 B.C.), who instituted the Hammurabi Law, as inspired by the God Sun. This law was later transmitted by the Judeo-Christian tradition in Exodus 21:24: "An eye for an eye and a tooth for a tooth".

EL HOMBRE

Los pies del hombre se hundieron en la arena, dejando una huella sin forma, como si fuera la pezuña de algún animal. Treparon sobre las piedras, engarruñándose al sentir la inclinación de la subida, luego caminaron hacia arriba, buscando el horizonte.

«Pies planos —dijo el que lo seguía—. Y un dedo de menos. Le falta el dedo gordo en el pie izquierdo. No abundan fulanos con estas señas. Así que será fácil».

La vereda subía, entre yerbas, llena de espinas y de malas mujeres. Parecía un camino de hormigas de tan angosto. Subía sin rodeos hacia el cielo. Se perdía allá y luego volvía a aparecer más lejos, bajo un cielo más lejano.

Los pies siguieron la vereda, sin desviarse. El hombre caminó apoyándose en los callos de sus talones, raspando las piedras con las uñas de sus pies, rasguñándose los brazos, deteniéndose en cada horizonte para medir su fin: «*No el mío, sino el de él*», dijo. Y volvió la cabeza para ver quién había hablado.

Ni una gota de aire, sólo el eco de su ruido entre las ramas rotas. Desvanecido a fuerza de ir a tientas, calculando sus pasos, aguantando hasta la respiración: «*Voy a lo que voy*», volvió a decir. Y supo que era él el que hablaba.

«Subió por aquí, rastrillando el monte —dijo el que lo perseguía—. Cortó las ramas con un machete. Se conoce que lo arrastraba el ansia. Y el ansia deja huellas siempre. Eso lo perderá».

Comenzó a perder el ánimo cuando las horas se alargaron y detrás de un horizonte estaba otro y el cerro por donde subía no terminaba. Sacó el machete y cortó las ramas duras como raíces y tronchó la yerba desde la raíz. Mascó un gargajo mugroso y lo arrojó a la tierra con coraje. Se chupó los dientes y volvió a escupir. El cielo estaba tranquilo allá arriba, quieto, trasluciendo sus nubes entre la silueta de los palos guajes[37], sin hojas. No era tiempo de hojas. Era ese tiempo seco y roñoso de espinas y de espigas secas y silvestres. Golpeaba con ansia sobre los matojos con el machete: «*Se amellará con este trabajito, más te vale dejar en paz las cosas*».

Oyó allá atrás su propia voz.

[37]Acacia trees

«Lo señaló su propio coraje —dijo el perseguidor—. Él ha dicho quién es, ahora sólo falta saber dónde está. Terminaré de subir por donde subió, después bajaré por donde bajó, rastreándolo hasta cansarlo. Y donde yo me detenga, allí estará. Se arrodillará y me pedirá perdón. Y yo le dejaré ir un balazo en la nuca... Eso sucederá cuando yo te encuentre».

Llegó al final. Sólo el puro cielo, cenizo, medio quemado por la nublazón de la noche. La tierra se había caído para el otro lado. Miró la casa enfrente de él, de la que salía el último humo del rescoldo. Se enterró en la tierra blanda, recién removida. Tocó la puerta sin querer, con el mango del machete. Un perro llegó y le lamió las rodillas, otro más corrió a su alrededor moviendo la cola. Entonces empujó la puerta sólo cerrada a la noche.

El que lo perseguía dijo: «Hizo un buen trabajo. Ni siquiera los despertó. Debió llegar a eso de la una, cuando el sueño es más pesado; cuando comienzan los sueños; después del ‹Descansen en paz›, cuando se suelta la vida en manos de la noche y cuando el cansancio del cuerpo raspa las cuerdas de la desconfianza y las rompe.»

«*No debí matarlos a todos* —dijo el hombre—. *Al menos no a todos*».

Eso fue lo que dijo.

La madrugada estaba gris, llena de aire frío. Bajó hacia el otro lado, resbalándose por el zacatal[38]. Soltó el machete que llevaba todavía apretado en la mano cuando el frío le entumeció las manos. Lo dejó allí. Lo vio brillar como un pedazo de culebra sin vida, entre las espigas secas.

El hombre bajó buscando el río, abriendo una nueva brecha entre el monte.

Muy abajo el río corre mullendo sus aguas entre sabinos florecidos; meciendo su espesa corriente en silencio. Camina y da vueltas sobre sí mismo. Va y viene como una serpentina enroscada sobre la tierra verde. No hace ruido. Uno podría dormir allí, junto a él, y alguien oiría la respiración de uno, pero no la del río. La yedra baja desde los altos sabinos y se hunde en el agua, junta sus manos y forma telarañas que el río no deshace en ningún tiempo.

El hombre encontró la línea del río por el color amarillo de los sabinos. No lo oía. Sólo lo veía retorcerse bajo las sombras. Vio venir las chachalacas[39]. La tarde anterior se habían ido siguiendo el sol, volando en parvadas detrás de la luz. Ahora el sol estaba por salir y ellas regresaban de nuevo.

Se persignó hasta tres veces. «Discúlpenme», les dijo. Y comenzó su tarea. Cuando llegó al tercero, le salían chorretes de lágrimas. O tal vez era sudor. Cuesta trabajo matar. El cuero es correoso. Se defiende aunque se haga a la resignación. Y el machete estaba mellado: «Ustedes me han de perdonar», volvió a decirles.

«Se sentó en la arena de la playa —eso dijo el que lo perseguía—. Se sentó aquí y no se movió por un largo rato. Esperó a que despejaran las nubes. Pero el sol no salió ese día, ni al siguiente. Me acuerdo. Fue el domingo aquél en que se me murió el recién nacido y fuimos a enterrarlo. No teníamos tristeza, sólo tengo memoria de que el cielo estaba gris y de que las flores que llevamos estaban desteñidas y marchitas como si sintieran la falta del sol».

«El hombre ese se quedó aquí, esperando. Allí estaban sus huellas: el nido que hizo junto a los matorrales; el calor de su cuerpo abriendo un pozo en la tierra húmeda».

«*No debí haberme salido de la vereda* —pensó el hombre—. *Por allá ya hubiera llegado. Pero es peligroso caminar por donde todos caminan, sobre todo llevando este peso que yo llevo. Este peso se ha de ver por cualquier ojo que me mire; se ha de ver como si fuera una hinchazón rara. Yo así lo siento. Cuando sentí que me había cortado un dedo, la gente lo vio y yo no, hasta después. Así ahora, aunque no quiera, tengo que tener alguna señal. Así lo siento, por el peso, o tal vez el esfuerzo me cansó*». Luego añadió: «*No debí matarlos a todos; me hubiera conformado con el que tenía que matar; pero estaba oscuro y los bultos eran iguales... Después de todo, así de a muchos les costará menos el entierro*».

«Te cansarás primero que yo. Llegaré adonde quieres llegar antes que tú estés allí —dijo el que iba detrás de él—. Me sé de memoria tus intenciones, quién eres y de dónde eres y adónde vas. Llegaré antes que tú llegues».

«*Este no es el lugar* —dijo el hombre al ver el río. *Lo cruzaré aquí y luego más allá y quizá salga a la misma orilla. Tengo que estar al otro lado, donde no*

[38]Tall grass

[39]A type of bird of the grouse family

me conocen, donde nunca he estado y nadie sabe de mí; luego caminaré derecho, hasta llegar. De allí nadie me sacará nunca».

Pasaron mas parvadas de chachalacas, graznando con gritos que ensordecían.

«*Caminaré más abajo. Aquí el río se hace un enredijo y puede devolverme a donde no quiero regresar*».

«Nadie te hará daño nunca, hijo. Estoy aquí para protegerte. Por eso nací antes que tú y mis huesos se endurecieron primero que los tuyos». Oía su voz, su propia voz, saliendo despacio de su boca. La sentía sonar como una cosa falsa y sin sentido.

¿Por qué habría dicho aquello? Ahora su hijo se estaría burlando de él. O tal vez no. «Tal vez esté lleno de rencor conmigo por haberlo dejado solo en nuestra última hora. Porque era también la mía; era únicamente la mía. Él vino por mí. No los buscaba a ustedes, simplemente era yo el final de su viaje, la cara que él soñaba ver muerta, restregada contra el lodo, pateada y pisoteada hasta la desfiguración. Igual que lo que yo hice con su hermano; pero lo hice cara a cara, José Alcancía, frente a él y frente a ti y tú nomás llorabas y temblabas de miedo. Desde entonces supe quién eras y cómo vendrías a buscarme. Te esperé un mes, despierto de día y de noche, sabiendo que llegarías a rastras, escondido como una mala víbora. Y llegaste tarde. Y yo también llegué tarde. Llegué detrás de ti. Me entretuvo el entierro del recién nacido. Ahora entiendo. Ahora entiendo por qué se me marchitaron las flores en la mano».

«*No debí matarlos a todos* —iba pensando el hombre—. *No valía la pena echarme ese tercio tan pesado en mi espalda. Los muertos pesan más que los vivos; lo aplastan a uno. Debía de haberlos tentaleado de uno por uno hasta dar con él; lo hubiera conocido por el bigote; aunque estaba oscuro hubiera sabido dónde pegarle antes que se levantara... Después de todo, así estuvo mejor. Nadie los llorará y yo viviré en paz. La cosa es encontrar el paso para irme de aquí antes que me agarre la noche*».

El hombre entró a la angostura del río por la tarde. El sol no había salido en todo el día, pero la luz se había borneado, volteando las sombras; por eso supo que era después del mediodía.

«Estás atrapado —dijo el que iba detrás de él y que ahora estaba sentado a la orilla del río—. Te has metido en un atolladero. Primero haciendo tu fechoría y ahora yendo hacia los cajones, hacia tu propio cajón[40]. No tiene caso que te siga hasta allá. Tendrás que regresar en cuanto te veas encañonado. Te esperaré aquí. Aprovecharé el tiempo para medir la puntería, para saber dónde te voy a colocar la bala. Tengo paciencia y tú no la tienes, así que ésa es mi ventaja. Tengo mi corazón que resbala y da vueltas en su propia sangre, y el tuyo está desbaratado, revenido y lleno de pudrición. Ésa es también mi ventaja. Mañana estarás muerto, o tal vez pasado mañana o dentro de ocho días. No importa el tiempo. Tengo paciencia».

El hombre vio que el río se encajonaba entre altas paredes y se detuvo. «*Tendré que regresar*», dijo.

El río en estos lugares es ancho y hondo y no tropieza con ninguna piedra. Se resbala en un cauce como de aceite espeso y sucio. Y de vez en cuando se traga alguna rama en sus remolinos, sorbiéndola sin que se oiga ningún quejido.

«Hijo —dijo el que estaba sentado esperando—: no tiene caso que te diga que el que te mató está muerto desde ahora. ¿Acaso yo ganaré algo con eso? La cosa es que yo no estuve contigo. ¿De qué sirve explicar nada? No estaba contigo. Eso es todo. Ni con ella. Ni con él. No estaba con nadie; porque el recién nacido no me dejó ninguna señal de recuerdo».

El hombre recorrió un largo tramo río arriba.

En la cabeza le rebotaban burbujas de sangre. «*Creí que el primero iba a despertar a los demás con su estertor, por eso me di prisa*». «Discúlpenme la apuración», les dijo. Y después sintió que el gorgoreo aquel era igual al ronquido de la gente dormida; por eso se puso tan en calma cuando salió a la noche de afuera, al frío de aquella noche nublada.

Parecía venir huyendo. Traía una porción de lodo en las zancas, que ya ni se sabía cuál era el color de sus pantalones.

Lo vi desde que se zambulló en el río. Apechugó el cuerpo y luego se dejó ir corriente abajo, sin manotear, como si caminara pisando en el fondo. Después rebalsó la orilla y puso sus trapos a secar. Lo vi que temblaba de frío. Hacía aire y estaba nublado.

Me estuve asomando desde el boquete de la cerca donde me tenía el patrón al encargo de sus borregos. Volvía y miraba a aquel hombre sin que él se maliciara que alguien lo estaba espiando.

---

[40]Casket

Se apalancó en sus brazos y se estuvo estirando y aflojando su humanidad, dejando orear el cuerpo para que se secara. Luego se enjaretó[41] la camisa y los pantalones agujerados. Vi que no traía machete ni ningún arma. Sólo la pura funda que le colgaba de la cintura, huérfana.

Miró y remiró para todos lados y se fue. Y ya iba yo a enderezarme para arriar mis borregos, cuando lo vi volver con la misma traza de desorientado.

Se metió otra vez al río, en el brazo de en medio, de regreso.

«¿Qué traerá este hombre?» me pregunté.

Y nada. Se echó de vuelta al río y la corriente se soltó zangoloteándolo como un reguilete[42], y hasta por poco y se ahoga. Dio muchos manotazos y por fin no pudo pasar y salió allá abajo, echando buches de agua hasta desentriparse[43].

Volvió a hacer la operación de secarse en pelota y luego arrendó río arriba por el rumbo de donde había venido.

Que me lo dieran ahorita. De saber lo que había hecho lo hubiera apachurrado a pedradas y ni siquiera me entraría el remordimiento.

Ya lo decía yo que era un jüilón[44]. Con sólo verle la cara. Pero no soy adivino, señor licenciado. Sólo soy un cuidador de borregos y hasta si usted quiere algo miedoso cuando da la ocasión. Aunque, como usted dice, lo pude muy bien agarrar desprevenido y una pedrada bien dada en la cabeza lo hubiera dejado allí tieso. Usted ni quién se lo quite que tiene la razón.

Eso que me cuenta de todas las muertes que debía y que acababa de efectuar, no me lo perdono. Me gusta matar matones, créame usted. No es la costumbre; pero se ha de sentir sabroso ayudarle a Dios a acabar con esos hijos del mal.

La cosa es que no todo quedó allí. Lo vi venir de nueva cuenta al día siguiente. Pero yo todavía no sabía nada. ¡De haberlo sabido!

Lo vi venir más flaco que el día antes, con los güesos afuerita del pellejo, con la camisa rasgada. No creí que fuera él, así estaba de desconocido.

Lo conocí por el arrastre de sus ojos: medio duros, como que lastimaban. Lo vi beber agua y luego hacer buches como quien está enjuagándose la boca; pero lo que pasaba era que se había tragado un buen puño de ajolotes[45], porque el charco donde se puso a sorber era bajito y estaba plagado de ajolotes. Debía de tener hambre.

Le vi los ojos, que eran dos agujeros oscuros corno de cueva. Se me arrimó y me dijo: «¿Son tuyas esas borregas?» Y yo le dije que no. «Son de quien las parió», eso le dije. No le hizo gracia la cosa. Ni siquiera peló el diente. Se pegó a la más ovachona[46] de mis borregas y con sus manos como tenazas le agarró las patas y le sorbió el pezón. Hasta acá se oían los balidos del animal; pero él no la soltaba, seguía chupe y chupe hasta que se hastió de mamar. Con decirle que tuve que echarle criolina en las ubres para que se le desinflamaran y no se le fueran a infestar los mordiscos que el hombre le había dado.

¿Dice usted que mató a toditita la familia de los Urquidi? De haberlo sabido lo atajo a puros leñazos.

Pero uno es ignorante. Uno vive remontado en el cerro, sin más trato que los borregos, y los borregos no saben de chismes. Y al otro día se volvió a aparecer. Al llegar yo, llegó él. Y hasta entramos en amistad.

Me contó que no era de por aquí, que era de un lugar muy lejos; pero que no podía andar ya porque le fallaban las piernas: «Camino y camino y no ando nada. Se me doblan las piernas de la debilidad. Y mi tierra está lejos, más allá de aquellos cerros». Me contó que se había pasado dos días sin comer más que puros yerbajos[47]. Eso me dijo.

¿Dice usted que ni piedad le entró cuando mató a los familiares de los Urquidi? De haberlo sabido se habría quedado en juicio y con la boca abierta mientras estaba bebiéndose la leche de mis borregas.

Pero no parecía malo. Me contaba de su mujer y de sus chamacos. Y de lo lejos que estaban de él. Se sorbía los mocos al acordarse de ellos.

Y estaba reflaco, como trasijado. Todavía ayer se comió un pedazo de animal que se había muerto del relámpago. Parte amaneció comida de seguro por las hormigas arrieras y la parte que quedó él la tatemó en las brasas que yo prendía para calentarme las tortillas y le dio fin. Ruñó los güesos hasta dejarlos pelones.

[41] He put on

[42] A pin wheel, popular toy in Mexico

[43] Throwing his guts up

[44] Fugitive

[45] Amphibian of Mexico

[46] Fattest

[47] Weeds

«El animalito murió de enfermedad», le dije yo.

Pero como si ni me oyera. Se lo tragó enterito. Tenía hambre.

Pero dice usted que acabó con la vida de esa gente. De haberlo sabido. Lo que es ser ignorante y confiado. Yo no soy más que borreguero y de ahí en más no sé nada. ¡Con decirle que se comía mis mismas tortillas y que las embarraba en mi mismo plato!

¿De modo que ora que vengo a decirle lo que sé, yo salgo encubridor? Pos ora sí[48]. ¿Y dice usted que me va a meter en la cárcel por esconder a ese individuo? Ni que yo fuera el que mató a la familia esa. Yo sólo vengo a decirle que allí en un charco del río está un difunto. Y usted me alega que desde cuándo y cómo es y de qué modo es ese difunto. Y ora que yo se lo digo, salgo encubridor. Pos ora sí.

Créame usted, señor licenciado, que de haber sabido quién era aquel hombre no me hubiera faltado el modo de hacerlo perdedizo[49]. ¿Pero yo qué sabía? Yo no soy adivino. Él sólo me pedía de comer y me platicaba de sus muchachos, chorreando lágrimas.

Y ahora se ha muerto. Yo creí que había puesto a secar sus trapos entre las piedras del río; pero era él, enterito, el que estaba allí boca abajo, con la cara metida en el agua. Primero creí que se había doblado al empinarse sobre el río y no había podido ya enderezar la cabeza y que luego se había puesto a resollar agua, hasta que le vi la sangre coagulada que le salía por la boca y la nuca repleta de agujeros como si lo hubieran taladrado. Yo no voy a averiguar eso. Sólo vengo a decirle lo que pasó, sin quitar ni poner nada. Soy borreguero y no sé de otras cosas.

COMPRENSIÓN Y ANÁLISIS

Ubique el cuento *El hombre* dentro de la época en que fue escrito y ubique la época dentro del cuento. Comente sobre lo siguiente:

Forma

La estructura de la narración: Busque introducción, desarrollo, momento climático y conclusión. ¿Por qué estaba Urquidi ausente de su casa cuando ocurrió el asesinato? De acuerdo con las palabras de Urquidi: «No estaba contigo... Ni con ella. Ni con él», ¿quiénes fueron asesinados? ¿Sabe el asesino quiénes fueron sus victimas?

El narrador: La estructura de la narración es particular debido a que la voz del narrador cambia durante la historia a través del uso de monólogo. Identifique en la escritura del cuento cuándo intervienen los tres narradores/personajes en la historia. ¿Cuándo habla el hombre, el que lo seguía y el borreguero? ¿Cree que hay otro narrador?

Contenido

El tema: La narración es de tema masculino y realista. Explore estos temas en el cuento. Hay un juego de adivinanzas entre el escritor y el lector sobre la identidad de los personajes, ¿cómo se manifiesta este juego? ¿Cuándo conocemos el nombre del hombre? ¿A qué hora occurió el crimen? ¿A cuántos mató, y por qué a todos? ¿Cuál es el motivo del crimen? ¿Cómo expresa el asesino su culpabilidad? ¿Cómo sabemos que el asesino se quivocó con las víctimas? ¿Según el perseguidor, por qué iba a ser fácil encontrar al asesino?

Los personajes: Marque las entradas de los personajes en el texto. ¿Quiénes son ellos? ¿A quién hablan? ¿Quién es «El hombre»? ¿Quién es el borreguero y a quién habla? ¿Por qué recalca el borreguero que el hombre: «Tenía hambre»? ¿Qué le pasa al asesino finalmente? ¿Por qué vino el borreguero a hablar voluntariamente a la autoridad?

El espacio: ¿Qué lugares específicos se mencionan en la narración? ¿Cómo se describe el terreno? ¿Qué relación tiene la topografía con el tema?

El tiempo: El tratamiento del tiempo en «El hombre» es particular. La cronicidad es alterada mediante *flash backs* que mueven la trama del presente, la persecución, al pasado, la hora del asesinato de los Urquidi, y más atrás, al motivo del triple asesinato. Haga un croquis de este acoso. La historia del borreguero al licenciado sobre su encuentro con el hombre, abre una escena nueva con diferente expresión y lenguaje, busque el momento en qué este cambio sucede. ¿Cuánto tiempo pasa en la historia particularmente desde la noche del asesinato?

La cultura: Conociendo la época en que el cuento fue escrito, ¿es ésta una obra que rompe o acentúa estereotipos sociales de género? Trate de la venganza en cadena de Urquidi a Alcancía, de Alcancía a Urquidi, de Urquidi a Alcancía como presunto

[48] That's really something.

[49] I would have found a way to kill him.

código de honor machista. Analice instancias de la comida, los oficios, las instituciones, las costumbres de esta área rural mexicana.

Lenguaje

Vocabulario del cuento: ¿Qué palabras y símbolos contribuyen a dar a la narración su tono masculino? Analice la frase de Urquidi: «Ahora entiendo porqué se me marchitaron las flores en la mano». Relacione el título con el contenido del cuento.
Descripciones: ¿Cómo se describe la geografía del lugar? ¿Qué importancia tiene en el cuento la topografía? ¿Cómo se describe el clima? Busque algunos ejemplos en el texto.
Narración: Restituya la cronicidad a la historia narrada, es decir ordene los acontecimientos en su orden cronológico.
Lenguaje literario: Estudie la comparación que hace Urquidi entre él y el hombre cuando llega a la angostura del río: «Te has metido en un atolladero», etc.

Comunicación

¿Cómo se presenta en la narración el monólogo? ¿Quiénes monologan? ¿Qué pronombres de tratamiento (tú, usted) usan los personajes para hablarse a sí mismos y para hablar a otros?

Ejercicios de creación literaria

Escriba un epitafio a los muertos en este cuento.
Escriba el cuento desde el punto de vista del licenciado.

Juan José Arreola, México, 1918

Entre los cuentistas mexicanos, además de Rulfo, sobresale Juan José Arreola quien nació en Jalisco. No terminó la escuela primaria. Se convirtió en autodidacta y logró conocimiento enciclopédico. Trabajó toda su vida en variados empleos desde los más humildes, culminando con cátedras de historia y literatura en la universidad. Desde temprana edad desarrolló su amor por el teatro y fue discípulo de Rodolfo Usigli; más tarde estudió en París. En 1945 fundó la revista *Plan* en Guadalajara y allí aparecieron sus primeros cuentos. En 1949 publicó su primera selección de cuentos *Varia invención* y *Confabulario* en 1952. Su única novela *La feria* fue publicada en 1963.

Su prosa va salpicada de humor irónico en el vaivén entre lo absurdo y lo lógico, lo misterioso y lo incongruente, el intelecto y las emociones, lo grotesco y lo cotidiano. Algunos de sus cuentos son fábulas o escenas sociales pero tras de ellas se encuentra el punto de vista del autor quien presenta al hombre y a la naturaleza desdoblándose en grotescas confrontaciones.

En la obra de Arreola, el hombre aparece siempre en una interminable búsqueda ontológica y en vuelos de fantasía y humor. El lector disfruta el rico intelectualismo y las paradojas con que Arreola salpica sus cuentos.

Uno de los cuentos más largos de *Confabulario* es *El guardagujas* que ha recibido extensa y variada crítica. En él, Arreola comparte con el lector sus ideas sobre el materialismo y el existencialismo. Este es un cuento filosófico, escrito en forma mágico realista, empleando un discurso con un narrador de quien nadie sabe de dónde salió ni adónde fue. El aspecto social del cuento es una sátira a los pésimos servicios ferroviarios de México, la corrupción y al automatismo de muchos que viajan–viven sin tener conciencia del viaje. El comentario sobre el servicio de los ferrocarriles es sólo el punto de partida para entrar en paralelos entre la existencia humana y los seres que la viven.

El guardagujas expresa tristeza ante la realidad del ser humano en el siglo XX y por la incapacidad de liberarse del materialismo. El tren es la metáfora del viaje por la vida que no debe desesperar si se viaja existencialmente, ya que el mero hecho de abordar la vida-tren es una hazaña y debe aceptarse como tal.

El cuento también contiene humor negro hasta llegar a lo grotesco, pero sin agresividad. El diálogo es paródico, a veces como si se tratara de diálogo entre sordos. El lenguaje, aunque lógico, rompe los esquemas racionales; un ejemplo es cuando en el viaje los pasajeros tienen que desbaratar el tren y armarlo de nuevo al otro lado del abismo.

En *El guardagujas* la ruta-destino o el destino no es lo más importante sino el mantener el tren andando. Al final del cuento, los actos del guardagujas ponen en duda su propia existencia y dejan incógnitas sobre qué es la realidad y qué papel tenemos en ella. A veces parece una pesadilla de la cual no se logra despertar.

El tono fantástico y los movimientos de baile del guardagujas transmiten el deseo de volver a la naturaleza y a su goce primitivo, lejos de la técnica y de la civilización, como un alegórico regreso al paraíso perdido.

EL GUARDAGUJAS[50]

El forastero llegó sin aliento a la estación desierta. Su gran valija, que nadie quiso cargar, le había fatigado en extremo. Se enjugó el rostro con un pañuelo, y con la mano en visera miró los rieles que se perdían en el horizonte. Desalentado y pensativo consultó su reloj: la hora justa en que el tren debía partir.

Alguien, salido de quien sabe dónde, le dio una palmada muy suave. Al volverse, el forastero se halló ante un viejecillo de vago aspecto ferrocarrilero. Llevaba en la mano una linterna roja, pero tan pequeña, que aparecía de juguete. Miró sonriendo al viajero, y este le dijo ansioso su pregunta:

—Usted perdone, ¿ha salido ya el tren?

—¿Lleva usted poco tiempo en este país?

—Necesito salir inmediatamente. Debo hallarme en T. mañana mismo.

—Se ve que usted ignora por completo lo que ocurre. Lo que debe hacer ahora mismo es buscar alojamiento en la fonda para viajeros

—y señaló un extraño edificio ceniciento que mas bien parecía un presidio.

—Pero yo no quiero alojarme, sino salir en el tren.

—Alquile usted un cuarto inmediatamente, si es que lo hay. En caso de que pueda conseguirlo, contrátelo por mes, le resultará más barato y recibirá mejor atención.

—¿Está usted loco? Yo debo llegar a T. mañana mismo.

—Francamente, debería abandonarlo a su suerte. Sin embargo, le daré unos informes.

—Por favor...

—Este país es famoso por sus ferrocarriles, como usted sabe. Hasta ahora no ha sido posible organizarlos debidamente, pero se han hecho ya grandes cosas en lo que se refiere a la publicación de itinerarios y a la expedición de boletos. Las guías ferroviarias comprenden y enlazan todas las poblaciones de la nación; se expenden boletos hasta para las aldeas más pequeñas y remotas. Falta solamente que los convoyes cumplan las indicaciones contenidas en las guías y que pasen efectivamente por las estaciones. Los habitantes del país así lo esperan; mientras tanto, aceptan las irregularidades del servicio y su patriotismo les impide cualquier manifestación de desagrado.

—Pero, ¿hay un tren que pase por esta ciudad?

—Afirmarlo equivaldría a cometer una inexactitud. Como usted puede darse cuenta, los rieles existen, aunque un tanto averiados. En algunas poblaciones están sencillamente indicados en el suelo, mediante dos rayas de gis[51]. Dadas las condiciones actuales, ningún tren tiene la obligación de pasar por aquí, pero nada impide que eso pueda suceder. Yo he visto pasar muchos trenes en mi vida y conocí algunos viajeros que pudieron abordarlos. Si usted espera convenientemente, tal vez yo mismo tenga el honor de ayudarle a subir a un hermoso y confortable vagón.

—¿Me llevará ese tren a T.?

—¿Y por qué se empeña usted en que ha de ser precisamente a T.? Debería darse por satisfecho si pudiera abordarlo. Una vez en el tren, su vida tomara efectivamente algún rumbo. ¿Qué importa si ese rumbo no es el de T.?

—Es que yo tengo un boleto en regla[52] para ir a T. Lógicamente, debo ser conducido a ese lugar, ¿no es así?

—Cualquiera diría que usted tiene razón. En la fonda para viajeros podrá usted hablar con personas que han tomado sus precauciones, adquiriendo grandes cantidades de boletos. Por regla general, las gentes previsoras compran pasajes para todos los puntos del país. Hay quien ha gastado en boletos una verdadera fortuna...

—Yo creí que para ir a T. me bastaba un boleto. Mírelo usted...

—El próximo tramo de los ferrocarriles nacionales va a ser construido con el dinero de una sola persona que acaba de gastar su inmenso capital en pasajes de ida y vuelta para un trayecto ferroviario cuyos planos, que incluyen extensos túneles y puentes, ni siquiera han sido aprobados por los ingenieros de la empresa.

—Pero el tren que pasa por T., ¿ya se encuentra en servicio?

[50]Switchman

[51]Chalk

[52]In proper form

—Y no sólo ése. En realidad, hay muchísimos trenes en la nación, y los viajeros pueden utilizarlos con relativa frecuencia, pero tomando en cuenta que no se trata de un servicio formal y definitivo. En otras palabras, al subir a un tren, nadie espera ser conducido al sitio que desea.

—¿Cómo es eso?

—En su afán de servir a los ciudadanos, la empresa debe recurrir a ciertas medidas desesperadas. Hace circular trenes por lugares intransitables. Esos convoyes expedicionarios emplean a veces varios años en su trayecto, y la vida de los viajeros sufre algunas transformaciones importantes. Los fallecimientos no son raros en tales casos, pero la empresa, que todo lo ha previsto, añade a esos trenes un vagón capilla ardiente[53] y un vagón cementerio. Es motivo de orgullo para los conductores depositar el cadáver de un viajero —lujosamente embalsamado— en los andenes de la estación que prescribe su boleto. En ocasiones, estos trenes forzados recorren trayectos en que falta uno de los rieles. Todo un lado de los vagones se estremece lamentablemente con los golpes que dan las ruedas sobre los durmientes. Los viajeros de primera —es otra de las previsiones de la empresa— se colocan del lado en que hay riel. Los de segunda padecen los golpes con resignación. Pero hay otros tramos en que faltan ambos rieles; allí los viajeros sufren por igual, hasta que el tren queda totalmente destruido.

—¡Santo Dios!

—Mire usted: la aldea de F. surgió a causa de uno de esos accidentes. El tren fue a dar en un terreno impracticable. Lijadas por la arena, las ruedas se gastaron hasta los ejes. Los viajeros pasaron tanto tiempo juntos, que de las obligadas conversaciones triviales surgieron amistades estrechas. Algunas de esas amistades se transformaron pronto en idilios, y el resultado ha sido F., una aldea progresista llena de niños traviesos que juegan con los vestigios enmohecidos del tren.

—¡Dios mío, yo no estoy hecho para tales aventuras!

—Necesita usted ir templando su ánimo; tal vez llegue usted a convertirse en héroe. No crea que faltan ocasiones para que los viajeros demuestren su valor y sus capacidades de sacrificio. Recientemente, doscientos pasajeros anónimos escribieron una de las páginas más gloriosas en nuestros anales ferroviarios. Sucede que en un viaje de prueba, el maquinista advirtió a tiempo una grave omisión de los constructores de la línea. En la ruta faltaba un puente que debía salvar un abismo. Pues bien, el maquinista, en vez de poner marcha hacia atrás, arengó a los pasajeros y obtuvo de ellos el esfuerzo necesario para seguir adelante. Bajo su enérgica dirección, el tren fue desarmado pieza por pieza y conducido en hombros al otro lado del abismo, que todavía reservaba la sorpresa de contener en su fondo un río caudaloso. El resultado de la hazaña fue tan satisfactorio que la empresa renunció definitivamente a la construcción del puente, conformándose con hacer un atractivo descuento en las tarifas de los pasajeros que se atreven a afrontar esa molestia suplementaria.

—¡Pero yo debo llegar a T. mañana mismo!

¡Muy bien! Me gusta que no abandone usted su proyecto. Se ve que es usted un hombre de convicciones. Alójese por lo pronto en la fonda y tome el primer tren que pase. Trate de hacerlo cuando menos; mil personas estarían para impedírselo. Al llegar un convoy, los viajeros, irritados por una espera demasiado larga, salen de la fonda en tumulto para invadir ruidosamente la estación. Muchas veces provocan accidentes con su increíble falta de cortesía y de prudencia. En vez de subir ordenadamente se dedican a aplastarse unos a otros; por lo menos, se impiden para siempre el abordaje, y el tren se va dejándolos amotinados en los andenes de la estación. Los viajeros agotados y furiosos, maldicen su falta de educación, y pasan mucho tiempo insultándose y dándose golpes.

—¿Y la policía no interviene?

—Se ha intentado organizar un cuerpo de policía en cada estación, pero la imprevisible llegada de los trenes hacía tal servicio inútil y sumamente costoso. Además, los miembros de ese cuerpo demostraron muy pronto su venalidad, dedicándose a proteger la salida exclusiva de pasajeros adinerados que les daban a cambio de ese servicio todo lo que llevaban encima. Se resolvió entonces el establecimiento de un tipo especial de escuelas, donde los futuros viajeros reciben lecciones de urbanidad y un entrenamiento adecuado. Allí se les enseña la manera correcta de abordar un convoy, aunque esté en movimiento y a gran velocidad. También se les proporciona una especie de armadura para evitar que los demás pasajeros les rompan las costillas.

[53] *Vagón...* funeral-chapel car

—¿Pero una vez en el tren, esta uno a cubierto[54] de nuevas dificultades?

—Relativamente. Sólo le recomiendo que se fije muy bien en las estaciones. Podría darse el caso de que usted creyera haber llegado a T., y sólo fuese una ilusión. Para regular la vida a bordo de los vagones demasiado repletos, la empresa se ve obligada a echar mano de ciertos expedientes. Hay estaciones que son pura apariencia: han sido construidas en plena selva y llevan el nombre de alguna ciudad importante. Pero basta poner un poco de atención para descubrir el engaño. Son como las decoraciones del teatro, y las personas que figuran en ellas están llenas de aserrín. Esos muñecos revelan fácilmente los estragos de la intemperie, pero son a veces una perfecta imagen de la realidad: llevan en el rostro las señales de un cansancio infinito.

—Por fortuna, T. no se halla muy lejos de aquí.

—Pero carecemos por el momento de trenes directos. Sin embargo, no debe excluir la posibilidad de que usted llegue mañana mismo, tal como desea. La organización de los ferrocarriles, aunque deficiente, no excluye la posibilidad de un viaje sin escalas. Vea usted, hay personas que ni siquiera se han dado cuenta de lo que pasa. Compran un boleto para ir a T. Llega un tren, suben, y al día siguiente oyen que el conductor anuncia: «Hemos llegado a T.» Sin tomar precaución alguna, los viajeros descienden y se hallan efectivamente en T.

—¿Podría yo hacer alguna cosa para facilitar ese resultado?

—Claro que puede usted. Lo que no se sabe es si le servirá de algo. Inténtelo de todas maneras. Suba usted al tren con la idea fija de que va a llegar a T. No trate a ninguno de los pasajeros. Podrían desilusionarlo con sus historias de viaje, y hasta denunciarlo a las autoridades.

—¿Qué está usted diciendo?

—En virtud del estado actual de las cosas, los trenes viajan llenos de espías. Estos espías, voluntarios en su mayor parte, dedican su vida a fomentar el espíritu constructivo de la empresa. A veces uno no sabe lo que dice y habla solo por hablar. Pero ellos se dan cuenta en seguida de todos los sentidos que puede tener una frase, por sencilla que sea. Del comentario más inocente saben sacar una opinión culpable. Si usted llegara a cometer la menor imprudencia, sería aprehendido sin más; pasaría el resto de su vida en un vagón cárcel o le obligarían a descender en una falsa estación, perdida en la selva. Viaje usted lleno de fe, consuma la menor cantidad posible de alimentos y no ponga los pies en el andén antes de que vea en T. alguna cara conocida.

—Pero yo no conozco en T. a ninguna persona.

—En ese caso redoble usted sus precauciones. Tendrá, se lo aseguro, muchas tentaciones en el camino. Si mira usted por las ventanillas, está expuesto a caer en la trampa de un espejismo. Las ventanillas están provistas de ingeniosos dispositivos que crean toda clase de ilusiones en el ánimo de los pasajeros. No hace falta ser débil para caer en ellas. Ciertos aparatos, operados desde la locomotora, hacen creer, por el ruido y los movimientos, que el tren está en marcha. Sin embargo, el tren permanece detenido semanas enteras, mientras los viajeros ven pasar cautivadores paisajes a través de los cristales.

—¿Y eso qué objeto tiene?

—Todo esto lo hace la empresa con el sano propósito de disminuir la ansiedad de los viajeros y de anular en todo lo posible las sensaciones de traslado. Se aspira a que un día se entreguen plenamente al azar, en manos de una empresa omnipotente, y que ya no les importe saber adónde van ni de dónde vienen.

—Y usted, ¿ha viajado mucho en los trenes?

—Yo, señor, sólo soy guardagujas. A decir verdad, soy un guardagujas jubilado, y sólo aparezco aquí de vez en cuando para recordar los buenos tiempos. No he viajado nunca, ni tengo ganas de hacerlo. Pero los viajeros me cuentan historias. Sé que los trenes han creado muchas poblaciones además de la aldea de F. cuyo origen le he referido. Ocurre a veces que los tripulantes de un tren reciben órdenes misteriosas. Invitan a los pasajeros a que desciendan de los vagones, generalmente con el pretexto de que admiren las bellezas de un determinado lugar. Se les habla de grutas, de cataratas o de ruinas célebres: «Quince minutos para que admiren ustedes la gruta tal o cual», dice amablemente el conductor. Una vez que los viajeros se hallan a cierta distancia, el tren escapa a todo vapor.

—¿Y los viajeros?

—Vagan desconcertados de un sitio a otro durante algún tiempo, pero acaban por congregarse y se establecen en colonia. Estas paradas intempestivas

[54]Protected

se hacen en lugares adecuados, muy lejos de toda civilización y con riquezas naturales suficientes. Allí se abandonan lotes selectos, de gente joven, y sobre todo con mujeres abundantes. ¿No le gustaría a usted pasar sus días en un pintoresco lugar desconocido, en compañía de una muchachita?

El viejecillo hizo un guiño, y se quedó mirando al viajero con picardía, sonriente y lleno de bondad. En ese momento se oyó un silbido lejano. El guardagujas dio un brinco, lleno de inquietud, y se puso a hacer señales ridículas y desordenadas con su linterna.

—¿Es el tren? —preguntó el forastero.

El anciano echó a correr por la vía, desaforadamente. Cuando estuvo a cierta distancia, se volvió para gritar:

—¡Tiene usted suerte! Mañana llegará a su famosa estación. ¿Cómo dice usted que se llama?

—¡X! —contestó el viajero.

En ese momento el viejecillo se disolvió en la clara mañana. Pero el punto rojo de la linterna siguió corriendo y saltando entre los rieles, imprudentemente, al encuentro del tren.

Al fondo del paisaje, la locomotora se acercaba como un ruidoso advenimiento.

COMPRENSIÓN Y ANÁLISIS

Contenido

¿Cómo llegó el forastero a la estación del tren? ¿Por qué estaba fatigado? ¿Qué hora era? ¿Con quién se encontró? ¿Qué llevaba el viejo en la mano? ¿Por qué necesitaba el viajero salir inmediatamente? ¿Cómo sabe el viejo que el viajero lleva poco tiempo en el país? ¿Qué le aconseja que haga? ¿Por cuánto tiempo debería contratar el cuarto y por qué? ¿Por qué es famoso el país? ¿En qué aspecto de los ferrocarriles se han hecho grandes cosas? ¿Para dónde se venden boletos de tren? ¿Qué es lo único que falta? ¿Qué esperan los habitantes del país y por qué no lo logran? ¿Qué hay en otras poblaciones? ¿Qué quiere el viajero? ¿Por qué se venden tantos boletos? ¿Con qué va a ser construido el próximo tramo de los ferrocarriles? ¿Qué deben saber los viajeros? ¿Qué hace la empresa para servir a los pasajeros? ¿Por qué los trenes necesitan un vagón capilla ardiente y otro cementerio? ¿De qué están orgullosos los conductores? ¿Qué trayectos recorren los trenes? ¿Dónde van los pasajeros de primera? ¿Dónde sufren todos los pasajeros? ¿Cómo surgió la aldea de F? ¿Qué hicieron una vez doscientos pasajeros? ¿Qué advirtió el maquinista y qué hizo en vez de dar marcha atrás? ¿Qué ofreció la empresa a los viajeros en vez de construir el puente? ¿Es el viajero un hombre de convicciones? ¿Qué pasa con los pasajeros al abordar el tren? ¿Por qué no hay policías para ayudar con el abordaje? ¿Qué enseñan las escuelas para los futuros pasajeros? ¿Por qué hay que fijarse bien en las estaciones? ¿Cuáles son las estaciones sólo de apariencia? ¿Qué posibilidades puede haber para los horarios deficientes? ¿Qué puede hacer el viajero para facilitar la llegada a su destino? ¿Por qué hay espías en los trenes? ¿Por qué no deben los viajeros mirar por las ventanillas? ¿Qué tienen las ventanillas? ¿Desde dónde están operados los aparatos de las ventanillas? ¿Qué ven pasar los viajeros? ¿Por qué hace esto la empresa? ¿Qué tipo de empleado es el viejo? ¿A qué invitan los tripulantes a los pasajeros? ¿Qué pasa cuando los pasajeros se encuentran a cierta distancia? ¿Qué hacen los viajeros abandonados? ¿Qué ruido interrumpió la conversación? ¿Tiene suerte el viajero? ¿Qué se acercaba al fondo del paisaje?

Los personajes: ¿Por qué no tienen nombres los personajes? ¿Cómo le parecen los diálogos del cuento? ¿A qué niveles socioeconómicos pertenecen los personajes? ¿Cómo se relaciona el cuento con los temas de la vida y la muerte?

El espacio y tiempo: ¿En dónde tiene lugar el cuento? ¿Dónde están T, F, X? ¿Qué significa su localización? ¿Qué hora era al comienzo del cuento? ¿Cuánto tiempo transcurre en el cuento?

La cultura: ¿Cómo contribuye el ambiente narrativo del cuento a la crítica de los ferrocarriles, de la sociedad y de la condición humana? ¿Cómo expone el cuento lo absurdo de la vida y del mundo? ¿Por qué todo parece vago y misterioso?

Lenguaje

¿Qué ideas o palabras contribuyen al desarrollo o estancamiento del cuento? ¿Qué pueden simbolizar: el tren, el forastero, el viejo, el paisaje, las ventanillas? ¿Qué elementos narrativos emplea el escritor? Explique cómo el autor emplea el humor, lo telúrico, la sátira y la ironía. ¿Qué problemas y paradojas presenta el cuento?

Practica oral

Con un compañero, prepare un diálogo, haciendo los papeles del forastero y del viejecillo.

Rosario Ferré, Puerto Rico, 1942

Rosario Ferré nació en Ponce, Puerto Rico, de familia adinerada. Su obra literaria es, en gran parte, su historia personal y la de su familia, ya que ésta tiene que ver también con un contexto histórico más amplio. Su familia paterna está relacionada con el francés Fernando de Lesseps[55], quien se radicó en Cuba. Allí vivió con su segunda familia, ya que la primera se había quedado en Francia. La familia Lesseps prosperó económicamente y se trasladó a Puerto Rico, donde se incorporó a la sociedad de la isla; allá casó a sus hijos con mujeres de la aristocracia terrateniente. El padre de Rosario llegó a ser gobernador de Puerto Rico.

La joven Ferré se especializó en literatura inglesa y latinoamericana en Wellesley College y obtuvo el doctorado en la Universidad de Maryland. Ha sido ganadora en varios concursos de cuentos, y su obra se ha publicado en diferentes revistas del continente. Fue fundadora y directora de una de las revistas literarias más importantes de su país y de América Latina: *Zona de carga y descarga.*

En la literatura puertorriqueña, la presencia de narradoras empezó a partir de los años setenta. Sólo una pequeña nómina se encontraba en los géneros de la poesía y del ensayo; en un contexto cultural más amplio, esta carencia de narradoras era un rasgo de la literatura antillana. En Puerto Rico empezaron a surgir narradoras en décadas recientes, y aunque su número es aún exiguo, marcan la posibilidad de establecer una tradición. Entre las más sobresalientes está Rosario Ferré, quien comenzó a publicar cuentos y poemas a comienzos de los años setenta. Su primer libro, *Papeles de Pandora* (1976), se adscribe al mito de Pandora; el título es muy significativo, ya que abrir la caja implica exponer y revelar, a través de la forma literaria, («papeles») los males y los bienes de la humanidad. *Papeles de Pandora* viene a renovar en nuestro tiempo y en nuestro idioma la verdad de ese mito: los 14 cuentos y los seis poemas narrativos que forman este volumen muestran no sólo la diversidad lingüística de Ferré, sino también su fuerza narrativa; presenta la perversidad del hacer y pensar humano, la pasión deslumbrante y sórdida de la sociedad hispanoamericana y del género humano. *Papeles de Pandora* esparce en nuestra lectura todo el bien y el mal imaginables con una pasión avasallante.

Ferré ha sido una crítica fuerte de las clases adineradas y su aceptación pasiva de los males sociales que el sistema feudal engendra. Uno de los temas más constantes en su narrativa es la decadencia y corrupción de la burguesía. Retrata a la mujer de clase alta como una muñeca que está amarrada por las convenciones y que se casa, no por amor, sino por razones sociales y económicas. Otro tema que Ferré aborda es el problema de la identidad de la mujer, como tal y como escritora. Ella adopta una posición francamente antimachista, y protesta por la situación femenina y la opresión perpetuada por el hombre.

Rosario Ferré ha integrado a la ficción plenitud metafórica e imaginación barroca. Entre sus cuentos sobresale *El medio pollito* (1976), una serie de cuentos para niños. También ha publicado *Los cuentos de Juan Bobo* (1981) y *La mona que le pisaron la cola* (1981). En *Sitio a Eros* (1980) Ferré ha recogido trece ensayos dedicados a literatas, artistas femeninas y cuestiones feministas. *Fábulas de la garza desangrada* (1982) es una colección poética sobre la condición de la mujer.

La temática de *La muñeca menor* gira alrededor del mundo de la burguesía, clase social a la que ella pertenece. También trata la descomposición moral de una sociedad desprovista de valores espirituales, que rinde culto al dinero y a las apariencias sociales. En ese ambiente malsano, la mejor opción para la mujer es casarse.

El cuento evoca recuerdos de *La casa de muñecas* de Ipsen. *La muñeca menor* está inspirado en una historia que le contó una tía cuando Ferré era niña; en la realidad, una prima suya fue abusada por su marido y obligada a vivir con parientes. La joven se dedicó a hacer muñecas, y se enamoró de un médico quien la explotó y le robó su fortuna, mientras le trataba una extraña enfermedad en la pierna.

La muñeca menor es un cuento simbólico y metafórico, en el que se mezclan elementos realistas, mágicos y maravillosos. Su profundo contenido se presta a múltiples interpretaciones. Puede simbolizar

[55]French administrator and diplomat (1805–1894) who built the Suez Canal in 1869. He tried to build the Panama Canal but failed.

la situación de la mujer atrapada en un matrimonio opresivo en el cual ella es sólo un adorno, sin permitírsele libertad ni autonomía. Por su condición femenina, está excluida de toda participación en la estructura patriarcal.

La muñeca es el símbolo más obvio; es un juguete o un elemento decorativo y pertenece al mundo infantil femenino. Es una metáfora de la mujer, reforzada por la metonimia: muñeca menor. La muñeca, como signo cultural, es un objeto híbrido, que oscila entre lo vivo y lo inerte; como tal, sirve de apoyo a los temas relacionados con la metamorfosis y la ambigüedad. Su bipolaridad esencial ha hecho de ella un elemento fundamental en los ritos de diversas culturas; en especial está asociada con ciertos rituales de iniciación. La muñeca se anima a través de la consagración, y se convierte en un signo de poder espiritual.

La mujer como ícono, cosificada estatua-maniquí, conecta la primitiva relación espiritual de los ancestros, con la imagen humana. También la visión doble y polarizada mitológica femenina contiene la vertiente doble de sacralización-desacralización, pasividad-actividad, marido-esposa. En el cuento, la tía y la sobrina van unidas en el ícono de la muñeca.

En la perspectiva económica, la mujer representa un papel en las relaciones de producción y reproducción. Después de «la luna de miel», la pérdida de la castidad y la virginidad, el marido despoja a la muñeca de los «diamantes» y la ciega. La violencia o violación del acto conlleva la desaparición de la muñeca y la falta de identidad de la protagonista. Para la muñeca, la pérdida de los ojos provee la posibilidad de otro tipo de visión. Los ojos se cierran al mundo pero se abren a un mundo interior que se concreta en la presencia de las chágaras.

La crítica social es tácita; se ve la decadencia de la burguesía que añora el pasado; la hija menor es, en conjunto, el final de una estirpe; el padre e hijo ejercen la medicina, que debiera sanar a la gente, pero contradictoriamente, ellos son los violadores del mundo inmóvil y en decadencia.

Hay muchas referencias al agua con su multifacético simbolismo. La crítica social aparece yuxtapuesta a elementos fantásticos y grotescos, creando un ambiente surreal. La tensión comienza con el parásito incrustado en la pierna de la tía, semejante a la pasividad forzada de la mujer, que la condena a una esterilidad en la que sólo puede producir muñecas. El castigo final es la transformación de la sobrina en un objeto grotesco como venganza al esposo.

El lenguaje contribuye al mensaje subversivo que desmitifica la estructura social. Es una especie de guerrilla lingüística que trastorna el orden establecido. Este cuento expone el mito de la natural pasividad femenina y su masoquismo. Algunos críticos comentan sobre el lenguaje atrevido, pero para Ferré, ésta es una herramienta para desafiar los tabúes impuestos a la mujer por el patriarcado.

PAPELES DE PANDORA

LA MUÑECA MENOR

La tía vieja había sacado desde muy temprano el sillón al balcón que daba al cañaveral como hacía siempre que se despertaba con ganas de hacer una muñeca. De joven se bañaba a menudo en el río, pero un día en que la lluvia había recrecido la corriente en cola de dragón había sentido en el tuétano de los huesos una mullida sensación de nieve. La cabeza metida en el reverbero negro de las rocas, había creído escuchar, revolcados con el sonido del agua, los estallidos del salitre sobre la playa y pensó que sus cabellos habían llegado por fin a desembocar en el mar. En ese preciso momento sintió una mordida terrible en la pantorrilla. La sacaron del agua gritando y se la llevaron a la casa en parihuelas[56] retorciéndose de dolor.

El médico que la examinó aseguró que no era nada, probablemente había sido mordida por una chágara[57] viciosa. Sin embargo pasaron los días y la llaga no cerraba. Al cabo de un mes el médico había llegado a la conclusión de que la chágara se había introducido dentro de la carne blanda de la pantorrilla, donde había evidentemente comenzado a engordar. Indicó que le aplicaran un sinapismo[58] para que el calor la obligara a salir. La tía estuvo una semana con la pierna rígida, cubierta de mostaza desde el tobillo hasta el muslo, pero al finalizar el tratamiento se descubrió que la llaga se había

[56]On a stretcher

[57]River prawn

[58]Mustard plaster

abultado aún más, recubriéndose de una sustancia pétrea[59] y limosa que era imposible tratar de remover sin que peligrara toda la pierna. Entonces se resignó a vivir para siempre con la chágara enroscada dentro de la gruta de su pantorrilla.

Había sido muy hermosa, pero la chágara que escondía bajo los largos pliegues de gasa de sus faldas la había despojado de toda vanidad. Se había encerrado en la casa rehusando a todos sus pretendientes. Al principio se había dedicado a la crianza de las hijas de su hermana, arrastrando por toda la casa la pierna monstruosa con bastante agilidad. Por aquella época la familia vivía rodeada de un pasado que dejaba desintegrar a su alrededor con la misma impasible musicalidad con que la lámpara de cristal del comedor se desgranaba a pedazos sobre el mantel raído de la mesa. Las niñas adoraban a la tía. Ella las peinaba, las bañaba y les daba de comer. Cuando les leía cuentos se sentaban a su alrededor y levantaban con disimulo el volante almidonado de su falda para oler el perfume de guanábana[60] madura que supuraba la pierna en estado de quietud.

Cuando las niñas fueron creciendo la tía se dedicó a hacerles muñecas para jugar. Al principio eran sólo muñecas comunes, con carne de guata[61] de higuera[62] y ojos de botones perdidos. Pero con el pasar del tiempo fue refinando su arte hasta ganarse el respeto y la reverencia de toda la familia. El nacimiento de una muñeca era siempre motivo de regocijo sagrado, lo cual explicaba el que jamás se les hubiese ocurrido vender una de ellas, ni siquiera cuando las niñas eran ya grandes y la familia comenzaba a pasar necesidad. La tía había ido agrandando el tamaño de las muñecas de manera que correspondieran a la estatura y a las medidas de cada una de las niñas. Como eran nueve y la tía hacía una muñeca de cada niña por año, hubo que separar una pieza de la casa para que la habitasen exclusivamente las muñecas. Cuando la mayor cumplió diez y ocho años había ciento veintiséis muñecas de todas las edades en la habitación. Al abrir la puerta, daba la sensación de entrar en un palomar, o en el cuarto de muñecas del palacio de las tzarinas, o en un almacén donde alguien había puesto a madurar una larga hilera de hojas de tabaco. Sin embargo, la tía no entraba en la habitación por ninguno de estos placeres, sino que echaba el pestillo a la puerta e iba levantando amorosamente cada una de las muñecas canturreándoles mientras las mecía: Así eras cuando tenías un año, así cuando tenías dos, así cuando tenías tres, reviviendo la vida de cada una de ellas por la dimensión del hueco que le dejaban entre los brazos.

El día que la mayor de las niñas cumplió diez años la tía se sentó en el sillón frente al cañaveral y no se volvió a levantar jamás. Se balconeaba días enteros observando los cambios de agua de las cañas y sólo salía de su sopor cuando la venía a visitar el doctor o cuando se despertaba con ganas de hacer una muñeca. Comenzaba entonces a clamar para que todos los habitantes de la casa viniesen a ayudarla. Podía verse ese día a los peones de la hacienda haciendo constantes relevos al pueblo como alegres mensajeros incas, a comprar cera, a comprar barro de porcelana, encajes, agujas, carretes de hilos de todos los colores. Mientras se llevaban a cabo estas diligencias, la tía llamaba a su habitación a la niña con la que había soñado esa noche y le tomaba las medidas. Luego le hacía una mascarilla de cera que cubría de yeso por ambos lados como una cara viva dentro de dos caras muertas; luego hacía salir un hililo rubio interminable por un hoyito en la barbilla. La porcelana de las manos era siempre translúcida; tenía un ligero tinte marfileño que contrastaba con la blancura granulada de las caras de biscuit. Para hacer el cuerpo, la tía enviaba al jardín por veinte higueras relucientes. Las cogía con una mano y con un movimiento experto de la cuchilla las iba rebanando una a una en cráneos relucientes de cuero verde. Luego las inclinaba en hilera contra la pared del balcón, para que el sol y el aire secaran los cerebros algodonosos de guano[63] gris. Al cabo de algunos días raspaba el contenido con una cuchara y lo iba introduciendo con infinita paciencia por la boca de la muñeca. Lo único que la tía transigía en utilizar en la creación de las muñecas sin que estuviese hecho por ella, eran las bolas de los ojos. Se los enviaban por correo desde Europa en todos los colores, pero la tía

[59]Stonelike

[60]Soursop, a tropical fruit

[61]Paunch, belly

[62]Cottonlike stuffing

[63]Seabird manure

los consideraba inservibles hasta no haberlos dejado sumergidos durante un número de días en el fondo de la quebrada para que aprendiesen a reconocer el más leve movimiento de las antenas de las chágaras. Sólo entonces los lavaba con agua de amoniaco y los guardaba, relucientes como gemas, colocados sobre camas de algodón, en el fondo de una lata de galletas holandesas. El vestido de las muñecas no variaba nunca, a pesar de que las niñas iban creciendo. Vestía siempre a las más pequeñas de tira bordada y a las mayores de broderí[64], colocando en la cabeza de cada una el mismo lazo abullonado y trémulo de pecho de paloma. Las niñas empezaron a casarse y a abandonar la casa. El día de la boda la tía les regalaba a cada una la última muñeca dándoles un beso en la frente y diciéndoles con una sonrisa: «Aquí tienes tu Pascua de Resurrección». A los novios los tranquilizaba asegurándoles que la muñeca era sólo una decoración sentimental que solía colocarse sentada, en las casas de antes, sobre la cola del piano. Desde lo alto del balcón la tía observaba a las niñas bajar por última vez las escaleras de la casa sosteniendo en una mano la modesta maleta a cuadros de cartón y pasando el otro brazo alrededor de la cintura de aquella exuberante muñeca hecha a su imagen y semejanza, calzada con zapatillas de ante, faldas de bordados nevados y pantaletas de valenciennes[65]. Las manos y la cara de estas muñecas, sin embargo, se notaban menos transparentes, tenían la consistencia de la leche cortada. Esta diferencia encubría otra más sutil: la muñeca de boda no estaba jamás rellene de guata, sino de miel.

Ya se habían casado todas las niñas y en la casa quedaba sólo la más joven cuando el doctor hizo a la tía la visita mensual acompañado de su hijo que acababa de regresar de sus estudios de medicina en el norte. El joven levantó el volante de la falda almidonado y se quedó mirando aquella inmensa vejiga abotagada que manaba una esperma perfumada por la punta de sus escamas verdes. Sacó su estetoscopio y la auscultó[66] cuidadosamente. La tía pensó que auscultaba la respiración de la chágara para verificar si todavía estaba viva, y cogiéndole la mano con cariño se la puso sobre un lugar determinado para que palpara el movimiento constante de las antenas. El joven dejó caer la falda y miró fijamente al padre. Usted hubiese podido haber curado esto en sus comienzos, le dijo. Es cierto, contestó el padre, pero yo sólo quería que vinieras a ver la chágara que te había pagado los estudios durante veinte años.

En adelante fue el joven médico quien visitó mensualmente a la tía vieja. Era evidente su interés por la menor y la tía pudo comenzar su última muñeca con amplia anticipación. Se presentaba siempre con el cuello almidonado, los zapatos brillantes y el ostentoso alfiler de corbata oriental del que no tiene donde caerse muerto. Luego de examinar a la tía se sentaba en la sala recostando su silueta de papel dentro de un marco ovalado, a la vez que le entregaba a la menor el mismo ramo de siemprevivas moradas. Ella le ofrecía galletitas de jengibre[67] y cogía el ramo quisquillosamente con la punta de los dedos como quien coge el estómago de un erizo vuelto al revés. Decidió casarse con él porque le intrigaba su perfil dormido, y porque ya tenía ganas de saber cómo era por dentro la carne de delfín.

El día de la boda la menor se sorprendió al coger la muñeca por la cintura y encontrarla tibia, pero lo olvidó en seguida, asombrada ante su excelencia artística. Las manos y la cara estaban confeccionadas con delicadísima porcelana de Mikado. Reconoció en la sonrisa entreabierta y un poco triste la colección completa de sus dientes de leche. Había, además, otro detalle particular: la tía había incrustado en el fondo de las pupilas de los ojos sus dormilonas de brillantes.

El joven médico se la llevó a vivir al pueblo, a una casa encuadrada dentro de un bloque de cemento. La obligaba todos los días a sentarse en el balcón, para que los que pasaban por la calle supiesen que él se había casado en sociedad. Inmóvil dentro de su cubo de calor, la menor comenzó a sospechar que su marido no sólo tenía el perfil de silueta de papel sino también el alma. Confirmó sus sospechas al poco tiempo. Un día él sacó los ojos a la muñeca con la punta del bisturí y los empeñó por un lujoso reloj de cebolla[68] con una larga leontina[69]. Desde entonces la muñeca siguió sentada sobre la cola del piano, pero con los ojos bajos.

[64]Silk guipure

[65]French lace made in Valencia

[66]Examined

[67]Ginger

[68]Pocket watch

[69]Watch chain

A los pocos meses el joven médico notó la ausencia de la muñeca y le preguntó a la menor qué había hecho con ella. Una cofradía de señoras piadosas le había ofrecido una buena suma por la cara y las manos de porcelana para hacerle un retablo a la Verónica en la próxima procesión de Cuaresma. La menor le contestó que las hormigas habían descubierto por fin que la muñeca estaba rellena de miel y en una sola noche se la habían devorado. «Como las manos y la cara eran de porcelana de Mikado, dijo, seguramente las hormigas las creyeron hechas de azúcar, y en este preciso momento deben de estar quebrándose los dientes, royendo con furia dedos y párpados en alguna cueva subterránea». Esa noche el médico cavó toda la tierra alrededor de la casa sin encontrar nada.

Pasaron los años y el médico se hizo millonario. Se había quedado con toda la clientela del pueblo, a quienes no les importaba pagar honorarios exorbitantes para poder ver de cerca a un miembro legítimo de la extinta aristocracia cañera[70]. La menor seguía sentada en el balcón, inmóvil dentro de sus gasas y encajes, siempre con los ojos bajos. Cuando los pacientes de su marido, colgados de collares, plumachos y bastones, se acomodaban cerca de ella removiendo los rollos de sus carnes satisfechas con un alboroto de monedas, percibían a su alrededor un perfume particular que les hacía recordar involuntariamente la lenta supuración de una guanábana. Entonces les entraban a todos unas ganas irresistibles de restregarse las manos como si fueran patas. Una sola cosa perturbaba la felicidad del médico. Notaba que mientras él se iba poniendo viejo, la menor guardaba la misma piel aporcelanada y dura que tenía curando la iba a visitar a la casa del cañaveral. Una noche decidió entrar en su habitación para observarla durmiendo. Notó que su pecho no se movía. Colocó delicadamente el estetoscopio sobre su corazón y oyó un lejano rumor de agua. Entonces la muñeca levantó los párpados y por las cuencas vacías de los ojos comenzaron a salir las antenas furibundas de las chágaras.

COMPRENSIÓN Y ANÁLISIS

Ubique el cuento *La muñeca menor* dentro de la época en que fue escrito. Comente sobre lo siguiente:

[70]Sugarcane aristocracy

Forma

Orden de la narración: Orden cronológico de los acontecimientos de la historia.
La estructura del cuento: Busque introducción, desarrollo, momento climático y conclusión.
El narrador: Analice los pronombres de los verbos en los dos párrafos introductorios. ¿Es el narrador externo (tercera persona) o interno (primera persona) con respecto a los hechos narrados? ¿Cambia o se mantiene esta estructura del narrador durante la historia? ¿Qué llegamos a saber sobre la actitud del narrador a través de la historia?

Contenido

El tema: Comente sobre la función de la venganza en la historia. Trate sobre la importancia de la ética en el ejercicio de una profesión.
Los personajes: ¿Quiénes y cómo son los personajes centrales? ¿Cuál es la relación entre ellos? ¿A qué trabajo se dedican? ¿Qué distingue a la familia de la tía vieja? Analice el papel de la tía vieja en la crianza de sus sobrinas.
El espacio: Hable sobre los espacios públicos e íntimos en que se desarrolla el cuento.
El tiempo: ¿Cuánto tiempo pasó entre la mordida en la pantorrilla de la tía y el cambio de médico? ¿Si al cumplir la mayor dieciocho años había 126 muñecas, cuántos años tenían las otras niñas? ¿Cuánto tiempo ha pasado la tía sentada en el sillón sin pararse cuando cambia de médico? ¿En cuánto tiempo aproximadamente se desarrolla la historia completa? Estudie los verbos en el cuento y diga qué tiempos usa la narradora en su historia.
La cultura: Analice el papel del matrimonio en la vida de esta familia de mujeres. Conociendo la época en que el cuento fue escrito, diga si habla sobre rompimiento o perpetuación de estereotipos sociales de clase o género. Comente sobre el papel de la hermana menor y cómo se habla de ella y compárelo con el papel del hijo del doctor.
¿Cuál es la relación del título con el contenido del cuento?

Lenguaje

Vocabulario del cuento: ¿Qué palabras contribuyen a darle al cuento características de realismo maravilloso? ¿Con qué palabras se describen los materiales para las muñecas?

Descripciones: ¿Qué palabras se utilizan para describir los personajes, la escena íntima y la social?
Narración: Resuma en pocas palabras la historia narrada.
Lenguaje figurado: Analice el papel del agua en el tono rumoroso del cuento. ¿Qué figuras literarias o tropos se presentan?
Motivo recurrente: Estudie las chágaras como motivo del cuento. Estudie su relación con la chakras hindúes.

Comunicación

¿Qué se usa más en el cuento, la narración o el diálogo?
¿Cómo se usan los pronombres de tratamiento (tú, usted) en las relaciones entre los personajes?

Ejercicios de creación literaria

Narre cómo la muñeca toma el papel de la menor, sin que el marido se entere.
Escriba un monólogo sobre la venganza que la muñeca planea para su marido dictatorial.

Isabel Allende, Chile, 1942

La escritora latinoamericana más leída hoy en día, Isabel Allende, nos cuenta que nació en Perú, «por accidente», pero muy pequeñita regresó con su familia a Chile. Su padre era diplomático y esto le proporcionó estadías en el exterior. El Líbano le inspiró lo que años más tarde publicaría con los títulos *Eva Luna* y *Cuentos de Eva Luna.*

Después de desempeñarse como periodista, y a raíz del autoexilio impuesto ante el asesinato de su tío Salvador Allende[71] en 1973, Isabel y su familia se radicaron en Venezuela. Allí, con la esperanza de exorcizar las vivencias de la dictadura de Augusto Pinochet, Isabel escribió su primera novela *La casa de los espíritus.* Ésta la puso a la par de los narradores del *Boom,* y la crítica la ha elogiado comparándola con García Márquez. Al éxito resonante de su primera novela siguió *De amor y de sombra.* Sus libros fueron prohibidos en Chile bajo la dictadura del general Pinochet. En 1994, bajo un régimen más democrático, Isabel fue honrada con el premio *Orden al mérito Gabriela Mistral.* Fue la primera mujer en recibir tal honor.

En 1988, en una gira por estados Unidos, Isabel conoció a un abogado californiano quien se convirtió en su segundo esposo. Ya residiendo en San Francisco, Isabel escribió *El plan infinito.* En 1992, mientras Isabel velaba al lado de su única hija en estado de coma, empezó a escribirle una carta; después del trágico fallecimiento de la joven, Isabel la inmortalizó con su obra *Paula.* Su última obra *Afrodita: Cuentos, recetas y otros afrodisíacos* es ya un best seller.

A pesar de su clase burguesa, la narrativa de Allende es una de denuncia y alianza con los oprimidos, perseguidos y marginados. Con un humor picante, Isabel crea personajes inolvidables, especialmente mujeres; mujeres protagonistas, fuertes, amorosas y con voz propia. Sus libros están traducidos a más de veintiocho idiomas.

«De barro estamos hechos», el último de los *Cuentos de Eva Luna,* basado en un hecho real, recuenta la tragedia de una niña, Azucena, que sobrevivió por dos días y tres noches la catastrófica avalancha del volcán del Ruiz en Colombia en 1987, en la cual murieron más de treinta mil personas. Este cuento reitera uno de los temas recurrentes en la narrativa de Allende: el poder transformador del amor.

Según Allende, el escribir le permite dejar constancia de la historia individual, que de otra forma desaparecería con el tiempo. Ella es la voz de la mujer en busca de amor, justicia y reconciliación.

A pesar de tratar temas dolorosos, la narrativa de Allende va arrullada por optimismo y esperanza. Su estilo incluye el generoso empleo de paradojas, hipérboles, yuxtaposición sincrónica de elementos reales y mágicos; sazona su narrativa con inesperado humor y picardía.

«De barro estamos hechos» evoca la enseñanza bíblica **Polvo somos y en polvo nos convertiremos**; culpa a la burocracia y alude a la indigencia de la gente, pues la tragedia de la inocente Azucena sucedió por falta de una simple bomba para sacar agua.

El arquetípico título y el empleo de nosotros, hace al lector partícipe de la catástrofe, de la esperpéntica realidad hispanoamericana y de la impotencia humana ante el poder de la naturaleza.

[71]The first Socialist President elected democratically in Latin America

CUENTOS DE EVA LUNA

DE BARRO ESTAMOS HECHOS

Descubrieron la cabeza de la niña asomada en el lodazal, con los ojos abiertos, llamando sin voz. Tenía un nombre de Primera Comunión, Azucena. En aquel interminable cementerio, donde el olor de los muertos atraía a los buitres más remotos y donde los llantos de los huérfanos y los lamentos de los heridos llenaban el aire, esa muchacha obstinada en vivir se convirtió en el símbolo de la tragedia. Tanto transmitieron las cámaras la visión insoportable de su cabeza brotando del barro, como una negra calabaza, que nadie se quedó sin conocerla ni nombrarla. Y siempre que la vimos aparecer en la pantalla, atrás estaba Rolf Carlé, quien llegó al lugar atraído por la noticia, sin sospechar que allí encontraría un trozo de su pasado, perdido treinta años atrás.

Primero fue un sollozo subterráneo que remeció los campos de algodón, encrespándolos como una espumosa ola. Los geólogos habían instalado sus máquinas de medir con semanas de anticipación y ya sabían que la montaña había despertado otra vez. Desde hacía mucho pronosticaban que el calor de la erupción podía desprender los hielos eternos de las laderas del volcán, pero nadie hizo caso de esas advertencias, porque sonaban a cuento de viejas. Los pueblos del valle continuaron su existencia sordos a los quejidos de la tierra, hasta la noche de ese miércoles de noviembre aciago, cuando un largo rugido anunció el fin del mundo y las paredes de nieve se desprendieron, rodando en un alud de barro, piedras y agua que cayó sobre las aldeas, sepultándolas bajo metros insondables de vómito telúrico. Apenas lograron sacudirse la parálisis del primer espanto, los sobrevivientes comprobaron que las casas, las plazas, las iglesias, las blancas plantaciones de algodón, los sombríos bosques del café y los potreros de los toros sementales habían desaparecido. Mucho después, cuando llegaron los voluntarios y los soldados a rescatar a los vivos y sacar la cuenta de la magnitud del cataclismo, calcularon que bajo el lodo había más de veinte mil seres humanos y un número impreciso de bestias, pudriéndose en un caldo viscoso. También habían sido derrotados los bosques y los ríos y no quedaba a la vista sino un inmenso desierto de barro.

Cuando llamaron del Canal en la madrugada, Rolf Carlé y yo estábamos juntos. Salí de la cama aturdida de sueño y partí a preparar café mientras él se vestía de prisa. Colocó sus elementos de trabajo en la bolsa de lona verde que siempre llevaba, y nos despedimos como tantas otras veces. No tuve ningún presentimiento. Me quedé en la cocina sorbiendo mi café y planeando las horas sin él, segura de que al día siguiente estaría de regreso.

Fue de los primeros en llegar, porque mientras otros periodistas se acercaban a los bordes del pantano en jeeps, en bicicletas, a pie, abriéndose camino cada uno como mejor pudo, él contaba con el helicóptero de la televisión y pudo volar por encima del alud. En las pantallas aparecieron las escenas captadas por la cámara de su asistente, donde él se veía sumergido hasta las rodillas, con un micrófono en la mano, en medio de un alboroto de niños perdidos, de mutilados, de cadáveres y de ruinas. El relato nos llegó con su voz tranquila. Durante años lo había visto en los noticiarios, escarbando en batallas y catástrofes, sin que nada le detuviera, con una perseverancia temeraria, y siempre me asombró su actitud de calma ante el peligro y el sufrimiento, como si nada lograra sacudir su fortaleza ni desviar su curiosidad. El miedo parecía no rozarlo, pero él me había confesado que no era hombre valiente, ni mucho menos. Creo que el lente de la máquina tenía un efecto extraño en él, como si lo transportara a otro tiempo, desde el cual podía ver los acontecimientos sin participar realmente en ellos. Al conocerlo más comprendí que esa distancia ficticia lo mantenía a salvo de sus propias emociones.

Rolf Carlé estuvo desde el principio junto a Azucena. Filmó a los voluntarios que la descubrieron y a los primeros que intentaron aproximarse a ella, su cámara enfocaba con insistencia a la niña, su cara morena, sus grandes ojos desolados, la maraña compacta de su pelo. En ese lugar el fango era denso y había peligro de hundirse al pisar. Le lanzaron una cuerda, que ella no hizo empeño en agarrar, hasta que le gritaron que la cogiera, entonces sacó una mano y trató de moverse, pero en seguida se sumergió más. Rolf soltó su bolsa y el resto de su equipo y avanzó en el pantano, comentando para el micrófono de su ayudante que hacía frío y que ya comenzaba la pestilencia de los cadáveres.

—Cómo te llamas? —le preguntó a la muchacha y ella le respondió con su nombre de flor. —No te muevas, Azucena —le ordenó Rolf Carlé y siguió hablándole sin pensar qué decía, sólo para distraerla, mientras se arrastraba lentamente con el barro hasta la cintura. El aire a su alrededor parecía tan turbio como el lodo.

Por ese lado no era posible acercarse, así es que retrocedió y fue a dar un rodeo por donde el terreno parecía más firme. Cuando al fin estuvo cerca tomó la cuerda y se la amarró bajo los brazos, para que pudieran izarla. Le sonrió con esa sonrisa suya que le achica los ojos y lo devuelve a la infancia, le dijo que todo iba bien, ya estaba con ella, en seguida la sacarían. Les hizo seña a los otros para que halaran, pero apenas se tensó la cuerda la muchacha gritó. Lo intentaron de nuevo y aparecieron sus hombros y sus brazos, pero no pudieron moverla más, estaba atascada. Alguien sugirió que tal vez tenía las piernas comprimidas entre las ruinas de su casa, y ella dijo que no eran sólo escombros, también la sujetaban los cuerpos de sus hermanos, aferrados a ella.

—No te preocupes, vamos a sacarte de aquí —le prometió Rolf. A pesar de las fallas de transmisión, noté que la voz se le quebraba y me sentí tanto más cerca de él por eso. Ella lo miró sin responder.

En las primeras horas Rolf Carlé agotó todos los recursos de su ingenio para rescatarla. Luchó con palos y cuerdas, pero cada tirón era un suplicio intolerable para la prisionera. Se le ocurrió hacer una palanca con unos palos, pero eso no dio resultado y tuvo que abandonar también esa idea. Consiguió un par de soldados que trabajaron con él durante un rato, pero después lo dejaron solo, porque muchas otras víctimas reclamaban ayuda. La muchacha no podía moverse y apenas lograba respirar, pero no parecía desesperada, como si una resignación ancestral le permitiera leer su destino. El periodista, en cambio, estaba decidido a arrebatársela a la muerte. Le llevaron un neumático, que colocó bajo los brazos de ella como un salvavidas y luego atravesó una tabla cerca del hoyo para apoyarse y así alcanzarla mejor. Como era imposible remover los escombros a ciegas, se sumergió un par de veces para explorar ese infierno, pero salió exasperado, cubierto de lodo, escupiendo piedras. Dedujo que se necesitaba una bomba para extraer el agua y envió a solicitarla por radio, pero volvieron con el mensaje de que no había transporte y no podrían enviarla hasta la mañana siguiente.

—No podemos esperar tanto! —reclamó Rolf Carlé, pero en aquel zafarrancho nadie se detuvo a compadecerlo. Habrían de pasar todavía muchas horas más antes de que él aceptara que el tiempo se había estancado y que la realidad había sufrido una distorsión irremediable.

Un médico militar se acercó a examinar a la niña y afirmó que su corazón funcionaba bien y que si no se enfriaba demasiado podría resistir esa noche.

—Ten paciencia, Azucena, mañana traerán la bomba —trató de consolarla Rolf Carlé.

—No me dejes sola —le pidió ella.

—No, claro que no.

Les llevaron café y él se lo dio a la muchacha, sorbo a sorbo. El líquido caliente la animó y empezó a hablar de su pequeña vida, de su familia y de la escuela, de cómo era ese pedazo de mundo antes de que reventara el volcán. Tenía trece años y nunca había salido de los límites de su aldea. El periodista, sostenido por un optimismo prematuro, se convenció de que todo terminaría bien, llegaría la bomba, extraerían el agua, quitarían los escombros y Azucena sería trasladada en helicóptero a un hospital, donde se repondría con rapidez y donde él podría visitarla llevándole regalos. Pensó que ya no tenía edad para muñecas y no supo qué le gustaría, tal vez un vestido. No entiendo mucho de mujeres, concluyó divertido, calculando que había tenido muchas en su vida, pero ninguna le había enseñado esos detalles. Para engañar las horas comenzó a contarle sus viajes y sus aventuras de cazador de noticias, y cuando se le agotaron los recuerdos echó mano de la imaginación para inventar cualquier cosa que pudiera distraerla. En algunos momentos ella dormitaba pero él seguía hablándole en la oscuridad, para demostrarle que no se había ido y para vencer el acoso de la incertidumbre. Esa fue una larga noche.

A muchas millas de allí, yo observaba en una pantalla a Rolf Carlé y a la muchacha. No resistí la espera en la casa y me fui a la Televisora Nacional, donde muchas veces pasé noches enteras con él editando programas. Así estuve cerca suyo y pude asomarme a lo que vivió en esos tres días definitivos. Acudí a cuanta gente importante existe en la ciudad, a los senadores de la República, a los generales de las Fuerzas Armadas, al embajador norteamericano y al presidente de la Compañía de Petróleos, rogándoles por una bomba para extraer el barro, pero sólo obtuve vagas promesas. Empecé a pedirla con urgencia por radio y televisión, a ver si alguien podía ayudarnos. Entre llamadas corría al centro de recepción para no perder las imágenes del satélite, que llegaban a cada rato con nuevos detalles de la catástrofe. Mientras los periodistas seleccionaban las escenas de más impacto para el noticiario, yo buscaba aquellas donde aparecía el pozo de Azucena. La pantalla reducía el desastre a un solo plano y acentuaba la tremenda distancia que me separaba de Rolf Carlé, sin embargo yo estaba con él, cada padecimiento de la niña me dolía como a él, sentía su misma frustración, su misma impotencia. Ante la imposibilidad de comunicarme con él, se me ocurrió el recurso fantástico de concentrarme para alcanzarlo con la fuerza del pensamiento y así darle ánimo. Por momentos me aturdía en una frenética e inútil actividad, a ratos me agobiaba la lástima y me echaba a llorar, y otras veces me vencía el cansancio y creía estar mirando por un telescopio la luz de una estrella muerta hace un millón de años.

En el primer noticiario de la mañana vi aquel infierno, donde flotaban cadáveres de hombres y animales arrastrados por las aguas de nuevos ríos, formados en una sola noche por la nieve derretida. Del lodo sobresalían las copas de algunos árboles y el campanario de una iglesia, donde varias personas habían encontrado refugio y esperaban con paciencia a los equipos de rescate. Centenares de soldados y de voluntarios de la Defensa Civil intentaban remover escombros en busca de los sobrevivientes, mientras largas filas de espectros en harapos esperaban su turno para un tazón de caldo. Las cadenas de radio informaron que sus teléfonos estaban congestionados por las llamadas de familias que ofrecían albergue a los niños huérfanos. Escaseaban el agua para beber, la gasolina y los alimentos. Los médicos, resignados a amputar miembros sin anestesia, reclamaban al menos sueros, analgésicos y antibióticos, pero la mayor parte de los caminos estaban interrumpidos y además la burocracia retardaba todo. Entretanto el barro contaminado por los cadáveres en descomposición, amenazaba de peste a los vivos. Azucena temblaba apoyada en el neumático que la sostenía sobre la superficie. La inmovilidad y la tensión la habían debilitado mucho, pero se mantenía consciente y todavía hablaba con voz perceptible cuando le acercaban un micrófono. Su tono era humilde, como si estuviera pidiendo perdón por causar tantas molestias. Rolf Carlé tenía la barba crecida y sombras oscuras bajo los ojos, se veía agotado. Aun a esa enorme distancia pude percibir la calidad de ese cansancio, diferente a todas las fatigas anteriores de su vida. Había olvidado por completo la cámara, ya no podía mirar a la niña a través de un lente. Las imágenes que nos llegaban no eran de su asistente, sino de otros periodistas que se habían adueñado de Azucena, atribuyéndole la patética responsabilidad de encarnar el horror de lo ocurrido en ese lugar. Desde el amanecer Rolf se esforzó de nuevo por mover los obstáculos que retenían a la muchacha en esa tumba, pero disponía sólo de sus manos, no se atrevía a utilizar una herramienta, porque podía herirla. Le dio a Azucena la taza de papilla de maíz y plátano que distribuía el Ejército, pero ella la vomitó de inmediato. Acudió un médico y comprobó que estaba afiebrada, pero dijo que no se podía hacer mucho. Los antibióticos estaban reservados para los casos de gangrena. También se acercó un sacerdote a bendecirla y colgarle al cuello una medalla de la Virgen. En la tarde empezó a caer una llovizna suave, persistente.

—El cielo está llorando —murmuró Azucena y se puso a llorar también.

—No te asustes —le suplicó Rolf—. Tienes que reservar tus fuerzas y mantenerte tranquila, todo saldrá bien, yo estoy contigo y te voy a sacar de aquí de alguna manera.

Volvieron los periodistas para fotografiarla y preguntarle las mismas cosas que ella ya no intentaba responder. Entre tanto llegaban más equipos de televisión y cine, rollos de cables, cintas, películas, videos, lentes de precisión, grabadoras, consolas de sonido, luces, pantallas de reflejo, baterías y motores, cajas con repuestos, electricistas, técnicos de sonido y camarógrafos, que enviaron el rostro de Azucena a millones de pantallas de todo el mundo. Y Rolf Carlé continuaba clamando por una bomba. El despliegue de recursos dio resultados y en la Televisora Nacional empezamos a recibir imágenes más claras y sonidos más nítidos, la distancia pareció acortarse de súbito y tuve la sensación atroz de que Azucena y Rolf se encontraban a mi lado, separados de mí por un vidrio irreductible. Pude seguir los acontecimientos hora a hora, supe cuánto hizo mi amigo por arrancar a la niña de su prisión y para ayudarla a soportar su calvario, escuché fragmentos de lo que hablaron y el resto pude adivinarlo, estuve presente cuando ella le enseñó a Rolf a rezar y cuando él la distrajo con los cuentos que yo le he contado en mil y una noches bajo el mosquitero blanco de nuestra cama.

Al caer la oscuridad del segundo día él procuró hacerla dormir con las viejas canciones de Austria aprendidas de su madre, pero ella estaba más allá del sueño. Pasaron gran parte de la noche hablando, los dos extenuados, hambrientos, sacudidos por el frío. Y entonces, poco a poco, se derribaron las firmes compuertas que retuvieron el pasado de Rolf Carlé durante muchos años, y el torrente de cuanto había ocultado en las capas más profundas y secretas de la memoria salió por fin, arrastrando a su paso los obstáculos que por tanto tiempo habían bloqueado su conciencia. No todo pudo decírselo a Azucena, ella tal vez no sabía que había mundo más allá del mar ni tiempo anterior al suyo, era incapaz de imaginar Europa en la época de la guerra, así es que no le contó de la derrota, ni de la tarde en que los rusos lo llevaron al campo de concentración para enterrar a los prisioneros muertos de hambre. Para qué explicarle que los cuerpos desnudos, apilados como una montaña de leños, parecían de loza quebradiza? ¿Cómo hablarle de los hornos y las horcas a esa niña moribunda? Tampoco mencionó la noche en que vio a su madre desnuda, calzada con zapatos rojos de tacones de estilete, llorando de humillación. Muchas cosas se calló, pero en esas horas revivió por primera vez todo aquello que su mente había intentado borrar. Azucena le hizo entrega de su miedo y así, sin quererlo, obligó a Rolf a encontrarse con el suyo. Allí, junto a ese pozo maldito, a Rolf le fue imposible seguir huyendo de sí mismo y el terror visceral que marcó su infancia lo asaltó por sorpresa. Retrocedió a la edad de Azucena y más atrás, y se encontró como ella atrapado en un pozo sin salida, enterrado en vida, la cabeza a ras de suelo, vio junto a su cara las botas y las piernas de su padre, quien se había quitado la correa de la cintura y la agitaba en el aire con un silbido inolvidable de víbora furiosa. El dolor lo invadió, intacto y preciso, como siempre estuvo agazapado en su mente. Volvió al armario donde su padre lo ponía bajo llave para castigarlo por faltas imaginarias y allí estuvo horas eternas con los ojos cerrados para no ver la oscuridad, los oídos tapados con las manos para no oír los latidos de su propio corazón, temblando, encogido como un animal. En la neblina de los recuerdos encontró a su hermana Katharina, una dulce criatura retardada que pasó la existencia escondida con la esperanza de que el padre olvidara la desgracia de su nacimiento. Se arrastró junto a ella bajo la mesa del comedor y allí ocultos tras un largo mantel blanco, los dos niños permanecieron abrazados, atentos a los pasos y a las voces. El olor de Katharina le llegó mezclado con el de su propio sudor con los aromas de la cocina, ajo, sopa, pan recién horneado y con un hedor extraño de barro podrido. La mano de su hermana en la suya, su jadeo asustado, el roce de su cabello salvaje en las mejillas, la expresión cándida de su mirada. Katharina, Katharina... surgió ante él flotando como una bandera, envuelta en el mantel blanco convertido en mortaja, y pudo por fin llorar su muerte y la culpa de haberla abandonado. Comprendió entonces que sus hazañas de periodista, aquellas que tantos reconocimientos y tanta fama le habían dado, eran sólo un intento de mantener bajo control su miedo más antiguo, mediante la treta de refugiarse detrás de un lente a ver si así la realidad le resultaba más tolerable. Enfrentaba riesgos desmesurados como ejercicio de coraje, entrenándose de día para vencer los monstruos que lo atormentaban de noche. Pero había llegado el instante de la verdad y ya no pudo seguir escapando de su pasado. Él era Azucena, estaba enterrado en el barro, su terror no era la emoción remota de una infancia casi olvidada, era una garra en la garganta. En el sofoco del llanto se le apareció su madre, vestida de gris y con su cartera de piel de cocodrilo apretada contra el regazo, tal como la viera por última vez en el muelle, cuando fue a despedirlo al barco en el cual él se embarcó para América. No venía a secarle las lágrimas, sino a decirle que cogiera una pala, porque la guerra había terminado y ahora debían enterrar a los muertos.

—No llores. Ya no me duele nada, estoy bien — le dijo Azucena al amanecer.

—No lloro por ti, lloro por mí, que me duele todo —sonrió Rolf Carlé.

En el valle del cataclismo comenzó el tercer día con una luz pálida entre nubarrones. El Presidente de la República se trasladó a la zona y apareció en traje de campaña para confirmar que era la peor desgracia de este siglo, el país estaba de duelo, las naciones hermanas había ofrecido ayuda, se ordenaba estado de sitio, las Fuerzas Armadas serían inclementes, fusilarían sin trámites a quien fuera sorprendido robando o cometiendo otras fechorías. Agregó que era imposible sacar todos los cadáveres ni dar cuenta de los millares de desaparecidos, de modo que el valle completo se declaraba camposanto y los obispos vendrían a celebrar una misa solemne por las almas de las víctimas. Se dirigió a las carpas del Ejército, donde se amontonaban los rescatados, para entregarles el alivio de promesas inciertas, y al improvisado hospital, para dar una palabra de aliento a los médicos y enfermeras, agotados por tantas horas de penurias. En seguida se hizo conducir al lugar donde estaba Azucena, quien para entonces ya era célebre, porque su imagen había dado la vuelta al planeta. La saludó con su lánguida mano de estadista y los micrófonos registraron su voz conmovida y su acento paternal, cuando le dijo que su valor era un ejemplo para la patria. Rolf Carlé lo interrumpió para pedirle una bomba y él le aseguró que se ocuparía del asunto en persona. Alcancé a ver a Rolf por unos instantes, en cuclillas junto al pozo. En el noticiario de la tarde se encontraba en la misma postura; y yo, asomada a la pantalla como una adivina ante su bola de cristal, percibí que algo fundamental había cambiado en él, adiviné que durante la noche se habían desmoronado sus defensas y se había entregado al dolor, por fin vulnerable. Esa niña tocó una parte de su alma a la cual él mismo no había tenido acceso y que jamás compartió conmigo. Rolf quiso consolarla y fue Azucena quien le dio consuelo a él.

Me di cuenta del momento preciso en que Rolf dejó de luchar y se abandonó al tormento de vigilar la agonía de la muchacha. Yo estuve con ellos, tres días y dos noches, espiándolos al otro lado de la vida. Me encontraba allí cuando ella le dijo que en sus trece años nunca un muchacho la había querido y que era una lástima irse de este mundo sin conocer el amor, y él le aseguró que la amaba más de lo que jamás podría amar a nadie, más que a su madre y a su hermana, más que a todas las mujeres que habían dormido en sus brazos, más que a mí, su compañera, que daría cualquier cosa por estar atrapado en ese pozo en su lugar, que cambiaría su vida por la de ella, y vi cuando se inclinó sobre su pobre cabeza y la besó en la frente, agobiado por un sentimiento dulce y triste que no sabía nombrar. Sentí cómo en ese instante se salvaron ambos de la desesperanza, se desprendieron del lodo, se elevaron por encima de los buitres y de los helicópteros, volaron juntos sobre ese vasto pantano de podredumbre y lamentos. Y finalmente pudieron aceptar la muerte. Rolf Carlé rezó en silencio para que ella se muriera pronto, porque ya no era posible soportar tanto dolor.

Para entonces yo había conseguido una bomba y estaba en contacto con un General dispuesto a enviarla en la madrugada del día siguiente en un avión militar. Pero al anochecer de ese tercer día, bajo las implacables lámparas de cuarzo y los lentes de cien máquinas, Azucena se rindió, sus ojos perdidos en los de ese amigo que la había sostenido hasta el final. Rolf Carlé le quitó el salvavidas, le cerró los párpados, la retuvo apretada contra su pecho por unos minutos y después la soltó. Ella se hundió lentamente, una flor en el barro.

Estás de vuelta conmigo, pero ya no eres el mismo hombre. A menudo te acompaño al Canal y vemos de nuevo los videos de Azucena, los estudias con atención, buscando algo que pudiste haber hecho para salvarla y no se te ocurrió a tiempo. O tal vez los examinas para verte como en un espejo desnudo. Tus cámaras están abandonadas en un armario, no escribes ni cantas, te quedas durante horas sentado ante la ventana mirando las montañas. A tu lado, yo espero que completes el viaje hacia el interior de ti mismo y te cures de las viejas heridas. Sé que cuando regreses de tus pesadillas caminaremos otra vez de la mano, como antes.

COMPRENSIÓN Y ANÁLISIS

Ubique el cuento «De barro estamos hechos» dentro de la tragedia que se describe. Comente sobre lo siguiente:

Forma

Orden de la narración: Orden cronológico de los hechos de la historia

La estructura del cuento: Busque introducción, desarrollo, momento climático y conclusión.

El narrador: ¿Quién es la persona de la narradora? ¿Es la narradora externa (habla en tercera persona) o interna (habla en primera persona) con respecto a los hechos narrados? ¿Qué llegamos a saber sobre la narradora por medio de sus comentarios a través de la historia?

Contenido

El tema: Trate sobre el poder de catarsis que la tragedia conlleva.

Los personajes: ¿Quiénes y cómo son los personajes centrales? ¿Cuál es la relación entre ellos? ¿A qué trabajo se dedica Rolf Carlé? Analice el papel de Azucena en la transformación de Rolf Carlé. Analice el papel del presidente en la historia.

El espacio: Hable sobre el espacio en donde se desarrolla el relato y sobre el grado de intimidad de la situación entre la niña y el periodista.

El tiempo: ¿En cuánto tiempo se desarrolla la historia? ¿Hay un tiempo determinado en la historia? ¿Qué edad tiene Azucena? Qué importancia tiene su edad en el contenido del cuento?
La cultura: Compare a través de citas la abundancia de los medios de difusión con la escasez de medicamentos y comida. Compare el papel de la mujer narradora con el del personaje masculino de la historia.
¿Cuál es la relación del título con el contenido del cuento?

Lenguaje

Vocabulario del cuento: ¿Qué palabras contribuyen a acentuar el tono trágico del relato? Analice la relación entre el nombre de la niña, Azucena, y el contenido del cuento.
Descripciones: ¿Qué palabras se utilizan para describir los personajes, la escena íntima, el clima?
Narración: Resuma en pocas palabras la historia narrada.
Lenguaje figurado: Estudie las diferentes metáforas usadas para hablar de la televisión. ¿Qué figuras literarias o tropos se presentan?
Motivo recurrente: Analice el papel del lente de la cámara en el desarrollo de la historia.

Comunicación

¿Cómo se usan en el cuento la narración y el diálogo?
Analice los cortos diálogos entre Role Carlé y Azucena.

Ejercicios de creación literaria

Usando un narrador interno (primera persona) o externo(tercera persona):
Cuente la historia de Rolf Carlé en Europa, a partir de los indicios dados en la historia.
Cuente la historia de Azucena, a partir de los indicios dados en el cuento.

Augusto Roa Bastos, Paraguay, 1917

Es uno de los escritores hispanoamericanos más importantes y el más representativo del Paraguay en el siglo XX. Pasó su infancia en zonas rurales con su familia de origen humilde. Su primer par de zapatos, regalados por unos amigos campesinos, le facilitaron encaminarse a la escuela donde exitosamente cursó sólo cinco años. A los diecisiete años ingresó en el ejército donde tomó conciencia de las manipulaciones imperialistas apoyadas por la oligarquía criolla. Roa Bastos comenzó su vida civil trabajando en un banco, pero pronto resolvió hacerse periodista. Con una beca del Consejo Inglés pasó nueve meses en Inglaterra y luego viajó por Europa. A su regreso tuvo que exiliarse en Argentina donde se dedicó del todo a escribir y a defender las libertades ciudadanas. Sus dos obras más sobresalientes *Hijo de hombre* (1959) y *Alias Gardelito* le ganaron reputación y premios nacionales e internacionales. *Hijo de hombre* es una épica en defensa de los valores humanos ante la explotación y avaricia de quienes controlan el poder. En Paraguay jamás se había escrito nada tan patético ni desgarrador; es como un grito de protesta y rebeldía de los campesinos paraguayos.

Su novela *Yo, el Supremo,* está basada en documentos y libros antiguos y modernos acerca del terrible y misógino dictador Gaspar Rodríguez de Francia. Paraguay fue el territorio que los jesuitas utilizaron para sus severas y famosas misiones. En 1811, el General Francia liberó a Paraguay de España y lo rigió hasta su muerte en 1840. Durante su gobierno creó el legendario Paraguay republicano; estableció su propia iglesia católica y prohibió el matrimonio entre blancos para fomentar el mestizaje; sus súbditos caminaban descalzos y se hacía llamar «el supremo». *Yo, el Supremo,* se destaca por la fidelidad de la información y la forma magistral en que el autor convierte la realidad tangible en esperpéntica, fantasmagórica y cáustica. Su protagonista es histórico y asume dimensiones arquetípicas. La novela es un ataque a las dictaduras, al racismo, al sexismo y a las persecuciones políticas.

La narrativa de Roa Bastos se caracteriza por la combinación orgánica de las ideas claras y el lenguaje marcado por imágenes poéticas. Su estilo se define por la presentación metafórica de la realidad y la presencia de personajes trágicos presentados con trazos surrealistas.

La lectura de su obra puede ser de lenta asimilación por los dilatados lapsos y el delicado proceso de decantamiento de materiales. Sus escritos expresan la conflictiva situación política, lingüística y cultural del Paraguay. Sus obras principales, además de las mencionadas son: *El naranjal ardiente,* poesías (1949), *El trueno entre las hojas,* cuentos (1958) y *El baldío* (1966). Roa Bastos también escribió poesía, teatro y guiones cinematográficos, además de muchos artículos periodísticos. Ejerció el magisterio por muchos años.

El cuento *El prisionero* trata sobre una fracasada revuelta en Paraguay que, como la mayoría de los países hispanos, ha sido bañado por sangrientas rebeliones o dictaduras aparentemente interminables. Para expresar tal carnicería, Roa Bastos anula el tiempo cronológico, mezclando el pasado con el presente y a veces con el futuro; esta técnica va reforzada por repeticiones que reiteran el «ciclo de la sangre». Al anular el tiempo, la vida y la muerte se funden, la presencia de los muertos se hace sentir entre los vivos gracias a lo invencible del espiritú humano que dura «como una emanacion» y que ni «los proyectiles» ni «la violencia» pueden destruir. Desaparecen los límites entre la realidad concreta, la realidad mágica y los sueños. Roa Bastos logra esta fusión empleando palabras como «borroso» y «sueño». La muerte como parte del ciclo vital es como un sueño en el que los guaraníes mueren pero el rancho en ruinas representa su permanencia. Allí, en medio de los escombros, nos dice el autor, se puede ver lo invisible y sentir el pulso de lo permanente.

El argumento de *El prisionero* es aparentemente sencillo, pero está lejos de serlo; el teniente Peralta (piedra alta) era fanático gregario del gobierno, por lo tanto ideal para su cruel trabajo. Víctor, el prisionero, terminó doblegado por el sistema pero victorioso espiritualmente, pues no violó sus ideales. Prefirió una transición al sueño ya que en su ontología, morir era como dormir.

La narrativa abre campo a un aspecto profético del cuento; el viejo campesino murió enloquecido, presagiando el destino de Hugo. La locura del viejo no era patológica, sino su forma de escapar de la tortura enloquecedora.

El prisionero puede interpretarse también como el nihilista e inescapable destino bíblico de Caín y Abel, representado por la tragedia de los Saldívar. Este castigo bíblico seguirá aconteciendo en todo el mundo y en Paraguay en particular. Hugo está destinado a seguir persiguiendo a Víctor sin saberlo a pesar del pasado que han compartido.

La estructura dualista del cuento facilita la coexistencia del pasado y el presente, la realidad y la magia, la vida y la muerte, el guaraní y el español. El ritmo es lento y el lenguaje va cargado de símiles y metáforas surrealistas; el dualismo mantiene un vaivén que avanza y retrocede, teniendo a los personajes al filo de la realidad. Roa Bastos emplea en *El prisionero* una serie de sustantivos o sus sinónimos, lo mismo que adverbios de tiempo que sirven como puentes en las transiciones de tiempo o espacio, tales como tiros, detonación, hacía mucho tiempo, recientemente. Incluye, además, símbolos como el rancho, la cicatriz, las hormigas, para profundizar en los temas y mantener un ambiente surrealista. A veces la poderosa y absorbente narrativa se acelera y de pronto se para en seco o viceversa; con estas técnicas el escritor logra sacudir al lector.

El prisionero narra la crueldad dirigida oficialmente por gobiernos sanguinarios y opresivos que llevan a guerras fratricidas. La masacre partidaria aparece estilizada hasta convertirse en esperpéntica.

La estructura de *El prisionero* complementa la complejidad del cuento y subraya «el ciclo de la sangre». El título mantiene el interrogante ¿quién es el verdadero prisionero?

EL PRISIONERO

Los disparos se respondían intermitentemente en la fría noche invernal. Formaban una línea indecisa y fluctuante en torno al rancho; avanzaban y retrocedían, en medio de largas pausas ansiosas, como los hilos de una malla que se iba cerrando cautelosa, implacablemente, a lo largo de la selva y los esteros adyacentes a la costa del río. El eco de las detonaciones pasaba rebotando a través de delgadas capas acústicas que se rompían al darle paso. Por su duración podía calcularse el probable diámetro de la malla cazadora tomando el rancho como centro: eran tal vez unos cuatro o cinco kilómetros. Pero esa legua cuadrada de terreno rastreado y batido en todas direcciones, no tenía prácticamente límites. En todas partes estaba ocurriendo lo mismo.

El levantamiento popular se resistía a morir del todo. Ignoraba que se le había escamoteado el triunfo y seguía alentando tercamente, con sus guerrillas deshilachadas, en las ciénagas, en los montes, en las aldeas arrasadas.

Más que durante los propios combates de la rebelión, al final de ellos el odio escribió sus páginas más atroces. La lucha de facciones degeneró en una bestial orgía de venganzas. El destino de familias enteras quedó sellado por el color de la divisa partidaria del padre o de los hermanos. El trágico turbión asoló cuanto pudo. Era el rito cíclico de la sangre. Las carnívoras divinidades aborígenes habían vuelto a mostrar entre el follaje sus ojos incendiados; los hombres se reflejaban en ellos como sombras de un viejo sueño elemental. Y las verdes quijadas de piedra trituraban esas sombras huyentes. Un grito en la noche, el inubicable chistido de una lechuza, el silbo de la serpiente en los pajonales. Levantaban paredes que los fugitivos no se atrevían a franquear. Estaban encajonados en un embudo siniestro; atrapados entre las automáticas y los máuseres, a la espalda, y el terror flexible y alucinante acechando la fuga. Algunos preferían afrontar a las patrullas gubernistas. Y acabar de una vez.

El rancho incendiado, en medio del monte, era un escenario adecuado para las cosas que estaban pasando. Resultaba lúgubre y al mismo tiempo apacible; una decoración cuyo mayor efecto residía en su inocencia destruida a trechos. La violencia misma no había completado su obra; no había podido llegar a ciertos detalles demasiado pequeños en que el recuerdo de otro tiempo sobrevivía. Los horcones quemados apuntaban al cielo fijamente entre las derruidas paredes de adobe. La luna bruñía con un tinte de lechosa blancura los cuatro carbonizados muñones. Pero no era esto lo principal. En el reborde de una ventana, en el cupial del rancho, por ejemplo, persistía una diminuta maceta: una herrumbrada latita de conservas de donde emergía el tallo de un clavel reseco por las llamas; persistía allí a despecho de todo, como un recuerdo olvidado, ajena al cambio, rodeado por el brillo inmemorial de la luna, como la pupila de un niño ciego que ha mirado el crimen sin verlo.

El rancho estaba situado en un punto estratégico; dominaba la única salida de la zona de los esteros donde se estaban realizando las batidas y donde se suponía permanecía oculta la última montonera rebelde de esa región. El rancho era algo así como el centro de operaciones del destacamento gubernista.

Las armas y los cajones de proyectiles se hallaban amontonados en la que había sido la única habitación del rancho. Entre las armas y los cajones de proyectiles había un escaño viejo y astillado. Un soldado con la gorra puesta sobre los ojos dormía sobre él. Bajo la débil reverberación del fuego que, pese a la estricta prohibición del oficial, los soldados habían encendido para defenderse del frío, podían verse los bordes pulidos del escaño, alisados por años y años de fatigas y sudores rurales. En otra parte, un trozo de pared mostraba un solero casi intacto con una botella negra chorreada de sebo y una vela a medio consumir ajustada en el gollete. Detrás del rancho, recostado contra el tronco de un naranjo agrio, un pequeño arado de hierro con la reja brillando opacamente, parecía esperar el tiro tempranero de la yunta en su balancín y en las manceras los puños rugosos y suaves que se estarían pudriendo ahora quién sabe en qué arruga perdida de la tierra. Por estas huellas venía el recuerdo de la vida. Los soldados nada significaban; las automáticas, los proyectiles, la violencia tampoco. Sólo esos detalles de una desvanecida ternura contaban.

A través de ellos se podía ver lo invisible; sentir en su trama secreta el pulso de lo permanente. Por entre las detonaciones, que parecían a su vez el eco de otras detonaciones más lejanas, el rancho se apuntalaba en sus pequeñas reliquias. La latita de conserva herrumbrada con su clavel reseco estaba unida a unas manos, a unos ojos. Y esas manos y esos ojos no se habían disuelto por completo; estaban allí, duraban como una emanación inextinguible del rancho, de la vida que había morado en él. El escaño viejo y lustroso, el arado inútil contra el naranjo, la botella negra con su cabo de vela y sus chorreaduras de sebo, impresionaban con un patetismo más intenso y natural que el conjunto del rancho semidestruido. Uno de los horcones quemados, al cual todavía se hallaba adherido un pedazo de viga, continuaba humeando tenuemente. La delgada columna de humo ganaba altura y luego se deshacía en azuladas y algodonosas guedejas que las ráfagas se disputaban. Era como la respiración de la madera dura que seguiría ardiendo por muchos días más. El corazón del timbó es testarudo al fuego, como es testarudo al hacha y al tiempo. Pero allí también estaba humeando y acabaría en una ceniza ligeramente rosada.

En el piso de tierra del rancho los otros tres soldados del retén se calentaban junto al raquítico fuego y luchaban contra el sueño con una charla incoherente y agujereada de bostezos y de irreprimibles cabeceos. Hacía tres noches que no dormían. El oficial que mandaba el destacamento había mantenido a sus hombres en constante acción desde el momento mismo de llegar.

Un silbido lejano que venía del monte los sobresaltó. Era el santo y seña convenido. Aferraron sus fusiles; dos de ellos apagaron el fuego rápidamente con las culatas de sus armas y el otro despertó al que dormía sobre el escaño, removiéndolo enérgicamente: ¡Arriba..., Saldívar! Epac-pue... Oúma jhina Teniente... Te va arreglar la cuenta[72], recluta kangüeaky...

El interpelado se incorporó restregándose los ojos, mientras los demás corrían a ocupar sus puestos de imaginaria bajo el helado relente.

Uno de los centinelas contestó al peculiar silbido que se repitió más cercano. Se oyeron las pisadas de los que venían. Un instante después, apareció la patrulla. Se podía distinguir al oficial caminando delante, entre los cocoteros, por sus botas, su gorra y su campera de cuero. Su corta y gruesa silueta avanzaba bajo la luna que un campo de cirros comenzaba a enturbiar. Tres de los cinco soldados que venían detrás traían arrastrado el cuerpo de un hombre. Probablemente otro rehén —pensó Saldívar—, como el viejo campesino de la noche anterior a quien el oficial había torturado para arrancarle ciertos datos sobre el escondrijo de los montoneros. El viejo murió sin poder decir nada. Fue terrible. De pronto, cuando le estaban pegando, el viejo se puso a cantar a media voz, con los dientes apretados, algo así como una polca irreconocible, viva y lúgubre a un tiempo. Parecía que había enloquecido. Saldívar se estremeció al recordarlo.

La caza humana no daba señales de acabar todavía. Peralta estaba irritado, obsedido, por este reducto fantasma que se hallaba enquistado en alguna parte de los esteros y que continuaba escapándosele de las manos.

El teniente Peralta era un hombre duro y obcecado; un elemento a propósito para las operaciones de limpieza que se estaban efectuando. Antiguo oficial de la Policía Militar, durante la guerra del Chaco, se hallaba retirado del servicio cuando estalló la revuelta. Ni corto ni perezoso, Peralta se reincorporó a filas. Su nombre no sonó para nada durante los combates, pero empezó a destacarse cuando hubo necesidad de un hombre experto e implacable para la persecución de los insurrectos. A eso se debía su presencia en este foco rebelde. Quería acabar con él lo más pronto posible para volver a la Capital y disfrutar de su parte en la celebración de la victoria.

[72]To call you on the carpet

Evidentemente Peralta había encontrado una pista en sus rastreos y se disponía a descargar el golpe final. En medio de la atonía casi total de sus sentidos, Saldívar oyó borrosamente la voz de Peralta dando órdenes. Vio también borrosamente que sus compañeros cargaban dos ametralladoras pesadas y salían en la dirección que Peralta les indicó. Algo oyó como que los guerrilleros estaban atrapados en la isleta montuosa de un estero. Oyó que Peralta borrosamente le decía:

—Usté, Saldívar, queda solo aquí. Nosotro' vamo' a acorralar a eso' bandido en el estero. Lo dejo responsable del prisionero y de lo' pertrecho.

Saldívar hizo un esfuerzo doloroso sobre sí mismo para comprender. Sólo comprendió un momento después que los demás ya se habían marchado. La noche se había puesto muy oscura. El viento gemía ásperamente entre los cocoteros que rodeaban circularmente el rancho. Sobre el piso de tierra estaba el cuerpo inmóvil del hombre. Posiblemente dormía o estaba muerto. Para Saldívar era lo mismo. Su mente se movía entre difusas representaciones cada vez más carentes de sentido. El sueño iba anestesiando gradualmente su voluntad. Era como una funda de goma viscosa en torno a sus miembros. No quería sino dormir. Pero sabía de alguna manera muy confusa que no debía dormir. Sentía en la nuca una burbuja de aire. La lengua se le había vuelto pastosa; tenía la sensación de que se le iba hinchando en la boca lentamente y que en determinado momento le llegaría a cortar la respiración. Trató de caminar alrededor del prisionero, pero sus pies se negaban a obedecerle; se bamboleaba como un borracho. Trató de pensar en algo definido y concreto, pero sus recuerdos se mezclaban en un tropel lento y membranoso que planeaba en su cabeza con un peso muerto, desdibujado e ingrávido. En uno o dos destellos de lucidez, Saldívar pensó en su madre, en su hermano. Fueron como estrías dolorosas en su abotagamiento blando y fofo. El sueño no parecía ya residir en su interior; era una cosa exterior, un elemento de la naturaleza que se frotaba contra él desde la noche, desde el tiempo, desde la violencia, desde la fatiga de las cosas, y lo obligaban a inclinarse, a inclinarse...

El cuerpo del muchacho tiritaba menos del frío que de ese sueño que lo iba doblegando en una dolorosa postración. Pero aún se mantenía en pie. La tierra lo llamaba; el cuerpo inmóvil del hombre sobre el piso de tierra, lo llamaba con su ejemplo mudo y confortable, pero el muchachuelo se resistía con sus latidos temblorosos, como un joven pájaro en la cimbra de goma.

Hugo Saldívar era con sus dieciocho años uno de los tantos conscriptos de Asunción que el estallido de la guerra civil había atrapado en las filas del servicio militar. La enconada cadena de azares que lo había hecho atravesar absurdas peripecias lo tenía allí, absurdamente, en el destacamento de cazadores de cabezas humanas que comandaba Peralta, en los esteros del Sur, cercanos al Paraná.

Era el único imberbe del grupo; un verdadero intruso en medio de esos hombres de diversas regiones campesinas, acollarados por la ejecución de un designio siniestro que se nutría de sí mismo como un cáncer. Hugo Saldívar pensó varias veces en desertar, en escaparse. Pero al final decidió que era inútil. La violencia lo sobrepasaba, estaba en todas partes. Él era solamente un brote escuálido, una yema lánguida alimentada de libros y colegio, en el árbol podrido que se estaba viniendo abajo.

Su hermano Víctor sí había luchado denodadamente. Pero él era fuerte y recio y tenía sus ideas profundas acerca de la fraternidad viril y del esfuerzo que era necesario desplegar para lograrla. Sentía sus palabras sobre la piel, pero hubiera deseado que ellas estuviesen grabadas en su corazón:

—Todos tenemos que unirnos, Hugo, para voltear esto que ya no da más, y hacer surgir en cambio una estructura social en la que todos podamos vivir sin sentirnos enemigos, en la que querer vivir como amigos sea la finalidad natural de todos...

Víctor había combatido en la guerra del Chaco y de allí había traído esa urgencia turbulenta y también metódica de hacer algo por sus semejantes. La transformación del hermano mayor fue un fenómeno maravilloso para el niño de diez años que ahora tenía ocho más y ya estaba viejo. Víctor había vuelto de la inmensa hoguera encendida por el petróleo del Chaco con una honda cicatriz en la frente. Pero detrás del surco rojizo de la bala, traía una convicción inteligente y generosa. Y se había construido un mundo en que más que recuerdos turbios y resentimientos, había amplia fe y exactas esperanzas en las cosas que podrían lograrse.

Por el mundo de Víctor sí sería hermoso vivir, pensó el muchacho muchas veces, emocionado, pero distante de sí mismo. Después vio muchas cosas y comprendió muchas cosas. Las palabras de Víctor estaban entrando lentamente de la piel hacia el corazón. Cuando volvieran a encontrarse, todo sería distinto. Pero eso todavía estaba muy lejos.

No sabía siquiera dónde podía hallarse Víctor en esos momentos. Tenía sin embargo la vaga idea de que su hermano había ido hacia el sur, hacia los yerbales a levantar a los mensúes. ¿Y si Víctor estuviese entre esos últimos guerrilleros perseguidos por Peralta a través de los esteros? Esta idea descabellada se le ocurrió muchas veces, pero trató de desecharla con horror. No; su hermano debía vivir, debía vivir... Necesitaba de él.

El mandato imperioso del sueño seguía frotándose contra su piel, contra sus huesos; se anillaba en torno a él como una kuriyú viscosa, inexorable que lo iba ahogando lentamente. Iba a dormir pero ahí estaba el prisionero. Podía huir, y entonces sería implacable Peralta con el centinela negligente. Ya lo había demostrado en otras ocasiones.

Moviéndose con torpeza en su pesada funda de goma, Saldívar hurgó en la oscuridad en busca de un trozo de alambre o de soga para amarrar al prisionero. Podía ser un cadáver, pero a lo mejor se estaba fingiendo muerto para escapar en un descuido. Sus manos palparon en vano los rincones de la casucha incendiada. Al final encontró un trozo de ysypó, reseco y demasiado corto. No servía. Entonces, en un último y desesperado destello de lucidez, Hugo Saldívar recordó que frente al rancho había un hoyo profundo que se habría cavado tal vez para plantar un nuevo horcón que nunca sería levantado. En el hoyo podría entrar un hombre parado hasta el pecho. Alrededor del agujero, estaba el montículo de la tierra excavada. Hugo Saldívar apoyó el máuser contra un resto de tapia y empezó a arrastrar al prisionero hacia el hoyo. Con un esfuerzo casi sobrehumano consiguió meterlo en el agujero negro que resultó ser un tubo hecho como de medida. El prisionero quedó erguido en el pozo. Sólo sobresalían la cabeza y los hombros. Saldívar empujó la tierra del montículo con las manos y los reyunos, hasta rellenar mal que mal todos los huecos alrededor del hombre. El prisionero en ningún momento se resistió; parecía aceptar con absoluta indiferencia la operación del centinela. Hugo Saldívar apenas se fijó en esto. El esfuerzo desplegado lo reanimó artificialmente por unos instantes. Aún tuvo fuerzas para traer su fusil y apisonar con la culata el relleno de tierra. Después se tumbó como una piedra sobre el escaño; cuando el tableteo de las ametralladoras arreciaba en la llanura pantanosa.

El teniente Peralta regresó con sus hombres hacia el mediodía. La batida había terminado. Una sonrisa bestial le iluminaba el rostro oscuro de ave de presa. Los soldados arreaban dos o tres prisioneros ensangrentados. Los empujaban con denuestos e insultos obscenos, a culatazos. Eran más mensúes del Alto Paraná. Solamente sus cuerpos estaban vencidos. En sus ojos flotaba el destello de una felicidad absurda. Pero ese destello flotaba ya más allá de la muerte. Ellos sólo se habían demorado físicamente un rato más sobre la tierra impasible y sedienta.

Peralta llamó reciamente:

—¡Saldívar!

Los prisioneros parpadearon con gesto de dolorido asombro. Peralta volvió a llamar con furia:

—¡Saldívar!

Nadie contestó. Después se fijó en la cabeza del prisionero que sobresalía del hoyo. Parecía un busto tallado en una madera musgosa; un busto olvidado allí hacia mucho tiempo. Una hilera de hormigas guaikurú trepaba por el rostro abandonado hasta la frente, como un cordón oscuro al cual el sol no conseguía arrancar ningún reflejo. En la frente del busto había una profunda cicatriz, como una pálida media luna.

Los ojos de los prisioneros estaban clavados en la extraña escultura. Habían reconocido detrás de la máscara verdosa, recorrida por las hormigas, al compañero capturado la noche anterior. Creyeron que el grito de Peralta nombrando al muerto con su verdadero apellido, era el supremo grito de triunfo del milicón embutido en la campera de cuero.

El fusil de Hugo Saldívar estaba tumbado en el piso del rancho como la última huella de su fuga desesperada. Peralta se hallaba removiendo en su estrecha cabeza feroces castigos para el desertor. No podía adivinar que Hugo Saldívar había huido como un loco al amanecer perseguido por el rostro de cobre sanguiñolento de su hermano a quien él mismo había enterrado como un tronco en el hoyo.

Por la cara de Víctor Saldívar, el guerrillero muerto, subían y bajaban las hormigas.

Al día siguiente, los hombres de Peralta encontraron el cadáver de Hugo Saldívar flotando en las aguas fangosas del estero. Tenía el cabello completamente encanecido y de su rostro había huido toda expresión humana.

(*El trueno entre las hojas,* 1958)

COMPRENSIÓN Y ANÁLISIS

Ubique el cuento *El prisionero* dentro de la época en que fue escrito. Comente sobre lo siguiente:

Forma

Orden de la narración: Orden cronológico de los acontecimientos de la historia.

La estructura del cuento: Busque introducción, desarrollo, momento climático y conclusión.

El narrador: Analice la persona de los verbos en los párrafos introductorios. ¿Quién es la persona del narrador? ¿Es el narrador externo (habla en tercera persona) o interno (habla en primera persona) con respecto a los hechos narrados? ¿Es el narrador omnisciente?

Contenido

El tema: La violencia y la guerra fratricida que desunen a la familia y fragmentan los valores y cómo el hombre se esfuerza por salvar su condición humana. Comente sobre las circunstancias que llevan a los Saldívar a pertenecer a bandos contrarios en la lucha.

Los personajes: ¿Quién y cómo es el personaje central? ¿A qué trabajo se dedica? ¿Con qué personajes se relaciona en el cuento? ¿Cuál y cómo es la relación entre ellos? ¿Qué causa la muerte de Hugo Saldívar?

El espacio: Hable sobre los espacios en donde se desarrolla el cuento. Infórmese sobre los lugares mencionados en el cuento: Chaco y Paraná.

El tiempo: ¿En cuánto tiempo se desarrolla la historia? ¿Hay un tiempo determinado en el cuento? Estudie el tiempo psicológico en el cuento a través de los indicios «tenía ocho (años) más y ya estaba viejo...» «Tenía el cabello completamente encanecido...» Estudie los verbos en el cuento y diga qué tiempos usa el narrador en la historia. Investigue sobre el evento da la Guerra del Chaco al que se refiere el cuento.

La cultura: Analice el papel de la milicia y el de los rebeldes en la historia. Analice el uso del guaraní en el cuento. Analice las condiciones sociales que llevan al momento de la historia. Analice el papel del soldado desertor, Saldívar.

¿Qué relación tiene el título con el contenido del cuento? ¿Quién es el prisionero?

Lenguaje:

Vocabulario del cuento: ¿Qué palabras contribuyen a darle al cuento su tono pesimista y oscuro, su ambiente de guerra, su acento local? Analice el habla del teniente Peralta y explique el uso de apóstrofes (') en su lenguaje.

Descripciones: ¿Qué palabras se utilizan para describir los personajes, la escena militar y la social, los espacios?

Narración: Resuma es en pocas palabras la historia narrada.

Lenguaje figurado: Estudie las comparaciones «como un joven pájaro en la cimbra de goma...» «el sueño se anillaba en torno a él como una kuriyú vistosa». Explique el simbolismo de la latita de conserva herrumbrada con su clavel reseco y del «arado inútil contra el navajo». Explique cómo estos objetos y otros que se encuentran entre los escombros del rancho simbolizan derrota para el ejercito agresor. ¿Qué otras figuras literarias o tropos se presentan?

Ejercicios de creación literaria

Convierta en monólogo algunos de los pensamientos de Hugo Saldívar

Escriba un diálogo entre Hugo y Víctor Saldívar en el momento en que los hermanos se encuentran.

Capítulo 8

EXPRESIÓN SOCIOPOLÍTICA CONTEMPORÁNEA

Así como la primera generación romántica es animada por el espíritu bolivariano, el establecimiento de la literatura hispanoamericana moderna se nutre de las ideas políticas de Martí. Él es adelantado y vocero mayor de la actitud antiimperialista y de la toma de conciencia de la condición subdesarrollada de Hispanoamérica, asumidas luego como actitud colectiva tanto en la sociedad como en la literatura. Este espíritu libertario es alimentado por la Revolución mexicana (1910), por la repercusión de la Revolución rusa (1917), y más recientemente por la Revolución cubana (1959), y se constituye en un permanente ‹autocuestionamiento› por el escritor sobre sí mismo y su realidad.

La narrativa latinoamericana vive, en la segunda mitad del siglo veinte, un desarrollo comparable al que la poesía vivió en los años veinte con los modernistas o en los cuarenta con los vanguardistas. Aparece la llamada «nueva novela latinoamericana» que se caracteriza por el intento de adentrarse sobre cada realidad nacional, la gran libertad formal, la fantasía como embellecedora de la existencia y la gran libertad lingüística en la recreación de la lengua.

La realidad política en los años cincuenta es muy parecida en República Dominicana, Argentina, Uruguay, Chile o Nicaragua: Existía inestabilidad política en el camino a la democracia, marcada por dictaduras y gobiernos represivos. Este hecho, junto con los avances editoriales en el continente, facilita a los lectores de Hispanoamérica la identificación con otros pueblos en la lucha por la justicia.

En medio de una paz basada en la injusticia, la literatura funcionó como una forma de cumplir deberes políticos, de identificarse con los grupos militantes que estudiaban la realidad, de dar lecciones socialistas a pueblos analfabetos, hambrientos y atropellados por la injusticia.

Para los escritores, que se sabían pertenecientes a una élite de privilegiados con acceso a la cultura, en medio de un pueblo de ignorantes y desposeídos, constituía un problema de conciencia agitar e inquietar al lector para inducirlo al rechazo de su realidad subyugada y enfocarlo hacia un cambio revolucionario, no sólo a través de la temática sino también de la innovación formal. Más adelante el movimiento de liberación femenina empieza a dar apoyo e inclusive a rescatar del olvido a escritoras, muchas de las cuales nunca habían sido publicadas; y, después del Segundo Concilio Ecuménico (1962), el movimiento de la Teología de la liberación denuncia el lado amargo de las doctrinas cristianas que perpetúan el dominio sobre las clases marginadas y convierten a la religión en «el opio del pueblo».

En cuanto a la temática en la nueva novela se encuentra literatura con contexto urbano que nace del afán por adentrarse en el proceso social de América Latina, la cual asiste a un crecimiento desmesurado de sus capitales y a un despoblamiento del campo por movimientos de migración interna que todavía no terminan. Vargas Llosa, Benedetti y Sábato son maestros de la literatura urbana. También se encuentra literatura de tema feminista, donde las criaturas maniqueas cortadas con patrones fijos de conducta dan paso a personajes con intrincadas peripecias interiores, como en *La última niebla* de María Luisa Bombal. Además, la literatura de la segunda mitad del siglo XX recrea el lenguaje de la fábula, el mito y la imagen, cuyos significados no sólo pueden ser múltiples sino contradictorios, como bien se ve en los sencillos poemas coloquiales de Ernesto Cardenal.

El común denominador de los escritores de esta época es el compromiso ideológico y la idoneidad profesional, sin olvidar el placer sin paralelo que aporta el humor, la risa de la inteligencia.

Juan Bosch, República Dominicana, 1909–2000

Hijo de un catalán acomodado y trabajador, Bosch se crió a la sombra de las revoluciones rusa y mexicana con ideales de libertad y promesas democráticas. Rafael Leonidas Trujillo, ex ministro del cuerpo de Marina de los Estados Unidos, se hizo presidente de la República Dominicana, prometiendo reformas liberales y democráticas. Entusiasmado, Bosch empezó su carrera política. El ex «marine» no tardó en desenmascararse y el terror avasalló el país. Trujillo asesinó a sus enemigos con perfidia y sevicia. Los persiguió más allá de sus fronteras nacionales, llegando hasta Nueva York, Venezuela y Cuba.

En 1930, Bosch empezó a escribir cuentos; su primer libro *Camino real* se publicó en 1933, seguido por *Indios* (1935). En 1936, publicó la novela *La mañosa* la cual le ocasionó el destierro al año siguiente. Partió exiliado rumbo a Europa. Al abandonar su país, los campesinos se morían de hambre mientras los recursos naturales estaban en manos extranjeras. Después de la Guerra Civil española Bosch se radicó en Cuba, donde publicó *Dos pesos de agua*, una colección desgarradora sobre la trágica realidad de su país y de otros en Centro América y el Caribe.

A pesar de que Bosch tenía suficientes recursos económicos para sobrevivir en el destierro, éste le dolía hasta el tuétano porque sentía un arraigado amor por su patria. *Ocho cuentos* apareció en 1947. En Chile, en 1955, publicó *La muchacha de la Guayra*. Luego aparecieron *Trujillo, Judas Iscariote* y *David*. En 1963, después del asesinato del dictador Trujillo, Bosch regresó a la República Dominicana y fue elegido presidente. Seis meses después fue derrocado por un golpe militar. En 1967, Estados Unidos invadió la República Dominicana «para establecer orden» y Bosch perdió las elecciones ante Joaquín Balaguer. De nuevo, Bosch se exiló, esta vez en Puerto Rico.

Con la pluma como arma Bosch expuso las injusticias perpetradas en su país y en otros, bajo gobiernos totalitaristas. Su vida fue una lucha social por desenmascarar a dictadores como Trujillo, que afrentan la libertad, la cultura y la justicia. Trujillo asesinó a cientos de amigos y enemigos entre ellos escritores e intelectuales y a cualquiera que se opusiera a su dictadura.

Las primeras obras de Bosch reflejan influencias surrealistas y neorrealistas. Por medio de estas obras expone una conciencia colectiva sin gran preocupación por el individuo; es una narrativa política y de protesta contra la explotación del hombre.

Bosch es uno de los príncipes cuentistas de la narrativa hispanoamericana: sugestivo y correcto como Juan Rulfo, de tono patético como Horacio Quiroga y mágico como Jorge Luis Borges. «La mujer» (1932), es un réquiem audiovisual del trágico trópico donde la naturaleza metamorfoseada sobrevive la deshumanización de los personajes, cuyas trágicas vidas están controladas por primitivas pasiones y tradiciones. Ellos son impotentes ante la naturaleza simbolizada en el cuento por el indiferente y candente sol. La carretera es escenario y personaje al mismo tiempo, llegando a ser más trascendente que los humanos irracionales.

«La mujer» pinta una escena criolla donde el primitivismo, avasallado por la pobreza, acaba con la bondad y deshumaniza al hombre; el cuento contiene vestigios naturalistas donde los personajes están subordinados a las fuerzas de su medio ambiente. También se observan toques modernistas en la musicalidad, colorido exótico, oraciones breves, repetición y aliteración; la sensualidad lírica con que Bosch pinta el escenario no alivia la descripción de la desgracia humana. Este cuento expone cómo las pasiones y los vicios sobrepasan la razón y endurecen a los humanos hasta empedernirlos, como una roca.

LA MUJER

(1932)

La carretera está muerta. Nadie ni nada la resucitará. Larga, infinitamente larga, ni en la piel gris se le ve vida. El sol la mató; el sol de acero, de tan candente al rojo, un rojo que se hizo blanco. Tornóse luego transparente el acero blanco, y sigue ahí, sobre el lomo de la carretera.

Debe hacer muchos siglos de su muerte. La desenterraron hombres con picos y palas. Cantaban y picaban; algunos había, sin embargo, que ni cantaban ni picaban. Fue muy largo todo aquello. Se veía que venían de muy lejos; sudaban, hedían. De tarde el acero blanco se volvía rojo; entonces en los ojos de los hombres que desenterraban la carretera se agitaba una hoguera pequeñita, detrás de las pupilas.

La muerte atravesaba sabanas y lomas y los vientos traían polvo sobre ella. Después aquel polvo murió también y se posó en la piel gris.

A los lados hay arbustos espinosos. Muchas veces la vista se enferma de tanta amplitud. Pero las planicies están peladas. Pajonales, a distancia. Tal vez aves rapaces coronen cactos. Y los cactos están allá, más lejos, embutidos en el acero blanco.

También hay bohíos, casi todos bajos y hechos con barro. Algunos están pintados de blanco y no se ven bajo del sol. Sólo se destaca el techo grueso, seco, ansioso de quemarse día a día. Las canas dieron esas techumbres por las que nunca rueda agua.

La carretera muerta, totalmente muerta, está ahí, desenterrada, gris. La mujer se veía, primero como un punto negro, después como una piedra que hubieran dejado sobre la momia larga. Estaba allí, tirada, sin que la brisa le moviera los harapos. No la quemaba el sol; tan sólo sentía dolor por los gritos del niño. El niño era de bronce, pequeñín, con los ojos llenos de luz, y se agarraba a la madre tratando de tirar de ella con sus manecitas. Pronto iba la carretera a quemar el cuerpecito, las rodillas por lo menos, de aquella criatura desnuda y gritona.

La casa estaba allí cerca, pero no podía verse.

A medida que se avanzaba, crecía aquello que aprecia una piedra tirada en medio de la gran carretera muerta. Crecía, y Quico se dijo: «Un becerro, sin duda, estropeado por auto».

Tendió la vista: la planicie, la sabana. Una colina lejana, con pajonales, como si fuera esa colina sólo un montoncito de arena apilada por los vientos. El cauce de un río; las fauces secas de la tierra que tuvo agua mil años antes de hoy. Se resquebrajaba la planicie dorada bajo el pesado acero transparente. Los cactos, los cactos, coronados de aves rapaces.

Más cerca ya, Quico vio que era persona. Oyó distintamente los gritos del niño.

El marido la había pegado. Por la única habitación del bohío, caliente como horno, la persiguió, tirándola de los cabellos y machacando a puñetazos su cabeza.

—¡Hija de mala madre! ¡Hija de mala madre! ¡Te voy a matar como a una perra, desvergonsá!

—¡Pero si nadie pasó, Chepe; nadie pasó! —quería ella explicar.

—¿Qué no? ¡Ahora verá!

Y volvía a golpearla.

El niño se agarraba a las piernas de su papá. El veía la mujer sangrando por la nariz. La sangre no le daba miedo, no, solamente deseos de llorar, de gritar mucho. De seguro mamá moriría si seguía sangrando.

Todo fue porque la mujer no vendió la leche de cabra, como él se lo mandara; al volver de las lomas, cuatro días después, no halló el dinero. Ella contó que se había cortado la leche; la verdad es que la bebió. Prefirió no tener unas monedas más a que la criaturita sufriera hambre tanto tiempo.

Le dijo después que se marchara con su hijo:

—¡Te mataré si vuelves a esta casa!

La mujer estaba tirada en el piso de tierra; sangraba mucho y nada oía. Chepe, frenético, la arrastró hasta la carretera. Y se quedó allí, como muerta, sobre el lomo de la gran momia.

Quico tenía agua para dos días más de camino, pero casi toda la gastó en rociar la frente de la mujer. La llevó hasta el bohío, dándole el brazo, y pensó en romper su camisa listada para limpiarla de sangre. Chepe entró por el patio.

—¡Te dije que no quería verte más aquí, condená!

Parece que no había visto al extraño. Aquel acero blanco[1], transparente, le había vuelto fiera, de seguro. El pelo era estopa y las córneas estaban rojas.

Quico le llamó la atención, pero él, medio loco, amenazó de nuevo a su víctima. Iba a pegarla ya. Entonces fue cuando se entabló la lucha entre los dos hombres.

El niño pequeñín, comenzó a gritar otra vez; ahora se envolvía en la falda de su mamá.

La lucha era como una canción silenciosa. No decían palabra. Sólo se oían los gritos del muchacho y las pisadas violentas.

La mujer vio como Quico ahogaba a Chepe; tenía los dedos engarfiados en el pescuezo de su marido. Éste comenzó por cerrar los ojos; abría la boca y le subía la sangre al rostro.

Ella no supo que sucedió, pero cerca, junto a la puerta, estaba la piedra; una piedra como lava, rugosa, casi negra, pesada. Sintió que le nacía una fuerza brutal. La alzó. Sonó seco el golpe. Quico, primero soltó el pescuezo del otro, luego dobló las rodillas, después abrió los brazos con amplitud y cayó de espaldas, sin quejarse, sin hacer un esfuerzo.

La tierra del piso absorbía aquella sangre tan roja, tan abundante. Chepe veía la luz brillar en ella.

La mujer tenía las manos crispadas sobre la cara, todo el pelo suelto y los ojos pugnando por saltar. Corrió. Sentía flojedad en las coyunturas. Quería ver

---

[1]Liqueur

si alguien venía; pero sobre la gran carretera muerta, totalmente muerta, sólo estaba el sol que la mató. Allá, al final de la planicie, la colina de arenas que amontonaron los vientos. Y cactos, embutidos en el acero.

COMPRENSIÓN Y ANÁLISIS

Ubique el cuento *La Mujer* dentro de la época en que fue escrito. Comente sobre lo siguiente:

Forma

La estructura de la narración: Busque introducción, desarrollo, momento climático, conclusión.
El narrador: ¿Cuál es la forma narrativa? ¿Quién es el narrador? Comente sobre el primitivismo del ser humano en este cuento. Comente cómo la pobreza es capaz de deshumanizar al hombre.

Contenido

El tema: La narración es una reflexión sobre una situación social, especialmente de las clases bajas. Al mismo tiempo describe las tradiciones impuestas a la mujer en sociedades patriarcales. Explore estos temas en el cuento. Explique las dificultades que las mujeres encuentran en este tipo de sociedades. Describa la brutalidad humana y cómo ésta nos puede llevar a la catástrofe que el cuento describe.
Los personajes: ¿Quiénes son los protagonistas del cuento? ¿Quién es Quico? ¿Quién es Chepe?
El espacio: ¿Qué lugares específicos se mencionan en la narración? ¿Qué importancia tienen las descripciones del paisaje para entender el cuento?
El tiempo: ¿Hay un tiempo determinado en la narración? ¿Cuándo sucede la historia narrada?
La cultura: Conociendo la época en que el cuento fue escrito, ¿es ésta una obra que rompe o acentúa estereotipos sociales de género? Comente en qué clase de sociedad vive usted, ¿es una sociedad patriarcal, matriarcal o existe igualdad entre el hombre y la mujer? ¿Cómo cree usted que estos diferentes tipos de sociedades ayudan o perjudican el desarrollo de la mujer?

Lenguaje

Vocabulario del cuento: ¿Qué palabras y símbolos contribuyen a dar a la narración su tono pesimista y de subordinación humana?
Descripciones: Describa a su compañero cómo es el paisaje que el autor presenta. Describa el ambiente en el que viven los personajes principales. Describa qué sucede al final de la historia y por qué cree usted que la mujer reaccionó de esa manera.
Narración: Resuma en pocas palabras la historia narrada.
Lenguaje literario: Busque los símbolos que se encuentran en este cuento, por ejemplo los colores, rojo, blanco, gris, la mujer, el niño, la leche, la carretera, la piedra, cómo cae Quico en el suelo con los brazos abiertos, ¿qué significan éstos?

Comunicación

¿Cómo se presenta la narración? ¿Qué tono utiliza el autor del cuento en sus descripciones del paisaje?

Ejercicios de creación literaria

Escriba una narración donde los protagonistas vivan en una sociedad matriarcal. Comente cómo la vida de los protagonistas sería diferente.
Estudie sobre ERA (*Equal Rights Ammendment*) y hable sobre la falta de derechos para la mujer en los Estados Unidos.
Escriba una narración donde usted sea la mujer protagonista. ¿Qué reacción hubiese tenido al ver a los dos hombres luchando?

Ernesto Sábato, Argentina, 1911

Su educación se centró en las ciencias. Obtuvo una beca para estudiar en París, bajo la famosa Madame Curie. En 1939 fue a MIT en Massachusetts a estudiar rayos cósmicos. Cuando tomó conciencia de que sus investigaciones se estaban usando para destruir a la humanidad con bombas atómicas, abandonó repentinamente la cátedra de física en la universidad de Buenos Aires y empezó a escribir. Se vinculó a la revista *Sur*, y en 1945 apareció su primer libro *Uno y el Universo.*

En 1945 Juan Perón fue elegido presidente y su régimen se convirtió en una dictadura contra los intelectuales. Miles de catedráticos y pensadores argentinos abandonaron sus empleos o fueron despedidos. Sábato fue uno de ellos. Entonces de dedicó de lleno a las letras y publicó la novela *El túnel* (1948), donde conjugó sus habilidades de científico y narrador. El éxito de ésta lo consagró internacionalmente. Este acontecimiento fue para Sábato como un reencuentro con su espíritu.

El túnel es una novela de pocos hechos, centrada en una lucha de sentimientos, emociones, inhibiciones y conflictos psicológicos. Se desarrolla, policíacamente, mientras narra el descenso del protagonista Castel hacia la locura. Es una ruta fatigosa y opresiva en la cual el caos mental del protagonista lo devora todo. La atmósfera angustiosa de la novela va arrollando al lector con un fatalismo inevitable y laberíntico. Sábato mantiene la dinámica narrativa a nivel de sentimientos, voliciones, ímpetus, inhibiciones y personajes etéreos. Castel, planea un acecho minucioso, estudiado y analizado, buscando liberación psíquica, nihilista y fatal. La tragedia desemboca en la destrucción de los protagonistas.

Sábato es un hombre reservado, discreto e introvertido. No se da a la gloria ni al exhibicionismo; su escritura mantiene una visión existencialista, simétrica, mesurada, trabajada e impregnada de vigorosa sensibilidad.

Sábato es principalmente novelista, razón por la cual, para *Pinceladas,* se han seleccionado fragmentos de un ensayo crítico sobre «Enlaces peligrosos» de André Malraux, que Sábato publicó en la revista *Sur* en enero de 1977. Este trozo contiene las características del pensamiento y la escritura del escritor argentino.

MISOGINIA Y MISODEMIA[2]

Cuando un hombre entra en una mujer lo hace como un conquistador que clava una pica en la tierra conquistada. Tal vez podría construirse toda una doctrina erótica de la conquista territorial (la mujer es la tierra en las antiguas mitologías), así como la posesión física de la mujer podría ser vista como una aventura guerrera de ese animal sediento de poder que es el macho. Hubo hombres en los que el sexo se transmutó casi íntegramente en ansia de dominio geográfico, como Napoleón, tan precario con las mujeres. Y tanto en el coronel Lawrence como en Malraux, el combate militar está transparentemente vinculado a una especie de parasexualismo. En toda la novelística de Malraux, la posesión carnal aparece unida a la guerra, y muchos señalaron la preeminencia que en él tiene el amor físico con relación a la violencia y la tortura, la angustia metafísica y la muerte. Algunos de sus personajes viven obsesionados con la impotencia, pero el orgullo del sexo no es únicamente la manifestación de su masculinidad personal sino el de la especie entera que habla por él. Para Malraux, *Les liasons dangereuses* es una «mitología de la voluntad», y sus protagonistas no tienen sino cartas de dos colores: la vanidad y el deseo. Y una «mezcla permanente de voluntad y sexo es su más poderoso medio de acción».

En *La condition humaine,* Malraux nos habla de la misoginia fundamental de todos los hombres, de donde la violencia y el odio con que muchos de sus héroes se posesionan de la mujer. Es que en ese acto está ya latente la desesperación de lo transitorio, la sombría certeza de que todo ha de terminar y de que, al fin, no se habrá pasado de la superficie de algo que jamás se podrá aprender.

No estoy de acuerdo con él. Puede ser verdad para ciertos hombres, para los hombres que no amen, como Don Juan no ama a las mujeres que conquista, ni Napoleón a las naciones que van cayendo en sus garras de gran solitario. No critico a Malraux, más bien lo compadezco. Dice que «un gran sabor de soledad acompaña a esos personajes de D. H. Lawrence, pues para ese predicador del coito el otro apenas cuenta». Es curioso, pero lo mismo podría haber afirmado para el otro Lawrence, el de Arabia, que seguramente luchaba por la lucha misma, como en algunos momentos de amarga introspección parece confesarlo. También es el caso de Malraux. Son individuos solitarios al estado puro, seres que luchan contra la angustia de su soledad y buscan en el amor físico y en el combate una forma de escapar a la prisión de su carne. Pero no se escapa a la soledad cuando no ansiamos la descendencia, y así como los protagonistas de Malraux se entregan a un amor estéril, así combaten con anticonceptivos. Ambos piensan que la victoria de las masas envilece los ideales, así como el amor platónico de dos adolescentes cree ensuciarse en la encarnación; lo que es cierto, pero al menos es humano; mientras que la negativa a la impureza y a la relatividad es inhumana, y en el fondo egoísta.

Los héroes de Malraux buscan en la posesión de la mujer una culminación frenética del propio Yo, un ahondamiento al máximo de su potencia, una especie de éxtasis solipsista. Estos grandes angustiados, que en el fondo odian y desprecian a la

[2]Read *Male Fantasies* by Klaus Theweleit. Minneapolis: University of Minnesota Press. 1987.

mujer, la usan apenas como instrumento, así como las masas revolucionarias o árabes son instrumento de su frenesí subjetivo. Y me imagino que en muchas noches de sombría reflexión, tanto el coronel Lawrence como André Malraux, su hermano, se preguntaron «para qué», puesto que en el fondo de sus espíritus tan honrados como espantosamente lúcidos sabían que todo iría bien mientras durase la fraternidad del combate, esa especie de coito guerrero; pero que al terminar, sobre todo al terminar victoriosamente, todos los hombres se parecen: comunistas o nacionalistas, árabes o turcos.

COMPRENSIÓN Y ANÁLISIS

Ubique el ensayo *Misoginia y Misodemia* dentro de la época en que fue escrito. Comente sobre lo siguiente:

Forma

La estructura del ensayo: Busque introducción, desarrollo y conclusión.
El narrador: ¿Cuál es la forma narrativa? ¿Contra quién va dirigido este ensayo crítico?

Contenido

El tema: El ensayo compara la conquista de la mujer por el hombre a las conquistas territoriales. Explore este tema. Comente sobre el orgullo masculino y cómo éste influye en las acciones de los hombres. Comente sobre la misoginia en la sociedad.
El espacio: ¿Qué lugares específicos se mencionan en la exposición? ¿Qué importancia tienen?
El tiempo: ¿Hay un tiempo determinado en la narración?
La cultura: Conociendo la época en que el ensayo fue escrito, ¿es ésta una obra que rompe o acentúa estereotipos sociales de clase y género? Comente.

Lenguaje

Vocabulario del ensayo: ¿Qué palabras y símbolos contribuyen a dar a la exposición su tono crítico?
Descripciones: Describa a su compañero algunos pensamientos del autor. ¿En qué temas está el autor de acuerdo con Malraux y en qué temas difiere de él?
Narración: Resuma en pocas palabras el contenido del ensayo.
Lenguaje literario: Busque los símbolos que se encuentran en este ensayo. Por ejemplo, ¿qué simbolizan el título, Napoleón, *Les Liasons dangereuse, La condition humaine,* Don Juan, Lawrence de Arabia?

Comunicación

¿Cómo se presenta el discurso? ¿A quién va dirigido el ensayo?

Ejercicios de Creación Literaria

Escriba una narración en donde dé su opinión acerca de la misoginia. Comente si usted cree que vivimos en una sociedad donde el hombre utiliza a la mujer como instrumento o si por el contrario los hombres tratan a las mujeres como iguales.

Mario Benedetti, Uruguay, 1920

Nació en Paso del Toro, Uruguay; los primeros años de vida los pasó en apremiante pobreza debido a dificultades económicas de su padre que era farmacéutico. En 1924, la familia se trasladó a Montevideo y el joven Benedetti tuvo la oportunidad de estudiar en el Colegio Alemán; esta indeleble experiencia lo marcó el resto de su vida. En esos días (1928–1934), se anticipaba el nazismo con su genocidio y discriminación. En el Colegio Alemán, Mario recibió crueles castigos corporales por parte de sus maestros. Estas lecciones le infundieron sentido de solidaridad con los castigados y los relegados. En 1938 se fue para Buenos Aires y empezó a escribir; en 1945 publicó su primer libro *La víspera indeleble,* y en 1954 se dedicó al periodismo y fundó la revista *Marginalia.*

Para subsistir, Benedetti desempeñaba diversos empleos oficinescos que le dieron gran experiencia y temática literaria. En 1953 publicó su primera novela *Quién de nosotros,* donde plantea los conflictos de un triángulo amoroso. Por tres décadas fue el director de la revista *Marcha,* hasta cuando el gobierno la cerró en 1973. En 1956, Benedetti había publicado uno de sus libros más importantes *Poemas de la oficina,* donde describe la monotonía y frustración de los oficinistas, presentando la ineficacia del hombre encadenado por la sociedad y su angustia metafísica al no tener respuestas ontológicas.

En 1957, viajó a Europa y a su regreso publicó el drama *El reportaje*. El triunfo de la Revolución Cubana, en 1959, fue un sacudón decisivo en la política internacional que vigorizó a los intelectuales, trayendo un rayo de esperanza a los países subdesarrollados. Benedetti publicó uno de los hitos de su carrera literaria, *Montevideanos*, una serie de cuentos cortos, que se convirtió en un best-seller y fue reconocido internacionalmente. Viajó a Estados Unidos donde presenció discriminación racial y sus injusticias; juró nunca regresar al imperialista país del Norte.

Al año siguiente publicó *La tregua* y *El país de la cola de paja* donde expresa la complicidad colectiva y la corrupción administrativa que mantienen a los países pobres en estado vegetativo. Su tercera novela, *Gracias por el fuego*, fue prohibida por la censura en Uruguay y sólo vio la luz en 1965. A ésta siguió *Letras del continente mestizo*, una antología de trabajos de crítica literaria. Su última novela *El cumpleaños de Juan Angel* fue escrita en verso, hazaña nunca antes lograda en Hispanoamérica.

En 1973, el nuevo gobierno uruguayo lo obligó a exiliarse en Buenos Aires y finalmente en Cuba donde reside y trabaja como asesor literario en la Casa de las Américas.

En la obra de Benedetti se ven influencias de Brecht, James Joyce y Luigi Pirandello especialmente en fondo y forma, tales como la arquitectura aparentemente improvisada e intencionalmente desorganizada, la idea de una obra dentro de otra obra, la yuxtaposición y fusión de realidades que provocan choques y crean una atmósfera multifacética.

Benedetti es una de las voces más elocuentes en favor del hombre común; sus escritos hablan de la injusticia social escudada en términos democráticos. La palabra democracia es una ficción en la mayoría de los países hispanoamericanos, pues sus leyes son burladas a favor de las clases dominantes. Para Benedetti, el empleo de la palabra democracia y su aplicación presentan la misma discrepancia que hay entre apariencia y esencia; una cosa es lo que el gobierno predica y otra lo que practica. Las dictaduras militares, especialmente, se valen de la palabra democracia para abusar del pueblo. Para alivianar la carga ideológica de sus escritos, el prolífero Benedetti emplea el humor como válvula de escape que permite al lector aflojar la furia, las humillaciones y los rencores.

Benedetti no escribe con patetismo, sino con ingenioso humor ideológico y esperanzado; su ideal es la justicia social y el respeto a la dignidad humana; es un narrador directo, rápido, irónico y novedoso. En el cuento «El cambiazo»[3] presenta una visión esquemática de la realidad; la historia se desarrolla en dos escenarios: El escenario militar, está representado por el coronel Corrales —simbólico nombre—. Como el hombre promedio en la narrativa de Benedetti, Corrales es un burgués, un tipo de individuo, que por sus circunstancias, vive con sensación de *castración* sicológica y sobrevive en un desierto de papel y burocracia, condenado a la monotonía y a la frustración; su sentido de impotencia lo agudiza el trabajo de oficinista que determina el tipo de relaciones emocionales que lo rodean. El escenario familiar está representado por la hija de Corrales, Julia, huérfana de madre, vacía y fanática imagen de la juventud contemporánea y su alienación. Julia se desahoga mirando la televisión en búsqueda de comunicación y unión humana. Hay una serie de narradores que mantienen el vaivén emocional, muestran el egoísmo y la insinceridad de los personajes y unen los dos escenarios.

En este cuento, Benedetti crea situaciones y referencias satíricas refiriéndose al porvenir del Uruguay. El lenguaje empleado es el del uruguayo promedio, con el que expresa las grietas morales de la sociedad en crisis, debilitada por la frustración y la mediocridad. El humor pícaro con que va salpicado el cuento aliviana el pesado tema. En «El cambiazo», Benedetti, magistralmente, emplea técnicas y recursos audiovisuales para alcanzar coherencia por medio de incoherencias y su sencillo canto produce el gran cambio.

Benedetti no es escritor para lectores distraídos ni impacientes, sino para el que quiere penetrar en sus ideas y balancearse en el equilibrio entre lo cambiante y lo permanente.

[3]With thanks to Dr. Carmen Tisnado for her advice on this selection.

EL CAMBIAZO

Mierda con ellos. Me las van a pagar todas juntas. No importa que, justo ahora, cuando voy a firmar la decimoctava orden de arresto, se me rompa el bolígrafo. Me cago en la putísima. Y el imbécil que pregunta: ¿Le consigo otro, mi coronel? Por hoy alcanza con diecisiete. Ayer Vélez recobró la libertad convertido en un glorioso guiñapo: los riñones hechos una porquería, un brazo roto, el ojo tumefacto, la espalda en llaga. Ya designó, por supuesto, la correspondiente investigadora para que informe sobre las irregularidades denunciadas por ciertos órganos de la prensa nacional. Algún día tendrán que aprender que el coronel Corrales no es un maricón como sus predecesores sino un jefe de policía con todo lo que hace falta.

hipnotizada frente al televisor, Julita no se atreve ni a parpadear. No es para menos. Lito Suárez, con su rostro angelical y sus puñitos cerrados, ha cantado Siembra de Luz y en seguida Mi Corazón Tiene un Remiendo. Grititos semejantes a los de la juvenil teleaudiencia salen también de la boca de Julita, quien para una mejor vocalización acomoda el bombón de menta al costado de la muela. Pero ahora Lito se pone solemne: «Hoy tengo una novedad y se llama El Cambiazo. Es una canción y también es un juego. Un juego que jugaremos al nivel de masas, al nivel de pueblo, al nivel de juventud. ¿Qué les parece? Voy a cantarles El Cambiazo. Son sólo cuatro versos. Durante la semana que empezará mañana, lo cantaremos en todas partes: en la ducha, en las aulas, en la calle, en la cama, en el ómnibus, en la playa, en el café. ¿De acuerdo? Luego, el domingo próximo, a esa misma hora, cambiaremos el primero de los cuatro versos. De las propuestas por escrito que ustedes me hagan llegar, yo elegiré una. ¿Les parece bien?» Síííííí, chilla la adicta, fanática, coherente adolescencia. «Y así seguiremos todas las semanas hasta transformar completamente la cuarteta. Pero tengan en cuenta que en cada etapa de su transformación, la estrofa tendrá que cumplir una doble condición: variar uno de sus versos, pero mantener un sentido total. Es claro que la cuarteta que finalmente resulte, quizá no tenga el mismo significado que la inicial; pero ahí es justamente donde reside el sabor del juego. ¿Estamos?» Sííííííí. «Y ahora les voy a cantar el texto inicial.» Julita Corrales traga por fin el bombón para no distraerse y además para concentrarse en la memorización del Evangelio según San Lito. «Paraquená dieeeeee loimpida, paraquetuá mooooooor despierte, paravosmí vooooooooz rendida, paramisó loooooooo quererte.» Julita se arrastra hasta la silla donde ha dejado el draipén y el block, anota nerviosamente la primera variante que se le ocurre, y antes de que el seráfico rostro del cantante desaparezca entre los títulos y los créditos finales del programa Lito Con Sus Muchachos, ya está en condiciones de murmurar para sí misma: «Paraquevén gaaaaaaaas querida, paraquetuá mooooooor despierte, paravosmí vooooooooz rendida, paramisó loooooooo quererte.»

decime, podridito, ¿Vos te crees que me chupo el dedo? Ustedes querían provocar el apagón, ¿No es cierto? Seguro que al buenazo de Ibarra se la hubieran hecho. Pero yo soy un jefe de policía, no un maricón. Conviene que lo aprendas. ¿Tenés miedo, eh? No te culpo. Yo no sólo tendría miedo sino pánico frente al coronel Corrales. Pero resulta que el coronel Corrales soy yo, y el gran revolucionario Menéndez sos vos. Y el que se caga de miedo también sos vos. Y el que se agarra la barriga de risa es otra vez el coronel Corrales. ¿Te parece bien? Decímelo con franqueza, porque si no te parece bien volvemos a la electricidad. Sucede que a mí no me gustan los apagones. A mí me gustan los toquecitos eléctricos. Me imagino que todavía te quedarán güevos. Claro que un poco disminuidos, ¿verdad? ¿Quién te iba a decir que los de avestruz se podían convertir en güevos de paloma? Así que apagón. Buena pieza. Me imagino que ustedes, cuando conciben estas hermosas películas en que son tan cojonudos, también tendrán en cuenta los riesgos. Vos estás ahora en la etapa del riesgo. Pregunta número uno: ¿Quién era el enlace para el apagón? Pregunta número dos: ¿Dónde estuviste el jueves pasado, de seis a siete y veinticinco? Pregunta número tres: ¿Hasta cuándo creés que durará tu discreción? Pregunta número cuatro: ¿Te comieron la lengua los ratones, tesoro?

se muerde las uñas, pero lo hace con personalidad. Empieza por los costados, a fin de no arruinar demasiado la aceptable media luna creada por el fino trabajo de la manicura. De todos modos, se come las uñas, y sus razones tiene. Lito Suárez va a anunciar cómo ha quedado El Cambiazo después de la primera transformación. «Durante una semana todos hemos cantado la canción que les enseñé el domingo pasado. La oí cantar hasta en el Estadio.

Hasta en la sala de espera del dentista. Muy bien. Justamente era eso lo que yo quería. Recibí cinco mil cuatrocientos setenta y tres propuestas para cambiar el primer verso. En definitiva, elegí ésta: «Paraqueseá braaaaaaaa la herida.» Hiiiiiiii, dice la muchedumbrita del Canal. «De modo que pórtense bien y canten El Cambiazo desde ahora hasta el próximo domingo, tal como yo lo voy a cantar ahora: Paraqueseá braaaaaaaa la herida, paraquetuá mooooooor despierte, paravosmí voooooooz rendida, paramisó loooooooo quererte.» Decepcionada, Julita deja de comerse las uñas. Su brillante propuesta quedó entre las cinco mil cuatrocientas setenta y dos desechadas. «Dentro de una semana sustituiremos el segundo verso. ¿De acuerdo?» Síííííí, chilla la juventud.

el coronel muestra los dientes. «Sí, Fresnedo, estoy con usted. Las nuevas canciones son una idiotez. Pero, ¿Qué hay de malo en eso? La verdad es que la muchachada se entretiene, se pone juvenilmente histérica, pide autógrafos, besa fotografías, y mientras tanto no piensa. Me imagino que también usted habrá escuchado la imbecilidad de esta semana. ¿Cómo es? Espere, espere. Si hasta yo me la sé de memoria. Paraque sea braaaaaaa laherida, paraquetuá moooooooor despierte, paravosmí vooooooz rendida, paramisó loooooooo quererte. Siempre es mejor que canten eso y no la Internacional.» «Perdone, mi coronel pero usted no está al día. A partir del domingo pasado cambió el segundo verso. Ahora es así: Paraqueseá braaaaaa la herida, paraqueusé mooooooooos lasuerte, paravosmí vooooooooz rendida, paramisó loooooooo quererte.»

por fin ha conseguido una imagen de Lito. Un ángel, eso es. Besa la foto con furia, con ternura, también con precauciones para no humedecerla demasiado. Papá se burla, claro. Papá es viejo, no entiende nada. Papá el padre es militar, y se ocupa de presos, de política, de sanear el país. Papá no tiene sentido del ritmo, a lo sumo tararea algún tango bien calandraca. Papá no entiende a los jóvenes, tía Ester tampoco. La diferencia es que tía ni siquiera entiende a los viejos. Lito es divino, divino, y cómo nos entiende. Hiiiiiniiii ¿Cómo sería papá a los dieciséis años? ¿Tendría las mismas arrugas y manías que ahora? Y a mí qué me importa. Lo principal es inventar el tercer verso. Tiene que acabar en ida. Por ejemplo: paratidés cooooooo nocida, o también: paralanó cheeeeeeeen cendida, o quizá paratufé miiiiii guarida. No, queda confuso. Y además no va bien con el cuarto verso, y Lito recomendó que siempre debía ser coherente. ¿Y si fuera: paratusuer teeeeeee miherida? Qué estúpida. Ya el primer verso termina en herida. Tendría que acabar, digamos, en sorprendida. Ya está. Paratupiel soooooooor prendida. Queda regio, regio

El calor todo lo ablanda. Hasta las charreteras, el cinturón, la chaquetilla, la visera. Sólo las condecoraciones permanecen duras, indeformables. El calor penetra por las persianas y se instala en la frente del coronel. El coronel transpira como un sargento cualquiera, como la negra, ¿Se llamaba Alberta?, a la que hace mucho (cuando él sólo era teniente Corrales) montó concienzudamente en un quilombo de mala muerte, allá por Tacuarembó. Vida podrida, después de todo. Cuando el viejo lo metió en el ejército, la argumentación incluyó encendidos rubros patrios. El viejo era ateo, pero sólo en cuanto a la pobre Iglesia; en lo demás, era religioso. La patria era para él un equivalente de la Virgen María. Sólo le faltaba persignarse cuando cantaba el himno. De entusiasmo sublime inflamó. Y al final resultaba que ser soldado de la patria no era precisamente defender el suelo, las fronteras, la famosa dignidad nacional, de los fueros civiles el goce defendamos el código fiel, no, ser soldado de la patria, mejor dicho, coronel de la patria, era joder a los muchachos, visitar al embajador, joder a los obreros, recibir la visita del subsecretario del secretario del embajador, joder a uno que otro cabecilla, dejar que los estimados colaboradores de esta Jefatura den rienda suelta a su sadismo en vías de desarrollo, insultar, agraviar, joder, siempre joder, y en el fondo también joderse a sí mismo. Sí, debe ser el calor que todo lo ablanda, hasta el orgullo, hasta el goce del poder, hasta el goce del joder. El coronel Corrales, sudoroso, ablandado, fláccido, piensa en Julita como quien piensa en un cachorro, en un gato, en un potrillo que tuvo cuando era capitán en la frontera. Julita única hija, hija de viudo además, porque María Julia se murió a tiempo, antes de este caos, antes de esta confusión, cuando los oficiales jóvenes todavía tenían ocasión y ganas de concurrir al Teatro Solís, especialmente en las temporadas extranjeras, mostrando a la entrada la simpática medallita cuadrangular, y sentándose luego en el Palco donde ya estaba algún precavido y puntual capitán de fragata que siempre conseguía el mejor de los sitios disponibles, como, por ejemplo, la noche del estornudo, la noche en que Ruggiero Ruggieri daba su Pirandello en una atmósfera de silencio y tensión y a él le empezó la picazón en la nariz y tuvo conciencia de que el estornudo era inminente e inevitable, y se acordó del ejemplo de María Julia que siempre aguantaba tomándose el caballete entre el pulgar y el índice y de ese modo sólo le salía un soplidito tenue, afelpado, apenas audible a veinte centímetros, y él quiso hacer lo mismo y en realidad cumplió rigurosamente todo el rito exterior y se apretó el caballete con el pulgar y el índice pero cuando vino por fin el estornudo en el preciso y dramático instante en que Ruggiero hacía la pausa más conmovedora del segundo acto, entonces se escuchó en la sala, y la acústica del Solís es realmente notable, sólo comparable a la de la Scala de Milán según los entendidos, se escuchó en la sala una suerte de silbato o bocina o pitido estridente y agudo, suficiente para que toda la platea y el mismísimo Ruggiero Ruggieri dirigieran su reojo al palco militar donde el capitán de fragata hacía todo lo posible para que el público entendiera inequívocamente que él no era el dueño de la bocina. Sí, Julita, hija de viudo, es decir, Julita o sea la familia entera, pero cómo entender qué pasa con Julita. No estudia ni cose ni toca el piano ni siquiera colecciona estampillas o cajas de fósforos o botellitas, sino que oye de la mañana a la noche los discos de ese pajarón infame, de ese Lito Suárez con su cerquillo indecente y sus patillas indecentes y su dedito indecente y sus ojitos revoloteantes y sus pantalones de zancudo y sus guiños de complicidad, y por si eso fuera poco, hay que aguantarlo todos los domingos en el show de cuatro horas, Lito y Sus Muchachos, como un nuevo integrante de la familia, instalado en la pantalla del televisor, incitando a la chiquillinada a que cante esa idiotez, ese Cambiazo, y después todas las caritas, más o menos histéricas, y el hiiiiiiiii de rigor, y el suspiro no menos indecente de Julita, a su lado, sudando también ella pero feliz, olvidada ya de que su tercera propuesta ha sido también desechada como las otras y cantando con Lito y con todos la nueva versión del Cambiazo: paraqueseá braaaaaa la herida, paraqueusé moooooooos lasuerte, paranosó trooooooooos lavida, paramisó looooooo quererte.

Apaga la luz. Ha intentado leer y no ha podido. Pese a los fracasos, no puede renunciar a inventar el cuarto y decisivo verso. Pero la presencia de Lito, el ángel, es ahora algo más que una estrofa. El calor no afloja y ella está entre las sábanas, con los ojos muy abiertos, tratando de decirse que lo que quiere es crear el cuarto verso, por ejemplo: paravos mí maaaaaaaa nofuerte, pero en realidad es algo más que eso, algo que más bien se relaciona con el calor que no cede, que lo enciende todo. Julita sale de entre las sábanas, y así, a oscuras, sin encender la luz, va hacia la puerta y le pasa llave, y antes de volver a la cama, se quita el pijama y aparta la sábana de arriba y se tiende bocabajo, y llorando besa la foto, sin importarle ya que se humedezca.

menos mal que refrescó. Fresnedo se cuadra. «Vamos, olvídese por hoy de la disciplina», dice el coronel. Menos mal que refrescó. Cuando refresca, el coronel Corrales suele sentirse optimista, seguro de sí mismo, dueño de su futuro. «Desde que prohibimos los actos públicos, vivimos más tranquilos, ¿no?» «Sin embargo, hoy había un acto, mi coronel, y autorizado.» «¿Cuál?» «El del cantante.» «Bah.» «Vengo de la Plaza. Eran miles y miles de chiquilines y sobre todo de muchachitas. Verdaderamente impresionante. Decían que allá él iba a completar la canción, que allá iba a elegir el cuarto verso. Usted dirá que yo soy demasiado aprensivo, mi coronel, pero ¿usted no cree que habría que vigilarlos más?» «Créame, Fresnedo, son taraditos. Los conozco bien, ¿sabe?, porque desgraciadamente mi hija Julita es uno de ellos. Son inofensivos, son cretinos, empezando por ese Lito. ¿Usted no cree que es un débil mental?» Fresnedo abre desmesuradamente los ojos, como si de pronto eso le sirviera para escuchar mejor. En realidad, el griterío ha empezado como un lejano murmullo. Luego se va introduciendo lentamente en el inexpugnable despacho. El coronel se pone de pie y trata de reconocer qué es lo que gritan. Pero sólo es perfectamente audible la voz de alguien que está en la calle, junto a la puerta. Acaso el oficial, quizá un guardia exterior. «No tiren, que son criaturas.» El primer tiro suena inesperadamente cercano y viene de afuera. El coronel abre la boca para decir algo, quizá una orden. Entonces estalla el cristal de la ventana. El coronel recibe el tercer disparo en el cuello. Fresnedo logra esconderse detrás de la mesa cargada de expedientes, y sólo entonces puede entender qué es lo que chillan los de afuera, qué es lo que chillan esos mocosos y mocosas, cuyos rostros seráficos e inclementes, decididos e ingenuos, han empezado a irrumpir en el despacho: «Paraqueseá braaaaaa la herida, paraqueusé moooooooos lasuerte, paranosó trooooooooos lavida, paracorrá leeeeeeees lamuerte.»

COMPRENSIÓN Y ANÁLISIS

Ubique el cuento *El cambiazo* dentro de la época en que fue escrito. Comente sobre lo siguiente:

Forma

Orden de la narración: Orden cronologico de los eventos de la historia.
La estructura del cuento: Busque introducción, desarrollo, momento climático, conclusión.
El narrador: Analice los verbos en los dos párrafos introductorios. ¿Quién es la persona del narrador en el primero, en el segundo? ¿Cuál narrador es externo y cuál es interno a los hechos narrados? ¿Cambia o se mantiene esta estructura de narrador durante la historia? ¿Qué aprendemos sobre los narradores a través de la historia?

Contenido

El tema: Trate sobre el papel irónico que desempeña la televisión en la dominación de las masas en esta sociedad militarizada.
Los personajes: ¿Quiénes y cómo son los personajes centrales? ¿Cuál es la relación entre ellos? ¿A qué trabajo se dedican? ¿Qué distingue a los Corrales? Analice el papel del padre en la carrera del Coronel Corrales. Analice en especial al personaje Lito Suárez en el desarrollo de la historia.
El espacio: Hable sobre los dos espacios en que se desarrolla el cuento y sobre los estados de ánimo de los personajes en cada uno.
El tiempo: ¿En cuánto tiempo se desarrolla la historia? ¿Hay un tiempo determinado en el cuento? ¿Cuál es la edad de Julita y cómo se relaciona ésta con el contenido del cuento? ¿Cuál es el papel del clima en el desenvolvimiento de la historia?
La cultura: Analice la dominación de la policía en la vida de esta sociedad. Compare el papel del personaje femenino, y cómo se habla de ella, con el papel de los personajes masculinos en la historia.
¿Cuál es la relación del título con el contenido del cuento?

Lenguaje

Vocabulario del cuento: ¿Qué palabras contribuyen a dar al cuento un tono de sensualidad, agresividad? ¿Con qué palabras se describe a sí mismo el coronel Corrales?
Descripciones: ¿Qué palabras se utilizan para hablar de los personajes, de la escena íntima y de la social, los espacios, el tiempo?
Narración: Resuma es en pocas palabras la historia narrada. ¿Qué historia se presenta dentro de la historia?
Lenguaje figurado: Analice la forma en que el coronel Corrales usa el lenguaje figurado en las alusiones a los revolucionarios. ¿Qué otras figuras literarias o tropos se presentan?
Motivo recurrente: Escriba y cante las cuatro versiones de «El cambiazo».

Comunicación

¿Qué se usa más en el cuento, la narración, el diálogo, el monólogo? ¿Es el discurso televisivo de Lito un monólogo, o una nueva categoría en el modo de exposición?
Analice los diálogos entre los personajes del cuento. ¿Quiénes dialogan?
¿Cómo se usan los pronombres de tratamiento (tú, usted, vos, ustedes) en las relaciones entre los personajes?

Ejercicios de creación literaria

Tome el punto de vista de Lito y de hágalo hablar en la historia, mientras prepara su trampa.
Con otros estudiantes transformen una escena del cuento en una escena de teatro y preséntenla a la clase.

Marco Denevi, Argentina, 1922–1998

Denevi nació en Argentina de padre italiano. Estudió en la Facultad de Derecho de la Universidad de Buenos Aires y por años trabajó en la Caja Nacional de Ahorro Postal. En 1960 ganó el premio de la revista *Life en Español* por su cuento «Ceremonia secreta». También ha escrito teatro y novela. Su producción literaria no es extensa; lo más destacado de su producción son las fábulas. La característica sobresaliente de su narrativa es la lacónica presentación de la realidad humana en forma insólita y mágica, produciendo inesperadas sorpresas; para ello, se vale de mitos clásicos y los presenta como comentarios del hombre contemporáneo. Denevi presenta una visión irónica de este alocado mundo, donde las fronteras se desvanecen. Sus personajes actúan con total e ingeniosa autonomía.

Denevi es un minucioso observador de la realidad. Su primer libro, *Rosaura a las diez*, le ganó el codiciado premio Kraft. Esta novela parte de una patética situación en la cual el escritor desarma a todos sus personajes para luego reconstruirlos a su imagen y semejanza. El creador Denevi disecta a sus personajes para revelar su miseria e impotencia.

Las selecciones siguientes son lúdicas metáforas sobre mitos judeocristianos, y muestran la preocupación de Denevi con los efectos de la tecnología sobre el ser humano.

EL DIOS DE LAS MOSCAS

Las moscas imaginaron a su dios. Era otra mosca. El dios de las moscas era una mosca, ya verde, ya negra y dorada, ya rosa, ya blanca, ya purpúrea, una mosca inverosímil, una mosca bellísima, una mosca monstruosa, una mosca terrible, una mosca benévola, una mosca vengativa, una mosca justiciera, una mosca joven, una mosca vieja, pero siempre una mosca. Algunos aumentaban su tamaño hasta volverla enorme como un buey, otros la ideaban tan microscópica que no se la veía. En algunas religiones carecía de alas («Vuela, sostenían, pero no necesita alas»), en otras tenía infinitas alas. Aquí disponía de antenas como cuernos, allá los ojos le comían toda la cabeza. Para unos zumbaba constantemente, para otros era muda pero se hacia entender lo mismo. Y para todos, cuando las moscas morían, los conducía en un vuelo arrebatado hasta el paraíso. Y el paraíso era un trozo de carroña, hediondo y putrefacto, que las almas de las moscas muertas devoraban por toda la eternidad y que no se consumía nunca, pues aquella celestial bazofia continuamente renacía y se renovaba bajo el enjambre de las moscas. De las buenas. Porque también había moscas malas y para éstas había un infierno. El infierno de las moscas condenadas era un sitio sin excrementos, sin desperdicios, sin basura, sin hedor, sin nada de nada, un sitio limpio y reluciente y para colmo iluminado por una luz deslumbradora, es decir, un lugar abominable.

COMPRENSIÓN Y ANÁLISIS

Ubique el cuento *El dios de las moscas* dentro de la época en que fue escrito. Comente sobre lo siguiente:

Forma

La estructura de la narración: Busque introducción, desarrollo, momento climático y, conclusión.
El narrador: ¿Cuál es la forma narrativa? ¿Quién es el narrador?

Contenido

El tema: La narración es una reflexión sobre una situación social y pretende enfatizar cómo el punto de vista cambia la percepción del mundo. Explore estos temas en el cuento.
Los personajes: ¿Quiénes son los protagonistas? ¿Por qué cree usted que el autor ha seleccionado las moscas en vez de cualquier otro insecto?
El espacio: ¿Qué lugares específicos se mencionan en la narración? ¿Cómo utiliza el autor la ironía al describir la visión que las moscas tienen del paraíso y del infierno? ¿Qué diferencias y semejanzas hay entre el cielo y el infierno de las moscas y la versión bíblica de éstos?
El tiempo: ¿Hay un tiempo determinado en la narración?
La cultura: ¿Cómo se rebela Denevi contra la mitología cristiana?

Lenguaje

Vocabulario del cuento: ¿Qué palabras y símbolos contribuyen a dar a la narración su tono irónico, alegórico y humorístico?
Descripciones: Describa a su compañero cómo las moscas se imaginan a su Dios. Describa cómo imagina usted el cielo y el infierno.
Narración: Resuma en pocas palabras la historia narrada.
Lenguaje literario: Identifique algunos de los símbolos en el cuento, por ejemplo la carroña, lo putrefacto, la luz. ¿Qué significan? Compare la religión de las moscas con la religión cristiana.

Comunicación

¿Qué pretende comunicar el autor con su ironía sobre el dios de las moscas?

Ejercicios de creación literaria

Describa a su Dios. Si usted fuera una mosca, ¿cómo se imaginaría a su Dios?, ¿cómo se imaginaría el infierno y el cielo? Escriba una narración donde conteste las preguntas anteriores.

GÉNESIS

Con la última guerra atómica, la humanidad y la civilización desaparecieron. Toda la tierra fue como un desierto calcinado. En cierta región de Oriente sobrevivió un niño, hijo del piloto de una nave espacial. El niño se alimentaba de hierbas y dormía en una caverna. Durante mucho tiempo, aturdido por el horror del desastre, sólo sabía llorar y clamar por su padre. Después sus recuerdos se oscurecieron, se disgregaron, se volvieron arbitrarios y cambiantes como un sueño, su horror se transformó en un vago miedo. A ratos recordaba la figura de su padre, que le sonreía o lo amonestaba, o ascendía a su nave espacial, envuelta en fuego y en ruido, y se perdía entre las nubes. Entonces, loco de soledad, caía de rodillas y le rogaba que volviese. Entretanto la tierra se cubrió nuevamente de vegetación; las plantas se cargaron de flores; los árboles, de frutos. El niño, convertido en un muchacho, comenzó a explorar el país. Un día vio un ave. Otro día un lobo. Otro día, inesperadamente, se halló frente a una joven de su edad que, lo mismo que él, había sobrevivido a los estragos de la guerra atómica.

—¿Cómo te llamas? —le preguntó.

—Eva, —contestó la joven— . —¿Y tú?

—Adán.

APOCALIPSIS

La extinción de la raza de los hombres se sitúa aproximadamente a fines del siglo XXXII. La cosa ocurrió así: las máquinas habían alcanzado tal perfección que los hombres ya no necesitaban comer, ni dormir ni hablar, ni leer ni escribir, ni pensar, ni hacer nada. Les bastaba apretar un botón y las máquinas lo hacían todo por ellos. Gradualmente fueron desapareciendo las mesas, las sillas, las rosas, los discos con las nueve sinfonías de Beethoven, las tiendas de antigüedades, los vinos de Burdeos, las golondrinas, los tapices flamencos, todo Verdi, el ajedrez, los telescopios, las catedrales góticas, los estadios de fútbol, la Piedad de Miguel Ángel, los mapas, las ruinas del Foro Trajano, los automóviles, el arroz, las sequoias gigantes, el Partenón. Sólo había máquinas. Después los hombres empezaron a notar que ellos mismos iban desapareciendo paulatinamente y que en cambio las máquinas se multiplicaban. Bastó poco tiempo para que el número de los hombres quedase reducido a la mitad y el de las máquinas se duplicase. Las máquinas terminaron por ocupar todos los sitios disponibles. No se podía dar un paso ni hacer un ademán sin tropezarse con una de ellas. Finalmente los hombres se fueron eliminando. Como el último se olvidó de desconectar las máquinas, desde entonces seguimos funcionando.

COMPRENSIÓN Y ANÁLISIS

Ubique el cuento *Apocalipsis* dentro de la época en que fue escrito. Comente sobre lo siguiente:

Forma

La estructura de la narración: Busque introducción, desarrollo, momento climático, conclusión.

El narrador: ¿Cuál es la forma narrativa? ¿Quién es el narrador? ¿Qué importancia tiene la frase «Desde entonces seguimos funcionando» para identificar al narrador? ¿Quiénes son los protagonistas? Comente la evolución del ser humano en este cuento. Explique la metamorfosis que éste sufre y cómo finalmente llega a su autodestrucción. ¿Cuál es la función de las máquinas tras la destrucción del hombre?

Contenido

El tema: La narración es una reflexión sobre una situación social y muestra la preocupación del autor con los efectos que los nuevos avances tecnológicos tendrán en el ser humano. Explore estos temas en el cuento. Explique la importancia que el materialismo/consumismo tiene en el cuento. Describa la pasividad humana y cómo ésta nos puede llevar a la catástrofe que el cuento describe.

El espacio: ¿Qué lugares específicos se mencionan en la narración? ¿Que importancia tienen?

El tiempo: ¿Hay un tiempo determinado en la narración?

La cultura: Conociendo la época en que el cuento fue escrito, ¿es ésta una obra que rompe o acentúa estereotipos sociales? ¿Qué efectos tienen los avances tecnológicos en la sociedad del cuento? ¿Qué efectos tienen los avances tecnológicos en la sociedad de hoy? ¿Qué avances tecnológicos considera beneficiosos para el desarrollo de las culturas y cuáles considera perjudiciales?

Lenguaje

Vocabulario del cuento: ¿Qué palabras y símbolos contribuyen a dar a la narración su tono irónico, alegórico y pesimista?
Descripciones: Describa a su compañero los símbolos de la civilización que van desapareciendo al mismo tiempo que el ser humano. Busque información sobre la Piedad de Miguel Angel, el Partenón y las ruinas del Foro Trajano.
Narración: Resuma en pocas palabras la historia narrada.
Lenguaje literario: Apocalipsis, rosas, sinfonías de Beethoven, antigüedades, la Piedad de Miguel Ángel, las golondrinas, el arroz, los mapas, el Partenón son algunos de los símbolos en la narración, ¿qué significan? La palabra Apocalipsis tiene varios significados. Puede significar una revelación sorprendente. ¿Cómo puede relacionar el título del cuento con la última frase: «Desde entonces seguimos funcionando»? Apocalipsis también se refiere al último libro del Nuevo testamento de la Biblia en el que Juan revela su visión del fin del mundo. Compare las dos visiones del Apocalipsis, la del cuento y la de la Biblia.

Comunicación

¿Cómo se presenta la narración? ¿Qué tono utiliza el autor del cuento para describir el fin del mundo?

Ejercicios de creación literaria

Escriba una narración donde usted sea una máquina. Comente cómo es la vida después de la desaparición completa del ser humano.
Escriba una narración donde usted sea el último hombre/mujer que sobrevive en la tierra con las máquinas. ¿Qué haría? Describa cómo sería su vida.
Vea la película «2001, Odisea del espacio» y compárela con el cuento.

Carlos Solórzano, Guatemala, 1922

Uno de los dramaturgos hispanoamericanos más sobresalientes de este siglo, Carlos Solórzano, nació en San Marcos, Guatemala, y en 1939 se trasladó a México, donde estudió arquitectura y residió el resto de su vida. En 1947 viajó a Europa con una beca Rockefeller para estudiar teatro. En 1952 regresó a México donde fue nombrado director del Teatro Universitario.

El teatro de Solórzano contiene elementos del teatro de Brecht, de Pirandello y de los existencialistas. Es teatro clásico y uno de los más serios y exitosos del mundo hispanohablante. Otras obras suyas son: *El hechicero, Los fantoches, Mea culpa, El crucificado, El sueño del Ángel.* Ha sido ferviente expositor del teatro hispanoamericano en foros internacionales, y como catedrático en la UNAM. También ha sido profesor visitante en las universidades de California y Kansas.

El planteamiento central de su obra es la libertad del hombre, no sólo física, sino también espiritual. La felicidad sólo puede alcanzarse en la libertad. *Las manos de Dios,* puesta en escena por primera vez en 1956, recibió inmediato reconocimiento crítico aun de renombradas personalidades como Albert Camus. Este drama también desató fuerte polémica, debido al enfrentamiento entre el control establecido por las instituciones dirigentes y la libertad congénita del individuo desvalido.

En *Las manos de Dios* Solórzano ha querido revisar los procedimientos del auto sacramental tradicional, asimilándolos a las técnicas modernas para presentar los personajes desde otra perspectiva y descubrir así el significado que éstos tienen en la vida del hombre contemporáneo.

El drama se desarrolla en un pequeño pueblo hispanoamericano, donde Beatriz, la recurrente protagonista de Solórzano, se enfrenta con el cura y su justicia, buscando la libertad de su hermano encarcelado injustamente. Aparece el Forastero o diablo, quien representa la libertad y el amor. El alegre y buen mozo joven, don Satanás le aconseja a Beatriz que pague por la libertad de su hermano robando y vendiendo las joyas de la iglesia. Es una batalla entre el bien y el mal, entre la libertad y la justicia versus el poder y la avaricia.

LAS MANOS DE DIOS

(1956)

AUTO EN TRES ACTOS

PERSONAJES

EL CAMPANERO DE LA IGLESIA, muchacho. EL SACRISTÁN, viejo. EL SEÑOR CURA, mediana edad, imponente. EL FORASTERO (luego EL DIABLO), BEATRIZ, EL CARCELERO, UNA PROSTITUTA,

IMAGEN DE LA MADRE, IMAGEN DE BEATRIZ, con vestido idéntico al de Beatriz y máscara de dicho personaje. IMAGEN DEL HERMANO NIÑO, IMAGEN DEL HERMANO, CORO DE HOMBRES, vestidos uniformemente, SOLDADOS, PRISIONEROS

La acción en una pequeña población de Iberoamérica. Hoy.

DECORADO. *(Es el mismo para los tres actos). La plaza de un pueblo: A la izquierda y al fondo una iglesia de fachada barroca, piedras talladas, ángeles, flores. En medio de las chozas que la rodean, ésta debe tener un aspecto fabuloso, como de palacio de leyenda. A la derecha y en primer término, un edificio sucio y pequeño con un letrero torcido que dice: «Cárcel de Hombres».*

Acto Primero

CAMPANERO: —¡Señor Cura! ¡Señor Cura!

SACRISTÁN: —¿A dónde fuiste? Tuve que tocar las campanas en lugar tuyo.

CAMPANERO: —Quiero ver al Señor Cura.

SACRISTÁN: —Ha salido, fue a ayudar a morir a una mujer. Vendrá pronto. ¿Qué pasa?

CAMPANERO: —Allá, en el monte.

SACRISTÁN: —¿En el monte? ¿Algo grave?

CAMPANERO: —Ahí lo vi... Lo vi...

SACRISTÁN: —Cálmate, por Dios. ¿Qué es lo que viste?

CAMPANERO: —He visto a un hombre vestido de negro...

Sacristán: —¿Es eso todo? ¿Para decir que has visto a un hombre vestido de negro llegas corriendo como si hubiese sucedido una desgracia?

CAMPANERO: —Usted no comprende. Ese hombre vestido de negro apareció de pronto.

SACRISTÁN: —Explícate claramente. ¡Lo has soñado!

CAMPANERO: —No. Yo estaba sentado sobre un tronco; veía ocultarse el sol detrás de esos montes amarillos y secos, pensaba que este año no tendremos cosechas, que sufriremos hambre, y de pronto, sin que yo lo advirtiera, él estaba ahí, de pie, junto a mí.

SACRISTÁN: —No comprendo. Y ¿cómo era ese hombre?

CAMPANERO: —Era joven. Tenía una cara hermosa.

SACRISTÁN: —Sería algún forastero.

CAMPANERO: —Parecía muy bien informado de lo que pasa en este pueblo.

SACRISTÁN: —¿Te dijo algo?

CAMPANERO: —Tú eres campanero de la iglesia, me dijo, y luego, señalado los montes: Este año va a haber hambre. ¿No crees que causa angustia ver un pueblo tan pobre y tan resignado?

SACRISTÁN: —¿Eso dijo?

CAMPANERO: —Sí, pero yo le respondí: El señor Cura nos ha ordenado rezar mucho, tal vez así el viento del Norte no soplará más, no habrá más heladas y podremos lograr nuestras cosechas. Pero él lanzó una carcajada que hizo retumbar al mismo cielo.

SACRISTÁN: —¡Qué insolencia! ¿No te dijo quién era, qué quería?

CAMPANERO: —Sólo me dijo que es el mismo Dios quien nos envía esas heladas, porque quiere que los habitantes de este pueblo se mueran de hambre.

SACRISTÁN: —No hay de que hacerle caso, lo que dijo no tiene importancia, pero tú no debiste permanecer callado.

CAMPANERO: —No, si yo le dije que Dios no permitiría que nos muriéramos de hambre, pero él me contestó: Ya lo ha permitido tantas veces... ¡ay, Dios Santo!...

CAMPANERO: —Lo que más miedo me dio, fue que adivinó lo que yo estaba pensando, porque me dijo: Tu estás pensando que no es justo que estos pobres pasen hambre, cuando el Amo de este pueblo les ha arrebatado sus tierras, les hace trabajar para él y...

SACRISTÁN: —¡Cállate! ¡Cállate!

CAMPANERO: —Quiero ver al Señor Cura.

SACRISTÁN: —¿No habías bebido nada?

CAMPANERO: —No, le juro que no.

SACRISTÁN: —Di la verdad.

CAMPANERO: —No. De veras. No.

SACRISTÁN: —Tú estabas borracho. Confiésalo.

CAMPANERO: —No sé, tal vez...

SACRISTÁN: —Estabas borracho. Deberías arrepentirte y...

CAMPANERO: —¿Pero cómo iba a estar borracho si no había bebido nada?

SACRISTÁN: —Te digo que estabas borracho.

CAMPANERO: —Está bien. Si usted lo dice, así debe ser. Tal vez así es mejor. Porque lo más terrible es que ese hombre desapareció del mismo modo que había aparecido. Si yo estaba borracho, nada tiene importancia.

SACRISTÁN: —Aquí viene el Señor cura...

CURA: —(*Acerca su cara al hombro del campanero y retrocede con un gesto violento.*) ¡Azufre! Vade retro, Satanás.

CAMPANERO: —¿Qué? Mis vestidos siempre huelen un poco a azufre.

CURA: —Era el Demonio, hijos míos. El mismo Demonio....

CAMPANERO: —Pero él dijo que no era el espíritu del mal, sino del progreso...

CURA: —Es lo mismo, hijo, es el mismo. Nosotros, los servidores del Señor, sabemos distinguir al Enemigo. Fue por haber oído su voz que los hombres se sintieron capaces de conocerlo todo y fue por eso también que Dios nos castigó haciéndonos mortales y al mismo tiempo temerosos de la muerte. Sólo quiero decirles una cosa: éste es un mal presagio. Todos ustedes deben venir con más frecuencia a la iglesia. Para ahuyentar al Enemigo, entremos a rezar ahora mismo, a nuestra venerada imagen del padre Eterno que está aquí dentro, y que es orgullo de nuestro pueblo por las famosas joyas que ostenta en sus manos y que han sido compradas con las humildes limosnas de ustedes, de sus padres, de sus abuelos...

Entra el carcelero seguido de Beatriz. El carcelero es un hombre débil, pero de aspecto brutal. Lleva una gran pistola que palpa constantemente para sentirse seguro. Beatriz es una muchacha de veinte años, bonita, vestida con extrema pobreza.

BEATRIZ: —Espera. Me he pasado los días esperándote para poder hablarte.

CARCELERO: —No debo hablar contigo, te lo he dicho varias veces.

BEATRIZ: —Nadie puede oírnos. Mira, la plaza está desierta.

CARCELERO: —No debo hablar con la hermana de un hombre que está en la cárcel.

BEATRIZ: —Espera. Me dijiste que mi hermano saldría libre ayer.

CARCELERO: —Las órdenes cambiaron.

BEATRIZ: —¿Por qué?

CARCELERO: —El Amo lo dispuso así.

BEATRIZ: —Llevo un año esperando. Pasa el tiempo y me dices que mi hermano saldrá libre. Me hago la ilusión de que será así y luego me dices que han cambiando las órdenes. Creo que voy a volverme loca...

CARCELERO: —Lo siento.

BEATRIZ: —¿Por qué no lo dejan en libertad? Tú sabes que su falta no fue grave. Todo su delito consistió en decir que las tierras que eran nuestras, son ahora otra vez del Amo. ¿No es la verdad?

CARCELERO: —No estoy aquí para decir la verdad, sino para cumplir las órdenes del Amo.

BEATRIZ: —Pero tú sabes que lo hizo porque es muy joven. No tiene más que dieciocho años. ¿No comprendes? Cuando murió mi padre pensamos que el pedazo de tierra que era suyo sería nuestro también, pero resultó que mi padre, como todos, le debía al Amo y la tierra es ahora de él. Mi hermano quiso hablarle, pero él ni siquiera le oyó. Después bebió unas copas y gritó aquí en la plaza lo que pensaba. No creo, sin embargo, que ésa sea una razón para estar más de un año en la cárcel.

CARCELERO: —Todo fue culpa de tu hermano. Como si no supiera que aquí todo le pertenece al Amo: Las tierras son de él, los hombres trabajan para él al precio que él quiere pagarles, el alcohol con que se emborrachan está hecho también en su fábrica, la iglesia que aquí ves pudo terminarse de construir porque el Amo dio el dinero. No se mueve la hoja de un árbol sin que él lo sepa. ¿Cómo se atreve tu hermano a gritar contra un Señor tan poderoso?

BEATRIZ: —Mi hermano no creyó que podría ir a la cárcel por hablar lo que pensaba.

CARCELERO: —Muchos han ido a la cárcel porque se atrevieron sólo a pensar mal del Amo.

BEATRIZ: —Espera. Tú, como carcelero, podrás al menos decirme cuándo podré verlo.

CARCELERO: —Tengo órdenes terminantes. El Amo no quiere que tu hermano hable con nadie en este pueblo y menos que vaya a meterles ideas raras en la cabeza. Por eso está incomunicado.

BEATRIZ: —¿Tiene miedo el Amo de que algún día esos pobres hombres que él ha vuelto mudos le griten a la cara lo mismo que mi hermano le dijo?

CARCELERO: —Cállate.

BEATRIZ: —Perdona. Estoy desesperada. Ayúdame.

CARCELERO: —En mi oficio no hay lugar para la compasión.

BEATRIZ: —Dime, al menos, qué hace ahí dentro. ¿Se acuerda de mí? ¿Canta? Le gustaba tanto cantar...

CARCELERO: —Haces mal en hablarme así. No me gusta enternecerme. Ahí dentro se olvida uno de que los hombres sufren y todo es más fácil así.

BEATRIZ: —¿Cuánto tiempo estará preso mi hermano?

CARCELERO: —Eso no puedo decírtelo.

BEATRIZ: —¿Por qué?

CARCELERO: —Nunca se sabe

BEATRIZ: —¿Quieres decir que puede pasar otro año y otro más? No es posible. Yo debo hacer algo. Veré de nuevo al Juez y le diré...

CARCELERO: —Inútil. El Juez es sobrino del Amo.

BEATRIZ: —¿ Y el Alcalde?

CARCELERO: —Es hermano suyo.

BEATRIZ: —¿Nadie puede nada, entonces, contra él?

CARCELERO: —No. Y cuando se le sirve bien, es un buen Amo. Bueno, al menos me da de comer y una cama para dormir.

BEATRIZ: —Tú debes ayudarme. Cuídalo. En estas noches en que sopla el viento debe sentir mucho frío.

CARCELERO: —Quizá podrías...

BEATRIZ: —¿Crees que me recibiría?

CARCELERO: —A él le gustan las muchachas bonitas. Aunque tiene muchas, podrías hacer la prueba. Tienes un cuerpo duro, ¿eh? ¿Estás virgen todavía? (*Trata de abrazarla.*)

BEATRIZ: —(*Lo rechaza violentamente.*) Déjame, cochino. Tú y tu Amo pueden irse al demonio. ¡Al demonio! ¡Al demonio!

Beatriz llora. El carcelero se encoge de hombros y entra en el edificio de la cárcel. El forastero desciende de la escalera del templo, de donde ha observado la escena, y se acerca, muy cortés, a Beatriz.

FORASTERO: —Me pareció que llamabas. ¿Necesitas ayuda?

BEATRIZ: —(*Con lágrimas.*) Quiero estar sola.

FORASTERO: —No es culpa del carcelero. Él es sólo una pieza de la maquinaria.

BEATRIZ: —(*Sin ver al forastero.*) ¡La maquinaria! ¿De qué habla usted?

FORASTERO: —Lo sé todo, Beatriz.

BEATRIZ: —¿Por qué sabe mi nombre? Ha estado espiando. ¿Quién es usted?

FORASTERO: —Un extranjero, como tú.

BEATRIZ: —Yo nací en esta tierra.

FORASTERO: —Pero nadie se preocupa por ti. Nadie te habla. Nada te pertenece. Eres extranjera en tu propia tierra.

BEATRIZ: —Es verdad. ¿Y usted, cómo se llama?

FORASTERO: —¿Yo? (*Muy natural.*) Soy el diablo.

BEATRIZ: —¿El diablo?

DIABLO: —Sí, ¿no me crees?

BEATRIZ: —Pues... No sé... La verdad... No. Usted tiene ojos bondadosos. Todo el mundo sabe que el diablo echa fuego por los ojos y que...

DIABLO: —(*Sonriente.*) No es verdad.

BEATRIZ: —... Y que lleva una cola inmensa que se le enreda entre las piernas al andar, y que tiene dos grandes cuernos que apuntan contra el cielo... Y que se acerca al las muchachas de mi edad para...

DIABLO: —¿Para violarlas?

BEATRIZ: —Sí, eso es lo que se dice.

DIABLO: —Pues todo eso no es verdad. ¡Es una calumnia!

DIABLO: —No me crees. Me lo esperaba. Pero tal vez así sea mejor. Seremos amigos más pronto.

BEATRIZ: —No comprendo.

DIABLO: —Debo advertirte que tengo dos clases de nombres. Unos han sido inventados para suscitar a los hombres y hacerlos creer que no deben seguir mi ejemplo: Mefistófeles, Luzbel, Satanás. Como si Yo fuera el mal absoluto. El mal existe, por supuesto, pero yo no soy su representante. Yo sólo soy un rebelde, y la rebeldía, para mí, es el mayor bien. Quise enseñar a los hombres el por qué y el para qué de todo lo que les rodea; de lo que acontece, de lo que es y no es... Debo decirte que yo prefiero otros nombres, esos que aunque nadie me adjudica son los que realmente me pertenecen: para los griegos fui Prometeo, Galileo en el Renacimiento, aquí en tierras de

América... Pero, bueno, he tenido tantos nombres más. Los nombres cambiaron, pero yo fui siempre el mismo: calumniado, temido, despreciado y lo único que he querido siempre, a través de los tiempos, es acercarme al Hombre, ayudarle a vencer el miedo a la vida y a la muerte, la angustia del ser y del no ser. Quise hallar para la vida otra respuesta que no se estrellara siempre con las puertas cerradas de la muerte, de la nada.

BEATRIZ: —Pero ¿de qué está hablando?

DIABLO: —Perdona. Mi principal defecto es que me gusta oírme demasiado. Límpiate las lágrimas. Los habitantes de este pueblo son mudos, ¿verdad?

BEATRIZ: —Hablan poco. Creo que sólo lo hacen cuando están en sus casas con las puertas cerradas. Nunca les oí hablar.

DIABLO: —¡Qué lástima! Tienen miedo.

DIABLO: —Sí, pero es mejor tener miedo. Es más seguro. Mi hermano no lo tuvo y por eso está preso. ¿Usted no tiene miedo del Amo?

DIABLO: —No, porque el Amo no existiría si los hombres no lo dejaran existir.

BEATRIZ: —No comprendo.

DIABLO: —¿No crees que esos pobres no hablan porque nunca les han preguntado nada, ni lo que piensan ni lo que quieren?

BEATRIZ: —No sé, puede ser. ¿Cree usted?

DIABLO: —Puedes tratarme de tú. Creo que no has empleado con el carcelero el método adecuado para obtener la libertad del Hombre. El ruego nunca ha sido eficaz. Veamos. A un servidor del Amo, ¿qué podría interesarle? Creo que no hay más que una cosa, una sola para él: El dinero.

BEATRIZ: —¿El dinero?

DIABLO: —Sí, claro está que estos pobres hombres mudos deberían libertarlo, pero no se atreverán. En otros tiempos quizás te habría aconsejado un método distinto, pero ahora es el único recurso.

BEATRIZ: —Quizás. Pero ¿cómo voy a ofrecerle dinero si no lo tengo? Los pocos ahorros que teníamos los he gastado esperando que mi hermano quedara en libertad. No he podido ni siquiera trabajar. La vida entera se me va en esta angustia, en esta espera.

DIABLO: —Si quisieras, podrías arreglarlo todo.

BEATRIZ: —¿Cómo? No tengo nada. Este pueblo está arruinado. Las cosechas de este año se han perdido. Mira el cielo, está gris desde que el viento del Norte trajo las heladas. Y él ahí dentro, sintiendo hambre y frío...

DIABLO: —Dios tiene a veces designios que no se comprenden fácilmente.

BEATRIZ: —¿Qué quieres decir? ¿No crees en Dios?

DIABLO: —He tenido que soportarlo como tú. Pero ahora hay que pensar cómo haremos para que el Hombre sea libre.

BEATRIZ: —¿Por qué le llamas el Hombre? Es mi hermano y no tiene más que dieciocho años. Es casi un niño.

DIABLO: —Todos los hombres son casi niños. ¿Cómo haremos para que sea libre?

BEATRIZ: —¿Libre? Sólo si el Amo se muriera...

DIABLO: —Eso no serviría de nada. Tendrá hijos y hermanos... Una larga cadena. Pero si tú quieres realmente que él sea libre...

BEATRIZ: —¡Si bastara con desearlo!

DIABLO: —Basta con eso. ¿No sabes que los hombres nacen libres? Son los otros los que después los van haciendo prisioneros.

BEATRIZ: —Si puedes aconsejarme alguna manera para ayudar a mi hermano... trabajaría para ti, te juro que te lo pagaría...

DIABLO: —Voy a ayudarte, pues él está preso por la misma razón que yo fui desterrado de mi tierra natal. Tu hermano se rebeló contra este Amo que lo tiraniza, así como yo me rebelé contra esa voluntad todopoderosa que me desterró del Paraíso donde nací, por enseñarles a los hombres los frutos del bien y del mal. Pero, mira, ahí viene otra vez el carcelero. Luego te explicaré, ahora háblale y ofrécele dinero. Es la única manera.

DIABLO: —Háblale. Veremos si acepta. Haz un trato con él y Yo luego haré otro trato contigo.

Beatriz se acerca. El carcelero finge no verla. Beatriz tira repetidas veces de su uniforme.

CARCELERO: —Te he dicho que no debo hablarte.

BEATRIZ: —Voy a hacerte una proposición. Algo que te conviene.

CARCELERO: —(*A los soldados.*) Alto ahí. Y vigilen a esos presos. no vayan a escaparse. ¿Qué quieres?

BEATRIZ: —He pensado que tal vez tú quisieras dejar en libertad a mi hermano, si te diera algo de dinero.

CARCELERO: —¡Soldados!, lleven a esos prisioneros a picar la piedra del camino de la casa del Amo. Debe quedar arreglado hoy mismo. ¿No oyen? (*Los soldados tiran violentamente de los prisioneros.*) ¿Que historia es ésa? Me comprometes hablando así delante de ellos. Por fortuna, creo que no oyeron nada. Si el Amo supiera algo de esto...

BEATRIZ: —Perdona.

CARCELERO: —Bueno, ¿cuánto puedes darme?

BEATRIZ: —Entonces, ¿vas a ayudarme? ¡Qué feliz soy!

CARCELERO: —Pensándolo bien, creo que no debo aceptar dinero tuyo.

BEATRIZ: —Pero dijiste...

CARCELERO: —¿Cuánto?

BEATRIZ: —Pues no sé... ¿Cuánto quieres tú?

CARCELERO: —La libertad de un hombre vale mucho.

BEATRIZ: —Oye, nunca he querido hablarte de esto, pero ahora debo hacerlo: sé que quieres a esa mujer que vive en las afueras del pueblo. Ella te querría si tú le dieras algo de dinero. ¿Cuánto quieres?

CARCELERO: —No sé... Necesito trescientos pesos.

BEATRIZ: —¿Trescientos pesos? Está bien. Te daré lo que me pides.

CARCELERO: —¿Tú tienes ese dinero? Pero si andas vestida con andrajos.

BEATRIZ: —Si ése es el precio de la libertad de mi hermano, te lo pagaré.

CARCELERO: —Bueno, creo que podemos arreglarlo, pero a condición de que tu hermano se vaya del pueblo cuando quede libre.

BEATRIZ: —Sí. Nos iremos lejos, a la tierra donde nació mi madre.

CARCELERO: —Y el Amo de allá, ¿no conocerá al nuestro?

BEATRIZ: —No. Allá no hay ningún Amo. Yo no conozco esa comarca, pero me han dicho que ahí las gentes trabajan para sí mismas labrando una tierra que les pertenece, donde todo nace casi sin esfuerzo.

CARCELERO: —¿Ahí, en ese país, no se mueren las gentes?

BEATRIZ: —Sí; si no, sería el cielo.

CARCELERO: —Pues si se mueren, no debe ser mucho mejor que esta tierra. Si me das ese dinero, mañana puedo dejar libre a tu hermano. Voy a correr un grave riesgo. ¿No puedes darme más?

BEATRIZ: —(*Ve al Diablo, que le hace una señal negativa con la cabeza.*) No. Lo dicho. ¿Cómo harás para sacarlo? ¿A qué hora? Me tiembla toda el cuerpo de pensar que voy a verlo otra vez. Desde que nacimos, es ésta la primera vez que estamos separados. Sin él me siento como perdida en el aire.

CARCELERO: —Mañana, al caer la tarde, haré que salgan los prisioneros a trabajar en el camino de la casa del Amo, como lo hacen todas las tardes.

BEATRIZ: —¿Van todos los días?

CARCELERO: —Sí. Hasta donde alcanza mi memoria, han ido allí todos los días. Bien. Aprovecharé ese momento para hacer salir a tu hermano y tú estarás preparada para huir. Vendrás con el dinero una hora antes. Debo estar absolutamente seguro.

BEATRIZ: —Está bien. Haré todo como quieras. Hoy en la noche no podré dormir de la alegría. ¡Tengo tan poca costumbre de ser feliz!

CARCELERO: —Entonces, hasta mañana. (*Sale.*)

BEATRIZ: —Adiós, adiós. Hasta mañana...

DIABLO: —Espera... ¿No he sido bueno contigo?

BEATRIZ: —Sí, has sido bueno. Tengo necesidad de que sean buenos conmigo y nadie más que tú lo ha sido.

DIABLO: —Dios te ayuda poco, ¿verdad?

BEATRIZ: —No debería decirlo y no sé si Él va a enojarse, pero todos los días y las noches de este año he rezado con todo el ardor posible para que mi hermano quedara en libertad, pero Él no ha querido oírme, y cuando Él no quiere, no se puede hacer nada.

DIABLO: —Ahora vas a exigirle en vez de rogarle.

BEATRIZ: —¿Exigirle a Él?

DIABLO: —Sí, te explicaré. En el interior de esta iglesia hay una imagen del Padre Eterno...

BEATRIZ: —Sí, es una imagen preciosa, enorme; la cara casi no puede verse porque está en medio de las sombras, pero las manos que sostienen al mundo, le brillan de tantas joyas que tiene. Una aureola guarnecida de esmeraldas le sirve de respaldo, como si fuera el cielo con todas sus estrellas. A esa imagen he rezado durante todo este tiempo.

DIABLO: —Ahora no vas a rezarle, sino a arrebatarle algo de lo que a él le sobra y que te hace tanta falta... Él está acostumbrado a recibir. Vas a pedirle algo en préstamo. (*Ríe.*) Ya se lo pagarás en la otra vida.

BEATRIZ: —Te brilla en los ojos un fuego extraño. ¿Qué quieres que haga?

DIABLO: —Bastará con entrar en la iglesia cuando no haya nadie y alargar la mano. Las joyas serán tuyas. Será fácil.

BEATRIZ: —No, eso es imposible. ¿Por qué me aconsejas que robe las joyas del Padre Eterno? Creo que al alargar la mano se me caería allí mismo hecha pedazos, o me quedaría allí petrificada para siempre, como ejemplo para los que quisieran hacer lo mismo...

DIABLO: —¡Beatriz!

BEATRIZ: —O me dejaría ciega, dicen que su luz es cegadora, o quizás en ese mismo momento mi hermano se moriría en la cárcel. ¿Quién puede saber cómo querría castigarme? Con Él nunca se sabe. ¿Todo lo que puedes aconsejarme es que robe?

DIABLO: —No es un robo. Es un acto de justicia. ¿O no quieres que tu hermano vuelva a ver la luz del sol? Irte lejos con él a ese Paraíso de que hablas. ¿No quieres eso? (*La toma de los hombros, ella vacila, luego se aleja.*)

BEATRIZ: —Sí, pero no así, no así.

DIABLO: —En este momento tienes que escoger entre la libertad de tu hermano y el respecto por esa imagen que ha permanecido sorda ante tus ruegos.

BEATRIZ: —No blasfemes. No blasfemes.

DIABLO: —Recuérdalo, Él no ha hecho nada por ti. Él es indiferente y tú quieres seguir siéndole fiel. Mañana te esperará ahí el carcelero. Si tú no traes lo que le has prometido, tu hermano se consumirá en la cárcel para siempre.

BEATRIZ: —Pero ¿cómo podría hacerlo? Siempre hay alguien cuidando de la imagen, además, nunca me he atrevido a verla de cerca, me da tanto miedo... Siempre tuve que inclinar la cabeza hacia un lado para no verla. ¿Cómo quieres que me acerque para robarle?

DIABLO: —Sólo vas a quitarle algo de lo que estos hombres mudos han puesto entre sus manos y que Él quizás no advertirá siquiera.

BEATRIZ: —No me lo perdonaría nunca, me condenaría.

DIABLO: —Óyeme bien. En el momento en que logres hacer esto te sentirás liberada del miedo y también tu hermano será libre.

BEATRIZ: —¡Ay Dios mío! ¿Qué voy a hacer? Si el Amo se muriera...

DIABLO: —En eso no puedo ayudarte. Es Dios quien inventó la muerte. No yo.

BEATRIZ: —¿Pero no comprendes que lo que me pides es superior a mis fuerzas? Es a Dios a quien quieres que despoje.

DIABLO: —¿Dónde está Dios? Es una imagen de madera que despojada de sus joyas y resplandores, aparecerá a tus ojos y a los de todo este pueblo, como realmente es: un trozo de materia inanimada a la que ellos mismos han dado vida. Quítale todos los adornos. Déjala desnuda, totalmente desnuda.

BEATRIZ: —Mi pobre hermano tendrá que perdonarme, pero él no querrá que yo me condene. La libertad a ese precio, la libertad sin Dios, no puede ser más que la desgracia, la angustia, la desesperación. Tuve una tía que por haber jurado en vano, Dios la condenó a que todos sus hijos se murieran. (*Ingenua.*) Dios es rencoroso, ¿no lo sabes?

DIABLO: —¡Y me lo dices a mí! Pero mira al Amo, él no tiene miedo, él da el dinero para construir esta iglesia, y hace que esos pobres hombres mudos, que se creen hechos a semejanza de Dios, sean sus esclavos.

BEATRIZ: —No quiero oírte más. Voy a rezar para olvidar todo lo que me has dicho.

DIABLO: —Espera, Beatriz.

BEATRIZ: —No quiero, ¿por qué te habré oído? Tú lo que quieres es vengarte de Dios y me has escogido a mí para hacerlo. ¡Es el Diablo! ¡El demonio! ¡Ahí!... ¡Ahí... Mátenlo... Mátenlo.

Telón

Acto Segundo

La plaza está desierta. Entra la prostituta, contoneándose. Del edificio de la cárcel sale el carcelero. Se acerca a la prostituta.

PROSTITUTA: —Te he dicho que no me sigas. Podrías ahuyentar a alguien que quisiera acercarse a mí.

CARCELERO: —No quiero que se te acerque nadie.

PROSTITUTA: —Déjame en paz. No tienes con qué pagar.

CARCELERO: —Llevas aquí dos semanas y nadie que tenga dinero para comprarse un buen rato de placer.

PROSTITUTA: —Tú tampoco lo tienes, y aunque lo tuvieras no me iría contigo. ¿Ya te olvidaste que te eché de mi casa? No quiero tratar con hombres viejos. Para qué quieres que yo...

CARCELERO: —Puedo ofrecerte lo que nadie aquí podría. Pero te quiero sólo para mí.

PROSTITUTA: —Para que fuera a vivir contigo, se necesitaría que tuvieras diez veces más dinero del que ganas como carcelero.

CARCELERO: —No encontrarás a nadie. Te morirás de hambre.

PROSTITUTA: —¡Quiero ser libre! Por eso me escapé de la casa donde estaba en la ciudad. Ahí la dueña nos hacía trabajar toda la noche y a veces nos obligaba acostarnos con hombres viejos y decrépitos como tú. Muchas noches en las horas en que dormía, venía a despertarme para meter algún tipo en mi cuarto. ¡Quiero tener derecho al sueño! Ahora soy libre para cualquier compromiso y no quiero, sin embargo, comprometerme en nada.

CARCELERO: —¡Valiente libertad!

PROSTITUTA: —No soy más libre que tú, ni menos. Me vendo como todos. La tierra entera es una prostituta.

CARCELERO: —Voy a hacer un sacrificio por ti. Para que veas que te quiero.

PROSTITUTA: —¡Quererse! Hablas como el cura. ¡Palabras huecas! Pero veamos. ¿Has dicho un sacrificio? A ver. Nadie se ha sacrificado por mí nunca.

CARCELERO: —Sólo para tenerte voy a correr un grave riesgo. Un asunto que dejará trescientos pesos? Parece un sueño...

PROSTITUTA: —Y, ¿por qué van a darte sólo trescientos pesos? ¿No comprendes que ahí está nuestro porvenir? La libertad de ese tipo, o no tiene precio, o tiene el que tú quieras darle.

CARCELERO: —No pueden pagar más.

PROSTITUTA: —Vuelve a pedirles.

CARCELERO: —Es imposible, se trata de una muchacha pobre...

PROSTITUTA: —Y a mí qué me importa que sea pobre o no. ¿No voy a irme yo contigo que estás viejo? ¿No voy a sacrificarme? Cuando tengas el doble de lo que me has prometido, ven a verme. Antes no me voy contigo.

CARCELERO: —¡Pero oye!

PROSTITUTA: —Cuando tengas el doble... y entonces... ya te resolveré... (*Sale.*)

El carcelero, furioso, patea el piso repetidas veces. Por el otro lado entra Beatriz.

El carcelero al ver a Beatriz entra violentamente en la cárcel para rehuirla. Al mismo tiempo el cura sale de la iglesia y baja lentamente la escalera. Beatriz se acerca al cura que viene leyendo un devocionario.

BEATRIZ: —¡Padre! ¡Padre! Vengo a pedirle ayuda. Sólo usted puede ayudarme ahora.

CURA: —Hace tiempo que no vienes a la iglesia, hija mía.

BEATRIZ: —He tenido una gran angustia.

CURA: —¿Es por tu hermano?

BEATRIZ: —Sí

CURA: —¿Esta preso aún?

BEATRIZ: —Sí. Me parece que va a consumirse en la cárcel para siempre si usted no me socorre.

CURA: —Entonces tienes una buena razón para venir a la iglesia y rezar a Dios.

BEATRIZ: —Lo he hecho muchas veces inútilmente. Por eso ahora he venido para hablarle a usted. Quiero confesarle que he visto a...

CURA: —¿Vienes a hablarme de tu hermano? ¿Se ha arrepentido de su falta? Es pecado sembrar la rebeldía y el desorden entre los hombres. —Te pregunto si se ha arrepentido.

BEATRIZ: —No lo sé. Pero yo quisiera decirle...

CURA: —Dios quiere el orden, hija mía. ¿No lo sabes?

BEATRIZ: —Sí, pero mi hermano no hizo nada más que reclamar lo suyo.

CURA: —Nada de lo que hay en esta tierra nos pertenece. Todo es de Dios Nuestro Señor. Él repartió los bienes terrenales y nosotros debemos aceptar su voluntad. Lo único que nos pertenece a cada quien es nuestra muerte y de lo que hagamos aquí, depende lo que ella signifique.

BEATRIZ: —Pero a Él le sobra todo y a mí todo me falta...

CURA: —Me duele oírte hablar así. No ayudarás a tu hermano de esa manera.

BEATRIZ: —Pero, ¿por qué es necesario soportarlo todo para que Dios esté satisfecho, padre?

CURA: —No preguntes. Los designios de Dios son inescrutables. Sólo Él sabe cómo aplicar su poder.

BEATRIZ: —¿Por qué contra mi hermano? ¿Qué había hecho él? ¿O es que Dios odia a sus hijos?

CURA: —Dios es todo amor. Quizás sea una prueba que Él envía a tu hermano para hacerlo salir de ella con más fortaleza.

BEATRIZ: —¿Quiere usted decir que mientras más se resigne tendrá más fortaleza?

CURA: —Así es. Cuando los hombres se convencen de que la vida es una batalla que sólo Dios puede resolver, comienzan a ser felices. De otra manera es la oscuridad.

BEATRIZ: —No comprendo. No comprendo ya nada. Ayer, en esta misma plaza. (*De pronto se arroja a los pies del cura besándole la mano con pasión.*) Padre, necesito ayuda.

CURA: —Es mi misión, hija, darte ayuda espiritual.

BEATRIZ: —(*Apasionada.*) Necesito dinero. Lo necesito desesperadamente.

CURA: —¿Dinero? Has llamado en una puerta que no es la que buscas. Nuestra riqueza no es ésa.

BEATRIZ: —(*Rotunda.*) Sí. La iglesia está llena de cosas que valen mucho, mucho dinero. Necesito que me dé algo, alguna cosa pequeña. ¿No quiere Dios ayudar a sus hijos?

CURA: —Sí. Pero no así hija mía, no así. (*Beatriz sale de la escena.*)

Oscuridad total.

Cuando la luz vuelve hay varios grupos de hombres y mujeres en la plaza. Entra Beatriz. Va de un lado al otro de la escena pidiendo a los hombres y mujeres.

BEATRIZ: —¡Necesito ayuda! ¡Una limosna por favor! ¡Ama a tu prójimo como a ti mismo! Dame algo. Cualquier cosa. Mira mis manos, están vacías. Dame algo de lo que tienes. ¡Mira! ¡Mira! (*El hombre se vuelve violentamente y se ve que es ciego. Beatriz va a otro.*) ¡Dame algo! Si me das algo tú mismo te sentirás contento. (*Una mujer aparta a su marido para no darle nada. Beatriz se arrodilla en mitad de la escena, mientras los transeúntes pasan en todos sentidos indiferentes, en una marcha mecánica.*) Nadie quiere ayudarme. ¿Tendré que hacerlo entonces Yo sola? Tú me has puesto en esta tierra. ¿Por qué me has puesto aquí? ¿Por qué está él en la cárcel? ¿Por qué estamos todos presos? ¿Por qué? ¿Por qué? He tratado de no oír al Demonio, pero él me habla de libertad. Él me habla como amigo y tú ni siquiera me haces una seña para hacerme saber que piensas un poco en mí. La cabeza me va a estallar porque no puedo comprender ya nada. ¿O es que tú crees que es bueno que mi hermano esté en la cárcel? Él es inocente. ¿Qué es lo que te propones entonces? Perdóname Dios mío, pero a veces pienso que no eres tan bueno como nos han dicho. ¿O será que eres bueno de una manera que yo no puedo comprender? ¿O será que no te importa que yo comprenda o no? ¿O será ya no estás donde yo creía que estabas? O será que nunca has estado ahí? ¿O será que te he estado llamando y el que no comprende nada eres tú? Ya no sé qué es lo bueno y qué es lo malo. Ya no sé nada. Nada. Nada.

La plaza se ha quedado desierta. De la iglesia sale el Diablo. Llama a Beatriz sigilosamente.

DIABLO: —Beatriz, Beatriz.

BEATRIZ: —¿Tú? ¿Otra vez?

DIABLO: —Ahora no hay nadie dentro de la iglesia.

BEATRIZ: —Nadie quiere ayudarme. ¿Por qué quieres ayudarme tú? ¿Quieres que yo te dé mi alma, verdad?

DIABLO: —¡Tonterías! ¿Cómo voy a pedirte un alma que no te pertenece a ti misma? Lo que quiero es ayudarte a recobrarla, a hacerla tuya realmente. No lo lograrás si no pierdes el miedo.

BEATRIZ: —Creo que sólo tú eres mi amigo.

DIABLO: —Dios te castiga de todos modos. Por el simple hecho de haber nacido. Mira, faltan pocos minutos para que el carcelero salga a recibirte. Vamos. Vamos.

BEATRIZ: —No... No...

(Pausa.)

DIABLO: —Creo que tendré que recurrir a los recuerdos y si es necesario, te haré ver un poco del futuro.

BEATRIZ: —¿Del futuro?

DIABLO: —Sí. Es el último recurso en estos casos de indecisión. Tu hermano nació hace dieciocho años en este mismo pueblo. Un pueblo como todos los del mundo...

BEATRIZ: —Es verdad. Así es.

DIABLO: —Recuerda, recuerda bien. Tu madre era una de tantas mujeres del pueblo...

BEATRIZ: —Creo que tenía hambre.

DIABLO: —Tu madre está sola. Ustedes no son hijos legítimos. Personalmente Yo creo que hasta ahora ningún hombre lo es. Tu madre está sola con la carga de dos pequeñas vidas y la amenaza de tres muertes sobre ella.

BEATRIZ: —Mi madre lavaba la ropa de los trabajadores de una mina. Era difícil dejarla limpia. Los hombres siempre nos rebajaban el dinero, porque no era posible dejarla blanca.

DIABLO: —¡Ganarás el pan con el sudor de tu frente! Y tú lloras otra vez. ¿Por qué lloras?

BEATRIZ: —Tenía hambre otra vez. Creo que siempre tuve hambre.

DIABLO: —Mira, tu hermano saca de la bolsa algo. ¿Qué es eso? ¡Ah! Es una cartera y está llena de billetes. ¿La ha robado? No. La halló en la calle y la recogió. ¡El pobrecito piensa que todo lo que hay en el mundo le pertenece! ¡La niñez del Hombre! Por eso fue castigado.

BEATRIZ: —Sí. Ese día mi madre lo castigó. Dijo que quería que su hijo fuera un hombre honrado.

DIABLO: —Ya sé. ¡No robarás! Es increíble cómo las madres aunque sean miserables, educan a sus hijos como si la miseria no existiera en este mundo.

BEATRIZ: —Mi madre quiso que devolviera la cartera, pero mi hermano no halló al dueño. Se compró un traje precioso y en la noche regresó muy contento.

DIABLO: —Tu hermano no buscó al dueño de la cartera. Porque desde entonces pensó que se cobraba así una pequeña parte de todo lo que el mundo le había robado a él. Tu madre murió. Una vida vacía. Dios hace la eternidad con la sucesión de muchas vidas vacías. Tú lloras otra vez. ¿Tenías hambre?

BEATRIZ: —Creo que mi hambre se ha convertido ahora en algo peor. Yo también estoy vacía. No me importa nada. Sólo un ansia de comprender, de saber por qué hemos sido hechos así, tan desgraciados, es la muerte.

DIABLO: —¡La adolescencia del Hombre! Tu hermano quiere convencerte de algo. Tú quieres irte y él quiere quedarse aquí y reclamar el pedazo de tierra que le pertenecía. ¿Querías huir?

BEATRIZ: —Quería irme. Olvidar. Alejarme del lugar en que había muerto mi madre. Tenía algo así como un remordimiento por estar viva.

DIABLO: —¡El pecado original!

DIABLO: —Tu hermano seguía pensando que la tierra debería pertenecerle.

BEATRIZ: —Sí. ¿Por qué no me hizo caso? ¿Por qué? Nos habríamos ido lejos de este pueblo de hombres mudos del que Dios se ha olvidado. Yo no quería quejarme, pero él tenía tanta ilusión. Le brillaban los ojos cuando hablaba de ese pedazo de tierra que sería nuestro. Me decía que tendríamos aquí un hogar...

DIABLO: —Y en vez de eso, halló una prisión. ¡Ahora estamos en plena actualidad! Ya sabemos lo que pasó después. Pero ahora tendrás que saber lo que va a sucederle si tú no lo liberas. ¿Quieres verlo?

BEATRIZ: —¿Qué?

DIABLO: —El futuro del Hombre, quiero decir, de tu hermano.

BEATRIZ: —Sí.

DIABLO: —Tendrás que ser fuerte.

BEATRIZ: —Quiero ver.

DIABLO: —Está bien. Ahí viene. En medio de esos guardianes. El carcelero está furioso. Cree que tú le has engañado. Teme haber caído en una trampa y para estar seguro...

BEATRIZ: —¿Qué hacen?

DIABLO: —¡Van a fusilarlo!

BEATRIZ: —¡No! ¡No! Él nunca ha sido feliz. Es inocente. Es inocente.

DIABLO: —Esa no es razón para que lo perdonen.

BEATRIZ: —No. ¡Deténganse!

DIABLO: —Tus palabras no servirán de nada.

BEATRIZ: —¡Es un crimen!

DIABLO: —Es la Justicia.

BEATRIZ: —¡No dejes que lo hagan ¡Tú eres poderoso! Si quisieras podrías salvarlo, sin necesidad de inducirme a mí a la violencia.

DIABLO: —Yo no puedo hacer nada por mí mismo. Si tú no descubres que Yo estoy dentro de ti, todo será inútil. Mira. Atrévete a ver.

BEATRIZ: —¡No! ¡Yo haré todo, menos dejarlo morir! Él ha tenido siempre tanto miedo a la muerte!

DIABLO: —¿Vas a hacerlo por fin?

BEATRIZ: —Sí. Tú vigilarás aquí afuera. Y que sea lo que tú has querido

DIABLO: —¡Beatriz! Ahora debes caminar firmemente. Camina, camina. Qué largo es el camino que la separa de esa imagen. Se acerca al altar... Lo ve... Está erguida frente a él, desafiante... Ahora sube al altar, alarga la mano, ahora está sacando las joyas de esas manos inmensas... Una, dos, tres... Ve a la cara de la imagen. ¡No tiene ojos! Desde abajo parecían dos ojos inmensos que lo veían todo y no son más que dos cuencas vacías, ciegas, sin luz... El corazón palpita fuertemente. Señal de que estamos vivos. ¡Es fácil! Más fácil de lo que creía. ¡Qué bueno es cobrarse de una vez por todos lo que sabemos que es nuestro! ¿Un vértigo? No. ¡Hay que ser fuertes! Las joyas valen mucho. Valen la libertad. Valen la vida entera. ¡Ya está! ¡Ahora vamos afuera! Los pasos resuenan en la oscuridad! ¡Vamos! ¡Vamos! ¡La puerta está tan lejos todavía! ¡Camina Beatriz, camina! Uno, dos uno, dos. La puerta se ve ya más cerca. ¡La vida! ¡Ahí! Dos pasos más. ¡Ahí está la libertad! ¡La puerta. La puerta, la puerta, la puerta. La luz la luz, ya, ya...

DIABLO: —Ya está, Beatriz. ¡Has franqueado la Eternidad! Ahí está el carcelero. Te espera.

BEATRIZ: —¡Mira! ¡Mira! Aquí está. Te traigo más de lo que te he prometido... Todo está bien, ¿verdad? ¿Hoy lo dejarás libre?

CARCELERO: —¿Qué es esto?

BEATRIZ: —¡Son joyas! Podrás venderlas. Valen más de lo que me pediste.

CARCELERO: —¿Es esto todo?

Se guarda las joyas dentro de la bolsa. Se oye en la trompeta el tema de la prostituta. Ésta atraviesa la escena por el fondo, contoneándose, mientras lanza una carcajada siniestra.

CARCELERO: —Tráeme más.

BEATRIZ: —¿Qué dices?

CARCELERO: —¡No es bastante!

Telón

Acto Tercero

De pronto sale de la iglesia precipitadamente el cura, y detrás de él el sacristán.

CURA: —¡Qué gran desgracia! Cuando lo vi no quise creerlo.

SACRISTÁN: —¡Cómo es posible! ¡Después de tantos años!

CURA: —Después de tantos años, es ésta la primera vez que siento miedo.

SACRISTÁN: —¿Del castigo de Dios?

CURA: —No. De lo que estos hombres puedan atreverse a hacer. ¿Has visto entrar a alguien en la iglesia?

CAMPANERO: —A todo el mundo. Aquí es lo único que hay que hacer.

CURA: —Quiero decir... A alguien que no conozcamos.

CAMPANERO: —No. ¿Por qué?

CURA: —Han sido robadas las joyas de la mano derecha del Padre Eterno.

CAMPANERO: —No he sido, no he sido yo.

CURA: —Lo dices como si hubieras pensando hacerlo.

CAMPANERO: —Le confieso que aquella tarde en que se me apareció el Diablo... Pero yo soy inocente. ¿Me creerá usted? He limpiado esas joyas durante toda mi vida y nunca un granito de oro se quedó entre mis manos.

CURA: —¿Quién pudo haber sido entonces?

CAMPANERO: —No sé si otros lo habrán pensando también. Pero no conozco a nadie capaz de hacerlo.

SACRISTÁN: —Señor cura, usted distraídamente no habrá...

CURA: —¡Cómo te atreves a dudar de mí! Fuiste tú quien descubrió el robo.

SACRISTÁN: —De haberlo querido hacer lo habría hecho desde hace muchos años.

CURA: —¡Qué vamos a hacer ahora! ¡Qué voy a decir al Señor obispo!

CAMPANERO: —Rezaremos veinte rosarios y tal vez así...

CURA: —Sí... sí..., Pero hay que pensar ahora en algo más concreto.

SACRISTÁN: —Haremos saber a todos que es pecado mortal tener esas joyas y así las devolverán.

CAMPANERO: —El que las tiene sabía que desafiaba la ira de Dios.

CURA: —¡Calla! ¡No vayan a oírte! Debemos hacer que ese robo sea visible. ¿Qué pensarían todos supieran que la imagen misma del Padre Eterno ha sido despojada? ¿A qué no se atreverían después? ¡Esto es muy peligroso!

SACRISTÁN: —Tenemos algunas joyas falsas. Podríamos ponerlas a la imagen, y como está en alto, los que vienen a rezarle no podrían ver si son las auténticas o si son falsas. Ellos saben que las joyas están en las manos del Padre Eterno y sabiéndolo ya no tienen la preocupación de verlas.

CAMPANERO: —Además, siempre que rezan tienen la cabeza baja. No se atreven ni siquiera a ver la imagen.

CURA: —Creo que es una buena idea: Pondremos las joyas falsas, pues es mejor que todo parezca en regla. No le diré nada al señor obispo, sino hasta haber hallado las auténticas...

CAMPANERO: —¿Y si no las hallamos?

SACRISTÁN: —Tenemos que hallarlas.

CAMPANERO: —¿Por qué?

SACRISTÁN: —Porque Dios tiene que ayudarnos.

CURA: —Sí... Sí Pero sobre todo porque vamos a estar vigilantes. Desde dentro del confesionario, se puede ver la imagen del Padre Eterno sin ser visto. Haremos guardia los tres.

CAMPANERO: —¿Y si no vuelve el ladrón?

SACRISTÁN: —Rezaremos a Dios para que venga a robar de nuevo y así pronto le haremos caer en muestras manos. Ahora voy a poner las joyas falsas.

CAMPANERO: —Padre, ¿no cree usted que puede ser cosa del Demonio?

CURA: —No seas inocente, hijo mío.

CAMPANERO: —¿Y si fue Él? ¿Y si vuelve a sorprendernos? ¿Y si fue el Enemigo, Padre?

CURA: —Tranquilízate, hijo, y ahora vamos a montar guardia.

Entran los dos en la iglesia.

CARCELERO: —Te he dicho que no es bastante.

BEATRIZ: —Llevo dos días rogándote. Me tiranizas y tengo que rogarte. Tengo lástima y asco de mí misma.

El carcelero se encoge de hombros.

BEATRIZ: —¡A dónde he llegado! Siendo tú el carcelero, eres mi única esperanza.

CARCELERO: —Sí. Y más vale que me traigas hoy mismo lo que te pido, porque mañana será tarde.

BEATRIZ: —¿Tarde? ¿Qué quieres decir?

CARCELERO: —Me han dicho que mañana se llevarán de aquí a los prisioneros incomunicados.

BEATRIZ: —No es verdad. Quieres asustarme.

CARCELERO: —No. A veces hay que hacer una limpia. La cárcel está llena y los prisioneros no caben dentro de ella. Duermen uno junto a otro, y a veces han tenido que dormir uno sobre otro. Es que la cárcel se construyó para unos cuantos y ahora hay muchos, muchos más.

BEATRIZ: —¿Y qué van a hacer con los que se lleven de aquí?

CARCELERO: —No sé.

BEATRIZ: —¿Van a matarlos, verdad? ¿Es eso? Él tenía razón.

CARCELERO: —Bueno, es lo más probable. Unos años antes, unos después... De la cárcel podrás librarlo, pero de la muerte...

BEATRIZ: —Me parece que la muerte, después de haber sido libres en esta tierra, debe ser una forma más de libertad, pero si hemos estado aquí prisioneros, la muerte ha de ser la cárcel definitiva. Dime, ¿todos esos presos están ahí porque han hablado en contra del Amo?

CARCELERO: —No todos, otros son ladrones.

BEATRIZ: —Comprendo.

CARCELERO: —Sí, veo que comprendes muy bien. ¿Crees que no sé de dónde vienen esas joyas?

BEATRIZ: —Son herencia de mi familia. Las tenía guardadas y...

CARCELERO: —Está bien, está bien... Si me traes lo que te he pedido, me callaré, si no...

BEATRIZ: —Si hablas, tendrás que devolverlas.

CARCELERO: —Confieso que has tenido una buena idea. He conocido tipos arriesgados, pero mira que arrebatarle a Dios mismo de las manos... ¿No sabes que eso puede costarte una angustia tal, que la libertad y la vida misma pueden llegar a parecer vacías?

BEATRIZ: —¡Calla!

CARCELERO: —Está bien. Pero si no me traes lo que te he pedido...

BEATRIZ: —Diré que las tienes tú.

CARCELERO: —No te creerán. Tú no eres nadie. Una mujer, hermana de un hombre que no es libre. Yo soy la autoridad.

BEATRIZ: —¿Esto te hace creerte libre de culpa?

CARCELERO: —Al menos no corro el riesgo de que me atrapen. Y además, por si acaso... Como dicen que Dios es muy cuidadoso de las formas, ante sus ojos el ladrón eres tú y no yo. Con que ya lo sabes, si no quieres despedirte hoy mismo de tu hermanito...

Salen de la iglesia el cura y el sacristán, llevando casi a rastras a Beatriz.

CURA: —¿Qué has hecho, desventurada? ¿Qué has hecho? ¿No sabes que te exponías a la ira de Dios? (*El cura arroja a Beatriz al suelo.*)

BEATRIZ: —(*Irguiéndose, habla con absoluta rebeldía.*) Desde que nací, he oído esas palabras. ¿Podría ignorarlas ahora?

CURA: —¿Y sabiéndolo te has atrevido a hacerlo?

BEATRIZ: —Pensé que si Dios comprende todo realmente, sabría perdonarlo todo también.

SACRISTÁN: —Sabe lo que ha hecho y se atreve a declararlo.

CURA: —Lo que has hecho sólo se paga con la condenación eterna. Soy sacerdote y sé lo que Dios es capaz de hacer con quienes violan su sagrada casa.

BEATRIZ: —No he hecho nada que pudiera merecerme esta suerte tan desgraciada. ¿Qué espera? Envíeme a la cárcel. Quise vivir con mi hermano en la libertad y usted me mandará a morir con él en la prisión.

CURA: —¿Dónde están las joyas?

BEATRIZ: —Se las di al carcelero para que diera la libertad a mi hermano, pero él siempre me pedía más y más y Dios me daba cada vez menos.

CURA: —Y tú, ¿no enrojecías de vergüenza de pensar que tu hermano podría ser libre a ese precio?

BEATRIZ: —Creí que la libertad de un hombre merece que se sacrifique a ella todo lo demás.

CURA: —¿Y ese carcelero sabía de dónde provenían las joyas? ¿Tú se lo hiciste saber?

BEATRIZ: —Sólo sé que debía salvar a mi hermano a cualquier precio.

CURA: —(*Al sacristán*) Vé a buscar al carcelero. (*El sacristán entra en la cárcel.*)

CURA: —Tú tendrás que afrontar también la justicia de esta tierra. Por cosas mucho menores el Amo ha hecho encarcelar por toda la vida a tantos hombres...

BEATRIZ: —Ahora todo está perdido. Mi pobre hermano no será nunca libre, pero yo no tengo miedo ya de nada.

CURA: —Aún te quedan muchos castigos. Siempre hay un castigo que no conocemos.

BEATRIZ: —Ya no me importa nada.

CURA: —¿No sabías que al robar la imagen del Padre Eterno dabas con ello un mal ejemplo a todos los hombres? ¿No te arrepientes?

BEATRIZ: —De lo único que me arrepiento, es de haber nacido.

Entra el sacristán seguido del carcelero y, detrás de él, la prostituta.

SACRISTÁN: —Aquí está el carcelero, señor cura, ha llorado cuando le conté lo sucedido.

El sacristán da un empellón al carcelero y éste cae de rodillas ante el cura.

CURA: —¿Eres cómplice de ésta que se ha atrevido a alargar la mano hasta donde los hombres no deben atreverse?

CARCELERO: —Soy culpable por haber aceptado esas joyas, pero no por otra cosa. No sabía de quién eran. ¿Cómo iba yo a atreverme si no?

BEATRIZ: —Tú sabes la verdad, pero eres como todos; la escondes, te arrodillas, te humillas, haces como que crees...

CARCELERO: —¿Voy a declararme culpable si no lo soy?

BEATRIZ: —Sigue declarándote inocente, para seguir teniendo el derecho de ser carcelero.

CURA: —¡Silencio! (*Al carcelero.*) ¿Dónde están esas joyas?

CARCELERO: —No las tengo ya. Se las di a esta mujer.

CURA: —(*De pronto, repara en la presencia de la prostituta.*) ¿A esta mujer?

PROSTITUTA: —Yo tampoco las tengo. Las vendí a una mujer que es amiga del Amo.

CURA: —¡Con qué seres me enfrentas, Dios mío! Lo más bajo de la creación.

CARCELERO: —¿Por qué me acusan a mí? No tengo la culpa de ser carcelero. Yo no soy el que ha puesto a unos hombres adentro, tras las rejas, y otros afuera para custodiarlos. Alguna vez fui yo también a esa iglesia, a preguntarle al Padre Eterno si estaba bien que yo fuera carcelero. Pero Él calló. Puedo asegurarle, señor cura, que ser carcelero no es fácil: Ser carcelero no es más que una forma de estar preso. Y usted, tras ese uniforme negro...

CURA: —Calla, insensato.

CARCELERO: —Es la verdad. Mi padre fue carcelero y mi abuelo también, toda mi raza está hecha de carceleros y he llegado a aborrecerlos, pero usted es el que menos derecho tiene a despreciarme, porque las cárceles y las iglesias...

CURA: —Te he ordenado que calles y me digas dónde están esas joyas. Algún rastro tendrás de ellas...

PROSTITUTA: —Ya le dijo que me las dio a mí. Me las dio como limosna, ¿sabe usted? La limosna es mi especialidad.

CURA: —¡Calla! ¿Qué hiciste con las joyas?

PROSTITUTA: —Las vendí y me compré una cama reluciente. Tiene en las cabeceras cuatro grandes esferas doradas, como ésa que sostiene el Padre Eterno entre las manos.

CURA: —¿Dijiste de dónde provenían las joyas?

PROSTITUTA: —No. No soy tonta.

CURA: —¡Mejor! Esto no debe saberse.

SACRISTÁN: —Sería un ejemplo espantoso.

CARCELERO: —Por mi parte no se sabrá nada.

CURA: —Entonces lleva a esta mujer a la cárcel. Yo hablaré con el Amo para que la castigue con todo rigor. Ella sola es la culpable y nadie más.

BEATRIZ: —¿Está usted seguro de eso?

CURA: —Sí. En la cárcel estarás incomunicada para siempre. Ya tendrás tiempo de arrepentirte.

BEATRIZ: —¡Soy inocente! ¡Soy inocente! ¡Soy inocente!

SACRISTÁN: —Señor cura, hay que explicarles a estas gentes.

CURA: —Creo que es inevitable explicarles.

El Diablo está cerca de Beatriz.

BEATRIZ: —¿Ya ves hasta dónde me has llevado?

DIABLO: —¡Ha llegado el momento decisivo! Estos hombres sabrán lo que has hecho y te justificarán. Les has demostrado que no hay en esa imagen nada que pueda infundirles temor. Vencerán el miedo. Se sentirán unidos. Podrán entonces verme y oírme y podré encaminarlos a su salvación.

CURA: —Ha sucedido en nuestro pueblo, algo que ha hecho temblar el trono mismo del Altísimo: Alguien se ha atrevido a entrar en esta iglesia y ha tratado de robar, inútilmente, las joyas que estaban en manos de la sagrada imagen. Pero al mismo tiempo se ha operado el más maravilloso de los milagros: Por el centro de la cúpula de nuestra iglesia, ha entrado un ángel que vino a avisarme.

SACRISTÁN: —¿Por qué no me lo había dicho, señor cura?

CURA: —Aquel ángel sonrió, y me dijo: Debes estar vigilante, porque alguien intenta cometer un grave pecado y revoloteando como una mariposa gigantesca, cuyas alas encendían de luz toda la iglesia...

SACRISTÁN: —¡Qué hermosura!

CURA: —Encendían de luz toda la iglesia y me guiaban hasta el lugar donde esta infeliz, con la mano paralizada, trataba inútilmente de robar las joyas.

SACRISTÁN: —¿Por qué tengo tan mala suerte? Siempre me pierdo de lo mejor.

CURA: —Aquel ángel, todo bondad, quiso dar un castigo a la falta de esta mujer y con sus grandes alas volaba en torno suyo, azotándola con ellas, como si fuesen dos látigos inmensos y coléricos.

SACRISTÁN: —¡Bien hecho! ¡Bien hecho!

CURA: —Yo miraba, absorto, todo esto, pensando que hasta al pueblo más modesto, como es el nuestro, le está señalado el día en que ha de ver manifiesto el poder de los ángeles.

SACRISTÁN: —¡Vivan los ángeles!

CURA: —Esta mujer, al verse castigada, quiso huir, pero un rayo de luz caía sobre ella y la paralizaba en la tierra.

SACRISTÁN: —Pero si fui yo el que la detuvo...

CURA: —El rayo de luz la inmovilizó y la hizo caer entre mis manos. Así, ante ustedes está esta mujer, cuya alma se ha manchado. (*A Beatriz.*) ¡De rodillas, desventurada! ¡De rodillas! He dicho que te arrodilles.

BEATRIZ: —No tengo de qué arrepentirme. Quiero hablarles.

CURA: —No hay que escucharla, hijos míos.

BEATRIZ: —He tomado esas joyas de las manos de Dios porque creí que eso era lo justo. Muchos de ustedes habrán pensado hacerlo. ¿Por qué? Porque tuve valor de hacer lo que ustedes no han querido hacer. Aún quedan ahí joyas. Son nuestras.

CURA: —¡Calla, maldita!

Movimiento del pueblo hacia el cura.

DIABLO: —Amigos, hermanos. (*El pueblo vuelve a ver al Diablo.*) ¿Ahora ya pueden verme? (*El pueblo asiente con la cabeza.*) Las palabras y el sufrimiento de esta muchacha han obrado el verdadero milagro. ¡Ustedes ya pueden verme!

CURA: —¿Quién es ese hombre? No le conozco.

SACRISTÁN: —Debe ser el ángel que usted vio.

DIABLO: —(*Movimiento del pueblo hacia el Diablo, cuando éste habla.*) Esta mujer debe quedar libre ahora mismo. ¡Mírenla! Es joven y está sola. Sola como cada uno de ustedes. Sola porque ustedes no quisieron unirse a ella.

CURA: —¡De rodillas, pecadores! ¡Todos de rodillas! La ira de Dios caerá sobre este pueblo por haber escuchado al Enemigo. Sólo el arrepentimiento puede salvarlos.

DIABLO: —No hay de qué arrepentirse. Es la voz de la justicia la que habla dentro de ustedes. Por una vez hablen, hombres de este pueblo. Que suene el timbre de esa voz dormida dentro de sus pechos. Se trata de ir ahora a la cárcel, ir a la iglesia, abrir las puertas de par en par y dejar libres a todos los que han estado ahí aprisionados.

CURA: —Los muros de esta iglesia son sólidos y fuertes. ¿Serían capaces de embestir contra ellos?

Movimiento del pueblo hacia el cura.

PUEBLO: —No.

DIABLO: —¡Han hablado! Se operó el segundo milagro. ¿Quieren condenar a esa muchacha? ¿Quieren aceptar la injusticia interna que pesa sobre ella?

Movimiento del pueblo hacia el Diablo.

PUEBLO: —No.

CURA: —Esta iglesia es la seguridad, hijos míos. Lo sabemos bien.

PUEBLO: —Sí.

DIABLO: —El camino que sigo es a veces áspero, pero es el único que puede llevar a la libertad ¿No quieren hacer la prueba?

PUEBLO: —Sí.

CURA: —Pobre de aquel que se vea aprisionado en la cárcel de su propia duda. Esa cárcel es más estrecha que todas las de esta tierra. ¿No lo saben?

PUEBLO: —Sí.

DIABLO: —Lo que él llama duda es la salvación. Ustedes serán capaces de hacer aquí las cosas más increíbles.

PUEBLO: —Sí.

CURA: —¿Y la otra vida? ¿No importa nada? ¿Quieren hallar, al morir, cerradas definitivamente las puertas de la esperanza?

PUEBLO: —No.

CURA: —La única salud es del alma. ¿Quieren consumirse en una rebeldía inútil?

PUEBLO: —No.

DIABLO: —Pero será hermoso el día que nuestra voluntad gobierne esta tierra. Todo lo puede la voluntad del Hombre.

PUEBLO: —Sí.

CURA: —¡Basta de locuras, insensatos! ¿Trabajamos todos en la tierra de Dios?

PUEBLO: —Sí.

DIABLO: —Esta tierra será la tierra de los hombres.

PUEBLO: —Sí.

CURA: —No es posible rebelarse ante todo lo que Dios ha querido que sea.

PUEBLO: —No.

DIABLO: —¡Sí, es posible!

PUEBLO: —¿Sí?

CAMPANERO: —¡Señor cura! ¡Señor cura!

CURA: —Hijos míos, el pecado de esta mujer, que les indujo a oír la voz del Demonio, ha dado ya sus frutos malignos. Vienen a decirme que las cosechas se perderán definitivamente en este año. No quedará ni una sola planta en estos campos. La miseria va apoderarse de esta tierra. El viento del Norte comienza a soplar. ¡Oigan!

UN HOMBRE: —¡La muerte!

PUEBLO: —¡La muerte! ¡La muerte! (*Las mujeres, enloquecidas, se apoderan de Beatriz y violentamente la amarran al tronco de un árbol.*)

DIABLO: —¡Deténganse! ¡Deténganse!

BEATRIZ: —¡No! ¡No! Suéltenme. Suéltenme. No soy culpable de nada. Si me matan, matarán una parte de ustedes mismos. (*El pueblo, se precipita sobre ella en un movimiento uniforme y avasallador y la hiere con gran violencia, mientras ella grita enloquecida.*)

BEATRIZ: —¡No, no, no! (*Su voz se va apagando.*)

CURA: —Que la voluntad de Dios se cumpla sobre ella. Nosotros rezaremos por la salvación de su alma.

BEATRIZ: —Van a dejarme aquí, inmóvil, atada, hasta que el frío y el viento terminen con mi vida.

DIABLO: —¿Qué hacen ahora?

Un hombre entra con una imagen del Diablo, a manera de un judas mexicano, y en medio del silencio expectante de los demás, lo cuelga como si lo ahorcara.

BEATRIZ: —(*Desfalleciente.*) Están ahorcando tu imagen. Lo hacen para sentirse libres de culpa.

CURA: —Ahora hay que castigarse, hijos míos. ¡Hay que castigarse! Todos somos culpables de lo que esta mujer ha querido hacer. No hemos estado vigilantes. ¡Hay que castigarse! ¡A pagar nuestra culpa! ¡A pagar nuestra culpa!

Los hombres y mujeres, arrodillados, comienzan a flagelarse con chicotes imaginarios y con movimientos angustiosos se van poniendo de pie mientras se flagelan, en una especie de pantomima grotesca y comienzan a entrar en la iglesia flagelándose con movimientos contorsionados.

CURA: —¡Fuerte! ¡Más fuerte! ¡Más fuerte!

DIABLO: —No se flagelen más. No se odien de esa manera. ¡Amense a sí mismos más que a Dios!

Quedan solos Beatriz y el Diablo, que se desploma, sollozando, en las gradas de la iglesia.

BEATRIZ: —Estas ataduras se hunden en mi carne. Me duelen mucho. No puedo más. (*Viendo al Diablo con gran simpatía.*) ¡No puedes hacer ya nada por mí, amigo mío?

DIABLO: —Lo único que logré fue sacrificarte a ti. ¡Para eso es para lo único que he servido!

BEATRIZ: —No estés triste. Ahora comprendo que el verdadero bien eres tú.

DIABLO: —He perdido tantas veces esta batalla de la rebeldía y cada vez me sube el llanto al pecho como si fuera la primera. El viento del Norte moverá tu cuerpo, pobre Beatriz, y golpeará en la ventana de la celda del Hombre, que sigue prisionero. (*Patético.*) No volveré a luchar más. Nunca más.

BEATRIZ: —Sí. Volverás a luchar. Prométeme que lo harás por mí. Algún día se cansarán de creer en el viento y sabrán que sólo es imposible lo que ellos no quieran alcanzar. Su misma voluntad es el viento, no que hay que envolver la superficie completa de esta tierra.

DIABLO: —(*Impotente.*) ¡Ya no puedo hacer nada por ti! ¡Beatriz!... Está bien... Seguiré luchando; libraré de nuevo la batalla, en otro lugar, en otro tiempo, y algún día, tú muerta y yo vivo, seremos los vencedores.

Telón

COMPRENSIÓN Y ANÁLISIS

Ubique el drama *Las manos de dios* dentro de la época en que fue escrito (1956). Comente sobre lo siguiente:

Forma

Orden de la trama: Orden cronológico de los elementos de la historia.

La estructura del drama: Busque los protagonistas de las diferentes escenas. Busque introducción, desarrollo, momento climático y conclusión.
El diálogo: ¿Qué personajes conversan en las diferentes escenas? ¿En qué escenas hay más de dos personajes? ¿Cuándo se forma un tumulto?
Estudie las acotaciones en el drama.

Contenido

El tema: Comente sobre la dominación del amo, incluyendo el nepotismo, el papel del cura en mantener el estatus quo (discurso sobre el ángel), el papel del diablo en la tan esperada revolución, que tampoco esta vez llegó, la libertad desde el punto de vista de la prostituta, del carcelero, del diablo.
Los personajes: ¿Quiénes y cómo son los personajes centrales? ¿Cuál es la relación entre ellos? ¿A qué trabajo se dedican? ¿Qué distingue a Beatriz de otras personas del pueblo? Analice el papel de la tierra en el drama.
El espacio: ¿Dónde se desarrolla el drama? ¿Qué sitios específicos menciona el drama? ¿Cómo son estos lugares?
El tiempo: ¿Hay un tiempo determinado en el drama? ¿Cuáles son las edades de los personajes y cómo se relacionan éstas con el contenido del drama? ¿Cuántos días pasan en el drama? ¿Qué hecho motiva la historia? ¿Qué papel juega el viento en el clima del drama?
La cultura: Conociendo la época en que el drama fue escrito, diga si éste presenta rompimiento o perpetuación de estereotipos sociales de género, clase, raza, religión. Analice el papel del diablo como antagonista al status quo; ¿Cómo habla el diablo de sí mismo? ¿Qué dicen otros de él? Analice la posición social, los oficios y el comportamiento de Beatriz y de otras mujeres en la sociedad del drama.
¿Cuál es la relación del título con el contenido del drama?

Lenguaje

Vocabulario del drama: ¿Qué palabras se utilizan para mostrar la sujeción del pueblo al amo?
Descripciones: ¿Qué palabras se utilizan para describir los personajes, la escena íntima y la social, los espacios, el tiempo? ¿Cómo se describe a Dios desde las diferentes perspectivas del cura, el diablo, Beatriz?
Narración: Resuma en pocas palabras la historia narrada.
Lenguaje figurado: Analice el uso figurado del viento, portador de calamidades. ¿Qué otras figuras literarias o tropos se presentan?

Comunicación

Analice el diálogo entre los personajes de las escenas. ¿Quiénes dialogan? ¿Quién es la persona del interlocutor? (El que inicia el proceso de la comunicación)¿Qué mensajes hay en la obra? ¿Cuál es el contexto social de los diferentes diálogos?
¿Cómo se usan los pronombres de tratamiento (tú, usted, vos, ustedes) en las relaciones entre los personajes? ¿Quién tutea a quién, quién ustedea a quién? ¿Cómo muestra el uso de los pronombres de tratamiento las relaciones de poder entre las personas?
Hable sobre narraciones en el diálogo. Estudie la regresión/progresión que el diablo le hace a Beatriz.

Ejercicios de creación literaria

Asuma el punto de vista de Dios y exprese su posición en la historia. ¿Cómo hubiera rebatido el discurso del diablo y el del cura?
Escriba una corta escena en se que muestre el punto de vista del Hombre, el hermano de Beatriz, si hubiera sabido lo que pasaba.

Ernesto Cardenal, Nicaragua, 1925

El sacerdote jesuita Ernesto Cardenal es un revolucionario famoso y un reconocido poeta. Su trayectoria política y militante empezó con la lucha contra la dictadura de Somoza.

Cardenal inició su formación académica en Nicaragua, y en 1948 fue a la Universidad de Columbia en Nueva York para estudiar literatura norteamericana. Luego viajó a Europa y regresó a Nicaragua.

En 1954 participó en un ataque armado contra el palacio presidencial, con la esperanza de derrocar al dictador Somoza. Ese año Cardenal escribió «Hora 0». Los revolucionarios no lograron derrumbar la dictadura de Somoza. La poesía de Cardenal se declaró ilegal en Nicaragua, pero circulaba clandestinamente, manteniendo vivas las esperanzas democráticas.

En 1957 Cardenal entró al monasterio Gethsemani, en Kentucky para hacerse sacerdote. Allí conoció a Thomas Merton con quien entabló una estrecha amistad. Se ordenó sacerdote en 1965.

Desde entonces, su poesía se centra en enseñanzas bíblicas. De ahí aparecieron poemas como «Oración por Marilyn Monroe», «Los defensores de la ley», «Orden de El Señor (Salmo 57)», «Apocalipsis», «El cosmos en Su Santuario (Salmo 150)». Ha traducido al español obras de Allen Ginsberg, Thomas Merton y Josephine Miles.

Durante el gobierno sandinista fue nombrado ministro de cultura. Cardenal se hizo internacionalmente conocido durante la visita del Papa Juan Pablo II a Nicaragua. El Pontífice lo recriminó por desobedecer sus órdenes e involucrarse en política. A pesar de las amonestaciones papales, Cardenal es uno de los líderes de la Nueva Teología[4], que intentó poner en práctica las enseñanzas de Jesús acerca del amor y de la justicia social. Varios sacerdotes que abrazaron estas ideas fueron asesinados, entre ellos el colombiano Camilo Torres y el arzobispo salvadoreño Óscar Romero.

Tras la derrota del gobierno sandinista en las elecciones de 1990, Violeta Chamorro, candidata de derecha, asumió el poder. Cardenal acusó al nuevo gobierno de traicionar los ideales de liberación y justicia social defendidos por el gobierno sandinista.

Cardenal está considerado como uno de los poetas más relevantes de Hispanoamérica en el siglo XX. Su poesía se nutre de la realidad nicaragüense, del abuso de la gran mayoría de la población y de la brutalidad con la que la dictadura de Somoza trató a los que intentaban cambiar la situación de explotación y de hambre.

Su poesía trasciende lo político; es más bien un grito de protesta contra la pobreza perpetuada por las dictaduras que han plagado a Centroamérica. Esta parte del mundo, por su excepcional clima, y proximidad a Estados Unidos, cayó víctima de la United Fruit Company. Desde entonces, sus gobiernos han sido por lo general marionetas protectoras de los intereses comerciales del gigante del Norte.

La poesía de Cardenal yuxtapone lo sagrado, lo profano y lo cotidiano; la crítica literaria lo clasifica como «exteriorista» porque elimina el tono lírico intimista para ser expositor; por eso emplea fragmentos periodísticos, noticias, documentales históricos, estadísticas, testimonios y los yuxtapone en su poesía con tono irónico, evadiendo aspectos excesivamente emocionales. Emplea mucho la enumeración, la repetición y la ejemplificación como recursos poéticos; tiene gran influencia del salmo en cuanto al estilo pero, en su caso, la labor proselitista no es religiosa, sino política. Busca la reflexión y el análisis por parte del lector, para provocar una reacción ante los sucesos que expone el texto poético. Pretende provocar al individuo hacia la acción, o por lo menos inducirlo a una actitud crítica ante la realidad social o política. Su pensamiento socioreligioso tiene gran acogida en toda Hispanoamérica y en el resto del mundo, especialmente en lugares que abrazan la Teología de la liberación de la que él ha sido figura sobresaliente.

Pablo Neruda fue una de las tempranas influencias de Cardenal, así como también Rubén Darío. Su poesía requiere la completa atención del lector, ya que Cardenal pretende, con sus escritos, tender un puente entre los países desarrollados y los que están en proceso de desarrollo.

ORACIÓN POR MARILYN MONROE

Señor
valide a esta muchacha llamada Marilyn Monroe
aunque ése no era su nombre verdadero
(solamente usted sabe su nombre verdadero), fue el de la huérfana
violada a los nueve,
la empleadita de tienda que intentó matarse
(envejeció a los apenas dieciséis)
quién ahora entra a su presencia sin maquillaje
sin su agente de prensa
sin sus fotografías o dedicatorias de la firma.

Cuando ella era niña, soñaba con ser descubierta.
Ella soñó cuando niña que estaba desnuda en una iglesia
(Según cuenta el *Time*)
Usted sabe nuestros sueños mejor que los siquiatras.
pero también algo más...
Las pistas son admiradores.
Pero el templo es el estudio del zorro 20th Century.
El templo —de mármol y oro— es el templo de su cuerpo
en el que está el Hijo del Hombre con un látigo en la mano
expulsando a los mercaderes de la 20th Century-Fox
que hicieron de Tu casa una cueva de ladrones.

[4]Theological movement which flourished from the Vatican's Second Ecumenical Council (1962), under the leadership of Pope John XXIII

Marilyn Monroe is like Jesus in the sense that she sacrificed herself for the people

Señor,
en este mundo contaminado de pecados y radiactividad,
Tú no culparás seguramente una empleadita de tienda
que como toda empleadita de tienda soñó ser estrella de cine.
Y su sueño fue realidad (pero como la realidad de Technicolor).
Ella no hizo sino actuar según el script que le dimos,
—El de nuestras propias vidas— Y era un script absurdo.
Perdónela Señor y perdone a todos nosotros
para este nuestro vigésimo siglo
y el Super-Production gigantesco en que compartimos todo.

Ella tenía hambre de amor y le ofrecimos tranquilizantes.
Para la tristeza de no ser santos
Se le recomendó Psicoanálisis.
Recuerda Señor su terror ante la cámara fotográfica
y odio del maquillaje (su insistencia respecto a maquillaje fresco para cada escena)
y cómo el terror creció
y cómo su impuntualidad en los estudios creció.
Como cualquier otra empleadita de tienda
ella soñaba con ser una estrella.
Y su vida era tan irreal como un sueño
que un analista lee y que clasifica.

Sus romances fueron un beso con los ojos cerrados
que cuando se abren los ojos
se descubre que fue bajo reflectores
y apagan los reflectores!
y desmontan las dos paredes del aposento (era un set cinematográfico)
mientras que el director mueve el cuaderno ausente a disposición, la
escena que es conservada con seguridad.
Es como una travesía en un yate, un beso en Singapur, una danza en Río,
una recepción en la mansión del duque y de la duquesa de Windsor
vistos en el tawdriness triste de un
barato apartamento.

La película terminó sin el beso final.
La hallaron muerta en su cama con la mano en el teléfono.
Y los detectives no supieron a quién iba a llamar.
Fue como alguien que ha marcado el número de la única voz amiga
y oye tan solo la voz de un disco que le dice: WRONG NUMBER.
O como alguien que herido por los gángsteres
alarga la mano a un teléfono desconectado.

Señor, quienquiera
pudo haber sido que ella fuera a llamar
pero (y quizás no era nadie en todos
o alguien no en el libro de teléfono de Los Ángeles),
Señor, usted recoja ese teléfono.

COMPRENSIÓN Y ANÁLISIS

Ubique el poema «Oración por Marilyn Monroe» dentro de la época en que fue escrito. Comente sobre lo siguiente:

Forma

La estructura del poema plegaria.
La medida no uniforme de los versos.
La ausencia de rima.
El desorden en las estrofas.

Contenido

El tema: ¿Quién es el Señor? Comente sobre la defensa de Marilyn presentada por el poeta al Señor.
Los personajes: Asumimos que el poeta es el interlocutor: Aunque nunca se menciona el pronombre yo, se menciona nosotros «... el script que le dimos». ¿Quién y cómo es el interlocutor? ¿Quién y cómo es el interpelado (usted/tú)? Investigue sobre Marilyn Monroe como personaje a quien se refiere el poema.
El espacio: ¿Dónde cree usted que se desarrolla la defensa de Marilyn delante al Señor? ¿Qué sitios específicos menciona el poema?
El tiempo: ¿Hay un tiempo determinado en el poema? Estudie los verbos en el poema y diga qué tiempos usa el poeta para expresar sus ideas. ¿Qué significación tiene el tiempo en el poema?
La cultura: Conociendo la época en que el poema fue escrito, ¿es éste un poema que rompe o acentúa estereotipos sociales y de género? Discuta el punto de vista del autor sobre esta cultura cuando dice «Ella tenía hambre de amor y le ofrecimos tranquilizantes. Para la tristeza de no ser santos se le recomendó Psicoanálisis».

Lenguaje

Vocabulario del poema: ¿Qué palabras contribuyen a dar al poema su familiaridad, su tono moderno, su tono de oración? ¿Por qué podemos decir que éste es un poema de valor universal?
Descripciones: ¿Qué palabras se utilizan para describir a Marilyn; la de la escena real y la del set cinematográfico?
Narración: El autor narra su versión de la historia de Marilyn al Señor. ¿Qué historia es esa?
Lenguaje figurado: Analice la forma en que el autor usa el lenguaje figurado en la metáfora de 20th Century Fox como templo en relación con el sueño de Marilyn. ¿Qué otras figuras literarias o tropos se presentan?

Comunicación

El poema es una defensa a Marilyn por parte del poeta ante el Señor. ¿Cuál es la significación del monólogo? ¿Cómo se usan los pronombres de tratamiento (tú, usted, vos, ustedes)? Particularmente, ¿qué puede motivar el uso de ambos pronombres TÚ/USTED para referirse al Señor?

Ejercicios de creación literaria

Tome el punto de vista del Señor y sustente al poeta su veredicto.
Escriba una narración para contar la historia presentada por el poema.
Con la clase dividida en tres, haga un argumento, presentando los tres puntos de vista: el de Marilyn, el del poeta y el del Señor.

LA DANZA DEL ESPÍRITU

‹Estas tierras son nuestras
nadie tiene derecho de sacarnos
nosotros fuimos los primeros dueños›
Estrella Fugaz a Wells, 1807
Y el Presidente podría estar tranquilo en su gran Aldea
bebiendo su vino en paz
mientras él y Harrison tendrían que pelear
Estrella Fugaz a Harrison, 1810
El Gran Espíritu dio esta gran isla a sus hijos pieles rojas...
Nos han ido empujando desde el mar hasta los Grandes Lagos
ya no podemos ir más lejos!
decía Tecumtha (o «Estrella-Fugaz»)
—Esperaba que los blancos se detendrían en el Ohio...
Y aquella grandiosa Confederación de tribus pobres
harapientas, hippies
desde los Grandes Lagos hasta México
... ‹sin intención de hacer la guerra a los Estados Unidos›...
que soñó Tecumtha, el meteoro, Estrella-Fugaz!
(Crearía un imperio como el de Moctezuma o
los Incas informa Harrison al Depto. de Estado
«si no fuera por la vecindad de los Estados Unidos»)
Todos los años volvían en la primavera:
subían, de sur a norte, con la primavera
y su llegada era segura como la primavera.
Cuando se veían los primeros
verdores, las
primeras flores (huellas
del mocasín de Dios en las praderas)
allá en el horizonte... un punto... varios puntos...
muchos puntos!!!
y la pradera era una inmensa mesa de búfalos.

El Gran Espíritu nos dio esta tierra
para que aquí encendamos nuestros fuegos.
Aquí nos quedaremos. Y en cuanto a fronteras
el Gran Espíritu no reconoce fronteras
y sus hijos pieles rojas no las reconocerán tampoco...
(Estrella Fugaz)

Después Känakúk, un nuevo profeta:
si un blanco golpea, no quejarse.
Es malo tener hechicerías y amuletos.

—Rebaños de veinte de doscientos de diez mil de
diez millones de búfalos
veinte millas cincuenta millas doscientas millas
de ancho (el largo no se conocía)
la tierra toda retemblando con los búfalos
y oídos a dos millas a 3 millas los mugidos
(«si no fuera por la vecindad de los Estados Unidos»)
... El Gran Espíritu nos puso en esta tierra
por qué quieres quitárnosla?

Padre mío General Clark
estoy hablando y hablando
para que tengas piedad de nosotros
y dejes que nos quedemos donde estamos.
Padre mío Clark quiero que cuando acabe de hablar
le escribas al Gran Padre el Presidente
que deseamos quedarnos donde estamos un poquito más
y ahora hablaré para el Gran Padre el Presidente

Gran Padre Presidente deseo que medites en nosotros
deseo hablar con palabras pacíficas y suaves
algunos jefes dijeron que la tierra es de nosotros los Kickappos
no es esto lo que me dijo el Gran Espíritu
la tierra es de Él
cuando vi al Gran Espíritu me dijo díselo al Presidente
me dijo que arrojáramos los tomahawks
Desde que hablé con el Gran Espíritu
mi pueblo no tiene qué comer anda mal vestido
No me dijo que vendiera mi tierra
porque yo no conozco el precio de un dólar
tú sabes escribir copiar lo que se habla yo
no yo todo lo hago por el Gran Espíritu
todas las cosas son del Gran Espíritu
ya he terminado confío en el Gran Espíritu

En el verano estaban en Montana
en Nebraska y Wyoming en el invierno
llanuras nevadas negras de búfalos
y los indios iban al norte con los búfalos
y en el invierno hacia el sur hasta Texas con los búfalos

La noche de las praderas, grandes quemas allá lejos
como ahora de noche Denver
como cuando uno se acerca de noche a Denver en un bus de la
Greyhound
Pero eran menos cada año
eran menos cada año los rebaños.
NO DEBÉIS LUCHAR fue la enseñanza de Wowoka
dejaron de beber Whisky
quitaron de sus tiendas los cueros cabelludos.
La doctrina de los payute era danzar.
Los búfalos que emigraban hacia el sur al empezar el invierno
corriendo contra el viento
y pasaban de sur a norte en primavera
corriendo contra el viento eran menos cada año.
Tuhulhulsote junto al fuego: nosotros
nunca hemos comerciado
la tierra es parte de mi propio cuerpo
yo nunca vendí mi tierra.
Se iban los búfalos de las praderas
y se iban los indios con los búfalos.

Danzar danzar
en todas partes. Todos los indios deben danzar.
Muy pronto, en la próxima primavera
vendrá el Gran Espíritu
con todos los animales de caza otra vez
y todos los indios muertos otra vez.
Sigan danzando sigan danzando en las praderas.
Vendrán los tiempos buenos.
RESUCITARAN TODOS LOS MUERTOS decía Wowoka
Jack Wilson (Wowoka)
la guerra era mala y no debían pelear
la tierra será toda buena más tarde
hermanos, todos serán hermanos
indios y blancos formando un solo pueblo.

Un fuego. La nueva fe corrió como un fuego
soplado por el viento de las praderas.
La pintura roja era la aurora
las plumas de águila los rayos del sol
el águila era el sol
el que lleva las plumas está unido con Dios
lleva en su cabeza la «Presencia»
El Águila vendrá a llevarme
El Águila vendrá a llevarme

Smohalla en su tienda a la orilla del río Columbia
fumando su cigarrillo sagrado
«somos pocos y débiles
no podemos hacer resistencia».
Era una palabra mala la que llegaba de Washington
En el principio todo era agua y Dios estaba solo
se sentía muy solo y creó la tierra.
El hombre tenía alas y volaba adonde quería
pero el hombre se sintió solo y Dios hizo una mujer.
Dios mandó al hombre a cazar
y a la mujer cocinar y preparar las pieles.
El gran río estaba lleno de salmones y las praderas de búfalos
Los más fuertes cogieron los mejores pescaderos
Dios se puso bravo y les quitó las alas
mandó que los pescaderos y tierras fueran de todos
que no se demarcaran ni dividieran
ésta es la ley antigua.
Los que dividen la tierra y firman papeles
serán castigados por Dios.
Es una palabra mala la que viene de Washington.
Todos los que han muerto volverán a vivir
No nos iremos, porque
el pueblo debe esperar *aquí*, en esta tierra, su regreso.

Y, en sueños
su sabiduría.
Era aprendida en sueños
decía Smohalla.
«Los muchachos de mi tribu no trabajarán
los hombres que trabajan no sueñan.
Nosotros nunca seremos ricos como los blancos».

Y un jefe umatilla (polvaredas de los últimos búfalos
allá lejos, cactus, set de película de vaqueros
y estremecida por el viento la tienda de cuero de
búfalo)
:tú me dices vete a otra tierra
yo no quiero dinero por mi tierra.
... y el viento trae del campamento
un son de canción protesta.

El búfalo era el Universo
la totalidad de las formas manifestadas
y comida vestido vivienda artefactos etc. todo era de
búfalo.

En 1810 ya no hay búfalos en Kentucky
Al día siguiente (1 de enero)
ya no hubo búfalos en Pennsylvania
Xtmas de 1802 el
último búfalo de Ohio fue matado
Y nada, no evitaban la llegada de los blancos,
cada año más blancos
el ferrocarril trajo más blancos
desaparecían los búfalos de las praderas
y el ferrocarril avanzando, avanzando
los rieles cortando los campos de los indios
y ellos perdían la libertad de las praderas
llevados cada vez más lejos, a más lejanas
reducciones
desaparecían como los búfalos de las praderas
y se fueron sus tradiciones y sus cantos
con los búfalos
Tus búfalos comedores de flores de la primavera
Vachel Lindsay!
corrían donde corren ahora las locomotoras.
Tus búfalos comedores de flores de la primavera!
y la fiebre del oro. El oro trajo más blancos
Cansado, cojo, casi sin poder correr rodeado de
lobos
el último búfalo que se vio en Montana-
Y un viejo arapajo muy viejo en su tienda vieja
cuero podrido de búfalo
:«la hierba está vieja nuestra vida, vieja
esta tierra muy vieja.
Todo será nuevo otra vez»

Y decían los indios en las praderas del sur
«los ríos las montañas
todo está envejecido y va a renovarse»
De tribu en tribu pasó la danza
(tizón de fogata apagada que soplado, soplado
por el vasto viento de la pradera
revive, y es un incendio de praderas y praderas)

La DANZA DEL ESPÍRITU era sin armas
noche a noche danzando la danza santa
Hubo tribus que dejaron sus armas de fuego
y aun todo lo que era de metal
‹todo igual como antes de los blancos›
En Oklahoma decían que la nueva tierra vendría del
oeste.
Con todos los indios muertos
los que han muerto desde el principio, resucitados
con búfalos bisontes venados resucitados.
Y unos regresaron a sus tribus contando, Jesús
vino otra vez. Los blancos lo mataron
detrás de las Grandes Aguas, ahora
vino donde los indios, que nunca le hicieron daño.
Volverán los días de antes.
Los búfalos también volverán.
Disparar a otros hombres es malo.
No lo quiere el Gran Espíritu.
Y en Nevada otro profeta, payute:
Lo primero, no más guerras
Amarse unos a otros todos deben danzar
MAKE LOVE NOT WAR
Estar en paz con los blancos
Y los Sioux diciendo
(los Sioux sin búfalos):
Están viniendo
todas las tribus muertas están viniendo
y grandes manadas de búfalos con ellos vivos otra
vez
de las praderas del Gran Espíritu están viniendo.
Todos los animales serán devueltos a los indios
pronto
en la próxima primavera
cuando la hierba llegue a la rodilla
el día de la resurrección general.

Sin armas en las manos
sino manos en las manos
danzando en rueda
(el rojo era la aurora)
Así dijo el Padre
que canten todos en la tierra
lleven lejos su mensaje
lleven lejos su mensaje
(Las plumas de la cabeza eran alas
para volar a las
praderas del cielo)
En 1889 los oglalas oyen decir
que el hijo de Dios ha venido en el oeste
y danzaron los oglalas.

Las manos en las manos.
De tribu en tribu pasó la Danza.
Pacifismo, sit ins, no violencia.
«Queremos vivir con los blancos como hermanos»
Vieron en los trances de la danza el mundo de los espíritus
todas las tiendas de piel nueva de búfalo
los espíritus a caballo de vuelta de cazar búfalos
a la luz de la luna, cargados con carne de búfalo
y las praderas con miles y miles de búfalos.

La danza del Espíritu era sin armas
Y unos que estuvieron en la nación de indios espíritus:
«la nación de indios muertos está volviendo está volviendo
y EL GRAN ESPÍRITU volviendo donde sus indios pieles rojas».
Y... «en la tierra de hombres espíritus
yo vi un tipí
y en la puerta del tipí un hombre espíritu
me dijo: los blancos y los indios deben danzar
todos juntos; pero primero deben cantar.
No debe haber más guerras».

Vieron los espíritus acampando en las praderas del cielo
la clavada de las estacas, la levantada de las tiendas
las mujeres trayendo leña y empezando a cocinar
el viento silbando en los postes de las tiendas, haciendo temblar los cueros.
La fogata adentro con canciones
y el humo saliendo de la tienda...
Algunos comieron carne de búfalo traída de allí.
Y uno vio en su trip a uno de una tribu ya extinta
y vieron en sus trips los ríos del cielo en colores sicodélicos
los cheyennes.
Y cantaban los comanches
Viviremos otra vez
Viviremos otra vez
Y los caddos cantaban que ya estaban subiendo
—y ciertamente los caddos estaban subiendo!—
arriba, adonde vive su pueblo, arriba, adonde vive su pueblo
Ven, Caddo, todos vamos arriba
Ven, Caddo, todos vamos arriba
a la gran Aldea
a la gran Aldea

Sitting Bull profetizó que las plumas sagradas
defenderían a los indios del fuego nuclear.
Junto a la Agencia del Lago Walker,
un redondel como el de un circo
Esperaron toda la noche ansiosos por ver a Cristo
Al amanecer llegó muchísima gente, con ellos
venía el Cristo.
Después del desayuno les habló el Cristo.
«le vi una cicatriz en su cara y otra en una muñeca
no le pude ver los pies»
Lo último que se supo de Wowoka:
que lo vieron en una feria de San Francisco.
La Danza siguió pero con una nueva esperanza
no inmediata febril y delirante como antes sino
una serena esperanza
como la esperanza en la resurrección que tienen los cristianos
dice Mooney.

Y aquel gran viejo que yo vi en Taos
(con la bata y las trenzas parecía vieja)
me entendió cuando yo dije: to heaven.
Porque el turista vejete de New England le preguntó
si conoció los búfalos: Sí, de niño; y con tristeza:
No más búfalos... I wonder where they have GONE
y yo dije to heaven
y el vejete se rió como de un chiste
y el viejo jefe sonrió triste (y me entendió)
(otoño 1965, mi viaje a usa a
ver a Merton y los indios)

Rosario Castellanos, México, 1925–1974

Rosario Castellanos nació en la ciudad de México. Al año siguiente su familia regresó a Chiapas, de donde provenían. Los Castellanos eran parte de la élite de la región. La reforma agraria de 1941 les quitó muchas tierras por lo que los Castellanos regresaron a la ciudad de México. La niñez de Rosario fue marcada por soledad, la muerte y la aparente preferencia de los padres por su hermano menor, quien murió repentinamente; esto agudizó el conflicto familiar y marcó el estado anímico de la escritora.

Rosario estudió filosofía y letras en la Universidad Nacional Autónoma de México donde empezó su carrera literaria. La muerte de sus padres en el corto espacio de un mes, provocó sus primeros poemas largos «Trayectoria sin polvo» y «Apuntes para una declaración de fe» (1948). En 1950 defendió su tesis sobre cultura femenina y se inició en la larga travesía de investigar el papel de la mujer en su cultura. Rosario viajó a Francia donde leyó las obras de Simone de Beauvoir y Virginia Woolf, quienes fueron su influencia más significativa.

En 1957 publicó su primera novela *Balún-Canán* y en 1959 *Los nueve guardias.* Con esta producción, Rosario obtuvo premios literarios y reconocimiento crítico. Pasó los dos años siguientes dirigiendo teatro y viajando por remotas áreas, lo cual le permitió ponerse en contacto con culturas indígenas. El resultado de estas experiencias fue *Oficio de tinieblas.*

Luego de enseñar varios años en la Universidad Nacional Autónoma de México, Rosario viajó a Los Estados Unidos para enseñar literatura latinoamericana en las universidades de Wisconsin, Indiana y Colorado. De nuevo regresó como catedrática a la UNAM.

En 1971 publicó *Album de familia* y *Mujer que sabe latín.* Fue nombrada embajadora en Israel y en 1975 escribió *El eterno femenino,* su obra más importante sobre la mujer. Aquí Castellanos advierte que las mexicanas no deben importar un feminismo europeo o norteamericano, ya que éste no corresponde a su propia situación, sino crear su propia forma de feminismo.

Un trágico accidente en su hogar acabó con la corta existencia de Castellanos. Su cadáver se encuentra en La Rotonda de los Hombres Ilustres en la Ciudad de México.

Rosario Castellanos ha figurado como una de las voces más graves y afirmativas desde la generación de los años cincuenta hasta hoy. Su obra nos habla de sí misma, de sus amores, lamentaciones, nostalgias, tristezas, pero también de su origen, de toda la raza y de su tierra mexicana. Como muchas otras feministas latinoamericanas, Rosario escribió y analizó las condiciones propias de la mujer, tales como la sexualidad, la reproducción, la violación y los malos tratos. Además expuso cómo las leyes impiden que la mujer tenga iguales oportunidades que los hombres en el trabajo.

Rosario también escribió sobre la condición de la mujer desde un punto de vista histórico. En *Juicios sumarios,* la escritora combina los tres mitos femeninos predominantes en México: La Malinche, o «dama oscura» quien con siniestra sexualidad ayuda a su amante Cortés en la conquista de su propio pueblo; la Virgen de Guadalupe, «la virgen morena» quien sublima su condición humana en la maternidad, y Sor Juana Inés de la Cruz, quien tuvo que internarse en un convento para tener algo de libertad intelectual. Estos tres arquetipos encarnan la fragmentada imagen de la mujer mexicana.

En *El uso de la palabra* Castellanos cuestiona la idealización de la maternidad que mantiene a la mujer dependiente y subyugada. Ella vaticina que mientras la mujer continúe siendo abnegada no podrá quejarse del estado degradante en el que se encuentra.

En Latinoamérica generalmente, y en México en particular, la condición de la mujer no puede separarse de su condición económica y jerárquica. Ellas forman un grupo social particular. A pesar de que la presencia femenina ha sido indispensable e innegable en todos los aspectos y cambios políticos y económicos que se han llevado a cabo, esto no ha sido suficiente para liberarla del supuesto estereotipo y condición de sexo débil.

A pesar de que uno de los temas centrales en la obra de la literata mexicana es la soledad, el tono dominante en su producción es el de la participación jubilosa en la vida. Su labor literaria incluye trece libros de poesía, entre ellos *Poesía no eres tú* en el cual recopila su mejor producción lírica entre 1948 y 1971.

En «Lección de cocina» la escritora capta la situación de la mujer de clase media que trata de satisfacer el tradicional papel de ama de casa, pero con conciencia individualista. El cuento emplea como escenario el restringido e indiscutible espacio femenino: la cocina.

LECCIÓN DE COCINA

La cocina resplandece de blancura. Es una lástima tener que mancillarla con el uso. Habría que sentarse a contemplarla, a describirla, a cerrar los ojos, a evocarla. Fijándose bien esta nitidez, esta pulcritud carece del exceso deslumbrador que produce escalofríos en los sanatorios. ¿O es el halo de desinfectantes, los pasos de goma de las afanadoras, la presencia oculta de la enfermedad y de la muerte? Qué importa. Mi lugar está aquí. Desde el principio de los tiempos ha estado aquí. En el proverbio alemán la mujer es sinónimo de Küche, Finder, Kirche. Yo anduve extraviada en aulas, en calles, en oficinas, en cafés; desperdiciada en destrezas que ahora he de olvidar para aprender otras. Por ejemplo, elegir el menú. ¿Cómo podría llevar a cabo labor tan ímproba sin la colaboración de la sociedad, de la historia entera? En un estante especial adecuado a mi estatura, se alinean mis espíritus protectores, esas aplaudidas equilibristas que concilian en las páginas de los recetarios las contradicciones más irreductibles: la esbeltez y la gula, el aspecto vistoso y la economía, la celebridad y la suculencia. Con sus combinaciones infinitas: la esbeltez y la economía, la celebridad y el aspecto vistoso, la suculencia y... ¿Qué me aconseja usted para la comida de hoy, experimentada ama de casa, inspiración de las madres ausentes y presentes, voz de la tradición, secreto a voces de los supermercados? Abro un libro al azar y leo: «La cena de don Quijote». Muy literario pero muy insatisfactorio. Porque don Quijote no tenía fama de gourmet sino de despistado. Aunque un análisis más a fondo del texto nos revela, etc., etc., etc. Uf. Ha corrido más tinta en torno a esa figura que agua debajo de los puentes. «Pajaritos de centro de cara». Esotérico. ¿La cara de quién? ¿Tiene un centro la cara de algo o de alguien? Si lo tiene no ha de ser apetecible. «Bigos a la rumana». Pero ¿a quién supone usted que se está dirigiendo? Si yo supiera lo que es estragón y ananá[5] no estaría consultando este libro porque sabría muchas otras cosas. Si tuviera usted el mínimo sentido de la realidad, debería usted misma o cualquiera de sus colegas, tomarse el trabajo de escribir un diccionario de términos técnicos, redactar unos prolegómenos, idear una propedéutica[6] para hacer accesible al profano el difícil arte culinario. Pero parten del supuesto de que todas estamos en el ajo y se limitan a enunciar. Yo, por lo menos, declaro solemnemente que no estoy, que no he estado nunca ni en este ajo que ustedes comparten ni en ningún otro. Jamás he entendido nada de nada. Pueden ustedes observar los síntomas: me planto, hecha una imbécil, dentro de una cocina impecable y neutra, con el delantal que usurpo para hacer un simulacro de eficiencia y del que seré despojada vergonzosa pero justicieramente.

Abro el compartimiento del refrigerador que anuncia «carnes» y extraigo un paquete irreconocible bajo su capa de hielo. La disuelvo en agua caliente y se me revela el título sin el cual no habría identificado jamás su contenido: es carne especial para asar. Magnífico. Un plato sencillo y sano. Como no representa la superación de ninguna antinomia ni el planteamiento de ninguna aporía, no se me antoja.

[5]Pineapple

[6]Preparatory teachings

Y no es sólo el exceso de lógica el que me inhibe el hambre. Es también el aspecto, rígido por el frío; es el color que se manifiesta ahora que he desbaratado el paquete. Rojo, como si estuviera a punto de echarse a sangrar.

Del mismo color teníamos la espalda, mi marido y yo, después de las orgiásticas asoleadas en las playas de Acapulco. Él podía darse el lujo de «portarse como quien es» y tenderse boca abajo para que no le rozara la piel dolorida. Pero yo, abnegada mujercita mexicana que nació como la paloma para el nido, sonreía a semejanza de Cuauhtémoc[7] en el suplicio cuando dijo «mi lecho no es de rosas» y se volvió a callar. Boca arriba soportaba no sólo mi propio peso sino el de él encima del mío. La postura clásica para hacer el amor. Y gemía, de desgarramiento, de placer. El gemido clásico. Mitos, mitos.

Lo mejor (para mis quemaduras al menos) era cuando se quedaba dormido. Bajo la yema de mis dedos no muy sensibles por el prolongado contacto con las teclas de la máquina de escribir, el nylon de mi camisón de desposada resbalaba en un fraudulento esfuerzo por parecer encaje. Yo jugueteaba con la punta de los botones y esos otros adornos que hacen parecer tan femenina a quien los usa en la oscuridad de la alta noche. La albura de mis ropas, deliberada, reiterativa, impúdicamente simbólica, quedaba abolida transitoriamente. Algún instante quizá alcanzó a consumar su significado bajo la luz y bajo la mirada de esos ojos que ahora están vencidos por la fatiga.

Unos párpados que se cierran y he aquí, de nuevo, exilio. Una enorme extensión arenosa, sin otro desenlace que el mar cuyo movimiento propone la parálisis; sin otra invitación que la del acantilado al suicidio.

Pero es mentira. Yo no soy el sueño que sueña, que sueña, que sueña; yo no soy el reflejo de una imagen en un cristal; a mí no me aniquila la cerrazón de una conciencia o de toda conciencia posible. Yo continúo viviendo con una vida densa, viscosa, turbia, aunque el que está a mi lado y el remoto, me ignoren, me olviden, me pospongan, me abandonen, me desamen.

[7]Last Aztec emperor (1495?–1525); Ahuizotl's son, succeeded his uncle Cuitlhuac in 1520. In spite of his heroic defense of Mexico against Cortes, he was defeated and taken prisoner. He was tortured but never revealed the location of the royal treasure. He was burnt alive by order of Cortes.

Yo también soy una conciencia que puede clausurarse desamparar a otro y exponerlo al aniquilamiento. Yo... La carne, bajo la rociadura de la sal, ha acallado el escándalo de su rojez y ahora me resulta más tolerable, más familiar. Es el trozo que vi mil veces, sin darme cuenta, cuando me asomaba, de prisa, a decirle a la cocinera que...

No nacimos juntos. Nuestro encuentro se debió a un azar ¿feliz? Es demasiado pronto aún para afirmarlo. Coincidimos en una exposición, en una conferencia, en un cineclub; tropezamos en un elevador; me cedió su asiento en el tranvía; un guardabosques interrumpió nuestra perpleja y, hasta entonces, paralela contemplación de la jirafa porque era hora de cerrar el zoológico. Alguien, él o yo, es igual, hizo la pregunta idiota pero indispensable: ¿usted trabaja o estudia? Armonía del interés y de las buenas intenciones, manifestación de propósitos «serios». Hace un año yo no tenía la menor idea de su existencia y ahora reposo junto a él con los muslos entrelazados, húmedos de sudor y de semen. Podría levantarme sin despertarlo, ir descalza hasta la regadera. ¿Purificarme? No tengo asco. Prefiero creer que lo que me une a él es algo tan fácil de borrar como una secreción y no tan terrible como un sacramento.

Así que permanezco inmóvil, respirando rítmicamente para imitar el sosiego, puliendo mi insomnio, la única joya de soltera que he conservado y que estoy dispuesta a conservar hasta la muerte.

Bajo el breve diluvio de pimienta la carne parece haber encanecido. Desvanezco este signo de vejez frotando como si quisiera traspasar la superficie e impregnar el espesor con las esencias. Porque perdí mi antiguo nombre y aún no me acostumbro al nuevo, que tampoco es mío. Cuando en el vestíbulo del hotel algún empleado me reclama yo permanezco sorda, con ese vago malestar que es el preludio del reconocimiento. ¿Quién será la persona que no atiende a la llamada? Podría tratarse de algo urgente, grave, definitivo, de vida o de muerte. El que llama se desespera, se va sin dejar ningún rastro, ningún mensaje y anula la posibilidad de cualquier nuevo encuentro. ¿Es la angustia la que oprime mi corazón? No, es su mano la que oprime mi hombro. Y sus labios que sonríen con una burla benévola, más que de dueño, de taumaturgo[8].

Y bien, acepto mientras nos encaminamos al bar (el hombro me arde, está despellejándose), es verdad que en el contacto o colisión con él he sufrido una metamorfosis profunda: no sabía y sé, no sentía y siento, no era y soy.

Habrá que dejarla reposar así. Hasta que ascienda a la temperatura ambiente, hasta que se impregne de los sabores de que la he recubierto. Me da la impresión de que no he sabido calcular bien y de que he comprado un pedazo excesivo para nosotros dos. Yo, por pereza, no soy carnívora. El, por estética, guarda la línea. ¡Va a sobrar casi todo! Sí, ya sé que no debo preocuparme; que algunas de las hadas que revolotean en torno mío va a acudir en mi auxilio y a explicarme cómo se aprovechan los desperdicios. Es un paso en falso de todos modos. No se inicia una vida conyugal de manera tan sórdida. Me temo que no se inicie tampoco con un platillo tan anodino[9] como la carne asada.

Gracias, murmuro, mientras me limpio los labios con la punta de la servilleta. Gracias por la copa transparente, por la aceituna sumergida. Gracias por haberme abierto la rutina que, según todos los propósitos y la posibilidades, iba de ser fecunda. Gracias por darme la oportunidad de lucir un traje largo y caudaloso, por ayudarme a avanzar en el interior del templo, exaltada por la música del órgano. Gracias por...

¿Cuánto tiempo se tomará para estar lista? Bueno, no debería de importarme demasiado porque hay que ponerla al fuego a última hora. Tarda muy poco, dicen los manuales. ¿Cuánto es poco? ¿Quince minutos? ¿Diez? ¿Cinco? Naturalmente, el texto no especifica. Me supone una intuición que según mi sexo, debo poseer pero que no poseo, un sentido sin el que nací que me permitiera advertir el momento preciso en que la carne está a punto.

¿Y tú? ¿No tienes nada que agradecerme? Lo has puntualizado con una solemnidad un poco pedante y con una precisión que acaso pretendía ser halagadora pero que me resultaba ofensiva: mi virginidad. Cuando la descubriste yo me sentí como el último dinosaurio en un planeta del que la especie había desaparecido. Ansiaba justificarme, explicar que se llegué hasta ti intacta no fue por virtud ni por orgullo ni por fealdad sino por apego a un estilo. No

[8]Miracle worker

[9]Insignificant

soy barroca. La pequeña imperfección en la perla me es insoportable. No me queda entonces más alternativa que el neoclásico y su rigidez es incompatible con la espontaneidad para hacer el amor. Yo carezco de la soltura del que rema, del que juega al tenis, del que se desliza bailando. No practico ningún deporte. Cumplo un rito y el ademán de entrega se me petrifica en un gesto estatuario.

¿Acechas mi tránsito a la fluidez, lo esperas, lo necesitas? O te basta este hieratismo que te sacraliza y que tú interpretas como la pasividad que corresponde a mi naturaleza? Y si a la tuya corresponde ser voluble te tranquilizará pensar que no estorbaré tus aventuras. No será indispensable —gracias a mi temperamento— que me cebes, que me ates de pies y manos con los hijos, que me amordaces con la miel espesa de la resignación. Yo permaneceré como permanezco. Quieta. Cuando dejas caer tu cuerpo sobre el mío siento que me cubre una lápida, llena de inscripciones, de nombres ajenos, de fechas memorables. Gimes inarticuladamente y quisiera susurrarte al oído mi nombre para que recuerdes quién es a la que posees.

Soy yo. ¿Pero quién soy yo? Tu esposa, claro. Y ese título basta para distinguirme de los recuerdos del pasado, de los proyectos para el porvenir. Llevo una marca de propiedad y no obstante me miras con desconfianza. No estoy tejiendo una red para prenderte. No soy una mantis religiosa. Te agradezco que creas en semejantes hipótesis. Pero es falsa.

Esta carne tiene una dureza y una consistencia que no caracterizan a las reses. Ha de ser de mamut. De esos que se han conservado, desde la prehistoria, en los hielos de Siberia y que los campesinos descongelan y sazonan para la comida. En el aburridísimo documental que exhibieron en la Embajada, tan lleno de detalles superfluos, no se hacía la menor alusión al tiempo que dedicaban a volverlos comestibles. Años, meses. Y yo tengo a mi disposición un plazo de...

¿Es la alondra? ¿Es el ruiseñor? No, nuestro horario no va a regirse por tan aladas criaturas como las que avisaban el advenimiento de la aurora a Romeo y Julieta sino por un estentóreo e inequívoco despertador. Y tú no bajarás al día por la escala de mis trenzas sino por los pasos de una querella minuciosa: se te ha desprendido un botón del saco, el pan está quemado, el café frío.

Yo rumiaré, en silencio, mi rencor. Se me atribuyen las responsabilidades y las tareas de una criada para todo. He de mantener la casa impecable, la ropa lista, el ritmo de la alimentación infalible. Pero no se me paga ningún sueldo, no se me concede un día libre a la semana, no puedo cambiar de amo. Debo, por otra parte, contribuir al sostenimiento del hogar y he de desempeñar con eficacia un trabajo en el que el jefe exige y los compañeros conspiran y los subordinados odian. En mis ratos de ocio me transformo en una dama de sociedad que ofrece comidas y cenas a los amigos de su marido, que asiste a reuniones, que se abona a la opera, que controla su peso, que renueva su guardarropa, que cuida la lozanía de su cutis, que se conserva atractiva, que está al tanto de los chismes, que se desvela y que madruga, que corre el riesgo mensual de la maternidad, que cree en las juntas nocturnas de ejecutivos, en los viajes de alucinaciones olfativas cuando percibe la emanación de perfumes franceses (diferentes de los que él usa) de las camisas, de los pañuelos de su marido; que tantos afanes y se prepara una bebida bien cargada y lee una novela policíaca con ese ánimo frágil de los convalecientes.

¿No sería oportuno prender la estufa? Una lumbre muy baja para que se vaya calentando, poco a poco, el asador «que previamente ha de untarse con un poco de grasa para que la carne no se pegue». Eso se me ocurre hasta a mí, no había necesidad de gastar en esas recomendaciones las páginas de un libro.

Y yo, soy muy torpe. Ahora se llama torpeza; antes se llamaba inocencia y te encantaba. Pero a mí no me ha encantado nunca. De soltera leía cosas a escondidas. Sudando de emoción y de vergüenza. Nunca me enteré de nada. Me latían las sienes, se me nublaban los ojos, se me contraían los músculos en un espasmo de náusea.

El aceite está empezando a hervir. Se me pasó la mano manirrota, y ahora chisporrotea y salta y me quema. Así voy a quemarme yo en los apretados infiernos por mi culpa, por mi culpa, por mi grandísima culpa. Pero, niñita, tú no eres la única. Todas tus compañeras de colegio hacen lo mismo, o cosas peores, se acusan en el confesionario, cumplen la penitencia, las perdonan y reinciden. Todas. Si yo hubiera seguido frecuentándolas me sujetarían ahora a un interrogatorio. Las casadas para cerciorarse, las solteras para averiguar hasta donde pueden aventurarse. Imposible defraudarlas. Yo inventaría acrobacias, desfallecimientos sublimes, transportes como se les llama en Las mil y una noches, récord. ¡Si me oyeras entonces no te reconocerías, Casanova!

Ella menciona muchos personajes de libros (don Quixote, Romeo y Julieta, Casanova), implica que tiene una buena education

Dejo caer la carne sobre la plancha e instintivamente retrocedo hasta la pared. ¡Qué estrépito! Ahora ha cesado. La carne yace silenciosamente, fiel a su condición de cadáver. Sigo creyendo que es demasiado grande.

Y no es que me hayas defraudado. Yo no esperaba, en cierto, nada en particular. Poco a poco iremos revelándonos mutuamente, descubriendo nuestros secretos, nuestros pequeños trucos, aprendiendo a complacernos. Y un día tú y yo seremos una pareja de amantes perfectos y entonces, en la mitad de un abrazo, nos desvanecemos y aparecerá en la pantalla la palabra «fin».

¿Qué pasa? La carne se está encogiendo. No, no me hago ilusiones, no me equivoco. Se puede ver la marca de su tamaño original por el contorno que dibujó en la plancha. Era un poco más grande. ¡Qué bueno! Ojalá quede a la medida de nuestro apetito.

Para la siguiente película me gustaría que me encargaran otro papel. ¿Bruja blanca en una aldea salvaje? No, hoy no me siento inclinada ni al heroísmo ni al peligro. Más bien mujer famosa (diseñadora de modas o algo así), independiente y rica que vive sola en un apartamento en Nueva York, París o Londres. Sus affaires ocasionales la divierten pero no la alteran. No es sentimental. Después de una escena de ruptura enciende un cigarrillo y contempla el paisaje urbano a través de los grandes ventanales de su estudio.

Ah, el color de la carne es ahora mucho más decente. Sólo en algunos puntos se obstina en recordar su crudeza. Pero lo demás es dorado y exhala un aroma delicioso. ¿Irá a ser suficiente para los dos? La estoy viendo muy pequeña.

Si ahora mismo me arreglara, estrenara uno de esos modelos que forman parte de mi trousseau y saliera a la calle ¿qué sucedería, eh? A lo mejor me abordaba un hombre maduro, con automóvil y todo. Maduro. Retirado. El único que a estas horas puede darse el lujo de andar de cacería.

¿Qué rayos pasa? Esta maldita carne está empezando a soltar un humo negro y horrible. ¡Tenía yo que haberle dado vuelta! Quemada de un lado. Menos mal que tiene dos.

Señorita, si usted me permitiera... ¡Señora! Y le advierto que mi marido es muy celoso... Entonces no debería dejarla andar sola. Es usted una tentación para cualquier viandante[10]. Nadie en el mundo dice viandante. ¿Transeúnte? Sólo los periódicos cuando hablan de los atropellados. Es usted una tentación para cualquier x. Silencio. Sig-ni-fi-ca-ti-vo. Miradas de esfinge. El hombre maduro me sigue a prudente distancia. Más le vale. Más me vale a mi porque en la esquina ¡zas! Mi marido, que me espía, que no me deja ni a sol ni a sombra, que sospecha de todo y de todos, señor juez. Que así no es posible vivir, que yo quiero divorciarme.

¿Y ahora qué? A esta carne su mamá no le enseñó que era carne y que debería de comportarse con conducta. Se enrosca igual que una charamusca. Además yo no sé dónde puede seguir sacando tanto humo si ya apagué la estufa hace siglos. Claro, claro, doctora Corazón. Lo que procede ahora es abrir la ventana, conectar el purificador de aire para que no huela a nada cuando venga mi marido. Y yo saldría muy mona a recibirlo a la puerta, con mi mejor vestido, mi mejor sonrisa y mi más cordial invitación a comer fuera.

Es una posibilidad. Nosotros examinaríamos la carta del restaurante mientras un miserable pedazo de carne carbonizada yacería, oculto, en el fondo del bote de la basura. Yo me cuidaría mucho de no mencionar el incidente y sería considerada como una esposa un poco irresponsable, con proclividades a la frivolidad pero no como una tarada. Esta es la primera imagen pública que proyecto y he de mantenerme después consecuente con ella, aunque sea inexacta.

Hay otra posibilidad. No abrir la ventana, no conectar el purificador de aire, no tirar la carne a la basura. Y cuando venga mi marido dejar que olfatee, como los ogros de los cuentos, y diga que aquí huele, no a carne humana sino a mujer inútil. Yo exageraré mi compunción para incitarle la magnanimidad. Después de todo, lo ocurrido ¡es tan normal! ¿A qué recién casada no le pasa lo que a mí acaba de pasarme? Cuando vayamos a visitar a mi suegra, ella, que todavía está en la etapa de no agredirme porque no conoce aún cuáles son mis puntos débiles, me relata sus propias experiencias. Aquella vez, por ejemplo, que su marido le pidió un par de huevos estrellados y ella tomó la frase al pie de la letra y... ja, ja, ja. ¿Fue eso un obstáculo para que llegara a convertirse en una viuda fabulosa, digo una cocinera fabulosa? Porque lo de la viudez sobrevino mucho más tarde y por otras causas. A partir de entonces le dio rienda suelta a sus instintos maternales y echó a perder con sus mimos...

[10] Passerby

No, no le va a hacer la menor gracia. Va a decir que me distraje, que es el colmo del descuido. Y, sí, por condescendencia yo voy a aceptar sus acusaciones.

Pero no es verdad, no es verdad. Yo estuve todo el tiempo pendiente de la carne, fijándome en que le sucedían una serie de cosas rarísimas. Con razón Santa Teresa decía que Dios anda en los pucheros. O la materia que es energía o como se llame ahora.

Recapitulemos. Aparece, primero el trozo de carne, con un color, una forma, un tamaño. Luego cambia y se pone más bonita y se siente una muy contenta. Luego vuelve a cambiar y ya no está tan bonita. Y sigue cambiando y cambiando y cambiando y lo que uno no atina es cuándo parar el alto. Porque si yo dejo este trozo de carne indefinidamente expuesto al fuego, se consume hasta que no queda ni rastros de él. Y el trozo de carne que daba la impresión de ser algo tan sólido, tan real, ya no existe.

¿Entonces? Mi marido también da la impresión de solidez y de realidad cuando estamos juntos, cuando lo toco, cuando lo veo. Seguramente cambia, y cambio yo también, aunque de manera tan lenta, tan morosa que ninguno de los dos lo advierte. Después se va y bruscamente se convierte en recuerdo y... Ah, no, no voy a caer en esa trampa: la del personaje inventado y el narrador inventado y la anécdota inventada. Además, no es la consecuencia que se deriva lícitamente del episodio de la carne.

La carne no ha dejado de existir. Ha sufrido una serie de metamorfosis. Y el hecho de que cese de ser perceptible para los sentidos no significa que se haya concluido el ciclo sino que ha dado el salto cualitativo. Continuará operando en otros niveles. En el de mi conciencia, en el de mi memoria, en el de mi voluntad, modificándome, determinándome, estableciendo la dirección de mi futuro.

Yo seré, de hoy en adelante, lo que elija en este momento. Seductoramente aturdida, profundamente reservada, hipócrita. Yo impondré, desde el principio, y con un poco de impertinencia, las reglas del juego. Mi marido resentirá la impronta de mi dominio que irá dilatándose, como los círculos en la superficie del agua sobre la que se ha arrojado una piedra. Forcejeará por prevalecer y si cede yo le corresponderé con el desprecio y si no cede yo no seré capaz de perdonarlo.

Si asumo la otra actitud, si soy el caso típico, la femineidad que solicita indulgencia para sus errores, la balanza se inclinará a favor de mi antagonista y yo participaré en la competencia con un handicap que, aparentemente, me destina a la derrota y que, en el fondo, me garantiza el triunfo por la sinuosa[11] vía que recorrieron mis antepasadas, las humildes, las que no abrían los labios sino para asentir, y lograron la obediencia ajena hasta al más irracional de sus caprichos. La receta, pues, es vieja y su eficacia está comprobada. Si todavía lo dudo me basta preguntar a la más próxima de mis vecinas. Ella confirmará mi certidumbre.

Sólo que me repugna actuar así. Esta definición no me es aplicable y tampoco la anterior, ninguna corresponde a mi verdad interna, ninguna salvaguarda mi autenticidad. ¿He de acogerme a cualquiera de ellas y ceñirme a sus términos sólo porque es un lugar común aceptado por la mayoría y comprensible para todos? Y no es que yo sea una *rara avis.* De mí se puede decir lo que Pfandl dijo de Sor Juana: que pertenezco a la clase de neuróticos cavilosos. El diagnóstico es muy fácil ¿pero qué consecuencias acarrearía asumirlo?

Si insisto en afirmar mi versión de los hechos mi marido va a mirarme con suspicacia, va a sentirse incómodo en mi compañía y va a vivir en la continua expectativa de que se me declare la locura.

Nuestra convivencia no podrá ser más problemática. Y él no quiere conflictos de ninguna índole. Menos aún conflictos tan abstractos, tan absurdos, tan metafísicos como los que yo le plantearía. Su hogar es el remanso de paz en el que se refugia de las tempestades de la vida. De acuerdo. Yo lo acepté al casarme y estaba dispuesta a llegar hasta el sacrificio en aras de la armonía conyugal. Pero yo contaba con que el sacrificio, el renunciamiento completo a lo que soy, no se me demandaría más que en la Ocasión Sublime, en la Hora de las Grandes Resoluciones, en el Momento de la Decisión Definitiva. No con lo que me he topado hoy que es algo muy insignificante, muy ridículo. Y sin embargo...

[11]Devious

COMPRENSIÓN Y ANÁLISIS

Forma

Orden de la narración: ¿Encuentra Ud. que el texto está narrado siguiendo el orden tradicional, o existen elementos que se filtran desde distintas perspectivas cronológicas?
Estructura del relato: ¿Cómo considera Ud. que está estructurado el relato? ¿Es a través de secuencias lógicas de acciones o a través del pensamiento de la narradora? ¿Por qué cree que la narradora escoge esa estructura para escribir la historia?
La narradora: El papel femenino en la sociedad y la voz de la narradora se unen y reproducen en el relato: ¿Por qué cree Ud. que eso ocurre?

Contenido

El tema: La preparación de la cena para su marido es la excusa para comenzar la historia, pero ¿qué tema o temas se van desarrollando en el transcurso de la narración?
¿Qué imagen o imágenes de la mujer quiere la autora proyectar?
Según la autora ¿qué función cumple el hombre en esta sociedad?
Los personajes: En pocas palabras cómo podría describir al personaje principal y a los otros personajes, según la visión de la narradora.
El espacio: En la narración existe un espacio concreto desde donde la narradora dirige su discurso y otro que es el espacio de la evocación y el imaginario social. Analice con detenimiento el texto y localice esos espacios, asociándolos con los sentimientos de la narradora.
El tiempo: ¿Hay un tiempo determinado en el cuento? ¿Podríamos hablar de tiempo psicológico? ¿Cómo lo distinguiría Ud.?
La cultura: Los medios de comunicación crean modelos y pautas de conducta. ¿Podría Ud. mencionar dos momentos de la narración en que esto es evidente? ¿Por qué dice la narradora que ella estuvo «extraviada en aulas» «desperdiciada en destrezas»? ¿Qué función cumple la cocina, para la mujer según lo deja traslucir la autora?
¿Qué cosas le son permitidas al hombre y no a la mujer? ¿A qué otras mujeres evoca en el texto y qué función cumplen en su discurso?

Lenguaje

¿Qué tipo de lenguaje usa la narradora? ¿Qué figuras literarias prevalecen? ¿Cómo describe la cocina? ¿Qué connotan esas imágenes?
¿Qué papel cumple la carne en las distintas etapas de la narración? ¿En qué casos la narradora hace uso de los pronombres **yo, tú** y **Ud.**? ¿Qué significan esos cambios?

Comunicación

¿A quién va dirigida la narración? ¿Qué intenta comunicarle al lector Rosario Castellanos? ¿Existe una distinción en la forma de comunicarse los hombres y en la forma de comunicarse las mujeres? Explique su percepción sobre el asunto.

Ejercicios de creación literaria

Elabore una minidramatización en la que la protagonista tiene que contarle a su marido que se le quemó la cena.
Ha transcurrido el tiempo y el personaje femenino ha tenido una hija, Marisol, que está por casarse. Escriba una carta, desde el punto de vista de la protagonista, aconsejándole qué debe hacer en su nueva vida de casada.
Escriba un artículo para una revista en defensa de la institución del matrimonio en respuesta a *Lección de cocina.*

Elena Poniatowska, México, 1933

Elena Poniatowska Amor nació en París, de padre polaco y madre mexicana. A los nueve años se trasladó con su familia a México, donde aprendió español. Más tarde estudió por dos años en un colegio católico en Filadelfia. En 1954 se inició como periodista y tuvo la oportunidad de entrevistar a destacadas personalidades de la literatura, la música y el arte. Esta experiencia le despertó interés por las letras. Su primer libro *Lilus Kikus* apareció en 1954; en 1969 obtuvo reconocimiento literario con *Hasta no verte, Jesús mío,* seguido por *La noche de Tlatelolco.* Poniatowska ha ganado renombre como cuentista y como novelista. Entre sus obras se destacan *Querido Diego, Te abraza Quiela* (1976), *De noche vienes* (1979), *Fuerte es el silencio* (1980) y *Nada, nadie* (1988).

Los escritos de Poniatowska reflejan su preocupación por la condición social y por la situación marginada de la mujer. Se le considera como defensora de los intereses de los sectores populares, desposeídos y oprimidos.

Una de las falsas ideas tratadas por las escritoras hispanoamericanas es la de la mujer concebida como un ser espiritual, inocente y sufrido enfrentado a la carnalidad masculina. Las escritoras hispanoamericanas contemporáneas conceden especial interés en sus obras a la ruptura de los conceptos erróneos y de estereotipos que tradicionalmente ha presentado la sociedad patriarcal acerca del comportamiento de la mujer. En la imagen tradicional, sobre todo la proyectada en el cine, la televisión y algunas áreas de la literatura escrita por hombres, la mujer es presentada como frágil, débil, inocente, sufrida, víctima de los impulsos sexuales y del dominio del hombre machista al cual se supedita irremisiblemente.

En el cuento «Cine Prado», Poniatowska aborda esta problemática con una actitud crítica e irónica que transgrede esa imagen conservadora y machista acerca de la mujer. «Cine Prado», presenta al protagonista, asiduo espectador de las películas eróticas de una actriz francesa, entretenido recordando las veces que ella ha hecho el papel de mujer víctima, triste y abandonada, pero denunciando amargamente su papel más reciente de mujer sensual y feliz, condición que él considera descarada y escandalosa.

El cuento trata de la dual percepción masculina sobre la mujer, anclada en la imagen bíblica de VIRGEN/EVA. En la mente del protagonista la actriz es María, virgen, inmaculada, ideal femenino, actriz perfecta. A medida que ella se revela en su caleidoscópica realidad de mujer sensual, encarna el mito de Eva tentadora y merecedora de la muerte. El mito se estrella con la realidad carnal. Implícito en el dualismo bíblico está el tema de la cacería, el acoso, los deseos reprimidos y distorsionados del hombre.

Otro aspecto de «Cine Prado» es el de las consecuencias de la pobreza. El narrador/ protagonista es un hombre en un barrio pobre donde su única diversión es el cine; este pasatiempo sencillo afecta las finanzas familiares y contribuye al deterioro del matrimonio. Es paradójico que en el ambiente pobre en el que vive el protagonista, le molesten los *zapatos carcomidos* de la actriz; él prefiere mantener la fantasía sin confrontar su paupérrima realidad.

Escrito en forma epistolar, «Cine Prado» es un largo monólogo que explora el subconsciente del protagonista, cuya anonimidad lo universaliza. La historia se desarrolla en un ambiente de enajenación expresado en términos como «apariencia», «engañosa», «sueño», «perdido». El narrador se adentra en la fantasía y expone su turbación mental.

El dualismo también se extiende al de esposa-actriz. La mujer tiene paciencia hasta que se convierte en víctima de la disonancia experimentada por el esposo; él impone en su esposa las normas de la belleza celuloide; ella no alcanza la imagen idealizada que se le impone. La objetivación de la esposa acrecienta la incomunicación y destruye la relación conyugal.

CINE PRADO

Señorita:

A partir de hoy, debe usted borrar mi nombre de la lista de sus admiradores. Tal vez convendría ocultarle esta deserción, pero callándome, iría en contra de una integridad personal que jamás ha eludido las exigencias de la verdad. Al apartarme de usted, sigo un profundo viraje de mi espíritu, que se resuelve en el propósito final de no volver a contarme entre los espectadores de una película suya.

Esta tarde, más bien, esta noche, usted me destruyó. Ignoro si le importa saberlo, pero soy un hombre hecho pedazos. ¿Se da usted cuenta? Soy un aficionado que persiguió su imagen en la pantalla de todos los cines de estreno y de barrio, un crítico enamorado que justificó sus peores actuaciones morales y que ahora jura de rodillas separarse para siempre de usted aunque el simple anuncio de *Fruto Prohibido* haga vacilar su decisión. Lo ve usted, sigo siendo un hombre que depende de una sombra engañosa.

Sentado en una cómoda butaca, fui uno de tantos, un ser perdido en la anónima oscuridad, que de pronto se sintió atrapado en una tristeza individual, amarga y sin salida. Entonces fui realmente yo, el solitario que sufre y que le escribe. Porque ninguna mano fraterna se ha extendido para estrechar la mía. Cuando usted destrozaba tranquilamente mi corazón en la pantalla, todos se sentían inflamados y fieles. Hasta hubo un canalla que rió descaradamente, mientras yo la veía desfallecer en manos de ese galán abominable que la condujo a usted al último extremo de la degradación humana.

Y un hombre que pierde de golpe todos sus ideales, ¿no cuenta para nada, señorita?

Dirá usted que soy un soñador, un excéntrico, uno de esos aerolitos que caen sobre la tierra al margen de todo cálculo. Prescinda usted de cualquiera de sus hipótesis, el que la está juzgando soy yo, y hágame el favor de ser más responsable de sus actos, y antes de firmar un contrato o de aceptar un compañero estelar, piense que un hombre como yo puede contarse entre el público futuro y recibir un golpe mortal. No hablo movido por los celos, pero créame usted: en *Esclavas del deseo* fue besada, acariciada y agredida en exceso. No sé si mi memoria exagera, pero en la escena del cabaret no tenía usted por qué entreabrir de esa manera los labios, desatar sus cabellos sobre los hombros y tolerar los procaces ademanes de aquel marinero, que sale bostezando, después de sumergirla en el lecho del desdoro y abandonarla como una embarcación que hace agua.

Yo sé que los actores se deben a su público, que pierden en cierto modo su libre albedrío y que se hallan a la merced de los caprichos de un director perverso; sé también que están obligados a seguir punto por punto todas las deficiencias y las falacias del texto que deben interpretar, pero déjeme decirle que a todo el mundo le queda, en el peor de los casos, un mínimo de iniciativa, una brizna de libertad que usted no pudo o no quiso aprovechar.

Si se tomara la molestia, usted podría alegar en su defensa que desde su primera irrupción en el celuloide aparecieron algunos de los rasgos de conducta que ahora le reprocho. Es verdad; y admito avergonzado que ningún derecho ampara mis querellas. Yo acepté amarla tal como es. Perdón, tal como creía que era. Como todos los desengañados, maldigo el día en que uní mi vida a su destino cinematográfico. Y conste que la acepté toda opaca y principiante, cuando nadie la conocía y le dieron aquel papelito de trotacalles con las medias chuecas y los tacones carcomidos, papel que ninguna mujer decente habría sido capaz de aceptar. Y sin embargo, yo la perdoné, y en aquella sala indiferente y llena de mugre saludé la aparición de una estrella. Yo fui su descubridor, el único que supo asomarse a su alma, entonces inmaculada, pese a su bolsa arruinada y a vueltas de carnero. Por lo que más quiera en la vida, perdóneme este brusco arrebato.

Se le cayó la máscara, señorita. Me he dado cuenta de la vileza de su engaño. Usted no es la criatura de delicias, la paloma frágil y tierna a la que yo estaba acostumbrado, la golondrina de inocentes revuelos, el rostro perdido entre gorgueras de encaje que yo soñé, sino una mala mujer hecha y derecha, un despojo de la humanidad, novelera en el peor sentido de la palabra. De ahora en adelante, muy estimada señorita, usted irá por su camino y yo por el mío. Ande, ande usted, siga trotando por las calles, que yo ya me caí como una rata en una alcantarilla. Y conste que lo de señorita se lo digo porque a pesar de los golpes que me ha dado la vida sigo siendo un caballero. Mi viejita santa me inculcó en lo más hondo el guardar siempre las apariencias. Las imágenes se detienen y mi vida también. Así es que... señorita. Tómelo usted, si quiere, como una despedida irónica.

Yo la había visto prodigar besos y recibir caricias en cientos de películas, pero antes, usted no alojaba a su dichoso compañero en el espíritu. Besaba usted sencillamente como todas las buenas actrices: como se besa a un muñeco de cartón. Porque, sépalo usted de una vez por todas, la única sensualidad que vale la pena es la que se nos da envuelta en alma, porque el alma envuelve entonces nuestro cuerpo, como la piel de la uva comprime la pulpa, la corteza guarda el zumo. Antes, sus escenas de amor no me alteraban, porque siempre había en usted un rasgo de dignidad profanada, porque percibía siempre un íntimo rechazo, una falla en el último momento que rescataba mi angustia y consolaba mi lamento. Pero en *La rabia en el cuerpo* con los ojos húmedos de amor, usted volvió hacia mi su rostro verdadero, ese que no quiero ver nunca más. Confiéselo de una vez: usted está realmente enamorada de ese malvado, de ese comiquillo de segunda, ¿no es cierto? ¿Se atrevería a negarlo impunemente? Por lo menos todas las palabras, todas las promesas que le hizo eran auténticas, y cada uno de sus gestos, estaban respaldados en la firme decisión de un espíritu entregado. ¿Por qué ha jugado conmigo como juegan todas? ¿Por qué me ha engañado usted como engañan todas las mujeres, a base de máscaras sucesivas y distintas? ¿Por qué no me enseñó desde el principio, de una vez, el rostro desatado que ahora me atormenta?

Mi drama es casi metafísico y no le encuentro posible desenlace. Estoy solo en la noche de mi desvarío. Bueno, debo confesar que mi esposa todo lo comprende y que a veces comparte mi consternación. Estábamos gozando aún de los deliquios y la dulzura propia de los recién casados cuando acudimos inermes a su primera película. ¿Todavía la guarda usted en su memoria? Aquella del buzo atlético y estúpido que se fue al fondo del mar, por culpa suya, con todo y escafandra. Yo salí del cine completamente trastornado, y habría sido una vana pretensión el ocultárselo a mi mujer. Ella, por lo demás, estuvo completamente de mi parte; y hubo de admitir que sus deshabilles son realmente espléndidos. No tuvo inconveniente en acompañarme otras seis veces, creyendo de buena fe que la rutina rompería el encanto. Pero ¡ay! las cosas fueron empeorando a medida que se estrenaban sus películas. Nuestro presupuesto hogareño tuvo que sufrir importantes modificaciones a fin de permitirnos frecuentar las pantallas unas tres veces por semana. Está por demás decir que después de cada sesión cinematográfica pasábamos el resto de la noche discutiendo. Sin embargo, mi compañera no se inmutaba. Al fin y al cabo usted no era más que una sombra indefensa, una silueta de dos dimensiones, sujeta a las deficiencias de la luz. Y mi mujer aceptó buenamente tener como rival a un fantasma cuyas apariciones podían controlarse a voluntad, pero no desaprovechaba la oportunidad de reírse a costo de usted y de mí. Recuerdo su regocijo aquella noche fatal en que, debido a un desajuste fotoeléctrico usted habló durante diez minutos con voz inhumana, de robot casi, que iba del falsete al bajo profundo. A propósito de su voz, sepa usted que me puse a estudiar el francés porque no podía conformarme con el resumen de los títulos en español, aberrantes e incoloros. Aprendí a descifrar el sonido melodioso de su voz, y con ello vino el flagelo de entender a fuerza mía algunas frases vulgares, la comprensión de ciertas palabras atroces que puestas en sus labios o aplicadas a usted me resultaron intolerables. Deploré aquellos tiempos en que llegaban a mí, atenuadas por pudibundas traducciones; ahora, las recibo como bofetadas.

Lo más grave del caso es que mi mujer está dando inquietantes muestras de mal humor. Las alusiones a usted y su conducta en la pantalla, son cada vez más frecuentes y feroces. Ultimamente ha concentrado sus ataques en la ropa interior y dice que estoy hablándole en balde a una mujer sin fondo. Y hablando sinceramente, aquí entre nosotros, ¿a qué viene toda esa profusión de infames transparencias, ese derroche de íntimas prendas de tenebroso acetato? Si yo lo único que quiero hallar en usted es esa chispita triste amarga que ayer había en sus ojos... Pero volvamos a mi mujer. Hace visajes y la imita. Me arremeda a mí también. Repite burlona algunas de mis quejas más lastimeras. «Los besos que me duelen en *Qué me duras*, me están ardiendo como quemaduras». Dondequiera que estemos se complace en recordarla, dice que debemos afrontar este problema desde un ángulo puramente racional, con todos los adelantos de la ciencia y echa mano de argumentos absurdos pero contundentes. Alega, nada menos, que usted es irreal y que ella es una mujer concreta. Y a fuerza de demostrármelo está acabando una por una con mis ilusiones. No sé qué va a ser de mí si resulta cierto lo que aquí se rumora, que usted va a venir a filmar una película y honrará a nuestro país con su visita. Por amor de Dios, por lo más sagrado, quédese en su patria, señorita.

Sí, no quiero volver a verla, porque cada vez que la música cede poco a poco y los hechos se van borrando en la pantalla, yo soy un hombre anonadado. Me refiero a la barrera mortal de esas tres letras crueles que ponen fin a la modesta felicidad de mis noches de amor, a dos pesos la luneta. He ido desechando poco a poco el deseo de quedarme a vivir con usted en la película y ya no muero de pena cuando tengo que salir del cine remolcado por mi mujer que tiene la mala costumbre de ponerse de pie al primer síntoma de que el último rollo se está acabando.

Señorita, la dejo. No le pido siquiera un autógrafo, porque si llegara a enviármelo yo sería capaz de olvidar su traición imperdonable. Reciba esta carta como el homenaje final de un espíritu arruinado y perdóneme por haberla incluido entre mis sueños. Sí, he soñado con usted más de una noche, y nada tengo que envidiar a esos galanes de ocasión que cobran un sueldo por estrecharla en sus brazos y que la seducen con palabras prestadas.

Créame sinceramente su servidor.

P D.

Olvidaba decirle que escribo tras las rejas de la cárcel. Esta carta no habría llegado nunca a sus manos si yo no tuviera el temor de que el mundo le diera noticias erróneas acerca de mí. Porque los periódicos, que siempre falsean los hechos, están abusando aquí de este suceso ridículo: «Ayer por la noche, un desconocido, tal vez en estado de ebriedad o perturbado de sus facultades mentales, interrumpió la proyección de *Esclavas del deseo* en su punto más emocionante, cuando desgarré la pantalla del Cine Prado al clavar un cuchillo en el pecho de Francoise Arnoul. A pesar de la oscuridad, tres espectadoras vieron cómo el maniático corría hacia la actriz con el cuchillo en alto y se pusieron de pie para examinarlo de cerca y poder reconocerlo a la hora de la consignación. Fue fácil porque el individuo se desplomó una vez consumado el acto».

Sé que es imposible, pero daría lo que no tengo con tal de que usted conservara para siempre en su pecho, el recuerdo de esa certera puñalada.

COMPRENSIÓN Y ANÁLISIS

Ubique *Cine Prado* dentro de la época en que fue escrito. Comente sobre lo siguiente:

Forma

Orden de la narración: Orden cronológico de los acontecimientos.
La estructura: Busque introducción, desarrollo, momento climático y conclusión. Analice el uso de la carta para contar la historia.
El narrador: Analice la persona del narrador. ¿Es el narrador ajeno o cercano a los hechos narrados? ¿Qué llegamos a saber sobre el narrador a lo largo del texto?

Contenido

El tema: El desgaste psicológico del protagonista debido a su dual percepción de la mujer. El derecho de la mujer a su libertad sexual.
Los personajes: ¿Cuántos personajes hay? ¿A quién va dirigida la carta? ¿Cómo es esta persona? ¿Quién y cómo es la persona que escribe la carta? ¿Tiene el destinatario algo que ver con la carta?
El espacio: Hable sobre los espacios que se nombran y su relación con el contenido de la carta. ¿Desde dónde se escribe la carta?
El tiempo: ¿En cuánto tiempo se desarrolla la historia? Estudie los verbos en el cuento y diga qué tiempos usa el narrador.
La cultura: Analice la situación de las mujeres en el cuento. ¿Qué reflejan los personajes femeninos sobre la cultura? ¿Qué se le niega a la mujer? ¿Debe tener la mujer libertad sexual? Conociendo la época en que fue escrito el cuento, diga si mantiene o se aparta de estereotipos de género. Compare los papeles femeninos de la esposa y de la actriz. Analice si, por el hecho de ser actriz, se agravan o aceptan los «excesos» de los que se queja el protagonista.

Lenguaje

¿Qué palabras contribuyen a dar al cuento su tono sarcástico?
Descripciones: ¿Qué palabras se utilizan para describir a los personajes? ¿Cómo se describen los espacios?
Narración: ¿Cuál es la historia narrada? ¿Qué otras historias se entrelazan en la narración?
Lenguaje figurado: ¿Por qué se autocontesta el protagonista? ¿Qué pretende con ello? ¿Qué efecto tendría la carta si fuera dirigida a la esposa? ¿Por qué es la actriz francesa y no mexicana? Analice y hable sobre la ironía y el sarcasmo como medios para combatir el sexismo.

Comunicación

Analice la carta desde el punto de vista de la esposa. ¿Cómo se usan los pronombres de tratamiento (tu, usted, vosotros, ustedes) en las relaciones entre los personajes? ¿Cómo es el tono de la carta?

Ejercicios de creación literaria

Escriba una carta de la actriz al protagonista.
Escriba una carta de la esposa al protagonista.
Escríbale una carta a la actriz desde su punto de vista.

Mario Vargas Llosa, Perú, 1936

Vargas Llosa, uno de los escritores peruanos más destacados, nació en Arequipa de una familia modesta, en la que desarrolló un temperamento fino y una gran disciplina. Estudió en Cochabamba y desde muy joven expresó inclinación literaria. En 1950, lo matricularon en el colegio Militar Leoncio Prado donde tuvo una dolorosa lección que contó en *Los jefes* (1958), su primer libro. Años más tarde el Colegio Militar le sirvió de nuevo como escenario de su primera victoria literaria *La ciudad y los perros* (1963). Sus experiencias en ese colegio contribuyeron a su posición antimilitarista y rebelde.

Vargas Llosa terminó sus estudios en el Colegio la Salle en Piura, experiencia que le sirvió como antesala para presentar en *La casa verde*, el burdel hogareño y sus complicadas conexiones sociales. El burdel es la gruta misteriosa para el niño curioso, la academia que perfecciona al joven en camino de hacerse hombre. En gran parte de Hispanoamérica, el burdel era el refugio para los provincianos que arribaban a esa pocilga, traspasando el umbral de lo soñado, para salir desencantados con el deseo satisfecho a medias.

Entre 1954 y 1959 Vargas Llosa escribió ensayos críticos y forjó amistades definitivas con escritores de la época. Este período lo recontó en *Los cachorros*. Luego viajó largamente por Europa y en París trabajó en *France Presse* y conoció a Cortázar, Carpentier, Asturias y Fuentes; pocos años más tarde se le incluyó en el selecto grupo del Boom compuesto por destacados narradores hispanoamericanos. *La guerra del fin del mundo* (1981) es la primera novela de Vargas Llosa con escenario fuera de Perú; su ambiciosa meta era representar toda la historia de América Latina. En 1990, Vargas Llosa se postuló para la presidencia de Perú. Ante la derrota y otras polémicas se fue a España donde se nacionalizó. En 1993 publicó *El pez en el agua*, donde revela la tumultuosa historia peruana.

La obra de Vargas Llosa persiste en conciliar realidad y fantasía; es un maestro de la narración; a veces su narrativa se asemeja a un guión cinematográfico, captando la realidad con rapidez, presentando simultaneidad de realidades y disrupción cronológica expresadas con lirismo vigilante.

Sus novelas son voluminosas como si lo que le interesara a Vargas Llosa fuera decirlo todo, sin mesura pero sin dejarse arrastrar por la improvisación. A veces su narrativa termina revestida de frialdad palpable.

«Día domingo» es un microcosmos de la multifacética sociedad peruana; Vargas Llosa dibuja las luchas emocionales de un grupo de jóvenes burgueses entre los dieciséis y los dieciocho años. Estos chicos, en busca de su identidad, pertenecen a pandillas que son como pequeñas jerarquías establecidas según el valor individual. Rubén y Miguel se disputan el amor de Flora. En este triángulo nos enteramos de las emociones, miedos e inseguridades de los adolescentes. Los dos jóvenes se emborrachan y se retan a nadar en las heladas aguas del Pacífico; Miguel tiene que salvar al campeón Rubén y para que no pierda el respeto del resto de la pandilla, Miguel acepta no revelar su acto de valor; Rubén salva su orgullo pero es Miguel quien gana el premio: la oportunidad de cortejar a Flora. El duelo entre los dos jóvenes se asemeja a un rito de iniciación que marca el paso de la adolescencia a la hombría; también expone un código de jerarquía machista. Como un rito sagrado, el duelo se lleva a cabo en el agua, como un bautismo; es significativo el hecho de que el cuento tiene lugar en el día sagrado de la semana, el domingo.

«Día Domingo» revela la opresión del patriarcado y cómo éste retarda el desarrollo emocional y psíquico del individuo, mientras perpetúa la práctica medieval del duelo como vehículo para restaurar el honor.

DÍA DOMINGO

Contuvo un instante la respiración, clavó las uñas en la palma de sus manos y dijo, muy rápido: «Estoy enamorado de ti». Vio que ella enrojecía bruscamente, como si alguien hubiera golpeado sus mejillas, que eran de una palidez resplandeciente y muy suaves. Aterrado, sintió que la confusión ascendía por él y petrificaba su lengua. Deseó salir corriendo, acabar: en la taciturna mañana de invierno había surgido ese desaliento íntimo que lo abatía siempre en los momentos decisivos. Unos minutos antes, entre la multitud animada y sonriente que circulaba por el Parque Central de Miraflores, Miguel se repetía aún: «Ahora. Al llegar a la avenida Pardo. Me atreveré. ¡Ah, Rubén, si supieras cómo te odio!» Y antes todavía, en la Iglesia, mientras buscaba a Flora con los ojos, la divisaba al pie de una columna y, abriéndose paso con los codos sin pedir permiso a las señoras que empujaba, conseguía acercársele y saludarla en voz baja, volvía a decirse, tercamente, como esa madrugada, tendido en su lecho, vigilando la aparición de la luz: «No hay más remedio. Tengo que hacerlo hoy día. En la mañana. Ya me las pagarás, Rubén». Y la noche anterior había llorado, por primera vez en muchos años, al saber que se preparaba esa innoble emboscada. La gente seguía en el Parque y la avenida Pardo se hallaba desierta; caminaban por la alameda, bajo los ficus de cabelleras altas y tupidas. «Tengo que apurarme —pensaba Miguel—; si no, me friego». Miró de soslayo alrededor: no había nadie, podía intentarlo.

Lentamente fue estirando su mano izquierda hasta tocar la de ella; el contacto le reveló que transpiraba. Imploró que ocurriera un milagro, que cesara aquella humillación. «Qué le digo —pensaba—, qué le digo». Ella acababa de retirar su mano y él se sentía desamparado y ridículo. Todas las frases radiantes, preparadas febrilmente la víspera, se habían disuelto como globos de espuma.

—Flora —balbuceó—, he esperado mucho tiempo este momento. Desde que te conozco sólo pienso en ti. Estoy enamorado por primera vez; créeme: nunca había conocido una muchacha como tú.

Otra vez una compacta mancha blanca en su cerebro, el vacío. Ya no podía aumentar la presión: la piel cedía como jebe y las uñas alcanzaban el hueso. Sin embargo, siguió hablando, dificultosamente, con grandes intervalos, venciendo el bochornoso tartamudeo, tratando de describir una pasión irreflexiva y total, hasta descubrir, con alivio, que llegaban al primer óvalo de la avenida Pardo, y entonces calló. Entre el segundo y el tercer ficus, pasado el óvalo, vivía Flora. Se detuvieron, se miraron: Flora estaba aún encendida y la turbación había colmado sus ojos de un brillo húmedo. Desolado, Miguel se dijo que nunca le había parecido tan hermosa: una cinta azul recogía sus cabellos y él podía ver el nacimiento de su cuello, y sus orejas, dos signos de interrogación, pequeñitos y perfectos.

—Mira, Miguel —dijo Flora; su voz era suave, llena de música, segura: no puedo contestarte ahora. Pero mi mamá no quiere que ande con chicos hasta que termine el colegio.

—Todas las mamás dicen lo mismo, Flora —insistió Miguel—. ¿Cómo iba a saber ella? Nos veremos cuando tú digas, aunque sea sólo los domingos.

—Ya te contestaré; primero tengo que pensarlo —dijo Flora, bajando los ojos. Y después de unos segundos añadió: Perdona, pero ahora tengo que irme, se hace tarde.

Miguel sintió una profunda lasitud, algo que se expandía por todo su cuerpo y lo ablandaba.

—No estás enojada conmigo, Flora, ¿no? —dijo humildemente.

—No seas sonso —replicó ella con vivacidad—. No estoy enojada.

—Esperaré todo lo que quieras —dijo Miguel—. Pero nos seguiremos viendo, ¿no? Iremos al cine esta tarde, ¿no?

—Esta tarde no puedo —dijo ella, dulcemente—. Me ha invitado a su casa Martha.

Una correntada cálida, violenta, lo invadió y se sintió herido, atontado, ante esa respuesta que esperaba y que ahora le parecía una crueldad. Era cierto lo que el Melanés había murmurado, torvamente, a su oído, el sábado en la tarde. Martha los dejaría solos: era la táctica habitual. Después, Rubén relataría a los pajarracos cómo él y su hermana habían planeado las circunstancias, el sitio y la hora. Martha había reclamado, en pago de sus servicios, el derecho a espiar detrás de la cortina. La cólera empapó sus manos de golpe.

—No seas así, Flora. Vamos a la matiné como quedamos. No te hablaré de esto. Te prometo.

—No puedo, de veras —dijo Flora. Tengo que ir donde Martha. Vino ayer a mi casa para invitarme. Pero después iré con ella al Parque Salazar.

Ni siquiera vio en esas últimas palabras una esperanza. Un rato después contemplaba el lugar donde había desaparecido la frágil figurita celeste, bajo el arco majestuoso de los ficus de la avenida. Era posible competir con un simple adversario, no con Rubén. Recordó los nombres de las muchachas invitadas por Martha, una tarde de domingo. Ya no podía hacer nada, estaba derrotado. Una vez más surgió entonces esa imagen que lo salvaba siempre que sufría una frustración: desde un lejano fondo de nubes infladas de humo negro se aproximaba él, al frente de una compañía de cadetes de la Escuela Naval, a una tribuna levantada en el Parque; personajes vestidos de etiqueta, el sombrero de copa en la mano, y señoras de joyas relampagueantes lo aplaudían. Aglomerada en las veredas, una multitud en la que sobresalían los rostros de sus amigos y enemigos, lo observaba maravillada, murmurando su nombre. Vestido de paño azul, una amplia capa flotando a sus espaldas, Miguel desfilaba delante, mirando el horizonte. Levantada la espada, su cabeza describía media esfera en el aire: allí, en el corazón de la tribuna estaba Flora, sonriendo. En una esquina, haraposo, avergonzado, descubría a Rubén: se limitaba a echarle una brevísima ojeada despectiva. Seguía marchando, desaparecía entre vítores.

Como el vaho de un espejo que se frota, la imagen desapareció. Estaba en la puerta de su casa, odiaba a todo el mundo, se odiaba. Entró y subió directamente a su cuarto. Se echó de bruces en la cama: en la tibia oscuridad, entre sus pupilas y sus párpados, apareció el rostro de la muchacha —«Te quiero, Flora», dijo él en voz alta— y luego Rubén, con su mandíbula insolente y su sonrisa hostil: estaban uno al lado del otro, se acercaban, los ojos de Rubén se torcían para mirarlo burlonamente mientras su boca avanzaba hacia Flora.

Saltó de la cama. El espejo del armario le mostró un rostro ojeroso, lívido. «No la verá —decidió—. No me hará esto, no permitiré que me haga esa perrada».

La avenida Pardo continuaba solitaria. Acelerando el paso sin cesar, caminó hasta el cruce con la avenida Grau; allí vaciló. Sintió frío: había olvidado el saco en su cuarto, y la sola camisa no bastaba para protegerlo del viento que venía del mar y se enredaba en el denso ramaje de los ficus con un suave murmullo. La temida imagen de Flora y Rubén juntos le dio valor, y siguió andando. Desde la puerta del bar vecino al cine Montecarlo, los vio en la mesa de costumbre, dueños del ángulo que formaban las paredes del fondo y de la izquierda. Francisco el Melanés, Tobías el Escolar lo descubrían y, después de un instante de sorpresa, se volvían hacia Rubén, los rostros maliciosos, excitados. Recuperó el aplomo de inmediato: frente a los hombres sí sabía comportarse.

—Hola —les dijo, acercándose. ¿Qué hay de nuevo?

—Siéntate —le alcanzó una silla el Escolar. ¿Qué milagro te ha traído por aquí?

—Hace siglos que no venías —dijo Francisco.

—Me provocó verlos —dijo Miguel, cordialmente. Ya sabía que estaban aquí. ¿De qué se asombran? ¿O ya no soy un pajarraco?

Tomó asiento entre el Melanés y Tobías. Rubén estaba al frente.

—¡Cuncho! —gritó el Escolar. Trae otro vaso. Que no esté muy mugriento.

Cuncho trajo el vaso y el Escolar lo llenó de cerveza. Miguel dijo: «Por los pajarracos», y bebió.

—Por poco te tomas el vaso también —dijo Francisco. ¡Qué ímpetus!

—Apuesto a que fuiste a misa de una —dijo el Melanés, un párpado plegado por la satisfacción, como siempre que iniciaba algún enredo. ¿O no?

—Fui —dijo Miguel, imperturbable. Pero sólo para ver a una hembrita, nada más.

Miró a Rubén con ojos desafiantes, pero él no se dio por aludido; jugueteaba con los dedos sobre la mesa y, bajito, la punta de la lengua entre los dientes, silbaba La niña Popof de Pérez Prado.

—¡Buena! —aplaudió el Melanés. Buena, don Juan. Cuéntanos, ¿a qué hembrita?

—Eso es un secreto.

—Entre los pajarracos no hay secretos —recordó Tobías. ¿Ya te has olvidado? Anda, ¿quién era?

—Qué te importa —dijo Miguel.

—Muchísimo —dijo Tobías. Tengo que saber con quién andas para saber quién eres.

—Toma mientras —dijo el Melanés a Miguel. Una a cero.

—¿A que adivino quién es? dijo Francisco. ¿Ustedes no?

—Yo ya sé —dijo Tobías.

—Y yo —dijo el Melanés. Se volvió a Rubén con ojos y voz muy inocentes. Y tú, cuñado, ¿adivinas quién es?

—No —dijo Rubén, con frialdad—. Y tampoco me importa.

—Tengo llamitas en el estómago —dijo el Escolar. ¿Nadie va a pedir una cerveza?

El Melanés se pasó un patético dedo por la garganta:

—I haven't money, darling —dijo.

—Pago una botella —anunció Tobías, con ademán solemne. A ver quién me sigue; hay que apagarle las llamitas a este baboso.

—Cuncho, bájate media docena de Cristales —dijo Miguel.

Hubo gritos de júbilo, exclamaciones.

—Eres un verdadero pajarraco —afirmó Francisco.

—Sucio, pulguiento —agregó el Melanés; sí, señor, un pajarraco de la pitri-mitri.

Cuncho trajo las cervezas. Bebieron. Escucharon al Melanés referir historias sexuales, crudas, extravagantes y afiebradas, y se entabló entre Tobías y Francisco una recia polémica sobre fútbol. El Escolar contó una anécdota. Venía de Lima a Miraflores en un colectivo; los demás pasajeros bajaron en la avenida Arequipa. A la altura de Javier Prado subió el cachalote Tomasso, ese albino de dos metros que sigue en Primaria, vive por la Quebrada, ¿ya captan?; simulando gran interés por el automóvil comenzó a hacer preguntas al chofer, inclinado hacia el asiento de adelante, mientras rasgaba con una navaja, suavemente, el tapiz del espaldar.

—Lo hacía porque yo estaba ahí —afirmó el Escolar. Quería lucirse.

—Es un retrasado mental —dijo Francisco. Esas cosas se hacen a los diez años. A su edad, no tiene gracia.

—Tiene gracia lo que pasó después —rió el Escolar. Oiga, chofer: ¿no ve que este cachalote está destrozando su carro?

—¿Qué? —dijo el chofer, frenando en seco. Las orejas encarnadas, los ojos espantados, el cachalote Tomasso forcejeaba con la puerta.

—Con su navaja —dijo el Escolar. Fíjese cómo le ha dejado el asiento.

El cachalote logró salir por fin. Echó a correr por la avenida Arequipa; el chofer iba tras él, gritando: «Agarren a ese desgraciado».

—¿Lo agarró? —preguntó el Melanés.

—No sé. Yo desaparecí. Y me robé la llave del motor, de recuerdo. Aquí la tengo.

Sacó de su bolsillo una pequeña llave plateada y la arrojó sobre la mesa. Las botellas estaban vacías. Rubén miró su reloj y se puso de pie.

—Me voy —dijo. Ya nos vemos.

—No te vayas —dijo Miguel. Estoy rico hoy día. Los invito a almorzar a todos.

Un remolino de palmadas cayó sobre él; los pajarracos le agradecieron con estruendo, lo alabaron.

—No puedo —dijo Rubén. Tengo que hacer.

—Anda vete nomás, buen mozo —dijo Tobías. Y salúdame a Martita.

—Pensaremos mucho en ti, cuñado —dijo el Melanés.

—No —exclamó Miguel. Invito a todos o a ninguno. Si se va Rubén, nada.

—Ya has oído, pajarraco Rubén —dijo Francisco, tienes que quedarte.

—Tienes que quedarte —dijo el Melanés, no hay tutías.

—Me voy —dijo Rubén.

—Lo que pasa es que estás borracho —dijo Miguel. Te vas porque tienes miedo de quedar en ridículo delante de nosotros, eso es lo que pasa.

—¿Cuántas veces te he llevado a tu casa boqueando? —dijo Rubén. ¿Cuántas te he ayudado a subir la reja para que no te pesque tu papá? Resisto diez veces más que tú.

—Resistías —dijo Miguel. Ahora está difícil. ¿Quieres ver?

—Con mucho gusto —dijo Rubén. ¿Nos vemos a la noche, aquí mismo?

—No. En este momento —Miguel se volvió hacia los demás, abriendo los brazos: Pajarracos, estoy haciendo un desafío.

Dichoso, comprobó que la antigua fórmula conservaba intacto su poder. En medio de la ruidosa alegría que había provocado, vio a Rubén sentarse, pálido.

—¡Cuncho! —grito Tobías. El menú. Y dos piscinas de cerveza. Un pajarraco acaba de lanzar un desafío.

Pidieron bistecs a la chorrillana y una docena de cervezas. Tobías dispuso tres botellas para cada uno de los competidores y las demás para el resto. Comieron hablando apenas. Miguel bebía después de cada bocado y procuraba mostrar animación, pero el temor de no resistir lo suficiente crecía a medida que la cerveza depositaba en su garganta un sabor ácido. Cuando acabaron las seis botellas, hacia rato que Cuncho había retirado los platos.

—Ordena tú —dijo Miguel a Rubén.

—Otras tres por cabeza.

Después del primer vaso de la nueva tanda, Miguel sintió que los oidos le zumbaban; su cabeza era una lentísima ruleta, todo se movía.

—Me hago pis —dijo. Voy al baño.

Los pajarracos rieron.

—¿Te rindes? —preguntó Rubén.

—Voy a hacer pis —gritó Miguel—. Si quieres, que traigan más.

En el baño, vomitó. Luego se lavó la cara detenidamente, procurando borrar toda señal reveladora. Su reloj marcaba las cuatro y media. Pese al denso malestar, se sintió feliz. Rubén ya no podía hacer nada. Regresó donde ellos.

—Salud —dijo Rubén, levantando el vaso

«Está furioso —pensó Miguel. Pero ya lo fregué».

—Huele a cadáver —dijo el Melanés. Alguien se nos muere por aquí.

—Estoy nuevecito —aseguró Miguel, tratando de dominar el asco y el mareo.

—Salud —repetía Rubén.

Cuando hubieron terminado la última cerveza, su estómago parecía de plomo, las voces de los otros llegaban a sus oídos como una confusa mezcla de ruidos. Una mano apareció de pronto bajo sus ojos, era blanca y de largos dedos, lo cogía del mentón, lo obligaba a alzar la cabeza; la cara de Rubén había crecido. Estaba chistoso, tan despeinado y colérico.

—¿Te rindes, mocoso?

Miguel se incorporó de golpe y empujó a Rubén, pero antes que el simulacro prosperara, intervino el Escolar.

—Los pajarracos no pelean nunca —dijo, obligándolos a sentarse. Los dos están borrachos. Se acabó. Votación.

El Melanés, Francisco y Tobías accedieron a otorgar el empate, de mala gana.

—Yo ya había ganado —dijo Rubén. Éste no puede ni hablar. Mírenlo.

Efectivamente, los ojos de Miguel estaban vidriosos, tenía la boca abierta y de su lengua chorreaba un hilo de saliva.

—Cállate —dijo el Escolar—. Tú no eres un campeón que digamos, tomando cerveza.

—No eres un campeón tomando cerveza —subrayó el Melanés. Sólo eres un campeón de natación, el trome de las piscinas.

—Mejor tú no hables —dijo Rubén—. ¿No ves que la envidia te corroe?

—Viva la Esther Williams de Miraflores —dijo el Melanés.

—Tremendo vejete, y ni siquiera sabes nadar —dijo Rubén. ¿No quieres que te dé unas clases?

—Ya sabemos, maravilla —dijo el Escolar. Has ganado un campeonato de natación. Y todas las chicas se mueren por ti. Eres un campeoncito.

—Este no es campeón de nada —dijo Miguel, con dificultad. Es pura pose.

—Te estás muriendo —dijo Rubén. ¿Te llevo a tu casa, niñita?

—No estoy borracho —aseguró Miguel. Y tú eres pura pose.

—Estás picado porque le voy a caer a Flora —dijo Rubén. Te mueres de celos. ¿Crees que no capto las cosas?

—Pura pose —dijo Miguel. Ganaste porque tu padre es presidente de la Federación, todo el mundo sabe que hizo trampa, descalificó al Conejo Villarán, sólo por eso ganaste.

—Por lo menos nado mejor que tú —dijo Rubén, que ni siquiera sabes correr olas.

—Tú no nadas mejor que nadie —dijo Miguel. Cualquiera te deja botado.

Cualquiera —dijo el Melanés. Hasta Miguel, que es una madre.

—Permítanme que me sonría —dijo Rubén.

—Te permitimos —dijo Tobías. No faltaba más.

—Se me sobran porque estamos en invierno —dijo Rubén. Si no, los desafiaba a ir a la playa, a ver si en el agua son tan sobrados.

—Ganaste el campeonato por tu padre —dijo Miguel. Eres pura pose. Cuando quieras nadar conmigo, me avisas nomás, con toda confianza. En la playa, en el Terrazas, donde quieras.

—En la playa —dijo Rubén. Ahora mismo.

—Eres pura pose —dijo Miguel.

El rostro de Rubén se iluminó de pronto y sus ojos, además de rencorosos, se volvieron arrogantes

—Te apuesto a ver quién llega primero a la reventazón —dijo.

—Pura pose —dijo Miguel.

—Si ganas —dijo Rubén, te prometo que no le caigo a Flora. Y si yo gano, tú te vas con la música a otra parte.

—¿Qué te has creído? —balbuceó Miguel. Maldita sea, ¿qué es lo que te has creído?

—Pajarracos —dijo Rubén, abriendo los brazos, estoy haciendo un desafío.

—Miguel no está en forma ahora —dijo el Escolar. Por qué no se juegan a Flora a cara o sello?

—¿Y tú por qué te metes? —dijo Miguel. Acepto. Vamos a la playa.

—Están locos —dijo Francisco. Yo no bajo a la playa con este frío. Hagan otra apuesta.

—Ha aceptado —dijo Rubén. Vamos.

—Cuando un pajarraco hace un desafío, todos se meten la lengua al bolsillo —dijo el Melanés. Vamos a la playa, y si no se atreven a entrar al agua, los tiramos nosotros.

—Los dos están borrachos —insistió el Escolar. El desafío no vale.

—Cállate, Escolar —rugió Miguel. Ya estoy grande, no necesito que me cuides.

—Bueno —dijo el Escolar, encogiendo los hombros. Friégate, nomás.

Salieron. Afuera los esperaba una atmósfera quieta, gris. Miguel respiró hondo; se sintió mejor. Caminaban adelante Francisco, el Melanés y Rubén. Atrás, Miguel y el Escolar. En la avenida Grau había algunos transeúntes; la mayoría, sirvientas de trajes chillones en su día de salida. Hombres cenicientos, de gruesos cabellos lacios, merodeaban a su alrededor y las miraban con codicia; ellas reían mostrando sus dientes de oro. Los pajarracos no les prestaban atención. Avanzaban a grandes trancos y la excitación los iba ganando, poco a poco.

—¿Ya se te pasó? —dijo el Escolar.

—Sí —respondió Miguel. El aire me ha hecho bien.

En la esquina de la avenida Pardo, doblaron. Marchaban desplegados como una escuadra, en una misma línea, bajo los ficus de la alameda, sobre las losetas hinchadas a trechos por las enormes raíces de los árboles que irrumpían a veces en la superficie como garfios. Al bajar por la Diagonal, cruzaron a dos muchachas. Rubén se inclinó, ceremonioso.

—Hola, Rubén —cantaron ellas, a dúo.

—Tobías las imitó, aflautando la voz:

—Hola, Rubén, príncipe.

La avenida Diagonal desemboca en una pequeña quebrada que se bifurca: por un lado, serpentea el Malecón, asfaltado y lustroso; por el otro, hay una pendiente que contornea el cerro y llega hasta el mar. Se llama «la bajada a los baños»; su empedrado es parejo y brilla por el repaso de las llantas de los automóviles y los pies de los bañistas de muchísimos veranos.

—Entremos en calor, campeones —gritó el Melanés, echándose a correr.

Los demás lo imitaron.

Corrían contra el viento y la delgada bruma que subía desde la playa, sumidos en un emocionante torbellino; por sus oídos, su boca y sus narices penetraba el aire a sus pulmones y una sensación de alivio y desintoxicación se expandía por su cuerpo a medida que el declive se acentuaba y en un momento sus pies no obedecían ya sino a una fuerza misteriosa que provenía de lo más profundo de la sierra. Los brazos como hélices, en sus lenguas un aliento salado, los pajarracos descendieron la bajada a toda carrera, hasta la plataforma circular, suspendida sobre el edificio de las casetas. El mar se desvanecía a unos cincuenta metros de la villa, en una espesa nube que parecía próxima a arremeter contra los acantilados, altas moles oscuras plantadas a lo largo de toda la bahía.

—Regresemos —dijo Francisco. Tengo frío.

Al borde de la plataforma hay un cerco manchado a pedazos por el musgo. Una abertura señala el comienzo de la escalerilla casi vertical que baja hasta la playa. Los pajarracos contemplaban desde allí, a sus pies, una breve cinta de agua libre, y la superficie inusitada, bullente, cubierta por la espuma de las olas.

—Me voy si éste se rinde —dijo Rubén.

—¿Quién habla de rendirse? —repuso Miguel. Pero ¿qué te has creído?

Rubén bajó la escalerilla a saltos, a la vez que se desabotonaba la camisa.

—¡Rubén! —gritó el Escolar. ¿Estás loco? ¡Regresa!

Pero Miguel y los otros también bajaban y el Escolar los siguió.

En el verano, desde la baranda del largo y angosto edificio recostado contra el cerro, donde se hallan los cuartos de los bañistas, hasta el límite curvo del mar, había un declive de piedras plomizas donde la gente se asoleaba. La pequeña playa hervía de animación desde la mañana hasta el crepúsculo. Ahora el agua ocupaba el declive y no había sombrillas de colores vivísimos, ni muchachas elásticas de cuerpos tostados, no resonaban los gritos melodramáticos de los niños y de las mujeres cuando una ola conseguía salpicarlos antes de regresar arrastrando rumorosas piedras y guijarros; no se veía un hilo de playa, pues la corriente inundaba hasta el espacio limitado por las sombrías columnas que mantienen el edificio en vilo, y, en el momento de la resaca, apenas se descubrían los escalones de madera y los soportes de cemento, decorados por estalactitas y algas.

—La reventazón no se ve —dijo Rubén—. ¿Cómo hacemos?

Estaban en la galería de la izquierda, en el sector correspondiente a las mujeres; tenían los rostros serios.

—Esperen hasta mañana —dijo el Escolar. Al mediodía estará despejado. Así podremos controlarlos.

—Ya que hemos venido hasta aquí, que sea ahora —dijo el Melanés. Pueden controlarse ellos mismos.

—Me parece bien —dijo Rubén. ¿Y a ti?

—También —dijo Miguel.

Cuando estuvieron desnudos, Tobías bromeó acerca de las venas azules que escalaban el vientre liso de Miguel. Descendieron. La madera de los escalones, lamida incesantemente por el agua desde hacia meses, estaba resbaladiza y muy suave. Prendido al pasamanos de hierro para no caer, Miguel sintió un estremecimiento que subía desde la planta de sus pies al cerebro. Pensó que, en cierta forma, la neblina y el frío lo favorecían, el éxito ya no dependía de la destreza, sino sobre todo de la resistencia, y la piel de Rubén estaba también cárdena, replegada en millones de carpas pequeñísimas. Un escalón más abajo, el cuerpo armonioso de Rubén se inclinó: tenso, aguardaba el final de la resaca y la llegada de la próxima ola, que venía sin bulla, airosamente, despidiendo por delante una bandada de trocitos de espuma. Cuando la cresta de la ola estuvo a dos metros de la escalera, Rubén se arrojó: los brazos como lanzas, los cabellos alborotados por la fuerza del impulso, su cuerpo cortó el aire rectamente y cayó sin doblarse, sin bajar la cabeza ni plegar las piernas, rebotó en la espuma, se hundió apenas y, de inmediato, aprovechando la marea, se deslizó hacia adentro; sus brazos aparecían y se hundían entre un burbujeo frenético y sus pies iban trazando una estela cuidadosa y muy veloz. A su vez, Miguel bajó otro escalón y esperó la próxima ola. Sabía que el fondo allí era escaso, que debía arrojarse como una tabla, duro y rígido, sin mover un mascullo, o chocaría contra las piedras. Cerró los ojos y saltó, y no encontró el fondo, pero su cuerpo fue azotado desde la frente hasta las rodillas, y surgió un vivísimo escozor mientras braceaba con todas sus fuerzas para devolver a sus miembros el calor que el agua les había arrebatado de golpe. Estaba en esa extraña sección del mar de Miraflores vecina a la orilla, donde se encuentran la resaca y las olas, y hay remolinos y corrientes encontradas, y el último verano distaba tanto que Miguel había olvidado cómo franquearla sin esfuerzo. No recordaba que es preciso aflojar el cuerpo y abandonarse, dejarse llevar sumisamente a la deriva, bracear sólo cuando se salva una ola y se está sobre la cresta, en esa plancha líquida que escolta a la espuma y flota encima de las corrientes. No recordaba que conviene soportar con paciencia y cierta malicia ese primer contacto con el mar exasperado de la villa que tironea los miembros y avienta chorros a la boca y los ojos, no ofrecer resistencia, ser un corcho, limitarse a tomar aire cada vez que una ola se avecina, sumergirse apenas si reventó lejos y viene sin ímpetu, o hasta el mismo fondo si el estallido es cercano, aferrarse a alguna piedra y esperar atento el estruendo sordo de su paso, para emerger de un solo impulso y continuar avanzando, disimuladamente, con las manos, hasta encontrar un nuevo obstáculo y entonces ablandarse, no combatir contra los remolinos, girar voluntariamente en la espiral lentísima y escapar de pronto, en el momento oportuno, de un solo manotazo. Luego, surge de improviso una superficie calma, conmovida por tumbos inofensivos; el agua es clara, llana, y en algunos puntos se divisan las opacas piedras submarinas.

Después de atravesar la zona encrespada, Miguel se detuvo, exhausto, y tomó aire. Vio a Rubén a poca distancia, mirándolo. El pelo le caía sobre la frente en cerquillo; tenía los dientes apretados.

—¿Vamos?

—Vamos.

A los pocos minutos de estar nadando, Miguel sintió que el frío, momentáneamente desaparecido, lo invadía de nuevo, y apuró el pataleo porque era en las piernas, en las pantorrillas sobre todo, donde el agua actuaba con mayor eficacia, insensibilizándolas primero, luego endureciéndolas. Nadaba con la cara sumergida y, cada vez que el brazo derecho se hallaba afuera, volvía la cabeza para arrojar el aire retenido y tomar otra provisión con la que hundía una vez más la frente y la barbilla, apenas, para no frenar su propio avance y, al contrario, hendir el agua como una proa y facilitar el desliz. A cada brazada veía con un ojo a Rubén, nadando sobre la superficie, suavemente, sin esfuerzo, sin levantar espuma ahora, con la delicadeza y facilidad de una gaviota que planea. Miguel trataba de olvidar a Rubén y al mar y a la reventazón (que debía estar lejos aún, pues el agua era limpia, sosegada, y sólo atravesaban tumbos recién iniciados), quería recordar únicamente el rostro de Flora, el vello de sus brazos que en los días de sol centelleaba como un diminuto bosque de hilos de oro, pero no podía evitar que a la imagen de la muchacha sucediera otra, brumosa, excluyente, atronadora, que caía sobre Flora y la ocultaba, la imagen de una montaña de agua embravecida, no precisamente la reventazón (a la que había llegado una vez hacía dos veranos, y cuyo oleaje era intenso, de espuma verdosa y negruzca, porque en ese lugar, más o menos, terminaban las piedras y empezaba el fango que las olas extraían a la superficie y entreveraban con los nidos de algas y malaguas, tiñendo el mar), sino, más bien, en un verdadero océano removido por cataclismos interiores en el que se elevaban olas descomunales, que hubieran podido abrazar a un barco entero y lo hubieran revuelto con asombrosa rapidez, despidiendo por los aires a pasajeros, lanchas, mástiles, velas, boyas, marineros, ojos de buey y banderas.

Dejó de nadar, su cuerpo se hundió hasta quedar vertical, alzó la cabeza y vio a Rubén que se alejaba. Pensó llamarlo con cualquier pretexto, decirle «por qué no descansamos un momento», pero no lo hizo. Todo el frío de su cuerpo parecía concentrarse en las pantorrillas, sentía los músculos agarrotados, la piel tirante, el corazón acelerado. Movió los pies febrilmente. Estaba en el centro de un círculo de agua oscura, amurallado por la neblina. Trató de distinguir la playa, o cuando menos la sombra de los acantilados, pero esa gasa equívoca que se iba disolviendo a su paso, no era transparente. Sólo veía una superficie breve, verde negruzca, y un manto de nubes a ras de agua. Entonces, sintió miedo. Lo asaltó el recuerdo de la cerveza que había bebido, y pensó: «Fijo que eso me ha debilitado». Al instante pareció que sus brazos y piernas desaparecían. Decidió regresar, pero después de unas brazadas en dirección a la playa, dio media vuelta y nadó lo más ligero que pudo. «No llego a la villa solo —se decía—, mejor estar cerca de Rubén; si me agoto, le diré: «Me ganaste, pero regresemos». Ahora nadaba sin estilo, la cabeza en alto, golpeando el agua con los brazos tiesos, la vista clavada en el cuerpo imperturbable que lo precedía.

La agitación y el esfuerzo desentumieron sus piernas, su cuerpo recobró algo de calor, la distancia que lo separaba de Rubén había disminuido y eso lo serenó. Poco después lo alcanzaba; estiró un brazo, cogió uno de sus pies. Instantáneamente, el otro se detuvo. Rubén tenía muy enrojecidas las pupilas y la boca abierta.

—Creo que nos hemos torcido —dijo Miguel. Me parece que estamos nadando de costado a la playa.

Sus dientes castañeteaban, pero su voz era segura. Rubén miró a todos lados. Miguel lo observaba, tenso.

—Ya no se ve la playa —dijo Rubén.

—Hace mucho rato que no se ve —dijo Miguel—. Hay mucha neblina.

—No nos hemos torcido —dijo Rubén. Mira. Ya se ve la espuma.

En efecto, hasta ellos llegaban unos tumbos condecorados por una orla de espuma que se deshacía y, repentinamente, rehacía. Se miraron, en silencio.

—Ya estamos cerca de la reventazón, entonces —dijo, al fin, Miguel.

—Sí. Hemos nadado rápido.

—Nunca había visto tanta neblina.

—¿Estás muy cansado? —preguntó Rubén.

—¿Yo? Estás loco. Sigamos.

Inmediatamente lamentó esa frase, pero ya era tarde. Rubén había dicho: «Bueno, sigamos».

Llegó a contar veinte brazadas antes de decirse que no podía más: casi no avanzaba, tenía la pierna derecha semi-inmovilizada por el frío, sentía los brazos torpes y pesados. Acezando, gritó: «¡Rubén!» Este seguía nadando.

«¡Rubén, Rubén!» Giró y comenzó a nadar hacia la playa, a chapotear más bien, con desesperación, y de pronto rogaba a Dios que lo salvara, sería bueno en el futuro, obedecería a sus padres, no faltaría a la misa del domingo, y entonces recordó haber confesado a los pajarracos: «Voy a la iglesia sólo a ver a una hembrita», y tuvo una certidumbre como una puñalada: Dios iba a castigarlo ahogándolo en esas aguas turbias que golpeaba frenético, aguas bajo las cuales lo aguardaba una muerte atroz y, después, quizás, el infierno. En su angustia surgió entonces, como un eco, cierta frase pronunciada alguna vez por el padre Alberto en la clase de religión, sobre la bondad divina que no conoce límites, y mientras azotaba el mar con sus brazos —sus piernas colgaban como plomadas transversales—, moviendo los labios rogó a Dios que fuera bueno con él, que era tan joven, y juró que iría al seminario si se salvaba; pero un segundo después rectificó, asustado, y prometió que en vez de hacerse sacerdote haría sacrificios y otras cosas, daría limosnas, y ahí descubrió que la vacilación y el regateo en ese instante crítico podían ser fatales y entonces sintió los gritos enloquecidos de Rubén, muy próximos, y volvió la cabeza y lo vio, a unos diez metros, media cara hundida en el agua, agitando un brazo, implorando: «¡Miguel, hermanito, ven; me ahogo, no te vayas!»

Quedo perplejo, inmóvil, y fue de pronto como si la desesperación de Rubén fulminara la suya; sintió que recobraba el coraje, la rigidez de sus piernas se atenuaba.

—Tengo calambre en el estomago —chillaba Rubén. —No puedo más, Miguel. Sálvame, por lo que más quieras, no me dejes, hermanito.

Flotaba hacia Rubén, y ya iba a acercársele cuando recordó: los náufragos solo atinan a prenderse como tenazas de sus salvadores y los hunden con ellos, y se alejó, pero los gritos le aterraban y presintió que si Rubén se ahogaba él tampoco llegaría a la playa, y regresó. A dos metros de Rubén, algo blanco y encogido que se hundía y emergía, gritó: «No te muevas, Rubén, te voy a jalar, pero no trates de agarrarme; si me agarras, nos hundimos, Rubén, te vas a quedar quieto, hermanito; yo te voy a jalar de la cabeza, no me toques». Se detuvo a una distancia prudente, alargó una mano hasta alcanzar los cabellos de Rubén. Principió a nadar con el brazo libre, esforzándose todo lo posible por ayudarse con las piernas. El desliz era lento, muy penoso, acaparaba todos sus sentidos, apenas escuchaba a Rubén quejarse monótonamente, lanzar de pronto terribles alaridos: «Me voy a morir; sálvame, Miguel», o estremecerse por las arcadas. Estaba exhausto cuando se detuvo. Sostenía a Rubén con una mano, con la otra trazaba círculos en la superficie. Respiró hondo por la boca. Rubén tenía la cara contraída por el dolor, los labios plegados en una mueca insólita.

—Hermanito —susurró Miguel, ya falta poco, haz un esfuerzo. Contesta, Rubén. Grita. No te quedes así.

Lo abofeteó con fuerza y Rubén abrió los ojos; movió la cabeza débilmente.

—Grita, hermanito —repitió Miguel. Trata de estirarte. Voy a sobarte el estómago. Ya falta poco, no te dejes vencer.

Su mano buscó bajo el agua, encontró una bola dura que nacía en el ombligo de Rubén y ocupaba gran parte del vientre. La repasó muchas veces, primero despacio, luego fuertemente, y Rubén gritó: «¡No quiero morirme, Miguel, sálvame!»

Comenzó a nadar de nuevo, arrastrando a Rubén esta vez de la barbilla. Cada vez que un tumbo los sorprendía, Rubén se atragantaba, Miguel le indicaba a gritos que escupiera. Y siguió nadando, sin detenerse un momento, cerrando los ojos a veces, animado porque en su corazón había brotado una especie de confianza, algo caliente y orgulloso, estimulante, que lo protegía contra el frío y la fatiga. Una piedra raspó uno de sus pies y él dio un grito y apuró. Un momento después podía pararse y pasaba los brazos en torno a Rubén. Teniéndolo apretado contra él, sintiendo su cabeza apoyada en uno de sus hombros, descansó largo rato. Luego ayudó a Rubén a extenderse de espaldas, y soportándolo en el antebrazo, lo obligó a estirar las rodillas; le hizo masajes en el vientre hasta que la dureza fue cediendo. Rubén ya no gritaba, hacía grandes esfuerzos por estirarse del todo y con sus manos se frotaba también.

—¿Estás mejor?

—Sí, hermanito, ya estoy bien. Salgamos.

Una alegría inexpresable los colmaba mientras avanzaban sobre las piedras, inclinados hacia adelante para enfrentar la resaca, insensibles a los erizos. Al poco rato vieron las aristas de los acantilados, el edificio de los baños y, finalmente, ya cerca de la orilla, a los pajarracos, de pie en la galería de las mujeres, mirándolos.

—Oye —dijo Rubén.

—Sí.

—No les digas nada. Por favor, no les digas que he gritado. Hemos sido siempre muy amigos, Miguel. No me hagas eso.

—¿Crees que soy un desgraciado? —dijo Miguel. No diré nada, no te preocupes.

Salieron tiritando. Se sentaron en la escalerilla, entre el alboroto de los pajarracos.

—Ya nos íbamos a dar el pésame a las familias —decía Tobías.

—Hace más de una hora que están adentro —dijo el Escolar. Cuenten, ¿cómo ha sido la cosa?

Hablando con calma, mientras se secaba el cuerpo con la camiseta, Rubén explicó:

—Nada. Llegamos a la reventazón y volvimos. Así somos los pajarracos. Miguel me ganó. Apenas por una puesta de mano. Claro que si hubiera sido en una piscina, habría quedado en ridículo.

Sobre la espalda de Miguel, que se había vestido sin secarse, llovieron las palmadas de felicitación.

—Te estás haciendo un hombre —le decía el Melanés.

Miguel no respondió. Sonriendo, pensaba que esa misma noche iría al Parque Salazar; todo Miraflores sabría ya, por boca del Melanés, que había vencido esa prueba heroica y Flora lo estaría esperando con los ojos brillantes. Se abría frente a él un porvenir dorado.

COMPRENSIÓN Y ANÁLISIS

Ubique el cuento *Día Domingo* dentro de la época en que fue escrito. Comente sobre lo siguiente:

Forma

Orden de la narración: Orden cronológico de los acontecimientos de la historia.

La estructura del cuento: Busque introducción, desarrollo, momento climático y conclusión.

El narrador: Analice la persona de los verbos en el párrafo introductorio. ¿En qué persona se hace la narración? ¿Se narra sobre un personaje en particular? ¿Es el narrador omnisciente, alguien que todo lo sabe, con relación al personaje central, con relación a otros personajes?

Contenido

El tema: Trate sobre la importancia que tiene la presión que ejerce el grupo en el desarrollo de la historia

Los personajes: ¿Quiénes y cómo son los personajes centrales? ¿Qué relación tienen entre ellos? ¿Cómo se caracteriza cada uno de ellos dentro del grupo? Analice el presunto papel de Martha en las relaciones sentimentales de su hermano, Rubén.

El espacio: Hable sobre los espacios en que se desarrolla el cuento. Hable sobre la función del clima en el desenvolvimiento de la historia. ¿Cómo está personificado el mar?

El tiempo: ¿En cuánto tiempo se desarrolla la historia? ¿Hay un tiempo determinado en el cuento? ¿Qué edad tienen los personajes y cómo se relaciona esto con lo que sucede en el cuento? Estudie los verbos en el cuento y diga qué tiempos se usan en la naraccion.

La cultura: Decodifique algunas fórmulas de conducta observadas por los Pajarracos. Conociendo la época en que el cuento fue escrito, identifique el rompimiento o la perpetuación de estereotipos de género. Compare el papel de los personajes femeninos y cómo se habla de ellos, con el papel de los personajes masculinos en la historia.

¿Qué relación tiene título con el contenido del cuento?

Lenguaje

Vocabulario del cuento: ¿Qué palabras contribuyen a dar al cuento su tono marino? ¿Qué sobrenombres se usan en el cuento?

Descripciones: ¿Qué palabras se utilizan para describir los personajes, las escenas íntimas, el mar, el clima?

Narración: Resuma en pocas palabras la historia narrada. ¿Qué chismes se cuentan en la historia?

Lenguaje figurado: Analice el nombre de Flora, como símbolo de feminidad en la historia. ¿Qué otras figuras literarias o tropos se presentan?

Comunicación

¿Cómo se usan en el cuento la narración, el diálogo, el monólogo?

Analice los diálogos entre los personajes del cuento. ¿Quiénes dialogan?

Ejercicios de creación literaria

Tome el punto de vista de uno de los personajes de los Pajarracos y hágalo hablar mientras sucede la historia. ¿Qué diría Flora si supiera del desafío que se ha desatado entre Rubén y Miguel a causa de ella? ¿Qué diría usted?

Luisa Valenzuela, Argentina, 1938

Luisa Valenzuela nació en Buenos Aires. Su madre era escritora y por su casa desfilaron literatos de renombre como Jorge Luis Borges y Ernesto Sábato. A los dieciocho años, Luisa publicó un cuento que luego formó parte de *Los heréticos* (1967). Luisa ha vivido en París, México, Barcelona, Nueva York y actualmente comparte su residencia entre Buenos Aires, México y Nueva York, donde enseña en las universidades de Columbia y Nueva York.

Ha tenido mucho éxito como periodista y literata, publicando en prestigiosos diarios como el *New York Times* entre muchos. Ella vive lo que escribe y por años ha sido miembro activo de Amnistía Internacional. Combate la represión y la censura, ya sea política, sexual o artística.

Valenzuela es una maga lingüística; trata temas, como la política, el lenguaje y la mujer. Arma su escritura con juegos lingüísticos diseñados para demostrar cómo el poder institucionalizado usa el idioma para oprimir a otros, tanto a nivel personal como político. En *Cambio de armas* (1982), Valenzuela explora el abuso del poder y muestra que la tiranía es un macrocosmos de la opresión que existe en las relaciones interpersonales especialmente entre el hombre y la mujer.

La literatura de Valenzuela no es para el lector despistado, apático o superficial, pues plantea un desafío al cual es necesario meterse y contribuir intelectual y emocionalmente.

Cola de lagartija (1983) es considerada la novela más imaginativa de Valenzuela. En ésta emplea gran número de metáforas y símbolos para criticar la corrupción política y la misoginia.

En 1979 obtuvo una beca Fulbright y en 1983 una Guggenheim. Todas sus novelas han sido traducidas al inglés y sus publicaciones incluyen: *Hay que sonreír* (1966); *El gato eficaz* (1972); *Aquí pasan cosas raras* (1976); *Como en la guerra* (1977); *Libro que no muerde* (1980); *Donde viven las águilas* (1983).

Valenzuela es una mujer profundamente anclada en su condición, consciente de la discriminación aún viva; no obstante, Valenzuela confronta los obstáculos con valentía y sin autocensura, por lo cual su narrativa está llena de goce de vida que supera las limitaciones sociales y que se coloca en un pie de igualdad con cualquier literatura escrita por hombres.

Los escritos de Valenzuela sincretizan nuestro pasado y nuestro presente y vislumbran el futuro; en ellos hay amor y libertad en su sentido total; es en tal libertad donde se forja la identidad hispanoamericana y se augura un futuro soleado.

«De noche soy tu caballo» es un cuento onírico, que revela la azarosa vida bajo una dictadura. Los individuos viven unas existencias torturadas que parecen pesadillas con todas sus ramificaciones y posibilidades interpretativas. En «Escaleran», la escalera puede simbolizar el irracional sistema social, totalitarista y misógino.

«Nihil Obstat (Absolutamente Nada)» es una sátira al mercadeo de la religión. Presenta la hipocresía y corrupción de la Iglesia y su dogma que sólo busca beneficio económico mientras aterroriza a los creyentes con mitos del diablo y del infierno. La misoginia del catolicismo no permite la participación de la mujer en su jerarquía, lo cual fomenta su marginación.

DE NOCHE SOY TU CABALLO

Sonaron tres timbrazos cortos y uno largo. Era la señal, y me levanté con disgusto y con un poco de miedo; podían ser ellos o no ser, podría tratarse de una trampa, a estas malditas horas de la noche. Abrí la puerta esperando cualquier cosa menos encontrarme cara a cara nada menos que con él, finalmente.

Entró bien rápido y echó los cerrojos antes de abrazarme. Una actitud muy de él, él el prudente, el que antes que nada cuidaba su retaguardia —la nuestra—. Después me tomó en sus brazos sin decir una palabra, sin siquiera apretarme demasiado pero dejando que toda la emoción del reencuentro se le desbordara, diciéndome tantas cosas con el simple hecho de tenerme apretada entre sus brazos y de irme besando lentamente. Creo que nunca les había tenido demasiada confianza a las palabras y allí estaba tan silencioso como siempre, transmitiéndome cosas en forma de caricias.

Y por fin un respiro, un apartarnos algo para mirarnos de cuerpo entero y no ojo contra ojo, desdoblados. Y pude decirle Hola casi sin sorpresa a pesar de todos esos meses sin saber nada de él, y pude decirle

te hacía peleando en el norte
te hacía preso
te hacía en la clandestinidad
te hacía torturado y muerto
te hacía teorizando revolución en otro país.

Una forma como cualquiera de decirle que lo hacía, que no había dejado de pensar en él ni me había sentido traicionada. Y él, tan endemoniadamente precavido siempre, tan señor de sus actos:

—Cállate, chiquita ¿de qué te sirve saber en qué anduve? Ni siquiera te conviene.

Sacó entonces a relucir sus tesoros, unos quizá indicios que yo no supe interpretar en ese momento. A saber, una botella de cachaza y un disco de Gal Costa. ¿Qué habría estado haciendo en Brasil? ¿Cuáles serían sus próximos proyectos? ¿Qué lo habría traído de vuelta a jugarse la vida sabiendo que lo estaban buscando? Después dejé de interrogarme (cállate, chiquita, me diría él). Vení, chiquita, me estaba diciendo, y yo opté por dejarme sumergir en la felicidad de haberlo recuperado, tratando de no inquietarme. ¿Qué sería de nosotros mañana, en los días siguientes?

La cachaza es un buen trago, baja y sube y recorre los caminos que debe recorrer y se aloja para dar calor donde más se la espera. Gal Costa canta cálido, con su voz nos envuelve y nos acuna y un poquito bailando y un poquito flotando llegamos a la cama y ya acostados nos seguimos mirando muy adentro, seguimos acariciándonos sin decidirnos tan pronto a abandonarnos a la pura sensación. Seguimos reconociéndonos, reencontrándonos.

Beto, lo miro y le digo y sé que ése no es su verdadero nombre pero es el único que le puedo pronunciar en voz alta. El contesta:

—Un día lo lograremos, chiquita. Ahora prefiero no hablar.

Mejor. Que no se ponga él a hablar de lo que algún día lograremos y rompa la maravilla de lo que estamos a punto de lograr ahora, nosotros dos, solitos.

«A noite eu so teu cavallo» canta de golpe Gal Costa desde el tocadiscos.

—De noche soy tu caballo— traduzco despacito. Y como para envolverlo en magias y no dejarlo pensar en lo otro:

—Es un canto de santo, como en la macumba. Una persona en trance dice que es el caballo del espíritu que la posee, es su montura.

—Chiquita, vos siempre metiéndote en esoterismos y brujerías. Sabés muy bien que no se trata de espíritus, que si de noche sos mi caballo es porque yo te monto, así, así, y sólo de eso se trata.

Fue tan lento, profundo, reiterado, tan cargado de afecto que acabamos agotados. Me dormí teniéndolo a él todavía encima.

De noche soy tu caballo...

... campanilla de mierda del teléfono que me fue extrayendo por oleadas de un pozo muy denso. Con gran esfuerzo para despertarme fui a atender pensado que podría ser Beto, claro, que no estaba más a mi lado, claro, siguiendo su inveterada costumbre de escaparse mientras duermo y sin dar su paradero. Para protegerme, dice.

Desde la otra punta del hilo una voz que pensé podría ser la de Andrés —del que llamamos Andrés— empezó a decirme:

—Lo encontraron a Beto, muerto. Flotando en el río cerca de la otra orilla. Parece que lo tiraron vivo desde un helicóptero. Está muy hinchado y descompuesto después de seis días en el agua, pero casi seguro es él.

—¡No, no puede ser Beto!— grité con imprudencia. Y de golpe esa voz como de Andrés se me hizo tan impersonal, ajena:

—¿Te parece?

—¿Quién habla? —se me ocurrió preguntar sólo entonces. Pero en ese momento colgaron.

—¿Diez, quince minutos? ¿Cuánto tiempo me habré quedado mirando el teléfono como estúpida hasta que cayó la policía? No me la esperaba pero claro, sí, ¿cómo podía no esperármela? Las manos de ellos toqueteándome, sus voces insultándome, amenazándome, la casa registrada, dada vuelta. Pero yo ya sabía ¿qué me importaba entonces que se pusieran a romper lo rompible y a desmantelar placares?

No encontrarían nada. Mi única, verdadera posesión era un sueño y a uno no se lo despoja así no más de un sueño y a uno no se lo despoja así no más de un sueño. Mi sueño de la noche anterior en el que Beto estaba allí conmigo y nos amábamos. Lo había soñado, soñado todo, estaba profundamente convencida de haberlo soñado con lujo de detalles y hasta en colores. Y los sueños no conciernen a la cana.

Ellos quieren realidades, quieren hechos fehacientes de esos que yo no tengo ni para empezar a darles.

Dónde está, vos lo viste, estuvo acá con vos, donde se metió. Cantá, si no te va a pesar. Cantá, si no te va a pesar. Cantá, miserable, sabemos que vino a verte, dónde anda, cuál es su aguantadero. Está en la ciudad, vos lo viste, confesá, cantá, sabemos que vino a buscarte.

Hace meses que no sé nada de él, lo perdí, me abandonó, no sé nada de él, lo perdí, me abandonó, no sé nada de él desde hace meses, se me escapó, se metió bajo tierra, qué sé yo, se fue con otra, está en otro país, qué sé yo, me abandonó, lo odio, no sé nada. (Y quémenme no más con cigarrillos, y patéenme todo lo que quieran, y amenacen, no más, y métanme un ratón para que me coma por dentro, y arránquenme las uñas y hagan lo que quieran. ¿Voy a inventar por eso? ¿Voy a decirles que estuvo acá cuando hace mil años que se me fue para siempre?)

No voy a andar contándoles mis sueños, ¿eso qué importa? Al llamado Beto hace más de seis meses que no lo veo, y yo lo amaba. Desapareció, el hombre. Sólo me encuentro con él en sueños y son muy malos sueños que suelen transformarse en pesadillas.

Beto, ya lo sabés, Beto, si es cierto que te han matado o donde andes, de noche soy tu caballo y podés venir a habitarme cuando quieras aunque yo esté entre rejas. Beto, en la cárcel sé muy bien que te soñé aquella noche, sólo fue un sueño. Y si por loca casualidad hay en mi casa un disco de Gal Costa y una botella de cachaza casi vacía, que por favor me perdonen: decreté que no existen.

COMPRENSIÓN Y ANÁLISIS

Ubique el cuento *De noche soy tu caballo* dentro de la época en que fue escrito y ubique la época dentro del cuento. Comente sobre lo siguiente:

Forma

La estructura de la narración: Busque introducción, desarrollo, momento climático, conclusión. ¿Por qué era necesario a los protagonistas tener señales para comunicarse? ¿Por qué tenía miedo la narradora? ¿Cree usted que los gestos dicen más que las palabras?
El narrador: ¿Es la narradora interna o externa a los hechos narrados? ¿Dónde está la narradora en el momento de narrar?

Contenido

El tema: La narración es una denuncia del horror y la brutalidad de un régimen militar contrastada con el amor entre los protagonistas. Explore estos temas en el cuento.
Los personajes: ¿Quiénes son los personajes centrales? ¿Cómo describe la narradora a Beto? La protagonista/narradora se presenta como una mujer fuerte que no sucumbe ante la tortura y cuya inspiración es el amor. ¿Cómo llegamos a saber esto

a través del relato? ¿Cómo es engañada la narradora por la policía?
El espacio: ¿En qué lugares se desarrolla la acción? ¿De dónde viene Beto juzgando por los «tesoros» que trae?
El tiempo: ¿Cuánto tiempo hacía que la narradora no veía a Beto? ¿En cuánto tiempo se desarrolla el cuento?
La cultura: ¿Es ésta una obra de denuncia social? Discuta la tortura como instrumento del terror y el amor como salvación ante la crueldad.

Lenguaje

Vocabulario del cuento: ¿Qué palabras y símbolos contribuyen a dar a la narración su tono emotivo?
Descripciones: ¿Cómo se describe la relación entre los personajes? ¿Cómo se describe la cachaza? ¿Cómo se describe la voz de Gal Costa? ¿Cómo describe la narradora la tortura por la policía?
Narración: El ritmo de la narración es rápido y entrecortado como la respiración frente al miedo. Busque instancias que contribuyan a este ritmo.
Lenguaje literario: ¿Con qué compara la narradora la canción *De noche soy tu caballo*? ¿Qué dice Beto al respecto? ¿Qué diferencia fundamental entre la mujer y el hombre se muestra en el contraste entre sus opiniones?
¿Cómo usa la narradora la idea del sueño para no responder a la policía?

Comunicación

¿Cómo se presentan en la narración el monólogo y el diálogo? Estudie el uso del pronombre de tratamiento *vos* en la narración.

Ejercicios de creación literaria

Escriba ocho versos rimados que den contenido a la canción, «De noche soy tu caballo».

ESCALERAN

(1976)

¿Acaso no necesita usted alquilar una escalera? Hay que nivelar hacia arriba, nos dijeron, y no hay duda de que todos aspiramos a llegar más alto pero no siempre poseemos medios propios para alcanzar la cima, por eso a veces nos vemos necesitados de una escalera idónea. Nuestra fábrica le ofrece todo tipo de escaleras, desde la humilde escalera de pintor hasta la fastuosa escalera real hecha de un mismo palo. Un palo muy bien tallado, claro, palo de rosa por ejemplo o palo de amasar (¡de amasar!) para esposas autoritarias como la mía. Aunque el autoritarismo no está permitido en nuestras plantas donde impera, eso sí, la tan mentada verticalidad. Desde un punto de vista práctico no sabemos muy bien qué significa esa palabra, pero en lo que a escaleras respecta, la verticalidad es la norma. Cuando quisimos fabricar escaleras horizontales para nivelar a nivel, los obreros se sublevaron e hicieron huelga alegando trabajo insalubre y distanciamiento del dogma. No hicimos demasiados esfuerzos para ganarlos a nuestra causa porque nos dimos cuenta de que las escaleras horizontales no tenían mucha salida en los comercios del ramo, ni aún tratándose de escaleras alquiladas que no significan una erogación excesiva. Según parece, todos aspiran a trepar, escalar, ascender, y no quieren saber nada con eso de avanzar prudentemente a una misma altura.

La primera escalera horizontal que fabricamos se la llevé de regalo a mi señora, pero ella no quiso ni enterarse de su uso específico y la convirtió en portamacetas. Mi señora siempre me desalienta en las empresas más osadas. No siempre tiene razón, como cuando se opuso terminantemente a la fabricación de escaleras de bajar. Dijo que nadie iba a comprarlas porque requerían una fosa y pocos son los que tienen fosas en sus domicilios particulares. La pobre carece de imaginación: no supo darse cuenta de que la plaza está colmada de contreras que pretenden bajar cuando el gobierno insiste en que se suba. Mientras duró la modalidad de las escaleras de bajar la fábrica prosperó mucho y pudimos abrir la nueva rama: escaleras giratorias. Son las más costosas porque funcionan con motor pero resultan ideales para deshacerse de huéspedes no deseados. Se los invita a una ascensión, y la fuerza centrífuga hace el resto. Con estas escaleras giratorias logramos desembarazarnos de muchos acreedores pero mi señora, siempre tan ahorrativa, erradicó las escaleras giratorias de nuestro hogar y también de la fábrica alegando que consumían demasiada electricidad.

Todavía nos llegan algunos pedidos del interior. Les mandamos en cambio escaleras plegadizas que caben en un sobre grande. Pero por desgracia he de admitir mi derrota y, aunque todo esto lo narre en presente, son cosas del pasado. Mi señora acabó sintiendo celos por las escaleras de todo tipo y por eso confieso que escal/eran. Ya no son más.

COMPRENSIÓN Y ANÁLISIS

Ubique la pieza *Escaleran* dentro de la época en que fue escrita. Comente sobre lo siguiente:

Forma

La estructura: «Escaleran» desafía la clasificación dentro de un tipo de obra en particular. Aunque se puede decir que es una narrativa, no es un cuento, y tiene carácter de crónica periodística o comercial de televisión. A partir de una pregunta, esta pieza viaja de la propaganda gubernamental, a la propaganda de un producto en particular, pasando por crítica al autoritarismo/verticalidad, un elogio al avanzar, crítica al desplazamiento de cada vez más gente a las clases indigentes, al nepotismo y al matriarcado hogareño. ¿Con qué clase de escaleras se comparan estas situaciones?
El narrador: Analice la persona de los verbos en la pieza. Comente sobre el uso del **nosotros** mayestético en lugar del simple **yo**. ¿Qué llegamos a saber sobre el narrador a través de la historia? ¿A quién le habla él?

Contenido

El tema: Comente sobre el uso del humor en la crítica social.
Los personajes: Primera mención de la esposa, calificativos. Analice el papel de la mujer como esposa en la sociedad en la que tiene lugar el cuento.
El espacio: Hable sobre el simbolismo de la fábrica.
El tiempo: Estudie los verbos en el cuento y diga qué tiempos usa el narrador en la historia.
La cultura: Analice el papel de los obreros en la pieza. Conociendo la época en que fue escrita, diga si habla sobre rompimiento o perpetuación de estereotipos sociales de clase o género. Compare el papel del personaje femenino con el del personaje masculino en la historia y diga cómo se habla de ella/él.
¿Cuál es la relación del título con el contenido de la pieza?

Lenguaje

Vocabulario del cuento: ¿Qué palabras contribuyen a dar al cuento humor? ¿Cómo juega la autora con el nombre de la pieza y el hecho de que el hombre no hace escaleras ya?
Descripciones: ¿Cuál es en pocas palabras la historia narrada?
Lenguaje figurado: Estudie cómo la pieza es una alegoría de un estado social dictatorial. Analice el papel del absurdo en la disquisición del personaje. ¿Qué figuras literarias o tropos se presentan?
Motivo recurrente: Analice el papel de las escaleras en la pieza.

Ejercicios de creación literaria

Haga el papel de la esposa autoritaria y escriba argumentos con que disuada al industrial de cerrar la fábrica de escaleras.
Haga el papel de uno de «los contreras que pretenden bajar cuando el gobierno insiste en que se suba» y explique cómo, en la situación, bajar es lo único posible para usted.

NIHIL OBSTAT

(1967)

Como es de suponer, yo ando en busca de la absolución total de mis pecados. Y esto no es cosa nueva, no; me viene de chico, desde aquella vez a los once en que le robé la gorra llena de monedas al ciego ese que pedía limosna. Fue para comprarme una medallita, claro, y había hecho bien mis cálculos: la medalla tenía de un lado al Sagrado Corazón y del otro una leyenda que ofrecía 900 días de indulgencia a todo el que rezase un padrenuestro ante la imagen. Si mis cuentas eran buenas, bastaba con cuatro padrenuestros para que el cielo me perdonase el robo. El resto resultaba beneficio neto: 900 días por vez no serán una eternidad pero puestos unos detrás de otros suman unas vacaciones en el Paraíso que da gusto imaginar.

Y no sólo existe la posibilidad de pasárselas bien después de muerto; no me diga que no es una broma eso de tener que andar por estas tierras del Señor cargando sobre los hombros molestos pecados menores, sentimientos de culpa que pesan y de los que uno se puede liberar con tanta facilidad, después de todo.

También pensé en la cuestión de las hostias, que fue regia mientras duró. Le diré que yo, Juan Lucas, con nombre de dos evangelistas como corresponde, iba a misa de seis todos los días y a comulgar. Con un poco de cuidado, y tratando de portarme más o menos bien, una única confesión me duraba toda la semana con sólo cambiar de iglesia. Siete días de levantarme al alba que me dejaban la buena cosecha de seis hostias consagradas para guardar de reserva en previsión de días peores. Las metía todas en una caja de madera tallada sobre la que había pegado una estampita de Santa Inés y que yo mismo purifiqué con agua bendita de la que tengo varias botellas llenas. Lo más peligroso era el momento en que tenía que sacarme la hostia de la boca después de la comunión. Pero con elegir el banco más oscuro de la iglesia listo el pollo. Hasta las viejas beatas que van a farfullar sus rezos están medio dormidas esa hora. Con decirle que ni siquiera se daban cuenta de que tenían un santo, allí, al alcance de la mano, y que ese santo era yo que me negaba a asumir el más pequeño de mis más deleitosos pecados...

Generalmente el stock de hostias consagradas se me agotaba durante las vacaciones, entre la tentación de los lugares de veraneo con chicas en traje de baño y una que otra que vendía a algún amigo para redimirlo de una buena vez. Ya ve, he sembrado el bien hasta entre mis amistades, algunas de las cuales ni se lo merecen...

La de mi auto comunión era una ceremonia sencillita pero muy devota: por la noche, después de alguna farra, yo mismo volvía a bendecir la hostia y me la administraba alabando mi propia pureza. Era la absolución perfecta sin necesidad de pasar por todos los engorros de la Iglesia que le hacen perder a uno tantas buenas horas de playa. Además, eso de irme a dormir con la conciencia sucia me costaba mucho... como si no me hubiera lavado los dientes, ¿a usted no le pasa lo mismo?

Fue el año pasado cuando lo conocí a Matías. Yo, honestamente, soy un muchacho sano y alegre, como usted ve, aunque siempre en paz con el Creador. Matías, en cambio, era de los trágicos: sombrío y siempre vestido de negro y con el ceño fruncido. Pensé que la salvación estaba quizá por ese lado y empecé a imitarlo, a vestirme de negro como él, a dejar de reír. Por las noches caminábamos por las calles oscuras y él me decía:

—La senda de Dios sólo es para los elegidos. De nada vale que te tortures si no eres uno de los nuestros... Arrodíllate, vil gusano, y reza.

Por mi manera de rezar, de arrodillarme y de vil gusano, se dio cuenta de que yo también era uno de ellos.

—Mañana empieza la gran penitencia —me dijo una vez—. Ayunaremos durante tres días, tan sólo agua y galletas, y permaneceremos en el más absoluto silencio y en la más densa oscuridad.

Para mí la cosa empezaba a ponerse fea, pero hice de tripas corazón y le pregunté:

—¿Y cuántos días de indulgencia te parece a vos que se ganan con todo ese sacrificio?

—No hay duda que eres un gusano. Lo sabía. Un perfecto venal, un interesado. Y lo peor es que no andas tras los bienes de este mundo sino tras los del otro, que es mucho más grave. Ya sabes cómo castiga Dios la codicia y la soberbia.

Se quedó mirándome con asco un buen tiempo y después agregó:

—Pero yo he de salvar tu alma. He de salvarte porque sí, para tu bien, y no para encontrar en ti mi propia salvación, como harías en mi lugar.

Se arremangó entonces la sotana que usaba de entrecasa, cuando no podían verlo los que sabían que era empleado de banco y no cura, y gritó:

—¡Te voy a arrancar esa codicia de eternidad aunque tengas que salir con la piel hecha jirones!

Tomó el rebenque que tenía colgado en lo que él llamaba su rinconcito criollo y empezó a azotarme con furia. Supongo que lo hizo por mi bien, como había dicho, pero le aseguro que me alegré de que no se le diera además por usar las espuelas o el fierro de marcar. La espalda me quedó toda morada y él sólo paró cuando se le hubo cansado bien el brazo. No veo por qué la medida de mi penitencia tiene que estar en relación directa con el aguante de sus bíceps... Es injusto, hay días en que él está aguantador y yo apenas tengo que expiar alguna pequeña falta. Y los golpes, como usted bien se imagina, no se pueden acumular como las hostias.

¿El ayuno? Ah, sí. Claro que lo hicimos. Aunque la oscuridad sólo era densa y total desde la una de la madrugada hasta el alba, desde que se apagaban los colorinches del letrero luminoso de afuera hasta los primeros rayos del sol que se colaban por entre las persianas. Usted ya sabe lo que son estos departamentos modernos, todo se le mete a uno adentro: ruidos, olores, luces. Los rojos y verdes intermitentes del letrero de neón le daban a Matías un cara de diablo que se hinchaba y deshinchaba masticando galletas marineras. Yo personalmente no me calenté demasiado; no creo que se pueda llegar así a la santidad. A mí me gustan las cosas más sencillas, más profundas. Las cosas benditas. Al menos con los latigazos uno sentía dolor y podía pensar que estaba pasando algo... Pero no comer, y estar en la penumbra, y casi no hablar, eso no puede redimir a nadie: es demasiado aburrido.

—Tenemos que dormir en un solo catre para que la incomodidad nos alcance hasta en el sueño —decía Matías. Y yo:

—Podemos dormir en el suelo que es bien incómodo y duro y al menos no tenemos que estar apretujados con este calor...

—No. Es necesario estar el uno contra el otro, bien apretados para que no se nos escape nuestra fuerza vital, para unir nuestras almas. Debemos conservar la prana que se volatiliza con tanta facilidad cuando se está débil. Abrázame, hermano.

Lo que es a mí no me agarran más para eso del ayuno. Matías hizo lo que pudo, claro. Si hasta quería besarme en la boca para infundirme un poco de su santidad... Pero a mí no me sirvió de nada tanto sacrificio de su parte. En el libro en que llevo la cuenta del tiempo de perdón ganado apenas pude anotar tres años más: uno por cada día que pasamos encerrados. Y tres años de Paraíso en toda una eternidad, se imagina usted que no es gran cosa.

Fue justo para esa época cuando apareció Adela. Una muchacha espléndida, pero tan terrenal, tan diferente de Matías. Nunca quiso venir conmigo a misa, ni siquiera para confesarse. Hasta se reía cuando y trataba de hacerle tragar una de mis hostias. Pero venía a menudo a casa, se quedaba un rato ¡zas! cometíamos el pecado de la carne. Tenía la piel suave y era tibia, siempre tan tibia y como vibrando. Yo se lo trataba de explicar a Matías y le decía que cuando la tenía en mi cama, tan rubia y con ojos tan claros, bien podía imaginarme que era un ángel. Sin embargo Matías contestaba:

—¡Qué ángel, si es un demonio! Debes abandonar a esa hembra que es la encarnación de Satanás, la serpiente que a cada rato pone la manzana en tus manos y que no va a detenerse hasta no verte arrastrándote por todos los infiernos.

—No —la defendía yo—. Adela es una buena piba. No podés hablar así de ella que no hace mal a nadie y que a mí me hace tan feliz.

—¡La concupiscencia! —bramaba él, hasta que por fin me di cuenta de que tenía razón y no pude menos de hacer lo que hice, aunque a veces pienso que está mal. Sobre todo cuando ella viene a golpear a la puerta del departamento de Matías y a llamarme como loco. En esos momentos Matías se pone fuerte para defenderme, la echa a arañazos y después viene al dormitorio a tranquilizarme y a decirme que no me preocupe. Pero me preocupo, padre, y por eso quiero que usted me diga cuánto tiempo de Paraíso puedo agregarme en el libro por haberla abandonado a Adela tan a pesar mío.

COMPRENSIÓN Y ANÁLISIS

Ubique el cuento *Nihil Obstat* dentro de la época en que fue escrito. Comente sobre lo siguiente:

Forma

La estructura de la narración: Busque introducción, desarrollo, momento climático, conclusión.
El narrador: ¿Cuál es la forma narrativa? ¿Quién es el narrador? ¿Qué aprendemos sobre el narrador a través de la historia? ¿Cómo quiere el narrador salvarse de sus pecados?

Contenido

El tema: La narración es una crítica de la iglesia, de la hipocresía de la sociedad ante temas religiosos y de la doble moral. Explore estos temas en el cuento.
Los personajes: ¿Quiénes son los protagonistas del cuento? ¿Quién es Matías? ¿Quién es Adela? Explique las dificultades con las que el protagonista, Juan Lucas, se encuentra en su búsqueda de salvación.
El espacio: ¿Qué lugares específicos se mencionan en la narración? ¿Que importancia tienen éstos?
El tiempo: ¿Hay un tiempo determinado en la narración? ¿Cuándo sucede la historia narrada?
La cultura: Conociendo la época en que el cuento fue escrito, ¿es ésta una obra que rompe o acentúa estereotipos sociales de género? Comente. Encuentre en el texto ejemplos típicos de las costumbres de la religión Católica. Comente sobre la relevancia actual de los abusos de menores por parte de autoridades religiosas.

Lenguaje

Vocabulario del cuento: ¿Qué palabras y símbolos contribuyen a dar a la narración su tono irónico, trágico y humorístico?
Descripciones: Dé ejemplos de doble moral en los seres humanos. Describa a su compañero cómo es la vida del protagonista Juan Lucas, y cómo su vida se ve influenciada por Matías y más tarde por Adela. Describa el ambiente en el que viven los personajes

principales. Describa la personalidad de Matías, la personalidad de Juan Lucas y la personalidad de Adela. ¿Cuáles son las diferencias y similitudes entre los tres personajes?

Narración: Resuma en pocas palabras la historia narrada.

Lenguaje literario: Busque los símbolos que se encuentran en este cuento. Por ejemplo la simbología del título, el nombre de los personajes principales. ¿Qué significan éstos? Busque el significado del latín *Nihil Obstat* y relaciónelo con el cuento.

Comunicación

¿Cómo se presenta la narración? ¿A quién va dirigido el cuento?

Ejercicios de creación literaria

Escriba una narración explicando hasta qué punto la sociedad donde usted vive está influenciada por la religión. Describa los aspectos positivos y negativos de la religión en la sociedad.

Escriba una narración donde usted es el «padre» al que el protagonista escribe y comente qué consejos le daría a Juan Lucas.

Cristina Peri Rossi, Uruguay, 1941

De abuelos italianos, Cristina nació en Montevideo. Su padre trabajaba en las textileras; su mamá era maestra y desde niña le enseñó a Cristina el amor por la lectura. Estudió letras en la universidad de Montevideo y se hizo periodista. En 1963 publicó la oscura realidad de la mujer en *Viviendo.* En su cerrado mundo, la protagonista se ve sentenciada a la soltería. En dos de los tres cuentos del libro, «El baile» y «No sé qué», discretamente sugiere relaciones lesbianas en las que las mujeres deben seguir su destino.

Con el libro *Los museos abandonados* Peri Rossi ganó un premio literario en Uruguay. En esta obra se ve la incomunicación entre hombres y mujeres, en un mundo de destrucción y decadencia. *El libro de mis primos* presenta una fuerte crítica al capitalismo. En él mezcla prosa y verso, perspectivas y voces. Esta innovadora obra le ganó el premio Marcha en 1969. En *Evohé* Peri Rossi hace un juego de palabras con el que celebra el «cuerpo» que intercambiablemente mezcla con «palabra». Este libro de poemas fue revolucionario y sacudió al mundo intelectual de Uruguay.

En *Descripción de un naufragio, Diáspora* y *Lingüística general* explora el arte, el lenguaje y las relaciones lesbianas. En *La tarde del dinosaurio* y *La rebelión de los niños* los protagonistas son mayormente niños, que aparecen más astutos y sabios que los adultos. Los niños son los mejores testigos de la corrupción porque todavía no están debilitados por la frustración y el conformismo.

En 1983 publicó una colección de cuentos y ensayos *El museo de los esfuerzos inútiles.* En 1984 salió su novela más importante *La nave de los locos.* En ella revive la metáfora medieval de Sebastián Brant empleada también por Michel Foucault. Se centra en «el tapiz de la creación» que se encuentra en la catedral de Gerona. El tapiz muestra la armonía inmutable en el mundo creado por Dios, que Peri Rossi invierte para mostrar la realidad de las injusticias humanas y en especial aquéllas contra la mujer, condenada a la prostitución, y a otras depravaciones. Una parte muestra a una mujer en busca de un aborto. Veladamente va la sátira contra las enseñanzas misóginas de la religión. Esta novela condena la agresividad del poder y celebra las víctimas que lo resisten rompiendo las convenciones sociales.

Una pasión prohibida (1986) tiene cualidad parabólica y se burla de las ideas simplistas que existen sobre el juicio final, la revelación y el patriotismo. Otros temas que Peri Rossi trata son: la soledad de la vida contemporánea, la guerra, la represión política, el amor y el arte, pero ante todo afirma la solidaridad y colectividad humana, lo que hace empleando un estilo híbrido, combinando narrativa, poesía y juegos intertextuales. Algunos de sus blancos son los abusos e injusticias de la dictadura militar, el egoísmo de los ricos, el exilio, la marginación de la mujer y de los niños. Mediante un proceso narrativo de desrealización, que desemboca en denuncia, Peri Rossi expone el desmoronamiento del orden social; también recurre a puntuación original para crear ambigüedad con la que intenta comunicar la irrealidad de la realidad. Su escritura se distingue por la ruptura de la lógica representativa, lo cual produce una ilusión de referencia; enmarca su narración en forma elíptica e indirecta, permitiendo al lector percibir el mensaje al cual alude y elude; da rienda suelta a su imaginación resultando en una narrativa lírica, ecléctica, desmitificante, liberante y novedosa.

Peri Rossi acuñó el término «ombliguismo», para criticar el egoísmo de la gente que sólo mira a su ombligo sin considerar al resto del mundo. A pesar de la crítica, su literatura no es nihilista sino esperanzada; alienta el advenimiento de un nuevo orden social más humano.

Indicios pánicos (1970), es como una premonición de la dictadura que se apoderó de Uruguay en 1973 y duró doce años. El libro se prohibió y a media noche, Cristina tuvo que escapar y exiliarse en Barcelona. En *Indicios*, Peri Rossi explora lúdica y disgresivamente la realidad, presentando un mundo en vía de deterioro y desintegración. «El diálogo con el escritor» se desarrolla en una atmósfera onírica; el autor es soñador de realidades; la violencia policíaca le causó un trauma emocional que lo ha dejado impotente sexualmente lo cual sólo exterioriza su impotencia humana.

En «Indicio 28» se alude a las prácticas que se desenvuelven bajo sistemas totalitarios. Los ciudadanos desarrollan un metalenguaje que por medio de signos les permite comunicarse. (Las hojas, libros que se dejan caer en las calles con el propósito de convocar a quienes entienden los signos del mensaje). La censura y el gobierno, se apoyan para destruir al individuo, negándole su libertad intelectual. El individuo se ve obligado a aceptar una serie de errores, producto de su falta de libertad. La consecuencia es una paranoica desorientación. En *Indicios*, Peri Rossi emplea el diálogo real, alegórico o simbólico para hacer al lector partícipe de la fantasmagórica situación uruguaya durante la dictadura militar.

INDICIOS PÁNICOS

«Señores: Es tiempo de decir que la policía no debe ser solamente respetada, sino también honrada.

Señores: Es tiempo de decir que el hombre, antes de recibir los beneficios de la cultura, debe recibir los beneficios del orden. En cierto sentido, se puede decir que la policía ha precedido, en la historia, al profesor».

Benito Mussolini

Después de Mussolini, muchos pensadores en América Latina han sostenido la misma tesis, aunque llevándola a la practica quizás con más esmero aún. Entre esos personajes se encuentran varios presidentes, muchos ministros, jefes de estado y secretarios. La teoría ha sido especialmente bien recibida por los generales.

Sistema Poético Del Libro

INDICIOS. Acción o señal que da a conocer lo oculto. Las pistas que alertan e interpretan la realidad.

SIGNO. Cosa que por su naturaleza o por convenio evoca en el entendimiento la idea de otra cosa.

INDICIO 4

Ella me ha dicho: —Vamos a acostarnos. Y cosa asombrosa: yo he ido con ella.

INDICIO 16

Ella me ha entregado la felicidad dentro de una caja bien cerrada, y me la ha dado, diciéndome:

—Ten cuidado, no vayas a perderla, no seas distraída, me ha costado un gran esfuerzo conseguirla: los mercados estaban cerrados, en las tiendas ya no había y los pocos vendedores ambulantes que existían se han jubilado, porque tenían los pies cansados. Esta es la única que pude hallar en la plaza, pero es de las legítimas. Tiene un poco menos brillo que aquélla que consumíamos mientras éramos jóvenes y está un poco arrugada, pero si caminas bien, no notarás la diferencia. Si la apoyas en alguna parte, por favor, recógela antes de irte, y si decides tomar un ómnibus, apriétala bien entre las manos: la ciudad está llena de ladrones y fácilmente te la podrían arrebatar.

Después de todas estas recomendaciones soltó la caja y me la puso entre las manos. Mientras caminaba, noté que no pesaba mucho pero que era un poco incómoda de usar: mientras la sostenía no podía tocar otra cosa, ni me animaba a dejarla depositada, para hacer las compras. De manera que no podía entretenerme, y menos aún, detenerme a explorar, como era mi costumbre. A la mitad de la tarde tuve frío. Quería abrirla, para saber si era de las legítimas, pero ella me dijo que se podía evaporar. Cuando desprendí el papel, noté que en la etiqueta venía una leyenda:

«Consérvese sin usar».

Desde ese momento tengo la felicidad guardada en una caja. Los domingos de mañana la llevo a pasear, por la plaza, para que los demás me envidien y lamenten su situación; de noche la guardo en el fondo del ropero. Pero se aproxima el verano y tengo un temor: ¿Cómo la defenderé de las polillas?

COMPRENSIÓN Y ANÁLISIS

La obra *Indicios Pánicos* desafía la clasificación dentro de un tipo de obra en particular. Aunque se puede decir que hay narrativa, la obra es una colcha multigénera de retazos, donde el diálogo, la definición, la viñeta, tejen lado a lado la situación que la autora quiere dar a conocer. Ubique la pieza «Indicio 16» dentro de la época en que fue escrita. Comente sobre lo siguiente:

Forma

La estructura: Analice la forma particular del «Indicio 16».
El narrador: Comente sobre la persona del narrador. ¿Es el narrador externo (habla en tercera persona) o interno (habla en primera persona) a los hechos narrados? ¿Qué llegamos a saber sobre el narrador a través de la historia?

Contenido

El tema: Comente sobre el uso del humor en la crítica social en el «Indicio 16».
Los personajes: ¿Quiénes y cómo son los personajes centrales? Explore la relación entre ellas. Analice el papel de la mujer depositaria de la felicidad en la historia.
El espacio: Hable sobre los diferentes espacios mencionados.
El tiempo: ¿En cuánto tiempo se desarrolla la historia? ¿Hay un tiempo determinado en la pieza? ¿Qué alusión se hace a la edad de los personajes? Estudie los verbos en el cuento y diga qué tiempos usa la narradora en la historia.
La cultura: Analice el papel de los ladrones en la pieza. Compare el «Indicio 16» con el mito de Pandora. Conociendo la época en que fue escrito, diga si habla sobre rompimiento o perpetuación de estereotipos sociales de clase o género.
¿Cuál es la relación del título con el contenido de la pieza ?

Lenguaje

Vocabulario: ¿Qué significa en el contexto del «Indicio 16» la frase relativa a la felicidad «Consérvese sin usar»?
Descripciones: Resuma es en pocas palabras la historia narrada.
Lenguaje figurado: Estudie cómo la pieza es una alegoría de un estado social dictatorial. Analice el papel del absurdo en la historia. ¿Qué figuras literarias o tropos se presentan?
Motivo recurrente: Analice el papel de la caja de felicidad en la pieza.

Ejercicios de creación literaria

Siguiendo el «sistema poético del libro», resuma en variados mini-indicios (diálogo, definición, comentario), el tema del «Indicio 16».

DIÁLOGO CON EL ESCRITOR

—He leído su libro.

—¿Qué piensa de él?

—Es algo confuso.

(En cambio, su alma, señora, es clara.)

—Lo siento mucho.

—Usted, quizás, pudiera explicarme qué quiso decir en él.

—No puedo contestarle. Si lo supiera, no lo hubiera escrito.

—Entonces, las letras, ¿son todas tinieblas?

—No sé qué decirle. En esa misma época, mucha gente moría en las calles. Usted todavía podrá apreciar la cantidad enorme de lisiados, de baldados que recorren la avenida, o piden limosna o esperan de la caridad pública un poco de piedad.

—Pero usted, en tanto, lo escribía.

—No señora: lo soñaba.

—Los sueños no siempre son fáciles de entender.

—Yo escribo, señora, como sueño.

—¿No cree que podría tener un poco más de respeto por el lector?

—Lo respeto tanto, señora mía, que no quisiera nunca tocar el sueño, tocar el libro, traicionar la magnífica alienación de la metáfora.

—Ya no lo entiendo.

—Es comprensible.

—Si no sabe lo que ha querido decir escribiendo y me ha creado esta inquietud, venga por lo menos y hágame el amor.

—No puedo, señora mía, disculpe usted; desde la última manifestación pública reprimida por la policía he generado un extraño proceso de impotencia: yo estaba en un café, leyendo mi poesía y por casualidad vi estrellarse una granada contra las piernas de una adolescente y la fachada de la Biblioteca Nacional. El ruido interrumpió mi lectura, y aunque no fui molestado, el suceso me dejó una mala impresión que no he podido aún desterrar, como un intruso en mi jardín.

—Si no sabe lo que escribe y no es capaz de hacerle el amor a una mujer insatisfecha, ¿Cómo es que vive aún?

—Por un decreto del estado: seré conservado como imagen viva de un mundo en declinación. Seré expuesto en el museo. Conservado en refrigeración.

—Eso es muy triste. Le tengo una profunda lástima. Perdone si he sido un poco brusca.

—No tiene de qué. Yo la disculpo. Y en mi recuerdo, sírvase una entrada: con ella podrá entrar todos los días al museo, gratis.

INDICIO 18

El infierno son los pájaros sangrientos con las vísceras destrozadas, que todavía ululan.

INDICIO 25

Caminando, venía un error de mi juventud.

Yo le dije: —Déme paso, voy muy apurado— y el error me respondió con hojas y libros en la mano. Las hojas, yo las había olvidado. Eran papeles llenos de signos, papeles de cervecerías y de cines donde yo, apresuradamente, había dibujado citas y recuerdos, menudas residencias de palabras donde encerrar el instante vanidoso y pasajero, lleno de frío. Los signos los reconocí como una vieja fábula medio olvidada llena de polvo y de perfume que nos sacude con su secreto simbolismo. Los libros, en cambio, los había olvidado por completo, desde que la Censura (la amante estable del ministro) desterrara de la república el uso y ejercicio de los libros, esos soldados enemigos.

Desconcertado ante mi prisa, el error dejó caer las hojas y los libros.

—Usted me prometiera un día una felicidad más digna, mayor, una militancia solemne. ¿Dónde ha quedado su combate?

Yo me replegué, lleno de tristeza. Iba ligero, no quería detenerme. No hubiera querido detenerme nunca a meditar.

—Usted se habrá enterado por los diarios —musité lleno de vergüenza—: las prisiones preventivas, las destituciones, las torturas policiales, los escarmientos, las sanciones, los destierros... La Censura tiene fiebre y sólo nos permite olvidar y correr.

Ella dejó ir los libros por la vereda, deslizarse.

—Ha sido, por lo menos débil —me dijo, con melancolía, y se perdió entre los árboles de la avenida.

Yo retrocedí un poco, para tomar distancia. Estaba otra vez a punto de echarme a correr, como de costumbre, pero había olvidado hacia dónde era que corría.

INDICIO 38

Aquella aparente falta de sentido no los impresionaba para nada: morir para aquéllos que no sabían que morían por ellos.

Capítulo 9

EXPRESIÓN AFROHISPANA

En los años anteriores a la Primera Guerra mundial, los círculos artísticos de Europa se interesaron por el arte africano. Picasso y Apollinaire, entre muchos, descubrieron la calidez y espontaneidad de este arte, lo mismo que su mitología. Esta revelación llegó a Latinoamérica, desarrollando un movimiento conocido primero como **literatura Afroantillana**. Esta literatura intentó preservar la realidad afroamericana y recuperar la producción literaria de la población negra.

En la década de los treinta, el modernismo abrió paso al naciente movimiento de literatura afrohispana que adopta diferentes denominaciones literarias: afroantillana, afrohispana, afrocaribeña o literatura negrista, pero que en esencia es literatura vinculada a la temática del negro como protagonista. El Caribe, por la fuerte presencia negra en su cultura, se hace centro de esta tendencia.

Los escritores afrohispanos se han interesado en las leyendas, las supersticiones, el folklore, el realismo social y emocional, el lenguaje, y la historia del neoafricano, el africano del Nuevo Mundo. Estos escritores son, con pocas excepciones, étnicamente negros. La literatura afrohispánica refleja de diversas maneras las devastadoras experiencias del colonialismo, la esclavitud, el imperialismo, y el racismo: en suma, la verdadera experiencia del africano en el Nuevo Mundo. En esta literatura se encuentra esa calidad de vida, la fuerza del alma, que ha capacitado a la gente negra para sobrevivir los horrores de su diáspora. También se plasma en ella la memoria del sobrevivir heróico del neoafricano durante sus cuatro siglos de esclavitud.

En su libro clásico, *Black Writers in Latin America* (1979), Richard Jackson recuenta la historia de la literatura negra en América. Los inicios de ésta se remontan a las expresiones de folclor oral del neoafricano, algunas de la cuales han subsistido hasta hoy. En Cuba, la literatura del esclavo Juan Francisco Manzano en el siglo XVII, tal vez por la influencia de sus benefactores blancos, se caracteriza por presentar la imagen del negro sumiso, y no la imagen amenazante del negro rebelde, con el objeto de ganar simpatía contra los abusos de la esclavitud. El liberto Gabriel de la Concepción Valdés (Plácido), en el siglo XIX, fue más abierto en su crítica a la esclavitud y pagó por ello con su vida: fue ejecutado bajo cargos de conspiración a los cuarenta y cuatro años.

Jackson considera al colombiano Candelario Obeso (1849–1884) precursor de la **poesía negra**, como se la conocía en el siglo XX. Obeso quería «una nueva dignidad acordada al hasta ahora despreciado negro». En 1877, Obeso publicó sus *Cantos Populares de mi tierra*, donde hizo resaltar la dignidad de sus compatriotas negros, mientras aconsejaba a los literatos locales que una verdadera identidad literaria nacional podía encontrarse sólo en la poesía y en la canción local. Obeso creía que el tema literario del negro era legítimo y que debía presentarse auténticamente, hablando su propio lenguaje, expresando su propio pensamiento y cantando su propia canción.

En el siglo XX se produjeron interesantes debates sobre cómo definir la literatura negra. Actualmente, se considera literatura negra aquella escrita por personas ancestralmente negras, sin tener en cuenta ni el tema ni la estructura, y también la literatura de tema y estructura negros, sin tener en cuenta la etnia del autor. La literatura afrohispana cuenta con escritores como Luis Palés Matos, José Luis González y Ana Lydia Vega en Puerto Rico, Emilio Ballagas, Lydia Cabrera, Nicolás Guillén y Nancy Morejón en Cuba y Manuel Zapata Olivella en Colombia. Otros escritores afrohispanos son Gaspar Octavio Hernández en Panamá, Juan Pablo Sojo en Venezuela, Adalberto Ortiz y Nelsón Estupiñan Bas en Ecuador, y Quince Duncan y Eulalia Bernard Little en Costa Rica.

Lydia Cabrera, Cuba, 1900–1991

Lydia Cabrera nació en La Habana en 1900. La menor de ocho hijos, se crió en un ambiente criollo, rodeada de sirvientes negros y tatas descendientes de esclavos. Ellos fueron el puente por el que Lydia penetró al mágico mundo africano. Sus cuentos le enriquecían la imaginación y preparaban el terreno para el trabajo de investigación al que dedicó su vida.

Su primera educación fue privada, bajo tutores que venían a casa. Su padre poseía una rica biblioteca y se rodeaba de la élite intelectual cubana. En 1927, Lydia viajó a París a estudiar pintura, pero también estudió las filosofías orientales. *La ciudad luz*, refleja influencias de Zen y de amistades como Picasso, Braque y Apollinaire. Mientras los intelectuales franceses descubrían lo africano, en Lydia florecía una genuina inquietud por el tema.

En Europa entabló estrecha amistad con Teresa de la Parra a quien acompañó hasta su muerte en 1936. Con el estímulo de Teresa, Lydia escribió y publicó su primer libro *Cuentos negros de Cuba*. Se acercaba 1940 y el ambiente político en Europa se ponía cada día más agitado. Entonces, Lydia regresó a su patria para tener que dejarla con la llegada del comunismo (1959), cuando se exilió en Miami donde murió.

Los biógrafos describen a Lydia como mujer fina, inteligente, pulcra, con gran sensibilidad estética y profundo sentido humano. Su obra literaria se puede dividir en dos grupos: Libros de imaginación y libros de investigación folklórica y etnográfica.

Cuentos negros de Cuba es una colección de veintidós cuentos, semejante a las fábulas de Esopo. La mayoría de los personajes son animales, pero no animales comunes y corrientes, sino metamorfoseados, lo que les permite comportarse como los humanos. Los cuentos están basados en leyendas y mitos afrocubanos y presentan detalles del contacto del africano con el blanco. El blanco intentó esclavizar al africano, no sólo física sino también psicológica y espiritualmente. Por ejemplo, procuraron imponer sus creencias religiosas y prejuzgaron las del africano. Los africanos no asimilaron totalmente la mitología cristiana, sino que la sincretizaron. Este sincretismo es evidente en el hecho de que cada santo africano tiene su doble católico, tal como Santa Bárbara que es Changó o La Virgen de la Caridad del Cobre que es Ochún para los africanos. Changó, el dios de la virilidad, la sensualidad, fuego y guerra, seduce a Ochún y vive con ella. Este tipo de comportamiento se considera como un pecado en la Iglesia católica, pero es aceptado para santos africanos.

Cuentos negros de Cuba, de donde proviene «Arere Merekén», apareció en 1948, *El Monte* en 1954, *Refranes de negros viejos* 1955, *Anagó* 1957; diecisiete libros más han sido editados desde esa época. Una de las características más importantes de la narrativa de Cabrera es su intento de reproducir los ritmos africanos, empleando onomatopeyas y frases incomprensibles pero que son la clave para entender la naturaleza cíclica y repetitiva de la acción. También el significado de muchos términos le es vedado a quien no esté iniciado en la cultura afrocubana.

Cabrera trata el tema y los personajes con profundo respeto, devoción y sin juicios ni prejuicios. Su mayor contribución ha sido recopilar vocablos, mitos y leyendas orales que sin Lydia, posiblemente se habrían perdido.

ARERE MAREKÉN

La mujer del rey, que era muy bella, parecía doncella. El rey la quería siempre a su lado, pero ella iba al mercado todas las mañanas. Mientras se vestía el rey le estaba diciendo: «Arere, no dejarás de cantar. Arere, no dejarás de cantar». Este rey era celoso, porque Arere parecía doncella y él empezaba a ser ya viejo.

Este rey tenía una piedra que el mar le había dado. Cuando Arere cantaba, cantaba la piedra con la voz de Arere y el rey guardaba el canto en el hueco de su mano.

La reina se iba cantando a la plaza con bata de cola muy larga, muy blanca y la cesta al brazo; la reina Arere cantaba así:

«Arere Marekén, Arere Marekén,
Arere Marekén, kocho bí, kocho bá
Arere Marekén; ¡rey no pué estar sin yo!»

Corriendo como una nube, llegaba al mercado:

«Arere Marekén, Arere Marekén,
Arere Marekén, kocho bí, kocho bá
Arere Marekén; ¡rey no pué estar sin yo!»

Llenaba su cesta de muchos colores; corriendo y cantando volvía al palacio adonde ya el rey se impacientaba.

Asomaba Arere: la mañana, la calle, todo se alborozaba, pero nadie, nadie se atrevía a mirarla de frente, si no era Hicotea: Hicotea que estaba enamorado de la mujer del rey, de Arere Marekén.

Un día, por el camino sólo venía la reina...

Hicotea, escondido en un matojo ya oía el oro de sus manillas y un oleaje de enaguas y volantes como camelias dobles; ya estaba de vuelta la reina cantando:

«Arere Marekén, ¡Rey no pué estar sin yo!»

(Y el rey, atento, en su palacio.)

Hicotea salió a su encuentro.

«¡Reina, el mismo Dios te bendiga!»

Arere tuvo miedo, pero dejó de cantar para decirle:

—«Gracias, Hicotea!» —y luego— «¡qué imprudencia! Si el rey lo sabe...»

—«El rey lo sabe y me matará» —y le cerró el paso—. «Espera un poco; que te gocen mis ojos, Arere, y nada más...»

Hicotea era joven; Arere no podía dejar de sonreír.

«Arere Marekén, Arere Marekén,
Arere Marekén, kocho bi, kocho ba
Arere Marekén; ¡rey no pué estar sin yo! »

—«Adiós, Hicotea»...

—«Arere, un poco»...

En la mano del rey se fue apagando el canto. Después Arere corrió mucho y el corazón le temblaba; temblaba en el canto, temblaba en los dedos crispados del rey, su dueño.

—«¡Arere! ¿Por qué callaste, Arere Marekén?»

—«Hoy el camino estaba lleno de charcas. Me recogí la cola. Por cuidar de no mancharla, rey, me olvidé de cantar.»

«Arere Marekén, Arere Marekén,
Arere Marekén, kocho bi, kocho va
Arere Marekén; ¡rey no pué estar sin yo!»

El rey estaba atento en su palacio.

Por el sendero solo, ya la reina volvía de la plaza, entre el revoloteo de sus palomas blancas de percal: otra vez Hicotea la detuvo; otra vez Arere dejó de cantar.

—«¡Arere! ¿Por qué callaste, Arere Marekén?»

—«Hoy perdí una de mis chinelas nuevas, rey. Buscándola, me olvidé de cantar.»

«Arere Marekén, Arere Marekén,
Arere Marekén, kocho bi, kocho va
Arere Marekén; ¡rey no pué estar sin yo!»

El rey estaba atento en su palacio.

Hicotea en la emboscada. Arere venía corriendo corriendo como una nube. (Y los guardias del rey la seguían a distancia.)

Hicotea besaba los pies de la reina.

—«Ven, Arere: se ha secado el rocío... ya la yerba, tibia, huele a sol.»

Y la mano del rey se heló de silencio.

Pero llegaron los guardias, se apoderaron de Hicotea, se lo llevaron al rey que lo vio mozo y dijo:

—«¡Muera a palos!»

«Arere Marekén, Arere Marekén»...

Aquella mañana murió Hicotea de tantos palos que el rey mandara; y la reina lloró, pilando maíz, tostando café...

Por fin llegó la noche, con la luna lunera cascabelera. Hicotea —todo en pedazos—, resucitó.

¿Y quién diría que su cuerpo no era áspero, sino duro, liso y suave?

Tantas cicatrices por el amor de Arere, de Arere Marekén.

COMPRENSIÓN Y ANÁLISIS

Ubique el cuento *Arere Merekén* dentro del contexto cultural al que se refiere. Comente sobre lo siguiente:

Forma

Orden de la narración: Orden cronológico de los acontecimientos de la historia.

Estructura: Determine donde se encuentran la introducción, el desarrollo, el clímax y el desenlace.

Narrador: Note la persona de los verbos en los párrafos introductorios. ¿Cambia o se mantiene el narrador en el cuento?

Contenido

El tema: Comente sobre la función del amor, la pasión, los celos, la infidelidad y el castigo en el cuento.

Personajes: ¿Quiénes son los personajes? ¿Qué relación hay entre ellos? ¿Quién es la protagonista? ¿Se pueden inferir diferencias sociales entre los personajes? ¿Por qué? Dé ejemplos.

Espacio: Hable del espacio en la historia.

Tiempo: ¿En cuánto tiempo se desarrolla el cuento? ¿Qué relación hay entre la edad que tienen Arere, el rey e Hicotea y el contenido del cuento? Analice los verbos y determine qué tiempo predomina.

Cultura: Analice la estructura social que se refleja en el cuento. Compare el papel del personaje femenino y el de los masculinos.

Lenguaje

¿Qué expresiones contribuyen a darle al cuento su atmósfera mágica? Analice el lenguaje que usa la protagonista y hable sobre su función en el cuento.

¿Cóme se describen los personajes?
¿Qué se usa más en el cuento: la narración o el diálogo?
Haga un resumen del argumento del cuento.
Comente cómo se vinculan los conflictos personales y sociales en la historia.
Analice algunas expresiones dentro de la narración que posean elementos líricos.

Ejercicios de creación literaria

Lea el cuento de nuevo y escriba un final diferente.
Transforme la escena que más le gustó en un drama y preséntеselo a la clase.

Nicolás Guillén, Cuba, 1902–1989

Nació en Camagüey, Cuba aunque su producción literaria se inició cuando se radicó en La Habana, donde se nutrió de las ideas vanguardistas de su época. Su padre fue un senador liberal, lo cual le permitió estar desde muy joven, en contacto con la vida política de su país.

La trayectoria personal y los sucesos históricos de la isla van paralelos en la vida de Guillén. Fue testigo de hechos tan significativos como los sucesivos gobiernos corruptos que predominaron desde 1902, cuando cesó la intervención de los Estados Unidos, tras la promulgación de la Enmienda Platt, hasta la entrada del comunismo urbano dirigido por Fidel Castro en 1959, proceso al que estuvo vinculado Guillén. Desde entonces el poeta ocupó cargos muy importantes dentro de la actividad intelectual de Cuba. Fue presidente de la Unión de Escritores y Artistas de Cuba, cargo que desempeñó hasta su muerte en 1989.

En la década de los veinte Guillén escribió versos de fuerte influencia modernista, recogidos luego en la colección *Cerebro y corazón.*

El libro de Guillén que abre su poesía negrista se titula *Motivos de son* (1930). Los primeros poemas aparecen publicados en *El diario de la marina* y luego fueron publicados independientemente. En ellos, Guillén explora el mundo del negro marginal habanero y esgrime así una denuncia al racismo y a las terribles condiciones sociales de un gran sector popular cubano.

Desde esta colección, Guillén delinea rasgos esenciales de su estilo que se mantendrían a lo largo de su rica producción poética: en la forma, el manejo cuidadoso del ritmo de sus versos; en el contenido, su sensibilidad y preocupación por los temas sociales y la problemática política, no sólo de su país, sino a nivel universal. Por eso, ha pasado a la historia literaria como un militante intelectual a la par de Rafael Alberti y Pablo Neruda.

No por esto se le debe encasillar dentro de una tendencia populista. Guillén conocía a fondo los clásicos españoles, sobre todo a autores del Siglo de Oro como Góngora y Quevedo. También recibió la savia ancestral y la sabiduría que le aportó el mundo negro mezclado en su sangre. Él mismo era una especie de híbrido racial y cultural y, por eso, su poesía refleja lo que él llamó «el color cubano», presencia africana y española que muchas veces lo llevó a considerar la poesía cubana como «mulata». Este híbrido se advierte claramente en su poema «Balada de los dos abuelos». Este poema traduce un conflicto de identidad, en el cual, a través del híbrido encuentro del «yo» poético, los abuelos, uno blanco y el otro negro, se reconcilian.

Entre sus colecciones más importantes, además de *Motivos de son* (1930), figuran *Songoro Cosongo* (1931), *West Indies Ltd.* (1934), *Cantos para soldado* y *Sones para turistas* (1937), *Elegías, La paloma de vuelo popular* (1958) y *Tengo* (1964). Posteriores a los años setenta se encuentran *El gran zoo, El diario que a diario,* y un libro de memorias *Prosa de prisa.* En estos últimos textos se trasluce una nueva mirada estética en la poesía de Nicolás Guillén. Por reflejar la dinámica cultural cubana, y por la fuerte carga ideológico política de su poesía vinculada a todo el devenir histórico cubano, fue considerado como el «poeta nacional de Cuba».

BALADA DE LOS DOS ABUELOS

Sombras que sólo yo veo,
me escoltan mis dos abuelos.

Lanza con punta de hueso,
tambor de cuero y madera:
mi abuelo negro.
Gorguera[1] en el cuello ancho,
gris armadura guerrera:
mi abuelo blanco.
África de selvas húmedas
y de gordos gongos sordos...
—¡ Me muero!
(Dice mi abuelo negro).

---

[1]Gorget: A piece of armor to defend the throat

Aguaprieta de caimanes,
verdes mañanas de cocos...
—¡ Me canso!
(Dice mi abuelo blanco).
Oh velas de amargo viento,
galeón ardiendo en oro...
—¡Me muero!
(Dice mi abuelo negro).
¡Oh costas de cuello virgen
engañadas de abalorios...
—¡Me canso!
(Dice mi abuelo blanco).
¡Oh puro sol repujado,
preso en el aro del trópico;
oh luna redonda y limpia
sobre el sueño de los monos!

¡Qué de barcos, qué de barcos!
¡Qué de negros, qué de negros!
¡Qué largo fulgor de cañas!
¡Qué látigo el del negrero!
Piedra de llanto y de sangre,
venas y ojos entreabiertos,
y madrugadas vacías,
y atardeceres de ingenio,
y una gran voz, fuerte voz,
despedazando el silencio.
¡Qué de barcos, qué de barcos, qué de negros!

Sombras qué sólo yo veo,
me escoltan mis dos abuelos.
Don Federico me grita,
y Taita Facundo calla;
los dos en la noche sueñan
y andan, andan.
Yo los junto.
—¡Federico!
—¡Facundo! Los dos se abrazan.
Los dos suspiran. Los dos
las fuertes cabezas alzan;
los dos del mismo tamaño,
bajo las estrellas altas;
los dos del mismo tamaño,
ansia negra y ansia blanca;
los dos del mismo tamaño,
gritan, sueñan, lloran, cantan.
Sueñan, lloran, cantan.
Lloran, cantan.
¡Cantan!

(West Indies Ltd., 1934)

COMPRENSIÓN Y ANÁLISIS

Ubique el poema «Balada de los dos abuelos» dentro de la época en que fue escrito. Comente sobre lo siguiente:

Forma

Estructura del poema.
Medida de los versos.
Rima.

Contenido

El tema: Presencias blanca y negra en los orígenes. Integración racial, social, cultural y humana entre los ancestros africanos y españoles en un largo y dramático proceso histórico.
Personajes: ¿Quién y cómo es el interlocutor? ¿Cuál es la relación entre el autor y los otros personajes?
El espacio: ¿Dónde se desarrolla el poema? Mencione sitios específicos.
El tiempo: ¿Hay un tiempo determinado en el poema? Estudie los verbos que el autor emplea para expresar sus ideas.
La cultura: Conociendo la época en que el poema fue escrito, ¿es éste un poema que rompe o acentúa estereotipos de raza?

Lenguaje

¿Qué palabras establecen los contactos entre los dos abuelos?
¿Qué palabras describen a los personajes en su contexto social?
¿Qué historia narra el poema?

Ejercicios de creación literaria

Analice la forma y escriba dos párrafos que expresen la comunión entre los dos abuelos.

CANCIÓN PARA DESPERTAR A UN NEGRITO

Una paloma
cantando pasa:
—¡Upa, mi negro,
que el sol abrasa!
Ya nadie duerme,
ni está en su casa;
ni el cocodrilo,
ni la yaguaza,

ni la culebra,
ni la torcaza...
Coco, cacao,
cacho, cachaza,
¡upa, mi negro,
que el sol abrasa!

Negrazo, venga
con su negraza.
¡Aire con aire
que el sol abrasa!
Mire la gente,
llamando pasa;
gente en la calle,
gente en la plaza;
ya nadie queda
que esté en su casa...
Coco, cacao,
cacho, cachaza,
¡upa, mi negro
que el sol abrasa!

Negro, negrito,
ciruela y pasa,
salga y despierte,
que el sol abrasa;
diga despierto
lo que le pasa...
¡Que muera el amo,
muera en la brasa!
Ya nadie duerme,
ni está en su casa:
coco, cacao,
cacho, cachaza,
¡upa, mi negro,
que el sol abrasa!

ELEGÍA A UN SOLDADO VIVO (FRAGMENTO)

Hierro de amargo filo en dócil vaina,
y el sol en la polaina.
Caballo casquiduro,
trotón americano,
salada espuma y freno bien seguro.
Cuero y sudor, la mano.

Así pasas, redondo,
encendiendo la calle,
preso en guerrera de ardoroso talle.
Así al pasar me miras
con ojo elemental en cuyo fondo
una terrible compasión descuaja
cielos de punta en tempestad de iras
sobre mi pecho a la intemperie y hondo.

Así pasas, sonriendo,
áureo resplandeciendo,
momia ya en la mortaja:
tú, cuya mano rápida me ultraja
si a algún insulto de tu voz respondo;
tú, soldado, soldado,
en tu machete en cruz, crucificado.

Cuatro paredes altas
que ni tumbas ni saltas;
muda lengua, bien muda,
ya podrida, en la boca.
Vena sin sangre, corazón sin duda,
plomo, madera, roca.

Tan lejos en tu potro te perdiste,
que hoy no hallas, hombre triste,
solo en ti, sin ti mismo,
voz que ciegue tu abismo,
corriendo como vas a campo abierto,
sino el mazazo que tus toros castra,
y que aunque estalle el porvenir despierto
hacia ese abismo próximo te arrastra:
a ti, pobre soldado,
en tu machete en cruz, crucificado.

CANTO PARA MATAR UNA CULEBRA

¡Mayombé-bombé-mayombé![2]
¡Mayombé-bombé-mayombé!
¡Mayombé-bombé-mayombé!

La culebra tiene los ojos de vidrio;
la culebra viene y se enreda en un palo;
con sus ojos de vidrio, en un palo,
con sus ojos de vidrio.

La culebra camina sin patas;
la culebra se esconde en la yerba;
caminando se esconde en la yerba,
caminando sin patas.

¡Mayombé-bombé-mayombé!
¡Mayombé-bombé-mayombé!
¡Mayombé-bombé-mayombé!

[2]The Mayombé sect professes the cult of the Yoruba people, who adore several gods and the spirit of the dead.

Tú le das con el hacha y se muere:
¡Dale ya!
¡No le des con el pie, que te muerde;
no le des con el pie, que se va!
Sensemayá[3], la culebra,
sensemayá.
Sensemaya, con sus ojos,
sensemayá.
Sensemayá, con su lengua,
sensemayá.
Sensemayá, con su boca,
sensemayá.
La culebra muerta no puede comer,
la culebra muerta no puede silbar,
no puede caminar,
no puede correr.
La culebra muerta no puede mirar,
la culebra muerta no puede beber,
no puede respirar,
no puede morder.
¡Mayombé-bombé-mayombé!
Sensemayá, la culebra...
¡Mayombé-bombé-mayombé!
Sensemayá, no se mueve...
¡Mayombé-bombé-mayombé!
Sensemayá, la culebra...
¡Mayombé-bombé-mayombé!
Sensemayá, se murió.

Manuel Zapata Olivella, Colombia, (1920)

Escritor nacido en Lorica (Córdoba) en 1920. Se graduó en medicina en la Universidad Nacional. Actualmente es el máximo representante de la literatura y la investigación cultural y social de las negritudes en Colombia.

Ha ocupado diversos cargos públicos relacionados siempre con el área cultural. Ha sido profesor visitante de la Sorbona, la Universidad de Texas y la Universidad de California. Además de esto fundó y dirigió la revista *Letras Nacionales.*

Sus obras narrativas más importantes tratan de la vida campesina y la vida urbana de los desposeidos y de la vida de las negritudes: *Tierra mojada* (1947), *Pasión vagabunda* (1949), *He visto la noche* (1952), *Hotel de vagabundos* (1955), *China 6 a.m.* (1955), *Detrás del rostro* (1963), *En Chimá nace un santo* (1964), *Chambacú, Corral de negros* (1963) y *Changó el gran putas* (1983). Esta última es considerada la gran saga épica de la negritud. En ella se conjugan aspectos históricos, etnológicos y sociales con alta calidad literaria. Zapata Olivella ha sido asimismo investigador del folclore, y en este campo ha publicado: *Cantos religiosos de los negros de Palenque* (1962), *Los pasos del folclor en Colombia* (1961–1962), *Tradición oral y conducta en Córdoba* (1972), *El hombre colombiano* (1974), *El folclor en los puertos colombianos* (1977) y *Etnografía colombiana* (1984). Obtuvo el premio Casa las Américas en 1963.

Zapata Olivella estudia los diferentes estratos de la sociedad colombiana, pero recrea principalmente los de abajo, los cuales son negros en la mayoría de sus obras. Dotado de antecedentes diversos, además de ser escritor exitoso Zapata Olivella es médico, folclorista, profesor y antropólogo. Al terminar la universidad, inició un viaje de auto-descubrimiento que lo llevó a México y los Estados Unidos. Pasó un año viajando de El Paso a los Angeles, Chicago, Nueva York, el sur y de vuelta a México. El resultado de esta exploración fue su novela *He visto la noche.*

Todas las novelas de Zapata Olivella ofrecen claves para el estudio de la literatura de raza, opresión y liberación. Zapata escribe desde la perspectiva de la clase alta afrocolombiana con una responsabilidad triple con su raza, su sociedad y su arte. En esencia, la obra de Zapata es negrista porque ensalza la belleza del negro y demuestra su inteligencia, liderazgo, su deseo de libertad, su poder y su habilidad de ganar sobre el opresor.

La novela *Changó el gran putas,* un viaje alucinante, se inicia en África y se desarrolla con el exilio de los africanos a tierras americanas. Pasa por Colombia, Haití, Brasil, México y termina en los Estados Unidos con el asesinato de Malcom X. En cuanto al lenguaje, la historia sincroniza los tiempos verbales presente, pasado y futuro como se ve en el ejemplo siguiente: «*La kora ríe/ lloraba la kora/ sus cuerdas hermanas, narrarán un solo canto/ la historia de Nagó...* » Esta sincronización le permite al narrador entrenzar el mundo vivo de dioses y ancestros con los caminos del pueblo africano en exilio, y crear una realidad atemporal, que está sucediendo en cualquier momento. Esta técnica evoca el vaivén de las olas del Caribe.

Aunque *Changó el gran putas* es una novela, la primera parte, «Los orígenes», es un poema épico

[3]The Goddess snake in the Afro-Caribbean religions

que empieza con una invocación del poeta a las divinidades yorubas, Orishas, y a sus ancestros. Cuenta el génesis de los Orichas[4] y del Muntu[5] africano: la creación por Odumare, Olofi y Baba Nkwa, trinidad suprema; el nacimiento de los Orichas; la maldición de Changó y el subsecuente exilio de «la tierra de los ancestros,» África, a la tierra desconocida de América.

Manuel Zapata Olivella, como descendiente de africanos, presenta una versión endógena del panteón yoruba. Como se puede ver en el árbol genealógico a continuación, según el autor, los Orichas provienen de Orungán, hijo de Aganyú y Yemayá. Tras la muerte de Aganyú, de celos por la hermosura de Orungán, éste violenta a su madre Yemayá, quien se refugia en las altas montañas y, de quien, siete días después de muerta, nacen, en un solo y tormentoso parto, los catorce Orichas sagrados.

Changó, el mayor de los hijos de Yemayá, hace la guerra a sus hermanos y mientras tanto fertiliza a sus hermanas: Oba, Oya y Oshún. Dos hábiles gladiadores de Changó, Gbonka y Timi, unifican con Changó los reinos del Níger. Changó, celoso de sus gladiadores, decide enfrentarlos a muerte, pero Orunla, «que anuda la sutil trama de la muerte», decide, para castigar a Changó, que Gbonka mate a Timi. Tras dar muerte a Timi, Gbonka se exilia. Omo Oba, el primer y único hombre inmortal, azuza a Gbonka contra Changó, haciendo a éste prisionero y coronando a Gbonka en la ciudad imperial de Oyo. Changó debe salir exiliado de Oyo y es entonces cuando condena al destierro en país lejano a quienes han apoyado la rebelión. Mientras tanto, Changó se convierte en el Padre-Fuego-Sol, a sus hijos en luceros y a sus hermanas en estrellas.

La maldición de Changó se cumple con la trata de africanos. El Muntu va con sus dioses a América y Changó arrepentido, se compadece de su pueblo y lo acompaña y protege junto con los Orichas. Los Orichas en la novela de Zapata Olivella son, ante todo guerreros que guían y ayudan al Muntu a romper la cadena de la esclavitud.

[4]Name given to the supreme deities of Yoruba religion

[5]Singular of *bantú*, man. However, this concept goes beyond the connotation of man, because it includes dead and alive people, animals, plants, minerals, and things that serve man. It refers to the force that ties, in a single knot, a man with his ancestors and descendants. They are immersed in the past, present, and future universe.

PANTEON YORUBA—SEGÚN MANUEL ZAPATA OLIVELLA

Odumare Nzame, Olofi, Baba Nkwa
Obatalá — Odudua
Aganyú — Yemayá/(Olokun)
Orungán — Yemayá
1 Changó — 2 Oba (esposa legítima)
— 3 Oya (esposa de Ogún)
— 4 Oshún (esposa de Orunmila)
5 Dada
6 Olokun — 7 Olosa
8 Ochosí
9 Oke
10 Orún(sol)— 11 Ochú (luna)
12 Ayé— Shaluga
13 Oko(Orishaoko)
14 Chankpana
¿15 Babalú— Ayé?
¿16 Orúnla/Ifá?
¿17 Ogún?

CHANGÓ EL GRAN PUTAS

Primera Parte

LOS ORÍGENES

I

La tierra de los ancestros
(Fragmentos)
Los Orichas
Deja que cante la kora[6]

¡Oídos del Muntu, oid!
¡Oid! ¡Oid! ¡Oid!
¡Oídos del Muntu, oid!

(La kora ríe
lloraba la kora,
sus cuerdas hermanas
narrarán un solo canto
la historia de Nagó
el trágico viaje del Muntu
al continente exilio de Changó).

[6]Kind of harp built with a great pumpkin, used by Yoruba jugglers to accompany their songs

Soy Ngafúa, hijo de Kissi-Kama.
Dame, padre, tu voz creadora de imágenes,
tu voz tantas veces escuchada a la sombra del baobab.
¡Kissi-Kama, padre, despierta!
Aquí te invoco esta noche,
junta a mi voz tus sabias historias.
¡Mi dolor es grande!

(Es un llanto
la templada cuerda de la kora,
cuchilla afilada
hirió
suelta
pellizcará
mi dolor.)

¡Padre Kissi-Kama, despierta!
Quiero que pongas en las tensas cuerdas de mi kora
el valor
la belleza
la fuerza
el noble corazón
la penetrante mirada de Silamaka capturando la serpiente
de Galamani[7].
Soy Ngafúa, hijo de Kissi-Kama
reconóceme, padre,
soy el pequeño que cargabas
a la sombra del baobab de profundas raíces
en cuyas pesadas ramas dormían y cantan los héroes
del Mandingo.

(La kora narra
cantará
la historia larga
la historia corta
la corta
la larga
historia de Nagó el navegante.)

Dame, padre, tu palabra,
la palabra evocadora de la espada de Soundjata
la sangrienta espada cantada por tu kora
la que bañó en sangre el suelo de Kerina[8]
sólo para que Changó-sol
todas las tardes
allí manchara su máscara roja.
¡Padre Kissi-Kama, despierta!

[7]Ancient Mandinga territory

[8]Ancient city mentioned in the Mandinga oral tradition

Aquí te invoco esta noche,
junta a mi voz tus sabias historias.
¡Mi dolor es grande!

(Hay un vodú escondido en la kora
dolor antiguo
alguien llora
dolor de las madres cuando pierden el hijo,
alguien llora
dolor de las viudas enjugándose con las sábanas del muerto
alguien llora
dolor de los huérfanos
dolor que cierra los ojos
cuando el sol se apaga en pleno día
hay un vodú escondido en la kora
un dolor antiguo.)

Ngafúa rememora el irrompible nudo de los vivos con los muertos

Muntu que olvidáis
rememora aquellos tiempos
cuando los Orichas no nacidos
muertos vivían entre sus hijos
y sin palabras iluminaron las imágenes
inventan caminos a los ríos
y mañanas a los vientos.
En la primera hora...
—viejo el instante
el fuego que arde
en cenizas convertido—
el Padre Olofi
con agua, tierra y sol
tibios aún por el calor de sus manos
a los mortales trazó su destino
sus pasiones
sus dudas
el irrompible nudo con los muertos.
El misterio de la yesca y la chispa
deposita en sus dedos,
la red y el anzuelo
la lanza, el martillo
la aguja y el hilo.
Los caballos, elefantes y camellos
sujetó a tu puño
y en las aguas de los océanos y los ríos
empujará sus balsas con tus remos.
Para establecer el equilibrio y la justicia
la pródiga tierra entre todos repartió
sin olvidar las plantas y animales.
A los hombres hace perecederos

y a los difuntos, amos de la vida,
por siempre declaró inmortales.
No canto a los vivos
sólo para vosotros
poderosos Orichas
ojos, oídos, lengua
piel desnuda
párpado abierto
profunda mirada de los tiempos
poseedores de las sombras sin sus cuerpos
poseedores de la luz cuando el sol duerme.
Mi oído vea vuestras voces
en la caída de las hojas
en la veloz sombra de los pájaros
en la luz que no se moja
en el respiro de la semilla
en el horno de la tierra.
Aquí os nombraré
donde nacieron nuestros hijos
donde reposan vuestros huesos
en el terrible momento
en la hora de la partida
arrojados por Changó
a los mares y tierras desconocidas.
Hablaré en orden a vuestras jerarquías.
Primero a ti, Odumare Nzame
gran procreador del mundo
espíritu naciente, nunca muerto
sin padre, sin madre.
Hablo a tu sombra Olofi
sobre la tierra proyectada.
Y a tu otra llama,
tu invisible luz, tu pensamiento
Baba Nkwa
dispersos
sus luces soplos
por los espacios siderales.
Los tres separados
los tres unidos
los tres espíritus inmortales.
Repito tu nombre, Olofi,
sombra de Odumare Nzame
su mano, su luz, su fuerza
para gobernar la tierra.
Invocaré a tu hijo Obatalá
en barro negro
amasado por tus dedos
con los ojos y el brillo de los astros
la sabiduría de las manos
inventor de la palabra,
del fuego, la casa,
de las flechas y los arcos.
Acércate madre Odudúa
primera mujer
también por Olofi creada
para que en la amplia
y deshabitada mansión
fuera amante de su hijo
su sombra en el día
su luna en la noche
por siempre su única compañera.
Nombraré a sus únicos hijos:
Aganyú, el gran progenitor
y a su hermana Yemayá
que recorrieron solos el mundo
compartiendo la luna, el sol
y las dormidas aguas...
hasta que una noche
más bello que su padre
relámpago en los ojos
del vientre de la Oricha
nació Orungán.
Y el propio Aganyú
su padre arrepentido
lleno de celos
turbado por su luz
lentamente
leño entre fuego
extinguió su vida.
Más tarde...
años, siglos, días
un instante...
violentada por su hijo
de pena y de vergüenza
por el incestuoso engendro
en las altas montañas
refugióse Yemayá.
Y siete días después de muerta
entre truenos, centellas y tormentas
de sus entrañas removidas
nacen los sagrados
los catorce Orichas.
¡Óyeme
dolida
solitaria
huérfana Yemayá!
Guardaré el ritmo-agua que diste a la voz
el tono a la lluvia que cae
el brillo a las estrellas que mojan nuestros ojos.
Mi palabra será canto encendido

fuego que crepita
melodía que despierte vuestro oído.
Estos olores de tierra húmeda
mar
ríos
ciénagas
saltos
olores de surcos, nubes, selvas y cocodrilos
olores son de tierra fecundada
por las aguas de la madre Yemayá
después de parir a los Orichas
sus catorce hijos
en un solo y tormentoso parto.

La maldición de Changó
Ngafúa relata la prisión y exilio de Changó

Escucha Muntu que te alejas
las pasadas, las vivas historias
los gloriosos tiempos de Changó
y su trágica maldición.
¡Eléyay, ira de Changó!
¡Eléyay, furia del dolor!
¡Eléyay, maldición de maldiciones!
Por venganza del rencoroso Loa[9]
condenados fuimos al continente extraño
millones de tus hijos
ciegos manatíes en otros ríos
buscando los orígenes perdidos.
Por siglos y siglos
Ile-Ife[10] la Ciudad Sagrada
mansión de los Orichas
nunca olvidará la imborrable mancha
la siniestra rebelión
contra el glorioso Changó
tercer soberano de Oyo[11]
y su nunca igualada venganza
cuando prisionero y en el exilio
al Muntu condena a sufrir
su propio castigo.
En aquel entonces...
Muntu que olvidáis las pasadas, las no muertas historias

el furibundo y generosos Changó
odiado por sus súbditos
venerado por su gloria
a sus hermanos hizo la guerra
a Orún cuyo escudo es el sol
a Ochosí constructor del arco y la flecha
a Oke habitante de los montes y las cimas
a Olokún enamorado de los machos
y hasta al dulce Oko
el músico, el poeta
que fertiliza la tierra con su gracia
las flautas, la kora, las trompetas
para danzar con ellas, arrebató.
Changó, infatigable procreador
entre guerras, cabalgaduras y estribos
en el intocado surco de sus hermanas
sembraba la semilla fértil
cepa de las múltiples tribus.
A Oba, espía de su hermosura
por siempre en las noches
escondida en las lagunas
entre todas quiso por esposa
y para que no tuviera paz en su locura
celosa Oricha de sus pasos
puso cien ojos en su cara
cien oídos
cien narices
la piel sensible a los aromas
guardián eterna de su falo.
Oya, voluptuosa corriente,
húmedo, oloroso cuerpo del Níger
su preferida concubina
su otra hermana
con sus manos, sus brazos de agua
después de las terribles batallas,
las heridas, la sangre le bañaba.
Pero no era menos consentida
su hermana menor, Oshún
espíritu de los ríos y lagunas
en sus senos de aguas retenidas
dormía sus sueños el Oricha.
El tiempo hurtado a sus amores
consagró a las armas
a la invención del rayo y de los truenos
adiestrando caballos que volaran por los cielos.
A sus más hábiles gladiadores:
¡Al noble Gbonka!
¡A Timi, el valiente!
Enseñóles el tiro de la lanza
la cacería nocturna del leopardo

[9]One of many names given to Orichas or Vudus

[10]Ancient City situated in the interior of the Nigerian forest, close to its Northern region. It was the traditional source of departure of the founders of the different Yoruba empires: Oyo, Benin, Ghana, etc.

[11]Ancient capital of the state by the same name, one of the most important Yoruba kingdoms. It was situated at the Northern part of the forest in the Niger valley.

burlar el nudo corredizo de la serpiente
romper los invisibles hilos de la araña.
Al primero entregó su rutilante espada
la cabeza y la cola de un relámpago cortaba;
al segundo la astucia de la guerra
el brillo de sus lanzas
la noche en día transformaba.
Con las huestes imperiales
y sus adiestrados capitanes
treinta mil cabalgaduras
en oro troquelados los frenos y armaduras
las cinchas de plata
el hijo de Yemayá, intrépido Changó
hacia el Chad, hacia el oeste
hasta donde las luces no alcanzan
por las arenas desérticas del Norte
por los océanos, los ríos y los montes,
los reinos del Níger unificó.
¡Eléyay los celos!
Buitre en los hombros del guerrero
envidia de la ajena gloria
en su dormido corazón
repetidas veces
depositó su ponzoña.
Y ciego a su propia grandeza
envidia tuvo de sus fieles generales
que aprendieron con sus caballos y alaridos
a sembrar la muerte en los vencidos.
En sus largas noches sin sueño
olvidado de su estirpe sagrada
concibió la perversa estratagema
de enfrentar hasta la muerte
con sus armas hechizadas
a sus dos guerreros frente a frente
en duelo interminable
que no quisieron ver las madres.
¡Eléyay soberbio, rencoroso Changó!
Obsesionado vaticinaste el fin de la batalla:
los dos cadáveres sobre la sangre derramada.
Pero Changó, padre de mil familias,
Tu mano hábil, tus puños fuertes
No anudan la sutil trama de la muerte.
Solo el dueño de las tablas de Ifá
solo Orunla escoge el camino.
Sólo Orunla conoce los sueños no soñados de
Odumare.
Sólo Orunla abre la puerta al elegido.
Sólo él hace el último llamado
para morir naciendo entre inmortales.
Para castigar la soberbia
del ambicioso hijo de Yemayá
que pretendía hurtarle sus poderes,
Orunla, señor de la vida y de la muerte,
la embrujada espada de Gbonka
apuntando la garganta de Timi
contra ella certero la dirige
desatando la tragedia.
Dolorido, desgarrado
asesino de su hermano su mejor compañero
en los peores lances siempre a su lado;
las lágrimas ahogándole los ojos
temblorosas las manos
acercóse a Changó
y la cabeza ensangrentada
lentamente a sus pies depositó.
Callada la lengua
prisionero cascabel entre los dientes
seca la garganta
en su caballo sin montura
desprovisto de frenos y diamantes
tristemente alejóse del Oricha
de los llorosos rostros de su tropa
sordo a los lamentos de las viudas y los huérfanos
abandonando sus esposas
sin el consuelo de sus hijos
refugióse en el exilio.
Pero apartándose del viento sigue el eco...
la aldea destrozada
la paz del silencio
huella son de la tormenta.
Así el noble corazón de Gbonka
solitario, dolido corazón
separado de su pueblo
... murmuraba!
La tropa sin capitán añorando las batallas
sus pasadas glorias
a la sombra del palacio
... traicionaba!
Los ancianos
los más cerca a los Ancestros
depositarios de las normas y la justicia
en su silencio,
en el solitario diálogo del insomnio
... censuraban al tirano!
El viento, los pájaros, la nube
llevan al voluntario exilio de Gbonka
la memoria no olvidada
de Timi muerto,
su cabeza ensangrentada.
Hasta que Omo Oba

el primer y único hombre inmortal
debido a su soberbia, a sus odios
proscrito por Odumare
a vivir sepultado en los volcanes
escapose de su lúgubre tronera
y por siete noches
la raposa lava de su lengua
el dolor convirtió en hoguera.
Predicó en la plaza en los establos
contra el temido, el odiado Changó
para arrojarlo de la Oyo imperial
y a Gbonka, el noble, coronar.
Siempre de noche
a la orilla de los ríos
habladuría de cántaros,
bajo el baobab que congregaba a los sabios,
sobre la almohada que arrebata el sueño,
entre las cenizas de los fogones
donde dormían encendidas las palabras del abuelo
la envidia, la traición azuzó.
¡Eléyay, sorda, baja, torpe rebelión!
Nunca Oyo vió su soberano
arrastrado por las calles
enjaulado león
su corona de fuego destrozada;
la argollas de hierro
por Omo Oba fundidas
en sus fraguas subterráneas
a su cuello fuertemente atadas,
entre salivas azotado su hijo,
su esposa Oba, sus hermanas concubinas.
Y mientras prisionero de la turba
sale de Oyo el gran Oricha
en cabalgadura de oro y plata
coronado rey entraba Gbonka.
¡Eléyay dolor de Changó!
Sabedor de sus potencias
sol que no se moja con la lluvia
su cólera contuvo, bebió su injuria.
Fue después, hoy, momentos no muertos
de la divina venganza
cuando a sus súbditos
sus ekobios
sus hijos
sus hermanos
condenó al destierro en país lejano.
La risa de los niños
los pájaros sueños de los jóvenes
la heredada sabiduría de los Modimos[12]
los huesos
los músculos
los gritos por los siglos encadenados.
En ajenos brazos vendidas las mujeres,
bastarda la sangre de su cría.
Los vodús malditos
bajo otras máscaras revelados;
olvidada la palabra aprendida con la leche
para repetir en extraña jerga
el totémico nombre del abuelo.
Después de su condena
dejando al propio Muntu
la tarea de liberarse por sí mismo
contra el verdugo, las crueles
Lobas de roja cabellera,
reunió a su lado sus mujeres
y cariñosamente abrazado a sus hijos
convocó las descargas de su madre
al parirlo entre lava de volcanes.
Y estallando en resonante erupción
cuyos ecos todavía se oyen en los truenos
en el Padre-Fuego-Sol se convirtió.
Y repartidos en el espacio sin tiempo
iluminando los infinitos rincones
brillan sus Hijos-Luceros
parpadean sus Hermanas-Estrellas!
Desde entonces, en su alto trono
todos los días el padre Changó
al reino de los mortales retorna
a contemplar los afanes del Muntu
arrastrando sus cadenas
sobreponiéndose al dolor.

COMPRENSIÓN Y ANÁLISIS

Ubique los poemas de «Los Orígenes» dentro de la época en que fueron escritos. Comente sobre lo siguiente:

Forma

La estructura de los poemas: Estudie los diferentes poemas y comente sobre el desarrollo desde la invocación, pasando por la historia del exilio, hasta la conclusión.

[12]Deceased; plural Bazimu

El ritmo: Comente sobre lo que les da a los versos su ritmo africano: la medida no uniforme de los versos y su influencia en el ritmo, la rima libre.

Contenido

El tema: El poema es de tema obviamente mítico y raigal. Busque información y después comente sobre la «Diáspora africana»
Los personajes: ¿Con qué personaje del poema se identifica el «yo poético»? ¿Qué aprendemos sobre él en el poema? ¿Quiénes y cómo son los interpelados (vosotros/tú)? ¿Qué otros personajes se describen en el poema? Busque información sobre la «Loba Roja» (los tratantes de esclavos) como personajes a quiences se refeire el poema.
El espacio: ¿Qué lugares específicos menciona el poema en relación con Africa y con el exilio?
El tiempo: ¿Hay un tiempo determinado en el poema? Estudie los verbos en el poema y diga qué tiempos usa el poeta para expresar sus ideas. Analice el uso del tiempo en los versos «Escucha mi relato/ historia del ayer/caminos del regreso/no andados todavía/historias olvidadas del futuro/ futuras historias del pasado...» Comente sobre el valor actual del tema del destierro y la esclavitud a que fueron sometidos los africanos en las Américas.
La cultura: Conociendo la época en que el poema fue escrito, ¿es éste un poema que rompe o acentúa conformismo social? Escriba sobre la condición del negro en el exilio según la predice el poema.

Lenguaje

Vocabulario del poema: ¿Qué palabras contribuyen a darle al poema su tono africano? ¿Qué palabras inventa el poeta para narrar su historia?
Descripciones: ¿Qué palabras se utilizan para describir a los Orichas, al Muntu? ¿Cómo describe a los ancestros difuntos a lo largo del poema?
Lenguaje figurado: Trate sobre la explicación mitológica que da el autor al exilio africano. Analice figuras literarias tales como la paradoja «huellas sin pisadas», la sinestesia «mi oído vea vuestras voces», y las imágenes «en el intocado surco de sus hermanas sembraba la fértil semilla», «Callada la lengua, prisionero cascabel entre los dientes».

Ejercicios de creación literaria

Tome palabras africanas y elabore un poema con ritmo de tambores.

Escriba una narración para contar la historia presentada en el poema.

Eulalia Bernard Little, Costa Rica, 19?

Eulalia Bernard Little nació en Limón, Costa Rica, pero ha recogido mucho de la cultura afrohispana en Jamaica. Su poesía, escrita en español e inglés, expresa con elocuencia sus experiencias personales, lo mismo que el sentir de su etnia negra. Eulalia Bernard fue la fundadora del grupo Empresarios y Profesionales Afrocostarricenses. Es miembro de la Asociación de Escritoras del Caribe, ha trabajado en el Colegio Internacional de las Naciones Unidas y ha sido delegada especial de Costa Rica a las Naciones Unidas, Agregado Cultural de Costa Rica en Jamaica y catedrática en la Universidad de Costa Rica. Ella se considera Panafricanista y es miembro vitalicio del Consejo Panafricano. Fue la primera profesora en presentar cursos en estudios Afrohispanos en Centro América. En 1991 la Universidad Mundial de Paz le otorgó el premio de Distinguida Ciudadana Mundial.

La obra de Eulalia Bernard abarca todo el espectro cultural como estudiosa, educadora y exponente de la negritud. Enriquecida con experiencias personales, acompañadas de profundas reflexiones ancestrales, sintetiza elocuentemente las ideas negritud/blanquitud permitiendo apertura cognoscitiva sobre los valores antropológicos de la híbrida existencia racial y política.

El ensayo «Sobre la existencia y la libertad política» demuestra la conciencia despierta que escudriña la idea vital del «ser libre». Su lenguaje tiene dos dimensiones: es locuaz al expresar efectivamente muchas ideas con emoción, afecto y sinceridad. Por otro lado, es didáctico, original y convincente, no sólo porque trata del tema del negro, sino por la forma en que sintetiza el sentido humanitario y el saber. Bernard Little afirma que el movimiento de negritud no es racismo ni exclusivismo cultural, sino un movimiento humanitario que trasciende geopolítica y se dirige a todos los continentes y a todas las razas. El ensayo está compuesto de quince apartados donde, paso a paso, la escritora lleva al lector por consideraciones filosóficas sobre el principio de la libertad y los métodos para mantener viva la existencia libre, ya que la libertad es vital para la dignidad humana.

Según la autora, el problema no consiste en su propia existencia sino en la inexistencia de otros. No es que todos no vivan y respiren sino que no aprovechan la oportunidad de vivir. La existencia libre de unos es codiciada por los que no escogen la libertad y prefieren permanecer enjaulados en los dogmas políticos, religiosos o sociales. Hay quienes disfrutan su estado de esclavitud. Estos son los amos-esclavos y esclavos-amos. Para alcanzar la libertad es indispensable entendernos los unos a los otros. El precio de la existencia libre es vivir conscientemente libre, lo cual les permite a los otros vivir su libertad.

Bernard Little destila sus ideas cuidadosamente, desplegando cada una en forma de parto espiritual en su intento de explicar el complejo tema de la existencia auténtica. El ensayo «Sobre la existencia y la libertad política» es de un tono maduro, equilibrado y en él se escucha una de las voces más profundas entre los escritores afrohispanos.

SOBRE LA EXISTENCIA Y LA LIBERTAD POLÍTICA

El problema del existir no está sólo en que yo exista, sino en que no existan otros, no porque no tengan existencia como porque no se dan cuenta de ello.

Mi existir-libre de la existencia de otras existencias es lo codiciado por el existir-no libre de otras existencias. Mi problema está en que mi existir-libre sea comprendido por los de existencia-no-libre, esta comprensión los llevará a su propio existir libre y podremos entonces entendernos libremente.

Algunos gustan del estado de esclavitud; hay amos-esclavos y esclavos-amos, relación equivalente a la no-existencia libre. De ahí que es más soportable el complejo psicológico derivado de un problema, que vivir consciente de él, o mejor dicho tener conocimiento científico de él. Este es el precio de la existencia libre.

En todo caso, cuando lo que pienso sale de mi propio ser y quehacer, de lo entrañable de mí misma, topa con saludo de aprobación de los otros que pretender negar lo entrañable de éste mi ser libre existente y que saludan con bombos y platillos aquello que creen pertenecerles como clan poseedor del ser de otros, de mi ser y quehacer; ahí es donde aparece el «alto» de mi libertad de mi ser libre debatiéndose, a muerte con mi ser social. Por ello, si mi ser social no existe libremente, no queda más que refugiarme en el yo íntimo, consciente, rebelde y por ende libre.

El asunto se torna quisquilloso, ya que como lo conversábamos en alguna ocasión incluso con Garbey y Marx y recientemente con Freire y Manley, la tranquilidad que da el sentirme libre en mi yo individual, se equilibra con la angustia de sentirme atada en mi yo social, mi no-existencia libre; este equilibrio es la libertad política razón del ser y quehacer del hombre en sociedad.

La urgencia de ser libre sobrepasa el simple antojo de serlo; lo antojadizo que hay en el querer ser libre, implica entregarse al fantasma de la libertad que es la comodidad (lo comodidoso como lo define la jerga popular). Este comodismo o complejo psicológico se da en la relación amo-esclavo. El problema, mejor dicho, la esencia del problema de la relación amo-esclavo es precisamente este refugiarse instintivo en el complejo psicológico cómodo para evadir la responsabilidad de la búsqueda consciente de su existencia libre; tienen así, los atrapados en esta relación, la predilección por los polos opuestos amo-esclavo, superior-inferior, blanco-negro, hombre-mujer, rico-pobre; hay el temor del encuentro con la existencia libre propia que obliga a encontrar la existencia libre del otro.

Del ser libre y el ser vital

Por eso cuando se me pregunta o se me interroga sobre si considero libre a algún hombre o grupo de hombres en particular, por ejemplo «el hombre negro» tengo que referir a mi interrogador a lo que aprendí no hace mucho de Zapata Olivella y de Brecht, el primero en su obra *Tierra mojada*, el segundo en su obra *Galileo Galilei*, a la inmensa deuda que tenemos los que aspiramos a ser existencias libres con el vitalismo, lucha constante entre el yo libre individual, existencia-libre y el yo social, existencia-no libre; sin quererlo el ser vital se iguala al ser libre, de modo que ese saberse unido a todo, continuidad de todo cuanto me rodea justifica mi necesidad de vivir libremente para continuar la obra creativa de Dios; así el esclavo con su vitalismo alcanza, por así decirlo, la libertad tanto para él como para su antiguo amo, alcanza su libertad política; como lo hicimos ver hace un ratito, esta libertad, la política, es la razón del ser y el quehacer del hombre en sociedad. En el mismo puño (el hombre negro libre, por ejemplo y otros con vidas parecidas), atesoran la vitalidad y la libertad, como caras de la misma moneda.

«El vivir constantemente con la conciencia despierta, es la línea vital que coordina con el de ser libre»

La relación amo-esclavo

Habíamos convenido en que la relación amo-esclavo, esclavo-amo, equivale a la no-existencia libre, relación de pasiones y no de razones: ¿Cómo se puede exigir el acto de razonar cuando el que se supone racional está atado a sus instintos?

Se nos paran los pelos cuando la acción política reviste las características de acción instintiva, acción no libre, acción ayuna de libertad política.

Algo más sobre la existencia libre y el yo social

Para alcanzar la existencia libre es preciso testar complicado en las existencias de otros que de una u otra manera comparten la angustia de buscar la existencia libre. ¿Y el otro? ¿El que no busca nada? ¿Para quien no existe nada? ¿ni él mismo por reflejo de la nada que no busca para nada? ¿Es que debo sentirme cómodo con él o me quedará la alternativa de so-portar-lo, a él, con la esperanza, por supuesto, de una reivindicación?

Aunque se me hace que los que sólo se reivindican no llegan a ser completamente libres; es algo así como la tecnología, que si bien es cierto que reivindica la ciencia, no es la ciencia en sí.

Y es que la existencia libre una vez alcanzada tiende a grabarse en el espíritu como el arte antiguo en la memoria ancestral; de ahí que cuando la memoria ancestral de un pueblo se haya impregnado de existencias libres en mayor número que existencias no-libres, esta memoria ancestral es capaz de atravesar estados de opresión externa como el de la esclavitud; cantos, bailes, culto de la tierra, ritos, mitos con su libertad política; interesante ecuación ésta: cultura igual libertad política. Ya descubrimos algo que nos tenía boquiabiertos, el por qué culturas aparentemente sumergidas emergen sin ton ni son (al escenario político cultural); el yo social se confunde con el yo individual, la libre libertad política. Pueblos como el descrito cimarronean por todo nuestro continente americano.

La existencia-libre y los héroes

La existencia libre toma riesgos que en términos de acción política se han venido llamando actos heroicos. Hay pueblos heroicos así como individuos heroicos; los primeros hacen revoluciones, los segundos inspiran los actos revolucionarios.

Así, el yo individual y el yo social se confunden en una sola existencia libre. Así, inspirador y conductor se unen en el terreno de la acción política que pone a prueba su libertad política.

En ocasiones mi yo social en un arranque de celos, intenta conducir a mi yo individual a actos que comprometen el buen nombre de mi existencia-libre, so pretexto del convenio que hay entre ambos en el ejercicio de la acción política, cosa que mi yo individual, mi existencia libre, con gran angustia rechaza e invita al diálogo a mi yo social con el fin de tomar cada uno su rol de inspirador y conductor de algún acto de libertad política, algún, por decirlo así, acto heroico. Así habrá un disfrutar o «bis-frutar» de la existencia-libre, que no implique el aislamiento, la soledad de mi existencia de otras existencias hasta el punto o extremo del «sin-ismo» límite para ir de pique en el abismo de la no-existencia-libre, por desuso de la existencia-libre cuya esencia viene a ser el ejercicio de la libertad política, ejercicio vital para mantener el ritmo, el equilibrio, entre el yo individual y el yo social. De ahí que no podré de otra manera vivir mi angustia de vivir, que existiendo en una constante confrontación de mi yo individual, existencia-libre, con mi yo social existencia no-libre.

De la existencia-libre y la opresión social

La relación amo-esclavo-esclavo-amo, se da entre pares rivales sin vasos comunicantes entre sí, debiendo ser paralelas. Así, el intento de opresión de una religión sobre otra religión, de una raza sobre otra raza, de una nación sobre otra nación, de un sexo sobre el otro sexo, de una edad sobre otras edades, esta opresión desvirtúa y descarrila la convivencia humana normal entre las existencias con lo que se pierde la dimensión universal de cada componente del par en conflicto; así lo que podría ser una gran religión, una gran raza, una gran nación, y así por el estilo, se victimizan en una relación de no-existencia-libre. Este constituye el más alto desperdicio de la vitalidad e inteligencia humana; además opaca la esperanza de vivir en una sociedad igualitaria y comunitaria de existencias libres. Nuestra tarea es clara: guerra a la opresión que será nuestra acción política.

Ocasionalmente el esclavo tendrá que hacerse el que acata el mando del amo, para consolidar su libertad política presente, al estilo de la nana, aun tendrá en ocasiones que dar de «mamar» libertad a las nuevas criaturas de los amos, forjando así sus nuevos aliados, sólo así habrá un camino seguro hacia la liberación y se podrá izar la bandera de paz y solidaridad.

Hablo de nuestros aliados, no sea que nos quedemos solos, en tal caso la lucha tendría carácter novelesco y corremos el peligro de acobardarnos a medio camino por falta de conjunto.

Como hemos venido, recuerdan, haciendo mención a manera de eje o ejemplo, al hombre negro, cosa que nos viene al pelo, pues está en cuestión hoy más que ayer, el asunto de su libertad política; decía que el hombre negro, cuando alcanza o cuando esta en posesión de la existencia-libre, deja de ser negro y disfruta de ser hombre en su yo individual; pero sucede que, y esto es de dominio público, decíamos que los otros hombres negros y no-negros, algunos con quien obligadamente tiene que ejercer su libertad política en momentos difíciles, éstos sólo son capaces de acompañarlo con su vestimenta típica, el color de su piel, por ello mientras se perfecciona la libertad política de los pueblos, por ejemplo en América, se llegará a la acción política, al escenario político con traje típico, de todo tipo, color y estilo; consuela el hecho de que al menos habrá colorido y variedad; el lenguaje popular lo enmarca muy bien en el conocido refrán «en la variedad está el gusto». También la siguiente ocurrencia podrá ilustrar lo debatido acá:

Me sucedió hace poco, que vi a unos negros descendientes de África bailando y me dio envidia; decidí aprender el baile; parecía fácil, pero era un baile en que se hacía lo que se quería, pero con armonía (de esto me di cuenta más tarde), de manera que agradara a quienes ejecutaban el baile y a quienes se encontraban como acompañantes y simpatizantes. Debo decir con toda honestidad que ha sido el baile mas difícil que he intentado aprender, pues lo primero era que había que cerrar los ojos al mismo tiempo que se pensaba en ser libre. Comprendí por primera vez el porqué el baile precede a la evolución en los pueblos libres.

La libertad política y la miseria

Ese joven que me interrumpió con la interrogante: ¿Por qué existe la miseria? Confrontándome de súbito con el problema de la acción y libertad política, pude responderle simplemente que la miseria se hace posible porque existen muchas existencias no libres que se inmiscuyen en los asuntos de la patria; respuesta simplista a vista de pájaro, pero que resume aquello sobre lo que hemos estado «rompiendo el cerebro» para decir y comprender en este diálogo. Los regidores de la miseria y los protagonistas de la miseria tienen en común su no-existencia libre al igual que la relación amo-esclavo; relación híbrida que algunas de las partes tendrán que disolver y llegar a una solución clara, clarividente si se quiere; un ejemplo reciente lo tenemos en Zimbabwe. ¿No es hermoso observar la magnanimidad con que el pueblo trata a sus antiguos opresores?

En el plano individual la supervivencia de mi existencia-libre ante lo hostil de otras existencias, como muestra de miseria existente en su no-existencia-libre, me obliga a una vigilancia y lucha, al igual que como lucha el que va a nacer contra lo hostil del acto de nacer.

Sobre la existencia-libre y la honradez de pensamiento

Para que exista honradez de pensamiento, sólo digo aquellas ideas que pienso son mías, mientras pueda existir la duda, no las digo. Debo a lo ancestral esta predilección por la honradez de pensamiento, es lo vital para la liberación de mi existencia, de lo contrario sufriría un agotamiento prematuro que me acarrearía serios problemas para mi existencia-libre en su relación con otras existencias.

De ahí que esta honradez de pensamiento sea vital en el ejercicio de la libertad política, con el fin de que seamos creadores más que simples poseedores de ideas.

Sobre la relación entre los de no-existencia-libre

La relación entre una existencia no libre y otra del mismo estilo de existencia, o sea, seres inconscientes de su existencia, la relación decíamos, no es evolutiva, carece por lo tanto de dinámica; una vez establecida se mantiene allí.

Veamos como ejemplo los «films» que de tiempo en tiempo nos muestran y que vemos, aunque sea por distraernos, con la crítica subjetiva a veces, en donde «indios», «blancos», «negros», «mujeres», «hombres», «jóvenes» y así por el estilo hacen siempre lo mismo, cumplen un rol fijado, inalterable, sorprendentemente estático sin tomar en cuenta, más bien ignorando por completo, los movimientos revolucionarios de cambios de fondo y forma en que han mediado la filosofía y la ciencia para no mencionar el arte. Yo sé que ya se estarán planteando la cuestión de que si será por ello que devienen las guerras armadas como un medio de romper este círculo vicioso con predilección por lo estático, haciendo que por «shock» la no-existencia-libre se concientice de su entidad e identidad. Este cuestionamiento se lo plantea de cuando en vez los inspiradores de los proyectos políticos, por ejemplo del Caribe. Otrora se lo plantearon los libertadores de todo un continente.

No hay cosa que ama más el vitalista que la muerte, no para entregarse a ella, como para trascenderla. De ahí que es vital para mi existencia libre poder mirar, como me lo dijo un día Láscaris, «de tú a tú a la muerte». Aún más, ella, la muerte y yo tenemos, gozamos de cierta amistad, tanto que yo como a manera de mostrar la confianza que nos tenemos le he puesto el sobrenombre «mi no-existencia-libre», contando para ello por supuesto con el consentimiento de mis abuelos, ya que ella es nuestra empleada de confianza que lleva y trae los mensajes de generación a generación.

Más sobre la memoria ancestral

Se da un caso muy importante en esto de la memoria ancestral y es que ésta es vital para el ejercicio de la libertad política, no para memorizar los hechos de nuestros ancestros, como lo dijimos hace algún tiempo en uno de nuestros poemas titulados «Futuro» que dice entre otras cosas:

No para memorizar sus hechos
Sino para edificar sobre ellos

Discutiblemente (así se intenta), este asunto de poseer la memoria ancestral es una virtud del arte, la religión y la filosofía, más que de la historia y la ciencia.

Algo más sobre el pensamiento y la existencia-libre

Hay aceptación general de que el pensar equivale al existir, según lo afirmó el maestro Decartes; pues bien, estarán entonces de acuerdo conmigo, según lo convenido hasta ahora, en que no sólo el pensar, el tener imágenes, aun ordenadas en conceptos en nuestra mente, no sólo este hecho garantiza nuestro existir-libre; en tanto que estas imágenes, estos conceptos no devengan en el quehacer de nuestro ser y existir, afirmar lo contrario equivaldría a hablar de un existir novedoso.

Es como aquel que frente a la obra de arte exclama: qué fácil, qué feo, qué difícil, qué bonito, por no tener responsabilidad en el acto creativo, no forma parte de la obra de arte de su quehacer; su comentario es algo así como una acrobacia mental; de ahí que los hacedores, los heroicos, no se convierten en contempladores del arte sino hacedores, ejecutores de él. Dios es ejecutor del arte.

El ocio versus la pereza

El que mi existencia-libre se comprometa a la búsqueda incansable de la existencia-libre de otros, no es tarea fácil, considerarlo así es caer en la trampa que me tiende instante a instante mi yo social, puesto que fácilmente podría agitarme en el camino y de paso agitar a los demás que una vez cansados pasan a ser los atados, los perezosos, los agitados; pierden así la tranquilidad del estado de ocio, el cual no se da en estado de agitación; no se puede tener pereza y ocio a la vez; el ocio mira hacia el tiempo como su mejor aliado.

Sin el estado de ocio ¿dónde se obtendría la filosofía, que inspira el arte y la ciencia del ser libre, de la existencia libre? La pereza, los perezosos, son producto de la agitación en la acción política que no da cabida a la reflexión característica del estado de ocio. El agitador en la acción política se diferencia del inspirador en que, aunque ambos son capaces de accionar al pueblo, el primero lo cansa y lo atrapa en un callejón sin salida condenándolo, por generaciones por lo menos, a una existencia-no libre; el segundo, el inspirador, nutre y fortalece al pueblo con ideas producto de sus ratos ociosos, de manera que cuando se hace presente el momento de la verdadera acción, estas ideas venidas de la reflexión consciente, broten en una acción energética de libertad política cierta y acertada de una vez por todas.

El político ayuno de ratos de ocio pone en peligro la existencia del pueblo. Conviene en el análisis que se haga de algún pretendiente a político observar el uso o desuso que hace del ocio, con el fin de clasificarlo como agitador perezoso en potencia o como inspirador amante del ocio y ejecutor de la libertad política.

El deportista en pleno ejercicio de su libertad política entiende bien este asunto de la pereza versus el ocio. Sus ratos de ocio son el preámbulo de su más exitosa actuación hacia la victoria; así medita, construye estrategias, hace su fe de erratas y se prepara para el triunfo.

¿Y no es algo así lo que ocurre con el paso entre el querer y el amar? No hay ocio sin pensamiento ni pensamiento sin ocio, lo contrario sería el estado de pereza; deducimos inmediatamente que el pensamiento ocioso es la preignición del motor de la verdadera libertad política. No es el reverberar pasivo a lo que nos hemos referido, eso equivaldría a revenirse inútilmente, fermentarse, consumirse a propósito.

La muerte, que no sea por suicidio, es el momento culminante del ocio, es la ociosidad infinita. Sócrates debió de haber estado más ocioso que nunca en el instante de su muerte al igual que Cristo, King, su existencia libre había alcanzado su mayor grado de expresión, de trascendencia.

Sobre la existencia-libre y las formas de lucha

Por lo tanto y a manera de recordatorio, la lucha vital es dada por mi yo individual, mi existencia-libre contra o a la par de mi yo social, mi no-existencia libre, de esta lucha vital nace mi libertad política. Conviene ahora definir los instrumentos de lucha de todo lo hablado hasta ahora; es cajonero deducir qué serán, la filosofía, la religión, el arte y la ciencia. Mi-ente piensa, que mi-ente cree, mi-ente crea, mi-mente analiza. Sumergido en este hacer y quehacer mi-ente esgrime la acción heroica de mi existencia-libre.

De la existencia libre y el ser feliz

Levantarse todos los días, vivificados el alma y el cuerpo, es un tributo que día a día se le rinde a la existencia-libre; así el peso de lo mismo, el pesimismo no logrará hacer su habitual tarea, cual es llevarnos a la muerte final, no la circunstancial. Este estado de pesimismo es idéntico al estado de ebriedad, hay un adormecimiento del pensar y del sentir, condición no apta para el despertar lúcido; la lucidez: ingrediente indispensable para la felicidad que a su vez es condición propia de la existencia libre.

La no-existencia libre tiene predilección por el estado de ebriedad, más que por el estado de éxtasis, quizás porque el esfuerzo vital consciente que requiere alcanzar este último, es cosa de humanos. La tecnología ha contribuido mucho a producir la ebriedad en masa.

Conviene tener presente que la ebriedad y el éxtasis se confunden fácilmente, porque ambos dan la sensación de liviandad, de menos peso; lo que ocurre es que pasado el estado de ebriedad, queda el pesimismo, mas del éxtasis que pasa a la felicidad; como lo dijo en cierta ocasión el filosofo amigo Antonio Pacheco, dirigiéndose a maestros, los motivó haciéndoles ver que todo hombre busca la felicidad; de ahí que, como lo señalamos hace un ratito, es de humanos más bien buscar el estado de éxtasis y no el de la ebriedad.

Lo grave de todo esto es que la ebriedad conduce al derrotismo en la acción política, no así el éxtasis que conduce al idealismo; pareciera que el asunto es más profundo, casi diría crucial, vital para la existencia y la libertad política.

De ahí la importancia que hemos concedido en este diálogo al ocio, diferenciándolo de la pereza; el ocio es congénito del estado de éxtasis; la pereza, por el contrario, abriga el estado de ebriedad. El pensar, el pensamiento puro, torna vida, se impregna de imágenes cuando goza del doble estado ocio-éxtasis, así se provee de vitalidad a la existencia libre para la acción política.

Sobre los métodos para mantener viva la existencia-libre

La existencia-libre produce en mí la misma sensación que produce en otras existencias libres, no así el camino para llegar a ella, puesto que son varias y variadas las vías que convergen en la existencia libre; sería ahora justo el momento para que revisemos algunas de ellas.

Comienzo por la religión, por ser la más antigua, por lo que goza del prestigio de lo ancestral. La religión concebida como método para la liberación, no sólo es dador de vida a la existencia libre, sino que la une a la memoria ancestral por medio de la muerte. Así, los santos en la religión cristiana son muertes ocurridas, pero cuyas voluntades trascienden el presente y están al vivo en el ser existente de la humanidad, en otras palabras, el existir libre es la voluntad del místico que trasciende a la muerte.

La filosofía, este camino lleno de angustias por el saber de la existencia-libre, llega a ella por el camino de la confrontación con el ser mismo, sacándola de sus casillas, hasta obtener de ella su verdad, la verdad del ser y del existir, con el cual se libera; la filosofía como método hace que mi existir se auto-libere, mi ser, por así decirlo, sufre un destete psicológico que es también común en la liberación mediante la religión, el arte y la ciencia; seguidamente nos ocuparemos del arte.

El arte tiene la virtud de articular en forma sintética y simbólica nuestra existencia. La labor y la obra artística son alimento dosificado para nutrir la vida de la existencia libre; cada vez que hago arte me libero un poco más. Cuando mi obra de arte es comprendida por los otros, también alimenta la existencia de éstos. De ahí la enorme responsabilidad del arte y por ende del artista en el proceso de liberación de la humanidad, de otorgar la libertad política al hombre por medio de sus sentidos; este método podría recibir el nombre de «el arte de vivir».

La ciencia, que dejamos a propósito de última en esta clasificación de métodos para alcanzar la existencia-libre, por ser la más falible, variable y prolífera, razones éstas que la salvan del rigor del éxito; además, su dependencia de la tecnología para ser reivindicada, cosa que la filosofía y el arte hacen por sí solas, la hace más mortal; esta condición de mortal hace a la ciencia ser más asequible como práctica para la búsqueda de la existencia-libre.

La libertad política alcanzable por la ciencia depende en gran medida del camino que tome la tecnología en la acción política.

COMPRENSIÓN Y ANÁLISIS

Comente sobre lo siguiente:

Forma

La estructura del ensayo: Estudie las diferentes partes y comente sobre su desarrollo ideológico.

Contenido

El tema: La libertad. Explique la definición de libertad.
¿Cuál es el problema de existir? Explique la relación «amo-esclavo» y «esclavo-amo» ¿Qué es la existencia libre? ¿Qué es ser verdaderamente libre? ¿Cómo se logra la memoria ancestral y cuál es su importancia? ¿Qué comparación se hace entre el baile y la libertad? ¿Cuál es el papel de la muerte? ¿Qué relación tiene la escritora con la muerte y cómo la explica? ¿Cuál es la importancia de pensar? ¿Cuál es la diferencia entre ocio y pereza? ¿Cuáles son los ingredientes necesarios para alcanzar la libertad política? ¿Qué papel hace el arte en la libertad? ¿Quién es verdaderamente libre?
El tiempo: ¿Hay un tiempo determinado en el ensayo? Comente sobre la validez del ensayo hoy en día.
La cultura: ¿Son las ideas presentadas universales o sólo aplicables a Hispanoamérica?

Lenguaje

¿Qué palabras reinventa la escritora para expresar sus ideas?

Comunicación

Aunque el ensayo es una especie de meditación ¿cómo se presentan en él elementos de diálogo con el lector?

Ejercicios de creación literaria

Elabore un ensayo sobre la libertad.

Nancy Morejón, Cuba, 1944

Nancy Morejón nació y se educó en La Habana. Obtuvo un grado en francés y ha traducido al español algunos de los escritores franceses más importantes. La autora empezó a escribir a los diez y ocho años y ha publicado diez volúmenes de poesía; es además editora de varias publicaciones en Cuba.

Su temática es variada y cubre desde lo romántico hasta lo revolucionario. Ella intenta redefinir la cultura cubana y hasta su historiografía. Por eso incorpora la presencia de la mujer negra en la literatura. El tema negroide no se limita sólo a la situación cubana, sino a todos los africanos que tuvieron la desgracia de caer en la red blanca. Debido al trabajo y sufrimiento de los africanos, los blancos alcanzaron el nivel capitalista del que disfrutan. Estas dolidas quejas las hace Nancy en forma reflexiva y calmada. Su poesía no es volátil ni inflamatoria a pesar del tema mordaz y cáustico; es más bien una meditación de lo que es el racismo. Morejón también trata temas étnicos, de la rebelión, de la familia, del amor y de la esencia de la poesía.

Su arte no es sumiso ni sigue reglas prescritas o comprometidas; su estilo se caracteriza por la ironía y la lítote, lo mismo que por el empleo de símbolos y metáforas caribeñas.

En el poema «Un manzano en Oakland», la poeta se adentra en la historia de los Estados Unidos y los atropellos cometidos contra los indígenas y los negros; el manzano fue sembrado en tierra robada a los indígenas. Morejón lo expresa con rabia callada que a la larga deja una huella perdurable. Las metáforas y el tono frío de su ritmo inspiran agravio, ofenden la sensibilidad y exponen las injusticias del racismo.

En «Mujer negra» Morejón rinde homenaje a su negrura y feminidad. Emplea un estilo épico de verso libre, lleno de afirmaciones personales que encaran la esclavitud, las humillaciones, las palizas y la rebelión de los africanos traídos al Nuevo Mundo, quienes finalmente ganan su independencia. Morejón no se restringe a una métrica fija lo cual le da la libertad rítmica que enriquece el mensaje. Por ejemplo, hay tres estrofas de una o dos palabras. Cuando éstas se leen en una sola frase, nos cuentan, cronológicamente, la historia de una narradora negra.

La voz narrativa en primera persona es un mecanismo que engancha al lector inmediatamente y añade fuerza al poema. Morejón se expresa sencilla y directamente. Encadena artísticamente las palabras, lo cual le da al poema el patetismo que evoca dolor y compasión.

En «Mujer negra», Morejón recrea las primeras impresiones de una mujer africana en las playas de Cuba después de una odisea casi interminable por el mar. La mujer saca fortaleza de su pasado y evoca leyendas africanas. Al final, celebra la revolución cubana y la esperanza que ésta promete para un gran número de desvalidos.

A pesar de que el poema expone los horrores de la esclavitud y las circunstancias denigrantes a las que fueron sometidos tantos seres humanos, el sentimiento que deja es de acogimiento, de fortaleza espiritual y de respeto por la mujer. El lector siente la dignidad que no se le pudo arrancar a la mujer negra, su fuerza emocional y su capacidad de «retoñar». El poema «Mujer negra» resume la trayectoria negroide desde la esclavitud, en el siglo XVI, hasta la revolución cubana en el siglo XX.

MUJER NEGRA

Todavía huelo la espuma del mar que me hicieron atravesar.
La noche, no puedo recordarla.
Ni el mismo océano podría recordarla.
Pero no olvido al primer alcatraz[13] que divisé.
Altas, las nubes, como inocentes testigos presenciales.
Acaso no he olvidado ni mi costa perdida, ni mi lengua ancestral.
Me dejaron aquí y aquí he vivido.

[13]Gannet, pelican, gull, sign that land is close

Y porque trabajé como una bestia,
aquí volví a nacer.
A cuánta epopeya mandinga[14] intenté recurrir.

Me rebelé.

Su Merced[15] me compró en una plaza.
Bordé la casaca de Su Merced y un hijo macho le parí.
Mi hijo no tuvo nombre.
Y Su Merced murió a manos de un impecable lord inglés.

Anduve.

Esta es la tierra donde padecí bocabajos[16] y azotes.
Bogué a lo largo de todos sus ríos.
Bajo su sol sembré, recolecté y las cosechas no comí.
Por casa tuve un barracón.
Yo misma traje piedras para edificarlo,
pero canté al natural compás de los pájaros nacionales.[17]

Me sublevé.

En esta misma tierra toqué la sangre húmeda
y los huesos podridos de muchos otros,
traídos a ella, o no, igual que yo.
Ya nunca más imaginé el Camino a Guinea.[18]
¿Era a Guinea? ¿A Benín?[19] ¿Era a
Madagascar[20]? ¿O a Cabo Verde?[21]
Trabajé mucho más.
Fundé mejor mi canto milenario y mi esperanza.
Aquí construí mi mundo.

[14]I went over so many Mandingo epics in my mind. (The Mandingo are an ethnic group of western Africa.)

[15]Your Grace

[16]A kind of whipping reserved for black slaves

[17]i.e., my native people

[18]Guinea, the name formerly given to that part of Africa between the Senegal and the Congo rivers

[19]Former kingdom in western Africa on the lower Niger

[20]Great island in the Indian Ocean, separated from southeastern Africa by the Mozambique channel

[21]Cape Verde, an archipelago in the Atlantic, west of Senegal

Me fui al monte.

Mi real independencia fue el palenque[22]
y cabalgué entre las tropas de Maceo.[23]
Sólo un siglo más tarde,
junto a mis descendientes,
desde una azul montaña.

Bajé de la Sierra[24]

para acabar con capitales y usureros,
con generales y burgueses.
Ahora soy: sólo hoy tenemos y creamos.
Nada nos es ajeno.
Nuestra la tierra.
Nuestros el mar y el cielo.
Nuestras la magia y la quimera.
Iguales míos, aquí los veo bailar
alrededor del árbol que plantamos para el
comunismo.
Su pródiga madera ya resuena.

COMPRENSIÓN Y ANÁLISIS

Ubique el poema «Mujer negra dentro» de la época en que fue escrito. Comente sobre lo siguiente:

Forma

Estructura del poema.
Ritmo, musicalidad.

Contenido

Tema: La presencia de la mujer negra en Cuba desde su llegada como esclava hasta su reivindicación tras el triunfo de la revolución cubana en 1959.
Personajes: ¿Quién y cómo es la interlocutora? ¿A qué otros personajes se alude en el poema?
El espacio: ¿Dónde se desarrolla el poema? Mencione sitios específicos.
El tiempo: ¿Hay un tiempo determinado en el poema? Analice los verbos usdaos en el texto para expresar las ideas de la escritora. ¿Cuáles son las diferentes épocas que la poeta emplea para describir la trayectoria de los negros?
La cultura: Conociendo la época en que el poema fue escrito y la problemática a la que se refiere, ¿qué aspectos de la cultura y de la historia cubana se reflejan en el texto?

Lenguaje

¿Qué palabras contribuyen a enfatizar los horrores de la esclavitud? ¿Cuáles expresiones emplea la poeta para señalar el cambio de su vida en las diferentes etapas históricas?
¿Podría el poema considerarse como un poema testimonial? Explique.
¿Cómo se usan los pronombres de tratamiento? ¿Por qué al final el poema cambia el «yo» qué predomina en el texto, al «nosotros»?

Ejercicios de creación literaria

Escriba una narración corta para contar la historia presentada en el poema.
Lea los otros poemas de Morejón incluidos en la selección y escriba un comentario sobre la poeta incluyendo su temática y recursos literarios.

MADRE

Mi madre no tuvo jardín
sino islas acantiladas
flotando, bajo el sol,
en sus corales delicados.
No hubo una rama limpia
en su pupila sino muchos garrotes.
Qué tiempo aquel cuando corría, descalza,
sobre la cal de los orfelinatos
y no sabía reír
y no podía siquiera mirar el horizonte.
Ella no tuvo el aposento de marfil,
ni la sala de mimbre,
ni el vitral silencioso del trópico.
Mi madre tuvo el canto y el pañuelo
para acunar la fe de mis entrañas,
para alzar su cabeza de reina desoída
y dejarnos sus manos, como piedras preciosas,
frente a los restos fríos del enemigo.

[22]Free slave fort

[23]Antonio Maceo (1845–1896) a black general who, like José Martí, was one of the heroes of the struggle for Cuban independence

[24]Fidel Castro's guerrilla wars started in the Sierra Maestra in 1956.

ELOGIO DE LA DANZA

El viento sopla
Como un niño
Y los aires jadean
En la selva, en el mar.

Entras y sales
con el viento,
soplas la llama fría:
Velos de luna
soplas tú
y las flores y el musgo
van latiendo en el viento.

Y el cuerpo
al filo del agua,
al filo del viento,
en el eterno signo de la danza.

ÁMBAR

Entre un jardín y otro jardín
la música del ámbar,
sencilla, luenga, atávica.

Entre las águilas y la pirámide
las redes fijas del ámbar,
sutiles, ciertas, deleitosas.

Entre la miel y la campana
la suelta risa del ámbar,
como ave transcurrida
en su maternidad.

INTUICIÓN

La fina transparencia del valle
en su temblor humano
y el verde inmenso
desplomado sobre el cañaveral.

Las claras rosas
del otoño en el verdor
de la llanura.
Viento salvaje
enardeciendo la piel inhóspita
del día.

Piedras y aves
y el plumaje escondido
en los ojos de las lechuzas.

Piedra sobre piedra,
soles y lunas sobre piedra,
bellas columnas sobre piedra,
plazas y alondras sobre piedra.

El rojo vivo aún
sobre las sangres
frías,
sobre la sangre del tucán.

Oh tucán de la flor.

La visión de los cielos
es tranquila
y gira en los ramales.

El corazón,
como los sabios,
dialogando consigo.

ELOGIO DE NIEVES FRESNEDA

Como un pez volador: Nieves Fresneda.
Olas de mar, galeotes,
azules pétalos de algas
cubren sus días y sus horas,
renaciendo a sus pies.

Un rumor de Benín
la trajo al fondo de esta tierra.

Allí están
sus culebras,
sus círculos,
sus cauris[25],
sus sayas,
sus pies,
buscando la manigua,
abriendo rutas desconocidas
hacia Olokun[26].

---

[25]Cockle of a gasteropode, which was used as currency in India and Black Africa

[26]**Olokun** was the sea god of the Yoruba people who lived in Benin. His name means "owner of the sea." Olokun was believed to live in a palace under the sea, with many human and fish attendants. A sketch of the sea god Olokun, based on a bronze figure holding lizards in his hands, depicts Olokun with mudfish legs and wearing a royal coral dress. Once, Olokun challenged the sky god, Olorun. The winner would be the god with the finest clothes. The people would decide the winner. Olorun sent his attendant, Chameleon, to compete with Olokun. As a result, the Chameleon precisely matched whatever splendid robe Olokun wore. Overtaken by the wit of the rival, Olokun gave up the challenge. Finally, the sky god superiority was confirmed.

Sus pies marítimos,
al fin,
troncos de sal,
perpetuos pies de Nieves,
alzados como lunas para Yemayá[27].

Y en el espacio,
luego,
entre la espuma,
Nieves
girando sobre el mar,
Nieves
por entre el canto
inmemorial del sueño,
Nieves
en los mares de Cuba,
Nieves.

LA REBAMBARAMBA

La farola, el ciempiés,
la brújula del tacto
y la comparsa
disuelta hacia el volcán.

Cinturas y cinturas
como puentes colgantes;
jardineras y dandys
sonriendo en la alameda.

La sombrilla en la mano,
la volanta prendida,
el sapo en el portal,
el calesero impávido,
la tumba abierta y cálida,
en el solar perdido.

El cuchillo en la noche,
la tropelía y la clave,
los metales y el hierro,
la furia firme del final.

¿Dónde está
la corneta del loco?

¿Dónde afila su arma
el bastonero de Santiago?

¿Dónde canta,
señor, el mantón de Ma'Luisa?

¿Y Caridad y Pastora?

¿Dónde canta la conga
su tonada mejor?

Tango, tango real.
Todos
somos hermanos.

PAREJA NEGRA

Pasos en el océano
con ansias de baobab[28],
desde las aguas turbias
que ya no son azules;
pasos que nos alzan su voz,
más allá de la espuma.

Hombre y mujer,
sobre el océano,
entre los aires mismos
de la nada,
de su alma acostumbrada
al vaivén de los ríos,
a la carne sonora

[27]Yemaya is the great mother goddess of Santeria; the maternal force of life and creation. She is said to be the mother of many other Orishas, and is believed to live in the ocean. She has many aspects, one of them being Yemaya Okute, a fierce warrior. In Brazil her devotees set up elaborate beachfront altars each New Year's Eve, setting out food and candles to be washed away by Yemaya (they're called Iemanja) with the morning tides. In 1994 the disco group River Ocean (featuring salsa vocalist La India) rocked the dance floors of New York with the song "Love and Happiness" which celebrated the powers of Yemaya and her sister Orisha Oshun, goddess of love, beauty and material wealth. She is syncretized in spiritualism with Our Lady of Regla and Mary Star of the Sea.

[28]The Baobab Tree. "Out of little seeds, great trees can grow!" It is said that the baobab tree (*Adansonia digitata*) was brought to Barbados around 1738 from Guinea in Africa. It is also known as the "Monkey-bread tree". Two magnificent trees with possibly the widest tree trunks to be found in the Caribbean, grow in Barbados! The largest tree of girth 51.5 ft (18.5m) can be seen in Queen's Park in Bridgetown. To give an example of the size of this tree of great distinction, it takes 15 adults joining with outstretched arms to cover its circumference. In July 1997, on a wildlife program, it was said, that there have been seven different types of Boabab trees discovered growing in Madagascar. The Baobab trees hold a well deserving place in the "Seven Wonders of Barbados". The other grand specimen can be found on the Warrens Road in St. Michael. This remarkable tree of girth 44.5 ft (13.6m) is over 250 years old. Its jug-shaped trunk is ideally suited for storing water, an ideal adaption in the dry savannah regions of its native Africa.

de su ébano,
a la flácida luz
del monte umbrío
que los entorna
en su torso infinito.

Mujer y hombre
lado a lado,
del bosque o la montaña,
del maguey a la luna,
con lanzas en los labios,
con el ojo de buey
entre las manos,
con un manto elegíaco
para cada pupila,
con un árbol de paz,
entre los dos.

SUITE RECOBRADA

—Dame el hacha florida
para segar tus ojos.

—Dame la imagen del mar
para crecer
en sus adentros.

—Silba la tonada tolteca
y agita el corazón
de la balanza.

—Dame el firme aroma
del helecho
y el amarillo
del canario.

—Dame el aliento chico
de los dioses, ahora.

—Silba los toques nuevos
en el fuego radiante
que Changó[29] te dará.

—Dame la prisa alada
de las nubes que corren
hacia el geranio en flor
de Cuernavaca.

—Dame la arcada fiel
de los milagros y los muertos
que alumbran las canoas.

—Silba la risa pura
del pescador
en las orillas
que salta el pez,
el sabio pez
de la esperanza.

CAMINOS

Caminos rectos
como caminos
hacia el mar.

Huelgan las olas.

La arena canta, calla.

Las redes de la sal
en los caminos
más perpetuos del sol.
Puros caminos
en lo verde,
puros caminos,
en lo alto,
caminos y caminos,
volviendo todos
al punto de reunión.

Círculos del amor,
el niño y la muchacha,
cantando en las arenas,
en la espera del camino
sin fin,
junto a la laguna.

La llorona
despierta
en el camino.

La calavera
adormecida.

El animal
exorcizado.
Todos al río:
Los cirios,
los caminos.

[29]In addition to the worship of one god, named Olodumare, the Yoruba worship dozens of deities known as "Orishas" who are personified aspects of nature and spirit. The principal Orishas include Eleggua, Oggun, Ochosi, Obatala, Yemaya, Oshun, **Chango**, Oya, Babalu Aiye, and Orula. An excellent resource documenting the roots of African-American culture in Yoruba and other African religions is *The Flash of the Spirit* by Robert Farris Thompson.

Capítulo 10

LOS NOVÍSIMOS

Ángeles Mastretta, México, 1949

Ángeles Mastretta nació en Puebla. Estudió periodismo en la Universidad Nacional Autónoma de México. En 1985 ganó el premio Mazatlán por su novela *Arráncame la vida*. Esta obra ha tenido gran éxito y está traducida a más de diez idiomas. Ángeles continúa trabajando como periodista y literata. Su última obra *Mujeres de ojos grandes* es un bestseller y recientemente ganó el prestigioso premio Rómulo Gallegos.

Ha publicado *Puerto libre* y un libro de poemas *La pájara pinta*. El cuento acerca de la tía Cristina es una parodia sobre la situación de muchas mujeres y las peripecias que llegan a hacer para sobreponerse al estigma de la soltería o al de tener relaciones prematrimoniales.

MUJERES DE OJOS GRANDES

(Fragmentos)

No era bonita la tía Cristina Martínez, pero algo tenía en sus piernas flacas y su voz atropellada que la hacía interesante. Por desgracia, los hombres de Puebla no andaban buscando mujeres interesantes para casarse con ellas y la tía Cristina cumplió veinte años sin que nadie le hubiera propuesto ni siquiera un noviazgo de buen nivel. Cuando cumplió veintiuno, sus cuatro hermanas estaban casadas para bien o para mal y ella pasaba el día entero con la humillación de estarse quedando para vestir santos. En poco tiempo, sus sobrinos la llamarían quedada y ella no estaba segura de poder soportar ese golpe. Fue después de aquel cumpleaños, que terminó con las lágrimas de su madre a la hora en que ella sopló las velas del pastel, cuando apareció en el horizonte el señor Arqueros.

Cristina volvió una mañana del centro, a donde fue para comprar unos botones de concha y un metro de encaje, contando que había conocido a un español de buena clase en la joyería La Princesa. Los brillantes del aparador la habían hecho entrar para saber cuánto costaba un anillo de compromiso que era la ilusión de su vida. Cuando le dijeron el precio le pareció correcto y lamentó no ser un hombre para comprarlo en ese instante con el propósito de ponérselo algún día.

—Ellos pueden tener el anillo antes que la novia, hasta pueden elegir una novia que le haga juego al anillo. En cambio, nosotras sólo tenemos que esperar. Hay quienes esperan durante toda su vida, y quienes cargan para siempre con un anillo que les disgusta, ¿no crees? —le preguntó a su madre durante la comida.

—Ya no te pelees con los hombres, Cristina —dijo su madre—. ¿Quién va a ver por ti cuando me muera?

—Yo, mamá, no te preocupes. Yo voy a ver por mí.

En la tarde, un mensajero de la joyería se presentó en la casa con el anillo que la tía Cristina se había probado extendiendo la mano para mirarlo por todos lados mientras decía un montón de cosas parecidas a las que le repetía a su madre en el comedor. Llevaba también un sobre lacrado con el nombre y los apellidos de Cristina.

Ambas cosas las enviaba el señor Arqueros, con su devoción, sus respetos y la pena de no llevarlos él mismo porque su barco salía a Veracruz al día siguiente y él viajó parte de ese día y toda la noche para llegar a tiempo. El mensaje le proponía matrimonio: «Sus conceptos sobre la vida, las mujeres y los hombres, su deliciosa voz y la libertad con que camina me deslumbraron. No volveré a México en varios años, pero le propongo que me alcance en España. Mi amigo Emilio Suárez se presentará ante sus padres dentro de poco. Dejo en él mi confianza y en usted mi esperanza».

Emilio Suárez era el hombre de los sueños adolescentes de Cristina. Le llevaba doce años y seguía soltero cuando ella tenía veintiuno. Era rico como la selva en las lluvias y arisco como los montes en enero. Le habían hecho la búsqueda todas las mujeres de la ciudad y las más afortunadas sólo obtuvieron el trofeo de una nieve en los portales. Sin embargo, se presentó en casa de Cristina para pedir, en nombre de su amigo, un matrimonio por poder en el que con mucho gusto sería su representante.

La mamá de la tía Cristina se negaba a creerle que sólo una vez hubiera visto al español, y en cuanto Suárez desapareció con la respuesta de que iban a pensarlo, la acusó de mil pirujerías. Pero era tal el gesto de asombro de su hija, que terminó pidiéndolo perdón a ella y permiso al cielo en que estaba su marido para cometer la barbaridad de casarla con un extraño.

Cuando salió de la angustia propia de las sorpresas, la tía Cristina miró su anillo y empezó a llorar por sus hermanas, por su madre, por sus amigas, por su barrio, por la catedral, por el zócalo, por los volcanes, por el cielo, por el mole, por las chalupas, por el himno nacional, por la carretera a México, por Cholula, por Coetzálan, por los aromados huesos de su papá, por las cazuelas, por los chocolates rasposos, por la música, por el olor de las tortillas, por el río San Francisco, por el rancho de su amiga Elena y los potreros de su tío Abelardo, por la luna de octubre y la de marzo, por el sol de febrero, por su arrogante soltería, por Emilio Suárez que en toda la vida de mirarla nunca oyó su voz ni se fijó en cómo carambas caminaba.

Al día siguiente salió a la calle con la noticia y su anillo brillándole. Seis meses después se casó con el señor Arqueros frente a un cura, un notario y los ojos de Suárez. Hubo misa, banquete, baile y despedidas. Todo con el mismo entusiasmo que si el novio estuviera de este lado del mar. Dicen que no se vio novia más radiante en mucho tiempo.

Dos días después Cristina salió de Veracruz hacia el puerto donde el señor Arqueros con toda su caballerosidad la recogería para llevarla a vivir entre sus tías de Valladolid.

De ahí, mandó su primera carta diciendo cuánto extrañaba y cuán feliz era. Dedicaba poco espacio a describir el paisaje apretujado de casitas y sembradíos, pero le mandaba a su mamá la receta de una carne con vino tinto que era el platillo de la región, y a sus hermanas dos poemas de un señor García Lorca que la habían vuelto al revés. Su marido resultó un hombre cuidadoso y trabajador, que vivía riéndose con el modo de hablar español y las historias de aparecidos de su mujer, con su ruborizarse cada vez que oía un «coño» y su terror porque ahí todo el mundo se cagaba en Dios por cualquier motivo y juraba por la hostia sin ningún miramiento.

Un año de cartas fue y vino antes de aquella en que la tía Cristina refirió a sus papás la muerte inesperada del señor Arqueros. Era una carta breve que parecía no tener sentimientos. «Así de mal estará la pobre», dijo su hermana, la segunda, que sabía de sus valeidades sentimentales y sus desaforadas pasiones. Todas quedaron con la pena de su pena y esperando que en cuanto se recuperara de la conmoción les escribiera con un poco más de claridad sobre su futuro. De eso hablaban un domingo después de la comida cuando la vieron aparecer en la sala.

Llevaba regalos para todos y los sobrinos no la soltaron hasta que terminó de repartirlos. Las piernas le habían engordado y las tenía subidas en unos tacones altísimos, negros como las medias, la falda, la blusa, el saco, el sombrero y el velo que no tuvo tiempo de quitarse de la cara. Cuando acabó la repartición se lo arrancó junto con el sombrero y sonrió.

—Pues ya regresé —dijo.

Desde entonces fue la viuda de Arqueros. No cayeron sobre ella las penas de ser una solterona y espantó las otras con su piano desafinado y su voz ardiente. No había que rogarle para que fuera hasta el piano y se acompañara cualquier canción. Tenía en su repertorio toda clase de valses, polkas, corridos, arias y pasos dobles. Les puso letra a unos preludios de Chopin y los cantaba evocando romances que nunca se le conocieron. Al terminar su concierto dejaba que todos le aplaudieran y tras levantarse del banquito para hacer una profunda caravana, extendía los brazos, mostraba su anillo y luego, señalándose a sí misma con sus manos envejecidas y hermosas, decía contundente: «Y enterrada en Puebla».

Cuentan las males lenguas que el señor Arqueros no existió nunca. Que Emilio Suárez dijo la única mentira de su vida, convencido por quién sabe cuál arte de la tía Cristina. Y que el dinero que llamaba su herencia, lo había sacado de un contrabando cargado en las maletas del ajuar nupcial.

Quién sabe. Lo cierto es que Emilio Suárez y Cristina Martínez fueron amigos hasta el último de sus días. Cosa que nadie les perdonó jamás, porque la amistad entre hombres y mujeres es un bien imperdonable.

COMPRENSIÓN Y ANÁLISIS

Forma

Orden de la narración: Orden cronológico de los acontecimientos del cuento.
La estructura del cuento: Busque introducción, desarrollo, momento climático y conclusión.
El narrador: Analice qué tipo de narrador encontramos en el texto.

Contenido

Tema: Resuma brevemente el argumento de la historia.
Los personajes: ¿Cómo describe la narradora a la tía Cristina y a Emilio Suárez? En la historia existe un personaje ausente, el señor Arqueros; ¿qué importancia tiene este personaje dentro de la obra?
El espacio: Analice en qué lugares se desarrolla la historia.
El tiempo: ¿Cuánto tiempo transcurre desde el comienzo hasta el final de la historia? ¿En qué se manifiesta el transcurso del tiempo en la figura de la tía Cristina? ¿Por qué es tan importante el cumpleaños de la tía Cristina?
La cultura: ¿Qué significa «quedarse para vestir santos»? ¿Cómo queda estigmatizada la mujer en la sociedad si eso ocurre? ¿Concebiría Ud. un casamiento por poder con un extraño? ¿Cree Ud. que la tía Cristina es una mujer convencional según los cánones tradicionales? Justifique su respuesta. En la historia, la tía Cristina decide casarse, ¿cree que la sociedad hispana se edifica sobre un sistema matriarcal? Explique su respuesta.

Lenguaje

¿Qué tipo de lenguaje usa la narradora? ¿Es poético o coloquial? ¿Cuándo escoge distintas estrategias discursivas y por qué lo hace? ¿Qué efecto quiere causar en el lector? ¿Por qué el marido de Cristina se ríe de que su esposa se ruborice debido a la manera de hablar de los españoles?

Comunicación

¿Qué función cumple el diamante en la pedida de mano de la tía Cristina? ¿Cómo son las cartas que le escribe a su familia la protagonista? ¿Qué tipo de comunicación tenía Cristina con su madre?

Ejercicios de creación literaria

Imagine un diálogo entre Arqueros y Cristina cuando éste va a pedir su mano y luego dramatícelo para la clase.
Escriba una carta de amor de la tía Cristina a Emilio Suárez cuando ella está en España.
Improvise una conversación de dos vecinas que sostienen que todo el casamiento de Cristina es puro cuento.

Rigoberta Menchú, Guatemala, 1959

Introducción de Gustavo V. García, Ph.D.

En el contexto discursivo de Latinoamérica la literatura de testimonio no es un género fácil de identificar. La ambigüedad y complejidad del tema dificultan cualquier intento de clasificarlo y definirlo. Existen, sin embargo, ciertas especificidades que han sido señaladas de manera recurrente por la crítica. Una de ellas es su naturaleza y función ideológica. En efecto, el testimonio constituye una unidad discursiva híbrida y subordinada a los intereses ideológicos de un sujeto oprimido y perseguido, pero también contestatario al sistema oficial de poder.

La literatura de testimonio, a pesar de las críticas de la que es objeto (manipulación del testigo e informaciones no «verdaderas»), es fundamental para la aproximación al conocimiento, comprensión y proyección étnica y sociocultural de grupos marginalizados o subalternizados. La alternativa sería que estos sectores continuaran siendo (d)escritos desde una postura interesada y tergiversadora. Por otra parte, además de la importancia de «representar», «construir» o «dar» la palabra a los sin voz, el discurso de testimonio contribuye a democratizar el proceso de escribir que, hasta hace poco, era un privilegio e instrumento de poder en manos del letrado.

En la actual teorización del género testimonial, *Me llamo Rigoberta Menchú y así me nació la conciencia* es el texto por excelencia. Rigoberta Menchú Tum, premio Nóbel de la Paz en 1992, es una mujer indígena de la etnia maya-quiché (Guatemala). La importancia de su testimonio no sólo consiste en reclamar y afirmar su identidad racial y cultural en un plano de igualdad a la «etnia ladina», sino en resaltarla y celebrarla en todos los aspectos posibles. Rigoberta es, y se presenta, en calidad de una mujer indígena no contaminada por la cultura explotadora. En este sentido, ella propugna la afirmación y construcción de una identidad alternativa a la de origen europeo. Es por esto que Rigoberta Menchú posee, para la crítica descolonizadora, atributos de legitimidad y representatividad por encima de cualquier cuestionamiento circunstancial sobre la «verdad» o no de las informaciones contenidas en su testimonio. Por añadidura, la que testimonia, además de ser mujer, pertenece a una etnia indígena de un país del tercer mundo. Explotada económica, cultural y racialmente, la indígena maya-quiché parece situarse en el último eslabón de los sin voz. En efecto, Rigoberta, por pertenecer y aferrarse a una cultura indígena, no sólo es explotada en su propio país, sino que es rechazada por individuos que pertenecen a los grupos más marginales: «Somos pobres —le dice un ladino pobre— pero no somos indios». «Es», tal cual escribe Elizabeth Burgos, «la historia de los más humillados entre los humillados».

La vida de Rigoberta Menchú, de acuerdo a su testimonio, está llena de brutalidades contra su familia. Uno de sus hermanos murió de hambre. Su madre y otro de sus hermanos fueron torturados y asesinados por miembros del ejército de Guatemala. Su padre murió en una masacre efectuada en la Embajada de España por agentes del gobierno guatemalteco. La persecución también alcanzó a Rigoberta que fue condenada al exilio por sus actividades de resistencia y liderazgo en diversas organizaciones campesinas.

En épocas recientes (1998)[1] Rigoberta Menchú ha sido acusada de manipular su testimonio brindando informaciones que no corresponden a la «verdad» histórica. De manera específica, el capítulo más escalofriante del libro, «Tortura y muerte de su hermanito quemado vivo junto con otras personas delante de los miembros de la comunidad y familiares», ha sido puesto en tela de juicio por algunos investigadores y no pocos lectores. Considero de poca importancia polemizar si se trata de un hecho verídico o no, ya que descripciones de este tipo, por mucho que «exageren» o «inventen» atrocidades específicas, son parciales e insuficientes para documentar el sistemático e irracional atropello a los derechos humanos de los indígenas por parte del ejército y las capas sociales «altas» de Guatemala. Por otro lado, hay que recordar que en el caso de los testimonios ‹concientizadores›: «El énfasis no cae sobre la fidelidad a un orden de cosas ni sobre la función del portavoz ni sobre la ejemplaridad —los tres sentidos de representación — sino sobre la creación de solidaridad, de una identidad que se está formando en/a través de la lucha».[2]

Debido a estas razones, me parece más productivo analizar el testimonio de Rigoberta como un documento personal que intenta construir una representación colectiva de los indígenas latinoamericanos.

Si se acepta la hipótesis anterior, uno de los aspectos claves del testimonio de Rigoberta Menchú es el papel de la cultura indígena en el proceso de concientización y resistencia de los miembros de su etnia.[3]

La cultura indígena, al contrario de la novela indigenista, por ejemplo, no es calificada de «obsoleta» ni «inferior» frente a la cultura «más avanzada» de los «blancos», sino que puede ser un valioso instrumento con proyecciones políticas, raciales y económicas desde una postura propia. Es por eso que *Me llamo Rigoberta Menchú* postula que lo «tradicional» tiene un papel clave en el nacimiento de la conciencia política «moderna» de los indígenas de Latinoamérica.

Las selecciones que se presentan a continuación ilustran este tema tan necesario e importante.[4]

ME LLAMO RIGOBERTA MENCHÚ Y ASÍ ME NACIÓ LA CONCIENCIA

(FRAGMENTOS)

El nahual[5]

«Aquella noche que pasó aullando, como coyote, mientras dormía como gente».
«Ser animal, sin dejar de ser persona».
«Animal y persona coexisten en ellos por voluntad de sus progenitores desde el nacimiento...»

Miguel Angel Asturias, *Hombres de Maíz*

[1] See *New York Times,* Dec. 15, 1998

[2] Yúdice, George, "Testimonio y concientización." *Revista de Crítica Literaria Latinoamericana* 36 (1992): 207–27. (Yúdice 211–2).

[3] Whisnant, David E. *La vida nos ha enseñado: Rigoberta Menchú y la dialéctica de la cultura tradicional.* Ideologies and Literature 4.1 (1989): 317–43.

[4] Burgos, Elizabeth: *Me llamo Rigoberta Menchú.* Mexico: Siglo Veintuno editores.

[5] Like a guardian angel whose energy is a human companion. Nature is in the heart of Mayan mythology.

Todo niño nace con su nahual. Su nahual es como su sombra. Van a vivir paralelamente y casi siempre es un animal el nahual. El niño tiene que dialogar con la naturaleza. Para nosotros el nahual es un representante de la tierra, un representante de los animales y un representante del agua y del sol. Y todo eso hace que nosotros nos formemos una imagen de ese representante. Es como una persona paralela al hombre. Es algo importante. Se le enseña al niño que si se mata un animal el dueño de ese animal se va a enojar con la persona, porque le está matando al nahual. Todo animal tiene un correspondiente hombre y al hacerle daño, se le hace daño al animal.

Nosotros tenemos divididos los días en perros, en gatos, en toros, en pájaros. Cada día tiene un nahual. Si el niño nació el día miércoles, por ejemplo, su nahual sería una ovejita. El nahual está determinado por el día del nacimiento. Entonces para ese niño, todos los miércoles son su día especial. Si el niño nació el martes es la peor situación que tiene el niño porque será muy enojado. Los papás saben la actitud del niño de acuerdo con el día que nació. Porque si le tocó como nahualito un toro, los papás dicen que el torito siempre se enoja. Al gato le gustará pelear mucho con sus hermanitos.

Para nosotros o para nuestros antepasados, existen diez días sagrados. Esos diez días sagrados, representan una sombra. Esa sombra es de algún animal.

Hay perros, toros, caballos, pájaros, hay animales salvajes como, por ejemplo, un león. Hay también árboles. Un árbol que se ha escogido hace muchos siglos y que tiene una sombra. Entonces cada uno de los diez días está representado por uno de los animales mencionados. Estos animales no siempre tienen que ser uno. Por ejemplo, un perro, no sólo uno va a representar sino que nueve perros representan un nahual. El caso de los caballos, tres caballos representa un nahual. O sea, tiene muchas variedades. No se sabe el número. O se sabe, pero sólo nuestros papás saben el número de animales que representan cada uno de los nahuales de los diez días.

Pero, para nosotros, los días más humildes son el día miércoles, el lunes, el sábado y el domingo. Los más humildes. O sea, tendrían que representar una oveja, por ejemplo. O pájaros. Así, animales que no estropeen a otros animales. De hecho, a los jóvenes, antes de casarse, se les da la explicación de todo esto. Entonces sabrán ellos, como padres, cuando nace su hijo, qué animal representa cada uno de los días. Pero, hay una cosa muy importante. Los padres no nos dicen a nosotros cuál es nuestro nahual cuando somos menores de edad o cuando tenemos todavía actitudes de niño. Sólo vamos a saber nuestro nahual cuando ya tengamos una actitud fija, que no varía, sino que ya se sabe esa nuestra actitud. Porque muchas veces se puede uno aprovechar del mismo nahual, si mi nahual es un toro, por ejemplo tendré... ganas de pelear con los hermanos. Entonces, para no aprovecharse del mismo nahual, no se le dice a los niños. Aunque muchas veces se les compara a los niños con el animal, pero no es para identificarlo con su nahual. Los niños menores no saben el nahual de los mayores. Se les dice sólo cuando la persona tiene ya la actitud como adulto. Puede ser a los nueve o a los diecinueve o veinte años. Es para que el niño no se encapriche. Y que no vaya a decir, yo soy tal animal. Entonces me tienen que aguantar los otros. Pero cuando se le regalan sus animales, a los diez o doce años, tiene que recibir uno de los animales que representa su nahual. Pero si no se le puede dar un león, por ejemplo, se le suple por otro animal parecido. Sólo nuestros papás saben qué día nacimos. O quizá la comunidad porque estuvo presente en ese tiempo. Pero ya los demás vecinos de otros pueblos no sabrán nada. Sólo sería cuando llegamos a ser íntimos amigos.

Esto es más que todo para el nacimiento de un niño. Cuando es martes y no nace un niño, nadie se da cuenta o nadie se interesa. O sea, no es un día que se guarda o se hace fiesta. Muchas veces uno se encariña con el animal que corresponde a nuestro nahual antes de saberlo. Hay ciertos gustos entre nosotros los indígenas. El hecho de que amamos mucho a la naturaleza y tenemos gran cariño a todo lo que existe. Sin embargo, sobresale algún animal que nos gusta más. Lo amamos mucho. Y llega un momento que nos dicen, que es nuestro nahual, entonces le damos más cariño al animal.

Todos los reinos que existen para nosotros en la tierra tienen que ver con el hombre y contribuyen al hombre. No es parte aislada del hombre; que hombre por allí, que animal por allá, sino que es una constante relación, es algo paralelo. Podemos ver en los apellidos indígenas también. Hay muchos apellidos que son animales. Por ejemplo, Quej, caballo.

Nosotros los indígenas hemos ocultado nuestra identidad, hemos guardado muchos secretos, por eso somos discriminados. Para nosotros es bastante difícil muchas veces decir algo que se relaciona con uno mismo porque uno sabe que tiene que ocultar esto hasta que garantice que va a seguir como una cultura indígena, que nadie nos puede quitar. Por eso no puedo explicar el nahual pero hay ciertas cosas que puedo decir a grandes rasgos.

Yo no puedo decir cuál es mi nahual porque es uno de nuestros secretos.

XI
Educación de la Niña. Ceremonias de Casamiento.

Leyes de los Antepasados (Fragmentos)

«Hijos: donde quiera que estéis no abandonéis los oficios que os enseñó Ixpiyacoc, porque son oficios que vienen de la tradición de vuestros abuelos. Si los olvidáis, será como si hicieras traición a vuestra estirpe».

«Los secretos mágicos de sus abuelos les fueron revelados por voces que vinieron por el camino del silencio y de la noche».

Me recuerdo que, cuando nosotros crecimos, nuestros papás nos hablaron de cuando se tenía un niño. Es cuando nuevamente se dedican al niño.

Por ejemplo, en mi caso que soy mujercita, mis papás me decían que yo era mujer y que una mujer tenía que ser madre y que en ese tiempo iba yo a empezar la vida de joven, donde me gustaría tener muchas cosas y no las voy a tener. Entonces, mis papás me trataban de decir que todo lo que yo ambicionaba, no había posibilidad de tenerlo. Y todo eso pasa en la vida de un joven. Explican un poco lo que es la juventud entre el indígena y después decían que era muy pronto para que yo fuera casada. Yo tenía que pensar y tenía que aprender a ser independiente y no depender de mis papás. Aprender muchas cosas que en la vida me iban a servir y que ellos me ponían libertad de lo que yo quería hacer con mi vida, pero obedeciendo en primer lugar, a las leyes de nuestros antepasados. Allí es cuando ellos empiezan a dar una educación también de no abusarse de la dignidad, como mujer, como indígena. Entonces, ponen un poco el ejemplo de los ladinos. Ellos dicen que la mayor parte se pintan y la mayor parte de los ladinos empiezan a besarse en la calle y todo eso. Y nuestros papás nos decían que era un escándalo. Era un desprestigio a nuestros antepasados, que yo hiciera eso. Porque si tú tienes tu casa y tienes un novio, él puede entrar, de acuerdo con las leyes de los antepasados, con una serie de costumbres. Eso lo anuncian los papás. Entonces tú tienes que estar muy atenta con tu madre (dicen los papás). Ella te va a enseñar cosas que te van a servir un día. Entonces, lo que me dijeron, era para que yo me abriera las puertas de la vida, para que yo pudiera enterarme de otras cosas. Así es cuando empiezo a estar más con mi mamá y empiezo a desarrollarme como mujer. Mi madre me explicaba que cuando una tiene su menstruación, es cuando una mujer empieza a desarrollarse como mujer y que puede tener hijos. Me decía como tenía que comportarme en el período de juventud. Y sí, entre nosotros los indígenas, nunca hacemos una cosa fuera de la ley de nuestros antepasados. Por ejemplo, si un muchacho nos quiere hablar en la calle, inmediatamente uno tiene el derecho de maltratarlo o de no hacerle caso. Porque en la ley de nuestros antepasados, es un escándalo para ellos cuando una mujer empieza a besarse en la calle o a irse a escondidas de los padres.

Muchas veces los hijos se dan cuenta cuando los padres tienen sus relaciones. Pero esto no hace que uno tenga una claridad ante esa situación. Nuestros padres nos dicen que uno tiene que desarrollarse y tener la situación clara, pero allí se quedan. Hasta uno mismo no conoce las partes de su cuerpo. Al mismo tiempo, uno no sabe qué es tener hijos. Yo ahora lo critico de una cierta forma, porque, considero que no es bueno y que es posible que sea problemático, no saber tantas cosas de la vida.

Es rara la vez que las parejas no tienen hijos. Depende de las medicinas de las comadronas porque se ha sanado mucha gente con yerbas. Tengo un primo que está casado y que no tiene hijos. La comunidad le quiere brindar todo el cariño porque necesitan un hijito. Pero ante esa situación, el hombre se tira a vicios, empieza a tomar. Como no tiene hijos, se dedica a su persona misma. La mujer empieza a buscar pleitos. Entonces, la comunidad un poco le pierde la sensibilidad o el cariño directo a esa pareja. Casi la mayor parte de los conflictos vienen de ellos mismos, pero hay veces que hay mujeres que no les gusta ver a otra mujer que no tiene hijos y hay hombres que no les gusta ver un hombre que no tiene hijos. No es como el rechazo que se le hace en general a los huecos, que nosotros llamamos a los homosexuales. Entre nosotros indígenas, no hacemos distinción entre el homosexual o el que no es homosexual, porque eso ya surge cuando uno baja a otros lugares. No hay tanto rechazo por un homosexual como hay entre los ladinos que es algo que no pueden mirar. Lo bueno entre nosotros es que todo lo consideramos parte de la naturaleza. Entonces, por ejemplo, un animalito que no salió bien, es parte de la naturaleza y así una cosecha no dio tanto, decimos que no se ambiciona más de lo que se puede recibir. Es una cosa que llega con el ladino. Un fenómeno que llega con el extranjero...

Ahora, cuando las mujeres, por ejemplo, salen a emigraciones y después regresan, entonces, llevan mala sangre, de toda la suciedad de fuera de su mundo. Entonces sí les han dado utilidad a todas esas plantas que hay en el campo; plantas medicinales para que puedan dejar de tener hijos. También en el campo se encuentran remedios que por un tiempo den hijos y que por otro tiempo no den hijos. Pero como la sociedad, tan cochina, nos ha dado el mal ejemplo, pues, nos han empezado a meter pastillas y aparatos. En Guatemala hubo un gran escándalo porque el Instituto Guatemalteco de Seguridad Social comenzó a esterilizar gente sin decir nada para reducir la población. Lo que pasa es que para nosotros tomar una planta para no tener hijos, es como matar a los propios hijos. Es destruir la ley de nuestros antepasados de querer todo lo que existe. Lo que pasa es que nuestros hijos se mueren antes de nacer, o unos dos años después, pero ya no es nuestra culpa. Es la culpa de otra gente... Así es como es culpable toda la gente que empezó a sembrar malas cosas en nuestra tierra. Entonces, para el indígena es no ser culpable cuando da vida a un hijo y sin embargo se muere de hambre.

Una mujer de veintitrés años, como yo, es una mujer muy sospechada por la comunidad, porque no sabe dónde ha estado, dónde ha vivido. Entonces, es una mujer que pierde la sinceridad de la comunidad y el contacto con los vecinos, que son los que se encargan de vigilarlo a uno todo el tiempo. En ese sentido no hay tanto problema cuando los padres están seguros que la mujer es virgen.

Por lo general se hacen cuatro costumbres de casamiento. La primera es «Abrir Puertas»: es amplia pero no hay ningún compromiso. La segunda es un compromiso ante los mayores, cuando la muchacha ha aceptado al muchacho. Es una costumbre de gran importancia. La tercera ceremonia es cuando el muchacho y la muchacha se juramentan ante ellos. La cuarta es ya el matrimonio, «AELa Despedida». Entonces, por lo general, la costumbre del matrimonio viene en esta forma. En primer lugar, el hombre tiene que hablar con sus propios padres, que le gusta aquella mujer y entonces los papás le irán a decir todo lo que es el compromiso de matrimonio. Tienes que tener hijos y que tus hijos tienen que comer y que tú ni un día puedes arrepentirte. Le empiezan a enseñarle un poco la responsabilidad del papá. Luego, con toda la claridad del muchacho y la claridad de los padres, van con el señor elegido de la comunidad a decirle que el muchacho piensa casarse y piensa hablar a una muchacha. Entonces, viene la primera costumbre de «abrir puertas», como le decimos nosotros. Se abren las puertas con el señor elegido, detrás del señor elegido van los papás del muchacho y el muchacho. Por lo general, las pedidas se hacen como a las cuatro de la mañana ya que la mayor parte de los indígenas, después de las cinco, ya no se encuentran en casa. A las seis de la tarde llegan del trabajo, inmediatamente se ponen a hacer otras cosas. Entonces, para no causar mayor molestia, se hace a las cuatro de la mañana ya se sale si los perros empiezan a ladrar.

Por lo general el papá se resiste desde un principio, porque entre nosotros los indígenas se casan muy jóvenes. Ya la muchacha de catorce años, muchas veces se compromete a casarse. Una muchacha de quince años, muchas veces ya está esperando un niño. Los papás se oponen y dicen no; que nuestra hija es muy joven y muy pequeña, nuestra hija es una niña obediente y que nosotros damos fe de que esa niña sabe muchas cosas. Entonces, los señores van a rogar, a rogar. El papá se resiste y no les abre la puerta y a los niños nos meten para adentro. Entonces, regresan los señores. Pero si los señores son muy interesados, tienen que regresar por lo menos tres veces. Desde el primer día que los señores llegan, el papá empieza a hablar más con su hija. Le dicen que hay un muchacho interesado en ella y le empiezan a explicar todas las instituciones que ella tiene que enfrentar. La segunda vez llegan los señores y por lo general, llevan un poquito de guaro; llevan cigarros por cantidad, entonces, si los papás aceptan un cigarro, quiere decir que ya empiezan a tener un pequeño compromiso. La puerta se empieza a abrir para el muchacho. Pero a veces, los señores —tengo el caso de mi hermana; llegaron por primera vez y los papás no los recibieron. La segunda vez tampoco los recibieron porque mi papá insistía mucho en que su hija era muy joven, ¿ser una mamá? ¡No! Porque entre nosotros los indígenas, lo primero que se piensa es en ser madre y en cumplir con toda la responsabilidad de un padre de familia. Y, al mismo tiempo, aceptar todo el respeto de la comunidad, porque cuando se casa una pareja en nuestra comunidad, al mismo tiempo tiene que guardar todo, como un ejemplo hacia los demás niños, hacia los demás hijos de los vecinos. Para nosotros es un gran compromiso. Pero, sin embargo, la hija empieza a hablar con sus papás y le gustaría conocer al muchacho. Por tercera vez llegaron los señores a pedir a mi hermana y es cuando mis papás les abrieron la casa y como mi papá era el señor elegido de la comunidad, entonces los mismos señores que fueron a pedir a mi hermana tuvieron que llevar otro señor elegido de otra comunidad. Y ya mis papás les abrieron la puerta. Y ya es cuando mi papá recibió la copa a los señores. Recibió los cigarros y entonces ya, por lo menos, está abierta la puerta. Entonces se le dice al muchacho que la muchacha es una mujer honrada, trabajadora. Ésa es la preocupación de los padres, pues. Que la mujer aguante, que la mujer sea trabajadora, que la mujer tenga iniciativa para poder enfrentar la vida. Y mi hermana, dicen que desde los tres años ya trabajaba como una adulta. Mi hermana es muy madrugadora, muy trabajadora. Le gusta sacar muy rápido el trabajo. Incluso en su trabajo, cultivar la tierra, muchas veces a las dos, tres de la tarde, ya saca su tarea. Entonces los papás le dicen que nunca queremos recibir quejas de ella o con respecto a ella, porque ella es una mujer trabajadora y sabe conservar todas las costumbres de nuestros antepasados. Y los papás del muchacho también dicen las deficiencias del muchacho. Nuestro hijo tiene estos defectos. Y que a nuestro hijo le cuesta hacer tal cosa pero también sabe hacer tal cosa. Es un diálogo. Ya después se van los señores porque el papá tiene que trabajar; pero, si piensa abrirle la puerta, los tiene que atender, aunque platiquen medio día o un día, para conocer al muchacho y a la muchacha. Ya después de eso se le da permiso al muchacho para que llegue otro día a buscar a la muchacha. Pero no llega cualquier día, porque sabe que todos los señores, su papá y su mamá, están trabajando en el campo. Entonces sólo llega los domingos. Entonces los domingos, la mamá está muchas veces en casa lavando ropa o el papá está en casa y la mamá se fue al mercado a comprar algunas cosas. Pero siempre tiene que estar uno de los papás en casa cuando llegue el muchacho...

El muchacho no llega con las manos vacías. Un regalito, unos pañitos, unos cigarros o una copa para los padres. Llega el muchacho y empieza a hablar por primera vez con la muchacha porque nunca, nunca se hacen novios en la calle...

Entonces respetar a la mujer y que los padres estén cerca. El caso de mi hermana se decidió como en siete meses que estuvieron platicando con el muchacho. Y constantemente el muchacho llegaba, sin ningún compromiso, ni de ella ni de él. Sólo estaba abierta la puerta. Entonces mi hermana se decidió y desde el primer día que la muchacha dice que quiere, el muchacho se hinca obedientemente delante de los padres y dice: tal día regreso con mis padres...

Entonces los padres traen setenta y cinco tamales grandes, de modo que es una carga como de dos o tres quintales ya que cada tamalito pesará unas ocho libras. Los tamales representan un poco los días sagrados para el indígena. Toman en cuenta los días sagrados cuando piden permiso a la tierra para cultivarla. Toman en cuenta los días sagrados de un niño, los ocho días. Toman en cuenta los días sagrados de cualquier fiesta. No sólo ceremonias, porque también toman en cuenta los días de ceremonia de todo el proceso del niño desde que nace hasta cuando se casa. Por ejemplo cuando nació, cuando hizo su integración en la comunidad, cuando se hizo su ceremonia como de bautizo y su ceremonia de los diez años. Siempre se conserva un día sagrado para el niño. Aunque esté trabajando, pero su día es sagrado. Todos esos días son sagrados. Luego se toman en cuenta otros días sagrados. Por ejemplo cuando se hace un cultivo cortando maderas. También se les pide permiso a las plantas que se cortan cuando hay necesidad. Todas las cosas para nosotros tienen su día sagrado. Aunque nosotros esos cultos no los guardamos bien por la misma situación, porque no tenemos tiempo de estar en descanso, pero sin embargo, son días sagrados. También todo lo que se refiere a días de santos, como en la Acción Católica. Pero entre nosotros no es santo de imágenes, sino que celebramos días especiales, por ejemplo hablando de nuestros antepasados. Entonces, cada tamalito representa un día.

La familia del novio trae los setenta y cinco tamales, una ovejita viva y una muerta arreglada. De modo que llevarán una carga bastante grande. Por lo general, llevan una tinaja de caldo de la oveja que han matado. La carne cocida también la llevan en un lugar. Eso ya hace la carga de una persona. Los tamales por lo menos tendrán sus cuatro mozos. Entonces llegan las filas de mozos. Pero no agarran cualquier mozo. Tienen que ser mozos bien honrados de la comunidad. Esos mozos servirán, al mismo tiempo, para repartir copas, entregar cigarros, en la fiesta que va a haber. Muchas veces los que llevan la carga son hermanos del muchacho o hijos de los tíos. Pero si es un hermano muy caprichoso, un hermano que no le gusta tanto dialogar, no tendrá chance de ir a una fiesta de ésas. Cuando entran, entran en fila. En primer lugar irá el señor elegido de la comunidad del muchacho, con su pareja. Entran, saludan a los padres de la muchacha y el papá se hinca en un lugar...

El padre viene a indicarles dónde se van a sentar. No se van a sentar revueltos porque la copa es muy importante. Se van a servir los mayores primero y después los demás una copa de guaro, trago. Más que todo, nosotros usamos bastante guaro. Hay un guaro clandestino que está prohibido por el gobierno de Guatemala. Sólo los indígenas lo hacen y eso se usa en todas las costumbres. Es un guaro muy fuerte. Cuesta barato. A ellos no les conviene. Bajaría el precio en las cantinas. El guaro se hace en el monte, en troncos de madera, en ollas de barro. Los padres llevarán la cantidad de guaro necesario. El guaro se hace de fermento de maíz o de afrecho que sirve de comida para los caballos. Así de trigo, restos de trigo y también se puede hacer de arroz o de caña. Sale igual, fuertísimo.

La madre levanta a la madre del muchacho primero, después a la abuelita del muchacho y después vienen la serie de personas que ella tiene que levantar. El papá de la muchacha se dedica a ordenar a cada uno de ellos donde se van a sentar. Habrá una silla especial para cada uno de ellos. Empiezan la plática, sale la muchacha. El muchacho no se levanta, se queda hincado. Viene la muchacha y se hinca aparte del muchacho. Ellos estarán hincados como quince o veinte minutos. Empieza la ceremonia con los abuelos que empiezan a contarle toda su vida de sufrimiento, su vida de tristeza, su vida de alegría. Cuentan como un panorama general de su vida. Que tal tiempo, y que tal tiempo estuvimos enfermos pero, sin embargo nunca perdimos la confianza, que nuestros antepasados sufrieron lo mismo y un montonón de cosas. Después viene una oración que será dicha por los muchachos que se van a casar. «Madre tierra nos tienes que dar de comer. Somos hombres de maíz, estamos hechos de maíz amarillo y blanco». «Nuestros hijos andarán sobre ti. Nuestros hijos nunca perderán la esperanza de que tú eres madre para nosotros». Y así empiezan a decir oraciones, los que se van a casar. Hablan con el Dios único de nosotros, o sea, el corazón del cielo que abarca toda la naturaleza. Hablan con el corazón del cielo a quien le dicen «Padre y madre, corazón del cielo, tú nos tienes que dar luz, nos tienes que dar calor, nos tienes que dar esperanza y tienes que castigar a nuestros enemigos, tienes que castigar a los que quieren acabar con nuestros antepasados. Nosotros, por más pobres y humildes que seamos, nunca te perdemos».

Hacen nuevamente un compromiso de su ser indígena. Dicen que somos importantes. Que a todos nos toca multiplicar la tierra pero, al mismo tiempo, nos toca multiplicar las costumbres de nuestros antepasados que fueron humildes. Y hacen un poco un recorrido al tiempo de Colón, donde dicen «Nuestros padres fueron violados por los blancos, los pecadores, los asesinos». Y que nuestros antepasados no tenían la culpa. Nuestros antepasados murieron de hambre porque no les pagaron. Nosotros queremos matar y acabar con esos ejemplos malos que nos vinieron a enseñar y que si no hubiera habido esto, estaríamos juntos, estaríamos iguales y así no sufrirían nuestros hijos ni habría necesidad de que nosotros tuviéramos un mojón de tierra. Y así un recordar y algo de concientización. Ya después hacen su compromiso y dicen «Vamos a ser padre y madre, trataremos de defender los derechos de nuestros antepasados hasta lo último y nos comprometemos a que nuestros antepasados van a seguir viviendo con nuestros hijos y que ni un rico ni un finquero pueda acabar con nuestros hijos». Ya después del compromiso de los muchachos, se levantan. Después le toca a la abuela de la muchacha y al abuelo del muchacho levantarlos y sentarlos...

Piden perdón por todos los abusos que han hecho de la ley de nuestros antepasados. Hacen un reconocimiento de que no han tomado en cuenta tal cosa No han tomado en cuenta muchas cosas de la formación o de las indicaciones que cada uno de nuestros padres han hecho. «Nos faltó pedirle perdón a fulano, de haber ofendido los reinos de la naturaleza». Después piden perdón y piden ayuda a los padres, que los tienen que ayudar para siempre, para que sus hijos sean indígenas y que nunca pierdan jamás sus costumbres y, aunque haya pleitos, tristeza o hambre, sigan siendo indígenas. Y después los padres dicen, pasarán las generaciones y las generaciones y seguiremos siendo indígenas. Dicen, la obligación de los padres es guardar todos sus secretos hasta las últimas, las últimas generaciones, para no darles sus secretos a los ladinos, para no enseñarles a los ladinos los trucos de los antepasados, y viene un montonón de cosas de los abuelos. Ellos son testigos de esto, porque después de esto sus hijos también van a ser testigos de nuestros antepasados. Que ellos no fueron pecadores, no sabían matar... Dicen, ahora los hombres no saben respetar la vida de los humanos, ahora hay muertos... Los mayores son los que tienen la palabra ahora, a través de sus ejemplos y de sus experiencias y de su vida. Y dicen, nuestros antepasados nunca pasaron por alto que había que pedirle permiso a todo ser que existe para utilizarlo y para poder comer y todo eso. Y eso ya no existe... Muchos de nuestra raza indígena ya saben matar. Son culpables los blancos. Y así le echan la culpa a los blancos que vinieron a enseñarnos a matar y que nosotros no sabíamos y que hasta ahora no sabemos matar y que no los dejemos que nos enseñen... Después seguirá el cigarro, y las copas que significa mucho, por cada copa se dice como una oración: que era el vino sagrado de nuestros antepasados, que ellos no estaban privados de cultivar su propio vino, de hacer su propia bebida. Que hoy el mundo es diferente. Ahora nos privan de hacer nuestra propia bebida. Entonces, esta bebida es sagrada, dicen ellos. Esta bebida nos hace mucho pensar. Viene la segunda copa, también es diferente la oración. Esta oración dice que nos comprometemos a defender esta bebida. Que aunque escondidos, la vamos a hacer y la seguimos haciendo. Que nuestros hijos seguirán haciendo esta bebida hasta cuando pasen todas las generaciones que van a pasar. La tercera copa es cuando se declaran los novios. Después, con la cuarta copa, es cuando los abuelos tienen todo el permiso de hablar. Luego que hablan los abuelos hablan los dos elegidos y también hacen una serie de recomendaciones a los dos. Que por nuestros antepasados tienen que tener hijos; que el primero de los hijos llevará el nombre de los padres del muchacho y después el de los padres de la muchacha para que nuestras semillas no se mueran, no se borren. Y ya después de eso echan todos discursos... Después se levanta la pareja y se sientan. Ya se empieza la ceremonia más amplia, así de diálogo. Es un día entero donde se sientan a hablar. Que dicen que eran así nuestros abuelos, que hicieron tal cosa los blancos y así empiezan a culpar a los blancos. Que nuestros antepasados sembraban bastante maíz. Que no hacía falta maíz para ninguna tribu, para ninguna comunidad y que era todos juntos. Y ya empiezan a hablar, teníamos un rey y el rey sabía distribuir todas las cosas con todos los que existían. El cacao, ya no es de nosotros, es de los blancos, es de los ricos. El tabaco. No podemos sembrar el tabaco. Que antes había mucho tabaco para todo el pueblo. Antes no estábamos divididos en comunidades ni en lenguas. Nos entendíamos todos. ¿Y quién es el culpable? Los blancos son, los que vinieron aquí. Por eso, no hay que confiarse en los blancos. Los blancos son ladrones. Recomiendan mucho los abuelitos de guardar los secretos de nuestros antepasados. Antes no había medicinas, no había pastillas. Nuestra medicina eran las plantas. Nuestro rey sabía sembrar muchas plantas. Por eso nuestros hijos tienen que conocer las plantas. Antes los animales ni siquiera nos picaban y ahora hasta eso han logrado hacer. Después, la última parte de la ceremonia es un poco triste porque, con gran sentimiento los abuelitos, se recuerdan de todo eso y empiezan a decir como será después. Tienen una gran preocupación. Ahora nuestros hijos no pueden vivir muchos años. Como será después. Ahora muchos andan con carros. Antes nuestra Guatemala no era así. Todos caminábamos a pie, pero todos vivíamos muy bien.

Mataron a nuestros principales antepasados, los más honrados. Por eso hay que saber respetar a la naturaleza. Saber respetar a los árboles, a la tierra, al agua, al sol y saber respetar al hermano.

... Nadie se emborracha porque tiene que ser una fiesta sagrada. Dejan todos los restos... Ya después de la comida vienen otra vez las pláticas llenas de sentimientos de parte de los padres, de los vecinos.

En la tercera ceremonia hay también bebida y comida. La bebida la traen en bastante cantidad... Uno ahí desde niño empieza a ser adulto. No hay niñez. Uno desde niño empieza a ser responsable. Mi hermana era muy madura y si no veía a su novio, sabía que eran las circunstancias. No había ningún problema. Al regresar, llegó el muchacho a visitarnos... El muchacho dijo que sus padres estaban dispuestos a hacer la tercera costumbre y ya se pusieron de acuerdo cuándo iba a ser. Nosotros teníamos tanta necesidad de recoger muy pronto el maíz, porque llovía mucho y se pudre. El muchacho tiene que trabajar para los papás de la muchacha por lo menos unos tres meses como miembro de la familia. Después de la segunda costumbre. Entonces, el muchacho dijo, yo me vengo a vivir con ustedes. A los tres meses él regresó a su casa. Es igual como que él hubiera ido a la finca. La tercera ceremonia es cuando el muchacho y la muchacha se juramentan entre ellos.

En esta tercera ceremonia los novios se juramentan entre ellos. Para representar la mezcla, traen cajas de gaseosa, un poco de pan, guaro comprado, candelas compradas, todas esas cosas que son como un escándalo para el indígena y ahí es cuando viene la gran explicación también de cada una de las cosas que traen. De un principio ponen candela pero es candela hecha de cera. O sea, las candelas que ponen cuando nace el niño y las de la segunda costumbre, son candelas hechas de cera de las abejas del campo. No es candela comprada en el mercado sino que todo tiene que ser natural. Hasta la olla donde llevan el caldo, es olla de barro hecha por la abuelita, hecha por la mamá o por la tía. El guaro también. Para encender los cigarros, por ejemplo, usan unas piedrecitas. Todo es natural y todo es lo nuestro. Llevan las tortillas como símbolo del maíz que es algo sagrado para el hombre y es su comida y es su vida.

Otra vez se presentan, igual como se presentaron la primera vez y empiezan a dar su opinión sobre esto. Por ejemplo, si es «coca cola», los abuelitos, dicen, hijos, nunca van a enseñar a nuestros hijos a tomar esta porquería porque es algo que trata de matar nuestras costumbres. Son cosas que pasaron por máquinas y nuestros antepasados nunca usaron máquinas. Estas fincas son las que hacen que nos muramos jóvenes. Es comida de los blancos y los blancos se sienten ricos con estas cosas... Entonces dicen, a sus hijos nunca los van a acostumbrar a comer pan porque nuestros antepasados no tenían pan. Y así, un montonón de cosas de los abuelos.

Después vienen los padres... Los tíos enfocan un poco más las costumbres católicas. Ahí ya llevan un cuadrito, una imagen de santo. Y dicen, este es san Tal. San Judas, por ejemplo o san Agustín o san Antonio que es el que trae más sorpresa o más cosas buenas según la ideología de todo el pueblo. Dicen, estos santos son santos, pero también no son los únicos. Está el dios del cielo, está el dios de la tierra. Y empiezan a recordar todo. Que canalizan en un solo dios, que es el dios único. Dicen, este santo es un canal para que nosotros nos comuniquemos con el dios único. Entonces dan una gran explicación y ya se comprometen los dos. Ya sólo se espera el matrimonio.

Hablan los señores para decir que los felicitamos y que ojalá que sean buenos padres, que tengan buenos hijos y que soporten la vida y que puedan vivir como humanos y que sus hijos no abusen de la naturaleza. Se deja la palabra a los novios... Por ejemplo, dicen que los ricos hasta brillan sus baños, como un traje especial y nosotros, los pobres, no tenemos ni siquiera un huequito para ir. Y que nuestros trastos de comer tampoco son iguales que los de ellos. Pero también dicen que nosotros tampoco deseamos lo que ellos tienen. Nosotros tenemos manos para hacer nuestras ollas y no las perdamos... Ya después de la última ceremonia es cuando a la muchacha se le entregan sus cosas. Es lo más triste de la última ceremonia. Ya se queda establecida la fecha cuando se van a casar, si van a pasar por la iglesia. Otra cosa muy importante que dicen, que mi abuelita decía. Hijos, hasta para casarse ahora hay que firmar una porquería de papel. Hasta para el pueblo dicen que hay un alcalde, hay un archivo, hay un papel. Eso no existía antes. Antes nos casábamos a través de nuestras costumbres, de nuestras ceremonias y no había necesidad de firmar un papel. Y al mismo tiempo, antes no se podía separar el hombre con la mujer, sólo por obedecer las leyes de nuestros antepasados. Pero si la mujer sufría mucho podía abandonar al esposo. Y ahora, porque está firmado en un papel no puede abandonar a su esposo. Las leyes de la Iglesia es parecido a las leyes de los ladinos. O sea, van a lo civil y que cuando van a lo civil ya no se pueden separar el hombre de la mujer. Como el indígena se siente responsable por cualquier miembro de su comunidad. Si una mujer está sufriendo, y la comunidad no puede hacer nada por ella, porque la ley dice que no se puede separar. Para el indígena es difícil aceptar eso.

En esa fiesta se le habla a la mujer sobre que el padre ya terminó su responsabilidad de cuidarla y de darle vida... Ya en la fiesta familiar los hermanos de la muchacha hablan, tanto los mayores como los hermanitos, dice, por ejemplo, «Te agradecemos todo lo que has hecho por nosotros, que ayudó a cuidarnos, nos cambió de pañales, nos cargó». Se reconoce a la hermana como una madre también porque es parte de lo que la madre hizo por nosotros... Nosotros consideramos las flores como parte de la naturaleza y es algo que en la casa de un indígena nunca se ve, una flor sembrada en la casa. Hay algunas flores, por ejemplo el cartucho, que es una flor blanca, y se da más en tierras frías. Se siembra, pero no es en la casa sino que se siembra en los mojones de los vecinos. O si no, se siembra a un ladito retirado de la casa. Y esas flores sólo se utilizan cuando hay una fiesta o una ceremonia grande. No se utilizan en cualquier momento. Y como nosotros casi vivimos entre las plantas y los árboles, entonces no hay necesidad, explicaba mi papá de tener una planta en casa ya que la planta es parte de la naturaleza. Entonces, los hermanos se encargan de buscarle y arreglarle una flor natural cuando sea la despedida. «Yo te hago las flores de tu despedida en nombre de todos nuestros hermanos». En ese tiempo sólo le anuncian la mayor parte de las cosas que va a tener cuando se vaya. Los hermanos mayores le aconsejan que ella es pura, limpia y que ellos también la han cuidado desde pequeña. Y, de parte de la mujer, agradece a sus hermanos mayores lo que han hecho por ella... También la mamá es encargada de hacer unos petatillos chiquitos porque para nosotros, indígenas, es un escándalo sentarse en una silla. La mujer especialmente, porque la mujer se considera como madre de un hogar y la tierra es madre de un mundo entero porque es madre de todos los indígenas. Entonces, la mamá se relaciona un poco con la importancia que tiene la tierra y la importancia que tiene la mamá. Entonces, por lo general, nos sentamos en el suelo. Sólo que las mamás tejen los petatillos para sentarse encima en el suelo. Entonces la muchacha se va. Llevará su media docena de petatillos chiquitos, llevará unos petates grandes y así, cositas que la mamá le regale y que estará ya todo preparado cuando se le anuncie a la muchacha su despedida. Después de toda la ceremonia de la alegría o de la tristeza que tenemos con la hermana, los papás, como señal de alegría o también como señal de tristeza, siempre, siempre se quema pom. Y en todas las costumbres que han venido haciendo, o sea, la primera, la segunda, la tercera, la cuarta ceremonia, siempre se quema pom como un humo sagrado para nosotros. Es un poco relacionado, como para ofrecerle al señor único, un sacrificio. Entonces también se quema el pom y se le hace, quizás, una cena o un almuerzo a la muchacha. Claro, estará muy triste porque va a abandonar a sus hermanos, su papá y su trabajo y todo. También tendrá que hacer el trabajo de la otra gente. Casi es igual ese trabajo porque la mayor parte de la comunidad tiene las mismas costumbres. Pero el problema de mi hermana era que se fue a otra comunidad donde tienen otra lengua y otras costumbres.

Ya después viene la cuarta ceremonia donde tienen que estar los padres de ambos. Ya es la despedida de la muchacha de la comunidad porque se va a la casa de sus suegros. Cuando llegan los papás del muchacho, también estará bien preparada la casa, eso sí. Se le adorna la casa, se le ponen sus florecitas. Los hermanos de la muchacha se comprometen a hacerlo. Son los que tienen que buscar la iniciativa de como adornar la casa para la despedida de la muchacha. Esto se da en dos lugares. Uno si se hace la ceremonia de nuestras costumbres, antes del matrimonio civil o la iglesia, pues, porque en este tiempo ya hay dos formas de casamiento. Sería la Iglesia Católica y la costumbre indígena. Luego, el civil... Muchos han hecho de que se van al civil y se van a la iglesia. Después de la iglesia regresa la muchacha a la casa y se hace la despedida de acuerdo con la costumbre, después la muchacha sale directamente a la casa del muchacho. Pero muchos han hecho que antes se despide la muchacha, después se van al civil y a la iglesia y se entrega la muchacha en casa del muchacho. La mera fiesta de la despedida se trata de esto. En primer lugar, se arregla la casa. Los papás hacen un pequeño gasto, pero el que hace más gasto es la comunidad. Sabrán que la muchacha se va a despedir. Entonces los vecinos, unos llegan a dejar leña (igual lo hacen cuando nace el niño). Otros llevan masa, otros llevan carne. Los papás sólo se encargan de hacer el guaro, la bebida que se va a tomar... Se hace una gran fiesta. Si los señores van a llegar a las diez de la mañana, por ejemplo, los vecinos desde las cinco de la mañana estarán en la casa de la muchacha preparando todo, para que la casa y la comida, todo esté listo a las diez. Hay algo importante que nace también del corazón de los vecinos. Toda la leña que va a recibir la muchacha tiene que ser cortada el mismo día que va a ser despedida. O sea, los vecinos están desde las cinco de la mañana; los señores, cortando, rajando la leña para llevarle a la muchacha, para que se puedan hacer todas las cosas que se tienen que hacer... Los padrinos de la muchacha se eligen cuando la niña nace. Los mismos tendrán que estar presentes. Después del saludo de los señores, la mamá sale con todas las cosas que le va a entregar a la muchacha. «Esto es todo lo que le podemos dar, un estímulo para nuestra hija». y le da un montonón de cosas... Los hermanos de la muchacha tendrán preparado un gran ramo de flores.

... Los padrinos son los que tienen más responsabilidad de seguir ayudando a esa pareja, de ambos lados. Pero si no hay solución, la muchacha es protegida por los padres. Puede regresar, a condición que la muchacha no haya roto con las costumbres y el muchacho se lleva a la muchacha. Eso corre el riesgo de que si el matrimonio no se entiende, el papá de la muchacha la rechace. Al mismo tiempo los papás del muchacho rechazan a su hijo porque no cumplió con las leyes. Lo que decían nuestros abuelos. Antes no había una ley que nos atara para siempre, como por ejemplo la iglesia, o lo civil, sino que había leyes que había que cumplir, pero no era algo que nos amarra para siempre. De parte de la comunidad, le dará todo el apoyo a la muchacha que parte. Y por eso está la comunidad presente cuando la muchacha se va. Entonces le expresan todos sus sentimientos. Para cualquier cosa, estamos aquí. Tú tienes que realizar tu vida, pero si algún día no te resulta, nosotros te defendemos. Eso tiene una mujer indígena, que tiene todo el apoyo de una comunidad si no rompe con las leyes. Pero si rompe, claro, la comunidad tiene corazón, pero la verán con otros ojos. Eso depende de la muchacha. Porque también existe en los grupos indígenas que los hombres llegan tomados y empiezan a pegar a las mujeres. Pero depende del cariño que tiene la mujer hacia el hombre y si considera que es el papá de todos sus hijos, entonces la mujer no se quejará tanto, como debe ser, porque apoyo tiene... El caso de mi hermana, le fue un poco mal con el matrimonio. Porque llegó un tiempo en que ella por la otra lengua, y otras costumbres de los papás del muchacho y del mismo muchacho no se acostumbró a la otra comunidad, porque como nosotros estamos acostumbrados a vivir en una comunidad, si no se entiende la otra comunidad, ¿cómo va a vivir, pues? Entonces, esa problemática se discutió entre mis papás y los papás del muchacho y con el señor elegido de la comunidad. Mi papá dijo, aquí la comunidad está dispuesta a ayudarles como familia. Creo que mi hija debe venir a vivir acá cerca para poder ayudarlos mejor. Entonces, llegaron a la conclusión de que mi hermana regresara a la comunidad de nosotros. Claro, mi hermana ya no regresó a casa. La comunidad ayudó a mi hermana y en quince días estaba arreglando su casita... No regresó a casa de nosotros porque era muy grande la familia. Al mismo tiempo estaban mis cuñadas con nosotros. Mi hermana tenía ya un hijo y los mismos papás dijeron tienen que hacer su vida propia. La comunidad se dedicó a darles parte del trabajo colectivo. Maicito y frijolito para que ellos pudieran vivir y trabajar. Porque si es una mujer que trabaja por su cuenta, o trabaja en colectivo, que sea casada o soltera, no tiene ningún problema si no abusa de las leyes de la comunidad. Si tiene algún problema, siempre estarán sus vecinos y cuenta con la comunidad. Eso es precisamente algo de lo que los padres le dicen a uno en los diez años.

COMPRENSIÓN Y ANÁLISIS

Ubique las dos lecturas del libro *Me llamo Rigoberta Menchú y así me nació la conciencia* dentro de la época en que fueron escritos. Comente sobre lo siguiente:

Forma

La estructura de la narración: Busque introducción, desarrollo y conclusión.
El narrador: ¿Cuál es la forma narrativa? ¿Quién es el narrador? ¿Considera que la historia es una autobiografia o es un testiminio para intentar cambiar la situación de los indígenas en Guatemala?

Contenido

El tema: La narración explica la situación en que viven los indígenas y explica las tradiciones de su cultura. Explore estos temas en el relato. Comente cuál es la relación de los indígenas con la naturaleza. Comente cuándo reciben las niñas la educación referente al tema del casamiento y las implicaciones que esta educación tendrá en las mujeres indígenas.
El espacio: ¿Qué lugares específicos se mencionan en la narración? ¿Qué importancia tienen?
El tiempo: ¿Hay un tiempo determinado en la narración?
La cultura: Conociendo la época en que la obra fue escrita, explique si ésta rompe o acentúa estereotipos

sociales de género. Comente las diferencias entre los indígenas y los ladinos. Explique la mezcla de culturas mencionadas en el texto y cómo los indígenas han tenido que acoplarse a las leyes impuestas por el cristianismo.

Lenguaje

Vocabulario de la obra: ¿Qué palabras y símbolos contribuyen a dar a la narración su tono autobiográfico?
Descripciones: Describa a su compañero cómo todos los niños tienen un nahual y lo que esto implica. Describa las cuatro ceremonias de casamiento.
Narración: Resuma en pocas palabras el contenido de los relatos.
Lenguaje literario: Busque los símbolos que se encuentran en estos fragmentos, por ejemplo el maíz, el nahual, los ladinos, los animales, las cuatro ceremonias de casamiento, ¿qué significan éstos? Encuentre algunos errores en el español del texto. Busque información sobre los indios de Guatemala y comente cuál es su situación socioeconómica.

Comunicación

¿De qué manera se presenta el relato? Identifique las palabras características de los indígenas y explique su significado.

Ejercicios de creación literaria

Escriba una narración donde usted sea el miembro de la comunidad elegido para tramitar el casamiento de una pareja. Escriba sobre los pasos que ha de seguir para efectuar las cuatro ceremonias.
Escriba una narración donde usted sea un miembro de la comunidad indígena. Diga cuál sería su papel, qué clase de trabajo tendría; comente cómo sería su vida en general. Escriba de nuevo las cuatro ceremonias desde el punto de vista de una chica o de un chico que se va a casar.

Marjorie Agosín, Chile, 1955

Marjorie es una poeta de refinada sensibilidad. Se educó en Chile y obtuvo su doctorado en literatura de la Universidad de Indiana en los Estados Unidos. Es catedrática de literatura latinoamericana en Wellesley College en Massachusetts. Ha recibido muchos premios por su destacada carrera literaria y académica. En cortos años, la producción literaria de Agosín ha sido prolífera: más de sesenta ensayos, once libros de crítica, ocho antologías y doce libros de su propia poesía, entre ellos *Círculo de locura, Sargazo, Brujas y algo más* y *Mujeres de humo.*

En su poesía evoca temas personales, sociales y políticos como la situación de los desaparecidos durante las dictaduras militares en Argentina y Chile.

La poesía de Agosín penetra hasta la esencia; lleva al lector por senderos inexplorados cruzando linderos míticos. Su duende es juguetón-serio y acaricia cada verso con sensualidad.

Los poemas de Ana Frank conectan con una temática casi ignorada en la literatura hispanoamericana. En ellos el lector dialoga con la pequeña e inocente víctima y comparte los meses de encierro y privación.

El verso de Agosín es mordaz, sacudidor; las esperpénticas descripciones desmaquillan los campos de concentración y exponen la vergüenza del nacismo.

LLEGÓ ANA FRANK

famélica a tu casa
de piedras,
quiso acercarse
a tu mesa,
beber el té de los difuntos,
quiso conocer tus
hijos,
pero no le
abriste la
puerta.
Huiste
de una niña judía,
guardaste un silencio de amenazas,
un silencio de miedos
cuando se la
llevaron en los
trenes de la segura muerte.

COMPRENSIÓN Y ANÁLISIS

Ubique el poema «Llegó Ana Frank» dentro de la época en tuvo lugar. Comente sobre lo siguiente:

Forma

La estructura del poema: Número de versos, medida de los versos.

El ritmo: Lea el poema verso por verso. Comente sobre el ritmo agitado con que respiran los versos.
La medida no uniforme de los versos y su influencia en el ritmo.

Contenido

El tema: El poema es de tema obviamente político y contestatario. Infórmese sobre el Holocausto judío y comente sobre él.
Los personajes: Asumimos que la poeta es la interlocutora, aunque nunca se menciona el pronombre **yo**: ¿Qué logramos saber de su manera de sentir en el poema? ¿Quién y cómo es el interpelado (tú)? ¿Cuál es la relación entre la autora y Ana Frank? Consiga informacíon sobre Ana Frank como el personaje que inspira el poema.
El espacio: Explique cómo la casa cerrada es una metáfora de la Europa de la época. ¿Qué otros lugares específicos menciona el poema?
El tiempo: ¿Hay un tiempo determinado en el poema? Estudie los verbos en el poema y diga qué tiempo usa la poeta para expresar sus ideas. Comente sobre la validez del poema hoy.
La cultura: Conociendo la época en que el poema fue escrito, ¿es éste un poema que rompe o acentúa el conformismo social? Desde el punto de vista de la poeta, ¿a quién representa el **tú** en los versos: «guardaste un silencio de amenazas, un silencio de miedos?».
El título del poema es el sujeto del verbo en el primer verso. ¿Qué piensa de este recurso?

Lenguaje

Vocabulario del poema: ¿Qué palabras contribuyen a darle al poema su tono melancólico, su tono de reproche?
Descripciones: ¿Qué palabras se utilizan para describir a Ana y a los dueños de la casa?
Lenguaje figurado: Explique cómo Ana Frank ha llegado a personificar al pueblo judío en el tiempo de la Segunda Guerra mundial.

Comunicación

¿Cómo comunica el poema la acusación al **tú** por su silencio?

Ejercicios de creación literaria

Asuma el punto de vista del **tú** y defiéndase frente a la poeta.

Escriba una narración para contar la historia presentada en el poema.

LLUEVE EN EUROPA, ANA FRANK

Tu mirada de noche oscura
se acerca ojerosa tras el umbral
de los milenarios encierros.
Llueve, Ana Frank
y no puedes chapotear sobre los charcos
de la Amsterdam náufraga y delirante.
No puedes besar a nadie
bajo la lluvia y sus peligrosos pasos.
No puedes decirle a nadie
que una niña de trece años
debería
hacer obsequios de agua en la lluvia,
llenarse del agua santa,
pero tú, Ana Frank
viste llover desde la jaula.

ANA FRANK NO ESTRENÓ SU VESTIDO

de seda avellana;
no calzó los zapatos de
bosque malva;
no se cubrió de collares,
como pájaros vivos,
Ana Frank no salió a ninguna fiesta somnámbula
no encontró los amores en las avenidas,
no supo de regresos,
ni de nubes.
Ana Frank
no pudo ser feliz,
ni contemplar el bosque,
ni recoger
las palabras del olvido.

LOS SEÑORES DE LA GESTAPO

escuchaban a Mozart,
leían libros embalsamados de tapas duras,
se regocijaban en el
sagrado orden de las
familias.

Después de las sagradas meriendas
descendían a las celdas efímeras
para comer tus orejas,
para cortar tus senos
delgados,
tus manos de princesa,
para robarte
tus trece años
cumplidos.

ANOCHE ME DESPERTASTE

Ana Frank.
Estabas muda.
Caminábamos sobre el otoño enamorado
y el comienzo de las hojas,
Querías acercarte a
jugar con mis brazos color ocre,
color de hojas vivas,
pero estabas degollada
y ebria, te tambaleabas
porque tampoco tenías pies ni manos.
¿Ana, eras tú, tan diáfana entre los humos, o
eras una voz inventada?
¿Qué eras Ana Frank,
después de esa muerte
en la lejanía de las praderas
mientras encendían las fogatas
mientras entibiaban las piedras
para quemarte?

ANA FRANK

querías pintar
estrellas,
los hongos, las calaveras,
mariposas, el ámbar,
canciones de la luz.
Ana Frank,
querías ser el verde
del bosque, el cloroformo
de los cuentos.
Ana Frank
no querías
mordazas,
tan sólo pintar
estrellas.

LAS MUJERES DE LOS CAMPOS

(Auschwitz)

I

Más allá de los bosques
junto al vacío de la demencia,
junto al agua escuálida,
hay un tiempo
sin brisas.
Hay un olor sin olor;
hay vivos como muertos.
No hay gritos.
No hay gestos.
Ahí llegaron
las mujeres de los campos,
adelgazándose en la
ausencia del
paisaje.

II

Ellas llegaron cuando el día
se hizo como una noche errada
y sin embargo
todas ellas parecían ser
danzarinas trastornadas
tras la noche
clavada de estrellas mudas.

III

Entre las cenizas,
más allá del difunto silencio de las muertes,
reconociéndose
como si fueran vagones de carne,
entre las sombras,
porque eran todas una misma voz.
Más allá del tiempo a través de los alambres vacíos
y las amapolas imaginarias,
se inclinaron junto al fuego imaginario del amor
reconociéndose, rememorando las costas de
Holanda,
la casa de Kafka, Praga florecida, el ruido de las
bicicletas
y las mujeres de los campos hicieron una ronda
y fueron fecundas en el habla y
en el canto.
Una de ellas se sintió muy hermosa en la calvicie.
Comenzó a desprenderse de las cenizas,

llegó la bruma,
llegaron las estrellas,
los metales del sol y
el tiempo de la felicidad gratuita.
Las calvas se hablaron,
germinó el cabello,
persiguieron sus nombres.
Ya no eran iguales entre las soledades.
Se reconocieron,
entre el sopor de las lluvias
más allá de las cenizas.
Soñaron con los ríos de aguas blancas
y soñaron con el tiempo del bosque del musgo
y los nombres más allá de las lluvias.

Antonieta Villamil, Colombia, 1962

Antonieta Villamil nació en Bogotá. Después de estudiar Comunicación Social, se trasladó a vivir a Estados Unidos en donde reside desde 1980. Además de ser directora de la editorial y revista bilingüe *Moradalsur*, coeditora de la publicación *The Poem* y directora de la Sociedad de Escritores y Poetas de Los Ángeles, Antonieta Villamil orienta La Vida Profunda, círculo de lecturas de poesía bilingüe, en las bibliotecas públicas y librerías de Los Ángeles y colabora en las lecturas de poesía de Poetry Society of América y del Museo Getty, y en diversos talleres y eventos de poesía en Estados Unidos, en donde ha obtenido varias distinciones. Escribe en español e inglés y tiene en la actualidad siete libros inéditos, así como traducciones de Plath, Pizarnik, Ginsberg, Lorca, Vallejo, Simic, Paz, Merwin, entre otros. A lo largo de su obra la poesía de Antonieta Villamil, asalta en su lenguaje intenso las zonas prohibidas de lo nocturno y el erotismo. Expone el difícil tema del amor en una búsqueda de reconciliación entre la energía masculina (el ánimus) y femenina (el ánima) del individuo y trata el poder transformatorio del amor. Convoca los manantiales de la memoria para rescatar la voz de quienes sobreviven la pérdida de seres queridos bajo circunstancias violentas. Sin gritar ni hacer demandas, la poesía de Antonieta Villamil se encuentra ante una constante lucha por la libertad de expresión, evocando una profunda preocupación por la situación que ha llevado a muchos países de las Américas a una silenciosa violencia y recorre una irresistible variedad de latitudes, en torno al tema del proceso creativo, en un constante empeño por reafirmar el poder de la poesía ante un mundo que enfrenta permanentes transformaciones y deterioros.

Algunos de sus poemas han sido incluidos en distintas publicaciones de Colombia y Estados Unidos. Fue finalista en el premio nacional de poesía 1997–1998 de PSA, Poetry Society of América: Poets Without A Book, y fue ganadora en el concurso de poesía en español de La casa de la cultura de Long Beach por su poema «Mi País, Niño Dormido». Recientemente ha sido seleccionada en *Quince poetas de fin de siglo*, antología de poesía colombiana en los Estados Unidos, editada en Bogotá y New York por Eduardo Márceles. Su primer libro, *Traigo como Arena en los Ojos*, fue publicado por Trilce Editores de Bogotá en 1998 con prólogo de Julián Palley y comentario de Guillermo Martínez González.

EN POINT DUME

Te busco, Amor,
en el aroma de las algas
sinuosas, en el caracol
abandonado,
en la lejanía que define
su delfín de seda
y al que la gaviota
de mi ojo se precipita.

Te busco en los niños
de arena que se desvanecen
al toque unísono
de las gotas de mar
contra las palmas
de la roca que cercena
mis orillas desnudas,
resecas.

Mi gaviota ensanchada
te circunda.
Tu delfín de niebla estalla
en su vaivén de algas.
Tu caricia de arena, veloz.
Tu aroma salitre, disperso
y tu resaca... se lima
contra la roca
de mi desolación.

Y por un instante
enciendo tu atardecer
en el amarillo de tu luz,

en el rojo que palpita
y brota caracol
salta delfín,
roza arena,
vuela gaviota.
Ágil me ahogo
respirándome tu piel.

AYUNO

Hoy estoy
ayunando
de multitudes.

No entiendo
los colegiales
con su paso
de cachorros
desolados.

No entiendo
los oficinistas
y sus secretarias
sus cuadriculados
encierros de números
y tazas de café.

No entiendo
las amas de casa
y sus escuálidas
canastas
ni el agujero
en sus monederos.

Tampoco entiendo
los policías
y los ladrones
ni los mercaderes
y sus compradores
empecinados
en su cotidiano
ritual a la estridencia.

No entiendo
los programas
de televisión
ni el hueco
que le declaran
a la soledad.

Hoy estoy
ayunando
de multitudes,
de transeúntes,
de parques y plazas,
de apremiados
a la ligera.

Todos necesitamos
un buen ayuno
para recobrar
el silencio
de las cosas.

*ENTRE LAS PIERNAS DE LA MUERTE**

**Advertencia de la esposa, la madre o la hija ultrajadas.*

Instigando su instinto caníbal
husmean nuestras murallas
En horda desaforada observan
a sus dioses con disimulo
para conflagrar su infame
proeza, en nuestra noche

Acallando nuestro profundo canto
se magnifican, porque escuetos
desbocan en nuestra página
sus rimas erotaradas

Temidas hijas de la guerra
Protectoras de la libertad
como leona que divisa hiena
y amantes del hombre
que las dignifica
que no «descifren» nuestro silencio
que no hurguen nuestras entrañas
con la obscuridad de su deseo

Que no sacien su absurda tinta
en el pudor de nuestras mieles
para provocar el vuelo
de las hienas-buitre
Que se cuiden de no vaciar
desmesurados su inteligencia
rindiéndose
nocturnos entre Sus
piernas.

«Los individuos que abusan de las mujeres se matan a sí mismos. Matan la posibilidad de una cultura fundada en principios avanzados, la protección de las mujeres y en consecuencia sus hijos que representan el futuro».

HUMANO
M
Í
O

Quiero besar el firmamento
más allá de tu noche,
tomar entre mis palmas
tus labios extenuados
y mirarme en tu espejo
hasta que decanten
en este ardor inmenso
tus húmedos suspiros.
Serpenteo nocturno
tus fulgores me ciegan,
atracan a mis puertos
tus piratas ondulantes,
sigiloso te apeas y en
mis cerros derrochas
el extático revuelo de tus
h
u
r
a
c
a
n
e
s
en mis hojas.

COMPRENSIÓN Y ANÁLISIS

Ubique el poema «Humano mío» dentro de la época en que fue escrito. Comente sobre lo siguiente:

Forma

La estructura del poema: Forma externa (palabras en caída vertical), número de estrofas y versos, medida de los versos.
El ritmo: Lea el poema. Comente sobre el ritmo con que andan los versos y sobre la medida no uniforme de los versos y su influencia en el ritmo.

Contenido

El tema: El poema es de tono erótico. Comente sobre el amor al humano, no al hombre en una pareja heterosexual.
Los personajes: La poeta es la interlocutora: ¿Qué logramos saber sobre ella en el poema? ¿Quién y cómo es el interpelado (**tú**)? ¿Cuál es la relación entre la autora y el **tú**?
El espacio: ¿Qué lugares específicos menciona el poema? ¿Son estos lugares reales o figurados? ¿Qué puntos corporales menciona el poema?
El tiempo: ¿Hay un tiempo determinado en el poema? Estudie los verbos en el poema y diga qué tiempo usa la poeta para expresar sus ideas.
La cultura: ¿Cuál es la relación del título con el contenido del poema?

Lenguaje

Vocabulario del poema: ¿Qué palabras contribuyen a darle al poema su tono serpentino? ¿Está este tono sustentado en la estructura del poema?
Descripciones: ¿Qué palabras se utilizan para describir al hombre?
Lenguaje figurado: Discuta la connotación fálica del serpenteo.

Ejercicios de creación literaria

Asuma el punto de vista del **tú** y contéstele a la poeta. Escriba una narración para contar la historia presentada en el poema.

MI PAÍS, NIÑO DORMIDO

Mi país, niño dormido,
en tu lejanía que atisbo se ahoga
mi sueño de hojarasca irreverente.
Con esta ala que condensa
desde mi ojo tu memoria, busco
lo que me llena de tu aroma:

El buñuelo rebosante del mediodía.
Atardecer de esmeralda. Noche tinto.
La empanada de la luna en el chocolate
de tu atardecer dorado.
Caminatas de maíz blanco al alba.

Tú mi niño, violento dormido,
hincado a tus grietas bermejas,
disimulando los huesos delgados
de mi hermano desaparecido.
El llanto que se te derrama
llovizna de anochecer,
toca a mi puerta desolada,
con su rumba asechante

como para no olvidar
que tu muerte nos desgrana
m a z o r c a s
un grano por cada minuto.

Mi país, niño bailando
en su interminable salsa.
Necesaria panacea para tus hijos
desprovistos de permanencia,
que como improvisados fantasmas,
a tientas regresamos después
de cada una de tus pesadillas,

atisbando el cuerpo,
quizá mutilado
y a su reencuentro
—¡gracias Dios, por el habla!—

Quizá mañana vengan
las metrallas infalibles
con sus ráfagas pulverizantes
y mi niño, violento durmiente,
hincado en sus grietas escarlatas,
armando su rompecabezas
con nuestros huesos,
nos está desapareciendo
uno a uno por amapolas malditas
que nos d-e-s-g-r-a-n-a-n mazorcas.

José Manuel Rodríguez Walteros, Colombia, 1966

José Manuel Rodríguez Walteros, nació en Bogotá en 1966. Vive en Los Ángeles desde 1988. Ha publicado sus trabajos en diarios de Colombia, Venezuela, Argentina y México, así como en las revistas *Untitled* y *Monóculo* de Los Ángeles, *La Porte de Poètes* de París y *Brújula/Compass* de Nueva York, entre otros. Ha sido premiado en concursos literarios de Francia, España, Colombia y Venezuela; en 1994 fue ganador en Letras de Oro en la categoría de cuento y en 1994 fue premiado por la Cámara de Comercio de la ciudad de Medellín por su cuento «El Rostro del Enigma». En 1994–95 ganó por segunda vez, el premio Letras de Oro en el género de cuento con «Los Cantos de la Noche son los Cantos del East Los Ángeles».

Rodríguez Walteros es un escritor prolífico y maneja el realismo mágico con una crudeza que horroriza; toca de una manera muy original la angustiosa experiencia urbana, el arraigo hacia la vida de seres que enfrentan perfiles apocalípticos y que se mueven en ciudades-jungla de dimensiones míticas.

«La puerta del poniente» expresa la habilidad de deshilachar realidades espirituales, sociales, emocionales y tejerlas en tan complejo y agobiante cuento; con ello derrumba murallas y paradigmas. José Manuel reprocha los límites impuestos por academias; omite la puntuación para abrir las esclusas del espíritu y dejarlo fluir hasta que arrolla y desborda los límites convencionales, como si siglos de represión se desplomaran volcánicamente regurgitando burbujas llameantes. Bisturea dimensiones tabúes para liberar al espíritu encadenado por los mitos de la muerte y el tiempo. Se atreve a asomarse al abismo para entenderlo y entenderse. Su narrativa esta preñada de emoción vital; su prosa es un jazz prosaico, como un potro a galope; el lector necesita entender la multifacética temática que el cuento encierra. Este escritor con su novísima expresión da paso a la aurora literaria producto del mestizaje norte-sur americano.

LA PUERTA DEL PONIENTE

Estoy al borde del abismo y me asomo cara a la mar que explota. Cada vez me acerco más. Mis dedos sienten las caricias del viento frío que viene de la sierra, y pienso si acaso será éste el mismo viento que acarició ayer despacio las nieves eternas de la mujer dormida y que acarició también las tumbas profanadas del cerro Monserrate[6] que vigila mi ciudad, y aguardo tu presencia y la presencia prometida por ti de tu abuelo el de la piel agujereada y salpicada de lunares y de garras y de alas y de patas de piedra y tiemblo de frío y de ganas de abrazarte despacio y de recorrerte todita para nacer en ti y siento los minutos caer lentos dentro de mí y me consuelo recordando tus labios y le pido perdón a mi madre océano por mostrarle la espalda intentando observarte aparecer en la distancia devorando el camino que te traerá a este mutismo de años que soy yo, y quiero gritar, lanzar mi único grito, dejar atrás el silencio que siempre me cubrió, pero me callo, cierro los ojos, me hago águila y

[6]High mountain around Bogota where there is a well known sanctuary

planeo sobre los campos, sobre los ríos, me despedazo feliz contra los farallones ingresando por la puerta del poniente a la región profunda de los muertos y le digo hasta nunca a este cuerpo de pesadilla que me acompaña e imagino el lagrimeo agreste y sin consuelo de mamá y de mis hermanos al intentar unir el rompecabezas de mi tronco desecho, y abro los ojos y aquí estoy, completo y parado contemplando a lo lejos las grietas profundas que cubren a mi madre, y me agacho y escarbo y me trago las uñas y me trago mis dedos y me trago mis pies y juego a devorarme yo solo hasta quedar convertido en un espacio vacío y sin tiempo, como un puño de viento, y me desdoblo y camino cara al frío. Saboreo la brisa helada de esta mar antigua. A lo lejos juegan las focas y pasan veloces los delfines cuidándose del barco que acecha en la distancia, y regreso mis pasos y me acurruco junto al fuego que susurra, que moldea, que acompaña, que posee, y alimento su gula que no cesa y me echo una manta en los hombros y le doy un mordisco al pan y disfruto de la soledad aquí bajo la puerta del poniente y espero. Tú me dijiste ve y aguarda mi cuerpo y mi sonrisa y mi adentro allá en las altas tierras Shumas[7] de mis ancestros y me hablaste de tu abuelo cara de lobo, el que se bebe el jugo de las piedras, que siempre viene a platicar contigo y de tus cosas cada luna llena, y me enseñaste el camino que conduce a la puerta del poniente y me abriste los candados y llenaste mi coche viejo de panes y de aguas y de leños resecos y me indicaste cómo encender el fuego y cómo acariciarlo y cómo escuchar sus historias y sus pláticas y sus carcajadas y sus gimoteos, y yo dejé atrás lo que simulo ser y me vine solo conmigo, con el de adentro, con el de la piel de barro y renací frente a la inmensidad, frente al cielo de abajo de las aguas y bajo la luna de sangre y constelada de espaldas y de ojos y de dedos torturados, y en la puerta del poniente recordé a mis abuelos, a los de las uñas en la roca, a los hijos del sol, y una estrella murió y otra y otra y los lobos y los búhos entonaron sus cantos en la noche que no cesa y las víboras se enroscaron en mi cuerpo redescubriendo los lazos olvidados que me ligan a la madre que palpita su espera, y fui uno solo con las olas al quebrarse en el vientre de arena de mi madre y con las aves congeladas y muertas de espanto de mis manos y contemplé la mar sin nombre y contemplé la puerta de salida a la región oscura de los muertos, su cielo rojo, incendiado, su río de sangre en donde muere el sol, y me senté en el filo y saludé al guardián añejo del portal y me supe pequeño, como ahora que camino bordeando el horizonte, atrás de mí las montañas dormidas y tachonadas de postes y de cuerdas eléctricas, y más atrás los imponentes filos, las águilas que vigilan furiosas y los ojos y las danzas de guerra que aguardan impacientes la época propicia, y aún más allá, en mi memoria, está el camino que lleva a la ciudad y al calor aceitoso de los cuerpos y a los huesos machacados y a los ojos en vela de los muertos en vida, y le doy la espalda a las montañas y de nuevo soy la mar y siento el glaciar profundo de sus aguas e ignoro con esfuerzos el estruendoso chillido y la potente luz del faro y me imagino los pechos que contemplaron antes que yo este atardecer que se repite sin descanso y regreso y me cuido de alimentar la hoguera y escucho el tintineo del coche y de tus pasos en la distancia y de tus jadeos y de tus huellas que vas dejando en el piso de tierra como estela y te sueltas el cabello y eres luna nueva y tus cabellos que se arrastran por el suelo son cuervos, son serpientes renegridas que saltan apretando mi cuello, y te ríes sin descanso y me hablas de la risa, siempre debes reír en la puerta del poniente, me dices, me señalas el cielo de fuego, y me hablas de tu sueño, soñé un búfalo rojo atravesando por allá a carrera limpia, y corría el búfalo penetrando el portal custodiado por mis abuelos los pescadores, me dices, los que vinieron muchos siglos atrás desde aquellas islas que ya se tragó el mar del tiempo, y era el mismo búfalo que siempre aparecía en los sueños de mi niñez, y me hablas del relámpago que nacía por el sur y que desgarraba la mar agreste y las tierras Shoshonas viniendo a morir al portal de la muerte, y abuela conversó en la mañana a solas con el agua, me dices, y el agua dibujó una serpiente que se tragaba toda a sí misma, y la serpiente tenía tu mismo rostro y la abuela te dibujó en el aire, me dices y juegas con mis cabellos y con mi perfil de hacha entre el viento y el frío y el sol que apenas acaricia mi piel. Lo importante es alimentar el fuego, me dices, escucharle sus penas, y tú esparces con una ternura de madre vieja las briznas de tabaco sobre las llamas que se agitan, que susurran, y las horas pasan sin

[7]Shumas and Shoshonas or Gabrielinos are Native American tribes of California. There is a large group living in Santa Barbara.

tocarnos, lentas, el sonido del mundo nos posee, los jadeos de los antiguos guerreros águila empujando al sol hacia la noche se dejan escuchar, y los adentros de mis hermanos muertos ingresan por la puerta del poniente con rumbo al que vigila, al que tiene dedos que acarician, al que calienta nuestras penas que gimen como puertas resecas, y te sientas y tu piel reluce su barro de cobre y de maíz y me hablas de la puerta y del tiempo que se ha estancado allí dentro con sus arañas y con sus lagartijas y con sus piedras susurrantes que acarician hondo, profundo, como el hambre acarician las piedras que forman el cuerpo retorcido de la madre muerte, arrancando la piel, arrancando las uñas, destrozando el estómago y los ojos, y reviven cada instante las piedras en el cuerpo de la mujer de fuego que habita los lugares oscuros del poniente con sus carnes de arena y de roca y de semillas y de agua y del vientre que palpita su parto, y las bocas de los abuelos beben sin descanso del pecho de la mujer que tiene los cabellos de noche y los pies inflamados, y tú me hablas de sus pezones inmensos y de sus dedos y de sus plantas de camino viejo, allí, tendida y desnuda la madre muerte nos acoge con su ternura inagotable, y asomándose con sigilo atrás del sol pervive la madre muerte de los labios hinchados vigilándonos, y yo la imagino con el rostro arrugado de la mía, te digo, de la que espera mi regreso en el portal de casa, y tú me dices que ella tiene el rostro que le da nuestro anhelo y acaricias el nombre de tu abuelo con tu voz gruesa que se me desliza por el cuerpo desbocada, y te ríes y eres hermosa, y tú repites el nombre del abuelo entre la oscuridad apenas vulnerada por mi respiración de arena, y yo pienso en el viento y en sus extraños meandros y tú le das de beber agua a la tierra y le hablas con tu voz gruesa que corre desbocada y repleta de dedos que acarician y me enseñas a contemplar el fuego y a alejarme de esta piel y de estos huesos y de estos ojos y de estas ganas de nacer dentro de ti que me llenan, y tu voz gruesa que corre desbocada grita en la noche quebrándome los huesos y yo me pierdo en el fulgor de las llamas y entre sus laberintos y dejo que mis pensamientos vayan aquí y allá y con tristeza pienso en madre y padre y en los míos allá trepados en los montes andinos y pienso en tus dedos que observo y en tus tobillos y en tus muslos que adivino y pienso en mis pasos y en la ciudad, y en la duermevela de las sombras el fuego toma forma y rostro y desgarra mi piel y allí estás tú desnuda y estoy yo y está el abuelo que se bebe el jugo de las piedras y el abuelo me acaricia el cogote y las fauces y soy un lobo hambriento y tú eres una loba hambrienta y el abuelo es un lobo hambriento y los tres corremos perseguidos de cerca por las botas sedientas y trepamos y sentimos la sangre correr recóndito nuestro y sin ruido ascendemos los riscos dejando trozos de nuestra piel y escuchamos los cascos perseguidores y el alarido de las balas nos aturden perforando la noche y el abuelo nos guía y tú te espantas y corres y saltas y yo me dejo ir y ruedo malherido y me estrello con las piedras y me reviento y levanto mis brazos y le ofrendo mi piel a los perseguidores y el abuelo y tú me contemplan desde lo alto y tu sangre gotea su río eterno y los verdugos me levantan y con un cuchillo me desgarran y el viento me sacude y me regresa al fuego que tú alimentas y el abuelo me acaricia la rodilla y yo me dejo ir una vez más por los viejos caminos seguros del deseo y te acaricio las caderas y los hombros y en la luna llena te recorro y llueve a lo lejos y la lluvia nos cubre y el frío y el hambre no nos dejan dormir y la fiebre me llena, me posee con sus hormigas comecarne que saltan por mis ojos y soy un niño y tú eres una niña y el abuelo sin edad va de arriba a abajo por mi cuerpo con un manojo de hojas intentando alejar la muerte de mi casa y el humo de la salvia llena mis pulmones y por la puerta veo asomarse los demonios del odio con sus rostros macilentos y llueve y la fiebre me llena y las arañas gigantes con sus patas que se me clavan me impiden dormitar y los gusanos y millones de insectos se meten en mi cama y me devoran de a poco y la baba caliente de una babosa me obliga a vomitar y mi estómago vacío se contrae y las hormigas me cercan y una tarántula se me mete en la boca y soy un leño ardiente y abuelo es una sombra y tú eres una sombra que gotea las carnes y la fiebre negra me posee por completo desde las uñas de mis pies y yo te pido que cierres la puerta y que alejes de mí los rostros putrefactos que me llaman y me sacudo y el barro que me forma se retuerce en el piso de tierra y el frío y el calor me acogotan y la puerta del poniente se abre para mí una y otra vez y las arañas y las víboras y el abuelo conversa y suplica y entona un canto que concilie a la fiebre inútilmente y tú lloras a lo lejos, atrás de los techos de paja, y yo me dejo ir y de nuevo tropiezo y doy de frente con el portal abierto del poniente y penetro por él y allí encuentro a los abuelos de mi abuelo, a los rostros reventados, a las espaldas flageladas por el látigo y por el aire del sílice que ha saturado los pulmones de fruto podrido de mis abuelos, y los abrazo y ellos me abrazan y allí nos entregamos al placer de curar mis heridas y mis llagas que ha explotado la fiebre y los abuelos venidos desde los cuatro puntos del continente me hablan de la espera y del suave onduleo de las hojas barridas por el nuevo viento y yo siento la brisa que empuja cadenciosa los cuerpos rotos de mis demás hermanos rumbo al portal del poniente y les abro un espacio y escucho las historias en torno de la hoguera infinita que nace de los pechos de la madre muerte que permanece echada en las alturas y tú me das un beso y el abuelo se levanta y bate sus alas extendidas de águila y se va en busca de comida, me dices, y me hablas de la puerta que tu abuelo dice ha de ser cerrada mientras los guerreros del cobre y del sol y del maíz y del jaguar y de las moscas limpian de la tierra los despojos preparando el regreso de los abuelos idos, me dices, y me hablas de los campos que de nuevo florecerán los cantos y las danzas, y una vez más chocas de frente contra mi desconfianza de hombre de asfalto y hojalata y te ríes frente a mi rostro de los santuarios que idolatro, de sus luces y de sus destellos y de sus efluvios de violines desgarrando la noche, y acaricias mi piel y me miras adentro, muy adentro, y preguntas quién soy, qué estás haciendo aquí, qué precio tienes, y yo contemplo el fuego y esquivo tus preguntas y develo ante ti los campos arrasados y las ciudades perdidas y las comunidades que se agolpan viviendo entre los acueductos de mi ciudad sin conocer el sol, varias generaciones, te digo, y tú te ríes en la tierra de tus abuelos y me cuentas que todo se repite y que antes de nosotros los abuelos remotos vivían calientitos dentro del estómago de la madre tierra también sin conocer el sol, hasta que los cubrió la manta de la envidia y del odio y de la sed de sangre y que al igual que ahora la muerte se hizo dueña de los firmamentos y de los sueños y que llevados de la mano por el que tiene dedos que acarician nuestros primeros padres, los dos sobrevivientes, emergieron a la luz vivificante del sol por el cañón del Colorado, me dices y me preguntas por los acueductos de mi ciudad y por los rostros y por las pugnas y por los estratos y por el dios que adora esa gente sin sol, y yo contemplo el fuego pensando en las palabras conservadas apenas en los labios de los hombres de piedra y pienso en la puerta entreabierta del poniente saturada de muertos que quieren ocupar su lugar usurpado en la tierra, y escucho el batir del abuelo que se bebe el jugo de las piedras que regresa sangrante y eufórico de la lucha sin fin de la sobrevivencia, y el abuelo parte el pan con los dedos y bebe haciendo grandes ruidos y respira hondo y emana un olor a animal grande, a ropa húmeda y enterrada por siglos en el fondo del tiempo, y yo contemplo su rostro, sus arrugas, y le arranco los rasgos y en cambio pongo en su lugar el rostro de mi abuelo el de las nieves eternas y el rostro de mi padre y el rostro de mi abuela y todos, incluso mi rostro y el tuyo, son el mismo rostro, martillados en la roca, de plata y de carbón y de semillas y de llanto remoto, y tu abuelo conversa con el fuego de igual a igual y yo me pierdo en ti que sonríes siempre, y el abuelo me habla de la puerta que ha de ser cerrada para que regrese el tiempo nuestro, y te lleva de su mano a la piedra que se adentra en el mar y te enseña en un susurro la manera de cerrar para siempre la puerta de la muerte y señala las montañas que nos cercan la espalda y señala más allá las tierras rojas que el sol rabioso se devora con saña y señala el otro mar, el verde, el caliente, el que saluda la salida del sol, y te habla de los hermanos lobos que vinieron lunas y soles atrás allende las tierras blancas y que hoy son los encargados de custodiar la puerta de la vida, y te habla de un camino que te llevará a ellos y que se pierde entre árboles y campos de acero y de construcciones de piedra y te habla de un mensaje legado y de una palabra que custodian los hermanos del naciente y te habla de un fuego al que te calentarás acompañada de tus hermanos los que descendieron largos siglos atrás de las copas pobladas de los árboles, y el abuelo repite por tu boca sus palabras de gozo y el sol regresa a nosotros brotando desde el mar a su lucha sin fin y tú abres un hoyo con tus manos que son mariposas rojas en mi piel y regresas el corazón del fuego al centro de la tierra y te dejas abrazar por mi anhelo y recorro tu cuello observado desde arriba por el de los dedos que acarician y recorro con mi lengua que se bifurca y que lame tierra reseca y pedregosa tu cuerpo, y mis dedos son serpientes de fuego que te arrancan la ropa y yo dejo atrás mi cuerpo y de la mano del abuelo de las garras y de la piel agujereada me trepo en la roca que quiebra los embates de la mar helada y desde allí de nuevo contemplo recorrer por mis manos los pliegues de tu cuerpo que brilla de oro y barro y mi cuerpo se sacude en el viento, costroso y purulento, sin ojos, con las uñas arrancadas, y tú lo mimas y le cantas al oído a mi cuerpo que es el cuerpo de todos y deshilas los largos cabellos negros míos que se entrelazan con los tuyos y masticas mi lengua y susurras una frase bonita de gaviotas y de sal en la boca y acaricias mi pecho roto y las huellas que ha dejado el bozal y la mordaza y le das vida a los cuervos que poseo por manos y las dejas que te acaricien los muslos como quién acaricia un manojo de espigas, centímetro a centímetro, y bebo de tus pechos, y tú y mi cuerpo se retuercen y se entallan y se hacen uno solo entre el aire y las risas y nos cubrimos con las hojas y nos cubrimos con la ceniza que ha dejado el fuego y tu sol de adentro palpita desbocado y tus uñas hacen diez caminos en mi espalda que ha soportado el peso de los siglos y tu vientre se abre y me recibe y allí yo me enconcho y me dejo llevar y mi cuerpo, el de los callejones, el del vómito, el de la peste eterna, empieza lentamente a curar sus heridas y mi sol interior se enciende de a poquitos, primero un leve resplandor, un destello atenazado en el paredón, hasta terminar convertido en otro sol igualito que el tuyo, y jadeo y pego mis rodillas al pecho allá en tu vientre y me cubro con el murciélago de tus cabellos y te acaricio y los ancestros ocultos que se asoman por la puerta del poniente nos observan con la paciencia vieja del que se sabe eterno y mi cuerpo y tu cuerpo se contraen y tus ojos de sombra se acuestan cara al cielo después de la tormenta y se llenan de sueños y de voces lejanas que susurran un canto, y el águila blanca que es tu abuelo se echa a volar regresando, despacioso y seguro, rumbo al abrazo confiado y acechante de la entreabierta puerta del poniente y de la madre muerte y de sus gimoteos de gozo, y yo regreso a mi cuerpo y te acaricio las mejillas y los hombros y tú te despiertas y me ayudas a levantar la tienda y a limpiar el lugar y dejas que te abrace y señalas en la distancia las cimas rodeadas de agua de tu origen, donde aún se escuchan nuestros cantos y nuestros pasos caminando las sendas que llevan a mi casa, me dices, y tus ojos se llenan de tambores y de lumbre que muerde y de voces que claman un búfalo de fuego, y volteas y señalas las tierras elevadas de los hermanos algonquinos de las nieves eternas en el naciente y señalas a lo lejos la puerta de la vida que protegen y me hablas de la misión que te ha de llevar a ellos antes que el sol más lejano se deje ver y te echas como un ciervo o como un lobo herido a correr por el camino que no hace mucho tiempo atrás recorrió encadenada tu raza vieja.

COMPRENSIÓN Y ANÁLISIS

Ubique la pieza *La puerta del poniente* dentro de la época en que fue escrita. Comente sobre lo siguiente:

Forma

La pieza es narrativa, pero también, lírica (uso de adjetivos en proliferación), y aún dramática (escenas marcadas, entrada y salida de personajes). Formalmente es un monólogo interior continuado desde la primera hasta la última palabra. La escasez de puntuación, la ausencia de marcadores de diálogo, el uso de asíndeton y polisíndeton dan al discurso su acento de transcurrir de la conciencia.

Orden de la narración: Analice el tiempo de los verbos en la narración. Comente sobre simultaneidad del tiempo de la historia.

La estructura de la pieza: La pieza tiene un orden no aparente, someramente: La espera del hombre por la mujer, el encuentro con ella y con su abuelo, la persecución y herida de él, la agonía de él y vigilia de la mujer y del abuelo, la recuperación de él, el acto sexual de ellos, y el viaje de ella al naciente. Encuentre diversos momentos climáticos en estas escenas.

El narrador: Analice la persona de los verbos en los párrafos introductorios. ¿Quién es la persona del narrador? ¿Es el narrador externo (habla en tercera persona) o interno (habla en primera persona) con respecto a los hechos narrados, o ambos? ¿Qué llegamos a saber sobre el narrador a través de la historia?

Contenido

El tema: Comente sobre cómo se presenta en la pieza una alegoría de la conquista de las Américas y de la permanente y actual colonización de sus primitivos habitantes.

Los personajes: ¿Quiénes y cómo son los personajes centrales? ¿Cuál es la relación entre ellos? ¿Qué los reúne hoy? Analice y comente sobre el poder metamórfico de los personajes. Analice y trate sobre el papel de la familia terrena del yo poético, y el de la

familia mitológica. Hable sobre la referencia a tribus indígenas.
El espacio: Hable sobre los espacios en donde se desarrolla la pieza y sobre el carácter fantasmagórico de algunos de ellos. Compare el portal del poniente con el portal de la casa del hombre. Hable sobre las caracteristicasa de algunos lugares a los que se refiere el relato.
El tiempo: ¿En cuánto tiempo se desarrolla la historia? ¿Hay un tiempo determinado? Estudie los verbos en el cuento y diga qué tiempos usa el escritor en la historia.
La cultura: Hable sobre el papel de la mujer como depositaria del pasado y proveedora del futuro de la raza a través de la iniciación del hombre.
¿Cuál es la relación del título con el contenido del cuento? ¿Cuántas veces se menciona la puerta del poniente en la historia? ¿A qué se abre la puerta del poniente en diversas oportunidades? ¿Cómo se compara la puerta del poniente con la del naciente?

Lenguaje

Vocabulario del cuento: ¿Qué palabras contribuyen a darle a la pieza su acento marino, andino, primitivo? Analice el discurso del abuelo cuando regresa antes de que los personajes principales hagan el amor.
Descripciones: La pieza presenta un prolífero uso de adjetivos y epítetos, lo que le da carácter lírico: ¿Qué palabras se utilizan para describir a los personajes, la escena íntima, los espacios, el tiempo, el clima?
Lenguaje figurado: Estudie el uso del asíndeton y el polisíndeton en la pieza. ¿Qué otras figuras literarias o tropos se presentan?
Motivo recurrente: Analice el papel del fuego en la historia.
Narración: Resuma en pocas palabras la historia narrada.

Comunicación

¿Cómo se usan en el cuento la narración?

Ejercicios de creación literaria

Tome la historia sobre «las comunidades que se agolpan viviendo entre los acueductos de mi ciudad» y escriba una narrativa que parta de este indicio.

Apéndice A

Esquema para facilitar preguntas para el análisis literario

Coloque la obra en su periodo histórico.
Datos sobre el autor
Datos sobre la obra
Antecedentes
Fecha de composición
Biografía
Relación con el resto de la producción del autor
Ubicación
Escuelas y tendencias
La época a la que se adhirió
Ecos que promovió
Fortuna literaria
Acogida de la crítica
Influencias que ejerció
Coloque la obra en su periodo histórico
Tema principal y temas secundarios
Rasgos externos sobresalientes
Los símbolos que refuerzan la temática
Qué motivaciones tienen los personajes
Idea central
Argumento
Sueños
Fantasías
El porqué del título
Contenidos estéticos

Comentar el contenido

Individual
Psicofisiológico
Económico
Familiar
Político

El espacio

El paisaje/ escenario

El tiempo

Época histórica
Moralidad
Concepción del tiempo
Tiempo cronológico
Tiempo mitológico
Tiempo subjetivo
Juegos temporales

Personajes

Arquetipos
Prototipos

Interrelación entre los personajes

Jerarquía
Protagonista
Antagonista
Héroe
Personajes secundarios

Forma de presentación de personajes

Directa
Indirecta
En acción

Paso/ ritmo/ velocidad con la que se desarrollan la acción y el argumento

Lenta
Rápida

Vocabulario

Neologismos
Arcaísmos
Cultismos
Tecnicismos
Indigenismos
Barbarismos
Jergas

Estructura

Partes y divisiones
Puntos de vista

Diálogo

Conversacional
Literario
Combatiente
Directo
Indirecto
Libre

Sintaxis y estilo

Verbos
Tiempos: Histórico, habitual
Yuxtaposiciones
Coordinaciones
Subordinaciones

Valoración de la obra

Síntesis
Análisis
Interpretación
Conclusiones

Apéndice B

A GENERAL FRAMEWORK FOR LITERARY ANALYSIS

I. General Framework

- **A.** Plot—the framework of incidents upon which the drama is constructed
- **B.** Exposition—the part of the narrative that furnishes the information essential to the understanding of the situation out of which the problem arises: dates, places, where action unfolds, social position of characters and their relationship to each other, their past lives, and general background information
- **C.** Provocation—facts that add to and develop the struggle
- **D.** Resolution—a statement of what the character will try to accomplish
- **E.** Development—changes that lead to the climax; a change:
  1. in relationships among characters
  2. between character and environment
  3. within the character him/herself
  4. brought about by the environment
  5. in personality (subtle)
- **F.** Turning point—the incident that leads to the solution of the problem (it may occur simultaneously with the climax)
- **G.** Climax—the emotional high point; the scene or incident acting as the fruition of the accumulated suspense
- **H.** Denouénent—the solution or outcome, also called the "falling action" or "unraveling"

II. Character

How is character revealed—from whom do we hear about the character?

1. From other characters
2. From the character him/herself
3. From the author
4. Through comparison/contrast to other characters
5. A combination of the above approaches
6. Relationship between setting, language, and character
7. Are characters created for purely artistic purposes?
8. Are characters symbolic? Are names of characters particularly meaningful?

III. Time

Changes in time during the course of the work—What is time? What are some of the different types of time? How is time noted in the work?

IV. Physical Surroundings

1. Stage directions (drama)
2. Colors—brilliance, darkness, dullness, changes in the setting as the work progresses
3. Do characters change as they move from setting to setting?
4. Does setting confine or restrict character?
5. Is there some interplay between character and setting? Setting as character—Does setting shape the events of the work?

V. Language

A. Concrete vs. abstract: Concrete language provides specific detail, while abstract words make action and characterization vivid while conveying meaning.

B. Figurative language conveys the exact emotional quality elicited by a personality or scene. The vividness that figurative images evoke serves the purpose of making the reader see what the author has seen and, more important, making the reader feel what the author has felt.

C. Language and character, via language, enables the reader to see through it and penetrate the personality of the character.

VI. Tone and *Weltanschauung*

A. Tone represents the author's attitude toward his subject and characters (serious/flippant)—Does the author show approval and sympathy for characters or is he disapproving and antipathetic toward them?

B. *Weltanschauung* designates the author's attitude towards the world in general. In determining *Weltanscitauung*, a critic looks at the total world; may be viewed as the totality or conglomerate of the aforementioned literary devices.

Bibliografía selecta

Aizenberg, Edna. *El Aleph Weaver: Biblical, Kabbalistic and Judaic Elements in Borges.* Potomac, MD: Scripta Humanística, 1984.

Albarracín-Sarmiento, Carlos. *Estructura de Martín Fierro.* Amsterdam: John Benjamins. Purdue University Monographs, 1981.

Albuquerque, Severino João Medeiros. *Violent Acts: A Study of Contemporary Latin American Theatre.* Detroit: Wayne State University Press, 1991. p. 297.

Alegría, Fernando. *Las fronteras del realismo.* Santiago de Chile: Zig-Zag, 1962.

Alvar López, Manuel. *Americanismos en la Historia de Bernal Díaz del Castillo.* Madrid: Consejo Superior de Investigaciones Científicas, 1970.

Anderson Imbert, Enrique. *La originalidad de Rubén Darío.* Buenos Aires: Cedal, 1967.

Araújo, Helena. *La Scherezada criolla: Ensayos sobre escritura femenina latinoamericana.* Bogotá: Universidad Nacional de Colombia, 1989.

Baker, Houston. *The Journey Back.* University of Chicago Press, 1980.

Bautista Gutierrez, Gloria. *Realismo mágico, cosmos latinoamericano: teoría y práctica.* Bogotá: Editorial América Latina, 1991.

———. *Voces Femeninas de Hispanoamérica: Antología* [*Feminine Voices of Hispanoamerica*]. Pittsburgh: University of Pittsburgh Press, 1996.

Benedetti, Mario. *Introducción a la poesía de Latinoamérica.* New York: Harcourt, Brace and World, 1969.

———. *El ejercicio del criterio: obra crítica 1950–1994.* Buenos Aires: Seix Barral, 1996.

———. *Subdesarrollo y letras de osadía.* Madrid: Alianza, 1987.

Bethell, Leslie. *A Cultural History of Latin America: Literature, Music, and the Visual Arts in the 19th and 20th Centuries.* New York: Cambridge University Press, 1998.

Bloom, Harold. *Pablo Neruda.* New York: Chelsea House, 1989.

Campuzano, Luisa. *Mujeres latinoamericanas del siglo XX: historia y cultura.* La Habana: Casa de las Américas, 1998.

Carilla, Emilio. *El romanticismo en la América Hispana.* Madrid: Gredos, 1975.

Carpentier, Alejo. *El reino de este mundo.* México: Editorial Iberoamericana de Publicaciones, S.A., 1949.

Castellanos, Rosario. *Juicios sumarios.* Xalapa: Universidad Veracruzana, 1966.

Chicago Review: *Latin American Writing: Essays, Fiction, Bilingual Poetry.*

Chiles, Frances. *Octavio Paz: The Mythic Dimension.* New York: Peter Lang, 1987.

Coloquio internacional: *Lo lúdico y lo fantástico en la obra de Julio Cortázar.* Madrid: Espiral Hispanoamericana, Université de Poitiers, 1986.

Di Antonio, Robert, and Glickman, Nora. T*radition and Innovation: Reflections on Latin American Jewish Writing.* Albany: State University of New York Press, 1993.

Emery, Amy Fass. *The Anthropological Imagination in Latin American Literature.* Columbia: University of Missouri Press, 1996.

Evans, Mary. *Black Women Writers: A Critical Evaluation.* New York Doubleday, 1984.

Foster, David William. *Latin American Writers on Gay and Lesbian Themes: A Bio-Critical Sourcebook.* Westport, CT: Greenwood Press, 1994.

González Echeverría, Roberto. «The Law of the Letter: Garcilaso's Comentaries and the origins of the Latin-American Narrative». The Yale Journal of Criticism 1. Fall 1987: 107–131.

González, Mike, and David Treece. *The Gathering of Voices: The Twentieth-Century Poetry of Latin America.* London; New York: Verso, 1992.

Goutman, Ana. *Hacia una teoría de la tragedia, realidad y ficción en Latinoamérica.* 1. ed. México: Universidad Nacional Autónoma de México, Coordinación de Humanidades, Centro Coordinador y Difusor de Estudios Latinoamericanos, 1994.

Grandis, Rita. *Polémica y estrategias narrativas en América Latina: José María Arguedas, Mario Vargas Llosa, Rodolfo Walsh, Ricardo Piglia.* Rosario, Argentina: B. Viterbo Editora, 1993.

Gutiérrez, Ernesto. *Los temas de la poesía de Rubén Darío.* Managua: Academia Nicaragüense de la Lengua. 1978.

Jackson, Richard L. *Black writers in Latin America.* Albuquerque: University of New Mexico Press, 1979.

———. *Black Literature and Humanism in Latin America.* Athens, GA: University of Georgia Press, 1988.

Jiménez, José Olivio. *Estudios críticos sobre la prosa modernista hispanoamericana.* Nueva York: Eliseo Torres, 1975.

Johnson, Julie Greer. «Women of the Conquest». *Hispanófila. 28:1. Sept. 1984: 67–77.*

———. *Latin America: Bibliography Series.* Latin American Studies Center. California State University, Los Angeles, 1987.

Larsen, Neil. *Reading North by South: On Latin American Literature, Culture, and Politics.* Minneapolis: University of Minnesota Press, 1995.

Latin American Studies Center. *Latin America: Bibliography Series.* Los Angeles: California State University.

Leal, Luis. «Picaresca hispanoamericana» in *Estudios de literatura hispanoamericana.* Chapel Hill: University of North Carolina Press, 1974.

Martin, Gerald. *Journey through the Labyrinth.* London: Verso, 1989.

Mircea, Eliade. *Myth and Reality.* New York: Harper & Row, 1963.

———. *Mitos, Sueños y Misterios.* Buenos Aires. Abril, 1961.

Monika Kaup, Monika, and Rosenthal, Debra. *Mixing Race, Mixing Culture: Inter-American Literary Dialogues.* Austin: University of Texas Press, 2002.

Navarro García, Raul. *Literatura y pensamiento en América Latina.* Sevilla: Escuela de Estudios Hispano-Americanos, Consejo Superior de Investigaciones Científicas, 1999.

Ortega, Julio. *Gabriel García Márquez and the Powers of Fiction.* Austin: University of Texas, 1988.

Perilli, Carmen. *Historiografía y ficción en la narrativa hispanoamericana.* Tucumán [Argentina]: Universidad Nacional de Tucumán, Facultad de Filosofía y Letras, 1995. (Cuadernos de Humanitas; no. 60).

Polgar, Mirko. «Un análisis del misticismo revolucionario en Los de abajo, de Mariano Azuela.» *Cuadernos hispanoamericanos.* 410, (9–1984), 152–162.

Porrata, Francisco E. *Antología comentada del modernismo.* Sacramento: California State University Press, 1975.

Rama, Angel. «José Martí en el eje de la modernización poética». *Nueva Revista de Filología Hispánica.* 32:1, 1983: 96–135.

———. *Las máscaras democráticas del modernismo.* Montevideo: Fundación Angel Rama: Distribuído por Arca Editorial, 1985.

Rivers, Elias L. *Renaissance and Baroque Poetry of Spain.* Prospect Heights, Illinois: Waveland Press, 1988.

Rodríguez Monegal, Emir. «Realismo mágico vs. literatura fantástica: Un diálogo de sordos». Actas del XVI Congreso de Literatura Hispanoamericana. East Lansing, Michigan, 1973.

San Román, Gustavo, *Onetti and Others: Comparative Essays on A Major Figure in Latin American Literature.* Albany: State University of New York Press, 1999. (SUNY series in Latin American and Iberian thought and culture.)

Schwartz, Jorge. *Vanguardas latino-americanas: polêmicas, manifestos e textos críticos.* São Paulo, Brasil: EDUSP: Iluminuras: FAPESP, 1995.

Sefchovich, Sara. *El método estructuralista genético para el análisis de la literatura.* (UNAM/RMS [Revista Mexicana de Sociología. Univ. Nacional Autónoma de México, Instituto de Investigaciones Sociales. México.], 39:2, abril/junio 977, p. 733–741).

Steimberg de Kaplán, Olga. *Transformaciones de una cultura: literatura latinoamericana y «postmodernidad».* Tucumán: Facultad de Filosofía y Letras, U.N.T. 1996.

Trías, Eugenio. *Metodología del Pensamiento Mágico.* Barcelona: Edhasa, 1970.

Todorov, Tzvetan. *Literatura y significación.* Barcelona: Editorial Planeta, 1971.

Unruh, Vicky. *Latin American Vanguards: The Art of Contentious Encounters.* Berkeley: University of California Press, 1994.

Índice general

E

F

G

H

I

J

K

L

M

N

O

P

Q

R

S

T

U

V

W

X

Z

CPSIA information can be obtained at www.ICGtesting.com
Printed in the USA
LVOW09s1733100715
445497LV00032B/74/P